NAN

FANG

PI

PING

SAN

SHI

NIAN

南方批评30年

《南方文坛》广西文论选（1987—2017）

张燕玲　张　萍　主编

上

GUANGXI NORMAL UNIVERSITY PRESS
广西师范大学出版社
·桂林·

图书在版编目（CIP）数据

南方批评30年：《南方文坛》广西文论选：1987—2017：全2册 / 张燕玲，张萍主编. —桂林：广西师范大学出版社，2017.11
ISBN 978-7-5598-0004-6

Ⅰ. ①南… Ⅱ. ①张…②张… Ⅲ. ①文艺评论－广西－当代－文集 Ⅳ. ①I209.967-53

中国版本图书馆CIP数据核字（2017）第271608号

广西师范大学出版社出版发行
（广西桂林市五里店路9号　邮政编码：541004
网址：http://www.bbtpress.com）
出版人：张艺兵
全国新华书店经销
桂林日报印刷厂印刷
（广西桂林市八桂路1号　邮政编码：541001）
开本：787 mm × 1 092 mm　1/16
印张：57　　字数：1500千字
2017年11月第1版　　2017年11月第1次印刷
定价：148.00元（上、下册）

序

2017年，距离1987年30年。《南方文坛》创刊30周年了。

30年来，《南方文坛》几代办刊人筚路蓝缕，艰苦创业，不仅为把广西文艺创作和批评推向全国做出了突出的贡献，也为中国文艺理论和批评建设做出了积极的努力。尤其自1996年底改版以来，《南方文坛》立足广西、走向全国，日渐形成了“人文理想、前沿批评”的编辑理念，迅速成长为“中国文坛的批评重镇”，在海外学界也有一定的影响力。这源于办刊人对专业精神一以贯之的坚持，还源于广西文艺评论家与主管部门的坚实支持。为此，我们从30年来广西籍作者的千余篇论文中，选取近130篇文章结集出版，以感恩与致敬。

这近130篇论文，囊括了广西几代文艺评论家的优秀成果，涉及广西文艺创作的各个领域，是《南方文坛》与广西文艺30年同生共长的见证。论文集的出版，既是文艺阵地的自我建设，也是对近30年广西文论的一次巡礼，还是对本土作者的一种感恩，更是对近30年广西文艺发展轨迹的一份记录与文献积累，颇具本土性、学术性和档案性。因为篇幅和体例的限制，本书在篇章选取上挂一漏万在所难免，尤其所选还不一定如作者之意。又因为有些篇章因用笔名已难查清作者原名而不宜收录，如本刊老主编李超鸿的文章，就难以查考了，凡此种种。因此，这不是《南方文坛》30年最佳文论选，而是部分有些许意义的路标；同时，我还在为广西作家协会选编《文学桂军20年·评论精选》，《南方文坛》有些路标性的文论选入那本书，便不再入选本书了。

我以为这近130篇文论，总还算是通向广西文艺批评花园的近130条小径；便企望读者朋友由此交叉的小径，进入广西文艺事业的百花园，感受广西几代文艺评论工作者为文艺事业除草去病、添枝加叶的赤子之心与批评才情，感受编者对他们的敬意与谢意，是为旨归。

今天是端午节，在诸多众所周知的意义中，有一种纪念的意味，纪念屈子。在首届“屈原文学论坛”上，我应《楚天都市报》约请，写过几句心声：“2000多年来，屈原始终如皎皎明月活在民间的记忆里，他不仅是一种精神源流的开创者，更为文人树立了一种人格榜样。在当今浮躁的功利社会里，凡俗的我们学不了他，但我们不可以放弃他，不可以放弃他立下的心灵的原则。唯此，我们的内心才有强健的可能！”如今，摆在我案头的近130篇文章，以及这篇交代性的短文，便是这种不放弃的努力。我企望步入屈原的精神通道，也点染些许端阳时分纪念的颜色。端阳之后便是芒种,是夏暑相连,是秋寒冬雪。年复一年,30年的办刊历程,真的不容易;如此书能引起人们对《南方文坛》,乃至广西文艺批评的过去、现在与未来的思考,便是编辑如我者的祈愿。真切企盼这份总结能为广西新春的批评之路,再添一种路标。

感谢《南方文坛》30年的几代编者!

感谢一路相伴的作者和读者朋友!

是为序。

张燕玲

丁酉年端午

目　录

1987 年创刊号

1988 年

1989 年

1990 年

1991 年

1992 年

1993 年

2002 年

2003 年

2004 年

2005 年

2006 年

2007 年

2008 年

2009 年

2010 年

2011 年

2012 年

2013年

2014年

2015年

2016年

2017年

1987 年

价值论文艺学原理

□ 黄海澄

之一　建立在认识论的哲学基础上的文学之危机

一 ‖ 流行的艺术定义

几十年来，我们的文艺理论教科书、文艺理论批评文章都重复着这样一个公式："艺术是社会生活的反映"，或"艺术是社会生活的形象的反映"。这种艺术观念的要旨在于肯定艺术是对于现实生活的一种认识形式，把艺术创作、艺术欣赏、艺术批评都简单地完全归入认识论。依照这种理论，艺术认识和理论认识的区别仅仅在于一个是采取形象的形式，一个是采取抽象概念的形式，此外就没有什么重大区别了。

尽人皆知，关于艺术的这样一种流行的定义是来自二十世纪四五十年代的苏联。苏联人在三十年代批判了把艺术当作经济、政治的直接产物与庸俗社会学观点，从反映论的哲学认识论出发，吸取了十九世纪俄国革命民主主义者别林斯基、车尔尼雪夫斯基、杜勃洛留波夫等人的文艺理论观点，建立了一套以唯物主义认识论为哲学基础的文艺理论体系。这套文艺思想在四五十年代逐渐传入中国。

把艺术当作一种对于客观世界的认识形式，以认识论作为哲学基础的艺术理论，在西方可以说源远流长。古希腊哲学家赫拉克利特、亚里士多德等人，认为艺术是模仿自然的。这里所谓"自然"，主要是指人类的社会生活。亚氏所谓艺术是对自然的模仿，实际上也是把艺术当作人们对于自然的一种认识形式或知识形式。他在《诗学》第四章的开头处指出："一般的说，诗的起源好像有两个原因，都本于人的天性。人从孩提的时候就有摹拟的本能，人所以异于禽兽，就因为善于摹拟，他们最初的知识就是从摹拟得来的。人对于摹拟的作品也总是出于天性的感到愉快。……求知不仅对于哲学家是最快乐的事，对一般人亦然，只是一般人对感受快乐的能力比较薄弱罢了。我们所以看见逼真的摹拟感到愉快,就因为我们一面看,一面在求知、在推理,比方说,‘这就是某某人’。”(《文艺理论译丛》1958 年第 2 期第 4 页)亚里士多德的这种说法带有猜测性,即“好像”是如此。在当时那种人类认识水平的限制之下,作出这样的猜测是并不奇怪的。那时,离发现人类生存活动中的价值——感情系统及其动力作用尚远。他在《诗学》中虽然多次指出感情因素在艺术创作和欣赏中的地位,并认识到感情与善恶美丑等正负价值的必然联系,但还未形成系统的价值观念,因而我们无法要求他把艺术放在价值——感情系统中来理解。

在黑格尔的庞大的客观唯心主义体系中,没有价值论的位置。依照黑格尔,世界不过是自身辩证发展着的“绝对理念”。这“绝对理念”由“逻辑阶段”经过自我否定而外化为自然界,是为“自然阶段”。自然界在其辩证发展中出现人类。人类的出现标志着“绝对理念”已发展到“精神阶段”。人类通过艺术、宗教、哲学这样三种由低级到高级的形式,来认识、把握“绝对理念”本身。黑格尔哲学体系的构筑成功,在他自己看来,也就是“绝对理念”自身辩证发展的完成,达到了“绝对真理”。由此可见,在黑格尔的体系中,艺术只不过是绝对理念通过人类精神认识自身的一种感性直观的形式而已。

别林斯基早期曾经是黑格尔哲学的信徒,后来,他转向了直观唯物论。但是,黑格尔对他的影响还在。他把文学艺术当作人们认识现实的一种特殊形式。他说:“真理构成哲学的内容,也构成诗的内容。从内容来说,诗的作品和哲学论文没有两样;在这一点上,诗和思维是没有任何区别的。然而,诗和思维毕竟不是一回事情:它们在形式上有显著的区别,这形式就构成了它们各自的主要特征。”(《别林斯基论文学》,新文艺出版社 1958 年版第 10 页)别林斯基又说:“人们只看到,艺术和科学不是同一件东西,却不知道它们之间的差别根本不在内容,而在处理一定内容时所用的方法。哲学家用三段论法,诗人则用形象和图画说话,然而他们所说的都是同一件事。”(同上书第 20 页)我们知道,“真理”是一个认识论范畴,它是指人们的认识和被认识的对象相符合、一致,亦即正确的认识。别林斯基认为哲学和诗(泛指文学作品)的内容都是真理。他显然把文学艺术当作认识形式之一种了。试将别林斯基的这一观点与黑格尔的观点作一比较就不难发现,他们之间虽有唯物唯心之别,但却都把文学艺术当作一种认识形式,只不过在黑格尔那里艺术所认识、把握的内容是绝对理念,而在别林斯基那里艺术所认识、把握的内容则是现实生活而已。

苏联人的“文学艺术是社会生活的形象的反映”之说,与别林斯基的说法是完全一致的,只不过“反映”二字所用的是马克思列宁主义的哲学认识论语言,因为在马克思列宁主义的经典文献里,把认识看作人们的头脑对于客观世界的主观反映。

对于艺术本质的这样一种认识论式的理解和界说,几十年来,在我国占支配地位。我们许多人从一接触文艺理论所接受的就是这样一种观念。像多年来被广泛地用作文艺理论教材的蔡仪先生主编的《文学概论》,开宗明义第一章第一节的标题就赫然横陈这样一行大字:

"文学是社会生活的反映"。我们多年来都认为这是天经地义的无可怀疑的真理,是马克思主义的唯一正确的关于艺术本质的规定,从来没有、也不敢对它提出质疑,从来没有、也不敢越过它去探索关于艺术的新的定义,建立新的艺术观念。

二 ‖ 对这一流行的艺术定义的反思

新时期以来,刚刚经受过一场空前的民族灾难的我国十亿人民都在反思。进入八十年代,改革、开放的春风吹拂着神州大地。人们的思想解放了。体制的改革和人的观念更形成互相促进之势。大家很自然地想到:从苏联来的那一套僵硬的经济管理体制已阻碍着我国社会主义物质文明建设的发展,需要改革;那么,从苏联来的一些思想观念、理论公式、思维方式,是否都是正确的呢?是否都符合马克思列宁主义?是否都符合我国社会主义精神文明建设的需要?况且,马克思主义也是要随着社会的发展(其中特别是生产力的发展和科学技术的进步)而不断发展的呀!许多人已经认识到,我国社会科学各个学科,在改革、开放的大趋势下,都面临着方法、观念、范畴甚至学科体系更新的任务。

这样一种社会的、思想文化的总背景和大气候,也促使我们对于流行于我国几十年的关于文学艺术本质的定义,甚至对于主要是从苏联来的文艺学学科体系,尤其是它的哲学基础,进行了反思和审视。我们发现它存在着很多矛盾和悖理不通之处。

大家都知道,对于客观世界的科学认识,越不带主观幻想或偏见越好,也就是说越客观越能获得真理。认识的功能在于把握客观世界的规律性,指导人们的实践活动,使人们不犯或少犯错误。在历史科学领域里,所谓"浪漫主义历史学派""感伤主义历史学派"之所以不足取,之所以常常被当作挖苦、嘲笑的对象,是因为这些学派的人们把与科学认识不相容的浪漫主义幻想和多愁善感带进了历史科学领域。与科学认识不同,艺术创作恰恰需要想象和幻想,需要丰富的感情。艺术家的笔锋可以忽而天上,忽而地下,忽而阴间,忽而阳世,忽而龙宫,忽而洞府。艺术家常常陪他所描写的人物流泪。而在科学研究中的感情用事却是要坏事的。艺术作品总是带有倾向性,这不是它的短处,恰恰是它的优点,没有倾向性的作品是无法感人的。而在认识过程中,在作科学结论时,科学家总是告诫人们不要带倾向性,而强调客观性。客观性是科学认识的最高品格,谁能说也是艺术创作的最高品格?由此可见,把文学艺术当作对客观现实的一种认识形式,把整个艺术现象放在认识论的哲学基础上来理解,是矛盾百出的。理论家们造出一些附加的说法来掩盖这些矛盾,或企图摆脱这些矛盾,或做一些弥缝的工作,但是都无法消除这些矛盾。这些附加的说法,就像天文学上地心说的主张者托勒密造出许多"本轮""均轮"之类的说法来弥补其学说的漏洞一样,搞得极其烦琐。

流行的艺术理论不仅把叙事性的文学作品叫作对现实生活的反映或认识的结果,而且把音乐、抒情诗、绘画、舞蹈、建筑等艺术门类,也通通归入认识论,说成是对现实生活的反映或认识。认识不仅要描述事实，而且要概括认识对象的本质、规律。那么请问，贝多芬的一曲《命运》描述了哪些事实？告诉了人们哪些客观世界的本质和规律？人们通过音乐语言从中所感受到的是命运的挑战以及这位伟大乐圣向命运抗争的不屈精神和坚强的人格力量。这里是美、是感情的领域，而不是知识的王国。人们把美丽的建筑比喻成无声的乐章。要想把大成殿、紫光阁、凡尔赛宫说成是对于现实生活的一种认识形式、形象的真理，从中去寻找关于人类社会生活的本质、规律的现成答案，无异于缘木求鱼、向火索冰，所遇到的困难恐怕是无法克服的。

蔡仪先生主编的《文学概论》向我们指出：孟郊的《织妇辞》、张籍的《野老歌》、关汉卿的《窦娥冤》和梁斌的《红旗谱》，“这些作品的根本意义，不管作者意识到了或没有意识到，都告诉我们这个真理：在阶级社会中，任何时候都存在着阶级对阶级的剥削、压迫，阶级对阶级的斗争”。这些作品的意义都在于印证《共产党宣言》中的一句话：“到目前为止的一切社会的历史都是阶级斗争的历史。”都可以视为《共产党宣言》的注脚。它们和《共产党宣言》所说的都是同一件事情，都“正确地反映了阶级社会的普遍规律”。《共产党宣言》和这些文学作品的区别仅仅在于“对社会生活反映方式”的不同，“科学的反映是抽象的，形成概念和理论，而文学的反映则是具体的，形成形象及形象体系”（见该书 1983 年版第 17—18 页）。让我们试想一下，如果这些文学作品的意义仅仅在于告诉人们关于阶级剥削、阶级压迫和阶级斗争的真理，那么，用《共产党宣言》中的表述方式该是何等简洁，何等明了，何等痛快！又何劳这些文学家们用如此繁复、累赘、不简明的形式向人申说一个如此简明的道理？岂不是自找麻烦！而且，告诉人们一个认识成果、一个真理，讲一遍也就够了，没有必要反复啰唆。而这些文学家却变换花样，把一条真理反复申说千余年，这又何必呢？在认识论的框子里，谁能把这些矛盾消除并令人信服？恐怕谁也做不到。这一事实只能说明把文学艺术作为认识世界的一种特殊形式的观点站不住脚，把文艺理论置于哲学认识论的基础之上，可以说是找错了家门，立错了脚跟。要摆脱这种困境，我认为必须转向辩证唯物主义的价值论，因为在我看来，艺术不属于认知——真理系统，而属于价值——感情系统。

三 ‖ 文艺学面临着范式革命

科学的发展不是简单的量的积累。文艺科学的发展亦复如是。这同单个人的认识能力的发展不是简单的知识量的积累的道理是一致的。

瑞士心理学家皮亚杰在研究人的认识的发生和发展时发现，人在认识客观事物的时候，他的头脑并不是光板一块，并不是像镜子照物那样反映外物，而是以一定的认知结构来认识、把握外界事物。认知结构随着认识的发展，有一个不断建构的过程。一种认知结构一旦形成，就造成一种认知心理的图式。遇到外界的从前没接触过的新事物，人们就用这种已形成的图式去同化它,把它纳入这图式之中给予一定的位置,照这已有的图式去认识、理解新事物。如果有更新鲜的事物出现在面前,人们用现成的认知图式无法同化,这现成的图式容纳不了它,不能用现成的图式理解、解释它,这时,人们的认知机制就会设法顺应这更新鲜的事物,即扩展、改进自己的认知结构,形成新的、更高一级的、适应范围更广的认知图式。人们的认知能力就是随着人们的动作、活动、社会实践的发展,在同化→顺应→再同化→更高的顺应……这样一种无限交替运动中,螺旋式上升的。这种学说不同于直观唯物主义者的机械反映论,也不同于康德的先验范畴学说,无疑是很有道理的。

美国当代科学史家和科学哲学家托玛斯·库恩受皮亚杰发生认识论原理的启发,把皮亚杰研究个体认识发生发展的理论,运用来观察代代相承的科学家群体的认知结构的发展过程,这也就是科学发展的过程。库恩勾勒出了科学发展的常规时期→范式革命→新的常规时期→更高的范式革命……这样一种无限交替的运动图景。他指出,正如个体的认知能力的发展不是单纯的知识量的简单积累一样,作为推动社会发展的伟大力量的科学的发展也不是科学知识量的简单积累。一个时代的科学家集团所采取的科学范式的水平,是该时代科学发展水平的标志。科学范式可以说是科学家集体的认知结构,它是指科学家集体共同采用的一些基本观点、原则和方法,它相对应于个体认知结构中的"图式"。一个时代的科学家大群体,有大家共同承认的大的范式;一个学科的科学家小群体,也有在这个范围内基本上得到共同承认的小的范式。

按照库恩的观点,在整个科学界或一个学科之内,一个新的科学范式确立之后,大体上得到了大家的承认,就进入了常规时期。在常规时期,科学家们去搜集、观察、分析各种事实,用他们所持的科学范式去说明、解释这些事实,使科学体系日臻完善。这非常类似于个体认识发展中的"同化作用"。在常规时期,人们总会遇到那么一些事实,用他们所持的范式"同化"不了,无法解释。由于范式一旦形成就具有相对的稳定性,人们的思维也有定势的趋向,因此,人们总是对那些很难于解释的"调皮"的事实,在他们所信奉的科学范式内,尽可能地给以解释。这种解释有时是勉强的、漏洞百出的。对于这样一些事实,人们初不以为意,积累得多了,人们就会发现矛盾。发现矛盾的,往往不是这个学科的大权威、著名代表人物,他们总是千方百计地来否认、弥合这些矛盾的。发现矛盾的多半是那些涉足不深的年轻人、小字辈或来自其他相关学科的人们。矛盾的不断被揭发,标志着旧范式的危机的到来,科学领域的范式革命也就要随之到来了。人们对旧范式提出怀疑,指出它的漏洞,并竞相提出取代它的新范式。大一统的天下被"群雄纷争"的局面所代替。经过一个时期的辩论、争鸣、深入研究,新范式产生了,新范式逐渐得到后起的一代科学家的承认。至于某些旧范式的代表人物或坚定的拥护者,则会抱残守缺终身,不可能承认新范式。这当然也无妨新范式的胜利。旧范式作为一个结构体系、作为一个理论框架被打破了,被抛弃了,但是在这个框架中产生的许多真理的颗粒、积极的成果,都是被新范式吸收了的,正像旧楼房推倒了,而其砖瓦仍然可以作为建造新楼房的材料一样。新范式的胜利,标志着科学的发展又在更高的水平上进入了一个新的常规时期。经过一个相当长的历史阶段,在这常规时期的末端,将会又有新的范式革命。科学就是如此一浪高过一浪地发展的。库恩所描绘的科学发展的这种图景,既受皮亚杰发生认识论原理的启发,又有大量的科学史事实作为依据,如物理学中伽利略物理学对古典的亚里士多德物理学的革命,以相对论和量子力学为标志的现代物理学对牛顿的经典物理学、力学的革命等都是。

对库恩的这一科学革命的思想,无论是在国外还是在我国当然都有争议,但是,我看它有相当程度的合理性。它既有科学史的依据,也符合辩证唯物主义所揭示的事物辩证发展的普遍规律。辩证唯物主义认为,无论是客观世界还是人们对客观世界的科学认识,都不会停留在一点上,都是一个无限发展的过程,而这种发展,并不像庸俗进化论者所说的那样只是量的积累而没有质的飞跃。发展总是由量的积累到质的飞跃,在新质的基础上又有新的量变,达到一定关节点,又完成一次质的飞跃,如此以至无穷。新质是对旧质的否定,再一次的质变,则是否定之否定。否定不是根本抛弃,而是扬弃。扬弃的本义是有所抛弃而又有所吸收。库恩科学革命的思想基本上符合唯物辩证法的质量互变规律和否定之否定规律。

我国几十年来流行的文艺理论的范式,基本上是苏联四五十年代的文艺理论范式。它的哲学基础是认识论。在上面第二节中我们已经指出,它在几十年来我国文艺界的创作实践和我国人民的艺术审美活动的检验中,暴露出来许多矛盾、漏洞,与艺术创作事实和艺术审美经验不相符合。这说明,它作为一个范式,已处在革命危机之中,终将被符合艺术创作实际和大众的艺术审美经验的新的文艺理论范式所代替。当然,这不是说原来文艺理论中的一切都得抛弃,绝不是这个意思。要突破的只是它的不符合艺术事实的范式。原来的文艺理论中有许多闪光的东西,有许多合理的成分,都可以成为构筑新的文艺理论大厦的材料而被吸收、保存下来。

一讲到文艺理论的范式革命,有些人就以为是革马克思主义文艺理论的命。这是一种极大的误解。以前那一套文艺理论的旧范式,当它传到中国来的时候,是贴着"马克思主义文艺理论"的标签的。当时的苏联人和我国文艺理论界也认为它是马克思主义的文艺理论。当然,有人曾持有异议,认为它不是马克思主义的,而是机械论的东西。请问那些一听到文艺理论的范式革命就以为是革马克思主义文艺理论的命的先生,你怎么能够证明以前那种漏洞百出的文艺理论范式是马克思主义的呢?马克思主义的活的灵魂是实事求是,马克思主义是革命的哲学。突破旧范式,使文艺理论更加符合文艺创作实践和大众的艺术审美体验,是完全符合马克思主义的实事求是和对文艺理论不断实行革命的改造的精神的,这只能说是发展马克思主义文艺理论,怎么能说是革马克思主义文艺理论的命呢?

当然,在旧范式暴露出了它与艺术事实的大量矛盾、处于范式革命的危机的关头,会有各式各样的学说出来一显身手,参加争鸣,这些学说不一定都是对的。然而,这是学术发展的常态,并不可怕。不通过各种学说的竞争,不可能以任何其他形式产生合理的新范式。文艺理论工作者应当像欢迎我国各个领域的改革一样,欢迎这次文艺理论的范式革命。

之二 为文艺学寻找新的哲学基础——价值论

一 ‖ 把文艺学置于认识论的基础之上的哲学原因

主要是从苏联来的以认识论为哲学基础的文艺学暴露出了它无法克服的矛盾,文艺学正经历着范式革命。在这种情势下,文艺理论家们向四面八方伸出触角,探寻较为符合艺术创作实际和艺术欣赏实际的新的理论范式,各种新说层出不穷。这确实是一种好现象。

经过几年的思考,我认为把艺术理论置于认识论的哲学基础之上,不管是唯物主义的认识论还是唯心主义认识论的哲学基础之上,都是找错了它的位置,为它安错了基座。这样一个历史的误会之所以发生,是因为以往的哲学,特别是欧洲近代哲学,太过注意人们对于世界的认识关系,而忽视了人们对于世界的价值关系。恩格斯指出:"全部哲学,特别是近代哲学的重大的基本问题,是思维和存在的关系。"(《马克思恩格斯选集》第四卷第 219 页)恩格斯把到他那时为止的哲学基本问题分为两个方面:第一个方面是思维和存在何者居先,何者为第一性的问题;第二个方面是"我们关于我们周围世界的思想对这个世界本身的关系是怎样的?我们的思想能不能认识现实世界?我们能不能在我们关于现实世界的表象和概念中正确地反映现实?"(同上书第 221 页)这里所讲的几乎都是认识论,都是人们与世界的认知关系。恩格斯所概括的是到他那时为止欧洲哲学史上、特别是欧洲近代哲学史上所讨论的重大的哲学基本问题。这一概括是符合欧洲哲学史的实际的。多年来,我国哲学界的许多人教条主义地把恩格斯的这几句话当作他对于哲学基本问题的规定,而且是一种永恒的规定,似乎哲学只能研究这些问题,不能有任何超越。这样理解恩格斯的话是一种十分有害的误解。其实,恩格斯只是对到他那时为止的欧洲哲学史特别是欧洲近代哲学史上所研究的基本问题的一种客观的描述,作为一位思想、眼界十分开阔的革命家,他并没有、也不可能会给后人规定哲学只能研究这些问题。恩格斯的上述概括,印证了我们前面所说的以往的哲学、特别是欧洲近代哲学对价值论的忽视。这当然与价值问题比较隐蔽、比较难于把握有关系,人们对它的理论把握较迟是可以理解的。以往的哲学家,特别是欧洲近代哲学家,强调理性,推崇科学,在认识和逻辑上刻意求精,达到了极高的水平,非常值得称赞;但是,对于价值世界及其主观对应物的感情领域却研究甚少。无论是英国经验主义者还是大陆理性主义者几乎都是如此,都没有自己系统的价值理论。既然以往的哲学家,特别是欧洲近代哲学家们,绝大多数只知道人们与世界的认识关系,那么,总是以一定的哲学思想为基础的艺术理论,很自然地也就把艺术家对于他所描绘的周围世界的关系和大众对于他们所欣赏的艺术作品的关系，全部当作了认识关系，把艺术当作了认识世界的一种特殊形式，把艺术理论建立在认识论的哲学基础之上了。这是很自然的，可以说顺理成章。

但是，人们对于世界的关系并不仅限于认知关系，哲学也不仅限于认识论。哲学的基本问题应当是发展的，应当随着哲学本身的发展和人们眼界的拓宽而发展。

一个较为完整的思想体系，包括哲学体系在内，在内容上总是有这样三种成分：①逻辑成分，它的构筑者所使用的逻辑方法。②认识成果，它所阐明的对于世界及其规律的看法。③价值成分，它所表现的价值观、价值理想、价值主张。像老庄哲学所主张的小国寡民、鸡犬之声相闻而老死不相往来，清静无为，恬淡寡欲，儒家所主张的仁学和“用舍行藏”的处世哲学，墨子的“兼爱”，杨子的“为我”等等，都不属于认识论，而是这些哲学家的价值理想和价值主张。他们认为这些东西有价值，对人、对社会有好处，所以他们才主张应当如此这般。至于他们的这些主张对人、对社会是否真有好处、真有价值，那是另一回事。他们在这里讲的并不是思维与存在的关系问题，并不涉及精神与物质何者为第一性、世界究竟可知还是不可知的问题，然而你不能说这不是哲学，无论哪一家的中国哲学史著作，都不能不讲这些内容。可见哲学并不限于认识论，它的疆域要宽广得多。

人与世界的关系并不只限于认识和被认识的关系，还有一种更根本的关系，即价值关系。我们人类生活在世界上，时时处处都离不开价值物，离不开对价值的追求和创造。我们的各种需要，无论是物质的还是精神的、个体的还是群体的，都要靠相应的价值物来满足。有些基本的需要如果得不到满足，就无法生存，更不要说发展了。人一来到世界上，认识活动还没有开始，就先要呼吸空气、要吃奶、要安卧于襁褓之中，这就与周围世界发生了价值关系。在他们的一生中，新的价值关系不断建立、发展、更迭，直至死亡。人与物之间，人与人之间（包括个体与个体、个体与群体、群体与群体之间）都有着错综复杂的价值关系。在物理世界的背后，存在着一个价值世界。它既不是老庄的玄之又玄的“道”，也不是柏拉图的不可捉摸的“理式”或黑格尔的神秘的“绝对理念”，而是由现实的价值关系网编织而成的可以把握的真实的世界。因此，研究价值问题，建立科学的价值理论，同研究认识问题，建立科学的认识理论，具有同等重要的意义。仔细推究一下，我们人类的认识活动为什么会发生？我们为什么要从事认识活动？如果不与满足人类生存与发展的需要的价值活动关联起来，那么，单纯的认识活动又有什么意义呢？认识活动之所以必要，就因为它是为人类保存自己和发展自己的价值活动服务的。价值活动是认识活动的起因、动力和归宿。价值活动对于认识活动来说是人类更根本的活动。因此，只讲认识论不讲价值论的哲学是一种不完备的哲学。

二 ‖ 对人类的认识功能和感情功能的比较研究

传统上,哲学家和心理学家把人的心理活动功能分为三种,即知、情、意。人为什么会产生这些心理活动功能呢?这与人作为自控制、自调节系统的生存活动有关。全人类作为一个整体来看,是一个巨大的自控制、自调节系统。一个种族、一个民族、一个由众多的人群在一定的领土上所组成的国家(这里所说的不是作为政权组织的代名词的政治概念的"国家")、一个阶级等这样一些不同层次的人类社会群体,都是自控制、自调节系统。由肉体和精神所组成的个体的人,也同样是一个自控制、自调节系统。凡是自控制、自调节系统,与那些死的泥土山石不同,在其生存活动中,自然地形成一种"目的",这种"目的",主体可能意识到,也可能意识不到,但其行动,就概率来说,都是导向这目的的。主体的一切自调节机能都是为导向这目的服务的。所谓"自控制、自调节",就是指这些系统能够在其运动中控制自己,调节自己的行为,使之导向目的,若有对目的的偏离,能通过自调节行为而加以纠正,重新对准目标。对于人类各个等次的系统而言,其目的就是他们作为系统的生存与发展,人类的各种调节功能,都是为人类(群体和个体)作为系统的生存与发展这样一个控制论目的服务的。人类的各种心理活动功能,都可以视为自控制、自调节功能而服务于导向生存与发展的目的的运动。

知是认识功能。人生活在世界上,如果缺乏认识能力,对周围世界茫茫然无所知,他将寸步难行,根本无法生存。我们平常说:"认识世界是为了改造世界。"改造世界意味着改变人类的生存条件,创造更多的能够满足人类多种需要的物质价值和精神价值,以利于人类的生存与发展。这都说明人类的认识功能是导向人类作为自调节系统的控制论目的的。人的大脑有选择地从周围世界摄取信息,对摄取来的信息进行加工、处理,依照对于周围世界的规律性的直觉的或逻辑的把握,来调节人们的行为,使人不犯或少犯错误,不走或少走弯路,以获得最大的成功。人的这一心理功能就好像是轮船上的罗盘、望远镜,飞机上的电子导航装置,没有它们,轮船和飞机就成了瞎子,就会乱碰乱撞,难免落得个船翻机毁。人的认识可以分为认识能力和认识内容两个方面。认识能力即人的认识器官(作为信息接收器的眼、耳、鼻、舌、身和作为信息加工、储存器的大脑)选择、接受和加工处理信息的能力。对于这种能力应当从人的认识潜能和这种潜能的实现的辩证关系上来理解。人的认识潜能是在系统发育即种族演化的漫长过程中,主要是通过自然选择而获得的。人类作为高级物种,由于其生存活动特别复杂,需要高度发展的自调节机制,于是,在系统演化中也就合目的地形成了这种机制,演化出高度发达的大脑和感官,具有几乎是无限的认识潜能。这是一个自然程序。人的认识潜能的实际实现则是一个社会程序。人通过幼小时的简单动作,稍长之后的种种活动,成年之后的社会实践以及前代人的传授、同侪间的影响,逐步建构他的认知结构,发展他的认识能力,认识潜能就在特定的历史环境和特定的微观环境中实现为与在这种环境中的人们的生存需要相适应的认识能力。其实人的认识潜能并没有竭尽,它的实现在任何情况下都只能说是一定程度上的实现。随着社会发展的需要,随着人类生存环境复杂性的提高,将来的人类会在我们今天无法想象的高度上实现他们的认识潜能。有人认为"潜能"是一个空疏不实之词,它并不存在。这种说法是不对的。"潜能"属于可能性范畴。可能性作为一个哲学范畴并不是空疏不实的,而是有它实际的内容的。人的认识潜能有物质根据,它就隐伏在人类大脑约一百四十亿个神经元之间相互联系的无限可能性之中。人的认识的内容是以信息的形式所把握到的事物的状态、性质和关系。认识的直接目的在于获得真理,即尽可能使主观认识与客观实际相符合、一致。

人类的另一种心理功能是"情",即可以对外界事物产生感情反应或在感情上主动追求某种对象。情绪是人类感情心理结构中的低级层次,它为人类和许多发展程度较高的动物所共有。情感是人类感情心理结构中的高级层次,它为人类所专有。情绪和情感合称为感情。在事物的辩证发展中有这么一条规律,即高级的东西由低级的东西发展而来,高级的东西以低级的东西为载体,高级的东西之中常常包含着它所从出的低级的东西的某些成分或"遗迹"。人的感情心理结构也是如此,高级的情感不是高悬在空中,它总是有情绪基础的。感情和认识的关系虽然极为密切,但是它不同于认识。越是关系密切的东西越容易相混,精密的理论思维就越要把它们加以区分,弄清楚它们之间的真正关系。认识的对象是事物的各种状态、性质和关系,而感情反应和感情追求的对象则是事物的各种价值属性。主观的感情和客观的价值是两两对应的。任何事物我们都可以去认识它,但是,并不是任何事物都能够引起我们的感情反应。我们的眼下、耳边经常不断地淌过物质流和信息流,只有那些具有正负价值(益害、善恶、美丑)的事物,才能引起我们的感情反应。人为什么具有对自己的价值对象产生感情反应和感情追求的心理机制?这也是由人类生存与发展的客观的控制论目的决定的。一切正负价值都对人类(个体或群体)的生存与发展具有某种正面的或反面的意义,符合或者违背人类各等次的群体或个体的控制论目的。也可以反过来说,唯其符合或者违背人类各等次的群体或个体生存与发展的控制论目的,事物才具有正负价值。价值是需要的函项,也是自控制系统的目的的函项。人类在系统发育即种族演化中,必然合目的地产生对正负价值的顺的或逆的感情反应的生理心理可能性,这种生理心理可能性在实际的社会生活中实现为与人类的生存条件相适应的感情反映能力,对各类正负价值产生有利于人类自身生存与发展的感情反应或感情追求。感情是人类行为的直接动力。

关于意志,在学术界有不同的看法。德国古典哲学家康德将人的心理功能分为三种,即知、情、意,意志在他的哲学体系中主要与实践理性相关联。美国心理学一般不讲意志,他们讲认知,讲情绪,讲动机。苏联和我国的心理学著作则讲意志,将意志与认知和感情并列。近几年,我国有的心理学家(如潘菽先生)反对三分法而倡导两分法,认为人的心理功能只有知、情两种,主张情、意合一,而意在情中,不承认意志是一种与知、情同等并列的独立的心理功能。心理学,特别是情绪、情感心理学还不成熟,还处在描述和猜测的阶段,各家的理论是非尚难决断。我国和苏联的心理学著作一般把意志界定为人自觉地确定目的、支配行动、克服困难以实现预定目的的心理过程。让我们把这样一个心理过程分析一下:确定目的是确定人的行为的价值取向,实现一种什么样的价值目标。确定目的之后要考虑达到目的的方法步骤,制定行动计划。无论是确定目的也好,还是制定行动计划也好,都要以认知为基础。如果对现实情况一无所知,就无法确定目的、制定计划。确定目的、制定计划既然是为了实现一定的价值目标,那么确定目的、制定计划的行动以及此后实行这一计划的行动,一方面要以认知为引路的向导,另一方面也必然以价值目标所唤起的感情为直接的动力。这样一分析,意志之中涉及心理功能的,也还是认知和感情两个方面。潘菽先生主张两分法,美国心理学家著作中没有意志的位置,看来是有一定道理的。利珀认为,情绪本身就是动机,它具有方向性,并不纯然是一种生理的激动。汤姆金斯把情绪作为第一性的动机来对待,认为生物内驱力不经过感情体系的放大,就不会有动机的作用(参阅斯托曼著《情绪心理学》、克雷奇等人著《心理学纲要》下册)。

由此看来,现代心理学倾向于肯定人的感情对于人的行动的直接动力作用。感情在人的行为动力结构中应该说是一个十分重要的环节。在我们以前解释社会运动和发展时,缺少这样一个环节,似乎社会的物质关系的变化会自动地造成社会的运动和发展。这是一种见物不见人或见人不见心的机械唯物论观点。马克思说:"从前的一切唯物主义——包括费尔巴哈的唯物主义——的主要缺点是:对事物、现实、感性,只是从客体的或者直观的形式去理解,而不是把它们当作人的感性活动,当作实践去理解,不是从主观方面去理解。"(《关于费尔巴哈的提纲》)马克思所批评的旧唯物主义的这种缺点,在不少人那里至今还存在着。在他们看来历史唯物主义可以排除心理学的"干扰",一讲到人的感情、意志,似乎就会堕入历史唯心主义。其实,历史的运动是由人参加的,人是有心理功能的,人的行动是受一定的心理状态支配的。各种正负价值所引起的人们的感情(包括情绪和情感)力量使人产生意志行为,投入社会实践,参与历史运动。感情不属于认识论,不能把情混同于知。知和情是同样重要的两种心理功能,但它们有分工。知(认识)是"眼睛",感情是动力。光有"眼睛"看路,人还不会开步走,还要有必要的动力结构系统。感情虽然是人类行为的直接动力,但是它不是原动力。原动力在客观的价值关系网,经济关系是其重要内容,但不是唯一内容,连历史唯物主义的创始人马克思、恩格斯都不同意单纯的经济决定论。人类的感情、意志正是从现实的价值关系网获到动力源的,这就像轮船和飞机的发动机作为动力结构的重要部分必须从燃料库输入燃料一样。各种正负价值引起人们的感情,感情使人弃伪求真、向善背恶、爱美厌丑、趋益避害,转化为意志行为,按照价值理想改造世界,不断消灭负价值,创造新的正价值。这是人类的一种不间断的自组织、自控制、自调节的无限过程,是人类向更高的有序化发展的上升运动。

三 ‖ 艺术属于价值—感情系统

以上,我们对认知—真理系统和价值—感情系统的不同特性以及它们在人类社会生活中的不同作用进行了比较。现在,让我们仔细推究一下,艺术究竟是属于认知—真理系统呢,还是属于价值—感情系统呢? 我认为,艺术主要应属于价值—感情系统,艺术理论主要应建立在价值论的哲学基础之上。

大家公认,艺术总是与感情有缘分,缺乏感情的东西不是艺术。既然承认这一点,而又把艺术归入认知—真理系统,这本身就是一个矛盾,只不过人们习以为常,看不见这个矛盾而已。不带价值属性的认识对象,不会引起人们的任何感情反应。由此可见,人们的感情与认识对象没有必然联系。只有价值体验的对象才与人们的感情有必然联系。既然承认艺术与感情有必然联系,也就得逻辑地承认艺术与人们对于价值的体验有必然联系。艺术家总是看到或亲身经历过许许多多具有善恶、美丑、益害的正负价值属性的人和事,深深地打动他的感情,使他崇敬、喜爱、向往、仰慕,或厌恶、鄙夷、愤怒、痛恨,这些人和事以及与之相联的感情蓄极积久,有不可遏制之势,才发而为艺术作品。在叙事性文学作品和某些绘画中,这些带有正负价值、触发过艺术家的感情的人和事,尚可以生活本身的形式出现,而在音乐等抒情艺术中,连这些人和事的痕迹也隐匿了,我们所接触到的是以音响艺术符号的形式所汇成的感情洪流。由此可见,用"价值—感情"论的观点解释艺术,比用"认知—真理"论的观点解释艺术要顺当得多,普适性强得多。

把艺术归入认知—真理系统,以这种观点来指导艺术创作,艺术作品就难免概念化,难免通过艺术进行说教,难免图解某些权威性的社会学概念和现成结论。在这种理论拘禁之下,艺术家进行创作时总是要考虑我这样写是否符合对生活的真理性的认识? 是否与具有定评的某部社会学著作的结论一致? 如此一来,怎么还敢于放纵自己由各种正负价值所激发起来的感情的波涛? 怎么还敢于驰骋丰富的想象,进行大胆的虚构、夸张? 而这些正是艺术的灵魂。把艺术归入价值—感情系统,以这种观点来指导艺术创作,就会免除这些弊病。受这种艺术观念指导的艺术家在进行创作时,他知道自己不是在写社会学讲义,不是在写历史,他留给读者的不是历史文献,而是艺术作品。他懂得权威性的社会学著作尽管充满了真理,使他折服,他要学习它,了解它,这方面的知识对于他来说像对于任何人一样都是极为有益的;但是,他所从事的艺术创作与这些权威性的社会学著作所说的不是同一件事情,不属于同一个系统,不必照它的结论来写。艺术家对生活有自己的感情体验,有自己的特殊感受。感情体验与理论认识不是一回事。各种具有正负价值的人和事与他的感情体验融会在一起,经过酿造,已非原始的人和事以及原始的感情体验,在价值理想的指导下,它升华了,结晶出艺术作品。艺术欣赏者决不应当把这样的东西当作历史文献来看。艺术家所担心的不应当是他的作品符合不符合某些权威性的社会学结论,而是应当担心并且时时审视自己的立场、价值取向、价值感情是否与广大人民群众一致,是否符合历史发展的要求,是否具有时代的先进性。这些,对于艺术家来说才是生命攸关的东西。

前面说过,艺术家不必老担心自己的艺术创作与权威性的社会学著作的结论是否一致,这并不意味着否定这些权威性的社会学著作的巨大的社会作用。权威性的社会学著作是对于社会生活的科学认识的结晶,它所揭示的社会生活的真理,对于人们的社会实践活动,其中包括艺术创作活动,具有极为重要的指导作用。从它那里我们知道了社会生活发展的规律、历史的动向,它使我们懂得应当怎样行动才不犯历史的错误,它是“眼睛”,是“罗盘”,是“望远镜”,是“电子导航装置”,使我们在陆上、海洋、天空不迷失方向,知道往什么方向去。这作用还不大吗?大得很,简直无可估量!

但是,它不是人类社会行为的动力源,动力源在价值,在利益。把艺术作品作为人类社会行为中的“眼睛”“罗盘”“望远镜”“电子导航装置”来看,它是蹩脚的,可以说是派错了它的用场。如果硬要艺术去当社会学权威著作的注脚、图解、附庸,它就丧失其作为艺术作品的品质了,不再是艺术了。把艺术现象放在人类社会行为的动力结构系统之中来观察,则是让它回到了它所应当在的位置,就像由以托勒密的“地球中心论”改换为以哥白尼的“太阳中心论”的观点来观察太阳系一样,一切都是那样简单、清楚、明白。在有形的物理世界的背后,存在着一个无形的由价值关系网组成的价值世界,时时激发着人们的感情,成为人们的意志行为的动力源。艺术家则站在时代的巅峰,以其特有的敏感,感受着各种正负价值对他的感情的激荡,他带着与广大人民群众相通的崇高的价值理想,投入艺术创作,他的价值感受和价值理想升华、结晶为艺术作品,这作品本身就具有极强的价值属性,牵动着大多数人的心,它比现实生活中的价值往往更强烈地激发着人们的感情,成为人们当时或以后的意志行为的动力,在人们的生存活动中发挥巨大的作用,服从于人类社会各群体系统生存与发展的控制论目的。

由此观之,认知—真理系统和价值—感情系统在人类社会的自控制前进运动中,各有各的用处,谁也离不开谁,谁也莫想吞并、代替对方。属于前一系统的科学著作和属于后一系统的艺术产品,也同样如此,谁也不能把谁当作附庸、奴婢,让它尾随在自己之后。它们之间的关系,用俞平伯先生评《红楼梦》时所讲过的一句旧话来说,犹如“两峰并峙,双水分流”。这是一种平等的关系。平等的关系并不排斥它们之间的相互作用和相互影响,然而这种相互作用和相互影响,绝不是流行的艺术理论所经常重复的那种从属、附庸、图解的关系。

把艺术理论置于价值论的哲学基础之上,把艺术由于原来归错了档而从认知—真理系统归还给它本来应当在的价值—感情系统,这一艺术观念的变革,也许会给艺术创作和艺术批评带来新的生机。

(原载《南方文坛》1987年创刊号)

新现实主义论

对一种文学潮流的把捉和预测

□ 周鉴铭

A　一个旗帜林立的时代，一股理论探索的热潮

这是一个旗帜林立的时代。

这是一个口号、理论满天飞的时代。这也是一个形形色色的概念、符号、系统层出不穷的时代。

的确有一些旗帜、口号、理论、符号，除了其自身之外，就毫无意义了。

但也的确有许多旗帜、口号、理论、符号是经过仔细观察研究、深思熟虑、权衡比较之后的产物。

在这个问题上也切莫“一刀切”，把真理与谬误一锅煮。

譬如，关于“现实主义”，从古至今，曾产生过许多符号与旗帜：古典现实主义、批判现实主义、革命现实主义、革命现实主义与革命浪漫主义相结合、社会主义现实主义……这些，包含着几代、十几代、几十代文学家的艺术实践和他们对艺术规律的把握和总结，都是文学史上的真理性（或部分真理性）的命题。

粉碎“四人帮”后，面对着焕然一新、丰富多彩的文学景观，面对与“十七年”大不相同的现实主义，理论的探索者们试图为它们找寻一种恰如其分的新的符号系统。

二十世纪七十年代末，黄伟宗同志提出了“社会主义的批判现实主义”的命题。他的本意在于对像《班主任》这样的伤痕文学、《犯人李铜钟的故事》这样的反思文学、《乔厂长上任记》这样的改革小说、《人妖之间》这样的“问题文学”……找出文学观念和创作潮流上的归属。黄伟宗用历史的眼光，发现了新时期初期现实主义与“十七年”现实主义的差异，并试图用一种新的符号系统把握它。他着眼于伤痕文学、反思文学、问题文学等对现实的思辨色彩，强调

了它们的批判意识。可尽管他小心翼翼地加上了“社会主义”的限制定语,其主体部位“批判的现实主义”仍然会与历史上的那个符号产生混淆。黄伟宗的失策、失措是符号选择和命定上的,而不是实质性的。只要我们认真读过他的文章,我们会发现,他对其所提出的这一新概念的界说,和历史上以暴露为主要美学特征的批判现实主义并不是一回事。它倒是和人们所熟知的“革命现实主义”属于一个家族。遗憾的是,某一种思维定式促使某些(国内和国外的)人们产生联想和推导,于是,黄伟宗的口号便被作为一种想脱离轨道的“异端”,一方面得到极高礼仪,一方面则遭到杀伐了。

然而,被剿灭的是某种不周密的思索和带有“把柄”的命题,却剿灭不了人们求真理的精神。因为,现实主义的文学洪流滚滚向前,它促使人们不得不去始终不渝地思索它、把握它、认定它。

一九八五年,柯云路推出了他的长篇小说《新星》,紧接着,又以文学史上少见的速度推出了系列长篇小说《京都》第一卷《夜与昼》。这两部长篇小说在中国文坛上掀起了一股“柯云路热”。如果说《新星》在政治观和文学观以及方法上还较“正统”的话,那么《夜与昼》却使人耳目一新:它从文学观念到手法都跨入了一个新的范畴。在《夜与昼》之前或之后,还产生了为数不少渗透着新观念、应用了新手法的作品。但是,在这股已告将生的文学新潮面前,评论界却表现得异乎寻常的冷漠,它的兴奋中心正集中于“先锋派文学”而无暇他顾,也许是不屑一顾。无奈,作家只好自己站出来现身说法了。一九八六年八月底至九月初,《文学报》以两个整版的篇幅,发表了柯云路的理论长文:《〈夜与昼〉与现代现实主义宣言》。

然而,这个“宣言”,毕竟只是一个“宣言”,就是说:1.它带有极大的假想的色彩,它不完全是对已有经验的概括,而是已有经验和未知经验的融和;2.它带有柯云路个人的色彩,它不是对“同种”文学的概括,而只是“宣言者”本人的经验的概括。

不管怎样,柯云路的《宣言》,毕竟放出了一颗重磅炸弹,它预示着一种新形态的现实主义正躁动于母体之中;还预示着与之相适应的文学观念的更新和理论思索的勃起。

无独有偶,国外文学界的有识之士也注意到了我国现实主义的这种更新换代。一九八七年初,日本大修馆书店出版了日本中国研究所编纂的《中国年鉴 87 年版》,其所附“别册”《中国新时期文学的十年——作家与作品》三十余个问题中,有一项便是“新现实主义”。我们还未见到原书,还不知道日本学者所谓“新现实主义”是否就是我们正在考察的那一类作品,但他们注意到了我国新时期文学现实主义的新形态、新发展是肯定无疑的。

以上这些事实无不说明:我国当代文学的现实主义,正处于一个更新换代的历史阵痛之中。社会主义现实主义一代过去了,“双革”一代过去了,就是革命现实主义这一代,也正在逐渐退出历史舞台,而让位于新一代现实主义。当然,这种历史的交替不会是绝对纯粹的“一刀切”的,它必然会有一个互相渗透、互相衔接,共存、互依的局面,甚至会出现永远共存、共荣的局面,只是,文坛的主角在悄悄地易位罢了。

也有人不是从更新换代这样一个层次，而是从现实主义的发展这样一个层次去把握现实主义的发展。八十年代初，有陈骏涛等的“多样化的现实主义说”；一九八七年又有邹平的“现实主义嬗变论”(《当代文坛报》1987 年 5 期)。1986 年，《北京文学》编辑部还举行了关于现实主义发展的讨论会。这些，又从另一角度证明着：近期以来我国文学的现实主义，的确不是依然故我的老样子了。

本文选择了“新现实主义”这一命题参与对当代现实主义新发展的研讨、把捉的理论探索热流，其目的有三：

1.从根本上来说，提出“新现实主义”，是对新时期文学中一种正在萌生、滋长的文学现象进行理论探索，也可以说是对我国当代文学现实主义更新换代趋向的一种理性的预测和设想。

2.提出“新现实主义”，是对新时期文学理论研究和文学批评中的一种失去平衡的状态的质疑和提醒。

3.提出“新现实主义”，试图把握当代艺术的发展规律。

B　当代现实主义的更新换代

任何理论，都是对客观世界的规律性的观照。

“新现实主义”的命题，不是作者的凭空玄想，它是源于对当代文学现实主义历史发展的客观情势的。

正如当代中国政治史、文化史是一部不断转变、曲折发展并从而前行的历史一样，当代现实主义也是在不断的否定、转换中发展的。到目前为止，它大致经历了四个发展阶段：

1.新中国成立初年的社会主义现实主义

社会主义现实主义，是作为一种创作方法从苏联“引进”的。这种新兴的创作方法，在苏联曾获得了极大成功，产生了一批优秀作品。在中国，情形又当别论。由于政治上实行“一边倒”，生活的一切方面也都要实行“一边倒”。所以，这种创作方法之对于中国作家，与其说是一种文学方法，不如说是一种政治态度。由于它被文艺界领导当作一种无可置疑的马克思主义的创作原则宣扬和推广，因而，它就具有了规范的、法典的性质。然而，这毕竟是别人园里结出的瓜。它对于中国作家，可敬而不可近，可望而不可即。任何理论、口号的产生都有自己的气候土壤，当然可以“移植”，但必须具有相仿的条件，然而“一边倒”的思维模式是不问青红皂白的。于是，中国作家就被强行去接受一种别国的创作方法。其结果，尽管人们的喊声震天价响，但被公认是成功地使用了这种创作方法的作品，还极少看到。社会主义现实主义创作方法,作为一种对外国文化的生吞活剥的照搬,和自上而下的行政号召,始终只停留在理论的宣传介绍上,几乎没什么创作实绩可言。

2.革命现实主义和革命浪漫主义相结合

由于这个方法是党和国家的领袖提出的,因而,它被镀上了另一层政治色彩。正像新中国成立初年对苏联“老大哥”的东西必须五体投地一样,现在,对“双革”也必须五体投地。“双革”方针提出后,理论界曾“讨论”过一阵,然而这种“讨论”,实际上不过是一场现代的注释运动而已。

比社会主义现实主义稍强,“双革”在创作实践上并非一片空白。它也产生过某些的确可以称之为“两结合”的作品。

其一是毛泽东诗词。它对中国历史和现实的史诗般的高度概括,它所包含的共产党人的崇高理想,它的宏大深邃的意境、奔放炽热的感情,以及神话、夸张、比喻、拟人的出色运用,这些,使它达到了“两结合”的境界。

其二是新民歌。如果说毛泽东诗词是“双革”的“雅文学”,那么,新民歌便是“俗文学”了。它们从两种境界上对“双革”方法作出呼应。新民歌中的一些最优秀篇章(如《红旗歌谣》中所选的一些篇章),是可以作为成功的“双革”样品留在史册上的。但是,新民歌运动中成千上万速朽之作,既暴露了对“双革”方法的滥用,也暴露了这种试图用“辩证法”统率的创作方法本身的局限。

除了毛泽东诗词和新民歌以外,一些作家也曾作过尝试。其中贺敬之的大型“楼梯诗”可说是“双革”方法的较成功的运用。贺诗的确既概括了中国现实,又表达了人们的热情和理想,是“两结合”的。但贺诗又有“大而不当”、千篇一律的雷同化缺陷,这似乎是把两个矛盾对立的方面牵强地撮合在一块儿所带来的某种后遗症。除贺敬之诗歌之外,《红岩》《红旗谱》《林海雪原》等小说,也曾被认为是应用了“双革”创作方法而取得成功的。我们不否认“双革”的观念对这些作品在对生活的取舍、提炼、概括上,在对人物性格的塑造上,甚至在作品的布局上,都起到了积极作用。但是,它们也随之带来了一些僵硬的创作模式。

在十年浩劫中,“双革”方法本来带有的局限性被无限放大,被推到极端,被扭曲变形并加以滥用。

总之,“双革”的方法,在当代文学中,曾经被认真地宣传过、实践过。由于它是来自领袖的倡导,所以始终诱导着作家去攀登。但是,那对他们却始终是遥远的不可企及的目标。

3.革命现实主义

粉碎“四人帮”后，在创作方法上，曾众说纷纭。但力主革命现实主义者，是多数，也是主潮。这时，人们（就多数人来说）似乎才发现“十七年”的现实主义，既不是什么社会主义现实主义，也不是什么“双革”，而是革命的现实主义，于是恢复革命现实主义的呼声响遏行云。与“恢复十七年”传统的呼声相适应，伤痕文学、反思文学、问题文学等新潮一浪高似一浪，席卷了中华大地。而所有这些，都被看成是“革命现实主义”的胜利。同时，“十七年”的传统，也主要地被规定为革命现实主义传统了。

4.新现实主义

当代文学的现实主义正处于“阵痛”之中。

随着伤痕文学、反思文学等的落潮，为它们所代表的革命现实主义正面临生活及文学的多重挑战。

（1）它面临着生活的挑战

新时期的社会生活呈现出复归性、主流的渗透性、趋向良性发展等等特点。现实主义是以再现客观世界为其本色的。面对新时期复杂多状、一日千里、良莠杂呈、扑朔迷离的社会生活，具有某些模式的革命现实主义时时感到束手无策。于是，在现实主义的母腹中开始孕育一个新的胎儿。

（2）它面临着观念的挑战

创作方法是一种观念的子系统，它受制约、受影响于观念的母系统和其他子系统。我国人民的观念系统（历史观、社会观、生活观等等）正在发生变化，它也必然影响文学观念的变化。

革命现实主义是基于它所产生的那个历史文化环境的观念系统的。现在，这个观念系统变化了，它显然不能依然故我。

（3）面对现代主义的挑战

以朦胧诗为先导，我国文学勃起了现代主义运动。意识流小说风行一时，荒诞派戏剧使人耳目一新。两年前兴起的新感觉派小说，把现代主义运动推向高潮。

现代主义运动带来了中国文坛上闻所未闻的新的内涵、感受、样式和方法，它引起许多人（尤其是青年）的极大的兴趣，同时，也形成了对原有文学构架的冲击。当然，受到冲击最严厉的还是现实主义。在某些时候，它甚至采取了取而代之的咄咄逼人的态势。现代主义把生存、发展问题提到了现实主义面前。

现实主义必须起而迎接这些挑战,否则,它就不能生存和发展。

于是,一个更新换代的"阵痛"在其母腹中展开了。

C 一个文学"幽灵"已游荡在人间

有人问:新现实主义的代表作家作品在哪里?

问得好!

一个文学潮流,或一种创作方法,若没有代表作家、作品,岂不成了空中楼阁?

但是,也要看到,一个文学潮流或一种创作方法的形成,也并非一朝一夕之功,有时甚至要经过几代人的辛勤耕耘。在这个过程中,应该允许(也必然会有)一个萌生、发展到成熟的过程。它当然要以某些代表作家、作品作为自己生命的标志,但也不可能一下子就创造出人家几代人才创造出的成果。

我们承认:对新现实主义来讲,要找巴尔扎克《人间喜剧》之于批判现实主义那样高层次的代表作家作品,现在还找不到。但是,低于这种层次的作家作品,不但有,而且,为数也不是个别的。

始终高举现实主义旗帜的刘心武,以获奖小说《钟鼓楼》为标志,完成了他创作方法的更新换代:从《班主任》的写问题,到《如意》《立体交叉桥》的写人生,到《钟鼓楼》,则追求立体的、多层次的、网络式地来表现现实人生,从对北京市民众的社会生态景象描写中,来自觉地体味和传达一种现代意识。

柯云路从《三千万》《历史将证明》到《新星》,尤其到最近的《夜与昼》,使他前后判若两人。那种对生活的类型化的提纯和切割,那种绝对的理性驾驭已经让位于对生活全景的"原色"描写,让位于"无我"的客观展示。

陈建功从《飘逝的花头巾》《轱辘把胡同 9 号》《丹凤眼》到最近的《卷毛》,也完成着类似于刘心武、柯云路的转变。他已远离了政治的、道德的简单化的评价,而进入了历史的文化的评价了。

此外,朱苏进的《凝眸》《第三只眼》、李锐的《厚土》以及王朔的一些作品,都参与了对一种文学新潮的创建。

如此等等,无不表明:一个未来文学巨人,已经在中国大地上诞生。

让我们尝试着来捕捉并描绘一下这个未来文学巨人的形象吧!

新现实主义用现代意识作为自己观察生活、提炼主题、结构布局、塑造形象的"常规武器"。

"新现实主义"与"十七年"的革命现实主义或"双革"的首先的不同之处即在于这一点。可以说,两者的贯穿意识不同。"十七年"现实主义用的是"五十年代精神",而新现实主义用的是“八十年代精神”。

关于“现代意识”，我认为，其内涵中的如下几点是尤为重要的。

（1）忧患意识以及在此基础上产生的批判精神

新时期前期文学中也有忧患精神，但那大都是对历史的警觉，而且是偏重于社会政治方面的思考。近年来新现实主义的忧患意识，其内涵更为深广：它更多地面向未来；它不但注目于社会政治方面，而且，注目于民族精神的更新和再造方面。

批判的精神不仅贯穿于新现实主义的内容方面，而且，贯穿于它艺术形式方面。柯云路宣称，在《夜与昼》中，他对“现存的经济、政治、哲学、人生观念（包括事业观、幸福观、爱情观、婚姻观，家庭观）、价值观念、伦理道德观念中的旧传统和旧习惯持尖锐的批判态度，保持一定的深度和力度；在美学上，艺术上，对浅薄的诗情画意的‘美’，对把生活写得那么轻松，那么简单，那么纯、那么善、那么美，对虚伪的、矫揉造作的‘美’，对‘奶油小生’式的脂粉气的‘美’，持无情的批判态度”。

这一段话，充分体现了“新现实主义”的批判精神。

但应该指出的是：新现实主义是不排它的，人们可以写纯粹的美，轻松的美，不必当作旧传统来批判——这是柯云路的偏激之处。

这里的“批判精神”不是通常意义上的社会政治批判，它的外延要宽泛得多，它是对一切旧有传统的审视态度，也就是人们说的“审父”意识。在陈建功的新作《卷毛》中，这种“审父”意识表现得十分突出。

（2）站在历史高度的入世态度

新现实主义者所秉持的是积极的入世态度。当然，他们的入世，不是急功近利，不是为一时的政治服务。他们不愿到古文化中去“寻根”，也不愿去追求一个纯粹荡净了社会政治内容的“空灵”的艺术世界，他们表现出了对我国历史进程和文明进程的关怀。

这种“入世态度”首先表现在选材上。他们大都是近距离切入生活，而且大都是切入生活和人心的激流。

这种“入世态度”还表现在开掘上。他们大都不停留于题材的表层意义，而力图挖掘其深层意蕴，如刘心武的《钟鼓楼》。他自认为有四个层次：第一层次，可资消遣。第二层次，可以引以为鉴，照出自己。第三层次，可以从作品所展示的北京社会生态的景观，发现作者是从政治、历史、经济、伦理、社会学、民俗学、心理学、人类学以至生理学、物理学等等角度来剖析人物、研究世态的。从而发现，作者虽然仅仅写了某大杂院一家人的婚礼及其周围的世态，但表现的却是当代北京市民文化的一部发展史，最后完成为精神文明诚挚呼吁和献计献策的重大主题。第四，可发现：钟鼓楼本身便是一个笼罩全局的象征，——这是个大的“母系统”的象征。在这个“母系统”中，又包含着若干“子系统”的象征。这个层次的读者可发现：作者是要用这些象征，把读者的思维空间，从一个小小的四合院的“点”上，拓展到钟鼓楼前大街的

“线”上,再扩展到整个北京、整个中国的“面”上,最后扩展到全人类、全世界的“体”上。

(3)对原有现实主义模式的审视、突破和超越

新时期作家审视了五十年代以及粉碎“四人帮”初期的革命现实主义模式,发现:这个模式不足以表现矛盾的复杂的不断发展着的现实生活,不足以表达八十年代中国人的精神面貌,于是,他们在继承了现实主义精神的基础上对这模式进行了某些突破和超越:

a.突破了为政治服务的模式,以教化作为唯一功能观的模式;注重文学的“人学”的本性,注重文学的多种功能。

b.突破了机械反映论的模式,增强了文学的主体意识。不单单把作品看成社会生活的“镜子”,而同时看成是作家对现实生活的审美价值判断。

c.突破了狭隘的“典型”观,使作品更加生活化、人性化、“世俗”化。

五十年代和粉碎“四人帮”初期的“典型”,是高度提纯了的典型,如罗群、李铜钟……这些,当然是成功的典型,将永远留在史册上,但这些典型虽然不是“神”,却与世俗的“人”也有一定的距离。新现实主义力图突破这种“提纯”,而恢复世俗的人的本来面目。《新星》中的李向南,是提纯了的,他虽然是人们欢迎的,但可望而不可即;而《夜与昼》中的李向南,则超越了这种提纯,从人物形象塑造上说,是一个进步。

d.突破了传统的结构观。

《钟鼓楼》的桔瓣式结构,《夜与昼》“俯瞰与内窥”的结构,既没有经纬编织、贯穿一切的主线,又没有情节的发展段落。这些,都是传统结构观念所不允许的。

(4)新现实主义的第四种品格,是对生活的、人心的立体化的、全方位的观照

革命现实主义强调主题思想的明确,因而,它的一切艺术构想都是为这个主题服务的。它在作品的切入角度、人物设置、情节安排、结构布局等方面,都有较大的选择性;为了突出主题,常常舍去了较多的东西,突出强调了一些东西。

“新现实主义”不主张对生活动大手术,不主张为了主题的需要而作出单一的选择。它主张把生活和人当成一个整体来立体地、全方位地把握它。它追求生活的本色美和原型美。《夜与昼》借十几个家庭一昼夜之间的许多场景,展现了首都政治界、思想文化界,青年、市民等各个领域;高级干部、知识分子、一般老百姓等各个层次的生活,展现了八十年代中国人的政治观、人生观、道德观的各种心理层次……《钟鼓楼》则从一个大杂院的一昼夜,写这个杂院的各种职业、人物的心态。

(5)同现代主义的部分重合

柯云路把这种文学新潮称作“现代现实主义”,自有他的道理。

的确,新现实主义是进入了现代生活的文学巨人,它与现代文坛的另一娇子——现代主义,既是“冤家”,又是“亲家”。在审美观、创作方法等方面,它们分道扬镳、各行其是,但它们又常常在许多方面互通有无、取长补短,形成了部分的重合。

这种交融、互补，部分重合，是现代艺术的发展趋势。

新现实主义和现代主义的部分重合表现在：作品内涵的思辨色彩加浓，多义性及模糊性的增强；作品艺术描写重点的“向内转”；作品象征色彩的加浓以及隐喻、意识流手法的应用；大量扩展了艺术思维空间的结构形式的出现；文体语言的走向简洁、质朴、含蓄；等等。

D 几点预测

新现实主义的命运如何？它的出现，将给当代文学的总体结构带来什么影响？

我们可以作出如下几点预测。

1.它决不是昙花一现的过客

新时期文学中，不乏这样来去匆匆的过客。据说，老杜的“江山代有才人出，各领风骚数百年”已变为“各领风骚三五天”了。多么倏忽即逝的形势！多么躁动不安的文坛！在这个万花筒般的过程中，有多少其命短促的过客啊！

新现实主义不在这个来去匆匆的过客队列中。

最有力的例证是：随着创作的发展，有越来越多的属于现实主义这个家族的作家——不仅是青年作家，也有中年作家甚至老作家，在革新着他们的创作方法。他们不再采用过去年代里习以为常的革命现实主义的创作方法，而在总体上或在局部上采用了某些“超常规”的方法，虽然，这些方法并不脱离现实主义的基本品格。如在环境描写及人物形象塑造上，在结构及切入角度上，在文体、叙述方法及语言使用上等等。这些，正是引起了我们的理论探索兴趣而把它概括为“新现实主义”的。

总之，这股文学潮流其发展的趋势不是速兴速灭，而是渐次发展成形，其影响不是越来越小而是逐步扩大，其形象、品格不是越来越模糊乃至于抹平消失，而是越来越鲜明、突出而成为文坛上的“这一个”了。

2.与现实主义家族的其他成员共存共荣

上文讲到，我国当代文学的现实主义历经四个发展阶段，最近出现了新现实主义对前代传统的超越。这种超越不可能是完全的取代。当代文学中的各种现实主义，都有其产生的客观合理性，都或多或少起过它的积极的历史作用。到了今天，它也并没有完全失去其生存价值。不同作家，有不同的审美意识和创作方法，人们仍有充分的自由选择他认为行之有效的创作方法。由于我国文学队伍的多层次（据说是“五世同堂”），在对创作方法的采用上也不可能归于一尊,而会是多元的。对现实主义这个大家族来说,也莫不是如此。

3.与现代主义共存共荣

从七十年代末到八十年代,我国文坛崛起了现代主义文学潮流。这是“五四”以来这种潮流在中国土地上的第二次勃兴。经过近十年的起起落落,这股文学潮流已大致趋于稳定。

从历史上看,现代主义是在反逆、背弃现实主义的传统的前提下诞生、发展的。因而,在各自的发展中,人类现代文学上的这两大巨人形成了相对立的美学思想体系和创作方法体系。

但是,由于艺术发展的法则不是在对抗、竞争中囊括万象、归于一尊,而是在竞争经过取代汰劣而使那些真正优秀的东西共存共荣,因此,在我国新时期文学中,同样具有顽强生命力的新现实主义和现代主义虽然有许多撞击和对抗,但其结局是在这种撞击、对抗中发展了对方。它们一方面以自己的审美观和创作方法体系相区别、相对立,但另一方面,却又以对方作为自己的参照系,在交叉、渗透、部分重合中发展自己。

(原载《南方文坛》1987 年创刊号)

关于“内向”“向内转”“主体论”的思考

□ 林焕平

新时期的文学,从总体上说,毫无疑义,应当是社会主义文学。从具体的分期上说,应当是伤痕文学——反思文学——改革时代文学。十一届三中全会确立改革、开放的政策,使有中国特色的社会主义大踏步前进,祖国的面貌迅速改观,世界各国刮目相看。这样一场革命,毫无疑问,应当反映到文学上。《乔厂长上任记》可说是改革时代文学的萌芽。一九八四年九月,为庆祝国庆三十五周年,我写了一首散文诗:《赞美呀,改革的东风》,发表在这一年第十期的《广西文学》上,就是赞美改革,也是呼吁作家反映改革。可是,知音似不多。近几年来,现代派文学、性文学、朦胧诗,风靡文坛;到近几个月来,才又有人提出改革文学(称为改革时代文学较为确切)。

西方现代派文学,可以学习。少数作家偏爱它,作为一个文学流派,也可以允许存在。但不应学习它的主题内容,更不应学习它的思想倾向。认为“现代主义是中国文学的发展方向”,“以现代主义的形式反映现代主义的主题”,就是以现代主义取代社会主义。

提倡西方现代派文学的同志中,有人不无情绪地说:“提出中国的现代派文学,也受到批评。”这个问题,我觉得需要冷静分析。西方现代派文学,有特定的内涵,它是资本主义特定时期的没落情绪的反映。中国是社会主义国家,不存在西方现代派的根据。学习和吸收它的某些因素,消化成为社会主义文学中的因素,这并不构成“中国的现代派文学”。

关于性文学。性,可以写,问题是怎样写。全世界五十亿人口,男女各一半。男女关系,是社会生活、精神生活的组成部分。食色性也,食是第一位的,把色摆在第一位,就颠倒了。我随便从一九八一七年一月号的全国文学刊物抽出十一种来,其中包括一向受读者尊重和爱读的三种大型文学刊物,进行简略的调查,竟然发现每一种都刊载性文学,有的赤裸裸地描写性行为,有的微妙地描写性心理、性意识。我们是社会主义国家,有高尚的道德情操,写男女关系,为什么一定要这样写呢?《红楼梦》写了四百多个人物,多半是女孩子。贾宝玉林黛玉写得如醉如痴,却是真挚的纯情的描写。中国的《西厢记》写张生跳墙会莺莺;英国的《罗密欧与朱丽叶》有类似的情节;俄国的安娜·卡列尼娜背着丈夫与渥伦斯基热恋;法国的波华荔夫人背着丈夫与别的男人开房间。但这些世界名著完全没有低级“黄色”的感觉,而是以旧的伦理道德与新的思想感情的尖锐冲突撼人心弦。这些世界名著关于爱情的写法,当可给现今性文学作家以深刻的启迪。

西方朦胧诗,是偏重于形式方面的问题(当然也与内容有关),也可以学习,可以写。痴心的朦胧诗人也可以自成流派。但决不能认为“不朦胧就不是诗”“诗只写自我”“诗向来与现实主义格格不入”。如果拿这种理论去衡量世界各国的诗歌,恐怕绝大部分都要抛进火炉里。但世界诗史证明,被人迅速忘记的,却往往是那些朦胧的、只写诗人自我的、谁也看不懂的、反现实主义的诗歌。例如,有这样的两首朦胧诗,一首题为《朦胧诗》,只有一个字:“网”;另一首《致蒋经国》,六点省略“……”。这到底表现什么呢?这是不是诗呢?

现代派文学、性文学、朦胧诗的流行,是近几年来重要的文学现象。这种文学的总的倾向,是从客观世界的描写,转向内心世界的描写。就是有的同志所说的“从外宇宙转向内宇宙”。所谓“内向”“向内转”,是指以上那种文学现象的概括说明。所谓“主体论”,则是更高层次的、系统化的理论体系。它有自己的哲学基础。

当然,并不是“内向”“向内转”“主体论”所概括的文学,只是现代派文学、性文学、朦胧诗。但说这三者占重要部分,恐怕并不为过。

这种文学的一个显著的特征,就是描写“作家的主体”和“人物的主体”。明白一点说,就是着重甚至完全描写作家的和人物的“内宇宙”。至于“内宇宙”和“外宇宙”的历史的、社会的辩证关系如何?就不注意了。老黑格尔的美学思想的核心是主体和客体的统一,这恐怕比唯主体论要高明一些。

“内向”“向内转”“主体论”的主张,说到底,是一种“唯情论”的观点。因此,又有人用当代的新术语提出一种观点说:

“每一部文学作品都是一个情感符号系统,同时也就是一个情感载体系统。”

这个观点,说穿了,就是托尔斯泰在《艺术论》里所下的艺术定义,用新的术语翻译出来。他的定义是:

“艺术是情感的传达”。用“传达”一词不如用“形象化”较为确切。托翁的这个定义多么明白晓畅,一目了然。而那个新术语的定义,是多么晦涩难懂,佶屈聱牙。

也有人提出与托翁的定义相近似的意见。他说:

“艺术教育就是情感教育。”

艺术教育是否仅仅是情感教育呢?还有没有别的因素呢?

我们并不是否认情感是作品中的重要因素,但它还不是全部。

普列汉诺夫是马克思主义文艺学的创建者之一,他对托翁的定义作了订正。他说:

“艺术是思想和感情的传达。”

这就较为全面,符合事实。

在《约翰·克里士多夫》里,有一句话说:

"音乐如果不与真理同在的话,那就让音乐受难去吧。"

这是出自作品中主人翁音乐家约翰·克里士多夫之口,其实就是作者罗曼·罗兰的艺术观。近年来有些人忌讳谈思想,如果认为普列汉诺夫有点儿"板脸孔",那么,罗曼·罗兰只是一位进步作家,这句出自心灵的警句,难道不足以引起我们深思吗?

现在文艺界有些人有民族虚无主义思想,否定一切传统,否定一切民族文化。其实我们的古人是聪明人,有许多发明创造,为世界所震惊。文艺学和美学,也不例外。

情到底是从什么地方产生出来的?是否只是从心灵的深处,无缘无故,全无根据地流露出来呢?一千五百多年前,我国梁朝刘勰就说过这样的话:

"情以物迁,辞以情发。"(《文心雕龙·物色篇》)

一个男人对某一个女人的爱,是由这个特定的女人的美所引起的。他给她写情书,把她赞美为天使,"情人眼里出西施"嘛。刘勰所说的情、物、辞的辩证关系,是符合唯物主义精神的。

过去我们在一个时期里,的确是过分强调了艺术社会学,忽略了文艺心理学。这是一个偏颇,但这不是"五四"以来我国现代文学的真正传统。我们的真正的、优秀的传统,是既重视客观世界的描写,也重视内心世界的描写,是在主观和客观统一、互相渗透中去描写。这个优秀传统,表现在以鲁迅、郭沫若、茅盾为首的中国现代文学中。

鲁迅是个伟大的现实主义者,他所写的辛亥革命前后的旧中国,震撼世界。但他也很重视内心世界的描写。《狂人日记》有扣人心弦的变态心理描写,《阿Q正传》有变幻莫测的常态心理描写,《肥皂》有微妙的潜意识的性心理描写。

郭沫若是个伟大的浪漫主义者,但他的浪漫的激情和理想,却是火热的社会变革的心灵显现。凤凰再生,难道没有深刻的、社会的象征意义吗?

茅盾是个伟大的现实主义者,但他又以描写心理,特别是以描写女性心理见称。这在《子夜》《霜叶红似二月花》,特别是在《腐蚀》里更显而易见。茅盾又是个伟大的文艺理论家,也常在评论文章中,提倡描写内心世界。

一九三八年,我写过一本《抗战文艺评论集》,其中有一节是《抗战文艺与心理描写》,评论当时抗战文艺作品中的心理描写,并提倡应当描写抗战军民的内心世界。事实上,《华威先生》《差半车麦秸》,就有很好的心理描写。

由此可见,我们从来没有反对过心理描写,没有反对过内心世界描写,没有反对过作家主体和人物主体的抒发。

主体论的提出,不仅是新时期文学现象的概括,也是对林彪、"四人帮"时期的和反革命阴谋文艺的反拨。尽管它走到唯主体论的偏向去了,但我们有学术自由。中国现代美学就有客观派、实践派、文艺心理学派、新三论(信息论、系统论、控制论)和美学派。再来一个主体论美学派也无妨。这是学术问题。我们有批评与反批评的政策。不同意主体论的同志可以写文章批评它的谬误。我在去年六月就写过文章批评它的片面性。提倡主体论的同志不服,可以写文章进行反批评。在自由讨论中丰富和发展马克思主义文艺学和美学。

(原载《南方文坛》1987年创刊号)

1988 年

评论:文学之一翼

□ 陈学璞

新时期文学之鹰展翅奋飞,搏击长空,仰仗于力有千钧的两翼——文学创作与文学评论。本文旨在掘开历史的文化积淀,透视广西文学评论的发展与现状,为文学之一翼——评论张扬。

在文学的天平上,文学评论砝码的举足轻重的分量,从理论界、文艺界乃至领导者都几乎异口同声地公认。然而,当代一位著名评论家在通信中用戏谑的口吻写道:“评论界同行相见,少不得互道所业之甘苦。老兄,咱们这行当,可不太美妙呵!没听说吗,评论家有多少雅号?有时他是扛广告牌的小伙计。有时他又不是小伙计了,成了他所扛的棍子。还有呢,说他是洗脚水,给人家洗了脚,脚光鲜了,那水人家就泼啦。也有说得文雅一点的,说他是傧相、伴郎,作家新郎风风光光,成其好事,他伴完了郎一边待着去,还说他沾了新郎官的光哪。”[1]这当然只是从某种角度扫描的现象,说的是评论家,但实际上反映了评论的地位确实在某些人眼里十分低下。理论家视评论为浅薄,作家对评论不屑一顾,“搞评论的”也有点自惭形秽,觉得自己搞的不是一门学问。至于领导者平时不闻不问,气候一来,匆忙拿起评论这个“特殊的工具”为政治、经济的功利鸣锣开道。

“名不正则言不顺”,我们不得不为文学评论正一正名了。什么是文学评论?笔者认为:“文学评论是对各种文学现象进行研究,作出判断和审美评价的一种评论。包括对文学思潮、文学运动、作家和各类作品进行分析、探讨、鉴赏和研究的文章,都称为文学评论。”文学评论是文学理论的实践,也是文学理论产生的基础。文学理论观点,一方面出于对某一时期文学现象的综合概括,文学伸延的纵横度量,文学规律的探幽触微;一方面来自对作家创作历程的凝神审视,对作品的采英去芜,对新人的鼎力相助。从马克思、恩格斯、列宁、斯大林、毛泽东等导师,到当代杰出的马克思主义理论家,对包括作家和作品在内的各种文艺现象的评论,已经成为马克思主义文艺理论和美学理论的重要组成部分。这是有目共睹的。

文学理论研究不能完全脱离具体的文学评论,文学史上的大批评家,同时也是大理论家。

十九世纪中叶俄国杰出的文学评论家别林斯基的理论丰碑，主要见诸《论俄国中篇小说和果戈里的中篇小说》《乞乞科夫的游历或死魂灵》《亚历山大·普希金作品集》《论柯尔卓夫的生活和作品》《给果戈里的一封信》《一八四七年俄国文学一瞥》《答〈莫斯科人〉》《特列莎·杜诺那、尤金·苏的长篇小说》等对作家、作品的评论或紧密联系文学现状的论文。

文学理论起源于文学创作实践，文学创作的成熟孕育文学理论。但理论不能在创作中直接怀胎——不然就会破坏创作本身，而必须有一个中介，这就是评论。同时文学的历史界定、文学的风格、文学的流派的甄别命名，往往借助于文学评论。某一时期文学现象虽然纷繁多姿，令人眼花缭乱，但经过文学评论感性的领悟，理性的梳理，多少可以观其形而探其质，排其乱而还其理，使人们看到一些来龙去脉。我国新时期文学，使人振奋，也使人困惑。评论家就描绘了"伤痕文学""问题小说""反思文学""改革文学"，以及"心态小说""纪实文学""口头实录文学""市井文学""乡土文学""寻根文学""朦胧诗"等蔚为大观的图景。这在理论上虽有这样那样的缺陷，有待不断地探索，但终究冲破了简单地归结为文学"从属政治""配合中心"等铁板一块的思维定式。

作为对艺术品的评论，文学评论从本质上来说是艺术的评论，即审美评价。但艺术是人类社会主体与客体相结合的产物，是人类社会所需要的精神实体，它本身就打上了社会意识形态的各种烙印。因此，文学评论并不排除社会性，不能认为文学评论是单纯的美学鉴赏，不能把文学评论的社会性及其社会功能同庸俗社会学混为一谈。

文学评论作为具体文学现象的理论概念，具有理论的品格；作为文学理论的应用、文学创作的对应，具有实践的效能；作为社会主义精神文明的一个组成部分，具有引向的作用。以马克思主义为指导的社会主义的文学评论，能够通过对文学现象的批评，引导人们树立崇高的理想、高尚的道德，抵制封建主义和资本主义的腐朽思想，更好地发挥文学的思想政治教育和美感教育作用。任何轻视评论，贬低评论的理论价值和实践意义的观点都必须摒弃！

人们几乎异口同声地说：评论落后，评论落后于创作！然而，新时期的文学评论的实绩表明这并不是规律。清醒的评论家说："在新时期文学发展道路上印下的是创作和评论的双轨迹，而不是创作的单轨迹……有时创作突击在前，有时又是评论在前开路，像同步的左右脚一样，评论和创作是交替前进的。评论有自己独立的作用和功绩。"[2]创作与评论，"同步的左右脚"，你前我后，我前你后，多么绝妙的比喻！

不是吗？当百废待兴之时，文学评论冲锋在前，披荆斩棘，让被践踏的文学之花重新开放，怎能说"评论落后"？当"伤痕文学"战战兢兢在文学园地露出新芽之时，文学评论雷声阵阵、春雨降临，浇水催生，怎能说"评论落后"？当"反思文学"引起种种非议、步履艰难之时，文学评论顶风排浪，据理力争，为它开辟道路，怎能说"评论落后"？当"改革文学"隐现新的"救世主"、新的概念化，当"寻根文学""远离现实的土壤"、露出"贵族化"端倪之时，文学评论敲响晨钟暮鼓，怎能说"评论落后"？虽然评论也有落后之时，但从总的来说，评论与创作同步前进,比翼齐飞。

人们埋怨新时期广西文学评论的落后,其实只要实事求是地深入了解与分析,我们也可以看到广西文学评论总体上并不落后于创作。

下面便是对广西文学评论的历史和现状进行的反顾和审视。

第一,苏醒期。历史翻开了新的一页,但广西文学的春天却姗姗来迟。文学评论呼唤春天,为陆地、韦其麟、周民震、肖甘牛等一大批老作家恢复名誉,对他们的作品重新评价,给予其应有的历史地位。评论理直气壮,起到了开路先锋的作用。

第二,起步期。经过"文革"的文化浩劫之后,广西文学从苏醒到真正的起步。除了一些老作家焕发文学青春外,其主要标志是一大批名不见经传的中青年作家崛起。文学评论也披挂上阵,为文学新人的成长呐喊助威。其间引人注目的是,对黄飞卿短篇小说集《莲塘夜雨》的讨论和崭露头角的青年作家聂震宁的作品讨论会。评论界在阵痛中挣脱"左"的桎梏,打破"舆论一律"的单音,奏乐显得颇不协调,呈现各抒己见的活跃势头。青年作家孙步康的"问题小说",以及《奇怪的女厂长》《红红的乌桕叶》《挺拔的老松》《雅模》等小说引起争鸣,还有对壮族文学特点的讨论。老作家陆地的《创作余谈》和老评论家谢敏的《文艺随笔》先后出版,为这一时期的评论增添了色彩。文学评论与创作一道,在争论纷纭的氛围中起步。

第三,发展期。如果说,"起步期"对作家作品的讨论侧重于宣传,或是就文论文的具体评价;那么,"发展期"的评论则从总体上对作家的创作进行研究,或是变单一的作品评论为纵横比较的复式评论。例如,对陆地《瀑布》第一部和韦其麟诗歌新作的评论,以及对成果丰厚的老作家李英敏、黄青、苗延秀、黄福林、莎红,中年作家蓝怀昌、李竑、韦一凡、包玉堂、陈敦德、陈肖人、彭匈、潘荣才、莫孝川、李宝靖、莫义明、韦文俊、蓝阳春、蒋锡元、王云高、韦纬祖、黎国璞、韦志彪、海代泉、饶韬、苏长仙、潘琦、韦明波、韦显珍、韦革新、何培嵩、郑盛丰、柴立扬、聂波、庞国弘、黎耘、徐治平、曾仕龙、邓永隆、郑光松、张宗栻,青年作家周广生、黄堃、杨克、梅帅元、李逊、张仁胜、潘大林、唐海涛、陈多、岑献青、韦玮、黄德昌、廖润柏、石山浩、林白薇、张丽萍、黄琼柳、李甜芬、吴海峰、谢树强等作品的评价,还有蓝鸿恩、黄勇刹关于广西民歌和民间文学理论的新成就。

第四,繁荣期。文学评论,内容丰富多彩,色相多种多样的评论之花争妍斗艳,竞相开放。一是以陆地作品讨论会和武剑青作品讨论会为代表,从宏观和微观的视角多维性地探索广西著名作家的创作道路和创作风格;二是从历史的深度和现实的广度,发掘作品的深刻内涵和典型形象的历史性含义,如区内外评论家会聚桂林,讨论黄继树、赵元龄、苏理立的长篇历史小说《第一个总统》;三是有计划地系统地评价广西作家的作品集,如广西民族出版社出版的文艺评论集《新花漫赏》,专题评论了已经出书的秦似、周民震、徐君慧、李竑、凌渡、敏歧、农冠品、古笛、于峪、黄钲、赵清学、朱旭明、莫克等作家的作品;四是对各种文艺样式的评论竞相争艳;五是对壮族等少数民族作家和青年作家的研究以及对其新作的评论,得到明显的加强和深化;六是中年评论家的文学评论论著结集或专著出版。例如,周鉴铭的《新时期文学十年》、杨炳忠的《同青年谈写作》、王敏之的《广西少数民族作家作品评论集》。此外有两件事值得论及。一是,1985年初青年作家梅帅元、杨克发起的评论家张辛等支持的关于“百越境界”创作思想的讨论。“百越境界”的提法,在广西评论界、创作界争论得十分激烈。随后一批追寻“百越境界”、显现八十年代青年虎虎朝气的作品,相继在全国性、区外省级和青年刊物以及区内文学杂志登台,与全国的优秀“寻根文学”在同一水平线上,使人们不得不刮目相看。这场讨论的意义,远远超出了“百越境界”构想本身。它不仅说明文学理论探索需要勇气和闯劲,而且生动地体现了文学评论的超前性——先理论后作品。这一头足颠倒的奇观,同李四光的地质理论之于中国的石油勘探一样,将引起评论界和创作界的反思。二是,一支老评论家为先驱、中年评论家为骨干、青年评论家为前锋的评论队伍已经形成。老评论家有林焕平、贺祥麟、黄海澄、丘行、谢敏、周中仁、王弋丁、刘名涛、刘泰隆、兰少成、张谷、欧阳若修、梁其彦、吴三才、谢福铭等,中年评论家有丘振声、李超鸿、张辛、杨绍涛、樊篱、王敏之、甘棠惠、陈运佑、过伟、周鉴铭、林焕标、卢斯飞、姚正康、胡仲实、陈雨帆、黄绍清、彭会资、林宝全、刘亮盈、覃伊平、林士良、朱慧珍、胡树琨、陈驹、江建文、谭福开、莫珍英、蓝直荣、潘健、王育英、雷耀发、韦启良、韦秋桐、何邦泰、杨炳忠、李人凡、雷猛发、曾慧民、黎洪益、王德任、吴隐林、张国凡、颜运祯、刘清宏、梁昭、刘江、黄焕勋、罗伏龙、覃富鑫等,青年评论家有彭洋、李建平、莫勇继、郭辉、李格训、杨长勋、董永佳、蒙海宽、邓小飞、樊克宁、王川娅、黄伟林等。正是这支老中青评论家组成的阵容,扇起阵阵评论之风,使评论成为广西文学有力的一翼。

第五,拓新期。1987年春天在南宁召开的全国壮族当代文学讨论会,标志着广西文学评论在繁荣中向新的领域拓展,力求赶上全国的高水平。一批评论家从系统的观点,把广西文学作为全国乃至世界文学的一个系列进行总揽,回顾广西文学新时期十年在艰难中奋进的坎坷历程,探讨全方位、多层次、多角度发展广西文学,特别是以壮族文学为代表的少数民族文学发展的新道路。这种新的拓展,将给广西文学的创作与评论带来新的生机和繁茂。

以上五个阶段的划分,只是粗略的估量,难免挂一漏万。但是,至少可以证明:新时期广西文学评论与过去两个阶段相比,前进的跨度并不小于创作,评论与创作互为两翼,相互促进,两相辉映。不问青红皂白,一味指责评论落后,不过是一孔之见罢了。

世上再好的事物也有美中不足之处。何况文学评论的外部条件和评论本身都存在明显的缺陷,因此,不必讳疾忌医。明智的评论家指出:“开创新局面的时候,多少有点跟不上。什么地方跟不上呢?一个方面,对小说规律的探讨和小说理论的建设跟不上,包括小说观念的研究,典型问题的研究,等等。”“另一方面是队伍的建设跟不上。……文学评论队伍不大,小说评论队伍更小。对这个问题有关领导部门不是不重视,而是很不重视。”[3]这些全国性的问题,在广西也许更为突出。

我们广西文学评论的薄弱环节不少。在批评内容上,博大精深、见解深邃、造成全国影响的评论还少,典型的精湛的艺术评论也不多。有些评论写成政治性文学评论,甚至与政治概念、道德原则简单对号入座,难以摆脱庸俗社会学的根深蒂固的羁绊。在批评方法上,常用历史比较、社会批评的方法,线性的因果关系的批评方法,在变幻莫测的文学观念变化和蜂拥而来的文学新潮面前,常常是捉襟见肘。从文学评论作者的素质来看,许多人所接受的主要是苏联三四十年代,我国五六十年代的文学理论体系教育,思维方式较为封闭。近几年来,评论工作者虽然也努力接触新事物、汲取新观念、学习新方法,但总的来说,对马克思主义文艺理论发展不够,对新的理论观点汲取消化不够,对新的批评方法应用较少。面对当今多变、多样、多彩、多向的文学现象,文学评论岂能恪守旧的观念、旧的模式、我行我素?在文学本身和全国文学评论迅猛发展的势头面前,广西文学评论界在坚持马克思主义指导和社会主义方向的同时,不能不革新理论、变更观念、改进方法,以崭新的姿态开辟新的里程。

加强评论,振兴评论!几乎在所有重要的文艺工作会议上都听到这样的呼声。然而企望与收效总是不成正比。原因之一是评论自身的能量有限,发展评论需要肥沃的社会土壤,需要比创作更为考究的外部条件。发展广西文学评论,笔者以为应从整体上考虑其生长的条件。

第一,信用原则。对评论和评论家要有信用原则。相信评论的总的趋向有利于坚持四项基本原则,有利于开放搞活建设四化,让评论家自觉按照党所指示的原则和艺术规律去进行写作;而不要"横加干涉",甚至"打棍子""扣帽子""抓辫子"。

第二,均等原则。在文学建设内部,评论与创作,评论家与作家,机会均等。如前所述,这并不是比人数,比作品字数,而是在观念上,视之为两翼,一视同仁;在行动中,兼而顾之,不顾此失彼。文化、出版部门应同对待作家一样,让评论家有用武之地,发表文章有版面,出版专集有机会。八年来,广西作家创作的作品已出版近百部,可是文学评论专集寥寥无几。没有园地,就没有成熟的评论,也就没有评论家。

第三,优扶原则。鉴于文学评论的特殊性,不能像要求文学作品和纯理论文章那样苛求文学评论。对文学评论实行优扶原则,一是在经费上给文学评论刊物和评论专集的出版发行以资助、补贴;二是根据文学评论对实践的概括提供了多少新东西和社会效益而肯定评论的学术价值,不能简单地将文学评论与理论文章比附;三是注重理论的实用价值,对于特别优秀的文学评论和作者,给予精神鼓励和物质奖励;四是提倡对评论的评论,评论家和作家都来评论批评文章,对新的批评方法和研究成果进行评论,给予评论家应有的评价,使文学评论从审视对象(作品)扩展到审视自身。这样,必然吸引大批有才华的青年和理论造诣高深的专家学者从事文学评论创作,壮大文学评论队伍。

文学评论理论指导的明确，空间思维的拓展，主体意识的强化，外部条件的完善和宽宥，必然有力地加强文学评论自身的建设，从而把广西文学评论提高到一个新的水平，使之振动有劲的羽翼，与创作之翼腾空齐飞！

[注释]

[1]滕云：《我所评论的就是我》，载《当代作家评论》1985 年第 3 期。

[2]朱寨：《新时期的小说评论》，载《批评家》1985 年第 6 期。

[3]阎纲：《新时期的小说评论》，载《批评家》1985 年第 6 期。

（原载《南方文坛》1988 年第 2 期）

回忆秦似先生

□ 彭会资

一

一九七二年春，我调到广西师院中文系文艺理论教研室任教。不久，秦似先生则调往广西大学中文系任教。去西大之前，有一天，在中文系资料室门前，我向他请教诗词音韵问题，他解答完以后，便非常热情地邀请我到他家里。他从内屋抱出一大摞本子来，放到办公桌上，很自豪地说道："这就是我刚才说的《现代诗韵》，只能给你看，你看吧。"他如此信任，也使我特别高兴。我说："好呀，先睹为快。"翻了几本，我问道："还在 1964 年，就听说您要编这本书了，还没有编完吗？"他回答道："还在补充资料呢。"我又问："您这些年来都没有停止过这工作吗？"他说："舍不得停下来。只要有一点点可能，我就继续搞。告诉你，我有不少自己的看法，连我父亲都很赞赏。"接着他一面翻开本子，一面介绍他特有的见解。这一下子，我不仅大开眼界，也为他那难得的科研精神所折服。他用来搜集和整理科研资料的那一大摞本子，都不是什么特制的名贵的卡片或笔记本，而是小学生用的那种练习簿，每本只花五分钱。我问他为何不采用卡片，他说这种本子既经济，又有许多方便。提起"方便"二字，我不禁想起了他平日的活动，一九七一年春，桂林大清查过后，"牛棚"管束逐渐放松，只见他唐装上衣的口袋里放着这样的薄本子，有时干脆夹在胳肢窝下，每天总是步履蹒跚，慢悠悠地踱到中文系资料室来看书。当时，工宣队、军宣队没理睬他，表示"革命"的都疏远他，而他大概就是利用这样的机会，潜心于他的科研课题。

由于我求知心切，顾不得那么多了，因此常到他家里向他请教，开始跟他进修音韵学。他说搞文字音韵的，多是江南人，这跟江南很多方言保留古音有关。我们博白有两种方言：一是客家话，客家话有六个声调，以广东梅县客家话为代表；二是地老话，有十个声调，全国最难学的一种语言。客家话保留的古音比较多。我父亲的博士论文，就是研究博白话的。你是讲客家话的，也懂得地佬话，这是个特长，把音韵学搞通搞懂了，你本身就是一部辞海，或者说是一部韵书。他这些话,给了我极大的鼓励。我除了在他家里听他讲授,将他边讲边写在纸上的要点和例子带回来温习;还常跟他一起去散步和开会,在活动中听他随时指点。有一次在大礼堂听报告,他指着大会的横标,让我悄悄地用客家话讲出每个字的平仄和韵尾收音是什么,稍有不准,他即纠正。

一九七五年,他的《现代诗韵》公开出版了。这是当时的畅销书之一,获得了海内外的一致好评。书一出版,他便从广西大学给我夫妻俩寄来一本。这部著作,是他继承父业,向新的学科领域进军的一项重大成果。因知道成书的经过,尤其是知道秦先生从事科研的精神和方法,阅读起来倍感亲切。

二

秦似先生调到广西大学以后,每逢来桂,总要到叠彩山麓来看我,留他吃饭,他总是提出要求,有豆腐和蛋就行,不要再买其他的菜;若遇夏天,光有莲子汤或绿豆粥,他也就心满意足了。我赴南宁,必定登门拜访,而他也总要留我吃饭,那理由是"不易见面,边吃边谈,谈话的机会多一点"。他的生活比较俭朴。据师母说,他年轻时在桂林就靠一件旧棉衣过冬,从不讲究吃穿;而他也常跟我说:"一个人不讲究吃穿不可能,但过分讲究吃穿,为生活所累,他的聪明才智就得不到充分发挥。"

这大概是他的生活哲学,也是他的人生经验概括。我跟他一起吃饭谈话,常常发现他容易走神,忽然间若有所思,中止了吃饭谈话。他住在南宁市广西通志馆主持修订《辞源》的时候,一天上午,我去拜访他,谈话间,他突然站起来,走到他的办公室写什么去了,好一会才出来,"哟,你还没走?"他吃惊地说。我说:"您还没让我走呀,您刚才托办的事还没讲完,我怎么能走呢?"他用手指敲敲脑袋说:"哎呀,对不起,刚才我忽然想起我要写的东西。"原来他是托我回来转告广西师院党委请求尽快解决对他审查的一些遗留问题。问题并非无关紧要,可他的思想怎能开小差呢?令人百思不得其解。

粉碎"四人帮"以后,有一回在他家聊天,谈及"文革"期间的各种笑话时,我突然问道:"秦主任,以前您怎么敢在批斗会上打呼噜呢?"他哈哈笑过以后,反问道:"真的呀,我真的打呼噜呀?"我说:"您忘啦,光是打呼噜这一条,您就挨批判了好一阵。"那是一九六八年底的事,一天晚上,在批斗大会上,要"牛棚"的一帮人跪着低头,秦似先生头一低,就打起呼噜来,鼾声如雷,弄得与会者笑不敢出声,而主持会议的人则急得直跺脚,不停地拍桌子,领头呼口号。他听完我回顾后,笑着说:"反正打呼噜定不了罪!"

这时,我才发现,秦似先生在人生旅途上艰难跋涉,自有其独特的品格,对横加迫害的困境,是那样傲然超脱;对美好的理想,是那样执着地追求;对人民的文艺事业,是那样地细心尽力。正如他自己所说:"此生总为诗文苦。"也许是这样的品格,促使他练就了博学多才,成为著名的作家和学者。

三

秦似先生擅长杂文,也创作了不少诗词、小说、戏剧,还搞翻译。在教学和科研上,以讲授中国古典文学为主,也讲授鲁迅作品;既研究语言文字音韵,又研究中国古代文论。他的造诣很深,兴趣广泛,成果是多方面的。

在文学创作和学术研究方面,他为什么能步入这样的境界呢?在跟随他学习的过程中,我一直注意这个问题。

1982 年秋出差到南宁,我登门探望他,说及已读完他赠送的《秦似杂文集》,他便立即问我:"你是搞评论的,你看了以后感觉怎么样?"我回答说:"文艺界对您的杂文,历来是有不同看法的,有人说您写的那些几百字的文章,拉拉杂杂,谁都能写,没有什么意思。我可不是这样的看法,首先我认为文章越短越难做,文短而意丰就更难做到,而您的文章多属于难做的,但都做得不错,读者花时间不多,一读则有益;其次,从您的杂文集来看,您非常敏感,看问题非常尖锐,用来表达思想情感的知识非常丰富,古今中外,无所不包;再有,要真正认识到您的杂文的价值,就必须把您的杂文放到中国杂文发展史的长河中去作系统的考察。您的杂文明显地受到鲁迅的影响,但又从传统的杂文中吸收了许多有益的东西,有着很深广的渊源。"他听我这么一说,非常高兴,不断点头称是,并问我何时能把评论写出来。我回答说:"评论是要写的,但要写好这篇评论,我觉得还需要从思想理论和文化知识方面作进一步的准备。"他说:"我告诉你呀,我让我的女儿读两部书,一部是《史记》,一部是《鲁迅全集》。"

这几句话,也许是他的家传法宝。但无论如何,研究他的治学方法,却使我心中豁然开朗。他的治学方法,大概是这样的:攻占某方面的学识时,主要是抓拳头著作,抓集大成的著作,而不是鸡毛蒜皮一把抓。如《史记》和《鲁迅全集》,都是博大精深的巨著;他带我进修音韵学时,曾指示要我读朱骏声的《说文通训定声》和王力先生的有关著述;教我学唐诗,曾指示我要注意学杜甫的诗。在一定的时间内,采取相对集中的办法,专心致志地学,学会某一样,再学别样。如他的书法艺术,就是在六十年代初才特别注重的,那时,他办公桌面的砚台,墨汁从来未干过,有空就练,终于自成一体;他学习和研究音韵学,从 1963 年下半年开始跟他父亲进修,便持续了相当长的一段时间。料想,在文学创作方面,他也是采取类似的办法。他的杂文创作,从办《野草》起便一发不可收;他当文化局长时要抓剧团建设,很多戏剧作品便产生于这一时期;他下放农村劳动以后,反映农村生活的小说作品便接连发表;他在大学开始讲授古典诗词以后,作诗填词的劲头越来越大。由此可见,他总是将文学作品和科学研究跟他所从事的实际工作结合得非常紧密。因而他的成果层出不穷,硕果累累。

四

1979 年以来,文艺界的思想越来越活跃。我跟秦似先生每次接触,几乎都议及文艺创作和理论批评中的一些问题。

大约是 1980 年底,他和师母一起来桂林,住在湖滨饭店,我夫妻俩去拜望他。谈话间,他向我提出了这样一个问题:“多少年来,我们的文艺理论把作品中的人物分为正面人物和反面人物,这样的分法,到底能否行得通?你是专搞文艺理论批评的,说说看。”我说:“不完全行得通。最近,我带学生去实习,遇到一位中学语文老师准备教授节选自高尔基《母亲》的《在法庭上》,他把作品人物分为正面和反面的两类,结果是有些人物,无论如何,都无法归入这两类,他觉得非常苦恼。”他沉思了片刻,说道:“过去的文艺理论批评,脱离实际的机械的东西太多了,那真是害苦了不少人的。事实上,作家搞创作,他要考虑的是如何艺术地反映生活,如何艺术地表达自己的真情实感,如何使自己的艺术对人民多少有点益处,至于哪个要写成正面人物,哪个要写成反面人物,恐怕是无法按照理论概念说的去考虑那么多的。”他的这些话,有如一石激起千重浪,促使我进行了一系列的反思:文学理论教材上说的,都是真理么?搞理论教学和研究的,从理论上来,到理论上去,停留在概念的解说和语录的连缀上,能行么?搞文艺批评的,只用某些现成的理论来剪裁和解释繁复的文艺现象,行得通么?从此以后,我越来越感到文艺理论批评领域需研究和探讨的东西,实在是太多了。应当继续边搞文艺创作,边搞文艺理论批评,尽快学会通过实践来检验理论和发展理论,努力培养和提高自己的艺术感受能力和美学判断能力,将理论与实践结合起来。

1982 年春,他和师母来桂林,还是住湖滨饭店,我夫妻俩又去拜望他,并带去我刚在学报上发表的一篇论文——《鲁迅对中国古代文艺理论的继承和发展——兼论马克思主义文艺理论建设问题》,请他指点。我们交谈了一阵文艺界的状况后,他说道:“文艺创作,固然要创新,如果不创新,人云亦云,老是重复别人说的话,那是没有什么意思的。但是,最近我发现,新的东西,不一定都是好的;传统的东西,不一定都是坏的。你看,是不是这样呢?”我回答说:“你的看法是辩证的,切合实际的。最近,我考虑文艺创新的问题也比较多,也已经感觉到当前被称之为新的东西,似乎没什么人见过,新奇得很,甚至怪得出奇,但不见得都是好的,文学史上也出现过讹而新的现象,那也是不好的。至于什么样的创新才是好的,什么样的创新是不好的,看来还得认真研究,才谈得清楚。”他说:“是的,得好好研究。”后来,我写了一篇长达三万六千字的《文学艺术的创新论》,觉得还是不容易把话讲清楚。

不久,他到我家里来,一进门,他就问道:“你研究鲁迅的那篇论文,不是抄别人的吧?”我回答说:“不是的。研究鲁迅的资料索引,我全翻阅过了,还没有人从鲁迅对古文论的继承与发展这个角度研究过。”这时,他高兴起来了,笑着说道:“我一口气就读完你这篇文章,如果不是抄的,那真是一篇好文章,是副教授级的论文,你进步快,我可以帮你鼓吹一下。”作为一位老作家、老教授的秦似先生,如此奖掖我,给我增添了不少勇气。经进一步努力,不久我即晋升为副教授。

1985 年 12 月中旬,他和师母到龙胜三江去参观,路经桂林,应邀参加桂林市文代会。他和师母刚到湖滨饭店住下,我就去拜望,并带着几分喜悦的心情告诉他:“秦主任,作家协会批准了,吸收我为会员,填表时,我填报您是我的老师。”他说:“我参加了讨论,知道了。你承认我是你的老师,我很高兴。”桂林市文联的负责同志纷纷进来拜望他,我们的谈话中止了。这是我跟秦似先生的最后一次谈话。

秦似先生起初对我不甚了解,一旦了解后则有过不少厚爱。如今值得告慰先生英灵的是,他生前非常关心的我主编的《中国文化大辞典》即将面世了。

愿先生的道德文章,风范长存。

1988.1.5 于桂林叠彩山麓

(原载《南方文坛》1988 年第 2 期)

作家的艺术个性与审美价值取向

武剑青创作论

□ 江建文

一 ‖ 艺术个性中的“真”“善”价值取向

武剑青属于新中国成立后第一批成长起来的作家。至今他创作的文学作品已逾二百多万字，其中包括《云飞嶂》《失去权力的将军》《流星》《合欢花》《九曲杜鹃魂》五部长篇小说。他的作品问世之后，在评论界和读书界曾引起程度不同的反响，其中以长篇小说成就最高，最受欢迎。

纵观武剑青三十余年创作历程，五部长篇的创作出版是一个分水岭，从此他找到了一条适合于自己的生活积累、主观情志和审美追求的创作路子，形成了自己的艺术个性。这个艺术个性的主要特征在于：以真和善为核心的审美价值取向。

作家的艺术个性总是在生活实践和创作实践中逐渐形成的，是有关的主观素质和客观条件共同作用下的合力的产物。少年时代的武剑青家境贫困，由于偶然机遇得以在地主家伴读。几年伴读下来不仅打下较为坚实的语言文字的基础，而且得以饱览东家藏书，其中的古典文学名著如《三国演义》《水浒传》《金瓶梅》《红楼梦》等等，培养了他对文学的兴趣。

作为他生活中第二个文化学习渠道的是听故事：“什么《薛仁贵征东》《薛丁山征西》呀，什么《五虎平南》《罗通扫北》呀，什么《梁山伯与祝英台》《白蛇传》呀，什么《西游记》《三国》《说岳》呀……我都听得入了迷。”[1]据说心理学家们在探讨一个人的性格特征形成机制时，认为青少年时期的生活经历往往有决定性的意义，这无疑很对；在此，当我们探讨一个作家的艺术个性特征形成的原因时，作家青少年时期的文化经历是否也具有相当的决定意义呢？从武剑青的情况看，回答应该是肯定的。因为事实表明武剑青青少年时代受到的文化熏陶对他后来成为作家的艺术个性有重大影响,其深远程度甚至今天还能在他的近作中看出来。那么,具体地说这些影响表现在哪些方面呢?

首先,由于他所读、所听过的那些文学作品的内容,绝大多数是历史生活的再现,而且绝大多数都具有关注和探究社会人生的写实风貌,因而在他那尚处于萌芽阶段的审美意识中便植入了两个重要的文化因子,一为求真意识,一为历史意识。试看他几十年来文学创作走的一直是再现的路子,而且以真和善作为审美价值取向就可以证明。尤其是五部长篇小说,部部都有较强的真实感和历史感。像《云飞嶂》和《失去权力的将军》直接取材于历史事件固不待言,即使是《流星》《合欢花》和《九曲杜鹃魂》这些描绘普通人命运的作品,也以五六十年代的社会生活为背景。一种透过对真实的历史生活的回顾与审视去发现和建构美的欲望,贯串于五部长篇的创作构思之中。这应该被视为武剑青艺术个性中的一大特色。当然,这特色的形成也是个长期的过程,并非完全取决于青少年时代的阅读和听故事。

其次,在武剑青所读、所听的小说、故事中,都贯串着对历史、社会和人生的明确的政治评价和伦理道德评价。无论是事件和人物都有明确的好、坏、忠、奸的评判。于是,文学与善相结合这一审美品格便又很自然地在他的审美意识中打下烙印,并终于影响到他的创作。当然,由于历史的距离,他今天作品中善的内容已不复是当年所接触的作品中善的内容,但作为一种价值取向,即通过善去发现美、创造美和获得美的传统则继承下来了。

再次,传统小说、故事以情节为主要结构手段的形式美观念也为武剑青所接受。此外,在由说书意识演变而成的古典小说作家创作意识中,那种对接受对象的充分尊重,以及以读者的接受心理作为参照系校正自己的创作的意识,也深深影响了武剑青。

当生活把武剑青带出了地主家的藏书楼,进入革命队伍里的时候,他接触了现代文学中进步的作家和作品:"从巴金的《家》《春》《秋》到茅盾的《腐蚀》《子夜》以及老舍的《老张的哲学》《骆驼祥子》,曹禺的《雷雨》《日出》,特别是鲁迅的小说,我几乎都读遍了。"后来又大量阅读外国文学名著:"什么欧·亨利、莫泊桑、契诃夫、雨果、屠格涅夫、高尔基,泰戈尔、托尔斯泰、大小仲马的书我都找来读了。读得最多的是苏联小说。"[2]这两次集中阅读,无异于两次文学养分的大补益和文学视野的大拓展,对作家艺术个性形成的意义不容低估。

值得注意的有两点:一为武剑青所阅读的书目作者和所喜爱的外国文学家中,绝大多数是现实主义文学的大师。不错,其中的雨果是法国浪漫派文学的代表人物,但他的浪漫主义的诗、剧和小说无不充满强烈的现实感和对现实社会、政治问题强烈关注的内容。尤其是《悲惨世界》《巴黎圣母院》等名篇,具有很高的现实主义的美学价值。二为所读作品绝大部分是长篇小说。武剑青在其创作生活中写过诗歌、散文、故事、剧本、小说和评论文章,但毕竟是在长篇小说这一文学样式上获得突破性成就的。这与中外优秀长篇小说对他的启迪和滋养不会没有关系。总之,两次集中阅读对他艺术个性形成的影响可以概括为这么一句话,即强化了作家审美意识中的现实主义因素。后来,当武剑青走过了一段漫长的创作道路回首过去时说:“三十多年来,我始终在一条现实主义的创作道路上探索前进。”这正好是我们对其艺术个性分析的注脚。

阅读对于一个作家的成长尽管有无可替代的重要意义——既是专业知识的积累,又是艺术素质的培养,还直接影响到文学观念的形成、创作手法的借鉴和艺术语言的吸收等等;但阅读毕竟不可能是作家艺术个性形成的全部原因。艺术个性形成的原因十分复杂,涉及许多先天、后天的因素,精神和物质的因素,历史和现实的因素。因此,我们有必要继续分析影响武剑青艺术个性形成的生活经历方面的原因。

武剑青读初中时即受到地下党的影响,倾向革命,追求进步。他曾奉党的指示主编中学生的文学刊物《子夜周刊》,学习以文学为武器批判旧社会。后来辍学流浪,不久参加游击队,投身到武装斗争的行列中,终于迎来新中国的诞生。这段经历时间虽不长,但内容丰富,留给作家强烈、深刻的印象,一辈子不可磨灭。这是完全可以理解的。因为那是一个可遇不可求的大动荡、大变革的时代,矛盾尖锐,斗争残酷,风谲云诡,变化莫测。新中国成立后,他随部队参加广西剿匪。这场战斗实际上是新中国成立前命运大搏击的继续,其激烈和残酷程度与他曾参加过的搏击战争相比,在某些方面甚至有过之而无不及,因而成了他一生中很重要的一段经历,永志不忘,甚至一有可能他便试图用文学的形式把它写出来。

新中国成立后给武剑青留下深刻印象的另一方面的经历便是接连不断的政治运动。他在部队时如此,后来转业到地方文艺单位也如此。和千万普通的中国人一样,当代作家们对于当年那一波未息一波又起的政治运动是不可能一开始就正确理解的,他们的态度只能是积极投入和虔诚地紧跟。然而作家优于常人之处也许就在于当他们和人们一道投入与紧跟的同时,并不放弃对这反常的社会政治生活作细致地观察与深入地思考,终于对这一场又一场的政治运动的必要性、正确性的怀疑产生了,由此更加强了观察的细度和思考的深度。一旦搞运动被否定后,对这段生活的反思便成为创作中的一个热点。当代许多作家因此写出了佳作,武剑青也不例外,《流星》《合欢花》和《九曲杜鹃魂》都是具有强烈反思色彩的小说。

那么,武剑青的经历对他艺术个性形成的影响何在?首先,丰富的经历使他艺术个性中产生一种内驱力,这种内驱力构成他创作冲动的重要契机,以这种内驱力为契机的创作冲动的一个突出特点就是重现自己的经历。

经历尤其是充满理想色彩的革命斗争经历,往往被经历者视为神圣的心理历程;此外,经历作为社会精神财富,对下一代有教育意义。在武剑青那重现经历的创作心态中,这两个因素都包含在内。具体地说那就是:(1)强烈的使命感。在武剑青一再申说的自己那“三不写”原则中,有一条就是,“对读者没有帮助,对社会没有效益的东西不写”[3]。他的使命感和责任心使他要通过对自身经历的艺术再现来达到社会教化的目的。“(我)并不是想当作家才写的。……我走上这条道路,纯粹是战斗的呼唤,是革命工作的需要。”[4]然而对作家创作动机的研究是个复杂的文艺心理学的课题,教化目的还不是武剑青创作动机唯一的内容,还应考虑另一方面。(2)通过情感发泄以求心理平衡。“我们这一代人经历过的风风雨雨,我都经历过了。正是在这一连串的风云变幻中,我感触颇深,有话想对人说,这样才拿起笔来写自己的所见所闻,写出自己的心里话来的。”[5]过去我们研究作家时往往不愿意揭示其创作动机中的这一个层面,认为“个人情感宣泄”政治意义不大,确认了它似乎就有可能导致对作家创作的政治意义的抹杀。这是在“文学是政治的工具”这一观念指导下的文学研究的非科学化的表现。武剑青曾十分坦率地披露他写《云飞嶂》的心理:“剿匪虽然结束了。但是英雄们的英勇事迹在我脑海里回荡。活着的与死去的战友的音容笑貌,老在我眼前晃动,不把他们写出来,总觉得于心不安!”[6]关于《流星》的创作,作家写道:“其实我自己在五十年代就被一件冤案所株连,受过类似这种不公正的遭遇。尤耿的遭遇,尤耿的思想感情,也就是我当年受隔离审查时真实的感情,所以写起来得心应手。”[7]这种伴随着人生体验的强烈内省以及把内省感受物化为语言艺术的强烈愿望,是创作主体性得以真正确立的重要条件,它决定了作家在创作方法上要采取再现的方法,即走现实主义的路子。武剑青在小说中表现的现实感与历史感的交织,是与他对现实生活的积极参与意识和回顾历史的强烈情感体验分不开的。

其次,武剑青大半生经历既然充满光明与黑暗、正确与错误的矛盾和斗争,那么把这番经历转化为审美意识时,政治和伦理的内容自然地得到强化,即“善”在他审美价值取向中占了重要地位。这一点使他的小说带有明确的功利性。他曾认为:“一部长篇如果不能概括一定历史时期的基本面貌,不能反映一定历史时期的主要矛盾和斗争,不能给读者一些启示,那么你写它干什么?”[8]因此在《云飞嶂》的写作中,这功利性就表现为对某个政治性结论的认同,“二十年来……我一直在反复思索,不断追求这部作品的主题思想。我想,主题应该来自生活。于是,我调动了自己的全部生活积累,对广西剿匪斗争的全过程进行了回顾,反复研究它的规律性和特殊性。”终于作者提炼出了这样一个主题:“那就是在剿匪过程中军区首长反复强调的这样一个问题:‘广西的剿匪问题就是发动群众的问题’。……我认为这个观点是人民战争思想在广西剿匪中的具体体现和灵活运用。……弄清了这个问题,我感到很兴奋,我多年思索和追求的问题,总算找到答案了。”[9]在《流星》的写作中,这种功利性表现为对世道人心的教化与劝导即道德功利:“我联系文坛上出现的一些怪现象,如某些人片面抓住恩格斯一句话:‘没有爱情的婚姻是最不道德的’来大做文章,贩卖西方一些‘性解放’、‘婚外恋’的东西,我对此是有看法的。我认为中华民族的美德不能丢,社会主义道德准则必须坚持。……于是,我想起了我的一位老战友……写了《流星》这部长篇。”当然,《流星》同时又具有政治功利性:“这部长篇还有另一个主题,就是批判了一种“左倾”思想给我们国家、人民造成的严重后果。”[10]

总之,武剑青的经历从一个侧面决定了他艺术地反映人生的角度和层面,决定了他在艺术创造中的审美价值取向。这一切又回过头来赋予他的艺术个性以特色。

研究作家的艺术个性不是目的,目的在于通过对艺术个性形成原因与特征的把握,正确认识与评价作家创作的优势与局限。那么，我们将如何正确理解、评价武剑青艺术个性中真与善的审美价值取向对他的创作的积极意义以及造成的局限性呢？

二 ‖ 真、善价值取向于武剑青创作的积极意义和局限性

从认识论、反映论角度看，真是对客观事物、社会生活认识结果的价值判断。它与认识的正确性即真理性联系在一起。但是，一旦我们所用以考察文艺的认识论、反映论不是真正的马克思主义的认识论和反映论，而是旧唯物主义的认识论、反映论，即建立在机械论基础上的认识论和反映论的时候就会只看到认识和反映过程中客体的重要性，甚至认为客体是认识的唯一决定因素，看不到认识和反映过程中主体的意义和作用。这种现象时有发生。如用之于观察文艺，就会把描写得是否真，即与被反映对象是否完全符合作为文艺最高的和终极的目标，而读者和批评家也以此为标准要求作家、作品，动辄发出“难道生活是这样的吗？”等等充满庸俗社会学的责难。

当然，文学就其性质和职能来说，它是一种反映和认识，但它同时又是其他：如情感的表现和外射，主体情志的象征；还可以是“有意味的形式”（克莱夫·贝尔语）和情绪符号等等。文学性质的这种多元性比起一元性来，更符合它作为一种复杂的社会文化现象的本来面貌。因此，对于一个作家来说，如果在其艺术个性中以真的价值取向来取代美的价值取向，那显然是片面的，是对艺术美的削弱。但既然文学不可能不是对外部世界的一种艺术认识，因而真的价值取向在审美创造中的存在又是必要的、合理的。从真、美各自的哲学本体论角度看，美不等于真，但真是美的前提，美不能离开这个前提。换句话说一切虚假的物事无法构成美。因此，如果能正确地从美与真的内在联系中去确认和发挥真在艺术形象建构中的功能，就会使创作具有充实的内容并且得以强化其审美的品格。

毫无疑问，真在这里既是指客观的真实，也是指主观情感的真挚与真诚。在这个意义上，武剑青创作中追求真的价值取向是应该肯定的。他笔下那真实的历史气势，真实的生活画面以及对笔下人物出自真情的描绘与褒贬，都能使读者受到感染，产生美的效应。但真的价值取向对他的创作也表现出某种局限。首先是为求真而使创作内容局限于亲身经历。“从我发表和出版的作品题材来看，可以说都是来自生活的，而且其中的故事和人物，不少都有我自己的影子，或者是我的感情。”“就连一些散文、故事，也大都是我在生活中所见所闻，有感而发的。”[11]文学作为意识形态，从本源上说来自生活这一命题是正确的，但在具体创作实践中强调生活则并不等于所写的都应该是生活中曾经发生过的事情，也不一定要求作者亲历或亲闻。亲历、亲闻只是为作品真实性的获得提供有利条件，但虽然亲历、亲闻而写出虚假作品的例子也是有的，如浩然写《金光大道》、柳青写《创业史》和杨朔部分歌颂人民公社、大跃进的散文就是如此。它们的作者对所写内容并不乏亲历亲闻的直接经验，但写出的作品从真实角

度看不仅现在经不起历史检验,即使在当时也未必真正被认可。

其次,局限于亲身经历的真实会使所写作品失去应有的浑厚和力度。如《云飞嶂》和《合欢花》《九曲杜鹃魂》。理由很简单,因为个体生命的历程毕竟是非常有限的。不仅个体生命时间有限,而且经历的范围也有限,而文学不仅仅是一种自身的体验和内省意识。它既要以自身经验为基点,又要求对自身有限经验世界的超越,而上升到对人类命运普遍关注和思考的高度。在这方面,上升得愈高则愈见出思想的力度,愈能显示艺术的真实。

接下来谈善的价值取向和审美创造的关系。善是主体意志在客观对象上实现的状况,正如列宁所说:"'善'是'对外部现实性的要求'。"[12]符合主观意愿的实现是"善",不符合主观意愿的实现是"不善",因而它带有十分鲜明的功利性质。善并不等于美——如有的美学家就明确主张非功利的美,但善是美存在的前提,人类一切美的创造都要合目的性,那些与人的实践有害的事物从本质上说是无法成为美的。在现实生活的某些范围内,不难发现美与善的交叉,如我们提倡"五讲四美"中的"四美",就是一种道德评价。因此,作家艺术个性中善的价值取向是有利于创造美,丰富美和充实美的。车尔尼雪夫斯基的《怎么办?》是一部充满善的内容的长篇小说,但却没有质变为政治说教或道德经,相反它充溢着艺术美。列宁把它反复读了几遍之后誉之为"社会主义恋爱的圣经"。这个例子说明文学中美的创造不仅不排斥而且可以容纳善的内容。

武剑青的五部长篇可以说都有明确的善的价值判断,它们丰富了艺术美的创造。尤其是《流星》和《九曲杜鹃魂》,它们由于题材本身的伦理内涵,善和美较容易找到契合点,于是小说对善的颂扬取得了较好的审美效果。

但善的价值取向对武剑青小说也带来一定局限。首先是为了追求善的确定性而使人物性格过于单色调,即忠奸善恶了了分明。单色调当然也是一种美,我国传统小说、戏曲中的人物形象就往往是单色调,与此相适应,读者、观众的审美心理也接受并欣赏这种单色调。但是,文学作品中人物如果取单色调毕竟与生活中人物的多色调差距太大,因而并不利于真实性这一审美效应的生成。在《云飞嶂》和《失去权力的将军》两部长篇的众多人物形象中,为什么刘春和路维翰两个人物塑造得较为出色呢?除了别的原因外,看来与作者写出了人物性格中的多色调这一原因有关,即不是以简单的善恶好坏作为对人物的审美价值判断。

局限之二表现在当武剑青有意或无意地强化自己艺术个性中善的价值取向时,创作便有向图解概念这一审美负值倾斜的可能。这种强化在创作中的表现之一便是对主题的提炼。

如果说文学作品尤其是长篇小说应该有一个明确的主题,而这主题的获得必须从素材中提炼,并不算错,尽管单一的主题往往会限制长篇小说思想的容量和感情的容量。但如果把提炼主题狭窄化,变成是对某一政治、伦理命题的印证或图解的话,那将会对创作造成消极影响。如《云飞嶂》提炼主题的结果是与某军事首长对剿匪胜利原因的总结相印合,这样的主题对艺术创作意义就不大。政治家们(包括军事首长)对生活的认识与概括有他们自己的角度和目的,即政治斗争的角度和用以指导今后的政治斗争的目的,作家对生活的认识和概括另有自己的角度和目的,即表现人的角度和提供审美鉴赏需要的目的。因此,作家从这场以武装对抗形式出现的政治斗争中看到的是千百个不同的人的命运遭逢,不同的人生道路和不同的性格的昂扬或扭曲。这里面有着丰富的情感体验和哲理蕴含,可以使一部以它为题材的长篇提炼出一个或多个主题。而这些主题在生活的基础上交织于一起时可以达到多侧面、多视角地对生活的再现。

如果所强化的是一个伦理道德命题,如《流星》和《九曲杜鹃魂》,也可能同样会导致图解道德观念成为劝世的说教。但由于道德内容比之政治内容来似乎较易找到与美的契合点(为什么如此原因很复杂,在此无法详释),所以从审美创造的效果看,这两部小说要比《云飞嶂》来得动人些。

当然,对任何一个作家来说,艺术个性都同时是稳态的又是动态的结构,因为个性中各种因素在不同的创作过程将呈现出不同比例的配合,此外还因为作家的审美兴趣会转移。以上是从稳态层面分析了武剑青的创作个性及其与创作的关系,以下将从动态层面加以论述。

三 ‖ “武戏文唱”,创作“向内转”

从武剑青艺术个性的动态层面来考察他的创作历程,有两次转折值得注意:一是以《云飞嶂》创作过程中出现的由“武戏武唱”向“武戏文唱”的改变为标志,开始了创作的“向内转”;二是以小说内容的情感分量加强为特征的文学审美属性的复归。

所谓“武戏武唱”是武剑青对他创作的《云飞嶂》过程中走过的弯路的概括。早在小说出版前二十年,武剑青已经开始以六万大山剿匪经历为素材进行长篇小说的创作:“1958 年春,我开始动笔,写出了一部初稿,后来在《红水河》文艺月刊上发表了一章。”为什么只发表一章?“因为它写得很粗糙、很幼稚。人物似曾相识,缺乏鲜明个性,而且构思和别人差不多……充其量只能说是一些战争的故事。”[13]于是作者开始了反复修改的过程,前后改了十次,历时二十年。如此耗费时间和精力,难道仅仅是为了在文学样式上把一部战斗故事改成长篇小说吗?当然并非如此,否则也就谈不上对他的整个创作发展产生转折性地影响了。

作者认为十次修改的目的是为了写出广西剿匪的特点来:“这本书的特点是什么呢?它与同类题材的作品有些什么不同呢?广西的剿匪与东北的、湘西的、贵州的剿匪又有什么不同呢?看不出来。”[14]但是当我们考察这一修改过程时,感到主要的成绩不在于此,而在于写法上的进步,即由“武唱”改为“文唱”。

“因为老跟在别人屁股后转,什么攻山头呀,炸碉堡呀,化装侦察呀,追歼敌人呀,五花八门,什么都有……这是武戏武唱的老路子。”[15]所谓“武戏武唱”,实际上是两个问题:一是事件淹没了人物,二是描写对象主体性的失落。

本来写军事题材总免不了要写攻山头、炸碉堡之类的情节,问题是如果只醉心于写这些热闹场面,就会让事件把人物淹没。而一部长篇如果没有人物的性格和命运的交响,只能是一连串战斗故事的缀合。

《云飞嶂》作为长篇小说即使在未定稿阶段也不能不写人,也不可能只有事件的演变而无人物的活动,因此,所谓"武戏武唱"还有更深一层的含义就是指小说中虽写了人物,但这些人物并非本体意义上的人物,并非具有自己的主体情志和自由生命的人物。在一定程度上,他们还只是完成攻山头、炸碉堡任务的工具,是为了演出作者构想的剿匪活剧的傀儡。换句话说就是描写对象主体性的失落。

武剑青在十次修改中,用"文唱"来拨正了"武唱",这不仅改好了一部作品,而且使他的整个创作跃上一个新的台阶。具体地说,其意义表现在两个方面:首先,它是一次自觉地对极左文艺思潮的反拨。长期以来,"文学是人学"这一正确命题屡遭批判的厄运,文学只能是为某个客体——如政治客体或经济客体服务的工具,不能是人的情感的载体,不能是人的命运的历史。当然"左"的文学观也需要文学中有人在行动、在说话,但那些人只能是概念的化身,是某种共性的集中,不允许是生活实际存在的、具有七情六欲的现实的生命。因而当武剑青在《云飞嶂》中着力塑造了一个有矛盾性格、做过错事后来又成为剿匪英雄的老贫农刘春的形象时,就有人指责他"歪曲贫下中农形象,给英雄脸上抹黑"等等。由此可见作者能在一部出版于1978年的小说中,用实践的方式作出对"文学是人学"这一命题的肯定并不容易,它既需要勇气,也需要卓识。其次,它是武剑青创作意识中一次自觉地"向内转"。马尔库塞曾对艺术的功能问题说过这样的话:"艺术不能直接变革世界,但它可以为变更那些能变革世界的男人和女人的内趋力作出贡献。"[16]对于文学创作来说,所谓"向内转"就是把笔墨从对人物的外部行为、外部表征的描写,转为对人物的精神和心理世界的深层次掘进。上文提到的对刘春形象塑造的实绩就是这种"向内转"的证明。刘春比之同书中其他人物形象显得丰满之处就在于作者不仅揭示了他精神、心理世界中的一个层面,而是两个相互矛盾的层面;不仅赋予他思想、感情发展的一种可能性而是两种可能性。即他作为生活在旧社会底层的贫苦农民,本来应该欢迎解放,拥护解放军,痛恨凶残、殃民的土匪,可是他由于复杂的经历和社会联系,复杂而矛盾的思想、感情,使他在解放军和土匪之间曾一度做出错误的选择,后来终于转变认识,戴罪立功,完成了自我的第二次否定。总之,若从艺术典型化的高度看,刘春形象所达到的水准不算很高;但若从作家创作发展过程的角度看,刘春形象的塑造确是作者从文学观念到文学技巧的一次很大的进步。

由于时代思想的局限性——七十年代末到八十年代初,思想界、理论界的拨乱反正还没有达到应有的深度,也由于作家艺术个性中某些非审美的价值取向因素,还由于作家经历与创作题材之间某种程度的叠合造成的艺术思维的定势的局限,《云飞嶂》虽经多次修改却未能完全补救其人物形象主体性和小说整体审美性的不同程度的失落。这是我们在肯定《云飞嶂》对作家创作进步的积极意义的同时,所不应隐讳的一个看法。然而"向内转"的创作路子却在《云飞嶂》之后为作者坚决地肯定下来了,它的积极成果体现在《失去权力的将军》以及以后各部长篇创作中,体现在国民党退役将军路维翰以及林莺、杜鹃鹃等人物形象的塑造上。由于篇幅关系,在此就不一一细加分析了。

四 ‖ 以写情求真,文学审美性的复归

上文曾指出武剑青的艺术个性中强调真的审美价值取向,并且从真与美的内在联系的意义上肯定了这种价值取向的积极作用。从小说创作角度看,求真有两大方式:一写事求真,一写情求真。如果说文学的艺术品格就在于对情感的表现的话,那么,情之真往往要比事之真更容易通向艺术美。

武剑青创作历程中继《云飞嶂》之后的第二次转折就是从以写事求真转到以写情求真,开始了文学审美性的复归。这一转折在《流星》已经开始,《合欢花》和《九曲杜鹃魂》就表现得更充分。

在后三部长篇中武剑青艺术个性里的求真与善相结合的审美价值取向没有改变,不同的是求真侧重于写情之真,求善重于写个性品德之善,作为整体审美效应是真情与性善之间的契合。从历史性角度看,这是上一阶段"向内转"和"向人性复归"的继续与发展。以下拟通过对《合欢花》的分析,探讨这一创作阶段(包括后三部长篇)的思想艺术特色。

《合欢花》写一个代号叫"合欢花"的女地下工作者林莺,她在自己为之流血奋斗的革命事业取得胜利后,经历了备受屈辱、痛遭磨难的生活。她曾在党的指派下打入敌人内部,委身于伪县长的白痴儿子,用心可谓良苦。新中国成立后因为与她单线联系的上级牺牲,她地下工作者的身份无法得到证实,被当作地主、历史反革命分子对待,从政治、生活、爱情上都遭到令人难以忍受的打击和侮辱。但她忍辱负重、舍己为人,竭力保持人性的尊严和高尚品德,但常常为此付出沉重代价。三十多年以后终于冤情大白,但一切都晚了,曾一起并肩战斗的昔日的恋人经受历次政治运动折磨后死去,林莺怀着无法挽回的哀痛心情将葬礼与婚礼一并举行,在合欢花丛中送别相爱十年终未能成眷属的亲人后,独自悄然离去。

无论是题材选取或小说的构思或具体描写,都可以看出作者采用的依然是现实主义的创作方法,但侧重面不在于环境和人物行动的真实再现,而是以情感抒写的真诚、真挚来求得整体效果的真实,创造艺术美。然而情愫作为心理现象必须有所依托,否则难以表现;但所依托者如果缺乏真的品格,则情真的强度将大受削弱。因此《合欢花》在整体构思上仍是以真事为依托,着重抒写真情。小说中无论情节安排、环境描绘以及人物身份和性格、命运的设计等等都是相当真实的,而通过真事抒写真情其情更真。

此外,作者保持了现实主义创作方法要求于创作者的冷静与旁观态度。尽管侧重写情,

但多通过人物的心态、意志去写,即写艺术形象所蕴含的丰富、复杂之情,并未掺入作者主观情绪的直接宣泄,这有利于保持真实感和增强审美效果。正如作者所说:"这本书的特点是想以强烈的感情去叩响读者的心扉",又说:"这本书留给读者的艺术的空灵是比较多的,那种说教的、强加给读者的东西,在这本书里是找不到的。"[17]这一点也正是本创作阶段其他两部长篇的共同特色。

本创作阶段还有一个同题值得探讨,即小说侧重抒写的情感的审美形态性问题。小说抒写的感情当然不是一般的感情,而是有美学内蕴的感情。以林莺为例:她的政治理想和追求是正确的、进步的,因而她为之奋斗的事业是正义的、合理的;与此同时她追求纯洁、真挚的爱情,同样具有正义性和合理性。可是当她的政治理想和追求实现之后,她为之作出的贡献和牺牲却被否定,她的爱情追求也无法实现。这是悲剧,它所蕴含感情的审美形态即为悲剧性。恩格斯对于悲剧性作过一个著名论断:"历史的必然要求和这个要求的实际上不可能实现之间的悲剧性的冲突。"[18]以此联系林莺的命运,不难感受到那透过悲剧性表现的反思色彩和批判力量。《流星》和《九曲杜鹃魂》的审美感情也都是悲剧性的,它们有别于《合欢花》的是侧重于道德悲剧,即体现在这两部小说主人公身上的"历史的必然要求"是一种高尚的道德情感与操守。这种情感和操守被亵渎、被摧残,就是人类精神世界中美好的东西受到破坏。正如鲁迅所说:"悲剧将人生的有价值的东西毁灭给人看。"[19]

作者在写出了悲剧冲突的同时,还要为悲剧的原因找答案,要鞭挞那悲剧的制造者。于是书中关于道德的思考便很自然地向政治的领域延伸,因而悲剧性同样蕴含了对现实的反思和批判。

在《流星》等三部小说创作出来之前,武剑青小说的主要审美形态不是悲剧性。这并非指他以前的小说中没有写到苦难、悲哀和不幸的事件与人物。作为情节因素、人物际遇或背景材料,这些小说并不乏悲苦生活的描叙或恓惶场景的展现,但他们均未构成美学意义上的悲剧性。文学作为现实生活与作家主体情意相结合的产物,对于武剑青这样的坚持现实主义文学道路的作家来说,不会离开现实生活凭空虚构一个悲剧性故事;因此他后三部长篇的写作不仅是他对生活的理解和思考进一步深入的标志,同时也是他对于生活的审美化能力进一步提高的标志。在悲剧性这一美学形态上,他的艺术个性中真与善的价值取向找到了新的契合点,他的丰富的人生经历和文学这一艺术样式之间也找到了新的契合点。而这又是与他文学观念上的向人学回归、表现方式上的"向内转"相一致的。这一致又掉过来影响作家的艺术个性,使它因此上升到一个更高的层次。

武剑青的后三部长篇可以说只是作家在文学悲剧性的审美领域中初试锋芒。这是因为它们都尚未达到那种使灵魂震撼、使思想升华的优秀悲剧性作品的审美高度。这里面存在的原因主要是作者还没能就悲剧性的真正美学意义去结撰悲剧,尤其是对"历史的必然要求"这一构成悲剧性矛盾的重要侧面不能在作品形象体系中充分展开。只是忙于发展情节、叙述故事,不能在情节的跌宕中把笔墨引入错综的人际关系、严峻的历史命运和复杂的内心矛盾之中去。因此这些小说在悲剧艺术所必不可少的历史的纵深感和生命的崇高感这两方面还不够强烈。

后三部小说还同样存在着直接生活经验对艺术思维的局限性。如三部小说的主要环境都离不开小县城,这本身不算缺点,正如鲁迅许多中短篇的环境都是鲁镇那样;问题在于环境与人物命运的结合方式让人有雷同感——如离不开小县城中的一所中学和一个官绅的家庭,甚至《失去权力的将军》一书中的描写也有与此类似的内容。另外,小县城所固有的政治氛围和经济、文化生活的格局也限制了人物性格的多侧面展开。

尽管如此,武剑青后三部长篇已取得的成绩使我们相信他具有结撰启真型悲剧性文学作品的能力。即在这类作品中,写的不是英雄壮举和伟大业绩,而是平凡的小人物的命运遭际。历史的必然要求通过他们对幸福生活、对劳动和爱情的自由的追求表现出来。他们在这追求的过程中遭遇的苦难、不幸甚至毁灭,不仅能引起同情,同时还令人深思。

总之,作家在对艺术规律的探索中日渐充实的艺术个性,在人生旅程的跋涉中愈益丰富的生活积累,都预示着他将写出更为生动、深刻的优秀作品。我们期待着。

1988 年 8 月于广西大学

[注释]

[1][2][3][4][5][7][10][11][17]《我探索在现实主义的道路上》,载《广西文艺评论》1986 年第 1 期。

[6][14][15]《学习与追求》,载《学术论坛》1985 年第 1 期。

[8][9][13]《〈云飞嶂〉创作杂谈》,载《广西文艺》1978 年第 9 期。

[12]列宁:《哲学笔记》,229 页。

[16]转引自《社会、人生与艺术审美》,载《新华文摘》1988 年第 7 期。

[18]《马克思恩格斯选集》第 4 卷,346 页。

[19]《鲁迅全集》第 1 卷,297 页。

(原载《南方文坛》1988 年第 5 期)

壮族当代散文的现状与展望

□ 徐治平

在讨论壮族当代文学的成就时，人们多半是谈小说和诗歌，散文往往被忽视和冷落。其实，壮族当代散文是取得了较大成就的，只不过还没引起人们应有的重视而已。

早在五六十年代，就有一批壮族作家致力于散文创作了。成就较显著的是周民震，他在一九八〇年出版的散文集《花中之花》，大多数篇章都是五六十年代所作。苏长仙、李春鲜、蓝直荣等，当时也创作了不少散文篇什。到了七八十年代，壮族散文的创作队伍迅速发展壮大，作品的数量和质量都大大超过了五六十年代。老一辈的作家、诗人在潜心小说、诗歌创作及民间文学研究的同时，也以极大的热情进行散文写作，如陆地、韦其麟、黄勇刹、蓝鸿恩等。陆地的《一段苏木》，描写一位老裁缝对在"文革"中被批斗的老共产党员的深切同情和关怀，体现了人民群众对共产党的衷心热爱和信赖，读来令人感动。老作家黄福林也是这个时期登上散文殿堂的，一九八五年出版的散文集《蹄花》，就是他这些年辛勤笔耕的成果。特别值得注意的是，这段时间涌现了一批十分活跃的中年散文作家，凌渡、蓝阳春、韦纬组、陈雨帆、农耘、露白、邓永隆、黄河清、严小丁、潘恒济、黎浩邦、童健飞……他们大多是从农村、矿山、林场等基层单位走出来的，生活积累丰富，思想稳健深邃，艺术功底厚实，创作日臻成熟，成了壮族当代散文创作的中坚。何培嵩也是这期间崛起的报告文学作家。凌渡于一九八四年出版的散文集《故乡的坡歌》具有浓郁的地方色彩和鲜明的民族特色。它的大量篇幅，描写广西各地绮丽迷人的自然景色、饶有情趣的民族风情，反映少数民族生活近年来的深刻变化，格调清朗，语言明丽，意境高远，在区内外有较大影响。一批思想敏锐、勇于探索的青年散文作家也随之出现，岑献青、冯艺就是其中的佼佼者。

纵观壮族当代散文创作，成就较大的有如下几方面题材的作品。一是反映少数民族生活，展现历史前进的足迹，揭示民族精神和民族性格的。如黄勇刹的《放歌擎天树》，凌渡的《故乡的坡歌》《红水河风情》，蓝阳春的《元宝山下芦笙节》《"笑酒"醉人》，露白的《醉乡行》，韦以强、苏长仙的《卜万斤》，周民震的《百花图》，陈雨帆的《架屋欢》，李春鲜的《牛角号》等。

二是反映革命斗争和边防生活的。黄福林《蹄花》集的第一辑，讴歌左右江地区各族人民的英勇斗争精神，颂扬邓小平、韦拔群等革命前辈的英雄业绩，十一篇散文，编织了一幅壮美的革命历史画卷；第二辑是描写边防斗争生活的，从东汉时期壮族爱国英雄班夫人，清代御敌卫国名将冯子材、苏元春，到八十年代驻守法卡山的壮族英雄梁天惠，均在作者的描写歌颂之列。《边防连城遗情深》和《国门三记》两篇，颇能激奋人心。三是直接反映四化建设，展现建设者的战斗风采和崇高品质的。这方面的代表作有《红水河之歌》（凌渡）、《守珠棚一夜》（蓝阳春）、《流萤》（露白），《高高的蚬树》（严小丁）、《红水河之恋》（邓永隆）等。四是通过对自然风光或草木花卉的描写，抒发某种思想感情，阐述某种生活哲理的，如《大明“佛光”》（蓝阳春）、《灵渠秋》（凌渡）、《雾海拔峰壮山河》（黄福林）、《壮哉，五百里巴菜》（蓝直荣）、《绿柳情思》（韦纬组）、《九死还魂草》（岑献青）、《千日红》（农耘）、《青青的竹林》（潘恒济）等。五是记叙出国见闻、描写异国风情，歌颂中国人民和世界各国人民的深厚友谊的，如《访巴散记》（蓝鸿恩）、《泰国纪行》（韦其麟）、《泰北琐记》（农学冠）等。

壮族当代散文，无论在思想上还是艺术上都取得了令人瞩目的成就。有的篇什，已达到或接近全国的一流水平。选入《中国新文艺大系（1976—1982）少数民族文学集》的《放歌擎天树》（黄勇刹）和《九死还魂草》（岑献青）堪称壮族当代散文的精品。前者以桂西南特有的高高擎天树，象征勤劳勇敢的壮族人民，象征孕育揽月摘星神力的壮乡大地，象征不屈不挠的战斗精神，象征日益繁荣昌盛的社会主义祖国。那奇妙瑰丽的想象、浓郁的浪漫主义色彩，那回环往复的节奏、富有民歌韵味的语言，令人赞叹不已。这是一首对于民族、对于人民、对于祖国的热情颂歌。后者记叙的是几棵“还阳草”的奇特遭遇。虽是平平常常的小草，作者却从中挖掘出奇绝，使作品产生一种奇趣美。作者对“还阳草”的赞美，实质上是对顽强的生命力和坚强意志的赞美。作者对“美的价值”的思考、认识，蕴含着深刻的哲理，给人们以有益的启示。凌渡的《红水河之歌》以红水河的神话与现实、历史与现状、规划与建设为经纬，从整个红水河流域的变迁去落笔，写了一个民族改造山河的大事、一个国家水电建设的大事，概括了一个民族伟大的历史进程，具有历史的纵深感及地域的辽阔感。篇幅不长，却容纳了十分深广的社会内容。蓝阳春的《守珠棚一夜》，通过留宿守珠棚一夜的见闻的描写，赞颂了祖国海疆的美丽富饶以及育珠工人艰苦创业的高尚品质。作品题材新奇、情景交融，古今交错，意境幽远，既有现实感，又有历史感，具有较丰富的内涵。韦以强、苏长仙的《卜万斤》，没有停留在民族风情的描写上，而是把笔触伸向广阔的现实生活，反映党的三中全会之后少数民族地区的深刻变化，不失为构思独特、情真意切的佳作。黄福林的《雾海拔峰壮山河》通篇紧扣一个“雾”字，由雾庐山想到故乡的“雾海拔峰”，想到壮族革命先驱韦拔群的不朽业绩，最后再写庐山——那茫茫雾海中拔出一座山蜂，就像彭大将军高昂的头颅。作品构思新颖，格调雄劲深沉，对故乡群峰景色的描绘尤其神形兼备，淋漓尽致。韦纬组的《绿柳情思》、露白的《醉乡行》、严小丁的《高高的蚬树》，也是难得的佳作。

壮族当代散文创作,具有诸多优势。广西这块古老而美丽的土地,为散文作家提供了广阔驰骋的天地。南国的画山绣水、中越边境的战斗生活、红水河资源的开发、少数民族地区的民俗风情……这些都是内地缺少而我们独有、甚至引起世界瞩目的,这是散文创作的得天独厚的有利条件。此外,壮族散文作家(特别是中年作家),有深厚的生活积累和丰富的创作经验,有振兴壮族散文创作的强烈愿望和坚定信心,在他们的努力下,壮族当代散文一定会有更大的突破,达到更高的层次。壮族散文作家,必须改变目前"各自为战"的分散状况,必须团结协作,共同探索,加强对创作理论的研究及对作品的评论(甚至对各散文作家逐一进行专题讨论),加强与外省的散文作家和评论家的横向联系。散文作家本身,还应该克服那种偏爱小花小草,不热心反映四化建设生活的倾向,克服那种总是访问记式的单调雷同的构思模式,进一步关注当代生活,扩大题材领域,敢于反映重大的社会问题,力争创作出有相当的深度和分量的、振聋发聩的力作来。壮族当代散文率先跻身于全国最先进的行列,我想这是可能的。

(原载《南方文坛》1988 年第 5 期)

苦难与启蒙:对《波努河》的一种理解

□ 杨长勋

这是一部充满民族苦难感的悲剧,又是一部充满理想主义的民族启蒙书。《波努河》既对民族传统文化中劣性的一面给予了严酷的剖析和冷峻的笔墨,又直接深入地描写了我们正在经历的热烈而又复杂的商品经济生活。中国文坛期待这种冷静反省的悲剧,期待这种浪漫而深刻的启蒙。

中国小说失去轰动效应,是由于小说家们的文化视点的偏差造成的。对中国传统文化的寻根与反思,本来是文化人的一次具有战略意义的文化行动。然而我们误把寻根与反思完全地放到历史生活和历史文化中去了,脱离了现实,回避了我们正在经历的政治改革生活和商品经济生活。中国小说失去轰动效应,是中国小说对中国现状的自觉不自觉的回避,也是中国现实对文学对小说的一次警告式的回避。尽管文学界已经开始意识到这一点,但是像《商界》像《波努河》这样把文化反思的视点放到直接的商品竞争和商品斗争的生活中去的作品实在太少了。

我把《波努河》称为民族地区商品经济的启蒙书。说《波努河》是一部启蒙书,是因为书中所描写的瑶山里激动人心的商品竞争的场面,在现实的瑶山生活里还不是那么普遍地随处可见。应该说,现实中的瑶山,商品经济并没有从根本上战胜自然经济。那么,怎样来评价《波努河》呢？怎样来评价这一类的作品呢？

《波努河》所描写的既激动人心又令人目不忍睹的商品竞争和商品斗争的场面,对于广大的中国农村来说有许多地方还只是一种向往,一种新奇,有一些地方甚至还没有开始向往。商品经济与自然经济的斗争将是一种长期的观念的斗争。中国的现实期待文学的启蒙。中国的文学也期待现代启蒙主义。中国新时期文学的一个弱点就是缺乏具有理想主义色彩的现代启蒙主义。

《波努河》正是我们期待的具有现代启蒙主义意味的长篇小说。小说对商品竞争的复杂性和商品竞争中人与人之间微妙关系,以及由此呈现的种种心态,作了详尽的表现和剖析。

如果说文学的说教时代已经远远成为历史,那么文学作为观念的精神的启蒙却是它永远的艺术特性。《波努河》给人们的启示远远超出了文学的范畴,是一部具有现代启蒙主义意味的商品经济启蒙书。

《波努河》渗透了强烈的文化意识。小说将民族的历史与现实染上了层层的悲剧色彩,民族发展变化的历程就像一部大悲剧循环往复花样翻新的过程。郑万明这位海外归子身上的许多艰辛与痛苦,在他父亲那里早就出现过。玉梅父亲生前欠下的十二块钱,玉梅居然不能不到陆老彪责任田里去打工来偿还,这是祖辈们还债的方式,也成了今天的玉梅的方式。仅仅十二块钱啊。这种劳动与物品交换的自然经济已经维系了若干个千年,并且一直维系到远山里玉梅们的责任田里。这多少都有点凄凉与悲壮。小说中的毒酒事件,好像是一种艺术的随意性构想,好像是小说艺术情节的发展需要而已,然而当《波努河》还是一部手稿还没有来得及成书,就在作者的瑶山故乡发生了震惊全国的毒酒事件。这是多么惊人的艺术与现实的巧合。这里,既有技术的贫乏带来的困惑,也有良心的腐烂带来的恶果。酒,作为一种潜型的文化,给我们出了一个值得沉思的课题。小说中玉竹单纯而幼稚、纯洁而虚弱,一再上当,陷入困境,成为一个失去精神的纯粹物质的人,这多少都使人想起民族成员的人口素质,想起许多活人的身上还有死人留给的魂灵。

我曾经担心,《波努河》会不会以新时期小说流行的方法,给小说的人物设置一个出国的机会,或者走向首都人大或政协的会堂。蓝怀昌没有这样做,在小说的结尾,是玉梅和那个外号叫画眉头的郑小龙带着沉思走过土司坟场的边上,留下两双浅浅的脚印,就像一排排写在土地上的大写的问号:波努河的流水为什么如此的缓慢,波努河的苦难为什么这样的深重?

但是,蓝怀昌的《波努河》没有犯文化反思中流行病,他没有像一些流行的浅层的反思者那样把民族的艰辛与苦难简单地归罪于民族传统的文化。恰恰相反,蓝怀昌在小说的每一个章节都融入了民族的密洛陀文化和密洛陀精神。《波努河》以一条埋伏的暗线把祖辈的文化隐藏在现实生活现实故事的后面,使许多对话和描写都包含了人们不易察觉的文化内涵。

在小说开头的一段,看起来好像是一般的环境描写和一般的景物描写,但我们细细读下去的时候,就会发现在这短短的文字里几乎浓缩了瑶民族的全部的文化和风俗。民族的创世之神巴桑密洛陀创造了他们生存的大地与川山、河流与森林;狗是他们民族崇敬的远古之神,那样善良那样柔情;酒,成了一种精神,化为了一种岁月,化为了一种向往,潜藏了民族的全部悲喜。那神、那狗、那酒、那……作者一着笔就把小说的人与事、人与情放到浓郁的文化氛围中去。这种在字里行间融入强烈文化感的表现方式,几乎贯穿了《波努河》的每一个章节。这种小说的叙述方式,实际上突破了我们过去小说中环境描写模式和景物描模式,《波努河》把一种内在的情致渗入小说的行文进程中。就这一方式而言,就我有限的阅读领域而言,可以说《波努河》是这类文化反思小说中情感最真挚而又来得那样自然的一个篇章。在我们阅览大量的带有猎奇心境的文化小说之后,《波努河》就独具了自己的真诚。蓝怀昌的心间,那波努河一直在流淌冲击,他是波努河的水哺育长大的。《波努河》流出的自然是波努人的血。如果我们对瑶民族的精神支柱密洛陀精神缺乏了解和认识,我们就会忽视了《波努河》中更为复杂和深层的这文化回归的一面。

《波努河》一面在批判和反省我们传统文化中的劣性和弱点,一面也在寻找和呼唤祖辈文化的回归。这一点好像不容易完全被理解,然而笔者以为这正是文化反省的最正常的途径。

(原载《南方文坛》1988 年第 6 期)

1989 年

文坛四气

□ 唐正柱

文坛常常喜欢抱怨社会上的不良风气,然而艺术殿堂其实也并非一界净土。只须粗略地算一算它的不良习气,至少就有以下几种:圈子气、官僚气、师爷气、商人气、王婆气、流氓气等等。不过,王婆的自卖自夸和流氓的胡作非为,都是容易识破的,所以不谈。这里只说说前面的四种。

圈子气　文学的发展呈现一种百家争鸣、多元并存的状态,正是文坛充满活力的标志。相反,百花凋零、定于一尊则是艺术失去活力的表现。一些作家在某些方面表现出共同倾向,物以类聚,发展成为一种文学流派,这是历史上常有的事,本身也不是坏事,并且不同作家、不同流派在艺术上的独到之处正是相互尊重的起点,而不应该成为互筑壁垒、互相轻视的理由。令人遗憾的是,在中国文坛上已经蔓生了一种并非流派而是要不得的“圈子气”。有的人按照江湖帮客结义的办法树起一面旗帜,立起一个寨主,排好座位,然后招徒聚众、自壮声威。既然皇帝轮流做,今年到我家,圈子霸主们便摆出一副架势,领起风骚来。他们一方面虚张自己的声势,写成一部东西就起劲地大吹大擂,唯恐别人是瞎子聋子,另一方面还要大杀别人的威风,遇到不是自己这个圈子里出的作品,便把它说得一钱不值,有的甚至断章取义,不择手段地加以谩骂。最优待的办法,也只是给予冷酷的忽视。倘若有人批评自己的作品,那还得了,小子鸣鼓而攻之,骂他个祖宗十八代,颇有些“老猴屁股摸不得”。偶尔也以“提携新进作家”自命,带上几个俯首称臣,心悦诚服的新星周游列国,以展示“一代宗师”的雄风。这种种举动还被冠冕堂皇地挂上了据说是当代人才有的“群体意识”的招牌,其实这不过是颇有封建帮会色彩的“圈子气”。

这种“圈子气”于创作、于学术、于人、于己都产生了不良影响。首先,“圈子”的偏狭心理妨碍了多种文学创作的共荣共存。圈子外的优秀作品遭到排斥自不待说,就在同—个圈子里,因求同多过求异,霸主的阴影太大,很容易使青年作家丧失创作的独立性和个性,他们自觉不自觉地变成了霸主唯唯诺诺的学生,沦为霸主的陪衬或影子——这就是为什么钻进圈子里的后进作家除了反叛这条路外,往往没有大作为的重要原因之一,这也是所有的圈子终究一代不如一代,一蟹不如一蟹、后继乏人的重要原因之一。其次,“圈子”情绪也不利于作家培养一种博大、宽容的胸襟。作家长期转悠在小圈子里,纠缠在小风波小意思里,圈子里外只有哥们姐们义气,这种氛围根本无法培植一种具有博大心灵的作家。作家的心灵达不到博大精深的境界,令人拍案叫绝的杰作自然也不会产生。第三,“圈子”情绪也导致了文学评论和文学争鸣失去了起码的科学性、学术性、严肃性。现在的一些评论家也喜欢投靠一个圈子——尤其是区域性的圈子,搞什么“内外有别”,属于自己这个圈子里的,尽量挖掘其优点并且为其缺陷或失败辩护——缺陷恰恰被说成是优点;不是自己这个圈子里的,则经常找些麻烦,笔锋也变得异常的犀利;不少评论其实一开始就失去了批评的良心。他们似乎也不懂得如何爱护新进作家,不是想把他“棒杀”就是想把他“捧杀”。“棒杀”和“捧杀”盛行的结果,使文学评论失去了权威性,对此最明显的讽刺就是读者的“逆反心理”,读者们凡吹捧的不看,凡挨骂的抢购。有的作家注意到其中的奥妙,于是很有些宽宏大量地去请“骂客”。但读者也渐次明白了其中的把戏——因为毕竟是请来的骂客,骂起来就有些别扭。这样一来,骂也没什么名堂,捧也没什么名堂,却搞得鱼目混珠,批评的权威性连同文学的轰动效应都失去了。

官僚气　中国文人历来就有一种官僚气,这主要可以从两方面看,第一,学文是为了做官。能做八股文也罢,吟一手好诗也罢,都是在为谋取一官半职而惨淡经营,无论是“画眉深浅入时无”的含羞扣问,还是“坐观垂钓者,徒有羡鱼情”的艳羡,不得帮忙的感慨,都意味着把学好文学当作跻身仕途的敲门砖。既然学文是为了升官,那么他写的诗文也不免设身处地地揣摩为官者的心理、口气,作品难免带上一些官气。第二,做官不忘诗文。历来的中国文人许多都做过大大小小的官,譬如屈原、曹操、杜甫、范仲淹等等。有些官职很小,但人们还是喜欢以官职称呼——一种根深蒂固的“官本位”思想。在做官期间做的诗文大抵都带些官气,譬如说做官的闲适,少不了的应酬唱和,都在诗文中反映出来。除此之外,还有这样一种带有官僚气的诗文,其主旨包括两方面:一是居庙堂之高则忧其民,一是处江湖之远则忧其君。换言之,总是从君子在其位的立场出发,把文学当作治国安邦的武器。由于他往往处于一种官僚化作家或官僚化诗人的地位,因而他难免把文学当作文实现政治目的或道德目的的手段,由于他总是热眼政治、参与政治、并自觉地把文艺当作实现政治目的的手段,因而,他创作的作品往往沦为政治的工具。这就是说,作家一旦官僚化就很难不丧失他作为艺术家的独立人格——这也是为什么许多艺术家不做官、做不得官,做官以后艺术日趋没落的重要原因之一。

当代文坛的官僚气较之以往并不逊色,这主要表现在:第一,作家生活方式的官僚化,作家的社会存在主要变成了一种“官”的存在。这一点可以从“深入生活”的问题看得最清楚。本来,作家对生活的渴求犹如蛾之扑火,属于当然之理,但中国作家好些都需要动员他去深入生活,要为他深入生活提供各种方便,诸如住宿费、伙食费、交通费,有的还要专车,挂副书记的职称,等等。所到之处,无不显示他作为一个作家的优越感、作家的风流倜傥和气派。试想,这样一种生活方式,作家能够从周围世界吸取多少营养呢?第二,作家人格的官僚化。官僚化的生活方式必然会逐渐强化作家的思维方式和价值取向朝着“官僚化”的方向发展,长此以往,就会逐渐地丧失他作为艺术家的独立品格。他的思想观念和情感方式在艺术处理上会朝着“官僚意识”方面发展,他会自觉不自觉地把文艺当作为政治服务的工具,他的作品很可能沦为政治的传声筒。换言之,作家成为御用文人,作品成为政治的附庸。第三,一些作家蜕化为社会的寄生虫。依靠作家的地位领工资、却不写作品的“作家”的存在,表明一些作家具有寄生性。这种事实和他们声称的人道主义以及自以为是人类灵魂的工程师之间形成鲜明的对比和讽刺。第四,官僚气还表现在一旦碰上有争议的理论问题或者是牵涉到艺术作品的评价问题时,一些作家就喜欢邀请大官来撑腰,仿佛官愈大,真理的含量愈高。这种情形的依然存在表明这样的作家还不懂得自尊和尊重艺术、尊重真理,他既不相信自己也不相信读者。这也就是作家人格上的软骨病。

颇为令人深思的是,外国许多艺术家的成功有赖于一种外在的自由氛围,而中国作家的成功往往和某种外在的非常情况相关。譬如说,科举屡试不中、宦途不达遭贬、甚或是被关进监狱,想不到竟然因此造就一大批杰作。例如施耐庵之著《水浒传》,蒲松龄之著《聊斋志异》,司马迁之著《史记》,就是屈原、杜甫等人的佳作大多也是霉透了的时候写就的。推测其中的一个重要原因,恐怕与作家的独立人格有关。没有太坚定的独立人格的作家,给他一个过于广阔的自由天地,他反而无所适从。外在宽松自由创作氛围也同时有赖作家自身具有独立人格,才能保障有才气的作家踏上成功之路。对于那些缺乏内在独立品格、虽有才气却成天想做官的作家,也许真要赐给他司马迁那般“优待”,才能逼他发愤,逼他成功。

是该想想办法清除“官僚气”。我想这种清除可以从两方面着手。从客观上完全有必要进行作协体制的改革,彻底去掉作家的官僚化地位,使他成为一个真正的自由职业者,他完全可以不写作改行去经商什么的,当然,他也可以继续写作,但没有“官僚化”的特权和优待。从作家主观方面来看,作家也必须清除“官本位”的观念,去掉“官僚化”作家那种优越意识和行动方式。如果能够内外夹攻,也许有可能早日消除弥漫在中国文坛的“官僚气”,中国文学的品格也会发生一个大的转变。

师爷气　自公元前二世纪儒家的正统地位在中国确立以来,到二十世纪初叶,实际上实用主义文学观一直被尊为至圣。在西方,贺拉斯、锡德尼等人也特别强调实用主义的文学观,实用主义的认识基础主要是把文学当作实现政治目的、社会目的、道德目的以及教育目的的手段。基于这种出发点,有的作家习惯于在作品中明显地进行各式各样的政治说教、道德说教、玄学说教、宗教说教……这种不同程度、内容各异的说教色彩,也就是作家的“师爷气”。

也许是暗袭了这种传统,也许是因为长期奉行文学为政治服务律条的结果,中国时下的文学作品好些依然带有“师爷气”。作家似乎有意无意地预先把读者假定为接受教育的学生,把自己摆到了“教师爷”的位置,把作品当作启蒙读者的教科书——这就不可避免地在作品中留下浓厚的“师爷气”。如果说近来的小说比较多的都摆脱了以往那种喋喋不休的政治说教，那么在不少颇有影响的作品里又染上了一种新的说教——文化说教。作品的主题，观念和思绪主要依据于文化学者们对传统文化的反思结论，尤其是他们对于传统文化的富有批判性或者否定性的结论。如果凑巧你也浏览过这些包括港台的、海外的一些学者们的著述，你不难发现那些作品都不同程度地带有把中外学者的思想观念加以图解的痕迹——颇有点“学者出观念，作者出技巧”。不幸的是，这种图解反而得到一批评论家的赞许，把这种观念化很强、说教味很浓的作品抬到了不相称的地位，并推波助澜，进一步刺激了这类作品的批量生产。耐人寻味的是，在热闹的评论之外，只看到读者冷淡的面孔。

企图以文学为手段达到启蒙国民的目的，这种良好的愿望是可以理解的。然而，在当代社会作家试图再以“师爷”身份出现于读者面前已经不合时宜。首先，文学在当代已经无力充当启蒙国民的角色。如果说在遥远的古代文学曾经是原始部落的百科全书，如果说在十六、七世纪资产阶级那场启蒙运动中文学也曾有所作为，那么在当代各民族寻求崛起之路时，再倡导文学救国只是一种愚妄，譬如说美国的崛起和日本的复兴时期，文学的作用就显得并不突出。我们根本不必去夸大文学的启蒙教育作用。过分夸大这种作用以显示作家作为“师爷”地位的优越感，到最后只会葬送文学。不幸的是，中国的一些作家怎么也走不出这个误区。其次，在一个平等、民主意识日趋强化的现代社会，读者越来越讨厌那种居高临下、拾人牙慧的“师爷气”。他们更期待一种亲切、平和的文风，更希望和作家建立一种朋友式的平等关系，更情愿在阅读过程中伴随活泼的愉悦和参与。他们讨厌那种自以为高明、板着面孔训人的师爷作风。因此，作家与读者的关系需要调整，文坛的师爷气必须清除。

商人气　一个有目共睹的事实就是，商品生产的威力正通过各种渠道向艺术生产的各个环节、各个层次产生各种不同程度、不同效果的影响。原来那种主要依附于政治的“供给制”的艺术生产方式面临着挑战，艺术生产越来越受到商品生产的法则制约(于是就有许多叫好叫坏、且喜且忧的激动)。这种制约反映到作家身上，就是作家如何处理好金钱与艺术的关系问题。

尽管现在许多专业作家依然照领工资、补贴而不是以稿酬作为谋生的唯一手段，但仍然免不了在艺术和金钱上思虑再三。他可以有这样一些选择：第一，主要出于一种艺术追求而写作；第二，主要出于对金钱的追求而写作。在为金钱而写作时，他如果不以牺牲自己的独立人格和艺术精神作为代价，他的创作依然是无可非议的。换句话说，作家倘若为了金钱愿意牺牲艺术家的良知、违心地制造平庸甚或低劣作品，那他就是商业化作家，其作品必然带有“商人气”。

在最近的文坛，相当一部分作家包括某些名作家作出了令人失望的选择。尽管也有人拐弯抹角地掩饰或者寻找冠冕堂皇的理由，但无法改变这样一个事实，即有的人丧失了艺术家的良知而以追逐金钱作为写作的主要或唯一动力。这突出表现在曾经形成三次波澜壮阔的浪潮的格调低下的俗文学方面。这类作品追求低级趣味，把肉麻当有趣，往往在作品中添加色情性描写，以刺激性欲或满足性欲为目的；往往选取武打、侦探、色情方面的题材，语言陈腐不堪、构思离奇古怪；还有的援“幽默”作护身符，其实是憨皮臭脸、油腔滑调、颇似市井流氓斗唇舌，一种逢场作戏的轻薄。真正的幽默，总该有一点深刻隽永的东西。格调低下的某些俗文学的反复出现，表明文坛在商品经济社会免不了要带上一股“媚俗”的“商人气”。

一个作家总是生活在一定的社会、一定的时代，以一定的历史传统作为创作的背景。因此，他沾染些诸如官僚气、圈子气、师爷气、商人气之类的坏习，看来很难避免。然而，真正伟大的作家，不管是在逆境还是顺境，他总是坚决捍卫真正的艺术精神，保持自己的独立人格，同时坚决克服这样那样的不良习气，否则，他们的艺术就会大打折扣而不会趋于尽善尽美的境界。当然，战胜这些不良习气并不容易，尤其是某些习气还颇多诱人之处。然而正因为难能而尤其可贵，因为难能却居然做得到，所以他才登上了艺术高峰。

1989.1.20 于天籁斋

（原载《南方文坛》1989 年第 1 期）

反思自审　真我相见

“振兴广西文艺大讨论”座谈会纪要

□ 本刊记者

放眼新时期的中国文坛，广西似乎总有一种落伍感觉，我们文学的步履似乎总是迟缓、艰难而疲软，表现出某种踟蹰与因袭，始终未能以自己独特的力量卓立于全国文坛，这种态势终于点燃了无数志士仁人不满而焦灼的地火，引爆出一个宏大的声音：广西文学急需选择和建构更新的自己的文学殿堂！

为了寻求振兴之路，《南方文坛》《广西文学》《广西日报》、广西电视台、广西人民广播电台、《南宁晚报》六家单位联合发起了一场空前的“振兴广西文艺大讨论”，并于8月14日在区文联举行百人座谈会上拉开了序幕。座谈会对广西文艺创作的现状进行了率真的反思、自审和批评，热切寻求振兴之路。会上观点纷呈，真我相见，于热烈争鸣中跃出一种难能可贵的民主气氛和探索精神。

——《反思》是一针“强心剂”。

——《反思》缺乏科学性，且失之浮躁。

对常弼宇等五位文学青年的《广西文坛八八新反思》（以下简称《反思》）系列评论的争鸣，是这次座谈会上不约而同的主题之一。

有人发言称《反思》为一针“强心剂”。说它不仅引起了一些作家的思考和自省，而且对惯于开列甘草桂皮红枣止咳糖浆的广西评论界，无疑是开了直面批评的先声。它是一种“超越型”的俯视评论，它改变了那种只见树木、不见森林的文艺评论的局面。

与会者一致称赞《反思》的批评精神，以及它对平庸落后的广西文艺界的冲击。

也有不少同志认为《反思》作者缺乏足够的思想理论准备，仓促上阵，出现不少偏颇和片面之处，影响了《反思》的科学性和震撼力。他们分别对其不尽人意之处提出了批评，在座的一位诗人称之为“兴奋后的冷静”。

有作家认为:在广西作家尚不具备称雄中国文坛的素质和实力的情况下,《反思》对其猛击一掌,让其冲刺,是以一种非文学的因素来衡量创作,以获奖和轰动来作为作品高低优劣的标准,是不科学不现实的。还有人在发言中指出:《反思》力图倡导新观念,却不自觉陷入“文艺为政治服务”“题材决定论”的窠臼之中。我们不应把能否跟上时代最新的什么潮来作评判作品的唯一标准,更不能要求或暗示作家写什么有轰动效应的作品。

《反思》中“别了‘刘三姐’,别了‘百鸟衣’!”的口号,激起了多种声音的回应。有的同志认为,应该告别《刘三姐》。《刘三姐》是广西文坛比八个样板戏更早的样板戏,是以阶级斗争为纲的产物。刘三姐完全被共青团员化了。这两部作品在广西文坛形成了一个封口的圆圈,使广西作家始终溺于其中,创作出一系列有浓郁政治色彩而缺乏真正的民族文化精神的作品。因此,我们必须从《刘三姐》的阴影中走出来!

不少人则说,文学的发展呈后浪推前浪的形态,每个文学时期都有它的高度。《刘三姐》是一个艺术高度,它不应该也不可能成为过去岁月的殉葬品。文学无所谓告别,一个卓越的作家应向所有以前的优秀作品吸收营养。我们无理由故作悲壮地将其送上文化反思的祭坛。有人进一步指出,即使真的存在“《刘三姐》模式”“《百鸟衣》圆圈”,这也不是作品的过错,而是接受主体对它的模仿。我们不能拿《刘三姐》出气。

那么,该怎样对广西文学进行自审,与会者一致呼唤真正的文学批评。

——广西作家素质太差了。

——应该理解作家。

谈到广西作家的素质问题。出现了多种看法。不少人痛感广西文学之所以落后,是由于我们作家的素质不高。广西作家很少有自己的艺术追求,更难见有着意于自身素质提高的努力。再加上单一的思维定式和自足心理,使得他们在新时期初始对外界的大波大澜置若罔闻,直到八十年代“醒”来后,却都成了“跟跟派”。在创作上一味追求紧跟全国文坛上的每一种流派,来不及捕捉其中的现代意识,只求形式上的大概。文艺创作处于一种被动的、急功近利的庸俗之境,以致百战百殆。其次,他们对生活的选择也缺乏一种洞识,更缺乏勇力,不敢写想写的东西。再者,作家们的民族文化素质也不高。有的同志说,广西民族作家太钟情于自己的民族了,不少作家要搞花山文化、土司文化、红水河文化、铜鼓文化,却很少有人能真正把握或神领这些文化的精髓,往往溺于风俗、衣饰而不能自拔。因而,至今也未能把壮族文学提高到与本民族相称的水平上。还有人发言说,广西作家太不能自我寂寞了,更没有那种“我决心饿饭”的作家。

也有不少人认为,广西文艺落后不能归于作家素质,而在于广西作家缺乏一个大的人文环境。他们认为广西作家素质起点本来就不高,可在广西却有许多外在因素影响我们作家创作的深化。有人说我们的领导和出版部门对作家缺乏信任,而且常常在一定程度上限制了他们的创作。作家作为一个活生生的个体面对生活要作选择时,总有一个笼罩在他上面的群体性的东西为他选择,因而难出好作品。有的同志以张祖慰为例,祖慰无论在广西还是外省,他本人所具的素质是一样的,可在广西他刚露头就待不下去了,为什么?广西的环境不能创造作家。

还有人认为,广西作家需要突破与超越,但这并非来自外界的压力,更不应采取"扶贫"方式,而应是作家困惑后的自觉选择。急,是急不来的,作家需要人们的理解,更需要评论家的理解!

——广西文艺评论平庸苍白,广西文艺评论家的主体品格是兔型品格。

——能怪我们的文艺批评家吗?

作家需要真正的文学批评,是这次座谈会上的一致呼声。有的作家批评道,他总觉得按评论家之说无法操作。还有位大学生激情地说,广西文艺评论界的现状是平庸苍白,而广西文艺评论家的主体品格是兔型品格。他认为兔型品格的特点为疲软和趋避。疲软体现为,评论文章缺乏力透纸背的深度和大胆的批评精神。因而广西文艺评论家只能成为作家的侍从司鼓手而无法从理论领域中出其左右。趋避则体现为一方面评论家对政策方针之类有着趋从落实心理,评论家的批评人格却隐藏在政论文字之下,热衷于借助党派准则对作家施行政治评论,而对那种题材上触及政治敏感区或人文禁区的作品采取回避态度。批评家的独立人格失落了。有人发言毫不客气地指出:广西评论家不仅缺乏独立的批评家人格,而且缺乏优良的鉴赏力和深刻的思想,因此他们无力逼近广西的创作现实。

对此,在场的许多同志颇有感慨,有的说,这绝不单是批评家的问题。漠视文学批评,这本是广西文坛的一个重大策略上的失误。在广西文坛,创作和评论是文学的双翼一说只是一句空话。为什么我们不能像广东那样,花些精力、物力,去培养一批优秀的青年评论家呢?多搞些文艺性沙龙,使之既逼近广西创作现实,又参与全国性对话。与会的评论家更是奋力疾呼:广西文坛和有关领导应该对评论重视起来。否则,批评的落后,能光怪我们搞文艺批评的人吗?

正像讨论会主持人、本刊主编李超鸿所说,这次讨论会是一次尝试,第一次请有关领导、作家、评论家和读者几方面人坐在一起,每个人在既定的七分钟里畅所欲言,火辣辣地反思自审,共同寻求振兴广西文艺之路。这种尝试,也许正预示着广西文坛新气象的出现。

大讨论将成为广西文艺界今年的主要话题。

(原载《南方文坛》1989年第2期)

奇峰崛起

笔谈柯天国的小说

□陆　地

历史进入了八十年代末期，新中国诞生即满四十周年的今天——特别是近十年间，广西文苑涌现了一批崭露头角、活力充沛的新人。柳州柯天国便是其中的佼佼者。

他来自工人队伍当中，由于执着的爱好，工余之暇，放下烧炉煤铲，而玩起笔杆。他年纪轻轻，便以写工人生活题材见长而走进了文坛，开初的十几个中短篇，集成《锁王》一书问世（漓江出版社——八桂作家丛书）。也许就像为赶行应市而早摘的瓜果，还不怎样香甜，也就未能引起更多的注意。

今年初，贵州出版社将《风流巷》奉献于世，读后，不禁“拍案惊奇”！为欢呼广西的文学创作取得这一非凡的成就，立即给作者写过这样一封信表示赞赏——

……书拿到手，一口气读完了。很有吸引人的魅力。最突出的，是你善于摄取所熟悉的市井的俚言俗语，有选择地把它引入庄严的文学殿堂；而人物个性的精神面貌，则通过各自的口吻，恰如其分地体现在各自的行为上。人人说话，娓娓动听，个个行为，生龙活虎。真是使人如闻其声，如见其人。就像“生活中本来就这样的”，不加雕饰，不见矫揉造作，没那些多余的装腔作势；一任英雄本色自然体现于其一言一行之中。刻画得如此生动，叙述得这样真切。张芸姑娘，舞王师傅、狗三伙计、五叔公、酸野婆等等，以至系列有名有姓的配角，个个都有其那样可爱的单纯、热情；都有其那样可敬的善心和仗义。即便是那些可恶的卑鄙小人和奸诈可恨的恶棍，他们那种可笑的贪婪与愚顽的种种色相，莫不描绘得栩栩如生。

过去那么多年，总在感叹广西文学，由于生活中形象丰富的口语，深受书面文字表达的局限，难以做到同《骆驼祥子》那样，把北京市民生活写得如此活灵活现。以为这是客观环境所赋予广西作家的先天缺憾,在全国范围来说,创作水平怎样也比人矮了一节。可如今,由于阁下善于从熟悉的丰富生活当中吸取文学营养,终将这一缺憾弥补过来了!柳州的市井小民那些别具一格的日常口语,你把它镶嵌于《风流巷》,不正是同北京的京白增添了《骆驼祥子》的光彩一样相得益彰吗?就这一点而言,《风流巷》不能不是广西创作上一次不寻常的突破。

写吧,希望就照这条自己摸索出来的路,朝前走去!但愿照此严肃而认真地筛选自己积累的生活素材,发挥自己的潜力和优势,写得更多,写得更好。前面的路当会越走越远越广。风流小巷终将辟成宽广的大马路。现实生活本身正是如此,柳州不是正在兴建三十多层的现代化高楼吗?随着四个现代化发展进程,张芸姑娘必然是女中强人,出任某座豪华宾馆的女经理吧。

若要非得讲《风流巷》的美玉之瑕。那,是不是它,多多少少有那么一点,叫人觉得这条住刘户人家的小巷——阳光照不到的角落,直到末尾,始终也没有见到过晴日高照的光环。人若长此居住于如此阴郁、低湿的穷巷,那是太使人感到无望的压抑了。当然,硬是给它装上"光明的尾巴"——那种八股式的套子,弄不好,不但不能给作品生色,倒反会招致"狗尾续貂"之嫌。不过,总以为现实生活的发展趋势,即令阴影的角落也该有阳光伴随而存在。只不过暂时让这座那座"高楼"遮拦于一时罢了。而作为"引导人们精神前进的灯光"的文学,自应善于暗示或明言,让读者心领神会:"凡是属于卑劣、丑陋、腐朽和荒谬的阴沟,迟早都收在公正和真理的阳光普照下曝光。不知阁下以为然否?……"

《风流巷》系天国的第一部长篇。初试而捷,不能不归功于他——作为年轻作家本身所具备的素质——独有的真心实意去拥抱生活的激情;不能不归功于他孜孜不倦、执着追求不衰的毅力和恒心。在此同时,还能到天国的创作才能有了长进,艺术技巧的修养与锻炼日臻成熟。

时隔不久,天国的第二部《烟花楼》,作为《风流巷》系列的姐妹篇,顺利诞生了,同样先在《柳州日报》与读者见面。跟《风流巷》的幸运相似,不用广告吹嘘,读者便不约而同地争相传诵。《烟花楼》又一次刮起兴趣的旋风。

这里头,作者要告诉我们的是新中国成立前的妓女和八十年代酒吧歌星母女俩的故事:新中国成立前,旧中国的风尘女子许春兰,在"中国人民站起来了"声中,同被侮辱与被损害的众姐妹一样,也都获得了新生。进厂,成为工人阶级队伍的一员。而且还跟新干部张望富成了亲,有了自己的家。然而,好景不长,社会上即使旧的构架拆除了,旧的观念却仍在人们脑中继续作祟。丈夫虽身为国家干部,可也顶不住他人对妻子的过去那段不光彩的神女生涯的讥笑,而竟尔忍心仳离。值得欣慰的是,不幸的打击也未能挫败站起来的许春兰独立、自重的坚强意志和求生的强烈愿望。再嫁,第二个丈夫黄七——是个拉人力车的,以为同是天涯沦落人,总可以终身有托了。没承想,这个男人身上,旧社会的恶习沾染太深,一时还改造不来,弄到连老婆都赌输给了人。好在新社会给予每个劳动人民提供着宽阔的劳动环境,不再有非人生活的苦日子了。几十个春秋,一个曾是被迫为娼的许春兰,终于迈过了坎坷、艰难的岁月,不愧真正改造成新人,保持住一个人的尊严,勇敢地站在千千万万劳动妇女队伍中间。

新中国几十年风雨,精神文明建设,在广大人民生活中逐步得到体现,新的道德观念逐渐形成。

许春兰前后两个丈夫:新干部张望富已成了老干部,从一个小干事高升当了大局长;赌徒黄七,从一个拉三轮到小商小贩而发了大财,拥有把上万元钱只当作“小意思”的富户。这两人,当初,对曾是烟花女子的许春兰,说嫌弃也罢,说欺骗也罢,如今,都各自作了赎罪的忏悔表示:一个怪罪旧封建观念误人,一个怨恨旧社会恶习害人害己。

遗憾的是:人类文明历史进入了八十年代,社会思潮此起彼伏,出现复杂、混乱的局面。正在这时,竟有相当一部分青年人对时代精神产生了误解。表现在不少人把盲目迎合什么西方新潮当作时兴,片面鼓吹自我,疯狂宣扬、追求性解放……于是,便有了本书一大段篇幅写进了戏剧性的插曲:许春兰前夫(张望富局长)的公子张强——某外贸单位的科长,巧合竟是许春兰养女许娟(酒吧歌女)的薄情郎。八十年代的酒吧歌女许娟,不幸又遭受旧世界妓女许春兰那样悲哀的命运,而成为新潮歪风的祭品。当然,在建设具有中国特色社会主义社会,精神文明的主流总会朝着健康的方向发展。一切病态的、丑陋的玩意,即使它采取花花草草的新兴装潢来迷惑人,迟早会被戳穿。张强这一代公子玩弄这种性解放的花招,还是逃不过同龄人罗菲、许娟她们严正、庄严的抵制。

要说这本书的意义,就在于她让读者通过一个旧世界烟花楼中的妓女和一个新社会八十年代酒吧歌星——母女俩的坎坷,从而认识到,新、旧社会各自所持人性观念的分野;认识到,西方文明新潮的影响,与中国社会主义道德精神的树立,两相对照,得失易见,优劣自明。

《风流巷》与《烟花楼》虽系姐妹篇,却非孪生姐妹。两人长相难免妍媸不一。拿未必恰切的比喻话来讲:《烟花楼》小妹,也许是出阁的心过于操切,必要的首饰打扮顾不上仔细梳拢,点脂抹粉的功夫,做得有点粗心,对照之下,还真不如《风流巷》大姐那样从容,连日常说话也夹杂些新词,还不如听惯那些街坊的俚言俗语顺耳了。这就或多或少泄露出造作的弱点,有损于人物形象的美感。不过,这并不算太要紧。只要注意把急于求成的心理给予调整,多些考虑艺术加工,弱点必将得到补救。预料健康、丰满、优美,而具有生命活力的典型,终将在辛勤耕耘者的笔下顺利诞生!

一九八九年六月二十一日南宁

(原载《南方文坛》1989年第5期)

由“遗弃”所想到的……

兼谈柯天国小说《烟花楼》

□张　萍

一

在浩瀚宽广的世界文学海洋里，我们读到过太多太多这样的故事了。痴情女子薄幸郎。男子朝秦暮楚，始乱终弃，女子结迷痴情，却为男子所遗弃。如果说，婚姻爱情是世界文学的一大母题的话，“遗弃”则是这大母题衍生出来的子命题，可以归结称为“遗弃”模式。此文学模式的作品，以处于婚姻爱情关系的遗弃与被遗弃的一男一女为主人公展开故事的全过程，作品的基本倾向是谴责薄幸负心的行为，同情遭遗弃的孤立无助的女子。古希腊剧作家欧里庇得斯写了许多以妇女问题为题材的剧作，其中最为优秀的悲剧《美狄亚》就是一个“遗弃”模式的故事。故事中的男主人公伊阿宋，本是传说中一个令人敬爱的英雄，在美狄亚的帮助下，克服重重困难取回金羊毛，并娶美狄亚为妻，《美狄亚》则着重渲染了伊阿宋后来为了个人前途和利益抛弃美狄亚、另寻新欢的故事。还有托尔斯泰的小说《复活》，也是同样模式的一个故事。聂赫留朵夫诱奸了少女玛丝洛娃之后，就无情地把她抛弃了。被侮辱、被遗弃的玛丝洛娃，悲愤绝望，走投无路，终于堕入风尘，做了一个青楼女子，成为卑鄙无情男子和残酷罪恶社会的牺牲品。

在中国文学史上，写“痴心女子负心汉”“遗弃”的作品，数量之多，不胜枚举。其端倪可见于诗经。此后绵延不绝直至现在。唐传奇中成就较高的《霍小玉传》，也是此种模式的故事。我们在这里发现一个现象，即女人不是因为被抛弃而为娼，就是因曾为娼而被遗弃。当然，这不是普遍现象，但令人深思。

这些历数不尽的故事，形成了普遍意义上的“遗弃”文学叙事模式。此模式的产生，不是偶然随意巧合的，它带着深刻的历史必然性。首先不能不提到的是妇女的社会地位和历史处境问题。恩格斯曾说“母系权利的被推醒，乃是女性的具有世界历史意义的失败”，又说“最初的阶级压迫是同男性对女性的奴役同时发生的”，几千年来，以男性为中心的社会以各种政治、经济和伦理等手段把妇女压入社会的最底层和挤进最阴暗的角落，妇女成为社会历史的盲点，成为可以随意轻视和忽略不计的一个成分。逐渐地，女性之社会职能被物化了。当然，她的使动者只能是社会的中心——男性。物化了的女性是作为男性的私有财产和有用的工具而存在的。既然是“物”，就可以玩之弃之；既然是财产，就可以转让之出卖之；既然是工具，就可以使唤之利用之。所以，“遗弃”模式的形成是有其独特而又沉重的历史原因的。诚然，在本模式故事中，女子普遍地获得同情，男子则几乎无例外地遭到谴责，但这除了体现出作家的民主意识，根本无改于历史的巨大惯性和因袭性。直至今天，“遗弃”现象在生活、在文学中都同样存在。女性何时才获完全解放？这是一个令人心头沉重的问题。

二

柯天国的长篇小说《烟花楼》里面叙述了三个大一个小的“遗弃”模式的故事——张望富、黄七先后对许春兰的遗弃、张强对许娟的遗弃、张强对罗菲的遗弃。作者把笔力着重放在前面三个大故事上面。这三个故事都有着比较丰富的内容和意蕴。

许春兰被她父亲以二十块大洋的价钱卖给驼背鬼老李，后者又把许卖进烟花楼为妓。后来又发生了黄七把许春兰作为赌债抵押的事。这些，不正是女性属于男性私有财产的明证么？本来，人类因两性而构成整体，而女性是人类得以存在发展的前提之一，但在男性权利至尊至上、女性被物化的社会里，女性的自然生理属性只能成为被奴役的对象，一方面是作为生育的工具进行人类的再生产，另方面必须满足男子的生理欲望，男性要求女性不仅能满足自己的生理需求，而且也要满足自己的审美要求。丑的女子只能使男人大倒胃口，美丽的女性使男子趋之若鹜。有人说，女性的价值高低主要取决于其容貌美丽与否，这也许不无道理。正因为如此，历来的文学作品的女主人公几乎全是美人胚子。《烟花楼》中的两位女主角当然也是大美人。当一个女性出场之时，作家必先对其美丽容貌作刻意描写，这与社会要求女性赏心悦目的潜在意识正相暗合。美丽的女子较易获得男子的青睐与宠爱，因此，虽然许春兰曾为一个烟花女子，但因其拥有和不曾失去美丽的姿容，政府干部张望富和黄包车夫黄七都先后好逑于她（虽然手段不一样）作者给我们一语说穿了个中原因：“张望富之所以娶许春兰为妻”，“无非是图她几分姿色”，而流气十足的黄七更加赤裸裸地把许喻为一条“活鲜鲜的鱼”，以吃鱼尝味为誓，通过卑鄙手段把许弄到了手。纨绔子弟及花花公子张强之娶许娟为妻，也是为了许娟的美貌。美丽女子虽较易获得男子的钟情，但却始终逃脱不了“红颜薄命”的命运（当然也有例外），因为红颜不属己。女性被物化、财产化之后，是要求女性单方面的贞洁操守观念的产生。因为在尚存缺陷的社会里，人们对财产的欲望，是希望单独占有、个人享用。在贞操观念的影响下,社会的普遍心理(先是男性心理后来发展为全社会包括女性在内的社会心理)是不能容忍一个女子与两个或两个以上的男子有性关系的,否则就是不洁和肮脏的,为人所不齿的。可以说,许春兰、许娟的先后被人遗弃的原因也就在这里。张望富不顾及贞操观念而与许春兰结为夫妇,是因为其"重色",也许作为一个懂得"革命道理"的政府干部,他也知道许春兰之卖身是被迫的,是身不由己、无可奈何的,但"懂道理"不等于他头脑中的旧观念已经消除殆尽。要知道,旧的观念作为一种普遍的社会心理,已深深地扎根于人的潜意识中。因此,当张望富的"色欲"过去,许春兰之被"遗弃",则是势在必行。退一步说,即使张望富完全不计较许的妓女历史,但在社会心理影响下产生的社会舆论力量的强大,也只能使他屈服,他是不会为了一个许春兰而影响自己入党、影响自己的灿烂前程的。张强可谓择偶中的"唯美主义者"了,他原来找对象,必要女方符合三个条件:一要名门闺秀,二要花容月貌,三要大专文化。但一遇到美人靓女许娟,虽仅合一项要求,却闪电一般与她结了婚,而另一个女子罗菲之被张强抛弃,皆因其貌不如许娟。但这个"唯美主义者"在旧观念面前也是不堪一击。按说,许娟有着处女的操守,也无风流历史,可谓贞洁矣,但是,却因其养母许春兰做过妓女有过"不清白"的历史,就仿佛连许娟也不清白起来了。在这里,我们可以看出,美貌,在男子需要女性时,可以成为理由,但在遗弃女子时,则视而不见。男权社会里对女子的操守要求就是这样的残酷和不近情理。

三

也许有人会说,女性被物化,成为男性的私有财产和他们生存和繁衍的工具,那只是在封建社会里才有的现象。固然,当今社会,女性已经得到了前所未有的权利和解放,妇女在社会政治、经济的地位逐渐得到了承认和巩固。然而,不能不看到古老民族中的封建意识有其根深蒂固的一面,应当承认,传统因袭之重担是十分沉重的,旧有的道德观念不仅存在于老一辈,也同样存在于新一辈的意识里。张家父子对许家母女的遗弃,也许纯属巧合,但作者却通过这个情节十分巧妙地揭示了封建传统因袭的过程——承传的必然——如同父传子,同时说明了妇女要获得与男子同等的地位是十分艰难的。

何况女性还有着自身的弱点,这就是对男性天生的精神依附感。女性这种特殊心理的形成,也是男性社会"造就"的结果。长期以来,妇女被囚禁在家庭牢笼中来实现其财产工具的职能(从服于男人及传宗接代),虽有"男主外,女主内"之说,但女性在"内"(家庭)的操劳因其不能谋取养家活口的生活资料而失去了意义,就是说,由于被社会排斥于外,女性在经济上不能独立自主,在人格上就谈不上保持完整,女性逐成为男性的寄生体。这种屈从感和依附感通过世代积淀相传,深深地镌刻在女性的深层心理中。这种依附感束缚着女性在寻求独立解放的道路上迈开大步。由于同样的原因,婚姻历来被女性摆在第一位。许春兰的两次结婚,与其说是出于爱慕之情,不如说是出于寻找依托的心理。欢场中出来的女子,见识过太多淫荡猥亵的男子的嘴脸,因此,许春兰的择偶标准就是看是否老实厚道,因为她认为这样的男子值得依靠,当张望富“仪容朴素”(我们民族总把穿衣打扮与品行相联系)地出现在许春兰面前时,她“只看一眼,心里就有了几分欢喜欢”,赌徒黄七因演出了一幕“见义勇为”的活剧,许以救命恩人视之。虽然黄七“长相平平,貌不出众”,可是“人却厚道”(其实是许的错觉),这令许“最最满意”。许把全部希望投入家庭生活里,以为贤惠和痴情会换来家庭的和谐和幸福。但结果怎样?自以为找到了,其实没有找到;自以为可以依靠,其实全然不可靠。希望成为泡影,诚恳遭到欺骗,人格被人出卖,再没有什么比这些对女性心灵影响更大的了。在这种情况下“遗弃”模式故事里的女主人公,有的绝望自尽,如杜十娘,有的奋起复仇,如霍小玉和美狄亚。但归根到底,这二种行为均是不能摆脱女性的精神依附感所至。前者是因无可依附而产生的绝望;后者是因男子不可依靠而产生的仇恨。但是在《烟花楼》里,作者给许春兰这个形象注入了新的内容。也许,许春兰也不曾摆脱尽女性自身的弱点,但早已历经的世事的冷酷,教她认识到自己命运悲惨的原因。因此,两次婚姻的失败,两次为负心无情男子所遗弃,并不能摧毁许的女性的尊严和价值。她首先在感情上与负心汉彻底断绝,绝不低三下四、由人摆布、乞求爱情。当她认识到黄七的卑鄙可耻时,就毫不犹豫、毅然决然地首先提出离婚。在历经磨难之后,她不再相信男人、依靠男人,却愈加坚强、自立、自爱。她在被遗弃后艰难自立,一人拉扯着抚养大了拾来的女婴许娟,为了避免许娟落入不幸的境地,她曾阻止过许娟与张强的婚事。当张强要遗弃许娟时,她又坚决主张女儿不要再留恋这种男人。在许春兰身上,不仅有着执着坚强、自尊自爱的性格,还有着传统的坚韧与宽容。二十多年的艰辛岁月过去,遗弃过许春兰的两个男人,都先后带着负罪的心情来到她面前“忏悔”,许娟以女性的宽容和大度原谅了他们。当然,在中国现当代文学里面,也有许多独立自尊的妇女形象,但是从一个逢人遇事、逆来顺受、任人蹂躏的烟花女子,一个也有着天生精神依附感的女性,成为一个自强自尊的人,我以为,这个形象的价值就在于此。

而作为新的女性形象的许娟,在形象的丰满方面反而不如许春兰。她轻率盲目的自我奉献是出于更深的精神依附:希望有一个“玩得转”的丈夫及丰富的物质享受。她被遗弃后还抱着天真的幻想,明确知道婚姻已经无法挽回时,就采取手段戏弄张强,虽然得到一时的解气,但于自己的自立根本无补。虽然最后她同意离婚,但她面前的道路还是十分不明朗的。

四

“遗弃”模式的文学创作,由来已久,绵延不绝,也许,这正说明了爱情婚姻矛盾的永恒性。虽然现在的社会制定了许多男女平等的法律和准则,但事实上,男女不平等现象依然存在,而女人又总是处于弱端。女人自强自立,苦苦挣扎,但挣扎之后依然是重重的困惑,如许春兰,为自尊求自立,但却不再有个人的情感生活,只能把一切的心血和希望寄托在许娟身上,这不能不给许春兰的自尊自傲抹上一层悲剧的色彩。易卜生笔下的拉娜,不甘心做丈夫的附庸,决心摆脱家庭羁绊出走。但出走之后的路,如鲁迅先生所说:不是堕落,就是回来。在婚姻制度这种社会形式不曾改变,造成女性弱者地位的社会原因没有根本消除之时,绝不可能自由地谈论女性的独立,一句话,女性的独立也需要男性社会(具体上是男性)的帮助。本文的思路陷入了一个无法逃遁的怪圈。可以想见,女性的解放是十分迷茫的。这个结论就如《烟花楼》的结尾一样苦涩。

(原载《南方文坛》1989 年第 5 期)

思虑良久献净言

广西散文得失谈

□ 林建华

（此文为理论专著《广西散文四十年》的第五章，该书将由漓江出版社出版。本刊有删节。编者按。）

从新中国成立到今天，人民共和国走过了四十年的历程，我们广西散文创作也经历了四十年的发展历史。对比解放初，散文家的零星散出，只是个别的几个人在搞散文创作，今天在改革开放的新时期，广西散文的创作队伍已经初步形成。这个队伍的成员，有报纸杂志出版部门的编辑，记者，离退休干部，大、中、小学师生，工人，在职的领导干部，一般干部，国家商业工作者和个体户等。这个队伍有个显著的特点就是少数民族成分的居多，特别是壮族的居多。这是别的省、市、自治区的散文家所不可能具有的特点。广西老中青散文家呈现出五代同堂的形势：

第一代：林焕平、贺祥麟、陆地、谢逸、李英敏、黄福林。

第二代：饶韬、周民震、毛正三。

第三代：凌渡、李宝靖、许敏歧、苏长仙、严小丁、韦纬组、蓝直荣、陈雨凡、扬彦、聂波、吕梁。

第四代：徐治平、潘琦、梁奇才、冯志奇、农耘、黄天源。

第五代：岑献青、包晓泉、林宝、彭洋、严风华、冯艺。

广西散文题材领域目前已经相当广阔，而且呈现越来越广阔的势头。解放初广西散文题材仅有新旧社会对比和作家身边琐事两类。新时期的散文题材品类繁多，主要有广西地方风光、风姿、风貌、风物，少数民族风情，边境军民风采，广西以外的祖国各地游记风物览胜以及人民群众战天斗地思想精神的反映，外国见闻，知识小品、文艺随笔、革命历史题材，人物事件回忆，悼念文章等，近年来还兴起了大量的心态散文。

广西不少中青年散文家开始感到要进行思想、艺术的探索和突破,一些人(特别是青年人)已经有所行动。

壮族中年散文家凌渡,在向外界介绍自己民族的风土人情、文化传统的同时,开始在自己的笔下体现多舛的人生。两者结合,使我们看见了只有走出山外的凌渡笔下才有的现象,那种在恋土情调很重的牧歌背后隐藏着的自我否定,那种过去从未出现过的忧患意识,和那双期待的眼睛。从山里走出山外的凌渡,已经从小生产者的心态中冲出来了,他再也不能满足于旧礼赞式的对自己民族的单色描绘,他开始和自己的同胞一起思索,开始面对现实,为同胞们鼓与呼了。忧患意识,为凌渡的散文作品注入新鲜血液,使散文创作进入了突破阶段。

惯常于呼唤美、追求美的汉族中年散文家徐治平,近年来,他通过自己散文创作实践逐渐认终到,美与丑是对立统一,互相依存的,没有丑,美就失去了存在的条件。可以说,没有丑就没有美,反之,没有美也就没有丑。他的散文观于是有了发展变化。他觉得散文不仅要歌颂美,还应揭露丑,应以美克丑,以丑衬美激浊扬清。对丑的抨击批判,便是对美的颂扬呼唤。徐治平的散文风格开始有所改变,他正孕育着较大的突破。

广西青年散文家岑献青,包晓泉、庞俭克、林宝、彭洋、严风华等人,他们是后生可畏的新一辈,是散文新观念的开拓者。他们起步不凡,充满活力,敢于打破以往狭隘的散文创作程式,有意识地摆脱惯常的散文思路,在散文作品中表现出浓厚的"现代意识"。

与广西各式各样的散文作家接触,仔细而又认真地阅读他们的散文作品,我反复地思考这样一个问题:广西散文的最大特色是什么?广西散文作家的最大缺陷又是什么?

思考的结果,我认为:广西散文最大的特色是民族与地域上的特点;广西散文作家的最大缺陷是知识准备普遍不足。

对于广西散文的最大特色,即民族与地域上的特点,似乎是不言而喻,人人赞同的。广西是全国有数的少数民族地区,其本身是广西壮族自治区,下面还有不少各少数民族自治县自治乡等。少数民族除人数最多的壮族以外,还有瑶、苗、仫佬、京族等人口稀少的民族。各少数民族都有自己独特的奇风异俗,这些奇风异俗又特别能引起散文作家们的浓厚兴趣,于是少数民族散文作家甚至就连汉族散文作家对少数民族的奇风异俗就像蝶恋花般地前往探采。对比全国其他省、市、自治区的散文、广西散文在少数民族风情的猎奇上是最为突出的。同时我们广西山清水秀,风光奇丽,各族散文作家们的对广西如诗如画的风光,对广西勤劳善良的各族人民,有着一种真挚的感情,热烈的爱慕。因此,他们总是以饱满的激情、悠扬的歌声、尽情地歌唱广西的山山水水,歌唱共产党领导下的广西变化:

从富有魅力的左右江风情,到壮族人民的红水河欢歌;从"江作青罗带、山为碧玉簪"的桂林山水到清新动人的漓江渔歌;从令人欣喜的丰收田园飘来的芳香到感人至深的军营里吹来的暖风……都尽收广西散文作家的笔底。

如果说民族与地域上的特点是广西散文最大特色的说法,能够得到所有广西散文家的认可,那么广西散文作家的最大缺陷是知识准备普遍不足的观点,就受到不少人的坚决反对。而这个观点,我是坚持到底绝不放弃的。这里虽然不敢说要力排众议、起码我也要把自己的看法摆清楚。

写风土人情的散文特别是少数民族生活方式的猎奇是可以出大作家的。但至今广西为什么还出不了这方面的大作家?最根本的原因,就是广西散文作家知识准备普遍不足。

细细排列统计广西散文作家的文化程度,你会发现,除个别以外,绝大多数人的文化程度是中专以上,大多数人都还具有大专以上的文化水平,比起小说家和诗人强得多了。我们广西还可以找到农民小说家,找到大量的民歌手甚至还发现农民诗人。但你在广西文坛上,绝对找不到一个农民散文家。这也不奇怪,因为与创作小说、诗歌相比较,创作散文更须具有丰厚的文化素养。散文是文学中最高雅的种类,有人称其为美文,一种不同凡响的美的文学。它无"俗"可通,像小说那样,可以有通俗小说,像诗那样有通俗的打油诗和通俗的民歌。散文虽然没有题材的限制,没有什么不可以写的,散文虽然有自然如话,朴质无华的语言要求;但是,它必须是雅的思想、情趣的流露,必须要以文化素养为其创作的基础。然而不管怎么说,我们广西散文队伍文化素质的状况,从表面上看,似乎还是可以的,几乎都有中专以上的文化水平,大多数还是大专以上的文化程度,知识准备何不足之有?

我们看问题不能只看表面,应该深入其本质去分析。我们中老年散文家一般大学毕业于三十至六十年代,而大多数人大学毕业于五六十年代。由于极"左"路线和阶级斗争扩大的影响,他们在文科大学里所学到的知识是打折扣的。他们无一例外地面临着知识的补课和更新问题。

文学以外的其他姐妹学科如哲学、心理学、历史学、美学、道德学、伦理学、民族学、法学等与文学关系是很密切的。徐治平的散文《大雄宝殿》,文章的中心思想很清楚要呼唤中国真正的男子汉。这样的中心思想,涉及伦理学知识。文章的前面部分叙写了参观大雄宝殿时,记叙得很有情趣,描写得很有功力,但当一涉及中国男子汉的问题时,作品就显示作者在伦理学方面的知识严重的准备不足。作者没有掌握:东方式的中国文化是打上了特殊的底色的,重精神、重和谐、重道德、重义轻利、重理轻欲。这就引出了中国传统的英雄观是老实、厚道、忠孝节义。甚至连人们的审美观也深深地打上了这样价值选择的印痕,文学家笔下的男性美大都是"面如傅粉""形如满月"的张生,柳梦梅,卖油郎秦钟似的人物,或是风流才子,或是白面郎君,少有富于开拓气质的硬汉;为了防止乱伦,宁可将妇女变成无用的废物,裹起脚来,且以产"三寸金莲"为美;在积累了几千年而成的艺术殿堂里,一幅幅画卷向我们展示的大都是"大漠孤烟昏鸦","古道西风瘦马","小桥流水人家",推崇淡雅之美,少有稻浪,作坊、街市……不是有"才如子建,貌似潘安"的比喻吗?子建即曹植,他才思敏捷,七步成诗,理应推崇,但"奶油小生"般的潘安就不该恭维了,因此中国要找"阿兰·德隆"和"高仓健"式冷峻的男子汉是很难的。中国的一切小说爱情的主动者都是女性,她们私奔、结婚、过日子,男性形象都是书呆子,文弱书生。小说《儿女英雄传》中武艺超群的十三妹,偏偏钟情子书呆子安公子,照道理真正强硬的男子汉喜欢的绝不是笑不露齿的女性,驰骋疆场的女英雄倾心的也不该是弱不禁风的白面书生。而在中国传统的伦理观念里,这两者都颠倒了。在脍炙人口的传统戏曲中,这种"阴盛阳衰"的事例比比皆是:薛丁山无可奈何败在樊莉花的阵前,杨宗保只能服服帖帖听任穆桂英的差遣调度;感人肺腑的《女驸马》:身陷囹圄的穷书生一筹莫展,足智多谋的未婚妻施展才华。中国武艺高强的洪武有力的英雄绝不是文学作品的爱情主人公,张飞、关羽、李逵、武松、鲁智深与"爱情"二字毫无沾边,而整部《三国演义》中武艺最高强的吕布一沾上女色,他就被从英雄簿里开除。"英雄美人"只有外国有,中国只存在"霸王别姬"式的悲剧。这样一来,是不是得出结论:中国从来就没有男子汉?当然不是。远古的夸父、刑天、大禹不是堂堂的男子汉吗?只可惜两千多年的封建社会,统治阶级利用自己的权力,以强制的方式,把儒家的一套君子道德观念灌输到老百姓的头脑中,把我们民族性格改变成安分知足的谦谦君子型。结果是,我们中华民族由强悍、进取变得软弱、保守,失去了昔日的光荣。夸父、刑天、大禹那样的英雄越来越少,忠臣、孝子、节妇、烈女却越来越多。五四时期的鲁迅、郭沫若、陈独秀,在社会上不都是叱咤风云的反封建斗士吗?而在家庭中却只能充当"孝子"的角色,受父母之命与自己不爱的女人结婚……这些中国伦理学方面的知识,徐治平在下笔写《大雄宝段》之前,他是没有认真研究和考虑的。因而就致使他在《大雄宝殿》中呼唤中国男子汉,显得那么没有号召力,没有鼓舞人的力量。又如徐治平的散文《啊,我们心中那片绿洲……》,他推陈出新,在人与人的关系中有相当独特的美学追求,但由于美学和道德学的功底尚不够深厚,文章只能浮于浅层,不能进行更深刻的思想挖掘。再如徐治平深受著名散文评论家林非青睐的散文《峨眉道上》只因为作者下笔撰写时历史知识准备不足,他鞭挞的国民的"奴性"与"惰性",不能发出强劲的冲击力。徐治平是广西艺术造诣很高的散文家,在运用伦理学、美学和历史学知识时还捉襟见肘,那么艺术水平逊于徐治平的散文家有什么理由不加强知识的准备工作呢?

再谈到民族学知识。别以为我们广西散文作家多数来自少数民族,汉族散文家也长期在少数民族地区生活,广泛接触少数民族同胞。然而我们的散文家所掌握的只是少数民族的感性知识,特别感兴趣的主要是少数民族的奇风异俗。从理性的角度,特别是从理性的宏观的角度去理解民族学知识的散文家几乎没有。这里还有一个横向比较问题,试问有几个散文家能够像蓝鸿恩那样能够高屋建瓴地进行各民族文化意识的比较,然后找出其中规律的?只可惜他是民间文学学者,而不是散文家。但我们的散文家为什么不可以走学者化的道路呢?不能全面地走学者化的道路,能不能够看准方向,带有突破性的较全面地掌握某个学科(比如说民族学)知识。我不妨作这样的设想,如果凌渡能有蓝鸿恩那样渊博的民族学知识,那么他创作少数民族题材的散文时,将会更加得心应手,其散文也将会有更深厚的力度。

我们也谈技巧。现代文学技巧时时受到各种科学知识(如电脑技术、公众传播技术、教育、逻辑学)的冲击和充实,只有充分吸收和运用最先进的文化积累,才能创造出真正高水平的文学技巧,才不会满足于江湖术士式的雕虫小技。另外,我们的散文家只着眼于深入生活(当然深入生活也非常必要),很少注意认真读书,他们往往只是看准了某个自己认为值得模仿的散文家如杨朔或朱自清等,然后就从这些散文作品中把散文创作技巧拿来作为自己的东西。他们不知道"取法乎上"只不过"得乎其中",只有"取法众上"才可能"得乎其上"。

我们也谈语言。文学是语言的艺术。作为文学体裁之一的散文,理所当然,也是语言艺术。语言艺术所达到的境界高低,是衡量一个散文作家成熟程度的重要标志。按照毛泽东同志关于学习语言几个途径的说法,我们应该学习人民群众的语言,学习古代和外国作品的语言。细观我们广西散文家的散文作品,发现他们的语言最大的毛病是沉滞、拖沓、呆板,词汇贫乏,从中可以得出结论:广西散文家古典文学语言的积累普遍不够,特别是古典诗词的修养一般都较差。这一课必须要补好,必须多读、多背、多用、方能最大限度积累语言词汇,然后融会贯通,为我所用。

散文家的知识准备,还应包括对文学史的知识准备。长期以来,散文能不能虚构是散文界争论不休的问题。我认为之所以对此争论不休,都因为大家没有认真地去学习并了解中国文学史。

和世界所有的文明民族一样,我国最早从文字记载中独立出来的文学是诗。别的文化悠久的古国,如希腊、印度,最早的、影响最大的诗是以神话、部族战争、原始宗教传说等为内容的叙事诗。如希腊的《伊利昂纪》《奥德修纪》,印度的《罗摩衍那》《摩诃婆罗多》等。而我国最早的诗却是抒情诗,"诗三百"开首的一篇《关雎》"关关雎鸠,在河之洲。窈窕淑女,君子好逑……"好一首脍炙人口、千古传唱的爱情诗。上古叙事诗的不竟,从文学的源流继承关系来说,对后代的叙事文学,无疑是不利因素。世界其他的文明古国,都因战争、民族征服、民族迁徙等原因,民族文化遭到中断、变异乃至衰歇;但以汉民族为主体的中国文化,却在世界文明古国(埃及、印度、巴比伦、中国、古希腊罗马)中独一无二地基本上保持了巩固的绵延。凭着这一得天独厚的条件,倘若不是由于上古叙事诗廖寂的不利因素,我们中古的叙事文学肯定会大大超过现有的规模和成绩。现代文学概念的小说艺术,当不会迟至大约七世纪的唐代才出现。鲁迅在《中国小说史略》中说,唐人"始有意为小说"这一切中国文学现象的论断,揭示了文学发展中作为主体的文学家的历史的自觉。唐代文学家创造了一种文学领域最有生命力的文体,一种现在作为衡量一个民族的文学水平的文体:小说。唐代的传奇作家写下了中国小说史的第一页,而唐以前所有文体可以纳入小说范围的文学现象,应称之为中国小说前史。

通过以上的回顾,完全可以得出这样的结论:作为小说前史的散文可以虚构,是不成为问题的。但散文的虚构毕竟不同于小说的虚构,小说的虚构是彻头彻尾的虚构,从人物到事件完完全全的虚构。而散文不能整体虚构,只能少部分虚构,甚至是极少部分的虚构。在先秦诸子散文中我们经常可以看到,古代的思想家、哲学家们为了在叙事和议论中说明问题,经常插入一些短小精悍的小寓言,如《墨子》的"楚灵王好细腰",《孟子》的"齐人有一妻一妾",《庄子》的"东施效颦",《韩非子》的"守株待兔"等等。这些小寓言都是虚构的,但并不影响其整篇文章的真实性。中国古代散文整篇虚构的仅有魏晋南北朝陶渊明的《桃花源记》,它写了一个子虚乌有的理想王国。这个例子实在很特殊,说它"例外"也不错。陶渊明生活在黑暗的时代,既想实现自己的社会理想,又要逃避现实,只好在虚无缥缈中寻求寄托,最终只能"寻向所志,遂迷,不复得路"。细观冰心、朱自清、郁达夫、杨朔等人的散文名篇,我们均可以找到虚构的成分。实与虚的比例,七分实三分虚为上品。虚构超过了三分那就得考虑是不是散文了。

我们必须特别强调的是,散文家的知识准备,必须包括马克思列宁主义、毛泽东思想的准备。这方面的工作应该作为我们散文家坚持四项基本原则的具体行动。这正如毛泽东同志《在延安文艺座谈会上的讲话》中所指出的:"一个自命为马克思主义的革命作家,尤其是党员作家,必须有马克思列宁主义的知识。"这几年来,文坛上的资产阶级自由化的不良倾向应该引起我们广西散文家的警惕。当然在这个问题上,散文没有小说、诗歌和报告文学那么灵敏,但无论如何,增强散文家的马克思列宁主义、毛泽东思想的修养是必不可少的。

在谈到散文家的知识准备的时候,我认为我们广西目前还健在的散文家都应向已故的秦似同志学习。首先要学习他坚定的共产主义信念。秦似同志终生坎坷,逆境累累。但他生前对祖国和共产党永远不能忘情,对于饱经风雨的人民今天的和未来的宏伟事业信心丝毫不减。

我区著名散文家秦似同志在知识的积累上从不自满。据我所知,他在晚年仍然坚持不懈地学习马克思列宁主义及毛东东思想,深入钻研心理学、教育学、人口学,通读《资治通鉴》。秦似的文章写起来那么得心应手,那么左右逢源,他的散文和杂文有厚实的理性深度,这都与他有渊博的知识密不可分。

俗话说得好:"情感喷出诗句,智慧涌出散文。"敢问智慧来自何方?智慧来自坚持不懈地社会实践,智慧来自水滴穿石的知识积累。因此,我们广大作家,尤其是散文作家,必须强迫自己走学者化的道路,努力强化自己的学者素质。诚然,散文家不一定是学者,但是出类拔萃的散文家都是非常有学问的人。在今天的社会,作家应该是知识分子,应该是高级知识分子,应该有学问,应该同时努力,争取做一个学者。作家应该学习专家、教授、学者治学的严肃作风。在某一点上搞创作和做学问的道理是一样的:你肚子有真货才能拿出来给人启迪,给人教益的作品,而为了积累真货、必须努力学习。

如果说缺少学者素质,是广西散文家的严重缺陷,那么平民意识淡薄也是广西散文家的先天不足。

纵观中国散文史,学者散文六朝达到了高峰,此时作家们写文章讲究声律对偶,对写作技巧起了积极作用。可是,后来过分追求工整华丽,堆砌典故,形成不健康的文风。唐初这种文风仍在盛行,后来陈子昂主张革新,但没有形成浩大的声势。直到韩愈、柳宗元时,才掀起革新文体和文风的“古文运动”,主张恢复和发扬先秦、两汉散文的质朴,流畅的传统,增强“平民意识”。韩愈的《师说》《祭十二郎文》,柳宗元的“寓言散文”及“山水散文”就是“平民意识”的有力反映。试比较选进《古文观止》的几篇散文,唐初王勃的《滕王阁序》、三国时诸葛亮的《出师表》、晋代李密的《陈情表》,论辞章之华丽应首推《滕王阁序》,但论及对人心灵的撞击以及引起读者的共鸣程度,《滕王阁序》远远输于《出师表》与《陈情表》。此无他,有无“平民意识”是也。《出师表》为国为民“鞠躬尽瘁、死而后已”之情溢于言表,《陈情表》“如泣如诉、不绝如缕”的祖孙之情真诚坦露,炎黄子孙读后无不为之动容。再看现当代散文家名篇,闻一多《最后一次讲演》的耿耿义士心,朱自清《背影》的哀哀父子情,宗璞《哭小弟》的眷眷手足念……哪一篇不渗透着浓郁的“平民意识”?“言之无文,行而不远”,这个“文”依笔者之见,既包括高深的文化素养,也包括与广大人民群众同呼吸共命运的“平民意识”。广西并不是没有学者型的散文家,学者型的散文家,在老中青的行列里均可找到。但为什么同是学者型的散文家,为什么有些人的散文通篇书卷气,而有些人的散文却充满沧桑感,其根本差别就是有没有“平民意识”。

在这里我可以坦率地说,在平民意识与学者素质的结合方面,已故的秦似同志同样是我们广西散文同行们学习的榜样。

从散文的平民意识又诱发出了散文的时代感。何谓时代感?散文的时代感应当让人们在读一篇散文新作的时候,感到具有我们这个时代的特点和气息,能从中触摸到时代发展的脉搏,省察到它脉管中的血液是新鲜的,而不是陈旧的;是流荡的,而不是呆滞的。不仅是从表面用语上,即使从作品的内蕴中,也能使人透视出那种不能误认的时代印记。当前我们置身于一个改革开放的时代,这个时代人民思想解放,走出现代迷信,是思考的时代,思想的时代。我们面临着世界上谁都没有经历过的完全陌生的社会改革,旧秩序虽受深刻的触动,却表现出强大的惯性,新秩序虽在建立却又常常回归。由于改革的失误,我们党和国家的领导层还出现了官倒和腐败的不良现象。开放给我们这个文明古国带来了勃勃的生气,开放也从国外引进了不少肮脏的东西。这就是我们的时代。作为观念形态的文学没有理由不反映我们这个时代,作为文学样式中的其中一种的散文,也不能不加强自己的时代感。不应妄自菲薄,新时期广西散文产生了不少的时代感很强的作品,如苏长仙的《卜万斤》、凌渡的《红水河之歌》、黄福林的《边防连城遗情深》、徐治平《海灯法师弟子在边关》、蓝阳春的《太明“佛光”》、贺祥麟的《我的老师》、蓝直荣的《眼睛》、潘琦的《幽谷中一棵玉兰》、林焕平的《攀登》,当然还包括秦似的《五毛钱一铺》等,这一篇篇散文洋溢着时代的气息闪烁着思想的光芒。然而遗憾的是,在广西新时期的散文中,仍然有相当的比重并不具有起码的时代感,其中有的无论从作者思想感情上环境气氛上甚至语言文字上,说是新中国成立前的,三十年代的甚至其它什么时候的作品均无不可,平心而论,广西新时期的散文不乏悉心营构的艺术品,但许多散文脂粉气太浓太重了,不外都是山清、水秀、物美、人好之类的小摆设、小玩意,这便失之强劲的思想冲力,缺少时代感。

在强调散文的时代感的时候,我想提醒广西散文界的同行们,希望大家不要忘记,我们是生活在广西这样一块特定的地方。这里有悠久的反侵略历史,是红七、红八军的故乡,是邓小平同志点燃革命火炬的地方;这里是国民党新老桂系军阀的老巢,新中国成立前,长期战乱人民颠沛流离;这里生产力低下,经济基础薄弱,有四十八个老少边山穷的县份;这里新中国成立后一直是战争的前沿,"文化大革命"期间是全国的"重灾区";这里聚居着以壮族为代表的少数民族人民,他们有光荣的革命传统,有令人神往的奇风异俗,也有"苦熬不苦干,艰苦不奋斗"等民族劣根性;这里也和全国其他地方一样在改革开放中也产生过失误,也有相当严重的官倒和腐败现象。我们的散文家不是提出要敢于直面严峻的现实与人生吗?以上所列举的事实就是我们所面临的严峻的现实与人生。面对着严峻的现实与人生,我们广西散文家的声音太微弱了,大家缺少应有的胆量和勇气。不要把重大题材的任务都推给小说和报告文学,散文也应责无旁贷地担当起来。坦率而又不客气地说,迄今我还没有看到一篇写"文化大革命"的有相当力度的散文作品。生活在文化大革命"重灾区"里的广西散文家,难道能对这一场空前浩劫视而不见吗?

为什么广西相当数量的散文作品缺少时代感?其最主要的原因是:广西绝大多数散文家不能用现代意识审视生活,不能对民族生活与文化进行深刻的反思,没有唤醒和改造国人灵魂的思想光芒,只注意褒扬生活中的真善美,不敢贬斥现实里的假丑恶。就拿多数的散文家所擅长描写的少数民族生活和少数民族风情的题材来说吧。我们还找不到几个散文家能以马克思主义民族学为统帅,用现代意识去审视广西的少数民族生活,甚至还有散文家对少数民族至今还保留着原始公社痕迹的东西颇为欣赏呢!由于封建主义思想的毒害,我们这个古老的国家婚配制度太落后了,而少致民族地区的婚俗更使人不敢想象,然而,我们的散文家只是与它"和平共处"不敢去触动它,甚至还有大加赞赏的,这就不可原谅了。再说广西的文化吧,还找不到哪一个散文家敢对深深地植根广西这块土地上的土司文化发起冲击。

为什么土司文化能深深地植根于广西这块土地,这与广西的地域有关。广西是一片丘陵地,新中国成立前长期不与海洋相通,新中国成立后也有相当一段时间不接触海,地域封闭造成了人的思想和心理的封闭,广西的散文家普遍有自卑感,他们怯于与全国的同行们竞争,除了少数几个青年人,绝大多数散文家不敢向全国冲刺。

不敢冲刺主要表现在散文的思维不够开拓和散文的表现手法陈旧上。绝大多数广西散文作家不敢打被封闭的思维模式,不能超越旧的传统格局,因而也就不能迸发出强劲的思想冲力,也就写不出崭新的散文来。多数散文作家仍然是五六十年代的杨朔、秦牧、刘白羽的忠实效仿者。先写实,次想象,后升华的构思物—情—理的固定结构,散漫的节奏、僵硬的主题等在这些散文作家的不少作品中是显而易见的。在向全国发起冲刺的时候,我赞成青年散文家庞俭克的散文观点:“发扬散文淡化故事情节,重在构造意象,酿造理性蕴藉,情绪的渲染和抒发等优势,吸收小说的叙述方式,诗歌的音律节奏及意象转换,电影的蒙太奇,戏剧的对话,绘画的色彩,音乐的旋律等姐妹艺术的特长,创造出崭新意义的大家散文。”

有必要来谈谈广西散文家的功利主义。功利作为一种潜在的社会意识,它在文学艺术领域中,是普遍存在的。在散文这个圈子里也不例外。广西散文家的功利主义主要在盲目地追求作品的数量,严重地忽略作品的质量上。他们普遍地存在着“见了铅字便满足,出了集子就安乐”的思想。为了照顾散文家们的这种思想情绪,报刊编辑们也“高抬贵手”,特别是对那些中老年散文家的来稿,更是“手下留情”,能照顾的尽量照顾。出版社的编辑们也是如此,只要公开发表够了多少万字,就不问质量如何,能出集子、就尽量出集子。这些做法都大大影响了广西散文的质量。这些年来,广西散文集出了不少,但客观地说,高质量的不多,就算是较高质量的散文集也往往是良莠共存,瑕瑜互见的。有志气的广西散文家为了提高散文质量能不能够抛弃庸俗的功利主义呢?能不能够像老作家冰心那样千余字的《小橘灯》写了十二年,八百字的《一只木屐》写了十五年呢?我劝告散文家们不要过分地追求数量,如果发现一段时间自己的散文没有多大突破,能不能够暂停一个时期不写,或者是写了暂时不拿去发表。

广西散文创作上不去,前面我谈了许多散文家本身的主观原因。在本文即将结束的时候我应该找一找广西散文举步维艰,成就不大的客观原因了。

广西散文园地太少,园地少使得耕耘者也少,领导冷落,文艺部门的领导不能像重视小说那样重视散文,评论家也往往忘记了散文这个角落,形成了散文家困惑,评论家冷漠的不良局面。这一些就是广西散文创作上不去的客观原因。

举一举众所周知的客观事实。广西的报纸杂志没有哪一个不登载小说,甚至还出小说专刊,但不少报纸杂志不发表散文。广西首届“铜鼓奖”,获奖的小说共十二部(篇),获奖的诗集八部,获奖的散文包括一部不是散文的《寓言》总共才三部。陈学璞等人编的,由广西民族出版社出版的广西新时期十年文学评论选《文学之翼》,选进去的小说评论廿七篇,诗歌评论十四篇,散文评论仅七篇。

要谈散文创作的得失,还应该把散文创作放进整个文坛的大背景、大气候去考虑。这几年来中国文坛怎么了?就拿严肃健康的文学作品及出版物来说吧,小说和报告文学这两种文体最引起反响,最受关注,其他文体是被冷落甚至是无人问津的。再联系到散文创作本身的小背最,小气候。中国的散文创作,这几年似乎有点名落孙山的寂寞感,主要大概还是因为文学界本身对它的漠视,少有人为之呼吁,少有人有力地倡导,1978—1988 十年没有全国散文评奖。而在很多人的眼里,全国性的评奖,是对当代文学创作成就的最高检阅,小说、诗歌、报告文学乃至评论都是有全国性评奖,唯独散文例外,于是结论也是极其自然的——散文没有值得评奖的作品。“千呼万唤始出来”,1989 年全国散文终于很勉强地评了奖,但反应甚微。在联想到散文创作怎么了的时候,必得考虑到我们这个世界人口最多的国家,十一亿人口的文化水准普遍低下,从社会意识去考虑,散文确实生不逢时,我们再从散文的审美意识去考虑:散文是作家心灵历程的具体描绘;散文是作家辐辏思维的最后结果;散文是作家"精雕细刻"的语言艺术。这就迫使散文作家要比其他文体作家稀少,散文作品也比其他文体的作品难产。散文的社会意识和审美意识决定了散文创作必然是艰难起步的。

此外,广西的文学创作与兄弟省市比较确实显得落后,落后的原因很主要的一点就是作家们缺少群体意识,现代作家的第一素质是群体意识,可我们广西的作家却先天地失落了这一素质。许多青年作家自生自灭,没有得到老一辈作家的引导扶植;一部有影响的作品问世,报纸杂志长时间悄无声息,在全国有影响的散文家秦似病故了,另一位老作家借纪念之名,行批判之实;其他拉山头,搞宗派,窝里斗的现象多如牛毛,举不胜举。诚然作家创作是个人活动,但没有互相间的学习、模仿切磋、评论、帮助,即使是天才也会夭折。一些原来在广西工作时尚未崭露头角的作家一离开广西就大展宏图,甚至接连在全国获得大奖,这究竟是为什么?难道不正是因为广西这个创作队伍最缺少的就是群体意识吗?每个作家都必须具备群体意识,这是广西文坛的当务之急。

从整个广西文坛又回到广西散文界,相对来说,广西散文界拉山头,搞宗派,窝里斗的现象还比较稀少。但绝对不能说广西的散文家已经具备有群体意识。目前广西的散文家仍然是"各自为战",还没有形成一个散文创作的作家群体。中老年散文家除个别人(如凌渡)外,多数人没有对年青的散文作者给予应有的引导和扶植。另外,团结协作,共同探讨,理论研究和作品评论以及与外省散文界的横向联系等方面还都做得很不够。"文人相轻"、互相贬低的现象仍不时出现。这一些在散文家身上存在与群体意识相对立的思想和行为都不利于振兴广西散文创作。

本来,广西散文创作具有很多有利条件。客观上,广西这块古老而美丽的土地,为散文家提供了广阔的驰骋天地。主观上,广西的散文家(特别是中年散文家)有深厚的生活积累和丰富的创作经验,特别是对散文有九死不悔的"恋情",有振兴广西散文创作的强烈愿望和坚定信心,这是广西散文创作赶超全国先进水平的依据。只要我们广西散文创家能注意知识的准备,培养平民意识,加强作品的时代感,摒弃功利主义,具备作家应有的群体意识,那么振兴和繁荣广西的散文创作,我想是指日可待的。

(原载《南方文坛》1989 年第 5 期)

风格·品格·人格

□ 阳太阳

一

不是因为我个头小,才喜欢小;不是因为我从小长大,对小怀恋;不是因为我一生清平,居室小,而偏爱小。八十年来,我与小打交道,与小结下了不解之缘。我喜欢小,偏爱小。

小,不显眼;小,被人瞧不起;小,常常被遗忘;小,往往被排在最末尾。因而,我怜爱小。艺术家的天才,就是在生活中寻找“小”,发现“小”。没有这个眼力,成不了艺术家。船与大海相比,船不可谓不小;农舍与宇宙空间比,农舍不能不小;树木与山水天空比,树木不能算不小。我往往在沙滩上画只船,在天底下画间农舍,在田边画几棵古树,在水畔画一座孤峰。这就叫做“小题大作”,或者说“以小见大”。哲人说:没有小,就没有大;大是小的组合,小是大的基点。我总是从这个基点出发,去表现大,表现无极。

《春的信息》就是“小”的产物。画题主景是:几家农舍、几棵古树,一片田园水景。越城岭和天空作为背景,三只小燕在水面上飞翔作为前景。画面内容不可谓不小,画题不能说不小。只要胸中有丘壑,总是可以“以小见大”的。

是的。读画之后,你会感到越城岭在云雾中蠕动,奋飞的春燕在报告春的消息,农家在春机勃发的大自然中生活、劳作。一个春的世界活活脱脱地呈现在读者面前。小小的画面中,蕴藏了一个博大天地。

有时我也喜欢大。解放初,在广州我画了一幅有十层楼高的毛主席画像,为广西博物馆,画了《右江的黎明》,歌颂烈士韦拔群的历史画。

人是需要有点气魄的。“天地就是我,我就是天地。我主宰了天地,我主宰了大自然。”

二

"美不美,家乡水。"

我浪迹异国他乡,奔走中国四方,看到上海的黄浦江,广州的珠江,武汉的长江,看到日本、罗马尼亚的江河,相比之下,我总夸家乡的水美。一半是因为乡情,一半是因为真美。

童年,我到木龙渡头玩耍,见到许许多多变形的石头,有桂林山峰的自然形态美,如获至宝,把它捡拾起来珍藏,给它安上好听的名字;龙凤朝阳、双龙抢珠、五羊图形……不时拿出来把玩,迷了。

老家芦笛岩附近的出水岩,涌出一股清流,从一座山岩推进去,从山前冲出来,汇成小溪、注入桃花江,又流过家门前。我捧起清凉的水,美滋滋地喝下去,醉了。

江山无尽,水流不息,无水无山不神。山尖翠,有形态、有色彩、有奇气;水浮动,有灵气、有绿意、有幻想。大自然太深奥,太神秘。当我拿起画笔,又碰到一个个难题。

如何表现?

要表现山,就要表现水。水,活泼、灵动,最富感情。它像一面镜子,能把周围的一切倒映出来,它是第一流的写生画家。我总是给水留出足够的位置。有时淡抹,有时画点倒影,有时甚至留空。在"有意无意"间,在"似与不似"间表现水,表现山,使水山浑然。"山因水而活,水因山而媚"。我碰到了困难,就请教大自然。"大自然是艺术的源泉"。只有熟悉山川,热爱山川,深入山川,方能妙造山川。

画为心物。

作画,必先立意。意立,则情生、兴起。兴,就是激情,就是灵感。我画《秋水白云》时,就体味出一点道道来。桂林的山,浑厚、苍润,我不惜水墨,泼在纸的上方,一座座山峰,如云中的神,雾中的仙,倒有几分神韵、仙气。再一看,又感轻薄。这时,我"惜水如金",在下方,用枯笔重墨画了一大块山石,一棵古树,画面平衡了。"湿,见柔情;干,见刚骨。柔多,容易轻薄;刚多,缺少韵味。"这幅干湿恰当,刚柔合适的画,算是我的一片心境。从中,我悟出了"笔随兴转,情意牵连"的道理。这也是我常说的"兴到、笔到、意到。"

表现山水容易,创造意境则难。

"用感情挥洒的画面,比现实更高、更宽阔、更真实,就是意境。"自己的修养有多高,意境就有多深,这就是艺术的真谛。

"家乡的山水,有无穷的意境,爱得越深,意境也就越深。"

三

人生有限,艺术无限。

命运把有限与无限安排在一起,有点相悖、可笑。我还是孩提时候,在逝去父亲的药店里,看到了“阳万和堂道地药材”的金字长匾,看到了药铺两壁悬挂的字画,看到了父亲收藏的册页。我拿起药店里的藤黄,在记账簿上乱涂起来。开始拿有限的生命去撞击无限的艺术。

我撞到上海,撞进内山书屋,撞入上海美专。在中西艺术的光环里徜徉,接触了现代画派、印象画派,古典画派。画布上的线条、阳光、笔触是那样的强烈、那样有力。我被折服了,倒进了艺术的怀抱。

我撞到了东洋,没想到一幅《赤色之恋》,以 261 的排号,与马蒂斯、毕加索、罗丹、特朗、腾田嗣治等东西方大名家一同走进东京美术馆的展厅,与日本二科权威美展一同载入史册,从此,“中华之夸”成了阳大阳的代名。为母亲、为中国争得一份荣誉。此后,激越的思绪、情感化作一幅幅作品,让有限的生命拥抱了无限的艺术。

我撞入了一诗歌的圈子,“让黎明的光冲进我的房里”(《鸽鸟》),我与同仁创办了《诗创作》,开始了我诗歌的生涯,一首首压抑不住的歌,从我胸中跳出。我不敢相信,自己还有写诗的天才。

写诗、作书、画画;画画、作书、写诗,在艺术圈内浸泡了七十年,“不知老之将至”,我要跨入人生八十历程。“再让我活一个八十岁,我一定要发现一个更高、更美的自我。”

有限的生命和无限的艺术,都对我施加压力。我不能愧对生命,也不能愧对艺术,“我要努力用最简练、最概括的笔法,表现那最复杂的内涵,我要给人类提供一个最高的、最理想的、最美的境界”。

刘寿保记录整理。

(原载《南方文坛》1989 年第 6 期)

1990 年

题材·性格·创新

关于广西民族文学创作几个问题的思考

□溪　萍

探索广西民族文学发展前景，有必要对广西民族文学的特点和现状进行考察，有一个基本的估计和认识，然后才能看出它的走向。

当代民族文学主要指少数民族的书面文学。广西少数民族历史上有语言无文字，因此，在漫长的历史长河里，民间文学一直是各民族文学的主流。新中国成立以后，由于党和政府大力推行民族政策，逐步消除了历史上形成的民族歧视和民族不平等现象，民族地区经过各项民主改革，生产力获得解放，经济文化发展了，各民族知识分子多起来了，各族作家不断涌现，从此广西民族文人文学才得以迅速产生、成长和发展。一个民族文学成熟的标志，主要看其书面文学发展程度。由于广西民族文学产生较迟，迄今除少数作家已趋成熟外，广西民族文学作为整体来说则远来达到成熟期，这是第一个特点。

当代广西民族文学的另一特点是它的民族特色并不特别突出。其原因，一是无民族文字，它们一产生就以汉语文作为各自民族文学的载体，使它的艺术表现形式很难摆脱汉文学的烙印。不能以本民族母语进行创作的文学，作为语言的艺术其民族特性必然会减弱、淡化。二是广西民族作家无一不是从启蒙入学开始就接受汉族文化艺术教育，从小耳濡目染，使他们对汉族文学传统的熟悉、了解和研究，远远超过了对本民族文学的了解和认识，因而在创作中自然而然地会更多地接受汉文学的影响是不奇怪的，这就使得民族文学民族味不浓。当然，有部分优秀作品如《美丽的南方》《百鸟衣》《刘三姐》《波努河》等等还是能呈现出特色的。

当代广西民族文学在发生发展过程中，由于民族文化积累不深厚，因此文学创作缺乏历史文化的厚重感是它的第三个特点。广西各民族没有文字，许多珍贵的历史文化资料随着历史的流逝而湮灭了，在民间口头承传中残存一些，但也较为分散，不像朝鲜族、蒙古族、维吾尔族、藏族那样有民族文字，历史上留下了丰富的文化典籍。另外，广西少数民族所处地理环境多为大山区和部分丘陵地带,农耕生产比较分散;宗教文化上,远古以来各族人民崇拜多神,始终停留在原始宗教阶段,没有发展成为统一的宗教信仰;政治上,广西各个民族既没有建立过统一的部落集团和国家,在民国以前也未有过统一的民族政权,从唐代进入封建社会后,由羁縻制到土司制,基本上是分割的"山头"统治;文化上,虽然产生过"铜鼓""花山崖画"等颇负盛名的文化现象,但其中奥秘至今尚未破译,这些文化的源流及其对广西民族文化的影响,在民族作家心中依然醉眼蒙眬,若明若暗;各民族历史没有史传,许多人对本民族的历史渊源及其发展过程漆黑一团,我们对汉族历史可以如数家珍般道出它的历史脉络,但对本民族历史了无所知者却大有人在;这一切表明我们对民族文化知识的浅薄和无知。一个民族作家如不能对本民族历史文化有深刻了解与研究,要想表现出民族的文化心理素质几乎是不可能的。

广西民族文学的第四个特点是它的半封闭性。远古以来广西各民族就生活在桂西北和桂中一带的高山密林和穷乡僻壤之中,山地农耕文化至今仍在产生影响。特殊的地理环境,特殊的小农经济文化传统,容易造成作家视野不开阔,题材领域狭窄,创作手法单一,观念不易更新,长期在左、右江和红水河峡谷里徘徊,很难超越地理环境和自身文化基因的局限,不易去发现和把握各种不同文化形态的差异性,不能较好地从各种不同的文化的整体比较中和宏观视野中去构建民族新文学,呈现出封闭性的特征,另方面又由于广西少数民族(尤其是壮族、仫佬族等)较早接受中原文化和楚文化的影响,因而在民族文学成长过程中较多地吸收了汉文化传统,善于容异,在这个意义上它又是具有开放性的特征。汉文化本身也带有一定的封闭性,所以从本质上看它还是半封闭性的。

上述特点的存在,既是广西民族文学发展的劣势,也是它的优势,如能扬长避短,创作的繁荣昌盛当指日可待。广西民族作家驾驭汉文字能力较强,对汉文学有较深修养,使当代广西民族文学一产生便不是纯封闭型的,而且可以直接和各民族对话交流,更易于走向全国。我们文化积累不丰厚,在前进中可以少背包袱,轻装前进,更易以吸收消化中外文学经验,挥洒自如地构建新的民族文学体系。半开放性的特点形成了南方民族特殊的历史文化心态,特殊的民情风俗,具有有异于北部和西部兄弟民族的艺术感受和思维特点,这是我们可以创作出具有独特艺术魅力和艺术价值的文学的社会环境和氛围。当然要搞好广西民族文学创作还有许多问题需进一步探讨。

一 ‖ 民族文学创作题材问题

很久以来在我们的思想观念里有这么一个框框,民族作家一定要写民族题材,不写民族题材的作品不是民族文学作品。这种观念一般说来当然是对的。我是赞成一个民族作家应多一点少数民族情结,民族作家完全远离本民族就会像安泰离开大地母亲一样,会变成无根的浮萍,创作也就没了依托。写地域性民族性题材同样可以出大作,《百年孤独》不就是只写一个地处偏僻荒凉的小镇——马孔多么?它获得了世界性声誉;福克纳不就是写他“家乡的那块邮票般大小的地方”从而“创造出一个自己的天地”么?沈从文的饮誉海内外的小说不就写湘西么?乌热尔图不就是写鄂温克的森林生活么,照样几次获奖。可见任何否定民族作家要写民族题材的说法都是欠妥当的。

可是,另一方面我们也应当看到在当前改革开放大潮的猛烈冲击下,民族地区的经济、文化、思想、日常生活等方面也正在发生变化,自给自足的小农经济正在瓦解,民族传统文化观念正在悄悄地与现代文化意识联姻,各民族之间正在进行跨民族文化的借鉴,传统的生活方式也在发生变异,传统的风情习俗也在嬗变之中。如过去的歌圩主要是为青年男女提供唱歌传情、交友择偶的场合和机遇,现在虽然也还保留这一传统风习,但更多的是融游戏、娱乐、体育、商业活动于一炉的综合性大型群众活动了。这一切变化给民族作家提出了一个新的课题,我们应当有宽广的艺术视野,开阔题材范围,要突破只描写单一性的民族生活画面的写法,要展现广西多民族共存的生活场景,展观广西少数民族与其他民族共图四化大业的壮举,在更宽广的社会历史文化背景上来表现广西各族人民的生活、斗争和命运。

其实突破单一性民族题材的创作,在世界文学史上是早已存在的一种现象,如莎士比亚笔下有丹麦、埃及、意大利,歌德写过东方,高尔基写了意大利,狄更斯写过美国,海明威写过西班牙,哥伦比亚的马尔克斯写了整个拉丁美洲,中国的满族作家老舍写了汉族,蒙古族李准的创作题材亦非蒙古族的,他们的创作题材都具有跨民族的特点,但并不影响他们成为本民族的杰出作家,就以我们广西来说,这种樊篱也早被冲破。陆地的笔早就伸入汉、瑶族生活领域。周民震的电影文学成名作写的是苗家儿女,后来又写了瑶族和汉族。蓝怀昌的人物世界除了瑶,还有壮、汉、苗等民族形象。苏方学更用他的笔描绘了西部少数民族的生活理想、爱情和命运。包玉堂、唐海涛的题材世界也已走出仫佬山乡。陈雨忻写了仡佬族。……民族文学题材的扩展,表面上看似乎民族文学出现了“混乱”的格局,似乎民族文学已丧失了存在的前提。事实上是我们从上述作家的创作中却清楚地看到由于题材的拓宽,民族文学的个性特征却凸现得更为鲜明,民族文化心理展露得更为丰富,民族精神更能得到弘扬,这无疑是民族文学创作的一种突破。

二 ‖ 重铸民族性格问题

民族文学的核心问题是塑造民族性格,描绘各民族人民的文化心态。这个问题对于借用汉语进行创作的广西民族文学显得尤为重要。因为,不能用民族母语文字写作,其民族特色已无形中被抹掉了许多,如果再不去着力雕刻出民族灵魂——民族性格,民族心理素质,民族文学还有否存在价值就值得怀疑了。

当前在民族文学创作中,除少数杰作外,多数是片面追求所谓民族特色,竭力去渲染民族的原始心态和蛮野落后。其实任何一个民族性格的主导面都是积极向上的,是美的而不是丑陋的。同时,一个民族性格也不是一成不变的,它会随着时代、环境的变化而变化。在同一民族内部往往由于各人所处的历史条件不同,所生活的地域环境不同,所活动的社会人文环境不同,所接受的文化教育不同等等原因而形成各自独特的民族个性。即如当代广西少数民族来说吧,其内部就存在极其复杂的情况:同一个民族,有的聚居在边远的山寨村落,保留较多的民族传统和风习,有的不久前还在刀耕火种,有的基本上还维持自给自足的小农经济,其传统文化较少受到外族影响,其原始的民族文化心态比较稳定,也较古朴和保守。有的则是多民族杂居,长期在同一地域、同一经济形态、同一社会环境里共同生活,他们虽各自保留本民族传统的根本方面,但在文化心理的许多方面是已经不同程度地交汇融合了,大体上是你中有我,我中有你,同中有异,异中有同,大同小异。有的则已远离民族本土而生活在汉族地区,其年青一代已基本汉化了。另外,各民族相互通婚也已普遍化了,从而产生了民族交融的趋势。近年来由于改革开放的深入,少数民族人民尤其是年轻人正驻足于新旧生活方式、新旧思想观念撞击的临界点上,在他们身旁正在发生着种种新的复杂的矛盾冲突,人们的心灵正在经受种种震荡、躁动和不安,有彷徨,有疑惑,有振奋,有痛苦,有困扰,有消沉,有观望,也有勇敢搏击。即使是较为原始古朴、不知商品经济为何物的人们,也都受到时代大潮的冲击导致心理嬗变。因此,当前民族文学创作在塑造民族性格时,应从生活出发。对各民族精神、民族文化心理中存在的原始古拙、愚昧落后、狭隘保守等弱点和缺陷,依然可以描写,但不能是猎奇和展览,不能把各民族早已或正在克服和改变的心理状态当作民族性格的核心加以渲染和赞颂,而是要在描写中进行批判、进行反思,促使人们更快地超越旧我,走向未来。现在我们需要的是写出形形色色的在不同的典型环境里的典型人物,需要弘扬民族进取精神、体现时代特征的人物,需要重铸在现代化进程中产生和形成起来的新的民族魂,重铸与旧世界、旧文化传统、旧观念彻底决裂的民族性格。

许多作家已经注意了这个问题,并且做出了成绩。先是老作家陆地率先在他的《瀑布》里成功地塑造了韦步平的性格。蓝怀昌也在他的《波努河》里比较成功地把这个大山民族的新人置于当代时代大潮和商品竞争激烈的市场经济环境里来塑造,瑶族青年玉梅、王竹和陆斌的性格在古老的波努文化与现代文化意识的撞击中显露出来的。韦一丘的《劫波》中的人物身上表现出较多的壮族传统文化心态,但仍可看出有汉族儒家礼教思想的投影。苏方学笔下人物除少数壮族外,大多是写西部少数民族兄弟,无论是彝族还是裕固族、回族都显示他们独有的民族个性,同时也表现出中国少数民族某些共同的心曲,诸如对大山故土的依恋,摆脱传统文化桎梏的追求,对现代科学文化的向往,在传统与当代意识撞击中生活的人们的躁动不安的灵魂等。在陈雨帆的《冰棕榈》,在周民震、王云高、孙步康、韦纬组等人的作品里也可以看到不同民族文化的交汇和对于新的民族灵魂的重铸和理想追求,这大概可以说是广西民族文学的一个走向吧!

三 ‖ 关于创作模式、创新问题

近年来人们谈论得最多的是广西文学上不去,是《刘三姐》《百鸟衣》创作模式的影响太深,广西作家对中原文化的认同和对珠江文化的疏远所造成的。

《刘三姐》《百鸟衣》的艺术价值,在当代文学史上是历史认可了的,我不赞同对他们作简单的否定。否定一个被本民族和广大读者接受了的代表性作品,等于对一个民族一定时期文化的否定,决不应轻率。可以说这两部作品在当代壮族文学史是起了奠基的作用的。我不赞成说它们贴上了阶级和阶级斗争的标签,是对文化的全盘否定。这两个作品的民间传说原型都产生在古代阶级社会里,原来流传在民间的传说就带有很强烈的阶级和阶级冲突的内容,并不是超阶级的超时代的对爱情和自由的纯情绝唱。《刘三姐》在创作演出过程中,虽有"官方"的组织推动(应看作是领导对创作的支持),但它能轰动大江南北,走遍全国甚至漂出海外,却不是行政命令所能做到的。我们应历史地评价一部作品,要看出她对民族历史文化是否提供了什么新东西。至于《刘三姐》对几个秀才歌手的嘲讽,我以为这只是对脱离实践和劳动人民,依附于地主的帮闲文人的批评,不能把他们看成是文化的正确代表,然后对《刘三姐》扣上反文化的罪名。

当然"刘三姐现象"是存在的,近年的某些剧作仍有模仿"刘三姐模式"的痕迹,诸如《刘三姐》写了对歌,成功地突出了壮族文化特征,后作者也往往照葫芦画瓢,了无新意。其实壮族传统文化的表征是多方面的,我们何苦只瞄着"对歌"一样走入死胡同呢?"刘三姐"现象的存在,不是《刘三姐》本身的过错,而是我们过去缺乏创新意识。

至于"百鸟衣圆圈"的问题,取材于民间传说,有相近的艺术风格和相去不远的主题等,这在创作上也是一种正常现象,是诗人的一种艺术追求,作为百花园中的一朵也是允许的。所谓诗人只是沉溺于民间文化的原始形态和氛围之中,把本民族应进行的现代思考关在圈外的问题,从表象上看似乎如此,但细细揣摩其诗作又难以认同。诗人用现代意识去处理其选用的民间文学题材,挖掘并表现其与现代社会的联系,可以是直露的,也可以是含蓄的,其表现方式不应只是一种,只要人们读了作品能引起对当代生活问题的思考,从中获得有关的启示,也是一种艺术追求,自有其价值存在。当然诗人应当不断超越自己。我们并不赞成人人都去写《百鸟衣》《追赶太阳的母亲》式的作品,不赞成把《刘三姐》《百鸟衣》模式化、样板化。在这个意义上,我们赞成"别了,刘三姐! 别了,百鸟衣!"

纵览当前广西文坛现状,我们并不以为"刘三姐""百鸟衣"模式是造成广西文学上不去的根本原因。因为取材于民间文学再创作的毕竟是少数,模仿《刘三姐》《百鸟衣》模式的也是少数(可能戏剧创作方面多一些),多数作家的创作是关注现实、贴近生活的。以《广西文学》《三月三》1988 年后发表的一百多个中短篇小说中,百分之六十左右是写当代生活题材,选用民间文学题材再创作的是少数。那么,问题在哪里? 在这些作品中,写当代社会中人们新、旧思想冲突的约占五分之一左右,写善与恶、正与邪的冲突及旧习俗、旧观念造成悲剧的约占三分之一。它所揭示的生活面还比较狭窄,写儿女情占较大比重,缺乏对民族的历史和现实的深沉反思,表现不出民族作家强烈的责任感,大作意识比较淡薄。通俗文学约占四分之一,但其篇幅在三分之一以上,许多属于纯文学的作品,则不同程度地重故事,轻人物;在创作方法上,现实主义仍占主流,在表现手法上有不少探索,但运用自如者少。给人印象较为陈旧与单一;对社会现象缺乏全景式透视、多方面扫描和思想的穿透力,因而所描写的社会生活平面化,缺少多角度、多侧面、多层次的描画和剖析;有的作品虽然注意写人的思想感情的变化,但未能深入揭示人物内心深层活动,作品欠缺深邃的意蕴,耐咀嚼的不多。究其原因,我以为"刘三姐"等模式的影响,对中原文化的认同和对珠江文化的疏远等,不能不说是原因之一,但主要原因则在于我们缺乏自己独特的生活感受、独特的情感体验和独特的艺术表现形式。我们未能写出在改革大波中广西各族人民独特的思想情绪反应和种种文化心态,未能创作出让人们思想感情引起震动的作品。再则是我们广西的传统民族文化,没有通过与外族、外国文化的撞击、交流、渗透与融合而得到发展,这种历史的积淀反映到当代文学创作上来了,从而使我们步履蹒跚。

当前广西民族地区在时代大潮的冲击下正在发生种种思想观念和文化心态上的冲突,反映到文学上,便产生了少数民族文学与汉文学、雅文学与俗文学的撞击,这一民族文学与那一民族文学的碰撞;民族文学传统与现代派的碰撞;文学观念上单一民族文学与跨民族文学的碰撞;创作力法上,现实主义、浪漫主义与现代主义的碰撞;表现手法上单一与多样化的碰撞等等。广西民族文学应当在这种多元碰撞中构建起自己崭新的文学创作体系。在文体追求上,俗文学与雅文学可以并存发展,更可以雅俗结合;在创作方法上,可以现实主义与现代主义互补,通过杂交,摸出一条新路;在文学的表现工具——语言运用上,可以民族母语与汉语"双语"并用,大力发展双语创作;在表现手法上,也不妨从其他艺术形式和外民族文学中进行借鉴,做到手法多样化,丰富艺术表现力;在题材领域上,要不断拓展,可以写本民族的也可以写外民族的;在民族性格刻画上,更要在时代大波中去重新铸造民族灵魂;在写作过程中既要用当代意识也要用民族意识、民族眼光去透视事物,给其以真切的描绘,文学的民族特色应在字里行间自然流露出来,不必刻意追求。

广西民族文学已经走进了她的春天,我们期待着收获。

(原载《南方文坛》1990 年第 1 期)

八十年代广西报告文学的思想和艺术特征

□ 杨炳忠

八十年代中国的时代特征可以概括为:改革——治理整顿——深化改革、党的十一届三中全会是我们党、国家和民族伟大的历史转折,它的划时代的历史功绩,使整个经济、政治和社会生活发生急剧的变革。新的时代所提出的一系列新的问题和新的要求,激荡着共和国公民的内心世界。人们为着了解、认识和适应社会的变化,比以往任何时候都更加需要通过各种渠道获取社会的信息,透视社会的种种变化,进一步思考我们国家和民族发展的前景,思考生活的意义,思考人生的价值。正是在这种社会变革的大背景下,报告文学以它切近现实,紧紧追踪时代步伐,传递社会信息,密切结合广大人民群众迫切关注的各种新矛盾、新要求、新问题的优势,在八十年代中国文坛上掀起一个个声势浩大的浪潮:在广西文艺界,这一时期的报告文学也出现了新中国成立以来从未有过的繁盛,引起社会的广泛关注和深受读者的欢迎。

从所读到的许多比较出色的报告文学的思想内涵和艺术结构来看,八十年代广西报告文学主要有以下两大特色。

一 ‖ 着重塑造社会主义新人形象,创作了一批“能够振奋人民和青年的革命精神,推动他们勇敢献身于祖国各个领域的建设和斗争,具有强大鼓舞力量的作品”(邓小平语)

这是新时期广西报告文学的主要成就,也是其思想内涵的主要特色,突出表现在这几个方面:

(一)描写和歌颂不同时期各条战线上涌现和成长的英模人物

京族老作家李英敏的《五指山上飘红云——记黎族人民英雄王国兴》(获全国第二届少

数民族文学创作评奖作品奖),真实地记录了王国兴从一个大“奥雅”(头人)成长为无产阶级先锋战士,人民英雄的不寻常的道路,热情歌颂了叱咤风云的无产阶级革命者;壮族中年作家韦明波的《她的心》(获全国首届少数民族文学创作评奖一等奖),展现了一位普通女性在自卫还击战的特定历史事件中爱憎分明、为保卫祖国默默奉献的美好心灵;壮族中年报告文学作家何培嵩的《边魂》,形象地再现了在越南炮火洗劫小镇的日子里一位基层领导干部的铁骨忠魂。除此以外,潘荣才的《飞翔的海鸥——记总工程师卢达》(获广西首届少数民族文学创作评奖优秀作品奖)、何培嵩的《铜皮铁骨,武当传人》《神奇的药水》《冲破黑暗之门》、李仕强的《大明山下“女状元”》、林永格的《转轨中的三套车》(获广西首届青年文学创作评奖作品奖),以及《广西日报》发表的报告文学征文、《广西文学》推出的报告文学专辑、广西民族出版社出版的报告文学集《奋飞》等数十篇报告文学作品,从社会生活的各个侧面,着力描写和塑造社会主义新人形象,歌颂在党的“一个中心,两个基本点”的基本路线指引下,在改革开放的召唤下,那些勇于向愚昧落后冲击的探索者,艰苦奋斗、求实创新的开拓者,从各种封闭僵化的模式中脱颖而出的创业者,在治理整顿中求稳定、求提高、求发展的改革者……通过这些有血有肉、生动感人的艺术形象,反映人们在各种社会关系中的本质,表现时代前进的要求和历史发展的趋势,给予人民和青年积极进取、奋发图强的鼓舞力量。

(二)描写和歌颂体育界、文化界的知名人物

这在新时期广西报告文学塑造社会主义新人方面,占有十分重要的地位。这里有社会的客观原因和作家的主观因素。就社会客观原因而言,在党的十一届三中全会以来的路线、方针、政策的指引下,广西的各行各业各条战线围绕着以变革求振兴、以变革求发展这一现实的主旋律,同心同德、意气风发地搞四个现代化建设,努力改变落后面貌,赶超全国先进水平,取得了很大成就;其中,体育界以其突出成绩在全国产生巨大反响。先后涌现了李宁、吴数德、李孔政、谢赛克、韦晴光等一批饮誉世界、声名显赫的体育新星。他们的精神和业绩本身就具有震慑人心的说服力和轰炸性的社会效应,加上这些年政治昌明,国家稳定,人民安居乐业,整个社会对精神文化生活的需求日益增长,风靡全国的“体育热”盛而不衰;于是,体育名人自然就成为得天独厚的报告文学题材。报告文学作家通过对体育新星成长的具体过程和事件的扫描,在动态的环境中寻找和捕捉自己的目标,跟踪人物命运变化的轨迹,大有英雄用武之地。从作家的主观因素来说,主攻报告文学的作家,在他们的创作精力最旺盛的时期,一度虔诚地信奉“写名人,名人写”的“六字诀”,这可能出于所谓名人影响大,写名人的作品自然影响大,作者也随之成为名人的短期行为性考虑。于是,一批以体育名人为生活原型的报告文学作品,便在作家的笔下源源不断地输出,《广西体坛新星》作为十年来广西出版的第一部报告文学集率先问世。应当特别指出,以写广西体坛新星为主并由此使自己声名远播的报告文

学作家当首推何培嵩。在他 1987 年底由漓江出版社出版的报告文学集《归客》(获首届壮族文学创作作品奖)中,所收 18 篇作品就有 5 篇写体育新星,字数占集子总篇幅的三分之一。从质量上来看,这五篇报告文学既可视为该集子的“顶梁作品”,也可视为何培嵩整个报告文学创作的“拳头产品”。何培嵩笔下的知名人物,除体育新星占最大比重之外,还有其他行业“大大小小”的名人,其间留给读者印象最深刻的,是写文化名人的作品。他的代表作之一《刘三姐与黄婉秋》(获广西文学艺术“铜鼓奖”),从创作主体对其描写对象的思想感情和态度来看,说它属于歌颂型的作品应该是无可争议的。当然,这种歌颂是能够唤起人们深沉思索的包容着理性内涵的歌颂,而不是如同“文革”中所泛滥的那种完全非理性的歌颂。须知,在我们这个时代,国家、民族的命运和个人的命运是紧紧系结着的;我们的报告文学作家忧国忧民,包括忧那些系结着民族、国家命运的个人,深深为他(她)们的命运、遭际、痛苦和欢乐、失败与成功所感动,并通过个人的命运折射出社会的问题和时代的光彩,于是才能写出过去那种浮泛歌颂的作品所不能同日而语的成功之作。

(三)描写和展示普通人的美好心灵，反映普通人的文化心态

《手摇车上的角斗士》(《广西文学》1983 年第 3 期)的主人公秦立新是一个具有“健全的大脑”和一双“灵便的手”,但却必须靠手摇车才能行走的待业残废青年,命运给他带来的痛苦和磨难够多的了,但他想的不是个人的困难与不幸,而是力图为国家与社会分忧解难,历经失败和挫折,为社会主义现代文明作出了可贵的贡献。作品通过生动的刻画,展现了一个与时代同步的生活强者形象。

《水晶》《春蚕》《“仙蟾国”真闻》是收进报告文学集《归客》的三篇作品。这是何培嵩走过了一段专注于“写名人”的创作道路之后,转向基层、转向一般、转向普通人的新成果。这不是简单的创作题材的更新,而是作家主体意识的觉醒,文学视野的扩展,创作思想的成熟,标志着作家正在努力把自己的报告文学创作推向一个新的境界。当然,问题的关键不在于写名人还是写普通人。从报告文学的职能来看,光反映英模人物的业绩而不反映普通人的劳动、斗争和悲欢离合,这样的职能只能认为是残缺不全的;从报告文学产生效应的综合因素来看,写普通人比写名人,在某种程度上更需要思想的深刻和笔力的细腻;在揭示人物内心世界的波澜,心灵历程的流向,文化心态的倾斜上,在揭示建设新世界与建设新人、改造客观世界与改造主观世界的辩证关系上,显得更为隐蔽、延缓和具体,因而更强调作家的素质和功底,唯其如此,其难度也就更大。这三篇作品选取了三个新的表现形态,并在个人命运、性格和心理变化的勾画中凝聚着对生活意义、人生价值的思考,给人以深刻的思想启迪和精神激励。

纵观八十年代的广西报告文学创作,题材是多种多样的,内容是丰富多彩的,风格也是各具特色的,但有一点是基本一致的:绝大部分作品都不同程度地反映了社会进取精神的高涨

和民族奋争精神的增强,在描写、歌颂和培养社会主义新人方面付出了较大努力。

邓小平同志在 1983 年 10 月曾经指出:“文艺方面,近年来反映社会主义建设新生活的文学作品多了一些,这是值得欢迎的。但是,能够振奋人民和青年的革命精神,推动他们勇敢献身于祖国各个领域的建设和斗争,具有强大鼓舞力量的作品,除了报告文学方面比较多外,其他方面也有,可是不能说多。”(《邓小平论文艺》第 82 页)邓小平同志这段话是针对全国文艺界总的情况来说的,用来总结广西文艺界的情况,也是完全适用的。

对于报告文学的“歌颂”问题,一个时期里曾经有人提出:“歌颂根本就不是报告文学的职能”,声称“以往我们的报告文学是被背叛了的报告文学”,“文学以其优美征服读者的时代可能就要结束了”。言下之意是很清楚的,就是主张报告文学取消歌颂,不要优美;这是我们不能苟同的。首先,报告文学是以社会生活作为创作源泉和反映对象的,而社会生活——不管是现代人的生活还是古代人的生活,都存在许许多多值得歌颂的“真、善、美”的东西,这都是人类进步思想文化的结晶,也是人们迫切需要获取的社会信息。按照信息论的观点,任何文体都是信息的载体;何况报告文学兼有新闻的特性,自然具有传播信息的功能,具有宣传某种主张、某种事实的功能;而报告文学的艺术特性,又决定了它具有审美价值。就当代中国报告文学的要义而言,进入作品的具有“歌颂”意义的内容往往同时具有信息价值和市美价值;那么,报告文学又怎么能少得了歌颂呢?第二,报告文学作为文学的一个品种,是深受人民群众欢迎的精神食粮,难道人民群众不欢迎优美的东西反而欢迎丑恶的东西?我这里无意否认某些丑恶的东西具有某种内在美和艺术美。从八十年代广西报告文学的主题来看,“歌颂型”的作品占绝大多数,这是符合历史和现实的实际,也是符合社会主义文艺发展的规律的。

二 ‖ 基本上继承了传统文体的结构方式,明显地具有报告文学散文化、小说化的艺术倾向

我国卓有成就的老一辈报告文学家徐迟 1978 年在《人民日报》上发表的《哥德巴赫猜想》,是新时期中国报告文学最先树起的一座丰碑;由于出自文学素养非常深厚的大家之手,使作品达到的艺术高度至今也极少有人超过其右。徐迟偏重写人,他的报告文学具有散文化、小说化特点;这一特点,在一个时期里几乎成为全国报告文学艺术结构约定俗成的规范。而对于革新意识觉醒较迟的广西报告文学界来说,其影响尤其久远,新时期广西第一篇有较大影响的报告文学《啊,中国的“赫刺克勒斯”》,从艺术结构到标准,都可以看出仿效的“蛛丝马迹”。由于种种原因,我们不能过分指责作者;稍感遗憾的是,作者没有从徐迟所诉诸读者的科学在社会中的作用以及党和国家对人才的重视问题上得到更加有益的启示,从而领悟到作品之所以产生重大影响,根本原因在于它具有鲜明的时代特点和重大的社会意义。

具体说来,八十年代广西报告文学的散文化、小说化特点主要表现在以下几个方面。

（一）题材的选择和处理趋向小说化

广西的报告文学题材缺乏一种独特文体的个性，作家所选报告文学题材几乎都是散文、小说等文学形式所能轻松接纳的题材，题料范围大多是非人即事、一人一事，社会化程度不高，局限了报告文学报告内容的丰富性。一些写得比较成功的报告文学题材，如果换用小说的形式表现，其社会效果不会有什么差异，显不出报告文学以内容取胜的优势。在题材的处理上，本来作家选择报告文学题材的初衷就是看中某一题材所具有的重大（或较大）的社会效应和普泛（或较广泛）的社会意义，因此，对题材的消化自然应当更多地运用理性因素而不是情感因素来处理。但事实上我们的作家多半突出微观感性把握因缺乏宏观理性驾驭。

（二）塑造人物形象趋向小说化

总的来看，广西报告文学是以塑造人物形象为中心，追求完整的故事情节，过多的具体的环境（包括各种场面）描写和细节描写，人物悲欢离合的命运与遭遇、人物坎坷曲折的成长过程、人物的个性和主要特征等，太多精雕细刻，许多报告文学作品读起来，总感到作者诉诸读者的没有多少事理的东西，倒像是诉说某个有头有尾、天衣无缝的故事。在写法上，多为截取社会生活中的某几个片断或侧面，组成连贯的情节，从纵的方面，写出某个人物的生活道路，或展示某个人物的思想感情和性格特征。这些，显然主要是小说的“任务”和作法。报告文学集《归客》中的不少篇章，实际上和中篇小说或短篇小说并无多大区别。

（三）运用语言趋向散文化

不少报告文学，语言生动形象，或体现于修饰性词语的色彩斑斓，或体现在“白描”手法上。口述实录的事实材料量少而分散，主观议论或者漫无节制而缺少理论的逻辑力量和雄辩性，或者只是简单地就事论事，未能通过事件的“原因”和“如何”的挖掘而掘出人所共感却未共明的事物本质和生活哲理；感情色彩强烈、抒情意味浓厚的描写性抒情性语言多可俯拾，无论人物出场、事件转换、情节发展、前因后果，都有一番描写和抒情；人物的动作性语言、对话描写也嫌多，而采用的主要还是传统的叙述模式，其目的还是为了揭示人物的思想、感情和性格。而不在于引导人们的认识向事物的内髓深进。

综合上述，八十年代广西报告文学在艺术结构方面，从内容和形式去考察，主要还是“散文化”“小说化”报告文学的格局，对新时期社会的新矛盾、新问题还停留在单一纵向的考察和平面表层的观照上，基本上是写一人一事的单元式写法的思维框架，或者说承袭了传统的表现人物命运和事件过程的模式，显得过分琐屑、过分雕琢，缺乏全景、综合、思辨、恢宏的广度、深度、力度和气度,有报告为文学服务之嫌,这对于接受和再加工能力日益提高增强的欣赏主体来说,自然产生一种文学魅力有余而理论魅力不足的冗繁之感。出现这些问题的原因,我以为主要是报告文学作家虽则社会责任感、使命感加强了,但审美概念和范畴没多大更新拓展,仍习惯于用常规的文学观念来规范。例如,对文学的功能层次问题,一般文学样式如小说、诗歌、散文等的功能是:审美作用、认识作用、教育作用,在这里,审美作用是核心,次之是认识作用;在审美作用和认识作用发挥功能时,再产生教育作用,而审美的本身也是一种教育,故又有审美教育作用的说法,总之,其功能的层次并不十分明显,报告文学的功能层次性却十分明显:一是认识作用,二是教育作用,三是审美作用。作为接受者,首先是通过信息了解、认识社会,然后认作者灌注于作品的思想底蕴中受到启示和教育,最后才从作品的文学因素中受到审美熏陶。我们的作家对报告文学功能层次的理解和把握,大都存在不同程度的迷失。如此立论,当然不意味着文学性对于报告文学的可有可无。报告文学作为一种文学品种,还是应该用塑造形象的手段来涵盖复杂的社会现象,遵循文学对生活进行提炼的基本方法;而诗意美对于优秀的报告文学来说,任何时候都是不可或缺的条件。

我们在充分肯定八十年代广西报告文学取得很大成绩的同时,有必要直言不讳地指出:广西报告文学的势头已呈强弩之末,作家为寻求突破而陷入种种困惑。原因是多方面的。首先从创作队伍来说,比较有成就的作家大多已过不惑之年,他们的负担重、压力大,急于突破和超越,虽则紧紧跟踪全国报告文学发展的趋向,但是文学与理论素养、知识准备和艺术功力毕竟先天不足,突破和超越谈何容易!其次从题材来看,近年来的一些报告文学有一种追求"奇难杂症"的倾向,如果说是社会问题报告文学的话,到底属于哪一类社会问题也难以一言道破,总之是奇异性题材吧。这类题材往往有引爆冷门之功,但其蕴含的社会价值和思想情感价值却是微乎其微的,复次是不少报告文学的宣传功能已演化为一般的新闻式宣传推销效应。报纸上连篇累牍的报告文学,有人冠以"小报告文学"之称,其实有不少和时下兴起的"广告文学"相去不远——或许"广告文学"的发祥正是与这种报告文学的"走红"不无关系。我也无意责备"广告文学",凡存在即合理,"广告文学"的存在自然有其存在的理由。我只是想说,如果报告文学在新闻性方面发生偏失和扭曲,很可能会危及报告文学原有的严肃品格并妨碍其健康发展。最后是研究和评论队伍的薄弱。这个薄弱,不光指队伍人数少,而且指队伍的素质不高。既能够紧密结合广西报告文学创作的实际又能够站在学术的高层次上进行研究、开展评论的成果毕竟不多,因而未能在高层次上对广西报告文学的创作形成一种面上的引导力量,一般的研究和评论的存在实际上只是一种装点。

结论是水到渠成的,只有摆脱困惑、克服不足,广西的报告文学才能在已经到来的九十年代出现新的繁盛,迈上新的台阶。

(原载《南方文坛》1990 年第 2 期)

文艺之花常新　理论之树常青

纪念林焕平从事文艺工作六十周年

□ 蒋述卓　张利群

在老一辈著名文艺理论家中，至今还笔耕不辍，孜孜不倦地著述者已为数不多，其中的佼佼者中国文艺理论研究会副会长林焕平教授还在继续耕耘，努力登攀，近年来著述甚丰，在文论界颇负盛名。

林焕平自1927年在他的家乡广东省台山县中学读书时发表小说以来，从事文艺工作已经有六十年的历史了。这六十年中，他在上海参加“左联”，也参加反对国民党反动派的学生运动，因遭迫害，不得不东渡日本留学，在日本主持东京“左联”支部的工作。留日归来，他就在大夏大学，广西大学任教。后到香港办南方学院，宣传新民主主义思想。1901年被香港当局驱逐回大陆，在广西师范大学任教至今。这期间，他先后出版了《文艺的欣赏》《抗战文艺评论集》《活的文学》等论著；发表了小说，诗歌，散文，政论以及文艺理论文章逾千篇；还翻译了不少外国文论家、美学家的论著和作家的作品。林焕平的创作中最有分量，最有价值的是文艺理论，这些论著和文章视步构成了林焕平文艺思想的大致轮廓。纵观这半个多世纪以来林焕平文艺思想发展的轨迹，我们可将其文艺思想划分为三个阶段：一是新中国成立前为形成阶段；二是解放初期为发展阶段；三是“文革”后为成熟阶段。本文拟就第三阶段的文艺思想进行评论和研究。因为这一阶段乃是林焕平文艺思想的集大成时代，是对前两阶段的总结和提高，具有充分的代表性。这个时期是改革的时代，是文艺理论获得空前发展时期，林焕平文艺思想打下了深刻的时代烙印，具有这样四个特点。

一 ‖ 敏锐而又准确的识见

打倒“四人帮”后，文论界出现了拨乱反正，百废待兴的局面。林焕平及时地就文艺理论中的诸多重大问题提出自己意见。首先是文艺与政治的关系问题。他在《正确处理好文艺与政治的关系》(《林焕平作品选》第303页,漓江出版社1988年出版)一文中,运用历史唯物主义的基本原理,分析了文艺与政治的关系。他认为:一方面文艺和政治是各自独立的,它们只是互相影响的关系而非从属关系,更不是服务与被服务,决定与被决定的关系。另一方面,文艺与政治有紧密联系,文艺不能脱离政治而走为艺术而艺术的道路。其次,他鲜明提出文艺的服务对象问题,坚持了党的文艺"双百"方针和"二为"方向。过去,我们曾根据革命战争的需要,提出过"文艺为政治服务"的口号,在当时也起了一定的积极作用。但在社会主义建设时期仍然沿用这个口号就会发生"左"的偏向。提文艺为政治服务的口号,同文艺从属政治一样,会被某些对文艺规律理解不清的同志利用打棍子来对文艺横加干涉的理论根据。他主张,党的工作重点已转移到社会主义建设上来了,中国社会的阶级结构也发生了变化,应该提文艺为建设四化服务,为社会主义服务,为人民服务的口号。党中央在1980年七月提出"文艺为人民服务,为社会主义服务"的口号,就是在吸收了众多文艺理论家的意见后提出来的,符合文艺发展的实际,亦符合文艺发展的规律。同时,林焕平又在1984年第三期《作品》发表《试论邓小平文艺思想》一文,较早概括和阐述了邓小平文艺思想在文艺界的影响和指导作用,高度评价了邓小平对"二为"方向的论述。

再次,林焕平对文艺批评标准的问题提出意见。他认为过去的文艺批评,往往将政治标准与艺术标准对立起来或割裂开来,要么忽略艺术标准,只要政治标准;要么只注重艺术标准而又忽略政治标准。他在《正确处理好文艺与政治的关系》一文中认为:"毛主席《在延安文艺座谈会上的讲话》里,提出政治标准第一,艺术标准第二,革命的政治内容同尽可能完美的艺术形式的统一的原则。但三十多年来,在实际应用上,一般评论工作者把后一句话撂在脑后了,只剩下前两个口号,就往往容易对立起来,成为只要政治标准,忽略艺术标准,即成为政治标准唯一了。"他从马、恩的文艺批评原理出发,从分析鲁迅,茅盾等老一辈评论家的评论文章的特点出发,主张文艺批评的标准应该是思想性和艺术性的统一。林焕平这些观点旨在将"四人帮"弄混乱了的文艺理论返回马克思主义文艺观轨道,返回文艺规律自身旧轨道。

二 ‖ 果敢而大胆的勇气

林焕平研究文艺理论,不仅敢于提出自己的独立见解,而且敢于坚持自己的观点,并不因一时的潮流、风向而改变自己的初衷。近年来,他针对文艺界的现状,文艺思潮发展的情况和文艺论争的实际,大胆发表自己的意见,对许多重大问题展开争鸣,对不良倾向进行批评。既表现出一个文艺理论家的真知灼见,又表现出一个革命者的勇气和胆略。具体表现在:

其一,对现代派的批评。

近年来由于西方文艺思潮的影响,文艺界出现了一味陶醉现代派,甚至鼓吹现代主义是中国文艺发展的方向的错误倾向。他连续发表了几篇批评现代派的专文,如《论现代派》(载《作品》1983 年第九期),《论现代主义的创作方法》(载《红豆》1987 年第六期),《从几篇作品比较研究现实主义和现代主义》(载《漓江》1984 年第一期),《关于小我与大我》(载《文艺理论研究》1980 年第四期)他认为现代派不是不可以研究,但研究是为了吸收它的某些可取的地方,并且必须和中国的社会主义文艺实际相结合。他以辩证唯物主义的观点分析了现代派的实质,在《关于人道主义,异化论、现代派》一文中指出:“现代派作品总是以表现自我为中心。作品固然也会表现作家的自我心理意识,但应当是与集体主义、社会主义相统一的,与个人主义的自我是两码事。后者实际上是背离社会主义现实生活,顽强地表现极端个人主义的思想感情,与党的为人民服务,为社会主义服务的文艺方向背道而驰的。”最后,他作出结论说:“说现代派是我国社会主义文艺的方向,我们是不能同意的”。(《林焕平作品选》漓江出版社 1088 年出版,第 367—369 页)他还针对邹平《新时期文学中的现代主义渐进》一文提出批评,认为邹平鼓吹“有现代意识的广泛渗透‘实质上是现代西方’唯心主义,存在主义,非理性主义,悲观主义,个人主义,属于资产阶级的思想体系。现代主义文学,是体现这种思想和生活实质的文学”。(《从概念混乱中看问题的实质》载《南国》1987 年第五期)一针见血地揭示了现代派的实质和思想倾向。

西方资产阶级思潮不仅对现代派有影响,对黄色文学也发生了影响,一时间,性文学、暴力文学、恐怖文学甚嚣尘上。林焕平对之作了严肃的批评,他热切地呼吁“扫黄”,在文艺界率先提出清除文艺垃圾,打击黄色泛滥的主张,坚持了马克思主义文艺观,坚持了四项基本原则,抵制和批判了资产阶级自由化思潮在文艺上的表现。

其二,对“向内转”文学的批评。

改革时期文学有了突飞猛进的发展,但文论界却有人提出“向内转”文学的口号,倡导“三谈”“三无”的理论。林焕平及时撰文提出批评。他在《略论“向内转”文学》(载《文艺报》1987 年 12 月 26 日)一文中指出了“向内转”文学与现代派文学的一脉相承的关系,逐条批评了“三淡”“三无”的主张。他又在《略谈近年来我国文坛上的西方思潮》(载《文艺理论研究》1990 年第二期)一文中进一步对“向内转文学是新文学创世纪的开始”论进行批评。他列举出大量具体事例证明“五四”以来新文学的发展主流,认为“说‘向内转’文学产生以前没有新文学,是毫无根据的”,“向内转文学是新文学发展的必山之路”之说“既不符合中国现代文学史的实际,更不符合社会主义文学的要求”。他针对文坛上出现的不良倾向和错误进行批判,得到了老一辈文艺家的首肯。夏衍给他来信说:“在《文艺报》上看到尊作关于‘向内转’问题的卓见,甚佩,文艺界思想混乱,希望您多写一些这样的文章。”(见《作家学者书信集》,广西师范大学出版社 1989 年出版)。

其三,对多元化的批评。

近年来文坛上出现的一系列反常现象和混乱局面,与鼓吹“多元化”是分不开的。文学多元化,实质上是哲学乡元化,政治多元化在文艺领域的反映。林焕平在文艺界、理论界陷入混乱情况下始终保持清醒的头脑,他多次撰文要求文艺工作者和理论工作者学习马克思主义哲学,坚持马克思主义的哲学观。他在《谈多元化和多样化》(载《文论报》1987年第19期)文中指出多元化与唯心主义的"二元论"实质是一样的,"美国多元论者,著名的杜威博士就是以多元论来证明马克思主义已经'过时'"。因此,多元论与马克思主义的"一元论"是不相容的,在社会主义的中国是不合时宜的。他具体分析了多元论的表现"多元并立","平等共存","平权多元","无主流论",继而针对它在文艺界的影响,从两方面进行了批评。一是针对"文艺界越乱越好,不要提出主流"和"文学发展无中心,无主流"的谬论提出批评,认为任何事物的发展都有主次之分,文艺发展也不例外。新文学发展的主流应该是,事实上也是现实主义文学的发展。二是严格区分多元化和多样化的区别。他指出"多样化是指文学艺术上的体裁,形式,技巧,表现手法而言,多样化应有互相吸收,取长补短的意义"这与多元化有本质的区别。因此,反对多元化并不影响文学多样化的发展。后来在去年春季的学潮到动乱,乃至暴乱之前,林焕平对多元化已经有了更为深刻的认识,他撰写了《论多元与主流》在1989年第三期《社会科学家》上发表。明确反对多元化主张,从哲学的高度,剖析了多元化的实质和危害性,为错误思潮的泛滥寻找到根源。

其四,对主体性理论的批评。

刘再复的《论主体性》一文发表后,在文论界逐步形成一种主体性理论。林焕平针对这种理论的偏颇和错误倾向多次撰文进行批评。《片面性与全面性的辩证法》(载《文艺理论与批评》1986年第2期),《再谈片面性与全面性》是批评主体性理论的专文。他一箭中的地指出,所谓主体性,就是一种精神主体决定论,它排斥和忽略了客观客体的一面,具有片面性和绝对性,是一种极端化的理论。他继而从中国古代文学发展的事实证明,任何各执一端,顾此失彼的观点都是片面的。他针对刘再复与姚雪垠从一个极端走向另一个极端的争论指出:"只看到个性受到摧残和束缚的一面,未看到个性虽然在摧残与束缚中仍然有所伸张和发展的一面;或者相反,只看到个性虽然遭到迫害,仍在文学史上得到相反的发挥,而未看到个性究竟遭到迫害,而严重影响文学创作的一面,都存在片面性。"最后,他得出结论:"只有看到这两方面在对立统一中,相互渗透,相互斗争,在斗争中曲折发展的复杂情况,也就是看到文学史的多方面的构成情况,才能达到全面性。"以辩证唯物主义的观点批评了主体性理论,指出其方法论上的偏颇之处。在今年发表的《略谈近年来我国文坛上的西方思潮》一文中对文艺界所有混乱现象进行了彻底反思和清算,对现代主义、向内转文学、唯我主义、自我至上、形式主义、唯美主义、性文学,多元化以及唯主体论作出了尖锐批评和深刻透视。尤其对于主体论,他指出实质是精神主体决定论外,还进一步指出的主观唯心主义色彩,"所以批评家的主体——批评家的精神主体决定论,实际上流为主观主义的批评,难以全面把握艺术作品的真正价值"。

林焕平在文艺争鸣和文艺思潮中始终保持革命文艺工作者本色,坚持用马克思主义文艺观抵制和反对资产阶级文艺观的侵蚀,反对资产阶级自由化在文艺界的表现,无愧为党的文艺战士,文艺阵地上的排头兵。

三 ‖ 宽阔而博大的胸怀

林焕平致力文艺理论研究已有六十多年,半个多世纪的辛勤劳作,结出了丰硕的成果。他不仅积累了丰富的创作经验,而且也积累了殷实的理论基础,形成了一个较为完整,较为全面的文艺思想系统。这个系统的核心就是致力建设具有中国特色的马克思主义文艺理论体系。林焕平一贯以马克思文艺理论作为思想指导进行研究,他曾编辑过《马克思恩格斯论文学与艺术》《列宁论文学与艺术》《斯大林论文化与艺术》三本书,前者曾在七十年代末作为提高辅助教材内部印行过。这一工作,使他有机会仔细阅读《马克思恩格斯全集》《列宁全集》《斯大林全集》,摘录了几万张卡片,写了上百万字的读书笔记。他对马克思主义的文艺观有了更为深刻,更为全面的理解,触发了他将马克思主义文艺理论同中国民族化的文艺理论结合越来,建立具有中国民族特色的马克思主义文艺理论体系的决心。他以马克思主义文艺观作为基本构架,著述了《活的文学》(上海海燕书店 1940 年初版)、《文学论教程》(香港前进书局 1945 年初版)、《文学概论初稿》(广西人民出版社 1957 年出版)其中《文学论教程》一书,影响甚广。暨南大学中文系 1982 年编印《"五四"以来〈文学概论编目〉》一书认为此书是"五四"以来数以千计《文学概论》著作中最有影响的二十多种中的一种。复旦大学编辑出版的《中国现代文论选》就收入该书"典型论"一章,主编王永生同志称赞此书是较早运用马克思主义观点系统阐述文艺理论体系,并且较多地运用中国古代文学材料加以阐述,具有民族特色的一本影响较大的教科书。在这基础上,1982 年他主编了《文学概论新编》(广东教育出版社 1986 年出版),比前三本文学理论教材有了较大的提高。此书运用马克思主义的文艺观,在体系,观点,方法,结构上都作了大胆而有益的探索。例如它在体系中采用了中国古代文论关于想象的理论来代替过去教材中常用的"形象思维"一章;在批评标准上又结合中国古代文论的批评标准,主张用真、善、美去衡量作品等等。在方法论上,它将系统论,控制论,信息论的方法吸收了进来,在许多重大理论问题上分析都有新的突破。比如,把艺术看作一个多质多层次的有机系统,认为在这个系统中既有反映对社会生活的思想认识的一面,又有表现主观情感态度的一面,还有审美性和形象性两个方面,这四个要素的任何一个方面,都不能单独规定艺术的本质,艺术的本质是这四个要素诸方面的综合;教材还将典型人物看作是一个多质多层次的复杂结构的整体,它是"这一个",这种人物个性是性格的丰富性与统一性,变化性与稳定性的有机统一。同时,在这种人物个性身上可体现出巨大的概括性,这种概括性又是多质多层次的,他概括着丰富复杂多质的社会性,也概括了一定时代,社会生活的本质,又与一定的典型环境辩证地统一在一起,并集中表现着作家对生活的独特认识,伦理评价和基本美学观点,美学原则。它还把文学批评的职能也看作是多层次的,它分别作用于文学作品的创造者、欣赏者及主管社会主义文学事业的机关三方,在这三方互相联系又互相作用的诸环节中,文学批评就是围绕促进创作繁荣的目的协调各方的关系。这些观点和方法的更新不仅给人以耳目一新的感觉,而且引起文论界的重视和反响,对建设中国式的马克思主义文艺理论体系起了积极的推动作用。

四 ‖ 开阔而深刻的视野

林焕平在文艺研究上历来主张视野开阔,阅读面要宽广,方法要多样化。他曾留学日本,精通日语,同时也通英语。他便非常注意翻译介绍有代表性的文学作品和文艺理论著作。他曾翻译过日本高冲阳造的《艺术学》(1939 年由广东国民大学"大学丛书"出版)、日本森山启的《论社会主义现实主义》(上海海燕书店 1940 年出版)、《尼采艺术论抄》(发表在香港《星岛日报》文艺副刊上,1948 年)。近年来,他亲自校译了日本著名美学家今道友信的美学著作《东方美学》(由三联书店待出)又翻译日本著名评论家藏原惟人的选集《藏原惟人评论选》以及外国文学中的一些著名小说作品。这些翻译大大扩展了他的视眼,他不仅写了大量的评介文章,向国内读者介绍;而且还用比较的方法将中西文学作了对比,如《鲁迅与日本白桦派》(《鲁迅研究》1980 年第一期),(《鲁迅与夏目漱石》(《鲁迅研究》1983 年第七期)比较方法的运用使他在全国学术界发生了一定的影响,大家都推选他担任全国比较文学研究会的顾问,他还应邀到日本,中国香港讲学。

林焕平不仅主张运用比较文学的方法,而且主张研究方法多样化。他提倡大胆探索,大胆创新的精神,对文化遗产采取批判继承的态度和选择扬弃的态度,吸收了"老三论""新三论"的积极因素。他在《文学概论新编》的后记中说:"在方法上,我们还适当地将系统论,信息论,控制论等新的科学方法,运用到我们的体系中来。"事实证明,新方法运用得适当就会取得优秀成果。

在倡导研究方法,思维方式变革的同时,他还主张创作方法多样化,表现手法的多样化。他在《学习〈邓小平论文艺〉几点体会》(《人民日报》1989 年 11 月 26 日)一文中认为:"方法多样化,形式多样化,风格多样化,这是艺术规律性的要求。"林焕平一贯主张现实主义创作方法,尤其是社会主义现实主义的创作方法。他在《关于社会主义社会的艺术方法》(《广西师范大学学报》1985 年第一期)中指出:"我以为,应当采用社会主义现实主义的方法,它是革命现实主义的当然继承者,又历史地发展了革命现实主义。它以社会主义社会的现实为基础,具有社会主义时代的特色。"林焕平几十年来也是以现实主义精神来进行创作和理论研究的。但林焕平倡导现实主义,并不排斥其他创作方法,如对浪漫主义,古典主义乃至现代主义各种创作方法,都能采取宽容,开放的态度,并吸收它们的长处。只有实现创作方法的多样化,才能出现百花齐放,百家争鸣的局面。因而,他主张各种方法之间要互相取长补短,他在《谈多元化和多样化》(《文论报》1987 年第 19 期)一文中指:"文学艺术上的体裁,形式,技巧,表现手法的多样化,需要从整体上多角度,多层次地去学习和吸收养分。可以向现代主义学习,但若单从这方面去学习和吸收,必会成为贫血儿。鲁迅曾说过,作家吸收养分,要像蜜蜂采蜜一样,要到万紫千红的百花丛中去采蜜,才能酿成上等的蜂蜜。我认为这是一条颠扑不破的真理。"充分表现了林焕平那宽阔而又博大的胸怀和开阔而又深刻的视野。

综上所述,我们对林焕平近年来的文艺思想发展脉络及思想特征有所了解。林焕平文艺思想具有鲜明而又突出的革命性,斗争性,敏锐性,灵活性,开放性,因而使其理论之色常新,理论之树常青。

林焕平文学活动述评。

(原载《南方文坛》1990 年第 4 期)

广西少数民族曲艺的现状、问题和改革

□ 刘业锦

一

广西是多民族地区，除汉族外，还有11个少数民族。据目前不完全统计，广西约有44个民族民间曲种，其中少数民族约有21个，占全区曲种总数的47%。

广西少数民族曲艺（或通称“说唱艺术”）。一般地说有唱的，边说边唱的，似说似唱的三类，壮族曲艺品种最多，如“末伦”“谈涯”“十牙”（译音，又叫“甫牙”）、“堂煌”（译音，又叫“唐王调”）、“唱天”（译音，又叫“弹叮”）、“八音坐唱”（又叫“八音”或“八音鼓”）、“唱师”“蜂鼓”（又称“横鼓”）等，形式灵活多样。瑶族的曲种“铃鼓”“乐春鼓”“叮咚隆”和“吉冬诺”（瑶族中的花蓝瑶族系叙事歌的说唱曲种）；侗族的曲种“琵琶歌”（其中又分“嘎锦”体叙事琵琶长歌、“嘎常”体叙事长琵琶歌和“嘎常”体抒情琵琶歌三种）、“牛腿琴说唱”；苗族的曲种有“果哈”“笛子歌”“尼那尼”；京族的曲种有古老的“哈典国”（意译为“唱故事”）和白话曲种“卖鸡腔”等等。上述各个少数民族的曲种，具有各自不同的表现样式和表现能力：有的能说唱长篇历史故事、英雄传记或生动的神话传说和现实生活的人和事（如壮族“末伦”、侗族“琵琶歌”等）；有能说唱短篇、长于抒情的说唱曲艺（如壮族“唱师”、苗族“笛子歌”、侗族“嘎常”和瑶族“吉冬诺”“叮咚隆”等）；有的则长于“寓教于乐”，运用群众喜欢的有趣而生动诙谐的语言影射和讽刺现实生活中的不良倾向或人或事（如壮族的曲种“谈涯”则是一种群众自娱自乐的曲艺形式，常常能引起听众拍手捧腹而笑）……总之，我区少数民族曲艺，从内容到形式都丰富多彩生动活泼，都具有本民族各自不同的艺术特点和风格，都各自具有不同的悠久历史和传统，长期以来流传在各民族民间广大群众之中，成为我区各族人民文化艺术宝库中不可分割的重要组成部分，也是祖国民族大家庭的文艺百花园中一枝不可忽视的绚丽鲜花。

二

广西少数民族有一个共同的特点:爱唱歌。因此,各民族都有自己的“歌节”。虽然各民族不尽相同,但绝大多数民族歌节都在春节期间和农闲季节,大体分别在:农历初一至十五;三月初三至四月初八;八月十五中秋节至九月初九重阳节三段时间之中举行。每逢节日,在壮乡的山坡上,侗寨苗岭的“鼓楼坪”,或在北部湾岛屿京族“哈亭”里,数以千计的青年男女,成群结队穿上美丽的传统盛装,从四面八方来到上述的唱歌地点,欢度本民族的盛大唱歌节日。如历史悠久,远近闻名的壮族歌节“三月三”。据《广西通志》记载:“早在宋代以来,壮族地区就有‘春歌三月,秋歌八月’的习惯。”这就是壮族世代相传民间“歌圩”的由来;又如侗族抒情而热闹的歌会“四月初八”更是别出一格。在这些少数民族传统歌节里,各族民间的说唱艺术家们(群众尊称他们为“歌师”)则大显身手,通宵达旦地连唱几天几夜不要报酬。群众只要知道有歌师进村的消息,就自发地互相奔走相告,忙着打扫卫生,备好菜肴,热情等待着歌师到家做客。尤其是少数民族妇女们,对说唱故事更有着特殊的爱好,跟着歌师听得入迷,不愿离去。

为何我区少数民族曲艺在群众中具有如此广泛而深刻的基础?这是有其历史根源和社会根源的,在过去旧时代,广西少数民族被封建势力的剥削和压迫,过着奴隶般的痛苦生活,他们人口稀少,分散居住在边远山区,没有自己本民族的文字,只有借助汉字注上符号能彼此领会的“方块字”(例如壮族民间流传的“古壮字”)来抄录天文、地理等等传播知识。因此,在这些文字和书面文学还不发达的民族地区,说唱艺术的地位和作用更显得重要。少数民族中许许多多的艺术珍品,如壮族创世史诗《嘹歌》和《布洛陀》;侗族优秀的琵琶长歌《珠郎娘梅》和《秀银吉妹》;反映京族渔民反抗渔霸斗争故事的《十三哥卖鬼》以及《琴仙》《斩龙传》等生动的英雄故事、爱情故事以及有吸引力的诗歌,神话、传说口头文学,便靠本族歌师的传唱,一代一代传下去。少数民族群众说:“饭养人,歌养心”,形象地说明了少数民族说唱艺术不仅是一种娱乐形式,而且是传播社会知识,本民族的历史,延续民族文化、风土人情、伦理道德、风俗习惯和生产习惯各方面的主要工具,对涵养民族心理素质、密切社会联系、交流人们的思想感情以至促进民族团结等方面都起到很重要的作用。

新中国成立以后,我区曲艺和全国曲艺界一样,获得了改革和发展的良好环境和条件。在党的“文艺为人民服务,为社会主义服务”的方向和百花齐放,推陈出新的方针指引下,广西少数民族曲艺和汉族曲艺一样,在各个方面都发生了历史性的新变化,出现了新的面貌,在出人才、出作品、出理论方面获得可喜的成效。但在我区少数民族曲艺作品中,真正有分量的佳作还不多,不少作品仍停留在传统的创作手法上,创新的步子迈得不大;有些作品还存在着概念化,人物苍白无力;反映时代主旋律的作品,具有强烈时代气息的优秀作品还很少,需要我们扎扎实实地努力和探索。对少数民族优秀曲艺作品的继承和发展方面仍需要下一番苦功夫;对少数民族的曲艺遗产尚待深入挖掘和整理,推陈出新,急待创作出一批思想性与艺术性都闪烁着现实生活光彩的少数民族新曲目,以满足广大群众文化生活的需要。

三

历史在发展,时代在前进,我国已进入社会主义的变革时代。这场变革不仅是经济体制政治体制的变革,同时也是人们精神体系、思想感情以及伦理道德方面的深刻变革。随着各种现代化文化传播工具的迅速发展和人民生活的不断提高,广西少数民族的经济条件和生活水平随之发生了巨大的变化,边远山区已经有电视机、收录机,少数民族广大群众对日益增长的文化生活要求愈来愈高,审美情趣不断向前发展,在丰富多彩的文化生活面前,可供选择的东西多了。少数民族说唱艺术面临着新的挑战和竞争。为了适应开放、改革时代和人民群众的需要,作为说唱艺术的曲艺就必须发展和提高。

少数民族曲艺如何改革和创新?

纵观我区少数民族曲艺之所以经久不衰地在广大群众中流传,为此受群众欢迎,它们的艺术生命力之所以如此旺盛和世代相传,就是由于它们是少数民族自己的艺术创造,由少数民族说唱艺术本身的内容、形式、风格以及其自身的艺术魅力所决定的。因此,要进行艺术改革,必须首先要尊重少数民族广大群众的欣赏习惯,保持本民族曲种鲜明的民族风格和特色,发展少数民族的说唱艺术,既要有民族意识,还要有世界意识。要扎根于足下,开阔眼界,不能故步自封,保守不前,姐妹艺术好的东西应该相互学习、借鉴和吸收。但要在坚实的民族传统的基础上借鉴吸收别人的东西,为了"化他为我"而不是抛掉本民族说唱艺术的优秀风格、特色另搞一套,离开少数民族的传统文化和欣赏习惯走得太远,少数民族群众就不会承认和接受。目前,我区有部分少数民族地区曲艺已逐步开始走改革创新的道路,例如壮族说唱艺术"蜂鼓"逐渐改革其原来比较简单,粗糙落后的因素,吸收姐妹艺术提高本身的艺术感染力、逐步向两支发展,一支为戏剧(师公戏),另一支则发展成为舞蹈(蜂鼓舞),但仍然保持"蜂鼓""唱故事"的共同特点,加上红绸和舞蹈动作,形成了新的曲艺说唱形式,群众都很欢迎。

少数民族曲艺的改革和创新,包括内容、形式和风格。主要在内容方面,从少数民族许多传统曲目看,绝大多数是神话传说、爱情故事、劝人行善、孝敬老人、男女婚姻和世俗人情、赞颂劳动,以及怀念民族英雄、唱革命斗争故事等,其中精华之中夹杂着封建迷信的糟粕,因此,我们对少数民族曲艺的曲目中,必须注意贯彻党的民族政策和宗教政策,区别对待精华与糟粕,引导少数民族说唱艺术向着高层次、高水平的目标发展。追踪伟大时代,变革思想观念,努力创作反映时代精神、表现新时期各族人民新生活、新面貌、新思想,努力塑造少数民族新人形象,讴歌中国共产党领导的社会主义制度和民族团结。为我区各族广大群众提供更多更好的新曲目。

发展少数民族说唱艺术，提高少数民族曲艺水平，必须大力培养少数民族曲艺人才，当前，在我区一些民族地区，已初步有一支能唱能编的歌手队伍，他们生活在群众之中，在四化建设和精神文明建设中起到宣传群众和组织群众的积极作用。对于这支在群众中形成的曲艺人才，应该采取措施加以培养和提高，使他们在文化素质、思想水平和艺术修养方面都能适应改革时期的要求，以便他们在继承民族文化艺术传统，改革创新少数民族曲目方面发挥更大的作用。

此文部分材料摘自各地、县“曲种调查表”。

（原载《南方文坛》1990 年第 4 期）

“百越境界”五年祭

□ 覃富鑫

一月，杨克发表了组诗《走向花山》，高唱着“我们匍匐而来扬幡而来顶礼而来”，算是打了一通开场锣鼓。三月，梅帅元和杨克亮出了《百越境界》的旗帜，声言“现在已是该做一盘大观园的茄子的时候了”，“它是用现代人的美学观念继承和发扬百越文化传统的结果，如同回到人类纯真的童年”。四月，彭洋著文赞扬了《走向花山》，说它“塑造了一个令人神往的今古交融、现实与幻想交融的以刚健为其主要审美特征的百越境界……是远古的百越文化的深沉礼赞”。彭洋还对组诗的“现实的含意”还不够深厚作了很有分寸的告诫。五月，远在北京的张兴劲也发言了，一方面赞扬了“探索本身魔昭示的追求和拓展的精神”，一方面慨叹：“然而为什么要尝试揭起这么一面很容易引起不愉快嫌疑和顾忌的旗帜？为什么要冒险探寻这么一条很可能荆棘丛生、芜杂荒僻的小路呢？”张兴劲的忠告足在“百越境界”的“酋长”们呼啸着去花山朝圣之后——四月，他们走向花山。这是一次誓师大会。激奋而悲壮。我们发现，各路烟尘都是些会挽雕弓的青年骁勇，“他们听到了来自远古的呼唤：‘呕唷唷’……”。“百越青年”乘坐着现代化的交通工具到花山朝过圣后，便向那“神秘，虚幻，真实，美丽”的天边走去了。

他们烧出了很多盘所谓“大观园的茄子”，让人们去品尝。

人们也听到了他们从花山回来之后，传达给人们的那神秘，那虚幻。人们深深体会到他们的激动，他们的摩拳擦掌和急不可耐。

被他们的激动感染的人们，似乎也因之而激动了。于是，在省内最权威的报纸有了一场讨论。褒贬抑扬，高谈不已。尝茄子的人的平均年龄要比“朝圣者”的年龄大得多，他们似乎并未来得及深谙那些茄子为什么要做成那样的怪味，便凭着习惯思维作臧否。于是又有人有了“惊人”的发现：那些准备“借助于古代百越民族感知世界的方式来达到一种美学高度”的青年作家和诗人，绝大多数是汉族后生；而作为百越人正统后裔的壮族青年作家和诗人却很少参加，即便个别参与者很快又打了退堂鼓。

——这事发生在公元一千九百八十五年，即秦始皇履至尊而制六合，南取百越之地，以为桂林、象郡的两千多年以后。

“百越境界”正视广西的文学落后之状态。

“百越境界”准备步商州文化、楚文化、越文化的“寻根”先锋的后尘，寻出比楚文化“更为离奇怪诞”的“根”来。

“百越境界”目睹“魔幻现实主义”在国内已诱出一些效颦的东施，自己也心旌摇荡了。

“百越境界”写出了一些好诗，如杨克的《红河的图腾》，林白薇的《山之阿　水之湄》（此诗获广西首届青年文学创作奖）。

“百越境界”的小说因其鬼里鬼气或神秘怪诞而使人不敢恭维。李逊的《沼泽地里的蛇》原有极为深刻凌厉的内涵，但也因出以怪诞，读得懂的人怕也不多。但，那些小说展现了他们的才气横溢。

“百越境界”在国内的寻根队伍中，拉起得很迟，消失得最早。原因是：一、拿不出在国内有影响的力作；二、很难接受非传统的冲击的略呈封闭型的广西文坛的微妙影响。

“百越境界”虽然昙花一现，但数年以后，我们清晰地看到了那群青年人，当年是怀着多大的激情，为改变广西文学的落后面貌坐言起行，雄心勃勃，出师未捷，英雄洒泪。写广西文学史的人决不能忘了他们。

“百越境界”之后，岁月悠悠，广西文坛复归沉寂。不过，依然令人回味的是，久不久便在国内打响三五枪而使人未忘记广西大地的，半数人是当年去花山朝圣的一伙。

广西文学的落后状态，广西人总是耿耿于怀，总想出个什么办法来让国人刮目。八桂草鞋军可以在北伐前线，在台儿庄大出风头，而今广西文学界怎能执输？于是便有了一九八九年的一群血气甚盛的文学青年揭竿而起了，并且是以壮族青年为主体。也许是吸取了教训，他们不打什么境界之类的旗帜了，他们首先去取得几个“舆论大国”（报、刊、电台）的明确表态支持之后，便背上了爆破筒、炸药包，从不同的角度去炸“土司庄园”，赶刘三姐，烧百鸟衣；横扫广西老中作家，并且给他们指示出路，大有举世皆浊，唯我独清；举世皆醉，唯我独醒之自负。有个重要的刊物甚至欢呼广西文学的春天因此而到来了（大体如此，未及查原文）。

“大讨论”是广西文坛的盛会、壮举。理论、评论界不少人卷入了，激奋而虔诚。作家相对沉默：是不是他们看准了那炸药包原料下乘，炸不开“庄园”的厚墙而高枕无忧呢，还是他们看出那爆破筒其实是焰火而悠然坐在城头看热闹呢？天知道。

“大讨论”过去了，广西文学向何处去，依然迷茫。留下来了一串串深深的叹息。

真知灼见也有，多是零珠碎玉。胡言呓语也有，没有人欣赏。此也一是非，彼也一是非的高见，一贯温柔敦厚的君子对焰火的残筒玩抚不已，玩抚后也难免嘘一声：与鄙见略异。

天下没有不散的筵席，“大讨论”很快也过去了，它的硕果呢？一年后的今天，那五位发难的青年的形象也较为清晰可见了。他们不像“百越境界”那样从事建设；他们从事的是“破坏”。他们看准了封闭保守的格局应该破坏,惜兵不强马不壮,而腰间的武器一如玩具。他们主攻过的刘三姐依然岿然不动,百鸟衣也不必找晴雯去补。也许,他们根本选错了主攻目标。对作家何去何从的耳提面命也暂时不是五君子力所能及。如果韦其麟说:青年朋友,你写一部《百兽衣》给我看看,那是会怎样使人尴尬呢? 当然,食客有权品评厨师弄出的菜色是否合己口味,但却没有权利责难厨师做出的土味道茄子败坏了天下人的胃口并使大家生了癌症。

尽管如此,我仍然高度评价青年人对振兴广西文学的热情和勇气。

“大讨论”过后,广西文坛出奇地宁静,甚至连叹息也没有了。只有张宗栻和黄伟林到外面去对话了一通:广西,被遗忘的土地! 还说“百越境界的变革尝试,明显地受到巨大阻力,主管和客观的阻力。它既体现了广西文坛自我封闭意识的坚固,也体现了那些具有革新意识的作家诗人本身素质上的欠缺。心有余而力不足,他们缺乏把自己推到全新境界的实力。”(《文学自由谈》1990 年 2 期)这段话其实也可移评“大讨论”,只要把“作家诗人”改为“评论家”,把“自己”改为“作家诗人”就行。

“大讨论”还有一个明显的战略失误。广西文学的振兴并不是发几颗焰火筒就可以奏效的,评论家或者更应该与作家诗人坐到一块儿,或者竟先向他们移樽就教,取得他们的充分合作,而不是像做过的那样,对他们居高临下,笑对“群庸”。须知,那些作家诗人如果谈起广西文学的祸福吉凶来,也许并不比评论家外行。我常常怀疑评论家是作家的导师和领路人,评论家天生比较高明,应该由他们来指点迷津的梦呓。评论家不过是作家的朋友,五君子的谬误在于不屑与作家诗人交流,而自以为高明,指手画脚,把作家诗人当作抨击的目标和冷嘲的对象。这于事无补,反而起了摧折斗志的作用,使人人灰溜溜的,见了面双方都脸红,有如见朱建华跳不过横竿便到他家门口嚷嚷朱建华你滚出来一样。

与两次青年豪俊掀起的浪花相映成趣的另一奇观是,“广西有哪几种文化”的问题不断被持不同看法的人提出来。

A.“南方文化论”。此论高扬市民意识的旗幡,认为如果在创作中形成“南方风格”的特色,“想必可以在困境中闯出一条路子”云云。此论的地域意识是以广州为中心,溯西江而上至梧州及其辐射区,实质上是西江文化,认为桂东和桂东南乃一文化区,此论暗寓与桂西北壮文化分庭抗礼之义。这是一个新鲜而不乏意义的构想。论者对广东新时期的文学成绩赞扬有加,颇有趋同于广东文学的意向。

B.“广西文化多元论”。认为“桂东南一带基本上是粤文化的领地,桂东北一带被湘文化同化,而原有文化则在桂中腹地与桂西一带顽强地固守着”。它们互相排斥,彼此不容,使广西文化成为不伦不类的大杂烩。论者认为,广西文化落后于全国是合理的正常的,不必为此耿耿于怀、惶惶不可终日。此论有比较清醒的一面,也有过于悲观的一面。事实上广西并不那么闭塞和末流,广西文学的落后还有另外的非地域性的原因。贵州的地域和广西不是差不多么?

C.“两元文化论”。一元是可以概括为“百越境界”的桂南文学,《刘三姐》和《百鸟衣》是这种民族文化的精华。一元是桂北文化即所谓漓江文化,这种文化受中原文化影响很深,受华夏正宗人文历史的渗透。

还有其他说法,不一。如果我们删繁就简,取其精神,即使只从以上三家的论说看,我们并不难感受到一种韵味:广西有两大文化体系,一种是汉文化,一种是以壮文化为代表的兄弟民族文化。提出以上诸论说的基本上是汉族文人,而壮族文人的高论迟迟未出。为什么汉族文人一而再地,不约而同强调正视汉文化对广西文学提高的重要意义?这是十分耐人寻味的。

回顾新中国成立以来,作为民族自治区的广西,兄弟民族的文学得到了极大的重视(他们自己也很争气),做了不少工作;汉族在这方面受到重视就要差得多(绝非加以压抑)。这样,以壮文学为代表的兄弟民族文学得到了明显的发展和提高,出了不少人才,已呈现超过汉族的态势。只是因为汉民族原来经济和文学都较有潜力,不断涌现些文学人才,始能与壮文学分庭抗礼于八桂。汉族文学未受到壮文学一样的重视,已是腹诽牢骚;再加上广西文学的长进不足,沉滞明显,汉族文人们便很自然地想到占人口多数的汉族应该而且可能发挥更大的作用,取得更大的成绩,以期广西文学得到振兴而与中原华北各省并驾齐驱。这种探索不是无益的,既可诱发创作者的灵感,又可给领导机关作文学决策提供借鉴,启发思路。论者提出各种构想的目的,无非是张扬汉文学,争取汉文学得到更多的重视,其终极目的还是提高广西文学的整体而非局部。各种类型文化观的提高,与“百越境界”“大讨论”有殊途同归之妙。“百越境界”试图在创作实绩上提高广西文学,“大讨论”试图在理论和批评上推动广西文学,各种类型文化区域观试图呼吁给汉文学以更足够的重视,重要的一面是试图对如何领导好广西的工作施加影响。如果我们不是用封闭文学和自以为是的眼光看待这一切,而是给予认真的思考,取其精华,取其精神,定会对广西文学的发展有所裨益,也不负从“百越境界”起一茬茬文学人的主观努力。如果广西各族的文学都均衡地得到发展,说不定到那天我们就不必言必称《刘三姐》和《百鸟衣》了,它们只能作为广西文学的历史瑰宝供后人借鉴品味,未来的广西文学的精华应是无愧于华夏五千年文明的崭新文学,是团结的果实。

我把希望寄托于广西文学不断作出令人不愉快的思考,而且不怕把自己的屁股露出来的青年文学家,唯有他们才能踩在前辈的肩膀上眺望远方,振兴广西文学。

你就是前辈。

乱曰:有灰有粪多多放,灵神难保瘦田禾!(桂南民谣)

(原载《南方文坛》1990 年第 6 期)

从说清楚到“说不清”

莫之棪小说创作论

□ 杨绍涛

莫之棪同志自1956年5月开始发表短小说《夜光珠和树顶芙蓉》以来，在业余创作道路上，已经奔波三十多个年头了。这当中，他由学生到回乡青年，到扫盲专干、俱乐部副主任、水库工地施工员、农具厂车间主任、农村生产队长，然后成了吃国家粮的群众文化工作干部。身份虽几经变化，但一直没有离开过桂东南这块家乡的土地。因而，他对这土地上的人半个多世纪以来的喜怒哀乐、风风雨雨，是亲历目睹的。不仅如此，“文革”的1967年，他还被冠以“黑文人”“右派”等而遣返原籍，受到酷刑、毒打几乎丧生。于是，在这块土地上，还渗透了自己的痛苦和血泪。好在他很早就对人生没有过高的企求，认定自己像祖辈一样，一辈子是种田的。因而才没有在这艰难的人生旅程中消沉下来；仍旧是那么一如既往地、深情而执着地对待生活，对待人生和文学，抱定“用文学为广大农民服务”的初衷，将业余创作坚持了下来，成为我区乃至全国少数始终不离土离乡的中国作家协会会员之一。今天，有人称他为农民作家，也不是没有几分根据的。

论文之初，之所以先来这一番论人，是因为在看了他的短篇小说集《当代靓女》和长小说《生意人》（与廖天放合作）等等之后，我有一个突出的感觉，便是作品中透露着作家对人生、对文学的一种美好的向往和真诚，和努力讴歌生活中的真善美，力求用自己的劳作来净化人们心的热忱。为了这，他没有借文学来发泄个人的得失和伤痛；为了这，他宁愿丢下地区文化局副局长这个“官”，回到老窝（原籍）做一个群文干部……。在最近召开的他的创作研讨会上，他说：文学是应该帮助人们一步步接近美好理想的……在自己受到不公平待遇时，曾经骂过一些人和事，但问良心，没有骂过所追求的理想。从他讲话的整个意思看，他这说的所谓理想，既是指在党的领导下，人们努力建设社会主义祖国的理想，又是指其对于文学事业的执着追求，不因为“黑文人”等之累而对之产生某种悔恨。这对比起近年来有些人满脑子所谓“商品意识”，把文学事业纯粹当成了赚钱的工具和手段，确实是难能可贵的。发展和繁荣我们的社会主义文艺事业，需要有莫之棪同志这样一种人生信念和执着精神。

纵观莫之棪的小说创作，大致可以分为三个阶段：即“文革”前，“文革”中后期至 1984 年，以及这以后到现在。

“文革”前，以收集在《当代靓女》短篇集中的《夜光珠和树顶芙蓉》《初春》《风雨荷包垌》和《牛市新风》为代表，多系歌颂新中国成立后农村新人新事、新风尚之作。今天看来，篇中男女主人公那种无私的、处处想着群众利益的奉献精神，固然在一定程度上，透视出了刚获解放、独立和基本生存权利的普通劳动人民，在个人与社会关系中的新的觉醒，因而有着反映特定历史时期生活的历史真实性。但是，在人物形象的塑造，作品的生活和思想容量，以及审美效能等方面，都还是显得单薄、单一、较为粗浅和被提纯了。

“文革”中后期至 1984 年这一阶段中，他写得比较多，某些篇章由于应和了当时的政治气候，曾一度受到过较大的赞誉。收集在短篇集《当代靓女》中的《兄弟仇》《耳光》等 12 篇，便是这一阶段的选篇。比之前一阶段，这一时期特别是“文革”以后的作品，有了新的变化，突出地表现在题材和内容的拓宽方面。从大的方面来说，虽然描写的仍旧是所谓农村和乡土题材，但所写的人和事比过去扩大了。除了过去常写的农村普通男女老少和生产队干部外，人物几乎遍及农村各个阶层和多种行业。事情和矛盾冲突，也由过去的多从日常生产劳动和爱情婚姻以及阶级斗争切入，进入到描写人与人之间的多种关系的领域。比如在《不响的炮仗》和《兄弟仇》中，便突破了过去以阶级的共性关系来构建矛盾冲突的定势，写了不同对立阶级的人之间存在的某种特殊关系，以及同一阶级出身的人乃至兄弟之间，由于各人的性格（尤其是人生观、道德观和具体的生活追求等）不同，因而在政治、道德伦理等方面的天渊之别。在《村巷锣声》中，人物之间除了社会、政治的矛盾冲突外，还涉及表现在封建习俗方面的长期的文化心理积淀，于生活在今天现实中人们的影响。在《公安员老王找车记》中，作家感受到了领导干部以身作则，对于今天改变党风和社会风气的极端重要性和迫切性。由于题材和内容的扩展，好些作品的生活和思想容量也相应增加，不再像过去那么单薄和单纯了。尤其是《村巷锣声》等篇章，还打破了过去单一主题的框架。随之而来的，艺术形式、艺术表现方法和手法也发生了一些变化：如在有的作品中，出现了设置和叙述故事情节的双向、双线结构；人物形象中的情与理的结合，也由过去的理掩盖了情而转向情理并重了；用以塑造人物形象的细节的选择和描绘，比之过去也较准确和精到了，艺术时空的处理，也不完全固守过去的按自然的物理时序来叙述故事，人物也不像过去那样局限于某一狭小的空间活动了。

莫之棪上述这一阶段创作的变化，就其个人来说，是一种新的进步。这同前面说到的他的生活经历和人生体验，是有直接关系的。但是，就对生活的把握、提炼等方面来看，严格说来，这里面有许多是属于整个时代认识提高等因素。在很多情况下，作家只不过是认同了社会上对于一些事物的新看法、新的价值标准而已，还很少有对于生活真正属于作家自己的独到的艺术见解和艺术发现。加之其他一些原因,比之同一时期的我区特别是我国作家描写同类题材的上乘之作,无论在反映生活的广度、深度、新颖度,还是在人物形象塑造的扎实、丰满程度等方面,都还相差一个比较大的思想、艺术层次。

在仔细阅读了这一阶段的作品之后,我感到在有些方面,特别是深层心态方面,作家仍旧没有跳出前一阶段所形成的模式。而且,莫之棪同志的这种情况,我觉得有一定的代表性,因面想提出来予以探讨。

首先,是作家的艺术思维定式的问题。我们都知道,人是通过获得的经验和认知,来认识和把握新的事物的。常常由于思维的惯性问题,容易形成一种心理定式。作家在创作活动中也是如此。莫之棪同志最初(50 年代中期)是以写配合中心工作的民歌、小演唱之类,走上业余创作道路的。之后的小说创作,由于当时文坛的种种原因,也都是围绕着各时期的政治需求、风向乃至中心工作,来取材、立意的。这种状况由 1956 年持续至 1986 年。在他的艺术思维和创作心态上,便形成了这样一种思维定式:根据特定时期的政治、社会需要去感受和提炼生活,以回答某个阶段在人们中(特别是在农村人中)需要予以正确认识和回答的某些问题。而不是将自己的艺术视野,直面整个风云变幻的,五彩纷呈的人生。而且,这种回答又因客观情态和个人素养问题,往往只是依据政治家、社会学等等已作出的结论为之定论。于是,一种用文学形象来印证、图解、宣传某种社会定论的思维定式,便这样形成和固定下来了。这一阶段的作品,好些还有这种影子。当然,这与作家的文学观念中,过于单一地强调文学的教育功能也是不无关系的。

其次,在上述思想指导下,作家在对自己的描写对象——乡村人的艺术把握上,仍旧显示出过去的那种过多地侧重其政治、社会关系,而较少同时注意到这些关系之外的文化、民族、宗教等等关系,在揭示正面人物的行为动机时,好些仍旧是从其阶级出身出发作出判断。而在同一时期,我国乃至我区的好些作家,自“寻根文学”开始,就有了比较新的开拓了。

再就是作家的叙述方法和叙事结构,仍旧是较多地采用过去用惯了的,人物的思想、观点、行为等都紧紧地镶在作家的态度、评价和言词的框架里的那种全知叙述法。好些篇章,人物的思想动机、行为举止,都由作者或借助作品中人物说得一清二楚(好些实际是作者将复杂的人和事提纯了、简化了)。故事情节的发生、发展、结局,也都被设计、安排得有头有尾,既圆满周到而又符合理性逻辑,从中可以明显地领悟到,作家要用自己编定的故事、人物去教育人的用意。

综合上述三个方面,我觉得莫之棪同志的小说创作,尽管第二阶段有种种变化和进步,但在文学观念、艺术思维乃至艺术手法上,形成了上面说的艺术心理定式和艺术模式。我把这种由作家的特定心理定式等构成的艺术模式,称之为一种本文题目中标示的“说清楚”模式。当然,这样一种概括,似乎有单单从形式和叙事方法出发之嫌。不过,前面已经说清楚,不单纯就形式方面来说的。这样一种模式,如果单从形式方面理解,过去不是没有过,也不是运用这样一种模式就完全不能写出好作品来。我国古典文学名著中,有些就是采用这样一种模式写成的。只是这些作品对于生活和人物性格的复杂性、丰富性、生动性的描写等,达到了一个相当的高度,才不太显出这一模式的不足来的。而且应该说,这样一种模式,对于文化程度不太高而且参差不齐的农村读者来说,与其欣赏能力是有相适应的一面的。但是,即便如此,对于这些读者,是不是只能用这一模式为他们写作?这里有普及和提高的问题需要研究,因篇幅关系就不讨论了。从整个新文学的发展和莫之棪同志的具体情况看,停留于这样一种“说清楚”的状态,于创作的提高显然是有影响的。

高兴的是,莫之棪自 1984 年完成长篇小说《生意人》之后,便把更多的业余时间和精力用到了深入和思考生活,阅读中外文学名著和文学理论书籍等方面,写得比过去少了。尽管如此,在有些方面,却是有了明显的进步。这一阶段中,比较有代表性的作品是短篇小说《说不清……》。它写一个被人们称之为甄(真)诗人的县文化馆干部,对于自己的职称、工资评定以及周围一些其他事情产生的困惑。比如他的职称和工资,有些人从这个角度看,似乎该给予评定,不评定是不合理的;可另一些人从另一角度说,不能评定或不好评定,似乎也有道理。于是,只能不了了之……有的评论者根据主人公是一个知识分子,便拿来和谌容的《人到中年》中的陆文婷比,说是作家通过诗人这一新人形象的创造,从另一个方面尖锐地提出了整个社会要尊重知识、尊重人才等问题。我倒是觉得,作品主要是写了当前处于改革、开放中,工业文明和农业文明的冲突,尤其是商品意识冲击,人们在意识形态、价值观念等诸方面产生了种种困惑的心态。比之过去作品,虽然免不了同样有单薄之嫌,但与之不同的新的变化,也是显而易见的:我觉得一是作家不再像过去好些作品那样,重事而不重人,特别是不重视人的心灵世界的刻画。像人公甄诗人思想困惑至极时,干脆什么都不愿意去想了,给自己“下了这死命令:停止一切思维”,但是,仍旧是失眠等等描写,刻画人物心灵深处的潮汐到了这样的地步,这是他过去作品中少有的。二是不再像过去好些作品那样,作家有意地,但是难以令人置信地将生活和人物美化、诗化了。我觉得这是作家在把握生活和艺术思维等方面的一大进步

本来,按莫之棪同志的年龄、经历、阅历和知识水平等等,是完全能够领悟到生活的艰难、复杂、丰富和多彩的。在平时与文友的交谈中,据说也不是没有关于人生痛楚、艰辛之类的感慨。可是在以往的大多数作品中,就是很少看到生活和人物的种种复杂性和丰富性。这里,我觉得主要不是常说的什么作者的勇气之类问题,而是文学观念,艺术思维和艺术素养等问题。我感到这种情况不是莫之棪同志所独有,甚至像侧重写农村题材的、艺术素养较高的李准、浩然等作家的创作中,似乎也都经历过这样一个阶段。我感到,这是新中国成立后的乡土作家中,一种比较普遍的文学历史形态,有多种值得探讨和总结的原因。值得庆幸的是,在新时期中,这些作家对于自己的创作,结合各自的经验教训,对人生、对文学进行了深刻的反思。于是,像李准、浩然才写出了《黄河东流去》《苍生》等这样生活和思想容量博大、深刻,主要人物形象生动丰满、真切感人的作品来。记得前些年浩然曾谈过这样一段创作体会,说:“我决

计:立足农村这块基地上,写人,写人生,不再单纯地写新人新事,也不再沿用往时那种以政治运动和经济变革为'经'线,以人物的相应活动为'纬'线,来结构作品了。这回倒过来,写人的心灵辙印,人的命运轨迹。"(《追赶者的几句话》)我觉得这话是深刻的和有代表性的。只要稍微回顾一下,我国近几十年侧重于农村题材的作家中,一度围绕某个运动,某场斗争,甚至某项中心工作来结构作品,旨在帮人们澄清一些政治原则等等的小说创作,又何止这里提到的这些呢?"写人,写人生","写人的心灵辙印,人的命运轨迹",这才是文学家所应最最关注的!当然,这里有几点是需要予以说明的:一不是说文学完全不能写好人好事。每个时代都有推动历史前进的好人好事,问题在于怎么写、如何写出生活和历史的真实,以及显现出作家的真诚来。二是描人生、写人的心灵辙印,不是要作家不去关注政治、经济,也不是不再写人物的种种行为活动。文明和阶级社会中的任何人,都是在一定的政治、经济等等关系中生活的,这些方面无时无刻不对人产生这样那样的影响。只是文学作品应该把这些当作一个个具体人生活动和人的命运的大背景,以及使之产生怒哀乐、七情六欲的外在刺激物,加以生动、形象的展示;而且,就文学创作来说,不应以展示这些为唯一的目的。或者说,应该是透过一个个具体而独特的人生和人的心灵潮汐的描绘,来折射出包括特定历史时期的政治、经济等等的整个社会、人生形态。再就是强调作家对人生痛楚的深切感知,并不是说文学就只需去或只能去描写痛苦的人生,或是说只要写了人生痛苦便会成为大作。人生既有痛苦,也有欢乐,作品中孰轻孰重,或两者并重等等,都是需要以作家所摄取的特定题材、特定人物和题旨而定夺。文中所强调更多是针对莫之棪等一类作家而言的。

莫之棪同志创作中的这样一种状况,以及当前所面临的进一步提高的问题,我觉得在我区乡土题材作中,是有一定代表性的。像和之棪同志长期一同生活在桂东南地区的作家黄飞卿、钟扬莆等,似乎也不同程度地经历过这样一个阶段和存在某些困惑。因而,除了上面谈到的以外,还想就有关的两个问题进行一些探讨。

一 ‖ 准确、深刻地认知和把握自己描写对象的问题

由于生活经历、阅历、性格、审美追求和情趣等等的不同,每个作家都有自己特别关注和着力描写的对象,像莫之棪等立志为农民写作和写农民的乡土作家,其描写对象当然主要是农民了。但要写得好,首先有一个准确、深刻地认知和把握的问题。中国是个以农立国的国家,至今占人口的绝大多数的仍旧是农民。这样一种情况,使得我国的文学,尤其是"五四"以来的新文学,不管是不是专写农村乡土题材的作家,只要是想深刻地反映中国社会生活,便会不同程度地涉及农民。而中国农民,既有和其他国家农民在与自然斗争中形成的共同点,如对土地的执着、眷恋之情,和忠厚、勤劳等等;又有中国长期的封建社会和近百年来半封建、半殖民地等大背景下形成的许多显著的中国农民的特点,诸如长期的宗法共同体生活中形成的

以血缘和地缘等维系的人情味;长期处于生产力水平低下,在与自然斗争中形成的坚忍不拔、吃苦耐劳,以及战胜困难的坚强韧性;长期在封闭的小农经济中生活,一切变动不大,凭老经验耕作、生息等等而形成的自足、狭隘、保守、固执、温顺、善良、怯懦、愚昧等等。这些,又因不同民族、不同地域、不同宗教文化和风俗习惯等等而形成种种差异。当然,从文学需要创造具体形象的人物而论,这些又仍然只是另一种影响人物生存活动的社会和文化背景。文学创作极为关注的每个人物性格的形成等等,又必然涉及不同人的家庭、经济、社会地位,以及他(她)与周围各种人的关系等。这些,作家都需作全面、深刻的认知和把握。而且要看到,所有这些都是处于变化之中的,作家必须根据不同时期的种种不同情况,作动态的、极其细致的把握。过去很长一段时期中,由于政治的、社会的原因,在客观上形成了一些框框乃至定规,把好些人和事都视为静止的、不变的。比如某个阶级的人,不论其具体状况何,必然是革命的或反革命的,这常常促使我们乡土作家专去关注和描写农民的阶级共性和优点,谁要是超出这个定规,便要被宣布为宣扬"中间人物论"或丑化什么而遭到论处。于是,一时间我国农村题材的创作,写生产,写卫星上天,粮食吃不完等等。"高、大、全",人们必须接受其再教育。什么全面解决农村人口的温饱问题,什么"严重的问题在于教育农民"等等,都跑到九霄云外去了。当然,今天说来,情况已大不相同了,这些只是被作为一种历史的教训深深记取了。今天,我觉得摆在我们乡土作家面前的重要课题是:如何很好地、更快地去熟悉和把握正在急剧变革中的农村生活和各种不同阶层的农民的心态。

近年来的种种情况表明:当前,工业文明和商品经济对于农村生活和农民的冲击,其广度和深度,在我国历史上都是空前的。这当中,不仅带来生产方式和生活方式的变革,而且,对于过去自然经济基础上形成的农村人的种种价值观念、文化内容、心理结构、生活习惯等方面的撞击,也是极其强烈的。处于这种人类历史进程中的工业文明和农业文明冲突、更替中的我国农民,既有不同于过去的痛苦,也有不同于过去的新的欢乐。新时期以来有些作家,已经关注到和开始把握和描写这一深刻的历史变革了。如路遥的《人生》中的高加林,在经历一番城市生活的追逐、洗礼之后,重新面对过去生养他的土地和土地观念时,其心灵产生苦恼;浩然的《苍生》中新一代农村青年田保根,在新的时代精神感召下,对于庄稼人几千年来周而复始的人生模式(拴在几亩地上盖房子、娶媳妇、传宗接代等)进行了叛逆等等。由于作家用一种新的时代和历史的眼光,来感受、分析、把握和描写自己的对象,因而这些作品和人物,除了具有强烈的时代感,还透露出一种过去乡土题材作品少有的历史厚重感和文化品格。可是,近年来我区农村题材的作品,达到这样的思想和艺术层次的还极少见到。其中,有艺术表现方法方面的问题,但我觉得更主要的是作家对于自己处在新的时代冲突下的描写对象的全面、深刻的认识和把握的问题。

二 ‖ 作家的深层心态和描写视点问题

鉴于种种历史的原因,我国新文学中农村题材的创作,多系受过现代教育、掌握相应的现代文化科学知识的知识分子作家来写农民(像赵树理这样的作家是个别的)。这,有其好的一面,比如能将农民的人生,放到整个民族、国家的生死存亡和寻求科学、民主等大背景、广视野中进行审视,作品中容易体现出一种文化精神等等。但是,也由于对之不够熟悉或思想感情不能达到一致等,往往容易形成一种远距离观照,或单纯地将农民当成一种新的启蒙对象等等。新中国成立以后,随着农民的翻身解放,一代出身农民家庭或长时期生活在农村的作家,在文坛上出现了。他们和农村、和农民保持着生活、思想和情感等方面的密切联系,就我区来说,像莫之棪以及前面提到过的黄飞卿、钟扬菁等,就是这样一种类型的作家。他们在自己的家乡土生土长,四五十年如一日,没有离开过桂东南那片土地。他们在那里,如鱼生活在水里那样自如。可以说,当地农村生活和农民的所思所想,他们几乎是了如指掌。因而,他们作品中,那农村的生活气息,那人物细节的生动描写,常能如叙家常般地从字里行间显现出来。这是一些长期生活在城市的写农村题材的作家所难以达到的。但是,细读他们的作品,却常常感到有些不足,诸如生活、思想和艺术容量还不大等等。我觉得这同他们的艺术视野尚欠开阔,人物常常被局限在一个比较狭窄的时空中活动,常常为一些小事发生这样那样的冲突,以及对所描写的正面人物爱之深切,因而往往忽略了其另一方面等等,是有密切关系的。这里涉及一个作家对于生活和所描写的对象的"入"和"出"、"隔"和"不隔"的问题。

这里说的"入"和"不隔",是指作家对于所写生活和人物的熟悉,思想情感上能打成一片。而所谓"出"和"隔",就是作家不能同描写对象合二为一,作家毕竟是作家,他同时需要成为一个历史的老人,站在时代和历史的制高点上来审视自己的描写对象,来俯瞰整个人生。也就是说,尽管在思想情感上可以而且应该和自己所同情和歌颂的对象共鸣共振,但在心理上又须保持必要的距离。这就是作家的深层心理的问题,这两方面应该是辩证地统一的。但是,我们一些作家,往往因种种客观的、主观的原因,常常难以做到这点。以莫之棪等长期生活在农村的作家而论,也许是思想上过于偏重自己的长处——"入"和"不隔"了,而忽略了适当的"出"和"隔",致使在好些问题上,不知不觉地、单纯地以农民的眼光和心态来看取人生,把握自己的描写对象,从而在作品的思想容量和艺术思维等方面,显出不同程度的封闭性和局限性。从作家的创作心态来考察,这些作家是不是存在一个深层心理的完善问题呢?我觉得是存在的。而这是需要通过艺术素养的积累,审美情致和审美能力的培养,从而达到一个更高艺术境界才能完成的重要问题。想当年,鲁迅先生如果不是在其深层心理中,对于我国农民有一种"哀其不幸"同时又"怒其不争"的情感心态的话,而是按照一段时期中流行的观点:某个阶级出身的人,必然是革命的,因而只能是对之同情、歌颂等等,用这样一种思维逻辑和心理定式去处理阿 Q 形象的塑造，那我国新文学的人物画廊中，也就不会有今天的阿 Q 这样一个不朽的艺术典型了。这方面还有一个引人深思的例子是作家高晓声的写农民。因众所周知的原因，他被放逐到一个叫陈家村的地方，当了整整二十年的靠自己体力劳动为生的货真价实的农民。从思想、情感、气质乃至外貌，均可说是农民化了。打倒“四人帮”后，他拿起笔来“为农民叹苦经”，由于作家的深层心理和农民那样地一致，简直不是什么代言人之类，同时也是叹自己的苦经了。这使他写出了《李顺大造屋》《漏斗户主》这样揭露极“左”路线危害的佳作。但是后来，在写别的题材、人物，甚至在写同一人物陈焕生转业等等时，由于没有觉察到其农民化的深层心理的局限性，仍然以一种“站在陈家村门口向路人叹农民苦经”的创作心态去把握和描写新的环境下的人物和事件，致使作品显现出诸多的不足来。

下面再来谈一下描写视点的问题，也就是常说的艺术视角问题。凡是照过相或从事过绘画写生的人，都会体会到角度的不同，即便是同一对象，所得到的造像便会有所不同，这就是视点的问题。小说的艺术媒介是文学语言，它比起摄影、写生最后只能从一个视角将对象静止地固定下来，要自由多了。单就艺术描写而言，它可以对所描写的对象采取多视点（视角）、立体化的描绘；或从作者全知全能的第三人称（也称外视角）角度审视、描绘，或通过作品中人物（也称内视角）“我”（第一人称）、“你”和“他”（第二人称）的感知来予以刻画。同时，根据塑造艺术形象和凸现作品主旨的需要，也可以对描写对象采取仰视、平视、俯视等（当然，这里边不仅仅是一个视角问题，同时包含着作家对描写对象的情感和心态了）。这方面，莫之棪创作中较多地采用的那种全知全能的“说清楚”的叙述模式带来的不足，前面已经说过了。这里需要补充的是，莫之棪以及其他好些作家对自己的所要歌颂的人和事，往往采取一种仰视的角度来描绘，常常因此而变形了。本来不是也不应该如此高大的人和事，由于通过这一视角的观照，也高大起来了。我觉得这是值得注意的，真正的严格现实主义作家，常常是多用平视、俯视来审视和描绘对象的。

这里，我主要还想讲一下有关视点的另一方面的问题，也就是时代的视点和作家基于生活感受的视点如何结合、统一的问题。我们知道，世间事物，都是由多种因素（元素）组合而成的，那种纯之又纯的单一事物是不存在的。因此，对于一事物我们可以根据需要来进行不同角度的观照。对于文学创作来说，又主要是时代的观照和作家的观照。比如一个个体人，它的客观存在是，既有自然人的生理属性，又有社会人（关系人）的种种社会属性。以人的关系而言，便有大至经济关系、政治关系、阶级关系、文化关系、道德关系、宗教关系，小到父子关系、兄弟关系、同学关系、师生、朋友、夫妻关系等等。但是在创作中，由于不同艺术形式的局限，不可能对之一一全面地展示和描写，而只能是有选择地取其某些方面。那么，根据什么来选择呢？一般来说，应该从创作主体对于生活感受出发，结合时代需要，提炼出作品的主旨，然后围绕艺术要表现的主旨来选取。但是根据我们几十年来的创作实际，时代的眼光和要求这一方面，常常过于强调了。比如对农民的描写，“五四”前后，认为需要对之进行新的启蒙，于是在好些写农村题材的作品中，农民被当成了一种封建文化的载体（也就是只强调农民的文化关系)。到了民主革命初期,由于时代需要强调对敌人的斗争,而农民,由于其受剥削、受压迫、苦大仇深而成立无产阶级天然的同盟军,于是其反抗剥削压迫的阶级斗争性,被特别地凸现了出来。到了农业合作化时期,其长期小农经济形成的安于现状等特点,又成了运动的对立面……这当中,我认为真正属于时代的需求的,作家是不应忽视、甚至必须是“遵命”的。但是,应该看到,这种要求又不是出于对对象的全面观照,大都是只侧重其某个方面或某些方面,而作家需要完成的却是立体化的、充满生机的生命活力的整体形象的塑造,加之时代所注目和要求的,又多是对象的共性方面,而艺术创造又是很需要个性化的;这里,便形成了一种创作中普遍同时很不容易解决的矛盾。

从近几十年来我国的情况来看,一般作家,特别是处于文学生态环境不那么正常、常有某种不必要的禁忌的情况下,往往只是取了时代的眼光和要求这一方面。结果,由于缺少了作家的独特眼光(视点),作品常常成了单纯的“时代的号筒”。这种教训,是应该深刻记取的。我们有些作家写了几十年,回过头来编集子,由于上述情况,经得起历史老人检验的,不是很多,大部分随着时间失去了其存在意义。可是,那些真正的现实主义大师的作品就不一样了。这里,原因在哪里呢?这是研究作品艺术生命力的一个大题目,几句话是很难作答的。但是,只要稍微加以研讨,便不难发现,在那里,时代的视点和作家个人的眼光,总是被辩证地、水乳交融地统一在生动、完美艺术形象之中。当然,这里的情况又是相当复杂的,但我觉得有一条:即这些作家在审视和描写自己对象的时候,总是紧紧地将审视的聚焦点,集中到人和人生。既是着力于人和人生,当然就免不了对于人的基本生存状态和人生的喜怒哀乐的审视乃至描写了,而不是再那么单纯地把对象当成某个政治和社会理性概念的载体,也就不会出现有些作品中英雄人物“没有家、没有丈夫或妻子”以及儿女情等等情况。如果进一步分析,便能发现在这些作品中,即便体现时代的要求很强烈,但其人物的社会关系,往往不是那么单一的。在题材、主题允许的范围内,人物常常被处置到一个既有政治关系、阶级关系,又有家庭、爱情等多种关系组成的环境中活动。从这里,我们不难悟出,为什么文学大师在谈文学的写什么等等问题时,常常喜欢一再地重复“写人”“直面人生”之类话语的深层含义了。当然,对于一作品的写人和写人生来说,真正被作家正面地进行“现在式”地描写的,常常只是人和人生的一部分,要将之写好,形象描绘得丰满、扎实、生动、立体化,只能是由此即彼地通过在引申开去,也就是突破特定题材所限定的艺术时空。要做到这一点,同样又涉及作家的视点和艺术视野的问题。关于这方面,建议作家在读名著时,仔细进行一些分析、思考,便会明白的。

对于莫之棪同志这类长期生活在基层、农村的作家来说,还有如何将生活感受进行思想、艺术的升华,如何确立自己的艺术追求,如何提高艺术素养等问题,因篇幅关系,只有另行探讨了。

(原载《南方文坛》1990年第6期)

1991 年

关于马克思主义文学研究和批评方法历史发展的几点思考

□ 巫育民

一

马克思和恩格斯的一生，给我们留下了极其宝贵的文艺思想财富，其中的两个批判（马克思对神圣家族和欧仁·苏的《巴黎的秘密》的批判；恩格斯对德国真正的社会主义诗歌的批判）、两封论悲剧的纲领性信件（马克思和恩格斯分别写给拉萨尔的两封信）以及在自己的政论或书信中论及巴尔扎克、莎士比亚、歌德等伟大作家的许多论述，构成了一个宏大的理论体系。应该说，恩格斯提出的美学观点、历史观点以及二者辩证统一的方法论原则像一根红线，是贯彻于他们的理论批评实践的始终的。

因此，我们完全可以毫不犹豫地说：美学的和历史的观点相统一就是马克思主义文学研究和批评的方法论原则，同时也是马克思主义关于文学研究和批评的总标准。

马、恩逝世以后，这个方法论原则和文艺批评总标准又经过了拉法格、梅林、普列汉诺夫、列宁、卢卡契、斯大林、毛泽东等人的理论批评实践的检验，其基本方向和内涵并没有变，而且在某些方面还有了很大的丰富和发展。

列宁之后，在二十年代后期至三十年代，苏联出现了所谓"庸俗社会学"的方法。以弗里契、彼列威尔泽夫等人为主要代表的这一学派，把文艺的发展和社会的发展作机械的对应，主张创作无须经过任何中介，直接和社会的经济关系以及作家的阶级属性相联系；很明显，这是一股极"左"的思潮，从三十年代开始，苏联开始对它实行了全面的清算。

总之，马克思主义文艺研究和批评的方法论原则和标准，经历了一个漫长的历史发展过程，并在不断地深化和丰富自己。在现当代西方文坛文学研究和批评的新方法学派林立互较雄长的情况下，它独树一帜，在自己坚实的理论基石即马克思主义的辩证唯物主义和历史唯物主义的支撑下,凌霜傲雪,日益显示出了自己的伟大生命力。

二

我认为恩格斯两次均把美学标准放在第一位,这个排列顺序是寓有深意而绝非无关紧要的。在马克思主义的两位创始人看来,文学和艺术,首先是按美的规律来建造的。一部文学作品或一件艺术品,无论是内容还是形式,如果缺乏美的因素、美的魅力,就不成其为文学或艺术了。对于欣赏(亦即读者和观众)来说,主体的美的素质,审美心理、审美习惯、审美定式等,也只有和潜藏于作品中的美的潜能产生对应联系,才能激发感情的交流和共鸣,产生审美愉悦。总之,这是一个前提,只有在这个前提下,才会有第二位的亦即历史的观点或标准的提出。否则,文学研究和批评就只能是一句空话。

于是,问题又来了:美学的是否就等于艺术的,美学标准是否也就等于艺术标准呢?我认为,无论是前者还是后者,二者之间都不能划个简单的等号。不错,它们有着非常密切的关系,不是艺术的难道还能是美的?但是,就其内涵来说,美学标准显然要宽泛得多,它可以包容艺术的,也可以包容艺术标准,而艺术的和艺术标准却不能包容美学标准。一般来说,艺术是和政治、思想,艺术标准是和政治、思想标准相对而言的。前者多偏重于形式,后者多偏重于内容。而美学的即美学标准则不仅笼罩形式,而且也笼罩内容。我理解,恩格斯所谓的美学的或美学标准,应当包括诸如体裁本身的美学特性和要求,艺术方法、艺术技巧、语言风格(个性风格和整体风格)、情节构成、典型性格的丰富性明确性完整性、环境和背景设置的典型性、结构之匠心、审美创造心理及其思维定式等一系列内容。关于这方面,最好的例证就是马克思和恩格斯对拉萨尔的悲剧《弗兰茨·冯·济金根》所作的美学分析。上述各点,在这两封具有纲领性意义的著名信件中都涉及了。

所谓历史的或历史标准又应当怎么理解呢?其实,恩格斯的原意也是十分明确的,那就是文学和艺术创造本身要着重表现或再现历史的现象真实和本质真实,而对于欣赏和批评来说,那就是要用历史主义亦即历史唯物主义的精神来要求、评判作家和作品。如前所述,文学和艺术创造从根本上来说是一种审美创造,但同时也是一种社会创造和历史创造。试问,没有社会和历史提供的丰富素材,没有处于特定社会历史条件下,受特定社会历史条件制约的作家,又何来什么审美创造?巴尔扎克把十九世纪上半叶的法兰西比做历史家,而把自己比喻为它的“秘书”,不正是这一真理的形象注脚吗?我还以为,恩格斯所说的历史的或历史标准也不等于政治标准,这也是十分明显的。历史当然包括了政治,但历史并不统统都是政治。其次,它虽然比较侧重于作品的思想内容方面,但绝又不仅仅指内容,它还涵盖着形式。一切美的形式难道不也是历史发展过程的产物吗?总之,它渗透到作品的一切方面。这里包括作品通过形象所体现出来的一定的经济关系,渗透于情节中的诸多社会意识方面,如历史时代精神、社会风气、文化民俗、宗教、道德、法律,还有作家自身生活的种种客观因素以及作家的自我意识等等。

美学的和历史的两个标准之间的关系是一种辩证统一关系。它们互相联系互相渗透互相制约。在一般情况下,前者是矛盾的主要方面,在这一组统一体中占有主导和支配的地位。这是因为作品作为客体从根本上说是一种美的形态美的结晶的缘故。但是,在特定的条件下,即当美的因素违反了社会和历史的规定性的时候,后者的能动作用也是巨大的不可忽视的。恩格斯在给拉萨尔的同一封信中,曾经就拉萨尔来信中的话题,对未来文学作过一个预测和展望,认为那种体现了巨大的思想深度和意识到的历史内容同莎士比亚剧作的情节的生动性丰富性二者完美融合的作品,只有在将来才会出现。[1]恩格斯这个三融合的思想,对我们理解他的两个标准之间的关系也是很有教益的。首先,我们要承认这是一种形式与内容相统一的关系,它要求审美的形式和丰富的思想历史内容的完美统一;其次,我们又绝不能把美学的或美学标准仅仅理解为形式,纯粹的形式。在具体作品中,哪里有什么纯粹的内容和纯粹的形式呢?内容是形式化了的亦即形式是按内容和根据美的规律而被排列组合化了的;形式也是内容化了亦即形式是按内容的要求而渗透于它的各个方面的。美国当代美学家阿恩海姆提出的"有意味的形式"或其他一些西方学者所提出的"形式即内容,内容即形式"的理论,如果剥去其总体上那层唯心主义的外衣,倒是非常新颖独特、一语中的的,对我们理解恩格斯的两个标准的关系,也确实有一定的启发。

三

在我国,马克思主义的文学研究和批评的实践活动,发端于二十年代末三十年代初,其主要的和杰出的代表是瞿秋白和鲁迅。前者的《鲁迅杂感集序言》,即使在今天看来也依然洞察入微,剖析精深,闪耀着马克思主义的美学和历史相统一的绚丽光辉。后者评柔石、白莽、萧红、萧军的小制,论中国古典小说发展演变的鸿篇以及抨击张资平、第三种人、民族主义文学等的战斗檄文,都充分表现了一位伟大的革命民主主义者正向共产主义者转变的求实态度和辩证精神。瞿秋白还是我国译介马克思主义文艺学和美学思想的先驱者之一。继他之后,郭沫若于 1936 年则把马克思为《神圣家族》一书所写的批判《巴黎的秘密》的两个专章译出,并冠以《艺术的真实》《艺术作品的真实性》的标题,单行出版。

1942 年 4—5 月,在中国的解放区延安,召开了后来名动中外的文艺座谈会。毛泽东代表中国共产党中央向与会代表作了两次讲话。这两次讲话后来经过作者的整理合成一篇,题为《在延安文艺座谈会上的讲话》(以下简称《讲话》),从此以后,这篇讲话就成为中国革命文艺运动的指针,并构建了毛泽东文艺思想体系的核心部分。

就在这篇著名的演说中,在文学研究和批评的方法论原则上,毛泽东提出了著名的"两个标准”说。他指出：

“文艺批评有两个标准，一个是政治标准，一个是艺术标准。”[2]

“又是政治标准，又是艺术标准，这两者的关系怎么样呢？……各个阶级社会中的各个阶级都有不同的政治标准和不同的艺术标准，但是任何阶级社会中任何阶级，总是以政治标准放在第一位，以艺术标准放在第二位。”[3]

从此，就如同1934年全苏作家代表大会所规定的社会主义现实主义既是创作原则创作方法又是文艺批评的方法论和具体标准一样，毛泽东的上述两个标准以及处理两个标准之间的关系的准则，就成了中国革命文艺批评的方法论和具体标准。从1942年至1976年，一直如是。

在新时期的思想解放运动和拨乱反正中，随着党和人民对毛泽东新中国成立以来的若干历史问题的重新评价，理论批评界开始有人对两个标准说提出质疑。经过一番争鸣之后，一位当时主管意识形态的中央领导人也发了文章，对大家在争鸣中所达到的“共识”作了肯定的表态。这些“共识”，大体可归纳如下：

1.“两个标准”说中，政治标准的提法不够准确。并不是任何作品都有强烈鲜明的政治内容的。思想可以涵盖政治，政治却不能涵盖思想、道德等等。

2.“第一”“第二”的提法也不科学。即使是政治色彩浓烈的艺术作品，其政治和艺术也是辩证地统一于形象中的，抽去了一个方面，另一方面也就不再存在，整个形象也不再存在，怎么好分第一、第二呢？

3.两个标准及其关系说，产生于革命战争年代，在当时确有其积极和现实的意义，也曾推动过革命文艺运动的发展。但在新中国成立后，在社会主义革命和社会主义建设的和平条件下，它的局限性以及其对文学创作和文学批评的消极影响，也就越来越突出了。

既然“两个标准”及其关系说作为方法论原则和衡文论人的标准不够准确、不够科学，而要进行文艺批评又不能没有标准，那么，用什么来代替它呢？一时间，文坛几乎无所措手足。有主张以“思想”代替“政治”者，有建议用“真”“善”“美”为标准者，有以恩格斯对社会主义文学的期望即“巨大的思想深度，意识到的历史内容同莎士比亚剧作情节的生动性丰富性的完美融合”为总标准，而以典型性、独创性、民族性为具体标准者……一时众说纷纭，莫衷一是。

我以为，任何伟大人物的思想理论体系或观点，作为遗产，总是要再接受历史和一代又一代人的审视的。而任何伟大人物的思想理论体系或观点，也绝不可能是完美无缺的。众多伟大人物的区别就在于这个“有缺”的程度或方面而已。因此，对毛泽东文艺思想的重新审视就天然地带有它的必然性和合理性。这里问题的关键在于，这种审视是不是历史的和科学的。上述对“两个标准”及其关系说经过质疑而达到的“共识”，我认为大体上是反映了客观对象的实际的，是可以成立的，是和某些人对毛泽东文艺思想进行诋毁和攻击有着质的区别的。

但是,在细节方面我同样认为也是可以作某些辩证和补充的。

我们知道,马克思、恩格斯、列宁,在考察和论述意识形态和文艺现象时,总是从全局、从革命总战略的高度着眼,所以就有高屋建瓴,势如破竹的气势。毛泽东在这一点上也完全如此。综观《讲话》,似乎列宁的影响大过马克思、恩格斯的影响。这从文中多次引用列宁的《党的组织和党的出版物》的观点并以其贯彻始终就可看出。1905 年俄国十月革命前夜急剧变化的形势和当时中国的民族解放战争的艰苦相持的某种共同性以及毛泽东当时正潜心于研究列宁的著作,大概是解释这种影响的主要原因。正如毛泽东在此前几年写的《矛盾论》和《实践论》是对列宁《谈谈辩证法》一文的补充和发挥一样,我们也完全可以把他的《讲话》看作是对列宁的《党的组织和党的出版物》一文的补充和发挥,尽管列宁曾同时声称,把写作(包括文艺)看成是革命机器的"齿轮和螺丝钉"的比喻,是有缺陷的,但它对毛泽东把文艺从属于伟大政治斗争的思想确有重大影响和直接的渊源。这种思想在当时炮火连天、硝烟弥漫的紧急历史关头也是完全正确别无选择的。这时的革命更需要能充分发挥作用的投枪、匕首和手榴弹,而等不及那些需要专心经营和精心雕琢的"传世名作"或"不朽的史诗"。由于中国共产党这时是处在分割成上十小块的根据地的特定环境中,它对文艺的领导侧重于意识形态方面的革命功利性的干预和调节,而作为艺术生产的组织管理的调控甚至于还未提到议事日程上来,而在事实上,革命是人民群众的盛大节日,社会生活几乎在一切方面都打上了政治的印记,文艺要反映生活、表现生活,就必须正视而不是回避政治,而文艺批评家的鉴别赏析,也同样如此。

几十年的戎马倥偬的斗争生涯,养成了毛泽东经常从政治斗争哲学的高度观察和思考问题的习惯。如他晚年批《水浒》的投降主义和评《红楼梦》的总纲在第四回并把该书的主题概括为贾、史、王、薛四大家族的盛衰兴亡和阶级斗争史,就是他这个思维定式贯彻于文艺批评的突出例证。新中国成立以后,整个社会条件和抗日战争、解放战争完全不同了。毛泽东在1957 年也承认当时大规模的群众性的急风暴雨式的阶级斗争已经基本结束,党中央也认为党的重心应由阶级斗争转到经济建设上来。在这个总前提下,科学和文化的发展突出起来了,人民群众对文艺的审美性的要求也日益增长,文艺直接从属于一定的政治斗争,作为一定革命阶段上的策略性的要求,也已经尽了自己特定的历史责任。由此可见,这应该是一个大的战略性的转变,而由于众所周知的原因,这个转变,是后来由邓小平同志完成的。

那么,"两个标准"说是不是就完全没有积极意义而应该予以彻底的否定呢?不能这么看。过去的问题在于过分突出了政治的标准而且还企图以此来涵盖它自己也无法涵盖的东西。现在的问题是要调整,只要社会生活还客观地存在着政治的内容。只要文艺再现或表现了这个特定的生活领域,人们首先用政治标准要求它,衡量它就是很自然的、必须的。在今天,坚持四项基本原则作为一个总要求、总标准有哪一个有良知和社会责任感的作家、艺术家会反对呢?

第一与第二的提法,我认为也不可简单地一笔抹杀。首先,如果我们承认衡量一部具有政治色彩的文艺作品的政治倾向是进步还是反动是一个总前提,那确实有第一第二之分。批评家如此,读者也如此。列宁对《插在革命背上的十二把刀子》的批评就具有这种强烈而鲜明的党性,但他也并未因其政治上反动而加以简单粗暴的否定。其次,毛泽东虽然在政治和艺术标准之间划了第一和第二,但他接着又曾多次强调过我们要求的是政治和艺术的统一,革命的政治内容和尽可能完美的艺术形式的统一。作为一个伟大的诗人,毛泽东强调形象思维,强调内容和形式、革命的政治内容和完美的艺术形式的融合。他一生的绝大部分诗歌创作,就生动鲜明地体现了这种融合。第三,在文学研究和批评的具体实践中,有人有意无意自觉不自觉地把政治与艺术二者对立起来,或机械地割裂二者间的辩证联系,对此我们应作具体的分析。完全把这种失误归咎于毛泽东的"两个标准"及其关系说,也不是实事求是的态度。第四,在承认以上各点的情况下,我认为还是像恩格斯那样,把美学标准和历史标准看成是一种辩证的矛盾统一的关系更为科学。

新时期以来,党中央经过认真的反思,总结了新中国成立以来我国社会主义文艺发展正反两个方面的经验和教训,文学研究和批评,也逐渐走上了美学价值判断和政治思想伦理道德价值判断相统一的健康轨道。那种片面绝对地强调"政治标准"并把政治和艺术割裂或对立起来的粗暴倾向,也已经为摆事实、讲道德、同志式的友好的批评所逐渐代替,文学研究和批评的方法论原则和标准的讨论和争鸣,也必将为我国社会主义文艺事业的复兴,创造更为自由更符合艺术规律的前提和条件。

四

我们很幸运,两位马克思主义的创始人早在一百多年前就在继承和革新资产阶级的社会——历史学派遗产的基础上,为我们制定了马克思主义文学研究和批评的著名的方法论原则,并以自己的具体批评实践为我们作出了榜样。但是,我们也很不幸。许多号称马克思主义者的同志总习惯靠老祖宗的遗产吃饭,把他们的论述当作教条而生吞活剥。这样一来还有什么马克思主义的发展,马克思主义文艺学和美学的发展?

马克思主义文学研究和批评的方法论原则和标准,产生于十九世纪的四五十年代,那个时候,心理科学还正在胎动之中,人们更不知文艺心理学为何物。人类对整个自然和宇宙的认识还停留在达尔文等人的水平上,西方资本主义还处于上升时期,作为它的经济和精神的危机的产物——现代主义,还没有孕育,在这种情况下,如果要求它必须具有今天时代水平以上的认识,岂非荒谬?

我认为,值得我们深思的是:马克思主义的美学和历史的方法论原则和标准所涵盖的时间的久远性和空间的广阔性,倒是一直为我们许多同志所忽略的,这和西方现代的许多所谓新方法的昙花一现,恰好成为鲜明的对比。在人类社会的无限发展中,只要文学还是一种社会现象、意识形态现象、历史现象,那么马克思主义的方法论原则和标准就永远不会过时。

我们的任务是在坚持马克思主义艺学研究和批评的方法论原则和标准的前提下,进一步丰富它,发展它。

例如,我们可以汲取当代心理科学特别是文艺心理学的丰富养料,加强对审美创造心理、审美欣赏心理及其思维定式等方面的研究。更具体地说,我们可以从弗洛伊德的无意识论、荣格的集体无意识论中,批判扬弃其糟粕而取其精华,以丰富我们的创作理论。我们也可以从皮亚杰的关于“建构”、关于认识产生于主客体的相互作用和格式塔心理学派的整体观念等理论中抉剔于我有用的东西,作为丰富和发展我们的方法论原则和标准的重要借鉴。

例如,广义的形式主义批评,重视文本,注意作品的不同层次、不同元素、不同结构和结构方式的分析,洞察语言作为符号组合排列的内在联系,以及他们费尽心机所创造出来的一整套模式,我们不也可以从中提纲挈要,去其烦琐,为建立我们自己具体的研究和批评模式提供一个重要的参照系吗?

又例如,系统方法和其他自然科学方法,也都各有自己的特色。用系统方法分析和把握文学的社会本质和审美效应的动态发展,用模糊数学方法加深对人物性格的明确性和模糊性的认识,等等,都可以收到很好的效果。我们有什么理由要排斥或拒绝它们呢?

又例如,接受美学理论虽难免有矫枉过正和片面极端之嫌,但它在指导思想上对读者这一节环的强调和重视,以及主张从动态发展的角度对文学史中的审美效应作共时性和历时性的考察,还有期待视野,召唤结构等具体理论,都包含着很大的真理性价值,这对我们传统的读者鉴赏论无疑也是一个很好的补充。

总之,我们就应当在这种批判、比较、吸收、融合的过程中,把我们的文学研究和批评的方法论原则和标准具体化,并力求在此基础上创造出一套我们自己的具体方法或模式来。

让我们更高地举起马克思主义文学研究和批评的方法论的旗帜,并进一步去丰富它发展它!

[注释]

[1] 转引自《马克思主义文艺论著选讲》,140 页,中国人民大学出版社 1982 年版。

[2]《毛泽东论文艺》,72 页,人民文学出版社 1958 年版。

[3] 同上书,73—74 页。

(原载《南方文坛》1991 年第 1 期)

文艺反映社会生活本质的几个问题

□ 梁超然

列宁正确地指出:“如果我们看到的是一位真正伟大的艺术家,那么他就一定会在自己的作品中至少反映出革命的某些本质的方面。”列宁这一命题,是经过对托尔斯泰的创作、对文艺史现象作了细致分析后得出的,它符合文艺创作规律,所以新中国成立以来,逐渐为文艺界所接受。

前些年,资产阶级自由化思潮泛滥,把列宁这一正确命题“简化”为“写本质”,给予嘲笑、批判,乃至彻底否定。他们给列宁这一命题戴上了种种帽子,他们说“写本质”是一个“祸国殃民”的“灾难性”的口号,是“可笑可怕”的理论。“‘本质论’的本质……一言以蔽之:害怕真理。依靠瞒和欺骗过日子。”所以要“蔑视‘本质论’这面遮羞布”。诚然,新中国成立以来列宁这一正确命题有过某种庸俗化的倾向,特别是“四人帮”横行那个年代,他们借着“写本质”这个口号作为棍子,把文艺百花扫得一片凋零,这理所当然会引起人们的愤慨。但是,这绝非列宁命题本身的过错。今天,我们必须正本清源,消除资产阶级自由化思潮的影响,重新探讨列宁主义这一正确命题,使它重新焕发出理论光彩,使它重新焕发出理论光彩,指导社会主义文艺的健康发展。

“写本质”是文艺创作的基本规律

有些同志认为“写本质”是一种主观臆造的理论,“最早是由一些部队文艺宣传工作的同志和一些批评家提出的”。其实文艺作品要反映社会生活的某些本质方面,在文艺发展史上早就有人感觉到,而在创作过程中逐渐意识到这一规律,到了马克思主义经典作家那里得到了准确、深刻的阐释。

要求文艺反映生活某些本质方面,是在现实主义文学创作和理论发展过程中逐步意识到的,俄国的理论家车尔尼雪夫斯基在《艺术与现实的美学关系》一书中对此作了比较清晰的阐述。他提出“艺术的第一目的是再现现实”的命题,指出了“再现现实与模拟自然有别”,区别在于“再现应当尽可能保存被再现的事物的本质”。中国传统的文艺理论也模糊地猜到这一点。比车尔尼雪夫斯基约早200年的诗论家叶燮,在《原诗》中提出:诗歌要表现客观的“理、事、情”。他说“日理、日事、日情三语,大而乾坤之定位、日月之运行,以至一草一木一飞一走……譬之一木一草,其能发生者,理也;其发生者,则事也;既发生之后,天矫滋植,情状万千,咸有自得之趣,情也。”叶燮所说的“理”,从他的解释中可知同我国传统的概念相一致,即是事物的规律、本质。由此可见,文艺反映社会生活某些本质方面,是现实主义文学创作理论不断发展过程中意识到的规律。列宁这一正确命题,正是在马克思主义哲学指导下总结了文学发展规律的基础上提出来的;是现实主义文艺理论的发展,是马克思主义文艺理论的基本原则之一,绝非什么某些人主观臆造的理论。

我们知道,马克思列宁主义文艺理论基础理论之一是列宁辩证唯物主义的反映论。从反映论看来,文艺的基本职能首先在于通过对现实生活深刻真实的反映,通过文艺反映的真实图景使读者认识现实生活、理解现实生活,从而行动起来,推动现实社会前进。为了使读者对现实生活有正确的认识,文艺作品中所反映的生活,所描绘的艺术形象,就必须能够体现现实生活的某些本质方面。只有这样,才能发挥文艺认识生活的职能。恩格斯在著名的给英国作家哈克纳斯的信中,之所以批评《城市姑娘》“不是充分现实主义的”,就是因为《城市姑娘》虽然反映了伦敦东头工人生活的某些真实情状,但没有反映出当时英国工人阶级的某些本质方面。恩格斯的批评无疑是正确的,现实主义文艺不能像自然主义那样:“我看见什么,我说出来,我一句一句地记录下来……”是反映现实生活的某些本质方面还是看见什么写什么,是现实主义和自然主义的分水岭。当然,后来自然主义也不满足于见什么写什么了,连自然主义大师左拉也反对单纯地做“摄影师”。在文艺发展史上,大凡能够震动读者心灵,给读者以教育鼓舞,给读者以美的感受的作品,都是在一定程度上反映了生活某些本质方面的作品。

诚然,现实生活是无比丰富、纷纭复杂的。从哲学的角度来说,纷纭复杂的现象都和本质有某种联系,但作为艺术作品就不应该只是把生活当中发生的现象不加区别地罗列在作品中,它必须在纷纭复杂的现实生活中,选取最能体现某些本质方面的生活场景及细节,加以艺术概括,给予艺术的表现,才能够使现实生活在作品中得到正确的、深刻的甚至是完美的反映。鲁迅先生曾经很有风趣地论说了这个问题:“譬如勇士,也战斗,也休息,也饮食,自然也性交,如果只取他末一点,画起像来,挂在妓院里,尊为性交大师,那当然也不能说是毫无根据的,然而岂不冤哉!”我觉得鲁迅先生这里说得非常幽默、通俗、形象,也非常深刻。鲁迅先生是主张文艺要“写本质”的。勇士,就其本质来说就是勇士。描写勇士当然应该写勇士丰富多彩的性格特征和复杂的思想感情,但不应歪曲他的本质。把勇士描写成性交大师,自然歪曲了他的本质,不符合“写本质”的要求;这样写当然“冤枉”了勇士,也“冤枉”了生活,所以遭到鲁迅先生的反对。文艺作品要反映社会生活的某些本质方面,绝非臆造的理论,而恰恰是文艺创作的规律。这是为文艺的认识功能、教育功能所决定的。如果文艺作品不能反映社会生活的某些本质方面,那么文艺连存在的价值都没有了。

如何理解文艺反映社会生活本质

如上所述,新中国成立以来,人们对文艺反映社会生活某些本质方向的正确命题,有过庸俗化、片面性的理解;"史无前例"时期,"四人帮"及其文痞们又歪曲这一命题,以此为棍子横扫文艺百花。这无疑是对"写本质"命题的歪曲,应该清理。至于反对者们认为"写本质"就是要"粉饰生活,掩盖矛盾","害怕真理,依靠瞒和骗过日子"。这同样是对"写本质"的歪曲。其实,这些都是从不同角度歪曲了"写本质"的命题,也歪曲了对现实社会本质的理解。

毛泽东正确地指出过:"任何运动形式,其内部都包含着本身特殊的矛盾,这种特殊的矛盾,就构成一事物区别于他事物的特殊本质。"毛泽东这一论述十分深刻,本质就在于事物本身的特殊矛盾。矛盾总是由矛盾双方构成的,而一些比较复杂的事物内部往往不止一对矛盾。正如人的本质是"社会关系的总和"一样,社会的本质也是"社会关系的总和"。作为文艺作品,特别是形式比较短小的文艺作品,由于受作品形式、所描绘的生活场景、所刻画的典型人物以及主题等方面的限制,不大可能全面反映社会生活的本质,而只能是反映社会生活某些本质方面,即使是篇幅宏大的长篇小说,也有这种情况。我们现阶段的社会形态,是社会主义初级阶段,是我国从半封建半殖民地的旧中国向更高级的社会主义社会过渡的阶段。社会主义初级阶段的特殊矛盾就是我们这个社会的本质,在社会主义初级阶段的社会里,既有新的质的成分,又有旧社会的"痕迹";有光明,也有阴影;有鲜花,也有荆棘;有美丽,也有丑恶;有崇高,也有卑污……我们这个社会有种种对立统一的矛盾,这些矛盾的对立统一,就构成了我们这个社会区别于其他社会形态的特殊本质。虽然,在我们这个社会里,大多时候是光明、美丽、鲜花、崇高占主要方面,但并不只是这一方面才是本质方面,而另一方面就是非本质方面。如果不作如此看,那显然是不符合辩证唯物主义的,我们将无从正确认识生活、反映生活。

由于社会的本质是由社会特殊的矛盾构成的,由多种社会矛盾的总和形成的,如同人的本质是社会关系的总和一样。文艺作品歌颂生活和揭示现实矛盾都是可以的,关键是所表现的要能体现出社会生活某些本质方面来。那些把我们社会的描绘成"无失业失学之忧,无少衣无食之虑""河水涣涣,池荷盈盈"那样没有矛盾的歌舞升平的社会,是虚伪的、错误的,是粉饰生活,没有反映出社会生活的本质方面,应该反对;而那些只是罗列阴暗的生活现象,甚至夸大生活中的消极现象,如同《伸出你的舌苔》之类的"作品",同样是歪曲了社会生活的本质,同样应该反对。至于那些刻意攻击社会主义、攻击革命、攻击共产党的所谓作品(如《雪白血红》)更需要给予迎头痛击,决不能让它们自由泛滥。

质言之,要求文艺作品反映社会生活的某些本质方面,并非要求一味歌颂。歌颂与揭示矛盾同样可以达到"写本质"的要求,歌颂与揭示矛盾,如果不恰当,也同样可以歪曲社会生活的本质。反对"写本质"的人为了达到他们的目的,故意歪曲"写本质"的要求,把它推到一个极端,给予"彻底否定"。这种论战方法连形式逻辑的要求都不顾了。

"写本质"会导致"一个阶级一个典型"吗

有人为了否定"写本质"这一命题,以为"写本质"必然会导致"一个阶级一个典型"。这是完全站不住脚的想当然的观点。

让我们从丰富的文艺创作实践的历史来分析这个问题。我们知道,恩格斯曾经说过巴尔扎克"在他的《人间喜剧》里,给予了我们一部法国'社会'的卓越的现实主义历史……从这个历史里,甚至在经济的细节上(例如法国大革命后动产和不动产的重新分配)我们学到的东西比从当时所有专门历史学家、经济学家和统计学家的全部著作合拢起来所学到的还要多。"这就是说,巴尔扎克的《人间喜剧》是反映了法国社会的本质的卓越作品。正因为这样,马克思才说巴尔扎克"对社会有深刻的理解"。但是,又有谁能说巴尔扎克的《人间喜剧》是"一个阶级一个典型"的作品呢?高老头、葛朗台、高布赛克,都是资产阶级暴发户,但是在巴尔扎克笔下,他们都闪耀着多么鲜明的性格光彩,他们都是不能相互替代的艺术典型。巴尔扎克笔下三千多个不同阶级、不同类型的人物形象,也大都是这样的艺术典型。巴尔扎克如此,其他所有的成功的作家也莫不如此。例如列夫·托尔斯泰,他的作品是"俄国革命的一面镜子",深刻地反映着农奴制俄国的社会本质,但是他的作品中不是塑造出众多的光彩照人的艺术典型吗?再从中国文艺创作的实践来看,例如大家所熟知的《红岩》,它无疑是广阔地反映着当时社会生活的卓越作品,它深刻地反映了当时社会生活的本质。但那里面创造了多少成功的典型!这些形象各具丰神异彩,各自闪耀着性格的光泽,有哪一个是可以相互替代的呢?中国古代的作品如《水浒传》中的英雄好汉,《红楼梦》中的贵族小姐,又哪里能说是"一个阶级一个典型"?

看来一些同志断言,强调"写本质"必然会造成"一个阶级一个典型",是缺乏事实根据的。从创作实践的大量事实可以看出,"写本质"并不会造成"一个阶级一个典型"。当然,如果把"四人帮"横行时期的所谓"作品"也算创作的话,或许能从中找到例证。但"四人帮"那些所谓"作品",不仅不是艺术,而且恰恰是违反了"写本质"的要求,是根本歪曲本质的,这就不仅仅是"一个阶级一个典型"的问题了。

本质是蕴藏于事物内部的矛盾的总和。也就是说社会生活的本质是蕴藏于事物内部之中的,在纷纭复杂的社会现实生活当中,本质的表现是色彩缤纷的,无限丰富的。作为社会中的人更是如此。没有任何人是赤裸裸的本质的人;任何阶级的本质都是蕴藏于千差万别的活生生的、性格无比丰富的“这一个”人和事物当中。所以文艺作品“写本质”(包括表现人的某些本质方面)就不可能脱离纷纭复杂、色彩缤纷的生活,不可能脱离千差万别、性格丰富、活生生的现实中的人。这怎么必然会造成“一个阶级一个典型”呢?

因此,无论从艺术创作实践,无论从本质存在的客观情况来看,根本不可能得出强调了“写本质”就必然会导致“一个阶级一个典型”的结论来。

“写本质”与“艺术特征”

有些人把“写本质”的要求和文艺的审美价值对立起来,认为“写本质”的要求“是对艺术特征的最粗暴的破坏。”认为“赤裸裸的‘本质’的概念,根本就不是美学范畴的东西,它不是文学艺术的对象,因此也无权进入文学描写的领域”。这又是把问题推到极端而加以否定的论战方法,无论从理论上或艺术实践上看都是谬误的。

首先,我们说文艺作品反映现实生活的某些本质方面的问题,并不是要求在作品中直接写那个“赤裸裸的‘本质’”,而是要求作品通过所描绘的艺术形象、生活场景反映出某些本质方面。其次,“写本质”要求的正如恩格斯所说的,要求“巨大的思想深度和意识到的历史内容,同莎士比亚式的情节的生动性和丰富性,这三者的完美的融合”。这也就是毛泽东所说的“革命的政治内容和尽可能完美的艺术形式的统一”。这在理论上和创作实践上不也是十分清楚的吗?俄国一位理论家别林斯基有一个说法基本是正确的,他说:“哲学家用三段论法,诗人则用形象和图画说话,然而他们说的都是同一件事。”这个一直被人们引用的论点,最少说明了两点:一、文艺所反映的和哲学所反映的一样,都是客观现实某些本质方面;二、艺术反映社会某些本质方面时,绝不是赤裸裸地,而是强调要通过活生生的艺术形象去反映现实生活,通过文艺的特性去实现这一要求。试问:什么时候提出过要在文艺创作中描写那个“赤裸裸的‘本质’的概念”呢?这些理论家不是无知就是有意歪曲。

鲁迅的《故乡》深刻地表现了辛亥革命后中国农村日益凋敝破落、萧条凄凉的现实生活,充分反映了辛亥革命后中国农村在军阀混战、帝国主义和封建主义的压迫下的本质特征。鲁迅通过活生生的艺术形象、生动的场景来反映出农村生活的本质。“写本质”和文艺的审美价值并不矛盾,而是一致的。以诗歌而言,杜甫的“朱门酒肉臭,路有冻死骨”,白居易“是岁江南旱,衢州人食人”,曹松“凭君莫话封侯事,一将功成万骨枯”,也都深刻反映了封建社会的某些本质方面,然而,它们都是以鲜明的艺术形象震撼人心的。再以绘画为例,俄罗斯伟大画家列宾的《伏尔加纤夫》,把俄罗斯人民的苦难以及坚毅不屈的精神,写得栩栩如生;中国雕塑家潘鹤的《艰难岁月》,把红军长征的艰苦以及乐观主义、理想主义,深深刻在读者的脑海中。“写本质”并非什么洪水猛兽,何来“对艺术特征的最粗暴的破坏”,这岂非天方夜谭?

那些所谓“写本质”就是在文艺作品中写那个赤裸裸的本质,是粗暴破坏艺术特征,从而把“写本质”与审美价值对立起来的说法是根本错误的。“写本质”不仅不破坏艺术特征,和审美价值并非对立物;“写本质”要求在艺术形象中体现某些生活本质方面,正是使艺术形象更深刻地反映社会生活,使艺术形象有更深刻的内涵,蕴含更深刻的思想意义,正是使审美过程有更丰富意义,使审美达到更高层次。

“写本质”是衡量“写真实”的标尺

前些年有人把“写本质”与“写真实”对立起来,认为“写本质”与“写真实”是互相排斥的,他们说:提出“写本质”就是要“在‘写本质’的名义下,粉饰生活,掩盖矛盾。”这又是一种误解,一种长期以来的误解。其实,“写本质”恰恰是“写真实”的标尺,两者是互为表里,相互补充的命题。

我们社会主义文艺自然要“写真实”,也就是要真实地反映现实生活,这是毫无疑义的。一篇作品如果不反映真实的现实生活,那么,它就毫无价值可言了。但是,一篇作品怎样才算“真实”呢?用什么标尺去衡量?只能以是否反映了现实生活的某些本质方面来衡量,舍此之外,就无别的标尺可供运用。例如:我们广大的读者,包括广大藏族人民,之所以对《伸出你的舌苔》表现了理所当然的义愤,主要之点不就是因为作者以下流的心理,猎奇的眼光,罗列了一些根本不存在的“事实”,歪曲了藏民族现实生活的本质吗?再举个例子,中唐时期的唐德宗李适,是一位颇想有所作为但却相当昏庸的皇帝,有时候“兴致”来了,也写一两首诗。有一首诗是这样的:“爽节在重九,物华新雨余。清秋黄叶下,菊散金潭初。万实行就稔,百工欣所如。欢心畅遐迩,殊俗同车书。”这首诗把当时的社会写得万物丰稔,人民安居乐业,一派歌舞升平气象。但在同一时代,诗人白居易却给我们描绘了另一幅图画:“岁寒天地闭,阴风生破村。夜深烟火尽,霰雪白纷纷。幼者形不蔽,老者体无温。悲端与寒气,并入鼻中辛。”这是一幅贫穷破败、萧条冷落、人民受饥挨冻、备受摧残的情景。这两首诗如何判断哪一首反映了真实呢?当然,只能是以反映了社会生活本质作为衡量的标准。再如,施耐庵的《水浒传》同俞万春的《荡寇志》这两部小说,到底是哪一部反映了真实呢?这当然也还得从哪一部作品写出了农民起义的本质来衡量。有人要把“写本质”排除于美学范畴之外,那么请问用什么来衡量作品是否“写真实”呢?

所以,“写本质”和“写真实”绝不是相互对抗、相互排斥的;它们之间的关系是互为表里。“写本质”是衡量“写真实”的标尺,而“写真实”则是达到“写本质”的艺术手段。

真理的声音,在历史的发展长河中,有时也会被街上卖假货的锣鼓声淹没于一时,但不可能久远被淹没,它总要响彻云霄;珍珠有时也会被沙子或水草埋没,但它永远不会消失它的光辉,总会有一天在人们的面前展现它的光华。文艺反映社会生活本质这一命题,具有真理性。前些年自由化思潮的声浪,曾经压过了真理,甚至阵地也丢了,连传播真理的阵地都没有了。

这只是一个短暂的插曲,如果以为资产阶级自由化可以长期存在下去,那自然是痴想。现在,我们正进行正本清源的工作,应该把“写本质”的真理广泛传播,理直气壮地把文艺反映社会生活的某些本质方面的口号写在我们光荣的社会主义文艺旗帜之上,高高举起。

(原载《南方文坛》1991 年第 3 期)

1992 年

从多彩的映象省识人生

读冯艺散文诗集《朱红色的沉思》

□ 陈雨帆

读一本诗，倘若能有如同倾听诗人诉说他的人生探寻那样一种感觉，当是进入了阅读的最佳状态。这样一种阅读状态，并不是每读一本诗集都会有的，因为有的诗集并不蕴含人生探寻的主题，或者虽有这种主题却缺乏意象推演的力量而不能激发读者这种阅读感觉。我读冯艺君的诗集《朱红色的沉思》，诚然，并不是一开始就获得这种感觉。拿到诗集，我习惯性地首先找出编排在 80 页的《朱红色的沉思》这首集名诗。读了一遍，又读了一遍。但是，这首诗这时候只还是留给我某一种模模糊糊的色彩印象。接着，我开始读诗集的第一辑："乡土梦魂"。情形相仿，也还只是感到由诗人引带着在他所言的那片"乡土"上走走看看，见识了一些这片古骆越人生活过的南方土地上的红的绿的黄的褐的色彩，却未能感受到这些色彩的神魄所在。于是，我翻到了第二辑"旅途走笔"。我向来不甚喜欢读游记诗，总以为旅行有感与其用诗的形式来表达不如用纯粹散文的白描手法来表达更适宜，果然这一辑里的诗有好多首留给我的印象跟韦其麟君为这本诗集写的"序"里所作的评价很近似："仿佛在旅途的匆忙中摄下一幅图景，又匆匆地说明它的某种意义，因而感人的力量并不强烈。"但是，就是在读这一辑诗的过程中，我的阅读感觉忽然有了变化：先是《她爷爷》和《西线风景》这两首诗激活了我处于半淡漠状态的情思，并以它们所展示的不断迁徙不断延伸向前的"路"和"跟土地一样黑"的好爷爷一如"有根的树"这样两个意象，在我眼前交织、组合成为一幅颇具异采的图画。接着，《大板城起风了》，这又一首诗强烈地撼动了我的心脘，使我感同身受：大板城的风好大，大到诗人连连发出叹息，"没有了品尝西瓜大又甜的欲望，一切都在大风中颤抖"；可是，那"大板城的树，那在戈壁石头缝里伸展着枝翼的树，依旧有着翡翠色的生命，有着热情洋溢的感情，摇荡着释放出你的爱让它流动"，这时，诗人抒放了他的心胸中的最强音——选择了这一块土地，埋下了根基，就有着承受风刮的准备。

树弯了。无数次风的袭击之后，歪向一边，这是形式。

咬住每一根新的枝条，咬住受折磨的思想实体，咬紧根基，决不倒下。

信念总会通往最后一片叶尖。这首《大板城起风了》使我在心弦被拨响之间获得了一种生命的体验。长期来有一句印记在我心中的话语一直抽象而且模糊，但这时，这句话从这首诗所演示的“大板城的树”选择了这块土地上“咬紧根基”生存发展这样的意象推移中，忽然获得了一种充满活力的形象实体，变得具体起来了；紧随着，《葡萄沟》《黄土地的男人》两首，也给了我异曲同工的感受，使这句话更具体了。这句话就是：“生命的价值即在于创造了自己所选择的生活。”是的，就是在这一刻间我进入了那种阅读的最佳状态，如同倾听着诗人诉说他人生探寻上所获得的一种觉醒，以及获得这种觉醒的历程。这时，我在前头读过的那些诗作里的各种色彩又都一齐呈现在了我的眼前；不，不只是色彩，而且还有诗人在人生探寻途程上踩出来的一个个足印，还有诗人在获得觉醒过程中的一程程心音：我开始领会到诗人在花山壁画前所作的“朱红色的沉思”和他所读懂的祖先留在崖壁上的“遗嘱”有着怎样的意蕴了；我领略到诗人在“乡土梦魂”里所写的“父亲”“母亲”以及那位以自己的奶汁浇灌出“桃金娘”果实来的萨英、那位以自己的血液浇铸“血铜鼓”的女人其实就是诗人所选择的人生模范了；我还知道《岸边的人家》里的那些男人和女人以及那些拿大海碗喝酒的“海佬”，那些摇橹的、养珠的、卖青椒的姑娘，全都是诗人的兄弟姐妹了；尤其是《她爷爷》《西线风景》等诗作中由“路”和“树”这两个意象组合成的情境所暗示出来的历史发展与道德根基、人生选择与创造根基的深沉关系，更是使我的心腙变得沉甸甸的了。接着，我翻到诗集的第三辑“情愫愫云”，一路读下去，那些诸多的诗作所诉说的也不单纯是日常意义的爱情和友谊，而是诗人在人生探寻上的种种情愫了。就是在这段阅读的状态中，我领悟到：这整个一部《朱红色的沉思》其实是冯艺君“从多彩的映象省识人生”的诗情纪录。

意象的组合与推移

读完了《朱红色的沉思》这部诗作之后，我确认了这样一个印象：冯艺是一位具有一定审美理想并执着地追求诗作高品位的诗人；而以形象来显现人生旅程上的觉醒之一美则是他在这部诗集里意欲实现的高品位艺术追求。唯其如此，那些在他生活视野界里所见的特别有助于获得人生觉醒的事物，便最容易刺激起他的直觉情绪，使他发生突发性的心灵感应，因而渐渐形成了他自己特有的审美敏感区域。诸如“旅途”“乡土”“血性男女”就是从他诗里可以见到的他所特有的几个审美敏感区域，“乡土梦魂”是谁的梦魂？那都是远离乡土旅居在外的诗人对故乡小河和“岸边人家”的记忆，对儿时小树林的依恋，对南方大山的梦回以及对那片“酸性土地”的“湿漉漉的相思”……一句话，都是作为一名旅人的诗人的梦魂。即便是那些看似直接描绘故乡的木屋、木楼、木排、寨夜、笙歌、笑语、河岸、海湾、卡车、立体声和水烟筒这类实景实物和山女、海佬这些“实”人的诗篇，也无不带有梦境般的色彩，罩有着迷蒙的细雨或者二层淡淡的雾；即便是在《还乡吟》这样的标题下所写的回乡省亲诗，所写的还是旅人的情思；“走过去走过来的步子都是为了记住绿树对根的情意”；即便是这辑诗最后一首写的那位“卖青椒的姑娘”，明明是一位城市菜市场上见到的卖菜女，读来却是诗人这位旅人眼里的“乡土的化身”。总之，“乡土梦魂”这一辑里的诗，大致上都有一个由“乡土”与“旅人”这样两个意象组合而成的情境或意境在诗里显现着或潜藏着。同样地，第二辑诗“旅途走笔”，诗人之笔的走向何在？这走向竟也是以“乡土”为信宿。虽然在这些诗的字面上“乡土”这个字眼极少出现，但是那些旅途景象之所以能令诗人禁不住走笔成诗，几乎都因由于它们与诗人的“乡土”有着某一种情思上相互映照的关系或联系。即是说，第二辑的诗也大致上都显露着或隐藏着一个由“旅人”与“乡土”这两个意象组合而成的情境，只是前一辑诗的意象推移和衍生侧重于“乡土”，而后一辑诗则侧重于“旅途”“旅人”。至于第三辑诗“情愫流云”，那情愫之云则分明是在“我”和“你”这样两个血性男女的意象之间来回流动；那里边的“你”，或者是“我”的恋人、妻子，或者是“我”的学友、战友，或者是“我”的母亲、教师；《不老的情歌》一组七首均以“写在两地分居时”为副题的诗，是这一辑诗里情色最见斤两的作品，诗里的“她”都可以读成“你”，是“你”这个意象词的换用。即是说，这第三辑的诗多半透露出一种由“你”和“我”这样两个意象（也是诗中的两个主人公）组合而成的情境。另外，这本诗集的部分诗作里还潜藏着或显露着另一个意象组合，这就是“路”（人生选择）与“树”（创造根基）这样一个更值得品味的意象组合。

前面说过，我读冯艺的这本诗集，并没有较早地就进入最佳的阅读状态。这是为什么呢？既然他的诗作有着高品位的追求，何由读到《大板城起风了》，我才被引入到最佳的阅读状态呢？我想，所读的诗，能把读者引导进入到怎样的阅读状态，跟下面这么两个因素关系顶大：一是所读的诗有着怎样的意象组合，一是所读的诗有着怎样的意象推移。我们知道，一首好诗总是诗人对现实生活的某一种直觉所唤起的情绪推移经形象显现而具体化为意象推移的产物。《大板城起风了》与紧接在它前后的《她爷爷》《西线风景》《葡萄沟》《黄土地的男人》这几首诗之所以能引带我进入了最佳的阅读状态，首先就因为它们把诗人对“旅途”上那些与“乡土”有着某一种情思映照关系的人和物事的心灵感应——也即直觉情绪，具体化而成了“旅人”与“乡土”的意象组合。其次，更重要的是，这些意象组合在诗里实现了向更高层次的意象组合的推移。《她爷爷》里的“她爷爷”远离乡土到了城市，成了一个旅人，可他的肤色始终“跟土地一样黑”，始终依恋着草原大山里“染”过他的阳光、“拱”过他的树林，“拥”过他的芳草。“旅人—乡土”的意象组合在诗里如此具体可见。但诗人的笔触并不停留在这般层次的意象描写上。诗里更进一步写出了她爷爷每天每天清晨都背起他的外孙女“走到几里路的黄河边坐着，细细地看着流过他家乡的河水”等等图景、情景，让读者省识到这位老人的心始终“守护”着他乡土的那片原野——这是因为，这片原野有他创造过某一种生活的根基。同样地,《西线风景》里诗人不仅写了草原的男人女人的年年岁岁都在“冬牧场”和“夏牧场”来回转场,返涉,更向我们暗示出,他们迁徙的次数再多,他们(还有他们的牦牛、毛驴和马)的足迹,始终都是踏在草原乡土上——这是因为这里有他们创造过去的和未来的生活的根基。这两首诗就是这样实现了向更高层次的“人生选择与创造根基”也即“路与树”的意象组合的推移。它们能够最先激活了我这个读者的情思,主要就是因为它们具有了这样一种意象推移的力量。至于《大板城起风了》和紧接其后的两首诗里那“大板城的树”,那在“火洲”里盎然生存着的“葡萄沟”,那“血涂而生辉”的“黄土地的男人”,则更是在“这一块土地”上创造着自己选择了的生活的人们和他们“咬紧根基”、开拓发展的思想实体的具象化了,“路”与“树”的意象组合在这里更鲜明了。而且在它们由“旅人—乡土”的组合意象向更高层次的“路—树”组合意象推移的一刹那间,辐射出了一种具有哲学启示意味的光与色彩,使读者感受到的不仅仅是旅人与乡土的关系情境,而且是人生之“路”与创造之“树”相互依存的意境,因此它们具有了撼动读者心腙的力量。

那么,同一诗集里的其他诗作,情形如何呢?在进入阅读最佳状、开始感觉到诗人是在诉说他的人生探寻之后,我回过头去把第一、第二两辑那些原先只仿仿佛佛留给我一些色彩印象的诸多诗作再读了一遍,读感自然是加深了,但它们多半分属于这样三种情形:其一,如《湿漉漉的相思》,《1990,重读〈桃金娘〉》《血铜鼓》《木屋里的立体声》《西北酒》《朱红色的沉思》等诗作,诗人被直接现实所唤起的直觉情绪都相当浓烈,而且得到了组合式的包含着“乡土”与“旅人”关系情境的形象显现,有的还形成了“乡土——旅人”组合意象的雏形,但是就在这时候,诗人能用来使直觉情绪具体化的“意象元件”也即可供诗人用来与乡土及其边缘类事物进行心灵交流的具象化词语却很少很少,有的诗作里就只是那么一两个,因此所形成的意象得相当单薄,致使它不能向更高层次、更深意味的意象推移。这样,即使后面也看得出诗人在作意象推移、深化的努力,但往往让读者读到的是一些陈述历史发展与道德根基之类关系的概念词语,而未能体味到那些浓烈情绪的神魄所在,这是第一种情形。其二,如《岸边的人家》《村头,那条清清的小河》《还乡吟》《北部湾情话》《海佬》《海天之间》《明珠北海》《明江的传说》等诗作,诗人由直觉导致的情绪推移在这些诗里得到了比较丰富的形象显现,均能形成“乡土—旅人”的组合意象,而且诗人(他具现为旅人“我”)与“乡土”及其边缘类物事,诸如“父亲”和“小船”“锚绳”“水烟筒”“米酒”,“母亲”和“村头的小河”及“奔流如乳汁”似的河水,“把橹的姑娘”和“沉甸甸的缆绳”“粗黑粗黑的长辫”以及她“踩着浪涛走进我的情话,步入我的情歌”时的“眼波”,“海佬”和他们用的“大海碗”,他们“总爱站在颠簸的浪谷上,去摸海燕的翅膀”的英姿以及他们的女人们“说大海就是他男人健壮起伏的胸脯时”的“爱抚”与“泪花”,等等,进行了比较生动的心灵交流;但颇有遗憾的是,这些诗在实现了这样的意象组合之后却往往到此为止,不能实现向更高层次的意象组合的推移(原因后面另作分析),因此它们多半只还是让读者品赏到“乡土”与“旅人”的关系情境,而未能深味到高品位的意境,这是又一种情形。其三,则是这里一直未提及的数量并不算少的诗作,它们即欠缺浓烈的直觉情绪也欠缺意象的组合,虽然有一些直接现实的描述,却无法实现诗意的概括。基于这样三种情形,我们回过头去大致可以找到前述问题的答案:第一第二两辑里多半的诗作迟迟未能把我带进到最佳的阅读状态,即是说诗人虽然也意图以这些诗诉说他的人生探寻的成果,我却未能感觉出来,一方面自是因为我读得愚钝,但另一方面则恐怕主要是这些诗还大致处在上述三种情形之缘故。说是大致,也即是说有例外,有这三种情形之外的第四种情形。譬如,《卖青椒的姑娘》一诗,我初读时即从诗里描述的诗人与小姑娘的情感交流之中品赏到一种徐徐然的情韵美;待到进入阅读最佳状态之后我再读时,那小姑娘便是诗人眼里的"乡土化身"的形象愈加跃然纸上,诗人与小姑娘的情感交流透露出的则是一种意韵美了。尤其是在诗的情景乍然突转,也即是那群一哄而上的抢购者"叽叽喳喳"的喊叫声把诗人与"乡土"的心灵交流打断了的那一刻间,诗人以他叹息一般的描写让读者体会到了一和"路"(人生旅程)与"树"(道德根基)的深沉关系,诗的意韵之美更见出了神魄之态。自然这种"路—树"关系的意义并没有在字面上作任何的直接陈述,读者领略到的乃是一种"意生于象外"的意境。恰恰是这样的"意外之境",使这首小诗着实难能可贵。

转换生成的语言结构

前述四种情形的第一种情形,也即那些情绪浓烈的诗,为什么未能将其情绪的推移具体演化成意象的推移呢?第二种情形,也即那些已形成某种意象组合的诗,又为什么未能将其组合意象向更高层次的组合意象推演,实现自有格局的意境呢?冯艺君在诗集"后记"里对自己的"语言雷同,手法的反复,模式的重叠"表示了苦恼,这苦恼实际上就是在向他自己提出这个"为什么"的问题。

一首诗,如果有了自己的由直觉导致的情绪推移经具体化而成的意象推移,我想,就不会产生语言雷同、手法反复的毛病。而一首诗有没有那样的意象推移,则靠诗人的想象。但是如果诗人只有"人看花"式的想象,那么他的情绪再强烈,他脑海里也难有意象的组合与推移,写成的诗当然也就更不可能有诗本体的意象推移;然而,诗人的想象倘若不只是"人看花",而是"人看花,花看人",甚至是"人看花,人到花中去;花看人,花到人里来"那样的势态,这时候的诗人就可以将自己置于和心外之物("花")相互转换生成的关系之中,诗人的脑海里也必然就有了别有格局的情绪推移以至意象的推移,在我看来,就因为其想象还多半停留在"人看花"的单一格局里,或者刚刚进入到"人看花,花着人"的阈域便止步之缘故。比如《湿漉漉的相思》一诗,诗人忆及历史,提到了布洛陀、刘三祖、侬智高、石达开、韦拔群这些民族精英的名字,但读完了全诗,读者也只觉得他们是被诗人单方面在看的"花"而已,甚至只是一长串名字而已。如此,诗开首的两节虽然情绪浓烈,浓烈到"该不是泪,不是也是湿漉漉的相思",但后面九节诗,诗情不是越来越平弱就是外现为一些抽象概念词语,没有情绪的推移,就只能是"人看花"式的诗而已。诚然,冯艺君在苦恼,也在不断地努力,他在探寻人生之路的同时也在孜孜探寻着诗的意象推移功能的秘密。他的这种努力,在上述第二种情形的诗作里,有了成功的体现。如《明珠北海》一诗的头一节:"一阵阵的海潮往这儿挤,差一点就醒着了房屋;一朵朵的浪花往这儿飘,差一点就遮住了窗户!大海呀,浪花吗,为什么你们前呼后拥又戛然止步?噢,为听那一首美妙的情歌,把明珠北海城紧紧靠住!"这节诗的画面就不仅已具有的转换生成的情境结构,还具有了转换生成结构的语言句式,诗人靠这样的句式便能把诗的情景凝练而成的意象组合很简洁地表现了出来。类似这两例的情境和语言结构,在上述第二种情形的诗里,每一首都有所具备。既然如此,何由它们又未能向更高层次的意象组合推移呢?很明显的原因就是:这些诗的开头或某一节里具有的转换生成的情境结构、特别是转换生成的语言结构,往往没能在整首诗里得到贯穿性的运用!诗人的直觉情绪虽然在推移并不时地显现出一些可以用来推动意象演进以至组合成高层次意象的具体语词,但诗人没有继续提炼出转换生成结构的语句将这些"意象元件"组合起来,凝聚起来,反而求助于一些文坛里正在流行的句式(如《海天之间》里用的以多项排列伸展文身的句式)或者概念性的套语(如《明珠北海》里用的"诗诚""画城""花开满滨城"等等)把推移着浮动着的情绪陈述出来了事。其结果,便是"意象元件"——被这些流行语言和套语淹没了去。我想,这就是那些诗里未能实现意象推移的障碍性原因。这种打杀意象推移功能的语言性障碍,对于追求高品位的诗人来说,自是不可等闲视之。

在《大板城起风了》一诗里,冯艺开始打破这种障碍;整首诗的意象推移基本上是在转换生成的语言结构中运行,以至"大板城的树"成了"树人合一"的一种意象。到了诗集第三辑"情愫流云",他在这方面的艺术探索又跨出了新的一步。这辑诗的单个诗作,其直觉情绪大多没有一、二辑里上述第一、第二种情形的诗形的诗作那般强烈,但是有相当一部分诗作如《相逢在盛夏》《我们正年轻》《四月,爱的温床》以及组诗《不老的情歌》等,则不但直觉情绪浓烈,而且都能在具现为"我"和"你"的意象组合之后,不同程度地实现了向高层次意象组合推进,形成了诗的双重组合意象结构。《不不老的情歌》第二首《"索南措",蓝蓝的湖——写在雨地分居时之二》是实现这种双重意象象结构最有代表性的一首。诗中具象化为她的心湖"索南措"和诗人人生阅历之湖相互映照、互相转换生产的关系图景——这样的意象推演又一直在转换生产的语言结构中运行。而经历三个层面的转换生产之后,砰然间,是这么一句心迹的笃诚实录端到了读者面前:"只因为在生活的荒漠中第一次遇上了她……我便真诚地爱上了她。"读者在这砰然间有了心领神会:却原来,诗里"我"和"她"乃是以从"一"做起,从"荒漠中"起步,共同去创造选择了的生活为爱的根基!不需再加点明,读者便已省识到这首诗里蕴含着的人生选择与创造根基也即"路"与"树"的组合意象。从而这首诗实现了由"你—我"组合意象向"路—树"组合意象的推移,形成了双重意象结构的意境。这便是所说的借助转换生成的语言结构而实现的诗的双重意象结构。

冯艺在这一辑诗的题记中写道:“在今天,我寻找昨天。”这“昨天”便也是“根基”,是“树”的意象衍生体。这句话表明,他的人生追求与艺术追求是颇自觉的。而这本诗集表明,他的“寻求”又是多方面多途径的,他不断地“从多彩的映象省识人生”,同时也不断地多方位省识着诗的真谛。这就是我们能够对他的新作寄予希望的依据或前提。

(原载《南方文坛》1992 年第 2 期)

傩面具本质揭秘：生命图腾化及中国戏曲迟缓诞生的原因

□ 柴立扬

法国学者奥古斯特·孔德的格言："认识你自己，就是认识历史。"至今仍然对我们研究傩文化，即傩的全套祭祀仪式及在祭祀中唱、念、舞、面具等艺术形态和在此基础上的附加形态——傩戏有指导意义。

一直困扰我们并使我们难以拒绝回答的问题是：为什么中国这个伟大的文明古国戏曲的诞生迟缓到公元十二世纪以后，比希腊和印度晚出一千年？

遵照奥古斯特·孔德的启示，我们从认识人类自己，去寻觅中国戏曲诞生迟缓的原因。我们发现原始人类"生命精神化"在史前时代不可能全面表现，"生命精神化"在最初年代所凝聚的形而上的力量只能在宗教、伦理学、哲学、社会学、科学、艺术等精神领域中率先突破一种，史前人类选择了艺术，而艺术表现的形式则留给史后人类选择，希腊人选择了神话，印度人选择了佛教故事，中国人选择了纹面纹身。神佛丰富了希腊民族和印度民族的想象力，奥林匹斯神山与古佛教三世轮回的天堂地狱，提供了人本质力量外化的神佛活动的戏剧舞台。中国神话故事的不成熟，与中华民族早期的直观思维方式有关。《易·系辞》曰："古者包牺氏之王天下也，仰则观象于天，俯则观法于地，观鸟兽之文与地之宜，近取诸身，远取诸物，……以通神明之德，以类万物之情。"这种仿天效地、类物通神的"万物有灵"思维，使祭祀的主持人巫或觋现成为"天地通"，拜神降鬼沟通大地山川、神人祖先。中国的巫起码可以远溯史前和三代，《山海经·大荒西经》载："有灵山，巫咸、巫即、巫肦、巫彭、巫姑、巫真、巫礼、巫抵、巫谢、巫罗十巫。"黄帝与炎帝在涿鹿作战问卜于巫咸；商王汤本人就是能巫善歌的巫师。中国阿尔泰语系民族的"萨满"，南方古百越的"师公"，墨面纹身或"以赤白土傅面"（《云南志略·诸夷风俗》），用巫舞表现神鬼，用巫舞娱乐神鬼，"舞是生命情调最直接、最实质、最强烈、最尖锐、最单纯而又最充足的表现"（《闻一多全集》）。现代社会学家考查得知，越是原始的民族或部落,其舞蹈习俗越蛮野。舞蹈是人类的第一艺术,舞蹈脱胎于动物性的本能冲动,它是自发的、不可抑制的,或者说情不自禁的,它显示了人类刚刚脱离意识的黑暗时期的那种蛮荒阶段。生命冲动的最炽烈期间是求偶性爱阶段,如果说动物在求偶时舞之蹈之,属于本能,那么,人类"生命精神化"的起点——舞蹈,则与动物行为有了本质区别。人类开始有了主客体意识,便开始对天地、自然的神秘产生敬畏,对突然死亡的恐惧和生的渴望的强烈冲动导致意识升华为舞蹈行为,促发和导致舞蹈行为的最原初、最根本和最强有力的冲动,不是情感冲动,而是生命冲动,那时情感刚刚萌生或者尚未发生,还不足以聚集力量促发艺术的诞生。情感对艺术的显著作用是旧石器时代晚期,进入文明时代的事。所以祭祀中的傩舞,在超越自己动物性存在的那一瞬间对世界的观照,属于精神的满足和解脱。原始人类对完全异己、有无限威力的自然力产生了相悖的两种无奈:一是把自然力人格化,产生鬼神观念并去祷告和祈求鬼神,这是原始的宗教;一是幻想人借助生命意志的某种神秘力量,去控制和影响鬼神,这是戴面具的巫术。两种无奈很难截然分开:既奉祀鬼神,又想控制鬼神;既祈福禳灾,又驱疫祛邪,原始的祭祀因而产生"傩"。"傩"本"难"字,"难"含驱疫祛邪的意思,加上能"天地通"的巫师这个"亻"旁,就成了"傩"。

傩舞后来是构成戏曲的因素之一,但还不是戏曲。傩舞的萌动,在原始人类精神上并不具有舞蹈表演的心理和生理的明确动机,傩舞开始纯粹是一种祭祀仪式,人体是祭献物,人面像神乃傩。既然人体是祭献物,为神所驱动,则傩祭中舞蹈的形体律动与人体活动规律迥然不同,即呈逆反性,晃头、抖肩、钓脚、诀指、弹腕、顺拐等特异性的律动无不是为了造成祭祀的氛围。诀指在道教佛教中分别称"拗决""手印",用于道场和法事,是法力的显示,是请鬼神的特定动作语言。傩舞虽然在观众视觉上、心理上自动复合、对位,产生一定艺术感染力,但这种感染力是无意识攫取的,傩舞的动作设计完全服从鬼神具象化的需要。人面像神乃傩,巫师戴面具则把先民对鬼神的敬畏祷告和驱疫祛邪的两种无奈愿望形象化。甲骨卜辞有一"倛"字,释为"占之像神以逐疫者。四目为方相,两目为倛"。(《辞源》)"倛"是巫师戴的"两目"面具,"倛"或威武,或可怖。广西傩面具现存的"三层令公李靖本相",赤色枣面,唇鬓上翘,忠勇威严,与妖魔搏斗时则成双眉如帚、双目突出、血盆大口的凶相。开山神眉短而浓,双目炯炯;雷王鸾脸阔嘴;山魈燎牙突耸。(《美术界·广西傩面具艺术专辑》)"黄金四目"最早见于《周礼·夏官》:"方相氏掌蒙熊皮,黄金四目,玄衣朱裳,执戈扬盾,师百隶而时傩,以索室驱疫。""黄金四目"今已不存,当是早期傩面具的狰狞神态。

关于傩面具的原始思维,可以追溯到人类最初的头面装饰。动物的进化使动物的主要感官集中于头部,进而集中于颜面,眼睛、鼻子、耳朵和嘴的动态组成脸部表情的"语汇",当人类能自觉地对自身进行装饰时,头面就成为最重要而特殊的部位受到重视。原始渔猎民族在头面装饰上注重对猎物实体的模仿,如头上的犄角、唇边的獠牙,这是猎物的武器,也是原始人类假作"武器"的部位,再有就是鼻子的装饰,"嗅"在狩猎中较眼睛更能发现隐藏的猎物。原始民族在头面装饰上注重眼睛和腮、嘴的装饰,今天仍能见到仰韶文化遗存的人面纹,如在陕西临潼、宝鸡间发掘出十二件绘制了人面纹的彩陶器皿,佐证了中华祖先最早的脸部描绘。眼部与口部的表情丰富,有瞪有闭,有叫有呼,所有颜面基本为圆形,这表明寻找选择植物块茎和籽实的过程中,眼睛的发现与嘴的品尝使“看”和“吃”与生命紧密相连。圆形容器造型及彩陶的色彩丰富,表明贮存观念和贮存植物种类的多样对生存的重要。眼睛和腮、嘴的装饰扩展到上额和下颌有深层涵义,即农耕民族十分重视天象和土地的关系,汉语词汇将额、颌称为“天庭”“地阁”。中国傩面具原初的眼眶勾勒造型,衍化为上额部眉毛装饰,使面具脸谱五官特征更为夸张,傩面具的描眉有卧蚕眉、梳子眉、瓦眉、虎尾眉、吊勾眉、云纹眉、扫帚眉、火焰眉、疙瘩眉、宝刀眉等十几种之多,眉毛装饰最初意义是眼睛看天象变化对收成影响的情绪感受和表达方式,它将自然崇拜寄托在天象、气候的变化内容之中,形成众多与节气、时令、气候、水土有关的习俗、迷信观念和鬼神精灵思想,积淀在“生命精神化”的形而上进程中。眉毛装饰后来图案化,成为戏剧脸谱刻画人物性格特征的手段,则是人类满足生存需要后,超越图腾本义后的艺术表现,但那是傩舞从娱神驱鬼分化为娱人歌舞后的事了。同样的推理,我们不难解释,为什么至今尚流传民间的颜面装饰,前额和腮旁颜色均涂以不同色彩,口角和下颌或涂色或挂须,与傩面具强调的化妆部位吻合,中华祖先对嘴和土地关联而发出的情绪基调,虽然被傩面具的审美形式掩盖,然而透过傩面具本质,我们依然能唤回古老而久远的残存记忆。

从世界范围研究来看,世界上所有民族的原始戏剧模式,只要其中具有头面装饰成分,无一例外是以面具形式完成其表演的,面具是原始文明特有的文化形态。问题在于不同地域、不同种族的文明有不同的发展途径,狩猎民族入侵和农牧民族混杂及各种文化交往也影响了文明发展。古希腊文明进入面具阶段后,就舍弃面具祈福禳灾和驱疫祛邪的社会功利性功能。希腊人不是娱神拜神而是造神,神话与迷信的根本差别是:在所有的神话中,都是人最终战胜神或神造福于人类生活。希腊诸神是希腊人形象的折射,希腊人生命精神化的起点是人神化的自娱,太阳神阿波罗性情放荡,他气宇轩昂,善于花言巧语,赢得诸女神的青睐与爱慕,除了命运女神拉卡西斯看破红尘,终日端坐纺车旁,手持纺锤与生死簿,与阿波罗无缘分,其余女神如月亮女神阿尔特弥斯、黎明女神伊奥斯、婚姻女神海门、健康女神海根娜、喜剧和田园诗女神萨利阿、美丽和欢乐女神欧弗罗斯妮,都争着与阿波罗偷情尽欢。这种乱交的想象力不可能出现在“天人合一”的中华祖先的思维模式里,结果是希腊文明将社会基本文化活动转向不以面具参与的神话和戏剧,希腊文明始终未能出现颜面的“语汇”。希腊诸神是人格神,通过造神,希腊人确立了对自身智慧和力量的信心,并为后来人文哲学的成熟作了准备,人类自娱意识的觉醒对于戏剧起源有重要影响。周贻白(著《中国戏剧史》)、董每戡(著《中国戏剧简史》)、任二北(著《唐戏弄》)等戏剧史专家认为戏曲起源于俳优,他们的观点源于王国维的《宋元戏曲考》:“后世戏剧,当自巫、优二者出。”王国维说:“巫以乐神,而优以乐人;巫以歌舞为主,而优以调谑为主。”虽然都是祭祀,巫觋娱神,俳优娱人。苏东坡《东坡志林》卷二对年终十二月为酬谢农耕神而举行的腊祭作了详尽阐述,特别提到腊祭扮演者巫觋戴面具装扮“猫”“虎”之尸,又表演鹿与女,表演一段大罗氏把鹿送给心爱的姑娘的故事。在《东坡志林》的记载里,可见俳优是从巫觋演化而来,宋代巫觋(俳优)腊祭由侧重娱管作物丰收的农耕神转到侧重娱人,与人世间生活更为接近,巫觋(俳优)的服饰“草笠”“葛带”“榛杖”已经是实实在在的凡人用物。中国戏曲在宋代从宗教祭祀的氤氲走向俗世寰宇的过程中诞生了。

探索中国戏曲迟缓诞生的原因,从傩面具本质揭秘,我们可以看到在漫长年代(史前到公元十二世纪)面具恒稳地停留在生命图腾阶段,按照美国心理学家马斯洛著名的人类动机层次理论,人的需要演进是波浪式的,较低一级的需要高峰过去后,较高的一级需要才能起优势作用。纹面纹身到面具、脸谱,在中华祖先生命精神化的形而上进程中,长期徘徊在马斯洛认为的生理和生存的低层次需要间。面具的生命图腾化力量如此久长、深远,至今还显示着牢不可破的内在亲和力,在中国一些穷乡僻壤和少数民族聚居地,如贵州的铜仁,广西的武宣,云南的澄江,山西的忻县,陕西的安康……仍然能够得到形象的观照。人类自娱意识觉醒过迟及生命图腾崇拜的恒定,压抑了中华祖先自我需要愿望的实现,而戏曲之花在生存需要满足、情感需要宣泄时才会产生艺术价值,这就是中国戏曲诞生比希腊晚出一千年的奥秘。

论证上述观点,我们得把眼光投向新石器时期和青铜器出现的金石并用期。中华民族是最古老的农耕民族,中国是唯一以特有的农业生产方式与统一文化延伸至今的地域,傩面具则是农耕民族颜面装饰定型化的产物,它以刻板的形色状貌取代表情丰富的脸,它将在日常生活状态的人面与特殊场合祭祀状态的人面区分开来,这与农耕生存方式有关。原始渔猎民族流血的杀戮、猎获的搏斗及猎物的易腐不能长期贮存,造就渔猎民族对武器、体魄的依赖与对生命丧失或获得的崇拜,渔猎民族对自然的变化比较冷漠,对自身情绪难于把握,往往处于静和动、生和死的极端状态之中,他们较相信偶然的机遇或自身个体能力,有一种强有力的个性表现,因此将早期的面具仪式转化成自娱的游戏,没有保留并发展面具的生命图腾效应。原始农耕民族的采集活动则不然,找寻、选择、采集、收藏的过程使得农耕民族既没有极大收获的喜悦,也很少面临突然死亡的危险,缺少生死的搏斗,也不能随心所欲地攫取。中华祖先以平缓的心境等待植物漫长的生长周期,以贮存的籽实渡过没有果实可采集的日子,中华祖先在对自然的依赖中产生对自然的崇拜,对自身情绪较能把握,他们相信自然神灵对人的控制,相信人对自然的顺从,有一种宽容的忍耐性格及心理状态。他们定居的日作夜息生存方式形成的感觉经验与思维模式,与天地感应,则发觉语言与行为交往远不够用。语言与行为交往只能通过人的个体传达,不能在更大的时空与天地鬼神交往并通过可超越个体生命时空局限的方式延伸扩展,头面装饰实际是人类对自身恒定思维的始祖记录形式,颜面的喜怒哀乐之形色逐渐成了固定化的心态、物态或观念的记号。与天地火神“商讨”未来年景收成时,与单纯而强烈的颜面装饰相比,任何活生生的脸部表情都显得多余而纷繁,恒稳的面具比任何言语行为的祈祷更能穿透时空。因此,幻想的鬼神面具成为人与自然万物灵魂对话的仪式,面具的生命图腾化力量的超稳定使面具迟缓走下祭坛,寻找世俗化的归宿。

图腾,岑家梧认为是由北美奥目贝人语音转化而来,意为"彼之血缘"。弗洛伊德认为图腾观是所有文化发展过程中的一种必然阶段。图腾化的特征在于相信整个部落、种族都出自同一祖先、同一血缘,并与某种动植物有直接血缘关系。它对因崇拜而释放出来的人类生命力量进行最初的规范,它将被尊为神圣的生命原力转塑为对活体生命起威慑作用的恐怖头面装饰,它取消个体生命自由自在的权力,迫使向外膨胀的生命力量收敛回缩,让自卑感重回人类的原始头脑。据文化人类学分析,古人类崇拜自然力,并不是崇拜一切自然现象,而是崇拜那些对人类最有影响的自然力,譬如生殖力。人类一方面对生物界生长不息的繁衍和自然创造,充满迷惑的感受和惊奇的赞叹;一方面在对自然的抗争中,不断意识到血缘群体力量的意义,需要生殖这种创造力来壮大血缘群体力量。在感受和需要的交织中,性和生殖意识在面具装饰中表现非常突出。四川大溪出土的两面石雕人像,面部器官为阴刻,两面的造型特征均为鼻梁挺直,双目睁开,嘴部微张的男女同体崇拜。辽东后洼遗址出土的人面雕塑的正面图像为眼睛一上一下,额部突出,嘴为凹坑。舜时的乐官夔,创作了"予击石拊石,百兽率舞"。巫师在举行巫术仪式时,作鸟的打扮,头上有羽饰,身上有羽衣,这在铜鼓图像上看得很清楚。"百兽率舞"中的鸟乐,与巫师头上的羽饰,无不和面具有关,鸟面具或头饰深层涵义是生殖之意,鸟在远古意象和历代文学考证中,都作为男性生殖器的谐音字。闻一多说:"俗正呼男阴为鸟也。"(《古朴堂杂识》)今天壮族师公戏的"师公",壮民称为"师苟",意即螺蛳头部,壮民治病、消灾、求子、保寿都请"师苟"戴面具施法。"师苟"戴的面具最初是螺蛳头盖形状,壮族传说螺蛳花王变为田螺姑娘躲进壮族青年特伽的水缸,和特伽结合繁衍和养育了壮族先民。壮族把螺蛳花王当作生命图腾来崇拜,而"师苟"是螺蛳头,酷肖男性生殖器,每个"师苟"都有一徒弟(男性)称为"师勒",即小螺蛳。傩面具的性和生殖意识隐晦地反映了母系制度演化的历史变迁,在这个缓慢的历史进程中,男性力图在各个方面显示自己的创造力,甚至想取代异性地位,强调自己在生育中的决定作用。"男性不满足于否认女神在生育上的协助,甚至想取代异性地位,他们还模仿她们的形象、衣着和特征,他们打扮成女神的装束","男性胆怯地偷偷进入神圣的位置,在这里强迫人们崇拜自己,最后从这里把妇女的神赶出去"。(拉法格:《宗教与资本》)

贵州德江傩堂戏的成因是洪水泛滥,人烟灭绝,兄妹成亲,繁衍子孙,后世不忘祖先,演傩堂戏纪念,尊称兄妹二人为傩公、傩母。类似"成对"的情况在各地傩戏很常见,侗族傩神有两说,一说是姜良、姜妹,一说是圣主三娘和姜骄二郎。圣主三娘名"姬姬",是太上老君的女儿,嫁给了侗族少年姜骄二郎大神。长江流域的傩面具,几乎都有傩公、傩母,有的称傩爷、傩娘,与伏羲、女娲兄妹成婚,再造人类的传说暗合。壮族师公舞也有天公、地母"成对"的神。壮族傩面具的雷王是男性形象,壮族民间传说却把雷王叫作“雷图把”,带有女性的尊称,“把”在壮语中是伯娘的意思,有的地方干脆把“图把”叫“姆把”即雷伯娘。雷王掌雨水,雨水和禾苗的生命非常密切,所以在壮民心目中,雷王虽是男性神像,却是女性称谓,这是非常有趣的现象,实际蕴含男女同体崇拜的性和生殖意识。至今江南村镇不少地方还保存石雕牌坊和图腾柱体,考其渊源,当是把面具悬挂在寨门膜拜,其装饰与鸟图腾有关,其面具意象的符号密码隐匿沉落,后代人已不能清楚地理解或去猜想它。

积淀在中国傩面具的生命图腾化力量呈男女“成对”的现象,而不是像希腊神话男女神欢娱乱交。希腊神话的天帝宙斯除天后赫拉外,还有两个情人阿尔伐斯国王的女儿达那厄和腓尼斯公主欧罗巴,宙斯还浪漫地诱引雅典公主普罗卡尼,遭拒绝后下令诸神联手把普罗卡尼变成燕子,终生衔泥含草筑巢,忙于报春与繁衍后代。中国傩面具涵蕴的性和生殖意识,体现在红山文化对应的对偶婚制的母系氏族时期,通过崇拜神话传说中兄妹这“成对”的两个男女神,将生命精神化的纹面纹身敛缩为集崇敬畏惧于一体的信仰,并将信仰面具化,使每一成员时时处在它的威胁之下,这种威慑是隐秘悠远的血缘之根,每一个体生命不得不在心灵深处慑服跪拜于面具的生命图腾化力量。所以农耕民族的原始文化形态傩面具,漫长地徘徊在马斯洛认为的生理和生存的低层次需要间,中华祖先的自娱意识囚禁在娱神的祭祀面具内,自我需要的愿望迟迟未能释放出来。

农耕民族是跪着娱乐自己的。从屈原的《九歌》看出,男巫或女巫分别装扮生命神大司命,爱神少司命,太阳神东君,海神河伯,山神山鬼,表演祭祀的歌舞,“象神之衣服形貌动作者,而视为神之所冯依”(王国维《宋元戏曲考》)。巫觋已不是浑然一体地拟禽似兽,而是以专职装扮者的身份,依不同场合的需要,各有选择地装扮成特定的鬼神,这种虚拟的装扮性提供的历史信息,是明代杨慎所言:“观《楚辞 · 九歌》所言歌舞悦神,其衣披情态,与今倡优何异!”(杨慎《升庵集》卷四十四)倡优(俳优)从神的笼罩下走出,进入宫廷,国王和奴隶主贵族是天之骄子,他们饱暖思淫乐,祭祀天地娱鬼神的时候,想到代天享乐,追求感官的满足,于是把倡优窃为己有,“主上所戏弄,倡优蓄之”(司马迁《史记》)。倡优后起于巫觋,与巫觋有联系又有区别,巫觋娱神,倡优娱人,注重语言的艺术,开始模仿人物。倡优基本还是戴面具以演傩舞为业。傩舞进入宫廷始于殷商,后来“周礼既废”,各国宫廷专设用傩舞祭祀的机构和官职有司,“季冬之月,命有司大傩旁磔”(《礼记 · 月令》)。傩舞正式命名为“大傩”。大傩繁荣于西汉,张衡《东京赋》对洛阳宫廷大傩有详细记录,赋体极铺张揄扬:一万个戴红头巾穿黑衣服的童男童女,一排排壮士手持弓箭沿路发射,又有人持赤丸五谷以及火把,骑马而过,一边播撒,一边传火,送疫鬼出端门,弃之于洛水之中,方相氏舞大斧,女巫男觋舞管帚,上天入地,将危害人类的妖魔鬼怪搜索无遗,统统消灭。唐朝大傩基本形式还是游傩,与汉朝相似。唐以后,大傩不再见于正史。大傩娱人的成分虽然逐渐加重,但目的还是娱神,大傩的巫觋意识开始情节化,但是还没有最后突破生存需要的层次上升为戏曲。傩面具的生命图腾化力量进入阶级社会后,灵魂和精灵附着说被利用来为“天授皇权”服务。中华祖先在自娱意识觉醒的初期,跪在鬼神面前代鬼神欣赏大傩的神韵。

傩舞流入民间,分为两支:一是乡傩,仍是祭祀祛邪;一是傩戏,促使了中国戏曲诞生。乡傩出现很早,《论语·乡党》就有“乡人傩,朝服而立于阼阶”的记载。乡傩是庶民百姓进行的傩祭,形式主要是跳傩,有大规模集会,也有分散的个别活动,依照不同地域的农事活动,举行不同的傩祭、傩仪。如今湖南、贵州、江西、云南、四川、广西很多农村的民俗活动,如禁忌、庆典、凭吊和婚丧嫁娶仍充满傩面具意识。贵州安顺的跳鬼,傩者戴面具进入村寨,在各个公共场所放鞭炮,焚香烧纸开财门;江西宜黄、广昌的跳傩神,正月初一全部“神面”出动,傩队游村一周,然后挨家挨户跳神,元宵夜又挨家走一趟;广西贵县(今贵港)重阳日墟尾大社跳傩,人多观看,次早则沿门颁符。乡傩虽仍脱离不了祭祀,但已由娱神变为酬神,酬神时面具的生命图腾化力量已不能威慑跪伏于祭坛下的个体生命,远古那种神圣的集崇敬畏惧于一体的信仰异变为求财、求子、消灾、安宅、谢罪、救火的世俗乡愿,傩仪变成还愿的坛醮,行傩的师公道教化。傩神的神仙队伍庞大混杂,道教三十六天罡星、七十二地煞星衍变为壮族师公舞面具三十六神、七十二相,包罗了道教创造的各路神仙、壮族民间传说创造的神、生前是人的神,还有神医三界公、歌仙农婆、鲁班、灶王等杂神,三十六神、七十二相面具并不都容颜怪异或凶恶,有肃穆的、和善的、诙谐的、嬉笑的、贤淑的,如宋朝陆游言:“(桂府面具)老少妍陋,无一相似者。”(《老学庵笔记》)跳傩还愿的内容极丰富,题材广泛,各种民间传说、神话故事都纳入其内,跳傩的师公着力于人物表演,突出性格特征。展现生活情趣,如桂林傩舞的节目,几乎都有洗脸、漱口、刷牙、梳头、整衣的琐细过程。《纺织娘》傩舞从出门看天色到梳妆着衣、捎锄离家、下地除草、犁田碎土、撒种盖泥、看花摘棉、打籽纺纱、织布缝衣等,再现了一系列劳动生活过程。跳傩表演构筑的已不是神秘的虚幻世界,而是世俗的凡人世界,傩面具在酬神还愿的乡傩祭仪上打上了人的感情烙印,中华祖先的自娱意识终于走出生命图腾化力量的禁锢,获得了情绪宣泄的心理和生理的明确动机。

宋朱熹说:“傩虽古礼,而近于戏。”傩舞上升为傩戏需要实现几个条件:一是有稳定的接收对象,乡傩的广泛传播,唤醒世俗百姓的自娱意识,广大的文化不高的农民、军士、市民是傩戏文化的主要接受对象,世俗大众的审美习惯和要求积聚孕育出傩戏的存在形态和艺术特征;二是祭司与演员的结合,乡傩的角色扮演者与祭司的职能相统一,土家族傩堂开坛,傩师表演“四大坛”和“四小坛”,请天兵天将和各家神仙降临,傩师作法念咒,打卦画符,表演“上天刀”“捞油锅”“衔红铁”的特技,以后唱傩戏,祭司是演员,演员是傩仪的主祭者;三是傩面具形象与戏中角色吻合,面具是傩戏中神鬼形象的具体化。鲁班面具和善愉悦,“左眼挑,右眼眯,歪嘴巴,半边须”。鲁班面具是鲁班做木工吊线时的典型形象,扮演者的每一动作都根据面具特征来塑造人物性格,着重表现面具的精神内涵;四是祭祀性的诗、歌、舞、说话与戏曲表演的基本程式相合,有一套表现剧情的音乐唱腔。南宁平话师公戏有三十六腔,扫板、二流、流水、正丑四平为本腔和丑腔，慢四平表现伤感感情，谷母腔表现喜悦，赶狗腔、三介腔表现愤怒。有一套表演戏中神鬼形象和世俗人物性格的程式。关索戏以演刘、关、张为主，有生、旦、净三个固定行当。有一套祭器祭物变成的适应戏曲表演的道具，如扇、宝剑、马鞭。傩戏诞生的条件，齐备于宋，宋代具备较长期和平稳定的社会，经济发展，商业贸易昌盛，都市出现，有戏场，有职业戏班，作职业性定期演出，道具渐趋完善，歌德说："人有一种构形的本性，一旦他的生存变得安定之后，这种本性立刻就活跃起来，……因此野蛮人便以古怪的特色、可怕的形状和粗鄙的色彩来重新模塑他的椰子、他的羽饰和他自己的身体。而且虽则这些意象都只有任意的形式，形状仍旧缺乏比例，但是它的各部分将是调和的。原因是，一个单一的情感，将这些部分创造成为一个独特的整体。"(《论德国建筑》)艺术的诞生和每一步发展，都是人类自觉或不自觉创作冲动的记录，它一旦进入艺术的整体，就必然召唤美学意义的解释。傩面具是农耕民族祖先为自身生存和生殖需要而创造的文化形态，当它含蕴的生命图腾化力量转换为心中的愿望和自娱的感受时，它才有个体情感特征，面具——这个无生命无情感的客观物终于变成了中华祖先情感宣泄的艺术载体，它和与它相关联的歌舞、音乐、演员、观众、道具发生作用构成一个艺术整体，这个艺术整体呼唤了中国戏曲诞生，虽然比希腊戏剧晚出，但是傩面具递嬗的漫长过程，却如卡西尔说的："动物是具有实践的想象力和智慧，而只有人才发展了一种新形式：符号化的想象力和智慧。"(《人论》)这是迥异于戏曲的另一种精彩。

(原载《南方文坛》1992 年第 4 期)

1993 年

我的几点看法

关于“文学价值论”的讨论

□ 黄海澄

一 ‖ 不应当从本本出发

《文艺报》开展文学价值论的讨论很有意义。但是有些论者立论的方法不是从事实出发引出必要的结论，而是向马克思主义经典作家的著作中去寻找某一句话，企图从这里发现微言大义，作为自己立论的基础，推演出一篇宏论来。我以为这是不符合科学精神的，是为马克思主义经典作家所不取的。

事实是科学家的空气。不顾事实，死抠本本，科学家空有翅膀也不能飞上万里云天。

一个重要的事实是：马克思并未在价值论的意义上作为一个哲学范畴使用过“价值”概念。不错，马克思、恩格斯像我们每一个人一样多次讲过某某事物“很有价值”，某某事物“没有价值”，这里的“价值”一词与价值哲学中的“价值”范畴在意义上自然是相通的，但是在马克思那个时代哲学价值论还没有产生，还没有人对“价值”一词从哲学的意义上给以规范和界定，因此，马克思、恩格斯著作中所说的某某事物“很有价值”、某某事物“没有价值”，只能视为日常用语，而不是经过规范和界定的哲学范畴。日常用语中的“价值”一词后来被价值哲学家取之为素材，赋予它以哲学范畴的意义，作为“能指”的词虽然依旧，而“所指”的意义却大大丰富了，这是后话。我们今天就不能在马克思、恩格斯著作中，抓住“价值”这一名称作为研究文学价值论的出发点。

有的同志从马克思著作中引用了下面一段话作为马克思对“价值”的定义：“‘价值’这个普遍的概念是从人们对待满足他们需要的外界物的关系中产生的。”（原文见《马克思恩格斯全集》第19卷第406页，《文艺报》1992年第41期，《文艺价值三题》一文转引）先不管从哲学的意义看这句话对还是不对，首先应当指出的是，把这句话当作马克思的话来引用就是不对的。引用者未细读原文,这句话不是马克思的意思,而是马克思所批判的瓦格纳的意思。马克思与瓦格纳辩论的是经济学问题,不是哲学问题。瓦格纳把上引那句话作为经济学上的“价值”概念的定义,马克思用了相当的篇幅批判他。我们知道,按照马克思所赞同的亚当·斯密的劳动价值论,经济学中的“价值”这一普遍概念(即所谓“价值一般”)指的是商品中所含的社会必要劳动,即在特定的劳动生产率水平上生产这种商品所用的社会平均劳动量,而且是以劳动时间计算的,并不是“从人们对待满足他们需要的外界物的关系中产生的”。瓦格纳所说的从“满足他们需要的外界物的关系中产生的”“价值”实际上是物的实用价值。他这里所说的“需要”只是人们对外物的实用功利的需要,并没有赋予它包括审美需要、道德需要等等在内的广阔的哲学内容。马克思也是在经济学的特定范围内与瓦格纳相驳辩的。在今天,对于我们来说,劳动价值论已成为经济学常识,但在当时,不少经济学家错误地把物的实用价值当作它的“价值”(商品价值),瓦格纳也不例外。把马克思所批判的瓦格纳的观点,当作马克思对价值的定义,并作为讨论文学价值论的理论出发点,这不能不说是一切从本本出发而不是从事实出发这种不科学的方法所闹出的笑话的典型事例。

有的同志也是从本本出发,将经济学领域劳动价值论中马克思关于商品价值的界说当作哲学价值论中“价值”概念的定义(《文艺报》1992年第32期《文学价值、价值本源与价值规定性》),结果引出把文学的艺术价值等同于它的商品价值的错误结论。张国光同志在《论文艺价值和商品价值的质别》一文中对此种观点已提出批评(《文艺报》1992年第42期),此处不需多说。以上事例说明我们的学风还存在着问题,科学研究究竟是从客观存在着的事实出发还是从本本出发,这是一个是否有实事求是的科学精神的大问题,它直接关系到能否取得切实可靠的研究成果。

二 ‖ 关于价值论和认识论之关系

在“文学价值论”的讨论中有这样一种说法:“价值论和认识论、反映论是不同等级的范畴。认识论与反映论必须是价值论的前提和基础,这毋庸置疑。”(《文艺报》1992年第32期纪众文)这种说法貌似有理,实际上是经不起推敲的。

第一,将“认识论与反映论”并列是非常不妥的。在哲学史上有各种各样的认识论,有唯心主义的认识论,有机械唯物论的认识论,有辩证唯物主义的认识论。能动的反映论是马克思主义的认识论,也就是辩证唯物主义的认识论,怎么能够将“认识论和反映论”作为并列成分在行文中出现呢?可以将“反映论”作为修饰语放在“认识论”的前面,即“反映论的认识论”,以区别于“唯心主义的认识论”。若将“认识论、反映论”并列,那么,试问:难道反映论不是一种认识论吗?如果是,那么种和属无论从逻辑上讲还是从语法上讲都是不能并列的。如果说反映论不是一种认识论,那么它又是什么呢?列宁的《唯物主义与经验批判主义》整部书不是都在捍卫反映论是认识论吗？

第二，说认识论“必须是价值论的前提和基础”是没有根据的。

多年来，从苏联来的哲学学科体系实际上是一种认识论的学科体系，按照这种学科体系，客观的物质世界先于人类存在着、发展着。人类产生以后才发生对于世界的认识关系，物质世界作为客观存在是第一性的，我们的思维是第二性的。实践需要并产生认识，认识又在实践中丰富和发展，丰富和发展了的认识又运用于实践，认识又在实践中得到提高。单从认识论的角度看，这些观点无疑都是很正确的。但是，这里却忽视了一个很重要的方面，即只看到人与客观世界的认识关系，却漏掉了人与客观世界的价值关系。客观外界的事物除了可以作为我们的认识对象供我们认识之外，许多事物（不是一切事物）往往还对我们（群体或个体）有某种意义，对我们有某种作用或功效，满足或者有悖于我们某方面的需要，有利于或者有损于我们的生存与发展，如此等等。我们与客观事物（包括外界事物和我们的自体组织与功能）的这样一种关系便是正的或负的价值关系，与我们有着正的或负的价值关系的事物，对于我们来说便具有正的或负的价值。我们先不忙为价值和价值关系下定义，只要环顾四周，略加思索，便不能不承认价值和价值关系是客观存在着的，不以我们的意志为转移的。不仅不以我们的意志为转移，而且不以我们是否意识到它而存在。例如有许多种微量元素对于我们的身体健康十分有用，缺少了它就会生病，而医学家们发现微量元素对人体健康的作用是很晚近的事，在这之前的千百万年里尽管人们对微量元素与人体健康的关系一无所知，但是这些微量元素早就对人体的健康起着良好的作用了，即对人体具有正价值了。这种事例可以举出万千。有的论者说：“它（指价值———引用者注）是主客体关系中，主体按照自身的需要、目的、愿望对客体的评估和判断，产生于人类的评价活动。”（见《文艺报》1991 年第 51 期《文学价值的根本来源》一文）这种说法意味着价值客观上是不存在的，它仅仅产生于作为主体的人的评估和判断，须知，“评估和判断”是主观的意识活动而不是物质的实践活动。如果说物质的实践活动可以创造价值，那自然是不错的；但是，若说价值仅仅存在于“评估和判断”这种不需举手投足之劳的意识活动之中，那么还有什么价值的客观性可言呢？这不是纯粹主观唯心主义的价值论吗？前面所引认识论“必须是价值论的前提和基础”的说法与此十分接近，无非是说没有认识也就没有价值，价值是在认识中产生的，依存于认识，价值没有独立的意义，因此价值论必须以认识论为前提和基础。这与价值产生于、依存于人们的“评估和判断”的主观唯心主义说法不是十分相似吗？

归纳、分析起来，我们人类与周围世界的关系不外乎三种。一是实践关系，这是指周围世界成为一定主体的实践对象，例如一定的自然界（山川、大地、矿物、森林等）和各种原材料可以成为我们的生产实践和科学实验的对象，社会上的反动势力是我们社会革命实践的对象，一切不适合社会发展需要的旧体制、旧办法是我们的改革实践的对象等等。二是价值关系，这是指周围世界（包括人在内）与一定主体的善恶、美丑、益害关系。三是认识关系，这是指周围世界成为一定主体的认识对象，主体从对象上面获得对于生存活动有用的知识，掌握周围世界发展、演变的规律，即求得真理性的认识，以指导实践活动。

这三种关系是相互联结、密不可分的，构成人类生存活动的系统网络。实践具有优先性，而一切实践活动都有一定的价值目标和价值内容，人们的实践活动不是无所为而为，总是为了保护、获取或创造某种正价值，排除乃至消灭某种负价值。人类的实践活动从内容上讲可以说都是价值活动。同时，价值又是人类实践活动的动力源。为什么这样说呢？这是因为客观的价值与主观的感情有着对应关系，一切感情，要么直接地或间接地为某种正的或负的价值物(包括其模拟物、象征物)所引起，要么为追求某种价值和价值理想而产生。人们决不会无缘无故地生出感情(参阅拙文《论价值与感情》《人文杂志》1988年第5—6期连载)。感情是人类行为的心理动力，也是实践活动的心理动力，这种心理动力之源则在于客观的价值。人类的认识活动是为充满价值内容的实践活动服务的，对于周围世界没有必要的认识将寸步难行。价值激发感情，认识获取知识，感情是实践活动的心理动力，知识是实践活动的看路眼睛，没有动力则没有行动，没有眼睛则到处碰壁，心理动力和看路眼睛对于实践活动来说缺一不可，很难说哪个更重要。

历史的教训值得注意。苏联人以前只讲认识论，不讲价值论，认为价值论是资产阶级唯心主义的东西。后来看到不讲价值论好多问题解释不清楚，到六十年代才讲起价值论来。然而先入为主，他们的思维框架中原来只有认识论的位子，后来讲价值论了，也是在认识论的框架中讲价值论，总把价值论作为认识论的某种补充和附庸。这不是真正的价值论，在原有理论框架中是很难对价值论作出符合实际的创造性研究的。我国八十年代才兴起价值论热，而文学价值论近年才有人涉足。不幸的是，有些人也是在原有的认识论框架中研究价值论。认为认识论“必须是价值论的前提和基础”的论点，就是其表现之一。充满价值内容的实践活动应该说是处于优先地位的，认识服务于实践，怎么能够说价值论必须以认识论为“前提和基础”呢？我看价值论和认识论同等重要，互为前提和中介，更不存在谁代替谁的问题，代替也是代替不了的。有些人指责研究价值论的人是妄想用价值论取代认识论。对于这种指责实在令人大惑莫解。

三 ‖ 关于哲学上的价值范畴

要研究和讨论“文学价值论”，不从哲学上搞清楚什么是价值，显然是不行的，那才真是失却了研究与讨论的“前提和基础”。

有的同志在正确地批评了把经济学领域具有特定含义的商品价值当作具有普遍意义的哲学价值概念之后，却又否定具有普遍意义的哲学上的价值的存在。他说：“‘普遍价值’只不过是把各种不同性质的价值加以泛化、抽象化、相互混淆而臆造出来的概念。世上只存在不同类的价值。价值基本上可划分为两大类别:一类是经济学领域的、作为经济范畴的商品价值;另一类是非商品价值的价值,在此大类中又分为许多小的类别,如文艺价值、科学价值或学术价值、教育价值、认识价值、历史价值、使用价值等等。"(《文艺报》1992 年第 42 期)这种说法是欠妥的。大米、小麦、玉米等自然是不同的,难道就不能从它们概括出粮食的概念吗?科学思维的功能之一就是从诸多个别、特殊的事物概括出一般的、普通的本质,形成概念和范畴,运用概念和范畴进行判断、推理,把握事物运动、发展的规律。怎么能否定哲学上的普遍价值概念呢?

有的同志说:"任何价值都体现人与物的关系,客观事物只有对人有益和有用时才有价值。"(《文艺报》1992 年第 42 期)这两句话仔细推究起来都有毛病。科学思维要求严密,在逻辑上无懈可击。这两句话与马克思所批判的瓦格纳的观点"'价值'这个普遍的概念是从人们对待满足他们需要的外界物的关系中产生的"意思完全一致,不仅不能作为商品价值的定义,而且更不能作为哲学上的普遍价值的定义。为什么这样说呢?

第一,如果说价值仅仅"体现人与物的关系",仅仅"是从人们对待满足他们需要的外界物的关系中产生的",那么对于人有价值的就仅仅是"外界物"了。事实上,人本身就有最高的价值。人既是价值主体,又是价值客体。人与人之间(个体与个体、个体与群体、群体与群体之间)不仅互为价值对象,而且人们的聪明才智、实践能力、理想抱负、健美体魄等等对人们都有"自体价值"。说价值仅仅"体现人与物的关系",仅仅"是从人们对待满足他们需要的外界物的关系中产生的",能概括人对于他人的价值和人的内在本质力量对于人的"自体价值"吗?显然是不能的,因而这些说法不具有普遍性。

第二,在数学中有正数和负数的对立,这样,在运算中才能反映物质世界的数量关系。只有正数而无负数的数学,是极其原始的数学,只适用于极狭小的范围,到更广大的运算范围就不适用了。同样的道理,在哲学价值论中只讲正价值而不讲负价值,也会遇到极大的困难,它明显地违反了辩证法对立统一的规律,价值问题将无法深入研究。把价值说成是"客观事物只有对人有益和有用时才有价值",价值"是从人们对待满足他们需要的外界物的关系中产生的",这些说法只说到了一部分实用功利价值中的正价值"益",并没有道及负价值"害",显然没有体现正、负价值对立统一的关系,不具有普遍性和实际应用中的可操作性。

第三,价值远远不止实用功利之一种,正、负道德价值"善""恶",正、负审美价值"美""丑"虽然暗含功利性和反功利性的内容,但是,与物之对人的功用却有本质的不同。仅仅以事物"对人有益和有用"来界定价值,显然是很不全面的,不能涵盖善、恶、美、丑诸正负价值。

价值不是对象的自然质本身,自然质只是价值的载体。价值是对象在与主体组成一个大系统之后,在相对关系中所产生的系统质或曰关系质,它总是直接或间接地与主体的生存与发展相关。对于一定主体(个体与群体)而言,一切内在的、外在的、物质的、精神的事物,凡是有利于其生存与发展的,都具有正价值,不利于其生存与发展的,都具有负价值(参阅拙作《论价值和价值主体》,载《西北师大学报》1990 年第 6 期,中国人民大学复印资料《哲学原理》卷 1991 年第 1 期转载)。这是一个广义功利主义的价值界说,它可以涵盖正、负实用功利价值益、害,正、负道德价值善、恶,正、负审美价值美、丑所有这三对价值范畴。真、假并不是一对价值范畴,当它标识认识论上的真理和谬误(即人们的认识与被认识的对象的本质、规律相符合、一致或不符合、不一致)时,它是一对认识论范畴;当它标识人们言行的真诚和虚伪时,其价值可以归纳入善、恶;而艺术表现和艺术描写上的真、假其价值则可以归入美、丑。认识论上的真、假虽不是一对价值范畴和价值名称,但是本身却具有价值,认识上的真可以指导实践,对人们有益;认识上的假不利于实践,对人们有害。因此,认识论上的真、假的价值可以归入益、害,不是真、假本身可以归入益、害。具有价值属性不等于本身就是价值范畴,梨子具有脆的属性,但不能把梨子归结为"脆","脆"是从许多具有脆的属性的东西归纳出来的共同属性,以"脆"名之。同理,真、假具有价值属性,但不是一对价值范畴和价值名称(参阅拙作《文艺学与价值论》,载《走向现代化的文艺学》一书,江苏文艺出版社 1988 年 5 月出版)。只有益害、善恶、美丑才是从无数具有益害、善恶、美丑的正、负价值属性的事物中抽象出来的六种正、负价值属性,构成三对价值范畴(关于这三对价值范畴的分界,请参阅拙著《系统论控制论信息论美学原理》第 6 章以及拙文《价值的分类:益、善、美》,载《西北师大学报》1989 年第 6 期,此处无法展开论述)。在"文学价值论"的讨论中,论者所列举的"文艺价值、科学价值或学术价值、教育价值、认识价值、历史价值、使用价值"和审美价值等等,无不可以归入上述三对价值范畴,严格说来这些五花八门的"价值"作为科学用语是不能随意并列的,因为它们不是同一个层次上的东西。

四 ‖ 从价值论的观点观察文学现象

关于"文学价值论",在讨论中大家发表了许多好的意见,但是显得零碎,不系统。这可能与对什么是价值认识不明确、缺乏一个统一的哲学基座有关系。因此在哲学基座问题上下一番功夫是完全必要的,有了对价值问题的科学认识,"文学价值论"就好讨论了。

研究"文学价值论",意味着用哲学价值论的观点来观察和研究文学现象。我认为这应当包括两个方面的内容:第一,社会生活中广泛存在的正、负价值事物以及人们对它的感情体验与文学有没有关系,在文学的本质规定中应不应当包含价值性的内容。第二,文学作品可不可以作为特定价值体系来看,它对于社会人生有哪些价值,它是如何发挥其价值效应的,等等。

从第一个方面来讲,我认为社会生活中的价值现象是文学和其他各类艺术得以产生和存在的社会现实基础,没有社会生活中的价值现象和人们对它的感情体验,就不会有文学艺术。从这一点上看,以前从苏联来的文艺学学科体系,把文学艺术仅仅当作人们对于世界的一种认识(形象的认识)来看,是十分片面的。

价值与人们的生存和发展息息相关。人们对价值物的反应水平有三个层次,即生理水平的反应、心理水平的反应和意识水平的反应与反映。生理水平的反应,如食物缺乏就会瘦弱生病,食物充分就会身强力壮,等等。心理水平的反应主要是人们对价值物的感情和意志反应。生理水平的反应也总是会导致心理水平的情绪反应。价值是人们的主观感情的客观对应物。文学家常常把感情描述为倏来倏往、瞬息万变、不可捉摸的东西,仿佛空中的游丝,天边的浮云,无根而来,无由而往。这是一种错觉。实际上,感情有它深厚的现实根基。如前所述,一切感情,包括低级的情绪和高级的情感,要么为某种价值物或价值物的象征模拟形式所引起,要么为了追求某种价值或价值理想而产生,无论是内源性的还是外源性的感情,概莫能外。感情是意志行为的心理动力。对价值物的意识水平的反应或反映当然有心理学基础,但是不能归结为或混同于心理水平的反应。苏联著名心理学家阿·尼·列昂节夫说:"为了摆脱把心理的东西和意识的东西等同起来,竟需要几个世纪之久。在哲学、心理学、生理学中,把它们区别开来的各种途径是多得惊人的:只要指出莱布尼茨、弗希纳、弗洛伊德、谢切诺夫和巴甫洛夫的名字就够了。"(《活动 意识 个性》,上海译文出版社 1980 年 2 月版,第 85 页)意识就是被意识到的事物,不管是外界事物、内在感觉还是情感状态。对价值事物的意识反应或反映也就是对价值事物的认识。对价值事物的认识往往是对价值事物的感情反应和体验的桥梁与中介。

如果说文艺作品是社会生活的形象的反映的话,那么它主要是对社会生活中具有强烈价值属性的事物的反映,特别是对那些源于人和人的行为的善恶、美丑诸正负价值事物的反映,不是对与正负价值无关的其他什么事物的反映。而且这种反映不是单纯认知性的,认知在这里只起桥梁和中介的作用,一旦跨过认知的门槛,就进入对正的或负的价值事物的感情反应和体验了。每个人,正如都有一定的认知心理结构一样,也都有一定的价值感受心理结构。人们带着一定的价值感受心理结构,生活在现实的价值关系网中,无时无刻不感受着各种正负价值事物的刺激,内心激荡着与这些正负价值相对应的各种各样的感情。个体和群体的客观需要,又不断地从人们的心底唤起对价值理想的追求的热情。这些感情有力地推动着人们当时和以后的行为,以利于价值主体(个体和群体)的生存与发展。我认为把文学艺术放在这样一个动力结构的链条上才能比较正确地把握它的真正本质。文学艺术家作为价值主体既是单个的人,又是他所从属的各个层次的群体(阶级、民族、种族乃至全人类)中的成员,因而是这些集群价值主体的代表。他们除了具有驾驭文学艺术形式的专业技巧之外,还对于价值事物具有特别敏锐的感受力,感情丰富而深广。文学艺术家一定是见到、听到或亲身经历过许多具有强烈正负价值属性的人和事,善的恶的、美的丑的、益的害的,这些人和事触动过他的灵魂,在他心里引起过强烈的感情反应和深切体验,蓄极积久,他就会按捺不住想要告诉人们那些使他欢乐、痛苦、昂奋、悲哀、崇敬、鄙夷、爱悦、憎恶的人物和事件,并把自己对这些人物和事件的感情体验依照文学创作的规律传达出来,让人们和他一起对生活中的善恶、美丑、益害等正负价值事物共同经历一次感情体验。文学作品情经而事纬,构成一个整体,它是文学艺术家对生活中的价值事物长期体验的升华与结晶。它当然与认识有关,因为认识是文学艺术家对生活中的正负价值事物感情体验不可缺少的桥梁和中介;但是却不能把文学艺术仅仅归结为一种认识形式而忽略了它的价值体验本质。

从第二个方面来讲,文学作品本身又是文学艺术家所创造的价值体系。优秀的文学作品无不含有善的价值内容。这一方面是来自生活中的善(例如描写正面人物的作品),另一方面来自文学艺术家善的品德和人格。善在文学艺术中是以形象的形式表现出来的,以形象的形式表现出来的善就是一种美。文学艺术家表现他对于生活中的价值内容的感情体验既然必须经过认知的桥梁和中介作用,那么作为正确的认知属性的“真”必然是优秀文学作品的必备品质。如上文所说,“真”不是一个价值范畴,但是“真”本身却具有价值,它既是文学艺术家对生活的正确认识,又可以使读者正确地认识和理解生活,而且它还是对价值事物感情体验的前提条件。“真”作为对生活的正确认识对人们的生活实践是有益的,并给人以认知快感。艺术描写上的“真”和文学艺术家真挚感情表现上的“真”又都是艺术美的成分(参阅拙文《艺术美成分分析》,载《北京大学学报》1983 年第 5 期)。除以上所述,艺术美还包括被艺术家集中反映在作品中美的生活(自然美和社会美)与艺术家根据形式美的规律所创造的艺术形式的美,因此,在优秀文学艺术作品中真、善、美、益是统一的,这也应当成为艺术创造的价值理想和价值目标,优秀文学艺术作品既可以帮助人们认识生活,又可以(这是主要的)以它的形象体系所蕴含的丰富价值内容激发人们的感情,提高人们的精神境界,影响人们当时和以后的行为,使这行为有利于社会群体的生存与发展。

这是我们对“文学价值论”的一种轮廓式的粗线条的勾勒。

(原载《南方文坛》1993 年第 2 期)

壮族悲文化的伦理观念

□ 韦苏文

恩格斯说过:“民间故事书还有这样的使命,同圣经一样培养他的道德感,使他认清自己的力量、自己的权利、自己的自由,激起他的勇气,唤起他对祖国的爱。”由这个意义看,壮族民间文学中的悲剧性作品同样具有这个作用。它除了表达人民的憎爱情感外,必然包含有一定的伦理思想,这些伦理思想主要表现在如下几方面。

一 ‖ 祖先崇拜的意识

在悲剧性作品中,我们看到壮族先祖姝六甲是由花变来的,人是姝六甲用土造的,人的性别也是她用阳桃和辣椒来区分的,人是六甲花园中的一枝花,死后要回到姝的花园还原为花;尔后为了人类的生存,姝又把生殖器变成了岩洞。洪水过后,伏羲兄妹结婚,生下一个肉团团,兄妹用刀把肉团团剁成碎块,往山下撒去,肉块变成人。这是壮族先民所创造的人类起源以及人类再生的神话,已含有祖先崇拜的意识。后来的悲剧作品中,这种意识不仅一直存在着,而且逐渐发展为尊敬老人,孝顺父母的观念。

山中只有千年树,世上难逢百岁人;
不论高低贫与富,谁人难免死无常。
养育深恩难得报,孤男孝女哭悲哀;
堂前不见亲人面,空留名字在阳间;
花开花谢一时春,人生人死如梦春;
昨夜兰花满地红,今日不见旧容颜;
白屋光阴一梦中,富贵荣华总是空;

万死万生皆天定，日落桃花不见红。
一春草木一春断，一世恩缘百岁情；
人间同归天寿福，日月到天四海明。

这就表现了人们的某些伦理道德观念。

二 ‖ 人生的善恶观念

在悲剧作品中，始终洋溢着一种民族的善恶观念，善的行为得到了褒扬，丑恶的行为受到了抨击。如流传于南宁的民间故事《两姐妹》，叙述姐姐贪心、吝啬，嫁给一个富户人家；妹妹勤劳善良，嫁给一个穷人家。一年天干旱，妹妹家颗粒无收，丈夫又跌伤了腿，卧床不起，几个孩子也饿瘦成皮包骨，便到姐姐家中借米，姐姐叫她抓头上的虱子，用了半天才把姐姐头上的虱子抓完，没想到姐姐根本就没有借米给她的意思，每次抓完，姐姐又把藏在指甲里的虱子放进头发里。妹妹生气了，只好两手空空走出姐姐家，在回家的路上捉到一条黄白相间的蛇，拿回家砍成一块块放进锅里。天亮后蛇变成了金子银子，她便把一半分给左邻右舍，姐姐知道后也喊穷叫苦起来，要妹妹分点金银给她，姐姐拿着妹妹给的金子银子高高兴兴地回家了，没想到打开一看，却是一段段黄白相间的蛇肉。这个故事告诉人们什么叫善良，什么叫丑恶，什么叫同情，什么叫憎恨。

三 ‖ 助人为乐的献身精神

这种精神是人民经过长期的社会生活生产实践而形成的，这种经过不断积累的民族人民认同的道德观念必然会在人民群众喜闻乐见的文化形式中表现出来。悲剧性作品正是以自己的独特性来反映民族的这种道德观念的。《青蛙姑娘》叙述了一年天大旱，河水断流，草木枯死，一片片田垌裂缝不断。众人喊天不灵，叫地不应。为救民于水火，本是龙女的青蛙姑娘冒着杀身之祸呼风唤雨，雨水救活了万物，救活了百姓，却触怒了玉皇大帝。青蛙姑娘为了他人而不惜牺牲自己性命的行为永远激励着人们。与此同时，悲剧性作品还对麻木不仁者进行谴斥，如：

全弄江村人，/身份有高低。/我无亲无故，/才被恶人欺。/向四方求援，/无人挺身出。/我稍微反抗，/拳脚下如雨。[1]

正是这种对美好行为的歌颂，对不道德现象的揭露，使民族传统的道德观念得到了进一步张扬。

四 ‖ 饱满的生活情趣

生活于黑暗社会下的人民，虽贫困，却不消沉，他们以歌或故事传说来反映自己的悲痛、自己的情感，人们在悲剧性作品中没有发现他们的颓丧情绪，而是体念到他们那种饱满的生活情趣。

世间的人不论高低贵贱，
死去的尸骨最终烂贱埋在土里头；
不论是土堆的坟包还是石砌的墓茔，
地下的尸首同样是肉烂骨也朽。
就算有儿女知恩报恩，
料理的也只是一副棺材几块骨头。
古来有多少英雄豪杰，
如今又见到哪个转回来。

这首《盲人怨》为我们阐述了一种深邃的哲理。这是精神上的一种独立与解放，也是对现实的一种超越。现实生活等级分明，尊卑贵贱不容忽视。尊贵者，高踞人们的头上，作威作福，自以为聪明，目空一切，凌驾在一切之上，而卑贱者身处下层，虽然并不愚蠢，但受人支配，没有行动的自由，缺乏人格的独立。这是私有制的社会造成的，这也是悲剧文化的渊薮。《盲人怨》把这些固有的不合理不平等彻底地否定了。从而使自己的精神获得解脱，显得何等的潇洒，使精神升华到一个新的境界！

五 ‖ 进取的人生态度

在壮族的悲文化中，我们会看到一种进取的人生态度，这是很可贵的。假如失去了这一点，悲文化便失去了它的积极意义，剩下的只有华丽的形式或外表，成了金玉其外，败絮其中。不仅不能使人产生美感，而且使人感到悲观厌世。可以说进取的人生态度是人民艺术生命不朽之源。《盲人怨》还唱道：

有手艺在身上,
残疾人虽可怜也算为自己争了气。
耐烦拿来细细思量,
有多少人比我们还要辛苦吃力,
未来的日子谁也看不见,
鄙视我们的人难道他就能看到自己的背脊?
我已经查访清楚了,
受苦的兄弟中也有人身体本来是健全的。

这种用联系方法看问题的观点,大概也是人民在历史上积淀下来的一种积极文化思维,一种人生态度吧。正是这种积极的文化思维使我们看到了未来生活属于人民的预言。

写呵写呵我满怀悲愤,
穷苦的弟兄呵穷苦的朋友,
只有掌权才能挺胸昂头走。[2]

对未来生活的预示是作者们通过对事物进行细致的观察,缜密而全面的思考,依照事物的发展规律,加以补充、延伸、深化,对未来社会和今后的生活进行种种预测、虚拟和描绘。这些预测、虚拟和描绘成为人们心目中的一种美好世界,它启示着人们为这一目标这一理想的实现而奋斗,从而使预示的东西成为现实。

六 ‖ 女性自我价值的追求

壮族女性,同其他民族的女性一样,在民族历史上曾经创造过辉煌的业绩,后来随着生产力的发展,男子在生产劳动中地位的突出,女性只能起到配合的作用,这种由主角退居配角的变化,反映了女性自我价值的失落,以后在漫长的历史长河中一直无法回升。因此,女性对从原来的参与一切社会活动,甚至主导社会前进的角色逐渐退到了小家庭的圈子;家庭成了女子立足之地,无论是爱情、婚姻、生活上,父母都是其命运的主宰。对此,女性们不满,她们努力挣脱一切束缚,追求自我的独立,实现人生的价值。从《达稳之歌》《达备之歌》《寡妇叹》看,它们都不同程度地表现了这一点。

随着社会的发展,女性对自我价值的追求逐渐转移到爱情上,转移到对男子的寄托上,然而太多的事实告诉她们,这种自我价值的追求总是免不了要失败的。男子的移情,公婆对恩爱夫妻的拆散使得女子们的感情像刀捅心脏一般。因此更多的哭嫁、逃婚、拒婚便是这种自我价值追求的另一种表现,虽然这种追求是缓慢的,但它毕竟表明了壮族女性“自我认识”的觉醒。它表明了女性不能只是男性的奴仆和生育的工具,而是有自身人格尊严的人。《文龙与肖尼》唱道:

你们嫁我我只有一死,/你们别再来劝我,/我死了也不去呀爹,/要不你就杀了我,把肉装在箩里挑去!/我死也不改嫁,/死也不能让你把我卖钱,/你们想嫁我要钱,/就等我死后拿肉去卖吧!

由此我们可以断言:人都是有自身的价值,自身的追求,自己对人生的看法或观点,自己的审美观念和道德意向的。悲文化所反映的女性自我认识、自我价值的追求是艰辛的,深重的,充满着斑斑血迹而又崇高伟大的,这种自我价值的追求便是女性跋涉的历史。

七 ‖ 局限性

壮族悲文化作为一定历史时代的产物,它或多或少都带上那个时代的思想意识和社会色彩,并且表现出它的局限性,主要表现为下面几个方面:

(1)三从四德的妇道思想。由于宗法制度的作用,女子从小就受到一种重男轻女观念的影响,在心里产生了一系列的自卑感,认为自己无论在哪个方面都比不上男子。婚姻的不自由更使得她们如履薄冰。社会上也往往对她们评头品足,用贤妻良母的准则来束缚她们,使她们在三从四德的氛围下生活。因此,妇女们就是排泄心中的惯懑之情时也往往以妇道为依据,认为没有违反妇道就不应该被指责,遭非难。如《妹然之歌》便是这样一种类型。

(2)悲文化中尽管有进取的一面,但也不乏悲观失望的情绪,即在悲文化中表现一种命由天定的思想,一种无可奈何的情绪:烦恼的事一样又一样,/怎样操心也操不完。/命中注定矮人三截,/再踮脚跟也高不到人家一半。/独木无影又无双,/这也是我们生来命贱,/没有后人传宗接代,/本是八字太差劝你莫空忧烦。

(3)因果报应的思想。《庙中奇遇》里一个被财主盘剥的孤儿在无处归宿的情况下,躲进森林中的一座庙堂里,偶尔听到几个野兽讲出了几个人们不知的秘密,第二天按野兽们所说的找到了金银药材;财主知道后,便去问他到底有什么良方,于是财主也穿上一件褴褛的衣衫躲到了庙里,但他不仅没有发财,反而掉了性命。《梁山伯与祝英台》中,同样夹杂有“因果报应”、在天有灵的思想意识。

总之,壮族悲文化作为民族文化的一个重要组成部分,必然透出民族的思想意识以及那个特定时代的印记。

[注释]

[1]《特大冤魂歌》见《忻城壮族悲歌选》。

[2]《特华之歌》。

(原载《南方文坛》1993 年第 3 期)

扣人心弦的戏剧冲突

读韦壮凡的戏剧作品《未了集》

□ 陈运祐

在读韦壮凡的戏剧作品《未了集》之前，我看过他的力作——古装桂剧《泥马泪》(共八场)的演出。当时，我深深地被这出戏扣人心弦的戏剧冲突迸发出的思想与情感的力量所震撼，觉得韦壮凡很会写戏；最近读了《未了集》之后，这个感觉得到了进一步证实。韦壮凡长期执着地进行戏剧创作，不仅掌握戏剧创作的规律，而且熟悉戏剧舞台的艺术规律，因此，他的创作得心应手，无论是重大政治事件，还是生活小事，都能挖出"戏"来，就是写贴近现实、贴近时代的题材，他也在戏剧性方面下功夫，避免落入公式化、概念化的俗套。正因为如此，他的戏剧作品很引人入胜，具有撼动观众心灵的艺术力量。

韦壮凡善于组织、展开戏剧冲突，也就是人们常说的很会"挖戏"。我感到他的戏剧作品有一个鲜明特点，就是把戏剧冲突建立在人物思想性格的差异和矛盾之上，通过人物不同思想性格的交锋和撞击，来推动戏剧冲突的发展，又在戏剧冲突中揭示人物心灵的美与丑、善与恶、高尚与卑劣、宽阔与狭隘，……换句话说，就是以人来写戏，在戏中写人。

我们来看桂剧《泥马泪》，如果这出戏仅仅停留于写泥马显灵渡康王这样一个民间故事，而不写在"造神"运动中李马一家人的悲剧，那么，这出戏就会失去历史的批判力量和深刻的社会意义；再者，即使写了李马一家的悲剧，但如果只写李马忍辱负重、牺牲自己来维护"造神"，而不写李马被迫违背良心、违反人性地去审判、治罪无辜的妻子，那么，戏剧冲突的悲剧性就会削弱，因而也会削弱这出戏的历史批判力量和艺术的震撼力量。《泥马泪》戏剧冲突的深刻性在于，它不仅写了李马母亲自刎明志、敦促李马救康王的悲壮行动，不仅写了李马为了适应"造神"的需要，一反自己忠诚老实的本性，故意隐去自己冒死救康王的事实真相，而且写了在"造神"运动的高压下，唯一能讲出"李马救康王"这个真话的李马的妻子秋娘被诬为"疯妇"，写了李马亲自审判妻子秋娘，将她"割舌治罪，轰出应天"。剧中李马审秋娘这场戏是全剧的高潮，这场戏写得惊心动魄，扣人心弦。秋娘历尽千辛万苦千里迢迢到京城找丈夫李马，以为可以夫妻团聚,万万没有想到自己却被“割舌治罪”,而治她罪的竟是她日夜思念、四处寻找的丈夫! 而李马在“造神”的压力下,在“圣威”的昭示下,见了妻子不敢相认,明知妻子无罪却要忍痛给她治罪。从乡村百姓到达官贵人,李马的性格被扭曲了,顾全忠孝的思想把他一步一步地推进灭绝人性的深渊。因此,秋娘与李马的矛盾冲突是不可避免的,他们的悲剧也是不可避免的。剧作家对李马的思想性格在分寸上把握得很好,没有违背历史的逻辑把李马写成抗拒“圣威”的英雄,也没有违背这一人物思想性格的逻辑把他写成人性完全泯灭的罪人,他和秋娘都是“造神”运动的牺牲品。所以,当李马看到妻子被“割舌治罪”的血淋淋的事实之后,他的忠孝思想被轰毁了,他忏悔自己的罪过,正如他唱道:“护神马,我抛妻别女报圣恩,原本想顾全忠孝把心尽,又谁知反成伤天害理人。”剧本结尾展现李马精神的外化:李马愤怒地把泥马撞得四分五裂,他自己也被一群白马冲倒而死。至此,李马是不是从神的“迷信”中解放出来了呢? 没有。神的“迷信”已经统治国民,凭李马个人的力量是冲不破的,一匹泥马撞坏了,另一匹泥马又会出现,何况李马至死也没有怀疑过他所维护的“圣威”,而封建皇权是靠神的“迷信”来保护的啊! 剧的结尾,在舞台艺术的处理上,是浪漫主义的;在人物思想性格的描写上,却又是现实主义的。

韦壮凡的戏剧作品在处理故事性与戏剧性的关系时,注重在人物不同思想性格的矛盾中找“戏”,而不大注意故事的编排。《泥马泪》的故事性比较强,但真正有“戏”、能够感人的,是它成功地展现剧中人物不同思想性格的尖锐对立和冲突,以及在冲突中发生的变化和发展。这一点,在话剧《没有结束的审判》中给人很深的印象。这个话剧写的是处理“文革”遗留的一桩冤案。紧跟林彪反革命集团的阴谋分子冯云涛,借无知青年张泉的手枪杀了化工厂厂长周敬元,并把杀人犯的罪名转嫁到出身不好的工人岳志君头上,将岳志君逮捕入狱。十年后,在解决“文革”遗留问题的时候,这个冤案被提出来,要求翻案,于是围绕翻案与反翻案展开了一场尖锐的斗争——一场情与法的矛盾和斗争。在这个戏中,剧作家不去追求谋杀案的曲折复杂的情节,也不去写翻案的具体过程,而是在情与法的矛盾斗争中展现各个人物的不同思想性格及其尖锐的冲突。检查科科长于澎复职后秉公执法、坚决重新查处此案;而他的妻子李淑兰则极力阻拦,因为查处的对象之一就是即将成为他们女婿的张泉;化工厂新任厂长李淑瑛也反对重新查处此案,先是以安定团结为借口,后是为亲生儿子张泉开脱;于澎的女儿于萍为保住未婚夫张泉,也哭哭啼啼地向父亲求情,含冤十年的岳志君的妻子张惠,到处投诉要为丈夫翻案,可是当她知道直接开枪打死周厂长的张泉是于澎的女婿时,又不忍心给于澎带来不幸而要求撤回上诉;张泉呢,他知道自己犯了罪,岳志君被冤,张惠遭难,他良心受到谴责,可又怕事情真相暴露出来,要自己承担罪责;至于那个杀人元凶冯云涛,则处处捂住冤案的盖子,事情真相被揭露时,又阴谋杀人灭口,企图保住自己……以上有着不同命运、抱着不同目的、性格又各异的人物,被组织到一场牵动着各人切身利益的翻案与反翻案斗争中,必然引起矛盾、碰撞,于是便生发出一个又一个戏剧冲突,一步一步地推向高潮。这里戏剧冲突的形成不是由某个偶然事件带出来的,而是由人物思想性格的逻辑发展推动的。比如剧中第一场张泉和于萍那段戏:星期天,于萍到张泉家,两人朗读一本书,开始朗读得很和谐、很投入,后来书本的内容触动张泉的心灵创伤,冲突就暴发了。在这一段戏里,张泉与于萍两人的思想性格反差很大。于萍沉浸在爱情的幸福之中,她以为张泉也和她有同样的心情,所以她在朗读的时候,根本不注意张泉的感情变化。张泉则相反,他本来就忧虑重重,心绪不宁,书的内容不但不能解除他的忧愁,反而刺伤他的痛处,特别是"杀人的魔鬼"这句台词就像一把利剑插在他的心上,他再也忍受不了,便粗暴地对于萍吼叫起来。这一吼叫吓惊了正沉浸在幸福中的于萍,于萍委屈地哭了。戏剧冲突的发生和发展顺理成章,水到渠成,自然流畅,艺术感染力很强。应该说,这段戏的台词写得很精彩,潜台词的内涵很丰富,而且动作性很强,留给演员以充分的表演空间。在这个话剧里,这样精彩的戏不止一处。当然,有的片段显得一般,艺术感染力不强。究其原因,恐怕是剧作家对于澎这个正面人物的思想性格的丰富内涵挖掘还不够。

在韦壮凡的戏剧作品中,日常生活表现出来的思想差异也能挖出生动感人的戏来。差异就是矛盾,韦壮凡对日常生活中的小矛盾观察很细,别人容易忽视的东西,他却独具慧眼,从中抓住富有戏剧性的细节,运用一些普通的小道具,就能铺写成篇。新春佳节,一对农村青年夫妻带着年糕、粽子等礼品回娘家拜年,这是很平常的小事,一般人看来,不会有什么戏剧性的东西,可是韦壮凡却写成一出好戏——桂剧《夫妻行》。这是一出风格明快的喜剧。戏剧冲突从铺垫、发展到高潮,波浪叠起,避免了情节简单、直露和拖泥带水,人物思想的转变,矛盾冲突的解决,都比较合情合理,没有空洞无物的说教。韦壮凡的其他几个小戏,如桂剧《山里红》、彩调剧《田老满卖瓜》、桂剧《百年大计》,也都是抓住人物思想性格的差异来安排戏剧冲突的。在这些作品里,人物的思想差异大都表现在公与私的矛盾上,属于人民内部的思想认识问题。因此,戏剧冲突不可能惊心动魄,但也是扣人心弦、发人深省的。这里顺便指出,由于过去"左"的思想影响,这几个小戏带有明显的时代局限。剧中人物的思想认识问题,往往被上纲到社会主义思想与资本主义思想矛盾的高度上来解决,这就使一些戏剧冲突的真实感被削弱,甚至有牵强附会之嫌。

最后我还想说一说,韦壮凡的戏剧创作基本上都是跟着时代的步伐的,也可以说是时代的产儿,因此,这些剧作都带有时代的印记。这种情况在其他作家、艺术家的创作中都可以看到。对这种创作现象应怎样看呢？我以为,文艺创作应该贴近现实,应该反映时代,韦壮凡的创作道路是对的。过去的教训是,对时代精神作简单的图解,在这个问题上,韦壮凡作了有益的、成功的探索。当然,这并不是说已达到完善的地步,只是说他避免创作的公式化、概念化是成功的,即使时代局限性较鲜明的作品,他都写得使人有戏可看,也就是说这些作品仍然不失为比较好的艺术品。我们期望韦壮凡在政务繁忙中继续拨冗创作,写出更好的作品来。

(原载《南方文坛》1993 年第 4 期)

一部雅俗共赏的好书

读丘振声《水浒传纵横谈》

□ 廖明君

著名女作家冰心在追忆自己走过的文学道路时曾说过，还在七岁的时候，她就“一口气看完《三国志》（其实说的是《三国演义》，下文同），又拿起《水浒传》，和《聊斋志异》”。同时，在这些文学著作的启发和诱导下，“这时我自己偷偷地也写小说。第一部是白话的《落草山英雄传》，是介乎《三国志》《水浒传》中间的一种东西”。（冰心《冰心全集》自序）马克思主义文艺理论家瞿秋白在三十年代初则更为明确地指出：“中国的《水浒》是一部名贵的文学典籍。”（《瞿秋白文集》第1册第273页）的确，在中国历史上，《水浒传》自诞生后，就一直对我国社会产生着巨大的影响，风靡于一代又一代的读者之间。而且，从十八世纪上半叶开始，《水浒传》逐渐被介绍到国外，从而走进了世界名著的行列。然而，由于历史的久远以及资料缺乏等原因，不少《水浒传》爱好者数次阅读之后，仍有“知其然不知其所以然”的感觉，对《水浒传》的成书背景、思想内容和艺术成就等仍存在或多或少的疑问。笔者自小便是《水浒传》的爱好者，后虽又专攻中国古典文学，但对《水浒传》也依然有难识庐山真面目之感，直至日前有幸拜读丘振声先生《水浒传纵横谈》一书，才迷雾初拨，疑惑顿释。在此，把读后之感，敬呈于广大《水浒传》爱好者。

溯流追源，去伪存真

《水浒传》成书于元末明初，距今已有六百多年的历史。年代的久远，加上小说在中国古代社会中一直被认为是“史之余”“史官之末事”而没有得到承认和重视，使得后人对《水浒传》一书的来龙去脉缺乏清晰的了解，甚至对一些问题产生了误解或曲解。丘振声先生积多年之功，爬梳大量资料，溯流追源，去伪存真，解答了不少有关《水浒传》的疑难问题。其中如关于《水浒传》与《宣和遗事》的关系，人们虽已有所注意，但对于《宣和遗事》一书的性质以及成书时间等，学术界至今仍无一致的看法。有说它是"话本"，有说它是"准话本"，有说它根本不是话本，而是一部"杂凑书"；成书时间，有的认为是在南宋，有的说是在元代，有的则认为是在南宋末元代初。对此，丘振声先生在《水浒传纵横谈》一书中，既不盲从，也不凭主观臆想去妄下断论，而是从文本自身出发，详细分析了《宣和遗事》全书所录的近三百段故事中的文字、语言、避讳和"说话"的痕迹，从而推断出《宣和遗事》一书"似应是由宋入元的作品"，"是宋元时'说话人'的话本"。或"至少可以说是他们所说的话本的提纲"。随后，丘先生又重点分析了《宣和遗事》所载的水浒故事，认为"它对《水浒传》的产生，起着一种奠基的作用"。然后又从故事情节的框架、人物形象的初步面貌、语言的基本格局三个方面进一步指出其奠基作用的具体表现。又如，人们大都知道，《水浒传》一书渗透着忠义思想，但其忠义思想的来源，则不是每一位读者都已明了的。对此，丘先生首先指出："《水浒传》所以具有忠义思想，与它成书的年代有着密切的关系。"接着，进一步引用了从北宋末年（水浒故事产生）到元末明初（《水浒传》成书）的大量史料、历史人物传记、著名诗人的创作，以及统治阶级的提倡，来具体分析《水浒传》忠义思想的源头；材料丰富而慧眼独具，令人信服。此类溯流追源的分析，在《水浒传纵横谈》一书中比比皆是，此不再赘述。

用历史的观点看待问题

中国古代著名哲学家庄周在其《庄子》一书中，曾提出了"以己养养鸟"和"以鸟养养鸟"的著名命题，在学术研究上，此即主观的、强加于人的研究方法与客观的、实事求是的研究方法。从古至今，人们对《水浒传》的评价，一直是毁誉不一。誉之者认为《水浒传》乃"天下之至文"；毁之者则视之为"诲盗"的"邪说"，……见仁见智，莫衷一是。究其原因，材料的缺乏固是一客观因素，但更主要的是人们对作品的评判，往往自觉或不自觉地掺入了主观因素，有时甚至是用"以己养养鸟"的方法来进行解读。丘先生则是在前人研究的基础上，根据《水浒传》与特定历史事物、历史人物有极大关联的特点，采用"以鸟养养鸟"的研究方法，遵循马克思主义观点从历史的角度去进行评判，从而得出符合历史客观事实的结论。如关于《水浒传》的主题思想，众说纷纭，争议很大；丘先生归纳了前人的观点之后，认为《水浒传》的主题思想"有一个从单一到复合的形成过程"，然后把这一问题放到具体的历史范围中去进行分析、考辨，最后以"忠义为纲，除暴安良；反对贪官，护国保疆；鼓吹平等，憧憬大同；去打方腊，两败俱伤；悲剧教训，永不遗忘"。这样诗化的语言来总结《水浒传》多义性的主题。由于丘先生的分析以历史为依据，结论因而具有更多的客观性和合理性。另外，我们知道，在《水浒传》一书中，方腊是被作为"贼"、被视为反面人物来描写与评述的。对此，丘先生不是人云亦云，而是跳出旧的评论标准，引用大量史实，分析方腊造反为"贼"的社会原因和整个过程，指出方腊领导的农民起义在历史上起到的积极作用，认为“《水浒传》的作者，把方腊当作‘贼’来描写，把打方腊的宋江称作英雄”，“是违背人民意愿的！”以史为证而以理服人。因此，可以说，用历史的眼光看待问题，是《水浒传纵横谈》的一大特色。

用全面的、变化发展的观点分析问题

毛泽东同志在其著名篇章《矛盾论》中指出，我们在研究问题时，要学会运用唯物辩证法来全面看问题，切忌带主观性、片面性和表面性，并以《水浒传》“三打祝家庄”为例，认为“《水浒传》上有许多唯物辩证法的事例，这个三打祝家庄，算是最好的一个”。这其实也是告诉我们，对于《水浒传》的研究，必须持唯物辩证法的观点，才有可能得出正确的结论。《水浒传纵横谈》的另一大特点，正在于作者很好地把唯物辩证法运用于研究之中。如《水浒传》以较长的篇幅来描写主要人物宋江的“三上梁山”，丘先生对此不急于作出主观的评判，而是以变化发展的眼光来进行全面的分析，认为无论是从政治上还是经济上宋江都没有造反的动因，因此，“三上梁山”乃宋江思想性格的真实反映。同时，丘先生又指出原本不想上梁山的宋江，最后却仍为社会所不容而被逼迫“落草”，“是作品对社会现实的一种有力揭露”。最后，丘先生还从文学创作的艺术性出发，认为写宋江“三上梁山”，“是故事情节发展的需要”。其中，丘先生还分析了宋江上山后既打击贪官又希望被招安的“流动着的思想性格”。在此基础上，丘先生便顺理成章地得出了对宋江“三上梁山”的评判：“《水浒传》改变了《宣和遗事》和元人杂剧中宋江杀阎婆惜后立即上山的一次完成式，采用了曲折多变式，这是从人物性格出发，又顾及作品整体的艺术构思，揭示了人物思想性格一定的深度，反映了时代生活的广度。”是为确论。在探讨《水浒传》与《金瓶梅》的关系时，丘先生一方面从故事情节、人物形象以及语言的分析入手，认为“《金瓶梅》是从《水浒传》裂变出来的。它们之间有着一定的血缘关系”。另一方面，丘先生又从两书内容上本质的不同、写法上的差异以及美学风格的区别，指出了《金瓶梅》有着异于《水浒传》的独特性。

平淡处见精纯，细微处显新意

《水浒传纵横谈》一书，采用札记的形式来写作，一篇只谈一个问题，长短不一，读来饶有趣味，发人深思，常常在平淡处见精纯，细微处显新意。如《古代相扑的生动再现》一篇，联系古代有关史料，以精练的语言分析《水浒传》中李逵、燕青数次相扑的场面，娓娓道来，使古代相扑的场面栩栩如生地呈现在读者眼前，令人为之叫绝。又如《“七星聚义”人物出场好》一篇，丘先生首先指出“七星聚义”是《水浒传》的重要篇章之一。然后针对刘唐等“七星”的不同出场亮相，认为《水浒传》如此写法，“有助于揭示人物性格的某一个主要侧面，给读者留下第一个强烈而难忘的印象。同时又关系着整个作品故事情节的丰富性和结构的完整性”。以“七星”的出场阐述了文学创作应该注意的诸多问题，小中见大，是为精彩纯正之论。《水浒传纵横谈》百四十九篇，长者数千字，短者仅千把字，信手拈来而又常于细微处显出新意。这无不是得力于丘先生扎实的文学、史学功底以及较高的美学修养。如《〈水浒传〉来自“说话”的内证》一篇，丘先生沙里淘金，于洋洋洒洒近百万字《水浒传》中找出古代“说话人”遗留下的细微痕迹，从而有力地论证了《水浒传》一书与古代“说话”的内在联系。在《水浒传》中，梁山泊最早的寨主是心胸狭窄、嫉贤妒能的“白衣秀士”王伦，而丘先生在《王伦也是个英雄》一篇中，考证出历史上确有王伦其人，但其行事却与《水浒传》所述判若两人，是一个身穿黄衫、至死不屈的农民起义英雄；然后又进一步道出《水浒传》改变王伦形象的主要原因，“是为了反衬晁盖、吴用等梁山泊的新主”。细微处，发前人之所未发。

总之，丘振声先生在《水浒传纵横谈》百四十九篇中，以原著为依据，联系其他有关材料，用历史的、全面和变化发展的观点去看待、分析有关问题，溯流追源，去伪存真，熔考证、评论、鉴赏为一炉，论从史前，不蹈前人旧辙，要言不烦，内容丰富，文字生动，有较强的趣味性和可读性，是一部雅俗共赏的好书。我们相信，该书将会给《水浒传》研究者和爱好者以一定的帮助与启发。

《水浒传纵横谈》，丘振声著，广西教育出版社 1992 年出版。

(原载《南方文坛》1993 年第 5 期)

1994年

天堂的守望者

论青年诗人黄堃

□ 张燕玲

那是一个执着的梦:他渴盼已久的大雪终于以纯白消灭了他眼中的一切尘色,世界白茫茫的一片,真干净。突然,远处滚来一团红,低头细看,竟是一个穿着一身红的小女孩。他感动极了,正待抱起这纯洁温暖的真的生命,骤然,醒了,一切都悄无声息隐去了踪迹。很残酷,这南中国从来就没有下大雪的可能。然而,他还是年复一年,日复一日,守望着这梦的尽头:他意念中的天堂——那真善美的所在。明知这天堂永不可求,却永远憧憬,苦苦守望。痛苦,幸福;美丽,矛盾,而不可解。这,正是诗的本质。这个执着的梦人,就是广西著名的青年诗人——黄堃。

是的,黄堃是一个诗人,一个很诚实地思考生命、人与自然的人。由于诚实地面对人生,由于正直地拷问人间天堂,黄堃激情无比,黄堃忧郁无比。那是一种对现代人心灵的逼视、对变革时代生命的感悟中诗人灵魂震颤的忧郁,一种对民族对人生始终怀揣蓬蓬勃勃热情的赤子之心。然而在"城市用钞票点亮的灯光中"(《远离天堂》,见《三月三》1992 年第 2 期),在"人类互相厮杀"声中,"变革时代中的人们失落了包括真诚在内的许许多多。于是,一种诗人与社会与现代物化的隔膜,造就了诗人的忧郁,尽管历尽坎坷,仍不绝地向往和憧憬圣洁的情感,他不愿心灵羁留在纷扰的尘世。于是,一个诗人意念中真善美的境界——天堂,诞生了"。(见拙作《忧郁者的风度》,《三月三》1992 年第 2 期)

然而,作为现实生活的个体,人有时无法逃脱磨难,无法逃脱社会的污浊。人类"远离天堂",是否更近于地狱? 于是,"地狱"的感觉就会霎时紧紧追逐你,而智者之所以为智者,正是于此,"地狱"的概念在解脱他,因为"地狱"不仅给智者的痛苦赋予了意义,而且这磨难之苦的地狱之火还会使智者升腾,使他能高高地俯瞰包括自己在内的世人的陈规陋习。诗人黄堃的思想轨迹划过的正是这么一条智者之路,他从混沌的现实中挣扎出来,在地狱之火与天堂之光的锻造中，挥动着自己那支反叛的诗笔。他的组诗《远离天堂》便忧郁地喊出人类远离天堂的主题，这阴郁的无望的声音，其中包含着一种关于人类历史和人生本质的现代意识，它暗示的是被厄运或欲望紧紧追赶着的人类的普遍命运及其真善美的神话(天堂)的破碎和幻灭。诗人灵魂流泪——他的诗歌和散文中就记载着无数次这样的对现代生活无望无奈的痛苦泪水，那是一种向往难以达到的美的充满热情的战栗。激情而忧郁，忧郁而激情，这忧郁美是美的深刻悟觉，是一种诗意的忧郁。正如爱伦·坡所说的忧郁美来自正在疯狂地寻求明澈的源泉的渴望；它是一种心理深层的潜意识中对于现世中的痛苦和悲凉消逝在空无的一瞬间的超验的感悟。于是，诗人在忧郁的感悟中，在感悟的反叛中悲凉而有力地与命运和世俗随时对抗，直面并承担起人生的全部苦难，而且顽强地树起自己理想的旗帜——苦苦守望"天堂"。于是，其显示出来的意气昂扬和自觉悲凉便形成了只属于黄堃自己的忧郁美了。

这位忧国忧民的诗人，在作品中常常以个体去面对浩大的历史、历史的皇都、历史的伟人、历史的壮民族，而魂牵的却是令他骄傲的有着堂堂人格"最少出汉奸"的故土，和一个个"站立"着的不屈的精神，从而，"诗人获得了一种渺小的个体在恢宏中的解脱和升腾，同时一种后代对于伟岸历史承继中的自尊自重自强充盈了诗人的心灵，直至延伸到中国的后代——儿童……至此，个体的情感又获得了宏大与崇高。这种丰富的忧国忧民和崇高感正是我们时代所呼唤的，这种独战众人(包括历史)的激昂意气(不是直露的、激情横流的)，闪烁着十九世纪拜伦式的英雄主义，这是理想者的境界"(见拙作《忧郁者的风度》)。这样一种有秩序、有信仰的古典主义精神(真正的诗人从来就是如此现实而浪漫的)，借着诗人的赤子之心和批判精神的冲突而跃然于黄堃的诗集《远方》的部分诗篇——《爱情探戈》"中国盐"一辑，诗《1986 年冬·北京》以及他的部分散文中。

于是，黄堃的诗文一次次使人看到他对人类(尤其文化人)生存境况中媚俗心态的深入剖析，读着你绝不可能轻松，你难以逃脱他的灵性与智性与理性凝成的忧郁。无论是人的污秽、文化痼疾、人性劣根，在他笔下都化成一种悲愤的极致。于是，他的调侃，和近似刻薄的讥讽(他的诗文总是抒情与讽刺结合的)，便是他对人类"远离天堂"境况的悲愤，更是他对"天堂"的热切渴望，明知永不可求，却永远憧憬，苦苦守望，这不正是对真善美热蓬蓬的别样的一种追求吗？一身傲骨，几分刚气，这种无望的守望，其中既蕴涵着人生的荒诞，也蕴涵着人的伟大。在无望的现代生活中，顽强地树起自己光辉的旗帜，于生活中寻觅一种美的属于人的本质的东西：真善美——天堂，这个境界是人类从来的所属、所望、所求，这古老的信念在生活的不断破损中却从来屹立着，于是，诗人便在这苦苦的无望的守望中获得一定程度上的世界性了。这是诗的真质。

于是，我们看到了诗人心上高悬着他期望人性复归的明镜。这个明镜在诗人的心上与上述缺陷的现实相对立的是纯洁的儿童世界和女儿国。这是黄堃意念中天堂的主要载体。

这兴许得追溯到黄堃的孩童时期。

因为生活，三岁的他便离开了城市；又因为比生活更多一点的东西，十岁的他便在几年里，以柔弱的肩膀在背起生活的同时，背着书包，独自一人惊恐地行走在苍茫的无人踪迹的密林里。其中的痛楚和脆弱的无数印记早已钉入诗人的骨子里了；同时大森林强大、辽远、忠诚和冷漠的品性也随着林涛声植入诗人的骨子里了。我也曾到过林海高处，看脚下的林带，听不断涌来的涛声。正当我为树林与人的亲近、树林对人的漠视而流泪时，才发现我已走出了领我来的老林人的视线，成年人的我当时居然惊恐地呼叫起来了。因而，我似乎感触到一些诗人的敏感、忧郁和早慧，感触到了诗人能直面现实的勇气和骨气，以及诗人对温暖的渴求和失望。

于是，从八十年代中后期起，尚未为人父的黄堃便有了许多《写给女儿》的诗和散文。他认为小女孩是真善美的化身。于是，诗人以一种似是而非的父亲的口吻（太凝重了）向"女儿"（他给她们取名为"眠鸽""拙雨"——有时她又成了儿子）述说自己的童年和自己现世的忧郁。这种似是而非的父亲眼光（太冷静了）穿透儿时的记忆，唤醒那些业已沉埋于时间深处的闪烁不定的无意识的诗行，一件件地跳跃而内在地讲述着岁月的一个个片断。在这里，我读出了一点温暖、迷醉和苍凉。而今时代，重返神圣已变得不可能了。于是，那份苍凉和忧郁便扑面而来了。犹如本文开首描述的梦境，这种千呼万唤的歌吟直至1993年。黄堃终于如愿了，他有女儿了。他这时的歌吟不再似是而非了，那是一种纯粹的父亲的语言，尽管不是以他惯有的冥想为主调。但这种冥想已自然地融入了对女儿具体言行的叙述之中了，少了原来写给"眠鸽""拙雨"的诗文的俯仰之姿、客观冷静之气了，那份家人的絮谈使他这时的诗文弥漫着亲厚、自然和仁智，也更有童趣和生命意味了。在从容和温馨中静宁下去，下去到心底的一个从来未启动过的角落，于是，生命之花勃放了，至情之气漫延了，很感人也很动人，毕竟血浓于水。于是，我们说，黄堃的寻找女儿正契合于他寻找天堂的潜意识。面对女儿，他总是以一些关于人生的温暖而冷峻的话题来叙说一个走出早岁童年后所体会到的人世沧桑，体会到孩儿时代珍贵的纯洁。是的，人走过童年"可以早早告别单纯，但应永远保持纯洁"（《有个女孩叫书羽》），这便是过来人的所有祈求，这便是黄堃对他意念天堂的最基本的要求。

这样的祈求不仅出现在诗人对孩童们的怜爱和祝福上，更多是化在诗人对纯净少女的歌咏上。真正的男子汉，其实内心有时极脆弱"他必须在灵魂上寻找人群，每时、每刻、等待、祈祷着温情来临"（《今夜无雨》），"男人永远是女性的孩子……梦断之处总在他深爱的女人怀里"（《怀念丛林》），诗人崇拜和信仰着孩子和少女以及心地善良的尔雅宁静的女子，她们的纯净是一种具有绝对意义的美，永恒的美。于是，他的诗行里流动了他对她们近似宗教般的感觉，这种在一定程度上源于童年时对温暖的渴求，就常使他在温情的纯粹中宁静下来。静宁自己，也静宁她们。生命于寒冷的季节中相互温暖，远离天堂的现实在暂时的宁静中走向了天堂。这类题材的诗，写得最为动人的是《致桑》（见诗集《远方》）组诗的柔情与疼爱，飘忽而逝的情绪和幻想的芬芳散发出迷人的人间暖意。这组诗还写得很精练，这大约来自诗人对

“桑”有一种异乎寻常的激情,于是,他把激情注入素朴的诗行中,使之一点一点地流出来,温暖着读者,也温暖着诗人自己,更重要的是温暖了诗的主人公“桑”。

实际上,黄堃此时已朦朦胧胧记不起许多儿时和关于少女们的故事了,偶尔还不免文化人的游戏,留下的只是诗行里一派儿时的纯净、少女的温柔、生命沉淀下的苍劲思想和对现实的忧郁,故事最终敌不过满纸不经意的抒写,几分凝重、几分骨气、几分温柔,那血那肉那骨头那灵魂,在这心与不经意之间。痛苦,幸福;美丽,矛盾:而不可解。这就是诗人的本质所在?或说是天性使然,灵气使然?然而,人生无常,这无常的生命中人是无法排解孤独的,尤其是黄堃这么一个直面人生,钟情于理想的真诚诗人。女儿和女性可以慰藉一时,却不可能从根本上理解诗人的忧郁和激情,不可能彻底化解痛苦和温暖创伤。是的,诗人这份忧郁和清醒生活本身是不可能得到慰藉的,因而他把灵魂交给了诗行——女儿国与现实交错反差映出真善美与假恶丑的对照,他以诗的方式思考和关注这一切。于是,他的诗也像他的人一样彻底了。

至此,我们看到了黄堃总希望他的作品更精粹些,无论从语言还是主题和结构,直面现实(那是做人最宝贵的意志了),一直寻求一个完善的诗人人格和天堂的现实。然而,诗人人格可以不断完善,天堂却永不可求,而这又是人类旷古不泯的理想境界所在。于是,在意气昂扬和自觉悲凉中,诗人柔情似水而又刚气可见,这便是黄堃的态度和笔法。

于是,现实主义主调与浪漫主义色彩的结合,如石的凝重与如画的细腻,理性的开掘与诉诸感官的魅力,使他的诗文总是透出几分骨气、几丝柔情,抒情与讽刺的双重的情绪就构成了整体的凝重,那是一种思想的凝缩。

这种凝重还在于诗人独特的语言。他无论是反刍个人日常人生中拥有的孤寂和细致的温情,还是对人类远离天堂的生存境况的忧思,又或者是对病态文化人(包括自己)的解剖,都尽可能用超然的语调叙述,从从容容的,而你却能于诗中感受到一种内在的雄辩力量,这种雄辩的语气是通过强烈的节奏式控制并加强语言的重音而造成的。于是,这种高密度的复义性的语言,就随着诗人的视线和心智角度的变化从容而强烈地使其诗歌从多面上熠熠生辉,这就增加了语言内涵的丰富性。从而形成了黄堃的抒情风格了。

还值得一提的是,作为诗人的黄堃还有一批以融合温情、人生智慧的凝重散文,而且非常诗意。其散文多是写身边事情,一己性情,却没有许多此类散文的徘徊孤赏的风致,而是与他的诗一样流溢着凝重透明的智慧灵光和生命本色,有骨有肉,这又是一份深切的人间情怀。其中尤以《流水》《城市落日间》《芦苇》《寻找海岛》《秋风桂花》《女孩和梨》《有个女孩叫书羽》等等最为动人。那份优美的深厚从容宁静,正说明了一种感觉:一位诗人对于文字的敏感远胜于散文家,而写不好散文的诗人,一定不是一位出色的诗人。

终于,这位广西最著名的年轻诗人以自己对天堂的守望在全国拥有了自己的诗名——这是诗神的公正。因为黄堃从不为自己贴标签,这在浮躁、功利、媚俗的当今文坛尤为可贵可敬。他的一身傲骨和非常诗情使年轻的他拥有了一个真正诗人的真正收获：

1981 年，19 岁，处女作发表于花城出版社。

1983 年，21 岁，毕业于广西民族学院中文系。

1984 年小说《夜声》在《广州文艺》配以评论、作者简介，推出后反响颇大，收到海内外来信一百多封。

1985 年，23 岁，加入中国作家协会广西分会。同年出版诗集《远方》，获广西首届青年文学奖“青年作家奖”。并成为第二届全国青年作家会议最年轻的代表之一。

1990 年，28 岁，是自治区人民政府颁发的广西文艺最高奖——“铜鼓奖”最年轻的获奖者。

1992 年，30 岁的黄堃当选为广西区政协最年轻的委员之一。

1993 年，诗集《爱情探戈》作为八桂作家丛书之一于漓江出版社出版。

对于黄堃的诗歌创作的评论，曾在全国 20 多家广播电台展播，在一些报刊登载。

……

天堂遥远。或许二十世纪是商界辉煌的世纪？1993 年黄堃“下海”了，成为一个文化广告公司的经理。然而，他并未放弃他作为《广西文学》诗歌编辑的工作，而且真诚依旧。看见他编稿那认真劲儿，我曾忍不住打诨，而他却装聋。不久他却有散文出来：“在今天钞票如此横行的岁月里，仍有那么些人，在悲怆地写着自己的苦与乐，写着对永无到达之缘的理想境界的憧憬”，他是把自己的真诚化入了这份工作之中。这绝非“敬业”二字所能概括的，这实在是他那浓得化不开的诗人人格的品性所致。而且“经理”黄堃还着手出版自己的散文集，我觉得，这绝不会等同于许多“下海”文人出选集的纪念——一串深深浅浅的脚印，免得日后忘了来路。因为，黄堃经理今年还不断有诗有文发表于报刊，这毕竟不易，经理黄堃仍是诗人黄堃！

天堂是有人守望的，尽管守望者已不纯情，更不心怀幻想。

所幸的是，童年、大森林已把一种诚实的涛声植于黄堃的血管了。

他站在水中守望。

他会一直站下去的。

（原载《南方文坛》1994 年第 1 期）

实践中的理论思考

毛南族、京族、仫佬族三部文学史“当代文学编”若干问题的思考

□过 伟

历经九年，毛南族、京族、仫佬族三部文学史作为国家社科“七五”规划重点项目《中国少数民族文学史丛书》之一，于1992—1993年先后出版。所见丛书侗、赫哲、布依、纳西等族文学史都是有“当代文学编”的。但是在1986年全国少数民族文学史学术讨论会上，有同志引一位权威学者的意见“当代文学不宜入史”提供给与会各文学史课题组成员思考。“当代文学入不入少数民族文学史”今日已不成问题，已经出版的七部丛书本文学史无不都写了当代文学编，但在前几年，在修史过程中，是认真思考了这个问题的。笔者在《毛南族文学史》里记下了这一思考：“中华人民共和国成立以来，毛南族和别的少数民族一样，在党和人民培养下，成长起一批新文艺工作者。他们吸取新思想，反映新生活，开创了毛南族文学史上的新篇章。虽然和一些文艺工作比较先进的少数民族相比较，在作者的人数上，在作品的数量与质量上，都有较大差距，与汉族‘五四’以来的新文艺和当代文学相比较，差距更大，但是，他们毕竟是毛南族文学史上写下第一批新诗、第一批散文、第一篇小说的人，是毛南族文学史所不能回避的诗人、作家、作者。当代学者研究、评论当代作家可以就近调查，比后代学者再来‘考古’有其方便之处；但也有由于时代贴近而不易客观评论之弊。……当代学者写当代史可以给后世读者留下当时所调查的第一手史料和当时学者的见解；如果不留下这些，那是难再弥补的千载遗憾。所以，少数民族文学史理当写她的当代文学部分，尤其1949年以后才开始有作家文学或开始有作家新文学的民族，不论用本民族文字写作的、用汉文写作的或双语写作的（即兼用本民族文字与汉文两种文字写作的），写下她的这‘开天辟地’性质的第一章，这第一批作家、作者和第一批作品，哪怕她作家人数还不多，作品还幼稚……”

当代文学入史，首先碰到哪些人哪些作品入史的问题？这实质上是少数民族文学研究界十多年前曾经展开讨论过的少数民族文学的界定问题。当时有的学者提出，少数民族文学必

须具备三要素:作家是少数民族族籍;运用本民族的语言文字创作;反映本民族人民的生活的作品。这在某些民族可能适合,但不适合于毛南族、京族、仫佬族,也不适合于许多别的民族(特别是许多南方少数民族)。毛南族民间歌手大多用友邻少数民族语言壮语唱民歌,仫佬族大都用汉语土拐话方言唱,京族用汉语粤方言唱民歌的人越来越多,用京语唱的人越来越少。这三族作家都用汉文写作,既写本民族人民生活,也写外民族人民生活:有的作家主要写外民族人民生活,有的少数民族作家是该民族聚居区的成员,有的少数民族作家散居于汉族地区之中,而有的汉族作家和别的少数民族作家却又写了不少反映毛南族、京族、仫佬族人民生活的作品。在环江、防城(今防城港市防城区)、罗城三个民族自治县举行三部文学史研讨会上,对哪些人哪些作品入史,经过讨论达成共识,唯一标准是,作家族籍是这一少数民族他的作品便入这民族的文学史。如京族作家李英敏没有生活在京族聚居区,所写作品主要反映海南岛汉、黎、苗族和钦廉地区汉族人民生活与革命斗争,《京族文学史》实事求是地这样写:"李英敏是散居于汉族地区,参加各族人民共同战斗求解放和共同建设祖国民族大家庭事业的京族作家。他的作品是颇有民族特色的。他的作品的民族特色体现在下列四方面:1.他写中华各族人民的生活与斗争。各族人民团结求解放,各族人民团结建设求祖国富强人民富裕幸福。2.他注意写少数民族(黎、苗、壮等少数民族)在中国革命事业中的作用;注意写汉族干部与战士为少数民族的解放与建设事业而艰苦奋斗,献身精神;注意写民族团结。3.他也写了散居于汉族地区的京族人和革命队伍里的京族战士的民族文化心态。4.他追求中华各族人民大众所喜闻乐见的民族气派与民族艺术风格。他为中华民族文学,也为京族文学作出了贡献。"对于汉族作家汪骏的《巴英奇婚》不入《毛南族文学史》,但在注释中记录"是反映在变异中的毛南族民俗里创造新生活的毛南人的第一部长篇小说,……对毛南族作家的成长和毛南族文学的发展,是会起促进作用的。"壮族诗人何津、汉族剧作家张化声写京族的作品不入《京族文学史》,但在正文中写下一笔:"他们在防城工作期间对京族作者的成长起了直接帮助的作用";汉族作家表现京族的电视剧《故乡的独弦琴》《初涉尘世》,在注释中记录"它对京族中青年作家、作者的文学创作有一定影响"。对共同开发这三个民族的民间文学的外族民间文艺家则都在"民间文学的搜集翻译出版章"记录其功绩;对仫佬剧作出贡献的外族专家在注释中记录其功绩。

当代文学入史,有的学者袖手驻足,踌躇再三,难下决心动笔。努力鼓起学术勇气,本着"秉公修史,实事求是,一分为二"的十二字方针,是可以闯此难关的。"只看作品的艺术质量,不问作者官位的高低"是闯关的金钥匙。如毛南族诗人谭亚洲在毛南族当代作家群中没有什么官位,但他是毛南族当代文学中发表新诗最早也最多的人,他的《狩猎毛南山》又是公开发表的第一篇出自毛南人手笔的小说,因此《毛南族文学史》给予他较多评介文字。三部文学史根据各人文学成就的高低,有的作家在章的标题中出现名字,有的在节的标题中出现名字,有的在正文中写其生平简介;有的在注释中写其生平简介;尚未出版集子的在注释中记录其单篇作品;已出版集子的在正文及参考文献目录中记录其作品集;努力扩大作品的信息量和研究评论的信息量(摘引评论家的评语,注明出处)。

怎样做到评论"作家们在文学史上恰如其分的历史地位"呢?鲁迅说过:"不过我总以为倘要论文,最好是顾及全篇,并且顾及作者的全人,以及他所处的社会状态,这才较为确凿。要不然,是很容易近乎说梦的。"在三部文学史"当代文学编"的撰著过程中,总是尽量读大大小小作家作者们所能搜集到的尽可能全的作品与评论以及他们的生平经历。对重点作家如李英敏,从编制他的年谱入手→写作评论文章→撰著《京族文学史》中的"李英敏章",并对他作"文学创作的发展轨迹"的分析,"作家创作心态"的探索,"文艺学与作品的艺术特色"的评介,以"文化学"和"民族文学的民族特色"的角度来考察,对他作多角度的较为全面的评介,以冀避免"近乎说梦"。对别的大大小小的作家,也将其作品按时间先后细读,再动笔评论。全书,每个篇、章,每个作家,这三个层次,都力求探索其时间先后的发展脉络。《仫佬族文学史》中对创作了多种体裁作品的作家,以他成就最高的体裁为主进行评价,兼及他的其他体裁,如潘琦在"散文章"中写他,兼及其诗歌、小说;又如常剑钧在"戏剧章"中写他,兼及其诗歌、散文、小说;力争让读者对每一位作家有个完整的立体的形象之印象。

在文学史撰著过程中,笔者体会到"将文学史作为文艺研究的最高形式看待"。因为它虽含有文艺评论的因素但不像文艺评论文章那样可以直抒一家之言的创见,而必须具有相对的学术稳定性,力争其研究成果具有史家眼光和史家笔法。尽管每一部文学史必然也是百家争鸣中的一家,但文学史家必须考虑其立论的着眼点要经得住尽可能较长时间的考验,尽可能长命一些,尽可能不那么短命。"当代文学不宜入史"的提法,也许正由于时代风云变幻太快,一些作家与作品易于成为过眼云烟,影响文学史家之立论陷于尴尬境地。但博采众长与独立思考相结合,"秉公修史,实事求是一分为二"并广泛听取意见与当断则断相结合,这样进行实录,还是可能将文学史"当代文学编"撰著得既有新意又具相对稳定性的。理论的创新性与理论的相对稳定性这一对矛盾是可以争取处理得较为恰如其分的。文学史必然内含文艺理论的因素,但不像文艺理论论文以纯理论的抽象思维形态出现,而必然也必须将理论内蕴于对作家、作品作史的述评之中。也就是说这文艺理论不以独立状态存在,既内蕴于文学的史的述评之中,又给文学的史的述评以理论指导,文学史家的文艺理论是文学史撰著的灵魂。

在文学史撰著过程中,还体会到"将少数民族文学史作为少数民族文化的组成部分来研究,作为中华历史、文化和文学这个大系统中的一个子系统来研究";毛南族、仫佬族还作为"百越古族群的和岭南区域的历史、文化与文学两个支系统(有相互覆盖的部分)中的一个子系统来研究",京族则作为"岭南区域历史、文化与文学中的子系统来研究"。这实际是解决中华民族文学的普遍性与某一个少数民族文学的民族个性较好地相统一的问题。在研究京族作家李英敏、仫佬族作家包玉堂、唐海练、任君等许多少数民族作家的过程中,发现一条规律性的事理。少数民族作家的优秀作品往往是少数民族文化与汉族文化、区域文化与中华整体文化、中国文化与外国文化、民间文化与精英文化(典籍文化)、传统文化与现代文化这五组文化撞击所迸发出来的灿烂火花。这一规律性的事理,笔者在研究壮族诗人《韦其麟诗歌艺术的发展轨迹》中,初步探索出来。后来,小心翼翼用来考察毛南族、京族、仫佬族诸作家、作品,证实这一理论也是适用于这三个民族的文学史研究和作家评价的。还发现少数民族作家的优秀叙事作品(小说、戏剧、叙事诗)往往"写在变异中的民族风情里创造新生活的人"这一条规律性的事情,不少有成就的少数民族作家不自觉地(也有自觉地)"写变异中的民族民俗环境(即民俗风情)里创造新生活的人"。我也小心翼翼用来考察毛南族、京族、仫佬族诸作家、作品,证实这一理论也是适用于这三个民族的文学史研究和作家评价的。

与文学史相配套的工程,已经出版了这三个民族的民歌选、民间故事选、文学评论集和风俗志,但还缺其当代文学作品选,正争取编选出版之中,并拟努力写好其序言以弥补文学史论述之不足。文学史是一种文化积累的系统工程,需要几代人的持续努力。我们铺设下这三个民族文学史研究道路上的铺路石,期待着后来的学者写出质量更高的文学史。

(原载《南方文坛》1994 年第 2 期)

转型期文艺的思考与对策

□彭 洋

党的十四大以后,我们的经济体制改革开始了一个历史性的转折,即由前期的开放搞活,进入到建立社会主义市场经济体制的阶段。江泽民同志在十四大报告中还明确指出:"建立社会主义市场经济体制,涉及我国经济基础和上层建筑的许多领域,需要有一系列相应的体制改革和政策调整。"十四大以后,中央的这一部署很快就开始得到全面的贯彻和体现。市场经济由原来作为我国社会主义计划经济的辅助形式变为占主导地位的经济形式。尽管在实际的运行中理论和实践还有相当大的距离,但市场经济体制代替计划经济体制已成定势且不可逆转了。

旧有的文艺体制正是建立在旧有的经济体制之上的。皮之不存,毛将焉附?上层建筑必须与经济基础相适应,这是铁的定律。文艺体制的改革,已成为一个实践性的问题。

然而,由于文学艺术生产的复杂性,两种经济体系转换过程中常常出现不可避免的两难选择,使得文艺从生产到管理都陷入了一个极为困苦的时期。当然也可表述为面临了一次严峻的挑战。

为使文艺体制的改革能有一个比较稳妥的、平和的而非剧变的方式,更好地发挥文学艺术的作用,使之服务于经济建设这一中心,适应经济基础的变革,成为社会主义精神文明的主要支柱,我们有必要研究和采取特殊的对策。

转型期的困惑

目前,整个文艺界陷入了一种空前的困惑中,这种困惑主要体现为下面几个方面。

(一)生存危机

长期以来,文艺界吃的是"皇粮"——完全在国家计划调控的保护下,完全依靠各级政府财政的支持。应当承认,在特定的历史时期内,特别是我国社会主义实践的初始时期,这种机制功不可没。它不仅挽救了旧时代濒临死亡的文艺事业,特别是具有优秀传统的民族民间文艺事业及其人才。新中国成立以来特别是新时期以来,在财政十分困难的条件下,各级政府对文艺的投入是巨大的。新中国成立后成长起来的一大批作家、艺术家,现已成为国家的文艺栋梁;大批优秀的文艺作品,为人民提供了丰富的精神食粮,也为祖国在国际上赢得了崇高的声誉。市场经济体制及文艺体制不可能在新中国成立初期就建立起来,这当然也是一种共识;但在"社会主义改造"基本完成以后,由于"左"的危害,我们错过和丧失了一次又一次转型的机会,以至造成了以后一系列的弊端和负面效应,并出现了某种程度的恶性循环,阻碍了文艺生产力的发展。

经济体制的转轨,对于我们民族来说,已经到了历史的最后时机了。文艺也是如此。历史的经验证明,这种选择越推迟,旧有体制的惯性就越大。

就目前的情况看,文艺体制的改革仅仅是初步的、未雨绸缪式的、实验性的、试探性的、有限的。但是,"生"或者"死"的问题已经充分暴露了出来。文艺纳入市场轨道,意味着:一是"断奶",国家不再完全以财政拨款的方式加以扶助;二是文艺产品的非商品属性难以为长期的消费市场所采纳,一半以上的文艺种类难以靠"以文养文"存活。文联作为文艺的群众团体,实际上也担负着一定的文艺管理职能,国家如果不增加投入,别说发展,连保住饭碗也成问题。

由生存危机意识带来的失落感,在目前文艺界是相当普遍的。文艺是塑造人的灵魂和营构民族凝聚力的崇高事业,文艺工作者的经济条件却如此低下;为了生存甚至不得不投靠一些"大款";过去的所谓"遵命文学""遵命艺术",遵的是民族大业之命,而今却不得不也遵从某些个人"大款"或集团"大款"之命。经纪人、出版商甚至可以主宰艺术。这种令人茫然的社会景观倘若放任自流地发展下去,若干年过后就可能形成新的文化空白和文化断裂。

(二)关于"下海"

近年来,作家、艺术家"下海"由热门话题转变为"热门行为",尽管大部分的作家、艺术家还"在岸上",但事情本身对文艺界队伍及以往的文艺观构成了极大的冲击。

文人"下海"一开始就引起了截然对立的两种反响。一种是说该下、可下;一种认为不该下、可悲;这是个理论上讨论不清的问题。根据目前的情况看,也不可能对此作出什么结论。

但"下海"的是非之争,实际上反映出的是文艺队伍一种普遍的浮躁和信念的动摇。

(三)拜金主义抬头，严肃艺术衰落而通俗艺术膨胀，真正的艺术品与庸俗作品价值倒挂

这个问题有目共睹,而且愈来愈严重——许多高水平的学术著作、文艺作品出不来,而一些社会效益不好,甚至是低级庸俗毫无价值的书籍、音像制品等却大量地被制作出来并在市面上流通。一些出版部门和新闻媒介、文艺刊物要钱不要声誉,只要给钱,再臭的事也干,再臭的书和文章也出,完全丧失了应有的艺术品格。

(四)一抓就“死”，一放又乱

许多问题,上上下下的领导、管理部门不是看不出问题,而是陷入了这种“一抓就‘死’”“一放又乱”的怪圈中,使之不能不说,不能不抓,但又不能真说,不能一抓到底,从根本上解决问题。如“扫黄”虽反复多次,但屡禁不止,就是陷于这个怪圈。

以上种种逆反现象,构成了目前文艺界的一种氛围:忧虑、浮躁、困惑、不满和无奈。

理论参照和实践参照

建立社会主义市场经济体制,对于我们党可以说是一个新课题。在经典的马克思主义学说中,没有现成的答案。市场经济下的文艺体制的建立面临的也是同样的情形。

在以商品交换为根基的资本主义制度下,市场法则在艺术生产中占着统治地位。卢卡契指出:“资本主义的发展把每一种艺术的产品和群众之间的关系逐步地变为商品市场。在资本主义社会中,艺术商品化是一种十分普遍的现实。与封建时代不同,能为文学艺术提供动力和保护的不再是君主、教会和贵族集团,而更多地是由出版商、书商等充当这一角色,在这种情形下,文艺可以是一件人工产品、某种社会意识的产物,同时也是一种制造业,像别的手段一样是赚钱的手段,是一种经济方面的实践,一种商品生产。”

承不承认文艺作品具有市场意义的商品属性,以及对此是褒是贬,在文艺界特别是文艺理论界一直存在着分歧。法国古典主义文艺理论家布瓦洛在他的《诗艺》中,对文艺创作的商品目的表示了极大的厌恶,声明自己无法“忍受那些著名的作者/因为他们厌恶荣誉、利欲熏心,/把自己的阿波罗抵押给一个书商,/并把神圣的艺术变成唯利是图的职业。”贝多芬对艺术创作、生产过程中的“铜臭味”也表示了极大的愤怒。然而,歌德却认为“为金钱而艺术”并没有什么丢人的,赚钱拿钱,是为把事情办得更好;莎士比亚和莫里哀也是用剧院来赚钱,以使得自己和演员都有饭吃。俄国无产阶级文艺理论家普列汉诺夫在引用马克思、恩格斯《哲学的贫困》中关于中世纪最后到了这么一个时期,即一切精神的或物质的东西都变成交换价

值到市场上去寻找最符合它的真正价值的评论的论述之后说,“在普遍买卖的时期,艺术也成了买卖,这还有什么可奇怪的呢?”(普列汉诺夫《艺术论集》)

在欧美等资本主义国家里,支配并决定艺术生产及趣味的,主要就是市场经济因素。但是,政府的保护同时也发挥了积极的作用。在 20 世纪,这种保护显得尤为活跃和重要:如通过艺术委员会来干预或调节,通过对作家、艺术家及其事业基金的认可加以鼓励,等等。另外,其艺术生产和消费之间的联系也不是直接的,其中存在着一系列的中间环节,并成为艺术传播的必经之路。这一中介就是非官方的艺术团体:如各种协会、学会,如沙龙、剧院、音乐会、展览会、茶话会、同人俱乐部以及艺术院校、出版社等。这些团体近似于我国的文联,它们也为艺术的发展提供了必要的行业氛围并决定着艺术趣味变化的方向,甚至决定着作家、艺术家的成败和声望。

从历史的角度看,当一个社会的经济转入市场经济模式时,特别在其转型期,都不可避免地出现一种文化上的混乱和浮躁。这种混乱和浮躁在文艺领域同样也体现为社会性的困惑和痛苦。直至新的经济秩序确立,新的观念才可能消融这一切负值。事实说明,这是一种规律性的东西,我们也在所难免。

马克思、恩格斯、列宁、斯大林、毛泽东等革命导师的无产阶级文艺学是我们建设社会主义文艺体制的根本原则,而邓小平同志对马克思主义文艺思想的伟大贡献,也在于他回答了建立社会主义市场经济体制中文艺建设许多重大的理论问题和现实问题,为我国文艺事业的繁荣发展指明了方向。

转型时期的对策特点与抉择

当前,我国处于特殊的历史性的转型时期。“两个文明”一起抓显得尤为重要,而在精神文明建设中,文艺事业又显得尤为重要。各地政府进行积极的理论探索的同时,也采取了一系列的实践性步骤,通过对文艺采取加强营养、增加投入的特别的扶植手段来帮助文艺界走出困境,以加快文艺体制变革的发展步伐。例如,山西自 1990 年以来,已拨出 35 万元专款资助出版《山西文艺家丛书》,使一大批有名望的作家艺术家的作品得以面世;山西省政府还分别对有突出贡献的文艺家授予“人民作家”“人民艺术家”等称号。河北省则一年拨出 30 万元对本省获全国性大奖的文艺家进行奖励。安徽省也拨款成立文学艺术发展基金会……至今,全国已有近十个省市设立了文艺基金会。这些举措,很值得我们借鉴。

实际上,广西文艺方面的投入并不见得比外省少。除了通过社会力量资助开展的各种活动外,另有区政府四年一度的“铜鼓奖”投入,新设立的“桂花奖”等,以及每年给广西高校文学院的六万元创作经费,四年一度的广西“文代会”及其他活动投入。这些投入和措施,对广西的文艺事业起到了巨大的促进作用。然而,如果我们从市场经济的原则分析,就会发现,如果缺乏科学的效益观念和管理手段,很可能花了大钱,却做了效果一般的事情。

我们认为有以下几个方面值得反思和研究。其一,投入方式。如果我们早几年首先考虑去建立起大用场、见大效果的文艺基金会,集三年的相同的投入积累,到现在我们已可以干大事了。更关键的是,基金会可造成一种良好的大氛围。从市场经济的角度看基金会是“死钱”活用,用了还会再生钱;而目前我们这种用法尚属于“活钱”死用,用完拉倒。其二,在投入方向上,我们多年来大多是把钱“花在后面”,造成“查处硬”“繁荣软”。兴师动众查处问题的人力、物力,如花在引导、扶植、鼓励创作上,不论从社会效益还是经济效益,显然都要好得多的。其三,改变以往“抓两头带中间”的旧观念,充分体现竞争的市场观念;在文联一线废弃那种普及型、辅导型、福利式工作方针,把出作品、出人才具体为出精品和拳头产品。文联应组织作家艺术家开展艺术生产的竞争,在竞争中生产高精尖作品,淘汰一般化的平庸的作品。文联应体现出高层次的文艺运动的策划、作品作家艺术家广告、文艺研究的特殊功能。具体地说,文联各协会功能要有适应市场的大转变,把以往那种空泛的“发展会员”“联络感情”,把协会办成“文艺家之家”,变为一种真正的合作关系,使协会成为某个行当人与作品广告、推销(推向消费市场,引导消费市场)、研究的杠杆,成为一个文艺作品生产过程和消费过程不可缺少的纽带。

转型期的文艺对策,不仅仅是为了文艺摆脱目前的困境,使社会主义文艺事业健康发展,也是为经济建设这一中心服务,而且还为文艺体制改革能顺利进行打好基础。因而,这一对策的基点应该是适应当地在这期间增加投入,以便在引导文艺面向市场的同时,保证把社会效益放在第一位的原则得以实现。

(原载《南方文坛》1994年第2期)

以人民为主体的毛泽东文艺思想对人类艺术审美学发展的理论贡献

□ 林宝全

旧时代的种种文艺思想体系有一个共同点，即由于时代和阶级的局限性，它们都没有或不可能自觉地把人民对艺术的需求以及艺术对人民的依赖关系作为建构理论体系的基点。其中一些进步的、革命的文艺理论家曾经提出过“人民性”的概念，在一定程度上反映了人民对艺术的要求，但他们心目中的“人民性”，一般地说都还只是停留在自上而下地同情与怜悯受苦受难的人民大众的人道主义的水平上。毛泽东文艺思想区别于旧时代一切文艺思想体系的根本标志，就在于它以高度的历史自觉意识把艺术同人民大众的血肉联系作为核心来建构自己的理论体系。如果说欧洲文艺复兴时期新兴的资产阶级提出以“人”为中心的人文主义思想体系，用以对抗并取代中世纪近一千年占统治地位的以“神”为中心的封建教会的文艺思想体系，把“诗神”从上帝的宝座下解放出来，是人类文艺思想史上第一次伟大的历史变革；那么，以毛泽东同志为代表的中国共产党人，半个多世纪以来在继承马克思主义文艺理论的基础上，形成以人民为主体的毛泽东文艺思想体系，则是人类文艺思想发展史上的又一次更为深刻的伟大变革。这场变革集中体现在它旗帜鲜明地从理论上科学地阐明人民在人类艺术活动中的主体地位，从而开创了艺术走向人民的新纪元。

以人民为主体的文艺思想，是人类文艺发展的历史必然要求的理论概括，它与人类社会进步发展的方向完全一致，唯其如此，它才具有一切旧时代文艺思想体系所不可比拟的强大理论生命力。它的诞生为人类艺术审美学注入了新的血液，极大地推进了艺术审美学的理论发展，这可以从以下几个主要方面来考察。

在文艺的本质论上，毛泽东文艺思想不像西方某些唯心主义的文论家那样，从概念出发抽象地谈论艺术是什么，而是从艺术发生学的角度去历史地考察艺术是怎样产生的，人类社会为什么需要艺术，从而揭示艺术作为一种社会存在物的质的规定性。从它对人民为什么需要文艺，文艺为什么要为人民大众服务和怎样服务这个核心问题的大量论述中，可以看出它是从三个层次来认识文艺的本质的。其一,文艺是人类在一定社会经济基础之上生产出来的一种精神产品,它和其他精神产品一样,都是一种观念形态,都属于一定经济基础的上层建筑,并为经济基础服务,都具有社会意识形态的本质属性。这是坚持历史唯物论对文艺社会本质的一个科学认识。其二,作为观念形态的文艺作品不是作家、艺术家纯粹主观心灵的产物,而是一定社会生活在人类头脑中反映的产物,因此,文学艺术必然具有反映(再现)社会生活的属性,这是从唯物反映论角度考察文艺本质所必然得出的结论。其三,文艺对生活的反映具有与其他意识形态不同的特征,它是作家、艺术家为满足人类审美精神需求,从审美的视角并通过审美主体的心理机制对生活进行的能动性的反映,是一种审美反映,也可以说是一种审美创造,它所反映(创造)的产品,必然渗透着作家、艺术家的审美意识、审美情感、审美理想,并以一定的感性审美形式为载体。因此,文艺又必然具有审美的特质,离开了艺术的审美本质,无异于取消艺术的本体,文艺为人民服务就成了一句空话。以上对文艺本质三个层次的揭示,在毛泽东文艺思想中始终是辩证统一的。只强调一端,排斥另一端,都只能导致文艺本质的失落。可以用一句话来概括毛泽东文艺思想对文艺本质的基本观点,即文艺是一种以感性的形象能动地反映(再现)社会生活和表现思想情感的审美意识形态。这一科学的文艺本质观,既排除了把文艺单纯看作艺术家主观心灵、意识的产物的唯心主义美学观的迷误(包括所谓艺术是超现实的"纯审美"论的迷误);又避免了忽视文艺的审美特性、把文艺混同于其他意识形态的庸俗社会学艺术论的种种弊端,同时也同那种把艺术品看作只是对生活的简单再现的机械唯物论美学观划清了界限。这是以人民为主体的毛泽东文艺思想超越前人文艺观的一个突出表现。

在文艺的功能与价值论上,毛泽东文艺思想揭去了某些资产阶级美学家主张的所谓文艺超功利主义论的虚伪面纱,以阶级社会的意识形态的特征出发,指出在社会还存在阶级差别的条件下,文艺的阶级功利主义乃是一个不可否认的客观事实,问题是它是具有什么内涵的功利主义。无产阶级文艺的功利主义是"以占人口百分之九十以上的最广大群众的目前利益和将来利益的统一为出发点的"。在马克思主义诞生以前的文艺思想史上,还没有一部文艺审美学能有这样的理论勇气提出以人民大众的根本利益作为价值取向的文艺功利观。当然,这一人民文艺功利观的内涵不是单一的,而是在对人民大众有益基础上的多功能统一观。由于文艺反映对象及其审美表现形式的丰富多彩性,更由于人民大众的审美精神需求的多样性,因此文艺有益于人民的功能(价值)也必然是多样的。要求文艺只能具有某一种功能的狭隘功利观是与文艺作为一种审美精神存在形式的特性相背离的。正是这样,毛泽东文艺思想认为必须承认文艺的精神功能具有多样性。它包括政治思想教育与鼓舞的功能、认识生活的功能、审美感染与培养审美能力的功能、愉悦身心的娱乐功能等等,用一句简单的话概括之,即真、善、美辩证统一的功能。这里需要特别指出的是,人们对文艺功利性的要求往往要受人们所处的客观社会环境的制约,这是因为审美关系是不能脱离社会关系而孤立存在的。在抗日战争阶段,中华民族处于生死存亡的危急关头,人民大众的根本利益集中表现在全民团结起来,同心同德击败法西斯侵略者,拯救危亡中的祖国。因此,毛泽东同志在《讲话》中突出地强调了革命文艺的政治思想功能,要求文艺成为“团结人民、教育人民、打击敌人、消灭敌人”的有力武器。这是完全符合战争环境下人民大众的精神需求的。但这并不等于说毛泽东同志只承认文艺的政治实用功能,而无视或否定文艺的审美价值(功能)。事实上毛泽东同志是在肯定文艺必须具有审美属性的前提下对当时的抗战文艺突出地提出政治教育功能的要求的。这从《讲话》在强调文艺政治功能的同时,又特别明确提出“缺乏艺术性的作品,无论政治上怎样进步,也是没有力量的”的论断可以见出。因此,那种指责毛泽东文艺思想以文艺的政治实用功能掩盖或取代文艺的审美本性的说法,是完全没有根据的。这种指责恰恰暴露论者对文艺多种精神功能的辩证统一性和文艺功能实现的历史性的无知。

在文艺创作论上,毛泽东文艺思想的一个突出特点是坚持审美主客体辩证统一的观点。在创作实践中,审美客体——社会生活与审美主体——作家、艺术家,在审美活动的基础上形成了一种对立统一的关系。一方面,审美客体对审美主体具有决定作用,离开了审美客体——社会生活,审美主体即使具有再大的才能也是“英雄无用武之地”,或只能陷入主观唯心主义的臆造,成为“空头文学家,或空头艺术家”。这就是为什么毛泽东同志特别告诫“中国的革命的文学艺术家,有出息的文学艺术家,必须到群众中去,必须长期地无条件地全心全意地到工农兵群众中去,到火热的斗争中去,到唯一的最广大最丰富的源泉中去”的原因。另一方面,审美主体又不是消极地被决定者,而是艺术美的创造者。离开了审美主体的能动创造作用,尽管审美客体也具有一定的美的属性,但却不能升华为艺术美。审美主体的这种能动创造作用,只有在主体具有正确的审美立场、健康的审美情趣和审美意识以及掌握符合艺术创作规律的审美变形能力的条件下才可能得到正常的发挥。正是这样,毛泽东文艺思想对审美主体的政治思想素质、艺术素质的修养问题给予高度的重视。早在 1938 年毛泽东同志在鲁迅艺术学院的讲话中就指出:“远大的理想、丰富的生活经验、良好的艺术技巧”,“这三个条件,缺少任何一个便不能成为伟大的艺术家”[1]。后来在延安文艺座谈会上的讲话中,又突出地强调革命文艺工作者要把立足点逐渐移到工农兵这方面来,移到无产阶级这方面来,在思想感情上来一番改造,要在学习马克思主义和参加斗争生活实践过程中,“破坏那些封建的、资产阶级的、小资产阶级的、自由主义的、个人主义的、虚无主义的、为艺术而艺术的、贵族式的、颓废的、悲观的以及其他种种非人民大众非无产阶级的创作情绪”。同时要求文艺工作者重视学习艺术科学,借鉴古人和外国人的创作经验,掌握好“典型化”的规律和形象思维规律,提高自身的语言表现能力等等。这一切论述都是为了帮助作家艺术家更好地发挥审美创作主体的能动作用,创造出真正为人民大众所需要的优秀文艺作品。毛泽东文艺思想关于审美创作主客体辩证统一的观点,极大地深化了一般艺术审美学关于审美创作的理论内容。

在读者接受理论上,由于毛泽东文艺思想把文艺为人民服务视为艺术创作的根本宗旨,而要实现这个宗旨,关键是必须让作品为读者——人民大众所接受,因此读者接受的问题,就自然成为毛泽东文艺思想特别关注的一个问题。毛泽东同志在《反对党八股》一文中曾批判

"党八股"的罪状之一是:"无的放矢,不看对象,"他用"对牛弹琴"这句成语嘲笑那些不看对象乱弹琴的"弹琴者",指出"射箭要看靶子,弹琴要看听众,写文章做演说倒可以不看读者不看听众么?"[2]这就提出了一个值得人们深思的问题。文艺作品是为读者的阅读而创作的,它的社会意义和美学价值,也只有通过读者的阅读活动才能得到实现。不为读者所接受的作品,其价值等于零。为此,毛泽东同志要求文艺工作者要把了解、熟悉读者对象的工作置于"第一位的工作"来看待。《讲话》在论述文艺的普及与提高相结合的方针时,强调文艺工作者要在调查了解读者——广大工农兵群众的接受水平和审美需求的基础上,决定自己究竟向他们提供什么样的作品,并指出既要反对脱离群众普及的需要搞"关门提高"的倾向,又要反对不顾群众提高的要求,永远停止在一个水平上,写"一样的'小放牛',一样的'人、手、口、刀、牛、羊"似的初级作品。这些论述都体现了毛泽东文艺思想对文艺与读者大众关系的高度重视。在四十年代初期,毛泽东同志就能够这样把读者接受问题当作文艺研究的一个重要课题提出,较之西方接受美学对这个美学理论问题的研究早了二三十年,这确实是十分难能可贵的。对此澳大利亚学者庞尼、麦克杜克尔在出版他们的译著《讲话》的导言中曾给予很高的评价。他们说毛泽东作为"中国第一个把读者对象问题提到文学创作的重要地位的人"以及在其他许多方面,是高于他们的西方批评者,也高于现代西方马克思主义理论家的[3]。应该说这一评价是十分公允的。

在文学批评学方面,毛泽东文艺思想的理论贡献,主要体现在它确立了以人民大众利益为价值取向的人民文艺批评观。它指出:我们的文艺既然是为人民大众的,那么我们对文艺的评价就理所当然地要以它是否"能使人民群众得到真实利益"作为价值取向的尺度。这个尺度,包括政治思想方面的标准和审美表现方面的艺术标准。这两个标准不是"抽象的绝对不变的",也不是互相割裂的,它具有历史性和辩证统一性两个特征。其历史性主要表现在"各阶级社会中的各个阶级有不同的政治标准和不同的艺术标准",而且其批评尺度的具体内涵也会随着时代的不同而发生变化。其辩证统一性则表现在对文艺作品的政治思想性评价和艺术性评价是有机地结合在一起的。"我们既反对政治观点错误的艺术品,也反对只有正确政治观点而没有艺术力量的所谓'标语口号式'的倾向",对于为人民服务的文艺作品来说,"我们的要求则是政治和艺术的统一,内容和形式的统一,革命的政治内容和尽可能完美的艺术形式的统一",因为只有这样优秀的文艺作品,才能以其深刻的思想价值与审美价值满足人民大众的审美精神需求。尽管《讲话》关于政治标准第一,艺术标准第二的提法有欠妥切之处,但它所着重强调的两个标准辩证统一的基本观点则是完全符合艺术科学的规律的。

毛泽东文艺思想的文艺批评论的另一理论贡献是它根据社会主义社会条件下学术与文艺领域里的特殊矛盾,提出了"百花齐放,百家争鸣"的方针,主张"艺术上不同的形式和风格可以自由发展,科学上不同的学派可以自由争论","艺术上和科学中的是非问题,应当通过艺术界科学界的自由讨论去解决,通过艺术和科学的实践去解决,而不应当采取简单的方法去解决",不应当"利用行政力量,强制推行一种风格,一种学派,禁止另一种风格,另一种学派”[4]。这一反映文艺、科学发展规律的方针,为文艺批评的健康开展和社会主义文艺的百花盛开提供了有力的保证。

在文艺发展论上,毛泽东文艺思想总结了人类文化发展的历史经验,提出了继承与革新辩证统一的精辟观点,指出要建设为人民服务的新文艺,绝不能割断历史,必须尊重历史的辩证法,继承、借鉴我国古代和外国一切优秀的文艺遗产,包括封建阶级和资产阶级的东西。“批判地吸收其中一切有益的东西,作为我们从此时此地人民生活中的文学艺术原料创造作品时候的借鉴”。在对待文化传统和外来文化的问题上,毛泽东文艺思想立足于人类文艺变革的历史制高点,把批判与继承、继承与革新有机地统一起来,既反对对古人和外国人毫无批判地硬搬和模仿的文学教条主义和艺术教条主义,又反对否定文化传统、拒绝对外文化交流的文化虚无主义和盲目排外、闭关自守的错误倾向。它所总结出来的“古为今用”“洋为中用”“推陈出新”“批判地继承”等一系列方针、原则,是人类文艺发展规律的科学概括,不仅对我国建设具有民族特色的社会主义文艺具有重大的指导意义,而且对世界其他民族发展自身的进步民族文艺也有重要的参照价值。

仅从上面列举的六个方面,就可以明显看出,以人民为主体的毛泽东文艺思想体系包含着极为丰富的艺术审美学命题,它从人民大众的审美视角拓宽了美学理论研究的领域,科学地回答了怎样遵循艺术的客观规律去建设真正属于人民的伟大艺术。我们完全有理由这样说:以人民为主体的毛泽东文艺思想是建设与发展人民文艺的美学理论指南,它把马克思主义创始人创立的马克思主义文艺审美学推向了一个新的阶段。尽管关于人类文艺性质的正确认识还需要经历漫长斗争的历程,但是,坚冰毕竟已经打破,航向也已经开通,艺术走向人民已是不可逆转的历史趋势。以人民为主体的艺术审美学理论也必将随着文艺走向人民的伟大实践而不断完善、不断丰富、不断发展。

[注释]

[1] 毛泽东:《在鲁迅艺术学院的讲话》,见《文艺报》1994 年 1 月 8 日。

[2]《毛泽东论文学和艺术》,42 页,人民文学出版社 1964 年版。

[3] 引自涂武生《〈讲话〉在国外的流传和影响》一文。

[4]《毛泽东选集》,第 5 卷,第 388 页。

※本文凡引用毛泽东《在延安文艺座谈会上的讲话》中的论述,均不一一注明出处。

(原载《南方文坛》1994 年第 3 期)

我们该怎样看待《红色娘子军》？

□ 李英敏

今年“三八”妇女节前，《中华老年报》发了一篇署名彭泽成的文章：《〈红色娘子军〉婚恋纪实》，接着《福建日报》的《每周文摘》等报刊加以转载，引起各方的注意。

作者说，他亲自到海南调查核实，列举了六位参加过红色娘子军的妇女，讲述她们如何遭到队伍解散，被迫回家嫁人的悲惨下场，结婚是为了生活，毫无感情可说，对象各式各样：地主、资本家、反动军官，还有五六十岁的老头，一嫁再嫁，有些人嫁了四五次，还有当地主小老婆的，坎坷一生，备受虐待。读者想不到，一支名扬中外的革命武装成员，落得如此下场，实在令人不可理解。

我作为当年海南党组织和军队领导成员，看了这篇报道也感到不可理解，作者为什么掩盖歪曲事实真相，还添油加醋舞笔弄墨，为半个多世纪前擅自离开革命队伍的人喊冤诉苦，这到底为什么？25年红旗不倒的海南革命，有多少英烈妇女，有多少动人的故事，作者不屑一顾，却去找阴暗角落，拿出一些霉烂发臭的东西，像圣明一样供奉起来，恐怕不只是为了猎奇吧。

作为历史见证人，有必要说几句话。

一 ‖ 真实的红色娘子军

在电影《红色娘子军》放映前，海南确实有一支由女战士组成的革命武装，当时叫女子军；电影出来后，大家觉得《红色娘子军》这个名字好，都这样尊称了。

30年代初，正值海南土地革命高潮，各族青年男女踊跃报名参军。在参军人员中，妇女占很大比例，特委决定建立一支由女战士组建的连队，这就是第一支女子军连。领导对这支队伍是很珍视的，大多是让她们负责内勤警卫工作，不轻易让她们到第一线。

这支队伍后来为什么被解散了呢？不少女战士为什么回了家乡呢？彭泽成的文章避开

了这个要害问题。要了解这些,就要追溯到李立三、王明“左”倾机会主义路线上。正当海南革命热火朝天时,以李立三为首的党中央,派了大员来,要工农红军攻打海口、府城,夺取大城市,在敌强我弱的情况下,三个团主力拼光了,连师长也当了俘虏牺牲了。兵败如山倒,地方党政组织都崩溃了,女子军连不在话下,死的死,散的散,留下的只好隐蔽起来。

这就是女子军连一部分战士回家和出嫁的历史背景。离开队伍,不干革命,责任在自己,后果也得由自己承担。事实如此,是不容狡辩的。

二 ‖《红色娘子军》是艺术典型

当电影《红色娘子军》放映时,海南一些老干部和群众,有不同的看法和意见,主要是电影出来后,一些龟缩几十年的人,跑出来对号入座,什么连长啦,什么指导员啦,称功逞能,到处作报告。

对这问题,周恩来总理作了明确的指示。周总理说,生活的真实,并不等于艺术真实,影片是 25 年红旗不倒的艺术典型,它歌颂的不只是一支队伍、一小群人,而是歌颂 25 年为革命奋战不懈的海南妇女。

总理的指示精辟极了,在海南长期敌后苦战中,坚持奋斗的各族妇女何止千千万万!在部队,女战士非常突出,妇女在连队中,往往占有五分之一到四分之一;护士、交通、炊事、运输都是女的,工作极其艰苦繁重,作战时更分不出男女了,射击、甩手榴弹、拼刺刀,一点不外行。我看到一位护士长,肩上挂上三四杆枪,还扶着伤员走路,我不知她的力量从何而来?在后方,更是女人世界,年纪有老有少,区长、乡长、支部书记,大多是女的,许多后勤工作都是女人专利;在文昌,很难找到男子担架运输队,日日夜夜,年年月月,妇女不知疲倦干下去。我在海南参加抗战十多年,没听说过哪个妇女叛变投敌或开小差回家的。

这些都是我的亲身体会,符若华、小春、阿金嫂、秀梅、秀梅妈、吴清华……一个个在我脑子里翻滚,概括、集中、提高,终于形成银幕形象,要问这个是谁,那个是谁,连我也说不清,这就是艺术创作出来的典型。

电影出来,有些人就找上门,我是影片中这个那个,要求我们澄清事实,给予应得的政治、物质待遇,但不敢说这些年月,她们干了一些什么,真令人啼笑皆非,好意劝告她们,可是她们不服气,甚至说是迫害她们。因此,我想到抗日战争最艰苦时,领导让我在琼山和琼海等地,了解一些参加过女子军连的人,动员她们出来参加工作,说过去的让它过去,应该振作起来重新革命。可是这些人不是右推左挡,就是有意躲避我们。现在革命胜利了,就摆一副老资格受害者的姿态,把罪过推给党和军队,实在是不应该的。

我们有些地方工作的同志,也分不清真人真事和艺术形象,听了一些人对号入座的花言巧语,把离开革命五六十年的人,当作圣明供奉起来,这是错误的。

三 ‖ 红色的土地,英雄的女儿

在彭泽成的报道里,现在尚在的红色娘子军,尚有 60 多人,这真有点果戈理小说《死魂灵》味道,说她们是死魂灵,一点也不过分。

拿今天的人民解放军指战员来说,复员退伍的,就不能称作人民解放军,只能说是复退军人,现在干什么就是什么。红色娘子军连组建在 60 多年前,时至今日,这支队伍早不存在;指战员除了光荣牺牲者外,坚持斗争还健在的,真是屈指可数;特别是在革命低潮时,脱离革命,逃散回家的,也不过十个八个,这些人能称作"红色娘子军"么?甚至可以说不配称作革命者。读者也许认为,我的要求太高了吧?不,一点不高。

你们看真正的红色娘子军,英名远播海内外的刘秋菊大姐。海南有工农红军她就投身进去,在艰苦残酷的斗争中,坐过监狱,受过毒刑,她失掉组织关系,却千方百计找党,和同志们一起,把党组织和军队重建起来,她死去的亲人何止是一两个,但她仍然誓死不屈地战斗到最后一口气。"双枪将""飞将军"是老百姓送给她的称号,我也心悦诚服尊称她"大姐""姨母"。

我还可以举出在琼山县委工作的苏觉醒,在特委工作过的陈菊,她们都是女子军连的老兵,一直坚持斗争到胜利。还有当过法院院长的王仲民、冯白驹同志老伴曾惠予,她们都是吃过千辛万苦,从沉沉的黑夜中走出来的。还有华侨服务团长许如梅,为革命她死了两次:第一次在文昌被鬼子刺杀,老百姓把她救活了;第二次在定安,鬼子一刀一刀把她碎割,她不皱眉,不求饶,从容就义,视死如归。

真的假不了,假的真不了,谁敢自封老革命,就站出来跟这些英烈们比一比,我奉劝他们收起这一套吧。那些曾经参加过女子军连或其他革命组织的人,请珍惜自己的历史,安分守己过日子,年纪这么大了,老老实实安度晚年吧。

(原载《南方文坛》1994 年第 5 期)

1995 年

飘若浮云　矫若惊龙

观舞剧《漓江情韵》

□ 顾乐真

早就听说桂林在搞一台以桂林山水为对象的舞剧，我想这是一个绝妙的舞剧题材。桂林山美水美，诚是造物者对她的恩赐。而舞剧恰是最擅长表达这种美的情愫的形式。对着这一自然美的对象，艺术家可以去遐思奇想，让意识的想象，自由地驰骋、飞翔。听说我国著名的舞蹈艺术家张苛老师在主持其事，我更相信这个剧必然会很美。因为我相信罗丹的话："艺术家所见到的自然，不同于普通人眼中的自然，因为艺术家的感受，能在事物外表之下体会内在真实。"以张苛老师的功力，定能将美的自然变为美的艺术的。

因此，我期待着，企望能观赏这一美的成品。

但我并没有写文章的思想准备。因为我并不是搞舞蹈的，简直可说是一个"舞盲"，本没有发言的资格。甚至对美学也知之甚少，仅能观赏而不敢言鉴赏。聊以自慰的是，作为舞剧，总还有一个"剧"字，或许还能从"剧"的某一方面做些文章。当时听到某个权威人物说："不要以戏剧思维或文学思维来要求这个戏。"初时觉得茫然不可解，观剧之后，思之再三，觉得有一定的道理。美是具象的，对这一具体的舞剧来说，若袭用传统的戏剧思维或文学思维来要求，也许会有某些不足或可挑剔之处。但艺术家是惯用"自己的眼睛"去看世界的，若从艺术家的眼睛看并形成自己独特的舞蹈思维，这也许是可取的，完美的。"意象流"是个新的名词，若能顺着艺术家的意象流达到既定的目标：观众在观赏之后，能够引起人舒服、宜人的愉悦和欢快之情，那就是成功的，也就是完成了美的创造，有美学鉴赏价值的。《漓江情韵》确实不同于一般意义的舞剧，而是在"舞剧"的花坛中，继《白毛女》《丝路花雨》之后，又栽培出的又一朵香花奇葩。使中国舞剧的路子更为宽阔了。在这领域里，可以呈现出一个多姿多彩的新天地。这一创造性的探索，应该说有了一个很好的结果。当然这并不是说，通过《漓江情韵》就创建了中国舞剧的新体系，它不过是中国舞剧体系中一条可以探索的路子。

我连续观赏了两场,效果是同样的好。借助说明书中如朦胧诗般的介绍,在这新异的时空中,我随着艺术家的意象流动,看懂了这个没有故事的故事:

在洪荒年代,在一个作为“母体”(地球)的山洞中,群石在地火强烈的运行中,猛地迸裂成座座嶙峋怪异的奇山(“喀斯特”地貌)。“石”们在这自由的天地里狂奔狂舞,矫健地屹立在这块土地上,形成座座美丽的翠峰。当“石”还在“洞”里的时候,点点的水滴,柔情地终日伴随着“石”的形成。在“石”迸发之际,汩汩流水也随之汇集成秀美的漓江,在山石之间穿流而过。相依相连的爱恋之情,使矫健的“石”离不开柔情的“水”,“水”也依恋着“石”,亲切地绕着山流动,形成了一幅幅美丽的画卷。

虽然柔情如“水”,依然不得不悄然离去,但“石”却固定在这块土地上了。“水”的离去,使“石”悲痛欲绝。而这时月中的“树”——桂树,飘然来到“石”的身边,依着她婀娜娇美而又温柔的爱,悲痛欲绝的“石”苏醒过来,焕发出“石”的美姿。“石”在“树”的爱抚下陶醉了,渐渐忘却流去的“水”,沉醉在“树”的怀抱里,他们一起来到了天上的月亮中,沉溺在爱河里,天神也为他们的幸福欢跃、庆贺。

但,“众石”敲响了铜鼓,震撼了天地,使天上的“石”幡然悟到他的根是在地下,他也依稀觉得“水”在呼唤。于是,他谢绝了天神的挽留,也摆脱了“树”的缠绵,回到地下。“石”又找到了“水”,他们在无拘无束的大自然中,又回复到旧时相依相恋的深情中。但“水”总是要流动的,“石”也不是旧时的“石”了。“树”再次把“石”缠住了,“水”在绝望中,和着泪水,再也不回头地流去了,流去了……

对于这一切,“树”感到了内疚。她理解了“水”的痛苦,也理解了“石”的后悔。为了弥补这已难以挽回的过失,她毅然地与姐妹们来到了这山水之间,生根发芽,吐露着芬芳。

这一非神话的神话故事,是随着艺术家的意象和感情流动而让观众感受到的,也许会有误解之处,但说明尽管舞剧的舞蹈语言较为朦胧,但还是能够读懂的。尤其是“水”的语言,可以说通过演员精湛的技艺、高度形象化的舞蹈语言,所表达的感情与性格是流畅的、明白无误的,也是能感染人的。几乎不用借助什么象征性的道具或特殊的服饰,仅在演员(瑜玮)双手难度极大但柔和、准确、波浪般的滚动中,读懂她晶莹透明的内心世界。

《漓江情韵》不同于一般的舞剧,它采用了许多新的艺术手法——如该剧的艺术指导张苛所言,这是一种“意象流”的尝试:不追求完整的故事(神话或传奇故事),只企图通过这些舞蹈组合来说明桂林的奇山、丽水、佳树,在经历了情的“纠缠”后,达到了美的和谐、和谐的美的境界,这种奇思遐想构成了剧的新意。剧中的水、石、树,既不是神,也不是怪,也不完全是一种拟人化的象征。“水”就是水,“石”就是石,“树”就是树(桂花树)。除了“树”在头饰上有一束金黄的桂花,“众树”各以两把金属扇状骨架,代表桂树的枝丫外,一切都通过演员的舞蹈动律,和观众所能接受的“意象”去审视、鉴赏、判断,以达到高品位的理解和美的享受。从这个意义上说,它是一种高雅的艺术。

水、石、树是有自己的“格”的,或谓“水格”“石格”“树格”。这种“格”是通过艺术家的眼睛看到并理解了,再传达给观众的。但这“格”,不能以简单的善恶、美丑来说明之。它只是艺术家的“情”和“意念”的表达,它并不想以“爱”或“憎”来对待这些自然物的“格”。谁又能说“树”钟情于“石”,是第三者插足,“石”恋“树”是情不专一?从这个舞剧来说,只要让人感到了美的移情:从“水”感到了漓江的静懿、柔美;从“石”感到了桂林奇山异峰的刚健、挺拔;从“树”感到了桂花的清香、芬芳,就达到了艺术家企图通过这一载体达到的目的。至于这载体本身,已说明是在探索之中,是可以根据目的来改变载体,为它找到一种新的形式。

确实,《漓江情韵》中有许多新的东西,也就是我们还不太熟悉和不太习惯的东西。但这却是艺术家独特的感受和创造。它虽然不如我们在欣赏传统艺术时的那种能轻易得到的满足,但人有不断追求新事物的欲望。时代变化得太快了,艺术也在不断地更新,如《漓江情韵》中这种新颖、奇特的构思,包括它的“人物”设计、舞蹈语言、舞蹈动作和舞蹈场面的处理手法,以至作为舞剧的两大重要支柱——音乐和舞台美术,都有许多的创新,满足了观众对新、奇的追求。如剧的开幕就出手不凡,在几声蛙声、滴水声中徐徐拉开了大幕:“石”静卧在洞中,全场出现了一个寂静的幻觉,但“石”在迸发前的地火奔涌中强烈的节奏和“石”的奋地而起,给人留下强烈的反差。这种反差正是艺术上追求的大跌大宕,两者互为衬垫,达到了理想的效果。又如“水”的基本舞姿,是用两手连接,做或柔和或快速的扭动,造成水波的意象,虽说多少借鉴于孔雀舞和蛇舞的构思,但比孔雀舞、蛇舞更多的形态来表现“水”的不断流动,而且因感情的变化,姿态各异。“众水”在山石间的穿流,造成了人们的幻觉:“啊,这就是流动着的、美丽的漓江!”即使在剧终闭幕和谢幕时,也是不同凡响,使观众不得不由衷地鼓起掌来。如果没有这一系列新的创造,恐怕未必能达到如此美妙的艺术境界。

在舞台美术方面,《漓江情韵》突破了常用木结构的写实或写意布景,大胆地使用了金属网折叠成的钟乳岩、群山和树丛的吊景。这与艺术家的“意象流”艺术观是一致的。在像与不像之间,朦朦胧胧,但在灯光的配合下,却十分壮观,尤其是那天庭森林的场景,在蓝、绿、黄、橙光的照射下,显出了森林的深远、天庭的不可测。又如在烟雾的舞台运用上,突破了常规的从左右侧幕施放的惯例,而是创造性地突然从舞台正中上空飘逸出一阵烟雾,犹如天上的云瀑滚滚而下,烘托出岩石在天与地之间的流动。这一创新,博得了观众热烈的掌声。可见,现代观众,尤其是青年观众,是乐意接受任何新的创造的。

这次演出,并无乐队,但气氛十分强烈。艺术家采用了新技术“迷地”(MIDI)制作,有着大乐队的架势。有些音响说不出是什么乐器,似是而非。但整个音乐,寂静时如空谷滴水,奔放时如地火喷涌,使观众在听觉上有一种新鲜感。虽也有某些不协调,但毕竟是一道新鲜的菜肴。

这些新、奇的尝试(或刻意的追求),使观众的审美视角,得到了美的鉴赏。全剧歌颂造物者在天地间创造的这一自然美的景观,以及在这美的创造过程中,由艺术家幻想之中的种种情结，显出“石”“水”“树”……均成为美的化身。让观众在游览桂林奇山、丽水、佳树后得到印证，相信在洪荒年代可能会有这么一场情与美的纠缠。这恐怕是艺术品达到美学鉴赏的理想境界了。

《漓江情韵》的成功除策划者祝锦炎、黄婉秋及艺术指导张苛老师的功绩外，不得不特别说一下饰演“水”“石”“树”的三位演员瑜玮、杨旭康和张艳。全场许多群舞，得力于艺术指导张苛的总体安排，但瑜玮自编自演的独舞或双人舞，则得益于演员精湛的舞蹈表演艺术。她以自身躯体的四肢如水般的流动，用舞蹈语言表达了种种难以表达的、复杂的感情，并且能让观众理解，并得到了美的感受，可说是为整个舞剧增添了无数美的光环。若是换上另一个舞技平平的演员，那这戏也就逊色了。杨旭康饰演的“石”，仅几个左右拐着的踢步，即显得刚健有力，有特色。张艳则是广西自己培养的青年演员，舞技虽不如瑜玮，但也能很好地完成角色的任务，从她的今天可看到她明天的灿烂。总之，三人或独舞，或双人舞，或群舞，磅礴时如地火喷涌、雷霆滚动；柔情时如潺潺流水、汩汩细流，无不令人顿足叫好。“水”与“石”的几段双人主体舞，配合默契，刚柔相济。“石”依傍着“水”，“水”环绕着“石”。两人做着各种水纹波动状的高难度动作。在表现“水滴石”这一自然现象时，在双人舞蹈中“活”起来了，轻松而有谐趣。演员若无较高的艺术造诣和博采广撷的功夫，是难以达到这种“飘若浮云，矫如惊龙”的艺术境地的。

舞剧中铜鼓与天神双面傩面具的运用，极有地域和民族特色。虽与“意象流”的艺术宗旨略有不谐之处，但作为两段独立的舞蹈，也是十分精彩的。

如果白玉求疵的话，或也有些微不足。一是虽有独舞、双人舞和群舞，但缺乏三人舞。群舞也不妨变化多端，不必动辄四十余人上场，如有一些小规模的集体舞片段，或四人，或六人，或八人舞（如《天鹅湖》中的四小天鹅）也是颇有情调的；二是舞台音响虽追求震撼效果，但震撼未必音量要大到让人产生一种烦躁之感：这些都有待进一步改进和提高。

（原载《南方文坛》1995 年第 1 期）

有助于建设有中国特色的社会主义文化

读《桂林抗战文学史》

□ 王弋丁

桂林在抗战时期之所以一度成为全国著名的文化城，就因为当时有郭沫若、茅盾、欧阳予倩、夏衍、田汉等一批著名的文化人聚集桂林，并在桂林写下了许多宣传和鼓舞群众投身抗日洪流的优秀作品和从事了许多有益于抗战的文化活动。离开了这些作家的作品和他们的文化活动，就不存在桂林文化城了。《桂林抗战文学史》一书，对抗战时期桂林文化城的革命作家或进步作家写的优秀作品和他们从事的文化活动一一作了介绍和评说，彰扬了他们的爱国主义思想情操，描绘了一种独特的文化现象，这为我们的现代文学研究填补了一个空白，也为我们弘扬民族优秀文化做了一件非常好的工作。

现在，我们的任务是要建设有中国特色的社会主义文化或文艺。为此，我们必须弘扬中华民族的优秀文化或文艺传统。如果不弘扬中华民族的优秀文化或文艺传统，就不可能建设有中国特色的社会主义文化或文艺。因为不弘扬中华民族的优秀文化传统，不仅我们的文化或文艺很难保证有“中国特色”，而且我们的文化或文艺也很难保证有“社会主义”的性质。

关于弘扬中华民族的优秀文化传统，很容易使人想到弘扬中国古代的优秀文化传统。这不能认为是不对的，但又是不全面的，中华民族的优秀文化传统或文艺传统当然包括中国几千年的封建社会的优秀文化传统或文艺传统，无视这一点，无疑是错误的。但是，我们说的中华民族的优秀文化或文艺传统，除了中国古代的优秀文化或文艺传统外，更为重要的是现代的革命文化或文艺传统。这个现代的革命文化或文艺传统，是从“五四”开始的，而主要指1921年中国共产党诞生起，在党领导下的革命文化或文艺传统。毛泽东同志在《新民主主义论》中指出：中国的新民主主义革命是世界无产阶级社会主义革命的一部分；而反映这个时代的新民主主义的新文化或新文艺就是世界无产阶级社会主义革命文化或文艺的一部分。为什么说新民主主义革命是世界无产阶级社会主义革命的一部分的新民主主义的革命文化或文艺是世界无产阶级社会主义革命文化或文艺的一部分？主要原因之一是这个革命和革命文化(文艺)是共产党领导的。正如没有共产党的领导就没有社会主义一样,继承和发扬党领导的新民主主义的革命文化传统或文艺传统,对于建设有中国特色的社会主义文化或文艺,是完全必要和合乎规律的。

毛泽东同志在《新民主主义论》中谈到中国新民主主义文化时说:“在‘五四’以后,中国产生了完全崭新的文化生力军……这个文化生力军就以新时装束和新的武器,联合一切可能的同盟军,摆开了自己的阵势,向着帝国主义文化和封建文化展开了英勇的进攻。……在文学艺术中……有了极大的发展。……这个文化新军的锋芒所向,从思想到形式(文字等)无不起了极大的革命。其声势之浩大,威力之猛烈,简直是所向无敌的。”抗战时期桂林文化城的情况,正是毛泽东同志上述的话最生动、最具体的表现。当时桂林的文化生力军,以爱国主义的旗帜,以共产主义的文化思想作指导,联合一切同盟军,摆开阵势向反动文化英勇进攻,动员广大人民群众参加抗日救亡活动,使那时桂林文化城的文化工作成为世界反法西斯文化的一部分,也就是成为世界无产阶级社会主义革命文化的一部分。因为那时反法西斯文化是世界无产阶级社会主义文化斗争的当务之急。

《桂林抗战文学史》一书的作者在广泛收集资料的基础上为我们梳理了抗战时期桂林文化城富有成绩的反法西斯的革命文化或文艺,这无疑为我们弘扬革命文化传统或文艺传统做了一件非常值得称赞的工作。这一工作为我们建设有中国特色的社会主义文化或文艺是大有帮助的。

帮助之一,在于《桂林抗战文学史》为中国共产党领导革命文化或文艺运动的业绩提供了丰富、真实的实例。在民族危亡的紧急关头,党的工作者夏衍、邵荃麟、胡愈之等人,贯彻中共中央南方局的指示,在桂林建起了一座抗日救亡文化城,领导并组织了大批爱国进步文化人活动,造成了蓬勃的声势,生动地证明,中国共产党的领导,是革命文艺蓬勃发展的保证。

帮助之二,在于《桂林抗战文学史》总结了桂林抗战文艺运动的历史经验,为今日建设有中国特色的社会主义文化或文艺,提供了有益的启迪。桂林抗战文化城是在国土大片沦陷,民族面临危亡的最危急的关头建立起来的。她之所以能够建立起来,能聚集这么多作家艺术家,能创造出令人意想不到的文化奇迹,就在于中国共产党在那里树起了一面爱国主义旗帜。中华子孙,同祖同源。爱国主义旗帜将所有爱国的文化人凝聚在一起,齐心报国,巨大的精神力量焕发出来,创造出了令人敬佩的文化业绩,至今仍鼓舞我们后来者为建设今天的社会主义文艺而努力。

帮助之三,在于提高我们的民族自信心,提高我们对文艺的社会功能的认识,在建设社会主义文化这一伟大工程中,充分发挥文艺的作用,以利于社会主义精神文明的建设。

桂林文化城的历史是一段辉煌的历史,当我们回眸于她的时候,能看到许多许多,想到许多许多。《桂林抗战文学史》对今天我们的文化工作是有益的。

(原载《南方文坛》1995 年第 3 期)

当代的“布洛陀”

蓝鸿恩

□ 潘其旭

红水河孕育着悠久的壮族文化，哺育了一代又一代的壮族优秀儿女。著名的壮族民间文艺理论家、作家蓝鸿恩先生就是其中一员。

在壮族古老的神话里，布洛陀是一位创造天地万物和保护苍生黎民的祖神。所谓“布洛陀”，壮语意即无所不知、无所不能的智叟。传说，流贯于桂西千山万岸的红水河，就是布洛陀在那遥远的洪荒年代里，用神犁耕山开出的一条排洪沟。从此，两岸的壮族人民得以生息繁衍，用自己的劳动和智慧创造了壮族文明，遂成为中华民族灿烂文化的一个重要组成部分。而古老的红水河文化今天之所以能重放异彩并为世人所瞩目，首先归功于党的领导和民族政策，同时，应归功于那些对民族文化事业情有独钟、兢兢业业，并为之呕心沥血的一批学者做出的奉献。在这当中，来自红水河畔且为发掘和弘扬红水河文化创下业绩的蓝公鸿恩，更是功不可没。

可不是吗？数十年来，他为保护和发展民族文化而奔走呼号，竭尽全力；在昔日布满荆丛的园地里，筚路蓝缕，辛勤耕耘，潜心研究，硕果累累，在国内外产生广泛影响。他以广博的才智和炽热的情感，全心投入到事业中去，以远大宽厚的胸怀，热心栽培后辈，携手团结奋进，由之令人敬佩而成为广西民间文艺界的一位主将。许多重大课题都由他来担纲，在民间文艺的整理研究中的不少“奇难杂症”，亦往往经其点拨豁然领悟，迎刃而解。“蓝头”“蓝公”“蓝老”的昵称在广西文艺界皆然，甚至喻之为当代的“布洛陀”，对其崇敬之情非同一般。

如今，蓝公骤然离我们而去，往事如泉涌，悲恸难自抑，岂是笔墨所能形容！

我知道蓝先生的大名，是缘于40年前“土戏”（即壮剧）破天荒上京的事儿。当时我还是个中学生，由于喜爱家乡的“土戏”，对德保县业余壮剧团带《宝葫芦》和《捞虾舞》到京城参加全国群众业余音乐舞蹈观摩会演并获优秀节目奖欣喜非常。后来知道，该节目之所以获得成功，是事先在南宁集训，得到蓝鸿恩等专家悉心指导排练的结果。我心中为之肃然起敬。后来又看到蓝鸿恩参与整理的壮剧《宝葫芦》《红铜鼓》和《百鸟衣》剧本相继出版，更加深了对蓝先生热心扶植壮剧的印象。随后，以德保业余壮剧团为基础，进一步扩充成立右江壮剧团和广西壮剧团。在组建过程中，他作为广西文化局艺术科科长，又付出了许多辛劳。总之，壮剧由地方“土戏”被确认为民族剧种，从乡间草台登上大雅之堂，使这朵民族艺术之花在祖国的百花园中独放异彩，在其成长发展的道路上，都深深地留下了蓝公的心血印迹。

“做一个民族文艺研究工作者，一定要在民族生活的本土里扎根。”这是我初识蓝先生得到的深刻教诲。60 年代初，我刚从广西艺术学院毕业并留校从事民族艺术研究工作，便有幸随蓝先生到龙州县金龙峒去采风。自己初出茅庐，只图新鲜，走马观花，流于猎奇，对搜集到的材料不知所云。而蓝先生在采访中，对当地的风物民情寻根问底，善于将其与壮族的历史材料联系起来，反复思考，类比阐发，写了《金龙峒采风散记》的系列文章在《广西日报》上连载。我读后深受启发，便登门求教。于是蓝先生用随和平淡的语气聊开来：我走的地方多了，听的看的东西也多了，自然就会对各地壮族的民情风俗和传说故事有个比较，对它们的不同特点和内在联系有个分析，发表自己的一些看法。我的研究工作就是这样做的，谈不上什么高深的理论。最后还强调：“做一个民族文艺研究工作者，一定要在民族生活的本土里扎根，才能开花结果。”这些语重心长、寓意精湛的话语，令我顿悟而平生难忘。它既是蓝先生对晚辈的勉励鞭策，也是体现他一生所身体力行的治学之道和敬业精神的铭句。

确实，蓝公在事业上所取得的突出成就，首先是缘于他立足本土，深深地扎根于民族的生活土壤之中。他出生于红水河南岸马山县的壮家，自幼深受乡间丰富多彩的民族文艺的熏陶，后来对其仍一片深情，心驰神往。他曾就读于复旦大学，40 年代中期参加革命工作，当过游击队大队政治教导员，解放初任广西省人事厅秘书。按说，凭他的才干和资历，如沿着官场升迁之道或许是一条坦途。然而，他倾心迷恋着民族文艺这片沃土，组织上亦看重并成全了他的志向，1954 年便“点将”调他到文化部门工作，后又转到文联并从此定了位。过去的 30 年间，虽官阶依然“七品”，但他始终乐此不疲，以一个共产党员和民族干部特有的炽热情怀和时代责任感，在事业中开拓进取。他多才多艺，无论是管群众文化工作，搞戏剧改革，还是组织采风，整理研究，都得心应手，有所作为。在民族文艺的社会大舞台上，他可谓集组织者和编导、演员于一身，是个出类拔萃的全能型人物。如他在 50 年代从事戏剧工作，参加整理和创作的壮剧、邕剧、彩调、桂剧的剧本就达 10 余部。自 60 年代初，他担任广西民间文学研究会副主席并专事此项工作，更是如鱼得水，驰骋自如。这期间，虽然前进道路坎坷，诸多磨难，但是他坚定信念，不畏艰难，踏着崎岖的山间小道，深入民间采访，几乎走遍了广西少数民族聚居的所有县份和具有代表性的村寨。只要我们翻开他先后搜集整理出版的壮族民间长诗《布伯》(合作)、《壮族民间故事选》、民间故事集《神弓宝剑》和专著《民间文学散论》等著述，从 120 多个故事传说和逾百万字的字里行间，便可窥视其探究古老的民族文化奥秘的艰辛步履,感受到他那深厚灼热的民族情怀,体察到他对事业的执着追求,领略到他在学术上的真知灼见。

"只要是自圆其说,就是学问,就是一家之言。"这是蓝公在学术研讨中常讲的一句名言,表明了他强调做学问、搞学术研究要善于独立思考,以形成自成一家的观点和追求。大家都公认,蓝老在民间文艺学领域中有很高的造诣和名望,曾被选为中国民间文艺家协会副主席,中国神话学会副会长。但他并不以权威自居,而是引导和鼓励人家多读书,重视田野考察,掌握第一手材料,然后开动脑筋,从一定的深度和广度上去分析论证,以求新解。即使对自己的观点有不同的意见甚至否定,他都以长辈和学者应有的胸怀大度,求同存异,乐于扶助。记得有一位小青年写了一篇文稿,对蓝老有关红水河神话的产生、形成及其体系的观点提出质疑。蓝老读后感到振奋,认为是个人才,特邀这位业余作者参加在巴马举行的广西民间文学第一届学术讨论会。蓝老在会上赞扬他的钻研精神和"自圆其说"的论证。与会的同仁对蓝老虚怀若谷,激励青年学者,发扬学术民主的优良风尚十分赞赏,传为美谈。正是蓝老及其带出的一班人贯彻党的"百花齐放,百家争鸣"的文艺方针,在严谨治学的同时,创造了宽松和谐的环境和氛围,使广西民间文艺界的学术风气空前活跃,成果卓著,队伍日益壮大,新人辈出。

党的十一届三中全会以来,随着改革开放的不断扩大深入,恢复了生机的民间文艺园地一派春意盎然。蓝老在跨入 80 年代从年近花甲到离休之后,仍然壮心不已,新时期又立下了新的功绩,带动广西民间文艺界再创辉煌。

这一时期,蓝老除将其过去长期积累的成果付梓外,侧重并致力于广西各族民间文艺的整理研究走向系统化立体化的运筹指导工作上。他担任中国民间文学"三套集成"广西各卷总编,具体指导壮、瑶、毛南、仫佬、京 5 个民族文学史的编撰并亲自审订。现在,这几部文学史和《中国歌谣集成·广西卷》已相继出版并受到好评。同时,他又是广西少数民族古籍整理出版规划领导小组成员,担任壮族《布洛陀经诗译注》和《壮族民歌古籍集成·嘹歌》的学术顾问,在领导小组组长张声震研究员的主持下,直接参加了整理、译注和审订工作,并撰有《论〈布洛陀经诗〉》为代序。《布洛陀经诗译注》科学版本的面市,大大地开拓了壮学研究的领域,为壮学研究增添了一块基石,在国内外学术界产生了热烈反响,澳大利亚和法国学者正在着手翻译,将向英语和法语国家的读者推荐。无疑,这部 2 万 8 千多行、共 120 万字的鸿篇巨著的出版,为源远流长、绮丽多姿的壮族文化历史,树起了光辉的丰碑。

在近年的学术研究中,蓝老高瞻远瞩,立足广西,面向全国,走向世界。

1987 年至 1990 年,他主持编纂了《中国各民族宗教与神话大词典》。"该书为'八五'规划重点图书,得到李瑞环同志的赞许,国务院宗教局给予高度评价:该书的编写出版,填补了我国学术界和出版界的一项空白,具有发掘性、开创性,是一部多种用途的工具书。"继而从 1991 年至 1993 年,他又担任《壮族百科辞典》的总编审,以充沛的精力、广博的知识和惊人的记忆,两次通审了全书的文稿。特别要提到的是,在辞典编纂的过程中,他一再强调:各类词目及释文,应注意处理好民族性和地方性的关系,要根据史实充分体现中华民族的整体性和团结性。壮族是个具有开放品格和进取精神的民族,其历史文化呈多元化形态。自秦汉以降,壮族作为中华民族的一员,在政治、经济和文化上,与汉族及其他兄弟民族都有密切关系。壮族善于吸收融化先进文化来丰富自己,既对汉文化有认同感,又在与汉族交往、杂居和“互化”的过程中求得自身的发展。蓝老的这些指导性的编纂原则要求,在书中都得到了较好的反映。该书为壮族有史以来的第一部辞典,受到国内外学术界的关注和好评,认为其“融壮族文化精粹与壮学研究新见于一体”,是“壮学研究的一项基础工程”。它对让世界了解壮族,使壮族走向世界,具有积极意义。

在此同时,蓝老十分重视并积极推动民间文艺界的国际学术交流活动。他认为,广西是多民族地区,民间文艺丰富多彩,很有吸引力,这是个优势。要通过民间文艺这个窗口,让外国人了解我们,亦扩大自己的眼界,沟通信息,吸取新的研究方法,深化各个领域的研究,不断将成果推向世界。

80 年代以来,广西民间文艺界的国际学术交流日益活跃,先后接待了美国、日本、匈牙利、澳大利亚、法国、泰国、越南等国家以及我国台湾、香港地区的学者来访并进行交流。不少慕名而来的学者,往往对蓝老即席解答疑题的学识雄才赞叹不已,美国著名人类学家丁乃通教授在访问报告中称其为“蓝博士先生”。1986 年,蓝老与农冠品、过伟等会同国际民间叙事文学研究会主席航珂教授等芬兰专家,到三江侗族自治县合作进行民俗田野调查并获得成功。随后该研究会还吸收蓝鸿恩、农冠品、过伟、潘其旭、史昆 5 人为会员。彼此间出访活动也日趋频繁。如 1985 年,蓝老作为中国民间文艺代表团团长,率团赴巴基斯坦访问。他还承担国际合作项目《壮泰传统文化比较研究》中的《神话传说》课题,于 1990 年前往泰国考察并进行学术交流。通过这个“窗口”,展示了广西各族民间文艺研究的新成果,引起了国外学者的极大兴趣和密切关注,并通过各种渠道,被介绍到世界各地。

“老骥伏枥,志在千里。”德高望重的蓝老,在晚年的学术活动,仍十分繁忙且肩负重担。凡知情者无不感动为之赞叹:“蓝老离而不休,比在职的时候还要忙碌呢!”是啊,我们的蓝公孜孜不倦地为民族文化事业而奔忙劳碌,尽心竭力。我们作为在他带动指导下工作的晚辈,在尊崇的同时,心中犹感触到,蓝老确实忙得自在,忙得充实,忙得潇洒,忙得其乐。正是:笔耕不辍,可亲可敬;一代风流,笑对寰宇。

蓝公真的走了么?不,好像他又到更遥远的壮乡瑶寨采风去了;也许他是应布洛陀的召唤,沿着红水河走向苍茫大海,去寻求揭示我们民族文化更深层的奥秘……沉思中凝视书架,抚摸着蓝老那一本本、一部部厚重的著作,我尤自信他不会永远离开我们,他一生呕心沥血创下的巨大成就,于民族于国家可谓功德无量,在民族文化史上将光照千秋!

(原载《南方文坛》1995 年第 3 期)

邱灼明和他的《反弹琵琶》

□敏　岐

邱灼明是人们所熟悉的我区的一位青年诗人,他先后出版了《咖啡之外的情结》《寻找螺号》等诗集。近年来他又把他的艺术触角伸入到了散文诗创作领域。

文学作品之所以能为读者所接受、理解,并产生不同程度的共鸣,作家无论是表情也好,达意也好,这"情"与"意",应该在读者意中,又在读者意外。就是说,作家与读者,就人生的体验来说,是共同的,但在体验之上的感悟,都常为作家所独有。读者阅读作品时的思维轨迹往往是,既觉熟悉,又感陌生,既觉陌生,又感熟悉。这从熟悉到陌生,再从陌生到熟悉,便产生了文学作品的强力——读者的某些感悟也被点燃,于情不自禁中,参与了作品的"创作",并用各自不同的生活经验,去开拓作品的空间。

读邱灼明的《反弹琵琶》(广西民族出版社出版)就会有许多这样的感受。如《立冬》和《冬至》,一看题目,觉得熟悉,可一读作品,那"木笼"与"鸡雏"的意象,又使人陌生起来:"立冬"怎么会成为一只"笼子"?而"冬至"又怎么会是一只"鸡雏"了呢?但这种陌生有一种吸引人,让人咀嚼的力量,并在咀嚼中,逐渐萌生熟悉感。在咀嚼中,作为"物"的"木笼"和"鸡雏"以及它的一切,都被摒弃,而只突出它们的主要特征:"木笼"的"关"和"鸡雏"的"成长"。把握了这唯一的特征,作家笔下的"木笼"在"关太阳","鸡雏"成长为"春天",就初觉有些怪诞,再思,即已顺理成章了。作家在这里要表达的,不是客观世界的某一节令,而是一种因节令引出的人生感悟。

从这里,我们看到了一个从抽象到具象,再到抽象的艺术思维过程。"立冬"也好,"冬至"也好,作为一个节令,在人们心中,是很抽象的——谁都只能从概念上朦朦胧胧去把握,谁都很难具体说清它们是什么。注入了情感,注入了人生体验基础上的某种感悟,作家把它们具象化为"木笼",为"鸡雏",这就使抽象的"立冬""冬至"化为具象,不仅可视可见,而且可想可触。这种可感可触,实际已进入一种更高层次的抽象,即在物的主要特征与人生感悟的连接点上,去认识作为"木笼"的"立冬",作为"鸡雏"的"冬至",这种抽象,这种认识,已深入事物的“质”了。这是一种思想与艺术的升华。

化抽象为具象，变繁复为单纯，而单纯中，又能透出丰富来，进而深入事物的“质”的层次，作为作家，这是一种可贵的素质。

作为作家另一必备的素质，是想象，而这种想象，在《反弹琵琶》的许多诗篇中，我们都能看到。

不同于小说，其想象常常构筑情节；也不同于散文，其想象几乎可以信马由缰。散文诗是既有某些散文的自由，又有诗的内核的一种文体，因之，其想象应有两个特点：一是常常迸发于一闪念之间，二是这一闪念之间往往是诗的发现与闪光。

读《交河故城》，我们有一种历史的沧桑感和现实的凝重感，这种历史的沧桑与现实的凝重，全在诗人这一“悟”中透露出来：“莫非艺术大师的独特之处，是要把历史的形象弄得面目全非？”《铜凤灯》是一件出土的文物，透过“锈迹斑斑”已见埋藏之久也好，以“栩栩如生”妙写“奋飞的姿态”也好，读者的眼光，都还停留在具体的物上，但“哦，铜凤，如果你真能展翅飞翔，请告诉我，是从哪一个能工巧匠的手中飞出？或者，如果你想飞回汉朝，大约需要多长时间？”驱使我们的想象飞腾起来，情不自禁地去“深究”那铸造铜凤的“工匠”，去“丈量”从汉朝到今天漫长而又实实在在的历程。这一想象，既具有某种意蕴，又有着某种情韵，它使凝固的物，霎时之间“活”了起来。《鹿回头》中的想象又不同。诗人一反许许多多对“回头”的赞美，开头就提出“如果它不回头呢？”以下关于“波涛”“海风”“花朵”“阳光”等等的描述，如果还有些一般的话，下面的感慨，却令人不禁驻足沉思了：“当它回头的瞬间，虽然成为一种让人赞美的永恒的风景，可它从此再也无法知道，海的那边，是一个怎样的世界？”由感觉而感悟，透过诗人的想象，悄然而出。

如果《交河故城》《铜凤灯》《鹿回头》中的想象，多因事与物的引发，因而还能见事与物的“原型”的话，那么这章《无题》，却是另一番“风景”了：

有时候，心是一只受伤的鸟，在迷失中寻找那只温暖的巢；
有时候，心是一只孤独的巢，在无奈的寂寞里，期待一只鸟的归来。
想念别人的时候，心是一只鸟；
被人想念的时候，心是一只巢。

区别是明显的。“交河”“铜灯”“鹿回头”，其想象因物而生，因之偏于物象，而《无题》中的“鸟”也好，“巢”也好，其想象为虚笔，因之偏于心象。这种想象，几乎全为心灵的感应，心灵的营构，故其层次也就更深。

《反弹琵琶》中还有些诗章，乍看并没有想象，但实际却有，而且往往比较实在，比较深刻。初看，从题目到内容，《帆影》都比较一般，比较常见，但细嚼下面的一些文字，却觉得有些沉甸甸的了:“帆影消失在海的尽头,忧郁却在我心中闪现——如此壮阔的波涛,如此茫渺的大海,这小小的帆影能经得住么?”说它沉甸甸的,是这一想象,现在“帆影”,又已非“帆影”,它使人想起那些面对巨大困难,由困惑而昂然奋起,并最终战胜巨大困难的人生经验,而哲理,正是这种人生经验的积淀与凝聚。

文学作品中的细节描写,小说很重视,戏剧与电影很重视,散文也重视,到诗,倒有些轻轻淡淡了。其实,这是极大的误解,因为任何文学作品(凡称得上文学作品的),都不可能离开细节描写,不然,则会丧失其艺术生命力。

散文诗也需要细节描写,只不过因它接近于诗,更应有其精炼与内蕴。

描写“蝉”的诗章极多,但灼明这章《谛听蝉声》仍给我留下较深的印象,而这一印象,是这些细节描写镂刻下的:“凝望着蝉慢慢地蜕去深黄色的壳,露出亮丽的眼睛,亮丽的翅膀……”因有了这些精妙的细节,“飞翔着的蝉,唱着歌的蝉,原来来自如此痛苦的解蜕”,就闪着某种特有的光彩。

从结构与行文看,《怀念一只鸽子》似乎像是一篇散文,但从作品的情调与氛围来看,它分明又是一首诗——一章有着某种散文美的散文诗。“鸽子”中描写的是因无知而造成的一种善意的伤害,这种伤害,既有创痛,也有美丽,特别在负疚的反刍中,这一感觉就更为真实。“鸽子”所描写的“事”极小,但“情”却丰富,却细腻,从塑造人的性格、丰富人的精神世界来看,“鸽子”这样的诗章是小而又不小的。

“上下一致的动作,那样潇洒自如;齐心协力的呼喊,那样激越昂扬。每一滴水,都从这里找到自我表现的方式;每一滴水,都想从这里突破自己,向上,奋发,每一次跃动,都无法满足自己;每一次消失,又都期待着再次喷发。每一瞬间,都在改变形象,每一次改变,都是全新的姿态。”这些文字,摘自《水的舞蹈》,凡是看过“音乐喷泉”的人,都觉得对此刻的“水”,诗人的观察相当细腻,描写也相当精确;不仅如此,透过物象,我们还分明感到有某种哲理,这便是诗的细节了。因为这些细节,诗人把它概括为《水的舞蹈》,就不仅仅是切,“水的舞蹈,一座城市的现代舞蹈”——何止呢,说它是一个民族的现代舞蹈,就心灵而言,也有其影子的。

一章短小的散文诗,有时,是可以表现出特定历史条件下,一个民族,其灵魂深处的冲撞的,尽管这种冲撞还比较片面,还比较微弱。我读《抱怨的格》(其实,不如名《孤独的橹》)时,留下的就是这样的印象。这章散文诗也有着生动的细节描写:“渔家低矮的屋檐,挂着一把橹”,“主人回头看看橹,然后默默地向大海走去”,“孤独的橹呵”。眼前是“孤独的橹”,但胸中却是“传统”与“现代”的撞击,其思维过程,是一种悄然无声的游走与变形,概括与力变,也正在这种“悄然无声,情不自禁”之中。

灼明是先写诗,并出版了诗集,然后再进入散文诗的创作的,这点和我相近。关于散文诗的创作,我在已出版的一个小册子里说过这样的话:“通过几年的探索和实践,使我真切地感受到,散文诗每章虽只有几百字,甚至几十个字,但这极短的篇幅,有时却可以有极大的容量,时代的,社会的,人生的,总之,高度凝聚的思考与体验,却可以和谐地组合进这方寸之中。但是,要把这几百字、几十个字组合好,使之既有鲜明的艺术形象,又有足够的想象空间,实在殊非易事。”“散文诗,顾名思义,其内涵,应有诗的感受与发现,其形式,又有散文的解放与自由。这种诗的感受与发现,就其品位来说,决不应低于诗;而散文的解放与自由,其唯一目的就是服务于诗的感受与发现,决不意味着能信马由缰。”

灼明的《反弹琵琶》中,除了已举出的外,还有许多篇章,都给人留下较深的印象,使人感到诗人这方面创作的潜力。尽管真正“组合好”的篇章还不多,但既知“殊非易事”,仍然默默前行、跋涉,这就见其坚韧了。

作为散文诗的文体规范,即诗的内涵与形式上散文的解放与自由,在《反弹琵琶》中,大部分诗章是成功的。但其不足之处,也正在这里。不论是个别诗章,还是对散文诗创作的总体把握,诗的品位的提高与散文自由的更好追求,都还可以努力。当然,这也是我们共同追求的。

(原载《南方文坛》1995 年第 4 期)

黄琼柳、李甜芬及她们的诗

□ 李建平

冷抒情:评黄琼柳的诗

女诗人黄琼柳,1956年出生于广西柳州市一个有浓郁艺术气氛的家庭中。其父黄勇刹是广西著名的诗人、民间文艺家,壮族人民喜爱的歌手。在父亲艺术气质的熏陶下,黄琼柳早早地就以诗的眼光探视着周围的世界。1974年,当她高中毕业来到农场务农,走“接受贫下中农的再教育”之路时,就开始写作和发表诗作了。黄琼柳大量写诗并取得较大影响与成就是在十一届三中全会以后。至今,她已在《人民日报》《诗刊》《中国作家》《北京文艺》《当代》《诗歌报》等报刊发表诗作100多首,被收入多种诗集,有的在国外发表和出版。1985年,她出版了诗集《望月》;第二本诗集《蝴蝶,蝴蝶》也即将出版。

黄琼柳自1974年以来的创作历程大体可分为两个阶段:1980年以前的民歌体阶段;1980年以来的朦胧诗阶段。在第一个创作阶段里,她遵循父亲所走过的民歌体创作路子,写出了“明月跃山梁,/晚风拂面庞,/大队会一散,/踏月把路上……”(《踏月行》)一类民歌体诗作。思想单纯,情绪明朗,手法单调,民歌痕迹浓重是这一时期诗作的特点。使黄琼柳正式登上诗坛并获得一定创作成就的是她第二阶段里创作的朦胧诗,诗集《望月》即这类诗作的结集。

至今为止,《望月》仍可视为黄琼柳的代表作,这是她的成绩与个性的集结点。从《望月》中我们可以看到,1980年以后的琼柳,已完全背叛了过去的自己。她以别具一格的诗作,加入了当时摇撼全国文学青年的朦胧诗的合唱之中。她的朦胧诗,不仅在壮族诗坛、广西诗坛是超前的,放在整个中国诗坛上,也是超前的。她因此而与北岛、舒婷等人于1988年6月前往荷兰参加了鹿特丹国际诗歌节,并在那里举行了个人诗歌朗诵会,与其他几位中国诗人出版了诗合集《苍茫时刻》,形成国际影响。

冷色调朦胧诗人,这是黄琼柳在80年代的十年里为自己塑成的一具雕像。她的诗,有暖色调的《夹上一只红发卡》《夜·相思湖畔》《五色鸟,掠过我的头顶》《人·山》《空间》《丘比特的神箭》,但更多的是冷色调的作品。你看她的笔下,是“染黑了夜”(《目光》)、“冷色的冰”“冷硬的石头”(《望月》)、“一片空白”(《朋友,我们祝福》)、“雪白的布”“无色的布”“漆黑的布”(《空间》)、“黝黑的迷惘”“回游的幽灵”“冷峻秀美的姐妹”“心灵的化石”“残缺的心”“断臂的维纳斯”“苍白的注视”“黑色的脚步”(《投影》)、“无情的锤子”(《心·蓝宝石的天空》)、“孤舟”(《孤舟没有帆》)、“流出泪的诗”“雨水的冰冷、森林的冷清”(《五色鸟,掠过我的头顶》)……在《望月》集以后的其他诗作中,还有“棺材”“清凉的季节”(《长成棺材的森林》)、“鬼火”(《蝴蝶,蝴蝶·意境》、“冰凉凉的墓碑”“断头台”《蝴蝶,蝴蝶·咎》)、“冷关”“串串阴影”“冰室”“邪恶的星星”“旧房子”“没有水分的酸泪”“冻肉厂”“荒草中的乱石”“……命运多么苍白”(《一个太阳和一个月亮》)……引得似乎多了一些,但通过准计量方法,我们的结论也许才更准确。黄琼柳的确爱用冷色调,她诗中这些庞杂、大量的冷色调(包括通感色调),如黑、白、冰、冻、冷、凉、硬、阴、旧、酸、扁、残、荒、乱,以及大量的冷色调意象:“化石”“冻肉”“旧房子”“酸泪”“鬼火”“荒草”“乱石”“墓碑”“断头台”“阴影”“幽灵”等等,无不显示出诗人冷峻、间离的内心情绪。她自己也曾说过,她的诗是冷抒情。这种冷色调与“冷”情绪,是黄琼柳诗的主调子、主旋律。

这种冷色调冷抒情,反映了诗人在新旧交替时代里所生成的复杂的思想情感和人生态度。我们知道,1979 年以前的黄琼柳对人生、社会的认识是理想化的,思想是单纯的。党的十一届三中全会以后的思想解放运动和改革开放的时代气氛,使黄琼柳的思想和情感在激荡中走向复杂与深沉。旧的信念在眼前纷纷崩溃,新的理想在沉重的历史面前尚未建立。她曾经说过这样一段话:“当昨天像一场大梦,初醒的今日很难再回到昨夜呓语中,人们像遗忘记忆一样遗忘梦幻,开始了新的思索,开始了清醒的冷静,开始了反馈辐射的重新意识。”(《反馈意识的冷思考》,《广西文学》1986 年第 5 期)她的目光开始恍惚,心底开始出现迷惘,态度出现了游移。她的内心世界再也不是那么平静与单纯,而是时时处于一种“动荡”的“忧郁”之中。她在《月光》一诗中吟道:是“飘飘然地去”,还是“实实在在归落回还”? 诗人永远没有答案。她寻觅到“动荡的湖水”这最贴切的意象,内心复杂而矛盾的情感与态度由它而获得传达。既有探寻与期待的“呼唤”,又有迷惘与惶惑的“忧郁”。这种矛盾心态中的诗人,因而写下了有追求与理想的《夹上一只红发卡》,有冲动有挣扎的《人·山》;也写下了有愤激有排斥的《望月》《孤舟没有帆》,有迷惘困惑的《目光·二》《心·蓝宝石的天空》;还有那些情绪杂乱情感矛盾的《丘比特的神箭》《空间》《投影》。如果生活中旧的事物能迅速退去,新的事物能如意到来,黄琼柳或许能很快走出“忧郁”,爆发出《人·山》般的热烈,披上《夹上一只红发卡》般的娇艳,然而,生活的发展并不是那么迅捷单纯。因而,诗人的这种情绪与态度继续开去,并在后来,由于直观现实生活中的许多无解,转而化为在抽象的玄秘世界里尽情欢舞的意念。这就是《望月》集以后黄琼柳的那些意念诗。意念诗是黄琼柳朦胧诗中朦胧的极致。

黄琼柳认为,冷色调冷抒情的朦胧诗、意念诗是新诗在现代生活所规定下形成的新的诗歌形式。她将这种诗的生成原因归结为:现代社会是一个“多层次、多元化、多结构的飞旋世界”,它“不可压抑地赋予人类新的使命”,因而“整个意识形态布满了新的多棱镜与回声”。面对这种世界的诗人,已无“思考的余地”,抒情也“没有留下空间”,诗,已成为“饱和的极限抒情方式”的产物,诗人与外部世界所发生的只是一种“意识反馈”。她因此进而说道:这种冷色调冷抒情的朦胧诗、意念诗,“其抒情方式已不是花前月下的缠绵,不是怀旧伤感的沉吟,也不是慷慨激昂的陈词;更不是歇斯底里的呐喊,所谓‘浪漫化’抒情已化为一种冷静的‘意识反馈’。”(《反馈意识的冷思考》)这种新诗,显然是传统艺术方法所不能包容的了。黄琼柳以现代主义艺术方法写出了她的朦胧诗与意念诗。

黄琼柳曾说:现代世界的“高速度的旋转”,造成了诗人“通过直觉产生对整个时空的反馈”(《反馈意识的冷思考》),写瞬间情绪,写飘忽印象,写纯感觉,写潜意识,就自然成了黄琼柳诗作的主要内容。传统诗歌以赋、比、兴手法写成。铺叙生活画面与生活情景,在此基础上抒发情感是主要写作样式。黄琼柳的朦胧诗则不然。看她的《望月》集及以后的诗作,找不到一首如早年写《踏月行》那样的铺叙生活的画面,直抒胸臆的诗作,有的只是写瞬间印象,如《鹰》,写纯感觉;如《送》,写梦境;如《投影》,写潜意识;如《一个太阳和一个月亮》。没有明确的思想、主题,甚至没有明晰的情感、态度,有的只是与情绪对应的意象的清晰显示,是这些朦胧诗的特点。前面所引《月光・一》,是黄琼柳写得较早的一首比较标准的朦胧诗。诗人的情绪由“湖水”这一主题意象显示着,它既是“忧郁”的,又在“升腾”;它“飘飘然地去了,/又实实在在归落回还”。这种朦胧的情绪,由于有“湖水”这意象的清晰显现,我们又是能够把握的。意象在朦胧诗中占有绝对重要的地位,是我们解读朦胧诗的关键。意象也是一种艺术形象,但它不再如传统诗作中的形象只是情绪、情感的附庸,它已挣脱了情绪、情感的控制,自己独立地显示功能与魅力。朦胧诗可以有朦胧的情绪,但必须有清晰的意象。朦胧诗正是通过意象的独立价值,牵动着读者的多种情绪神经。黄琼柳的朦胧诗主要还不是如《月光・一》那样以一个单一的主题意象显示情绪,更多的则是如《投影》一般以多个意象或意象群显示情绪,如这首诗的第三章,几乎完全以意象串联,令人目不暇接,被众多意象所传达的信息追逼得不能喘息。诗人的情绪完全消融在这些互不相干又有某种通感相连的意象之中了。没有直白的陈说,没有狂热的呐喊,没有疯狂的宣泄,没有空洞的誓言。一个个独立的意象孤独、冷峻、傲然地参与到诗人反馈现实时空的抒情体系之中,从而构成了一种冷色调冷抒情的品格。黄琼柳自己对这种冷色调冷抒情的诗作,作了这样的说明:“诗人们力求在表达情绪时安静、冷峻、平白、从容,而意念的实质却是沸腾着的血与肉、魂与灵的复杂混合体。过去那种让别人进入自己的眼睛,走入自己的体系的封闭式,迅而转变为诗人与读诗人用眼睛同时正视现实,正视可知或不可知的全民族共同地域,通过直觉产生对整个时空的反馈,而最后,异面抒情(或称反抒情)的新诗抒情的冷效果属于具体个人继而也许扩为人类的开放式。这时,诗,已经不仅仅是(过去或前一段时期那样一种)诗了。”(《反馈意识的冷思考》)黄琼柳的这种诗作,确是大不同于前人的。

然而,读黄琼柳的这些诗作毕竟是很吃力的。有人曾说:“黄琼柳的《望月》集就颇多艰涩的诗,倘若,硬逼一些懒动脑筋惯了的人来读这些诗,对他们简直是一种痛苦。……对比地想一想,同样是……女作者,张丽萍会以她的明朗的现实感博得许多读者的称赞,而黄琼柳则似乎没有多少这样的现实感;就是拿来跟白薇那些比较难读的诗作相比,琼柳的诗也三倍地难读。”(陈雨帆:《请你也来咀嚼》,载《望月》)这很清楚地说明黄琼柳的诗作最大的问题是艰涩。要命的是,这种艰涩,不仅在她的《望月》集里已有了突出的表现,而且在《望月》以后又进一步恶化了。如《蝴蝶,蝴蝶》(《诗刊》1987 年第 2 期)、《一个太阳和一个月亮》(《三月三》1988 年第 2 期)、《惘》(《广西文学》1988 年第 1 期)、《长成棺材的森林》(荷兰《RASTER》),等等。如要分析这些诗作,正如不能用传统诗创作方法来分析朦胧诗一样,也不能用朦胧诗的创作方法来分析了。它们或许可称作诗人在《反馈意识的冷思考》里所说的“反抒情”的意念诗了。这种诗的创作,已由情绪转化为意念,由抒情转化为反馈了,产生出来的是一种超现实、超感觉的纯粹意念的诗作。它们已不与形而下的现实发生联系,而是进入了现实的反面——非现实的幻境甚至非人生的死境了。如《蝴蝶,蝴蝶·痴人说梦》是梦的礼赞:“有一天我参加自己盛大的葬礼/我将为你哭泣。”这是哭梦,也是哭自己。人生如梦;人生倘无梦时,生命已无意义。《蝴蝶,蝴蝶·意境》则是写死亡的意境。在那一境地,“三度空间”里已无静物,存在的是激动的“纯蓝色形象”,而人间的情欲,只能在这飘忽着鬼火、游动着“纯蓝色形象”的境地里才能彻底满足,大功告成。这是对死亡境地的礼赞与神往。诗人告诉我们,那里确是一片圣地,那里只有微笑,所有人生创伤,在那里都可“烫平”。写到这里,我已无法再对她接下去的其他诗作作述评了。黄琼柳诗中的艰涩,有吸取外来文化营养时消化不良的原因,更多的是疏离现实,追求玄理的缘故。

这对于黄琼柳今后的创作来说,或许是首先应当纠正的。

边疆歌手:评李甜芬的诗

(我的诗,我的情感)

嵌在边境的每一寸河山

——李甜芬《我的诗,我的情感》

随着 1979 年 2 月 16 日在边境响起的炮声而发表处女作和成名作的李甜芬,时年 23 岁。她 1956 年出生于与越南山水相连的龙州县,几年后随父母迁居到祖国南大门雄关——睦南关(现改名友谊关)所在地的凭祥市。她在那里读完了高中,毕业后与同学们一道到了本市友谊公社南山大队插队落户。两年后被抽调到凭祥市南站综合商店糖业门市部做售货员,在那里开始了她的业余文学创作活动。如今,李甜芬共发表诗作100多首,出版了诗集《"四叶"草》。她的成名作《写在弹坑上》(发表于《解放军文艺》1979年第9期)获得了全国少数民族文学创作一等奖。在广西壮族自治区成立30周年的时候,她以她诗作的成就,获得了自治区人民政府授予的"振兴广西文艺创作铜鼓奖"。

李甜芬诗歌创作的成就主要是在1979—1988年这段时间里取得的。她的诗作的个性与追求,在诗集《"四叶"草》(广西民族出版社1985年版)里有鲜明集中的表现。李甜芬说:"我和我的诗在边疆孕育",我们还可以依此为李甜芬再撰一句:"我和我的诗在炮声中孕育。"是的,是中越边境,是1979年2月16日,这特定的历史时空,孕育出了李甜芬的诗,孕育出了诗的李甜芬。

写边境生活——和平的生活,战争的生活——是《"四叶"草》,也是李甜芬全部诗作的主要内容。读李甜芬的诗,我们仿佛来到了那带着特殊气息的边境线上。在那里,我们可以看到"在秋天的阵地上",那"伤痕斑斑,鲜血淋漓"的无名烈士(《致同龄的烈士》);可以看到"烈士墓前开满鲜花",那两鬓斑白的母亲正在向儿子轻声低语(《孩子,妈妈看你来了》);可以看到"战士时刻瞄准着钢枪的准星"(《写在弹坑上》);可以看到那"带防滑链的军车"和"巡逻的摩托"(《边城之夜》);可以看到,那骑在牛背上的牧童"嘴边噙着一颗闪亮的子弹壳";可以看到,那"绿的竹楼,绿的哨所"(《绿色的日记》);可以看到,那"一瓣瓣新芽拱出土层,/悄悄染绿了南方的边境"(《写在弹坑上》)……这是多么缤纷的边境生活,这是多么璀璨的时代光华。李甜芬的诗作,为我们描绘出一幅充满时代内容的边境生活图画。

对边境军民的爱国主义和革命英雄主义精神与情操的礼赞,是李甜芬诗作的主要思想内容和情感旋律。战争是对一个民族的最庄严的洗礼。生活在边境线上的李甜芬与整装上阵的士兵、繁忙支前的民众一道,在炮火硝烟中迎接了这一保卫祖国、保卫民族尊严的战争洗礼。她与姐妹们一道上前线为战士送烟送糖,到医院为伤员端水送饭。战后,她又参加了接待烈士亲属的工作。由于工作成绩突出,李甜芬获得了市政府的通报嘉奖。李甜芬正是将生命与边境、与战争完全融在了一起,由此而获得与边境军民、与整个民族相一致的爱国主义和革命英雄主义的时代旋律。她的《绿色的日记》,正是对这种雄壮嘹亮的时代旋律倾心眷恋和崇高礼赞的篇章。李甜芬以一幕幕生动的画面展示了边境军民的爱国主义和革命英雄主义的精神与情操。这些感人的画面与内蕴的精神,令每一个爱国的人为之肃然起敬。将个人的情感旋律与人民群众的生活旋律、时代的昂扬旋律结合在一起,是李甜芬诗作获得较大成功的奥秘。"不知从什么时候起,/军号声变作了我诗的旋律。/它激昂、庄严、嘹亮,/每每听它,热血便沸起。"(《军号》)"现代诗中应有铁"(胡志明诗句),正是由于有军号,有炮声,李甜芬的诗中传出了正义的声音:

面对张牙舞爪的敌寇,
祖国交给我法卡山,

我交给祖国一腔血。

（《祖国交给我的》）

柔弱女子唱出如此豪迈、刚烈之诗，实是时代伟力、民族正气所致。边境、战争、时代、人民，锻造了诗的李甜芬，锻造了李甜芬的诗。

由诗观人，李甜芬的本质是单纯洁净的。至少在1979—1985年所写的边境诗表现出来的是如此。她以她纯洁的心灵和朴实真挚的情感去捕捉生活中的诗，抒写心中的诗。因而，她较自然地接受的是传统的现实主义的创作方法。她的诗，以绘制形象的客观描述方法为主。她的《下岗后，他摘回一支山花》《火柴》《小宝宝的笑》《牧童的歌》《那口井》等，几乎全是客观描绘。有人由此评论道：对这类诗，"读者读着读着，一方面因为看到上述的情景而欣喜，一方面却不能不感到遗憾，总觉得李甜芬的好些诗里还缺少一种重要的东西"（陈雨帆：《使百闻化为一见》，载《"四叶"草》）。客观描绘的方法对于表现这特殊的边境生活是完全必要的，但仅此是不够的，我们需要的是这种形象画面之后的情感内容：情感动因、情感构成、情感历程，即人的情感世界。当然，李甜芬也有几首将客观描绘与主观抒情交融得较好的边境诗，如《写在弹坑上》《万人坟》《我的诗，我的感情》。《写在弹坑上》不仅在形象描写上分外明丽、清新，主观抒情也十分自然、贴切："快，快填平地里的弹坑，/快，快剔出那废铁烂铜。/只留住烈士的热血，/好把春意点缀得更翠更浓。"这既是描写，又是抒情，边防军民对祖国的挚爱与忠贞通过这幅动人画面溢出，确实达到了情景交融的境界。《万人坟》也写得很好："一块纪念碑，驮着/一百年的日落日出，/立在泥冢深处。/岭上高大的木棉，接雷电，拒风暴，伴着他们几万个朝朝暮暮。"如果说，《写在弹坑上》是客观描述与主观抒情兼具的话，这里则是主观抒情为主了："忠骨铺就了历史的道路，/民族，踏上了新的征途。"这铿锵的诗句，多么沉重，又是多么豪放，多么壮烈，多么激昂！限于篇幅，这里无法引录太多，对《我的诗，我的感情》也无法展开分析，但我仍想作一结论：《写在弹坑上》《万人坟》《我的诗，我的感情》是李甜芬边境诗中最好的几首。

随着战争的结束，也随着李甜芬的成熟，她在后来也着意开拓自己的诗路，深化诗的内蕴，写了一批融入人生感悟和哲理思考的诗作，如《黄果树瀑布》《"四叶"草》《山花》《草地》等。这些诗，避免了以前不少诗中那种意义浅显，不够深刻含蓄的缺陷，开始显得成熟、大度。其中以《黄果树瀑布》写得最好，虽不能说是尽善尽美，但已足够显示不凡的魅力，感受得到一种硬朗的骨力出自诗人的心底。由于种种原因，李甜芬的这类诗作在影响和成就上并未超过她的边境诗。1985年，李甜芬上大学三年级后，诗歌创作基本中断，写歌词、小说、散文多了起来。我们祝愿她在其他文学领域里创造出好的成绩来。

（原载《南方文坛》1995年第4期）

1996 年

近年六部长篇的文体简评

□唐　刃

近来,有空阅读了几部中国当代长篇小说,它们是:“布老虎丛书”的《苦界》(洪峰)、《无雨之城》(铁凝);江苏青年作家群的《米》(苏童)、《花影》《花煞》(叶兆言);以及顾城、雷米的遗著《英儿》。这些作者都是近来走红的作家,他们的创作也具有一定的代表性,拿来进行文体评析,或可看出近来长篇小说创作的某些特征。

新中国文学史上在50年代末60年代初有过一季长篇丰收,文学史记载较有影响的有30余部。年产400部('95)、600部('96)的风光从未有过,就是高手济济的三四十年代,年产也不过这个数的十分之一二吧。中国作家是不是该在国际文坛上刮一阵“龙”卷风了呢?1995年12月21日的《北京青年报》上,中国社会科学出版社总编助理白烨先生说,95年的400部长篇中,好作品“严格一些,恐怕连1%都够呛”,“印出来的大多数长篇成了速成速朽的出版垃圾”。没有好作品的繁荣,就像伪劣充斥的市场繁荣一样,都是繁荣遮掩着的空寂:不管出多少种书,读书界还是在啼饥号寒。

这六部书如果都进不了1%,它们在当代文学史上将处于一种什么位置呢?这就是我读六部长篇时要弄清的问题。

五个作者中,除铁凝一直写现实主义风格的作品外,其余都属于知名先锋作家。而无论写实作家还是先锋作家(都属于“纯文学”作家)在90年代初都面临着艰难的“生存突围”。压迫一方面来自财大气粗的通俗文学,一方面来自他们自身,纯写实作品若非在题材和主题上加大力度(像《苍天在上》那样),几乎无法超越自我。而先锋们在长期的无人喝彩之后也感到出路渺茫。重压之下,像许多作家和批评家意识到的那样,最好是一改家风,取通俗文学之长。于是,写实作家纷纷削平一些现实的险峻,铺上一层传奇或香艳的通俗花线毯(如《白鹿原》或《废都》),而灵活的先锋作家则自有“曲径通幽”之法,许多先锋理论的提法很容易暗转到通俗:“写生命状态”“写生存状态”“人性本原”“生命本体(原)冲动”“生命原动力”“人性本原力量”“生命的痛苦”“生命奥秘”“生活中体验到的苦难”……可以一言蔽之曰“写生命”,这些先锋文学口号经过一番“暗渡陈仓”之后,破译为艳情、凶杀、黑社会……题材,化为书商们浇灌摇钱树的肥水。

这六部长篇的文本,大体为我们提供了以下四类文体范式。

一 ‖ 准作坊小说文体

不管洪峰写得多么自我感觉良好,《苦界》名副其实是他创作上的“苦界”。《瀚海》年代灵气充盈的洪峰在绞尽脑汁往故事套中插入一看就是瞎编的或者从间谍战报道中移植的追杀打斗及交媾(特别爱写杀人者和被杀者在动手前的交媾)场面。虽然广告曰“一场刻骨铭心的爱”,曰“被掩埋的人性重新涌动”,而书中实际只有“互抱杀机的做爱”和“不含杀机的做爱”,而人之所以要杀人,也是因为头目的指令。这种没有生命的人物与国际同题材作品(如《教父》)中有强烈个性的人物毫无可比性,因此,书商评其为“欧美大家风范”,“国内当代文学中绝无仅有之奇葩”,书的封底饰以一段庄严神秘的《圣经》等,徒令读者掩口失笑而已。

所以认为它不完全是作坊小说,因为先锋作家毕竟在文坛上获得过一定的声誉,即使写凶杀、黑社会,也不甘沦为地摊的低俗水平。除语言优于作坊小说外,对世界地理、各色人种、杀人武器、杀人程序的视域确比小说作坊的匠人要宽阔得多,这些方面赋予小说一定的(非文学意义的)可读性。

二 ‖ 现实主义的通俗变异文体

《无雨之城》可谓此类文本。从作家的封底附言可看出作家把小说当成一次弄假成真的叙事练习。小说有类似张辛欣《封·片·连》那样一个完整的故事套子,有当代市民小说习见的各类市民人物。在这些有一定品位的叙事(例如对各种“星”们的辛辣嘲讽和对小市民心态的淋漓展示)之上,狠狠地甩上了几大块“性”油彩,作家活像初学吸烟又非要吸“够劲的烟”以显示“老练”的小青年,故意把性话题弄得很夸张很大胆也很幼稚。如陶又佳让普运哲光着身子在她面前放松,指定他坐在地上某处去等她来做爱以去掉他的市长身份带来的顾虑(实际上不如说让他去掉人脱离动物时以叶遮身的羞耻意识),作家描写他们坐在地上做爱时“有个地方好像揉不开……”)女主人公认为这是美和潇洒,笔者想到的并非男欢女爱之美而是交配中的狗。还有立晔,“文革”对她身体和尊严的摧残羞辱,竟成了某种“性内行”的本钱,使她毫无心理障碍地和男人大谈女人阴户之美,像裸体玛哈一样眼中喷着欲火去勾引老画家。

这些露骨的过火的“性佐料”,非但不能让人感到作者的成熟和现代,反让人觉得简直就是“把肉麻当有趣”。而且也出乎作者预料地抵销了作品的社会意义:作家讥笑“爱娃”和“小毛主席”等的庸俗与浅薄时，她所同情的人物陶又佳和立畔浑身散发出另一种庸俗和浅薄——以动物性取代了人性。

三 ‖ 先锋向通俗或写实的文体变异

这类作品的主旨保留着先锋文学“写生命（人性）”的意味，但已暗转为“写性（人性恶）”。

人的一切感官体验固然都可纳入生命体验范畴，但能写出多种“风景”的还是生殖器官的感觉，除了各种以文字“绘制”的床上春宫，还可以写性苦闷、性变态、性压抑、性虐待、乱伦等各种花样。先锋文学排斥社会理性道德意义的文学观念必然把作家挤到这条窄路上去，所以蜂拥写性决非偶然。

这样的“写生命”命题，听着像路子宽了，写起来不过从肩到腿一块地方，技术上严重地互相重复。作家自以为揭示了深刻的人性隐秘，而读者却觉得深受侮辱：作家把他们当成了性饥渴中的精神嫖客。有些文学与其叫作家写，真不如索性请老嫖客口述更“写实”。这些作家真是作践了他们的文学才华。

对于江苏一些青年作家，从《妻妾成群》以来我一直有一个不解之谜：他们这样年轻，为什么偏爱写旧社会财主的深宅大院、商人的磨房染坊米店、妓院这样一些环境？又是怎样写得煞有介事？这岂不是对“反映论”开了个大大的玩笑？

《花影》的说明使我豁然开朗：这个环境不过是一种拍电影的“外景”。写深宅大院，不需要像巴金那样从历史的经济的文化的角度去构建一个典型环境，写米店也不需要像《林家铺子》那样真的去写米店的兴衰史，作家真正的意图是写妻妾争宠、仇杀、性压抑，场景并非不可更换，比如可以写米店女老板的性压抑和深宅大院的仇杀。零碎小细节可凭历史资料和旧小说提供——和电影导演的操作一个道理。

不只外景，连人物的道具、动作，都明显出于一种视觉化的设计——为适应电影的少对话多动作的视觉艺术体裁特点。尤其是《花影》如小云的墨镜几次被妤小姐一把摘下，打烂，乃祥眼中流泪，放飞笼中鸟，迷楼中落地的春宫册页等，都是一些精练的电影语言叙事元。《花影》明确地为拍摄而作，结构单纯、紧凑而完整，如果有充盈的社会意义灌注也许可以成为一个很好的长篇胚子，但目前过于单薄，如作者所言只是一部直奔主题（女人性压抑）的“命题作文”而已。大宅子、迷楼、旅馆、戏班，都是为写性压抑做的外景设计；27 岁未婚老姑娘、淫荡的父兄、成为植物人的乃祥、乃祥的妻妾、生活和出入于大宅子的三个男青年，都是为写性压抑所作的人物设计，足够供制作一部“好看”的商业片，但由于社会内涵和人性内涵单薄，却不能成为无论电影还是小说的经典之作。

《花煞》前半部是传奇小说，情节建构比《花影》复杂多了，反洋教的历史背景，梅城的社会外景都逼近写实，两个反洋教英雄的儿子却是一般的传奇人物，其故事像是许多轶事的堆积。作家和两个人物相当地“隔”,全没有叶兆言《艳歌》《挽歌》中精细准确的人物体验,可能正是因为如此,才拼命把两个人物写得惊世骇俗,但在武打言情凶杀的通俗文学潮流中显然没有什么竞争力。倒是后半部分哈莫斯的形象有一定的文学价值,这是当代文学中还没有的一个相对完整的人物形象,一个来中国捞世界、混吃喝的洋人靠胡编乱造成了欧洲闻名的汉学家(欧洲人对中国的印象竟来自哈莫斯一类“汉学家”的报告)。但哈莫斯的形象也失之轶事化的叙述(读来有些像西方的“流浪汉小说”)而缺少性格的厚度和力度,不能引起文学界的重视。前后两部分(第一、二卷和第三卷)缺少联系的“拼盘式”结构,对一部长篇也是致命的弱点。总之,这类传奇故事虽有“再现二十世纪上半叶的中国——它的风土人情、历史心态和殖民地半殖民地过程”的良好用心,却只够作为一部即时消费的小说而存在,而且叶兆言作为一个先锋作家善于描述主观世界的特长也无用武之地。

《米》是三部江苏作家小说中社会价值最为厚重的作品,艺术上也予人鲜明的印象。

估计“米店”和“米”都是有视觉化考虑的独特“外景”具象。作品又有一组惊世骇俗的人物设计:这个家“男人都是杀人狂”“女人都是不要脸的贱货”,这个家“只要有活人,永远不会太平”。小说的主体部分——虐待和仇杀——就在这样一群人中汪洋恣肆地展开,怎么杀怎么有理,怎么杀怎么“好看”:割生殖器死、化妆成死人阴魂炸公馆、用米活活闷死、一次弄死八个妓女、投毒杀人未遂……大人杀大人,小孩杀小孩,男人杀男人,男人杀女人,女人杀男人……主要的做爱、虐待、仇杀的场景都在流泻的大堆白米上进行,或者由虐待狂五龙往女人的阴户里塞米……

小说的社会价值来自作者对仇杀和虐待的因果有比较集中和充分的解释:乡村穷人对城市富人仇视心态的恶性发展(有社会心理的典型价值)。并且小说还构建了苏童式的有浓郁主观氛围的旧城市意象。(“城市是一块巨大的被装饰过的墓地”,“是一口无边无际的巨大的棺椁,它打开了棺盖,冒着工业的黑色烟雾,散发着女人脂粉的香气和下体隐秘的气息,堆满了金银财宝和锦衣玉食,它长出一只无形然而充满腕力的手,将那些沿街徘徊的人拉进它冰凉的深不可测的怀抱”。)在苏童的许多作品里都可见这种对城市的厌恶,五龙的故事是这种厌恶的生动演绎,客观上是对乌烟瘴气的旧社会旧生活的深恶痛绝。

小说真正的阅读张力场就在人与人间的深仇大恨上,作者不叫作品中任何两个人产生一点依恋怜惜之情,就连一母所生的织云绮云也“更像两只充满敌意的猫”,这样无论什么人互相虐待残杀都顺理成章。你可以发现作品中所有的情节都向一场仇杀发展,如墙洞发现金子——孩子们用金首饰换糖——事情败露后小妹妹小碗说出真相——10 岁的米生出于报复活活把小碗闷死在米堆里。即使有充足的铺垫,10 岁孩子做这种事也是经不起推敲的,然而在作家酿制的大仇杀氛围中,读者也接受下来了。

这样的连环式大仇杀当然只能发生在旧社会的环境中,我们由此窥见了江苏青年作家们为什么钟情于三四十年代的秘密:只有那个环境才便于制造这类有强烈刺激的故事。而且画人难画鬼易，没见过旧社会的广大读者寻求刺激消遣解闷时谁还去管旧社会的生活其实是什么样子呢，反正旧社会是很坏的。

我们与其说这些先锋作家在向通俗写法靠拢的时候发现了一片旧社会生活题材的沃土，不如说他们找到了写艳情凶杀的独特背景和制造刺激的捷径，而且这种文本同时是先锋作家"写生命"的意象，又可以赋予某种现实意义，可以让不同的文学流派都通得过，也许可以比一般的速朽作品多保留一小段时间。

四 ‖ 唯一纯正的先锋派长篇小说文本

无论从哪个角度看，《英儿》都是一部纯正的骨子里先锋的文学作品。它富于文学价值和很高的警醒意义，在当代文学中它很可能是唯一一部具有这种价值和意义的长篇作品。

现有对《英儿》的批评都停留在浅层。或出于对顾城诗歌的倾慕而宽宥他的残忍，甚至发展到对他的死亡方式的赞美；或出于对顾城刑事犯罪的义愤否定《英儿》发表的必要，都未能揭示作品的独特价值：它有如一个服毒者临终时对自我感觉的准确生动的笔录，它记录了一个天才灵魂毁灭的过程，揭示了毁灭的全部内在缘由。

顾城大概是所有的先锋派中最真诚（或者说最死心眼儿）的信奉者。别人嘴上说说笔头写写的东西他是用自己的命去殉的。先锋派的信条对他不是审美规范而是生活的实体，他的悲剧就在于他把它们全当了真：

> "我要修一个城，把世界关在外边。"
> "回到岛上去，我们可以头朝下。"
> "艺术最主要就是要脱离生活。"

顾城毁灭的最根本原因是"文革"。他说："雷，你喜欢人，我不喜欢人。从我十七岁开始我就不喜欢他们。人没意思。""我终身与世为仇"。（"文革"初期，一个贴错标语的人被路人揪打用脚踢，顾城看着看着"恐惧了，脸色惨白，再不向窗外多看一眼，他越来越想躲开人，躲开眼睛，躲开喧嚣激越的世界，只想去那没有人只有天籁的世界"。（顾工：《英儿》代序）"我的最深处从来没有（超）过八岁"，也就是说，他心灵不肯再长大，去面对险峻的人的世界。

一个人不喜欢人和世界，不喜欢活着，还要写诗写小说搞文学（人学），这大概是所有先锋派最大的悖论。厌世仇世、不热爱生活等先锋派的共同情绪轻而易举就牢牢地攫住了他，把他从生活里拉出来，让他"在边上站着"，"我本来不是属于生活的，我住在我的房间里，不到街上去。我在我的房间里画画，不看外边的风景，我说我的话，我听不懂别的语言"。他不为世界写作，"拒绝服从"，老是看着远处讲话，他认为自己"是从天上来的"，"老觉得自己十分重要”(雷的话),于是他那个自己无限大地膨胀,占满了他思想和创作的全部,甚至祖国、父母和自己的过去在他心里都没有位置了。他和英儿在床上撩起睡衣“就这么看着镜中的自己,和那些地方(指生殖器)”,一次次细微玩味性爱过程,为“每一次细微的不同”“惊喜”,互相炫耀身体,把那当成能发出“最清晰的火焰”的“钻石”,还打算把英儿“欲情的初萌”和 G 的“荒诞奇想”写成一本书。实际上这本书就是《英儿》前半部(“它是我们一起写的,每一笔都是,我没有自己写一个字”)。必须承认因为他全身心地进入体验和他独特的幻想表达才能,他笔下的性爱确是其他作家(比如前五部的描写)无法比拟的,含蓄优美,诗情浓郁,有《雅歌》的风韵。但如果他幻想和飞腾的天才牢牢地禁锢在如此狭小的天地里,他所能创造的,也不过如此了。即使英儿不出走,当所有这些男欢女悦的激情过去之后,他的世界还有什么呢?

他从来不曾把世界关在外面,他的童话城堡全要赖物质建立:“我们一直被穷弄得喘不过气来”,“要想用自己的手养活自己,简直就是一场灾难”,“照这个速度进展,我们的城堡需要五百年到八百年左右建成”。

而且当他迁就“喜欢体面和钱”的英儿,为了实现与世隔绝之梦重新走进世界求助(挣钱)时,他的“那个保证,那个幻影,那个敢于爱和敢于死”的英儿耐不住寂寞,回到她所要的生活和世界去了,他的妻子雷也“是要继续生活的”,这使 G“哑口无言”,他这才明白他从来也没“头朝下”过,原来他身边这两朵“上天无尘的花朵”也不能“离开土”。他绝望了:“没有灵魂,谁跟谁都没关系,都是交易”,英儿为了“用”他,所作的“万念俱消”状,所写的情真意切的诗,原来也是让人看了难过的“人为了活,展现的儒儒、明媚的样子”。

离开土而要玫瑰,离开玫瑰而要玫瑰的香气,这个念头能写成美丽诗句却不能做生活的指南。G 说“我知道我在某一层已经全都疯了”,除了“人生观和世界观”(请原谅我没法不用这个陈旧而极不先锋的准确词语),这“某一层”还能是什么呢?他的“童话世界”来自他对人和世界的回避,他斩断与生活相连的最后一段根茎却又因为这童话城堡的虚幻。“文革”摧折了他对人和世界的信心,他的“童话世界”一开始就种下了畸形的基因,注定要崩塌。

小说的“尾声”部分是《英儿》最重要的一节。这节的作者肯定不是雷米,那就应该是顾城。这节很像是 G 站在自己之外,在自己死后审视自己:“他不仅是反社会的,而且是反自然的。他反抗着一切与生俱来的存在。”

用这句话,同样也能概括许多当代中国先锋派的信仰状况。他们不满于一切存在,便钟情于冥想和虚妄,他们迷恋于无休止的“终极拷问”,不停地追问:我是谁?我从哪儿来?我要到哪儿去?这个从古希腊以来在人间回荡的深刻的哲学命题,在他们口中成了浅薄的玄学。看到一些还没怎么生活过的年轻人作悲感状寻死觅活地写下“我是谁?……”时,我们会忽然觉得他们是何其浅陋和矫情。如果“尾声”确是顾城所写,说明在最后时刻里他也曾触到了脱离梦魇的边缘,但终于被永远卷进了深渊。

《英儿》的叙事是多视点多时空的,甚至常有跳出自己之外的虚拟时空,浓厚的主观色彩使语言如同梦呓，但如反复细看，拼挪补缀，又并非一些零星碎片，整个故事其实是完整细腻的，三个主人公，漂泊异乡作茧自缚陷入迷惘的青年知识分子形象，特别是G和英儿，皆有先锋作品前所未有的生动和丰满。那些嵌在主观抒情中的纪实性生活碎片，在英儿出走后不断煎熬G，因而在记忆中格外鲜明地画出人物的音容笑貌。

顾城为什么要出版这本他看不到它出版的书？如果是为了给亲人和友人留一个纪念，如果是沉船者画出暗礁的经纬度，或者，如果仅仅是留给英儿看，发泄对这世界的厌恶和仇恨，都无可辩驳地证明他无法彻底地走出这世界和生活，证明“艺术最主要就是要脱离生活”是连“终身与世为仇的”顾城也做不到的。“为仇”就是很深的缘了。

所以应当承认在中国当代文坛，《英儿》具有很高的文学史价值，它从独特的角度，以天才灵魂无可挽回的沉沦，有力地说明了“文革”摧残健康心灵的破坏力将怎样在其后延伸和作祟，说明在吸取先锋艺术营养的时候为什么要实施“剥离术”。它的这一警醒价值和它的艺术美，迄今没有其他作品可以取代，就像“此路不通”的路标的作用，其他路标也无法取代一样。

上面所论及的四种文本，并不能完全概括当代长篇的千姿百态，特别是纯文学文体演变的最自然会发生的全部形态，像余华的先锋向写实、纪实演变的文体，莫言的传奇、魔幻、纪实多重奏的文体，这样重要的文本，因为未能读到或篇幅缘故不做讨论。而且，所说的“变体”是以传统的“纯文学”概念为视角的，如果脱离这一视角，我宁可说这可能是新世纪新小说文本产生前进行的一场复杂纷纭的化合、分解、可逆、复分解……文体“反应”，我们也有可能对它加以催化，但又必须耐心熬过反应需要的时间，最后有多少新物质诞生以及它们的新的属性，只有到新生成物产生时方能鉴别。

（原载《南方文坛》1996年第2期）

1997 年

广西散文战略

□彭　洋　凌　渡　江建文

“散文战略”纲要

彭　洋

一 ‖ 对散文艺术的一般估价

散文是什么?

文学是形而之上的一面大海。它是人类的情感与精神的汇聚之地、集散之地,是艺术之父、艺术之母。而散文则是作家情感与精神的汇聚之地、集散之地。擦汗,揩血,拭泪,所用不是别的什么,只有散文。因此它不可能是甜品,而多少带着点海水的滋味。

散文是作家人格智慧的艺术体现,是作家的人格面具和人格命运的展现。散文家是存在的质询者和诠释者。(楼肇明语)

散文是一个民族的精神现状和发展史。

就自身而言,它应该是灵魂的点化、润泽和生命体验,是精英文化的创造而不是别的什么东西。(楼肇明语)

应该是一种熔言情、叙事、喻理于一炉的自由文体。

散文的四性:

情性——指情才、一般生活的蕴积,这是最基本的层次也是最低的层次。无情则无文,假情则文假。情感的价值量是不同的。

知性——指社会含量,认知、辨识、哲理、时代精神、政治的和道德方面的内容。

悟性——源于天分的、天人合一的、与自然相交融的心智、禀赋与天才。

任性——这是散文的最高境界,无论是就艺术手法而言还是就其情性、知性、悟性方面而言,都达到一种天马行空、随心信手、不拘一格、尽得风流的自由境界。这是散文艺术的最高境界。

二 ‖ 世界散文状况的一般估价

——从来就没有散文形势

没有像小说、诗歌、戏剧那样形成丰富的艺术流派、观念纷纭的局面,而是一种潜流,一种自然状态。

缺乏如理论、诗歌、小说、影视、戏剧、音乐和绘画从内容到形式、从文体到语境那种跌宕起伏、层出不穷的,让人激动的变化。

所以就形式而言,人们往往对散文产生一种怀疑:怀疑散文的负载能力、艺术远征能力。

这就使得无论是以经营散文为主业,还是以其他学科以至于自然科学为主业而以散文为副业,作为散文家,艺术地位并不高。

没有系统的理论,比诗和小说更难。

这是散文文体的艺术局限。

三 ‖ 我国散文现状的一般估价

——相对世界而言,中国是真正的散文大国;艺术库、思想库、历史库;50 年代散文的意义是在历史上形成了真正的流派;新时期散文从整体上说成就远远超过了建国以来散文的成就;新时期散文的局限在于没有出现蔚为大观的散文艺术流派。

散文创作中的三大板块:1.学者散文;2.纯文学散文;3.探索性散文;4.通俗散文。

通俗散文是一种快餐散文,纯粹是消费性的东西,商业性的操作,这是一种没有太多艺术意义的东西,对文学青年和读者容易产生一种误导。由于通俗散文所采用的形式大多是随笔,因此,随笔散文从内容到艺术的"避俗"尤为重要。

四 ‖ 广西散文创作及理论的一般估价

从总体上说,广西的散文不论在创作还是在理论方面,都不能与我们上述所说的一般的国内散文状态成一种简单的对应关系。但广西散文在质量上没有落伍这一点又是可以肯定的。

就现状而言,我们的队伍素质比较好,但我们太懒,缺乏量的支撑,缺乏一种散文艺术的圣战精神,为这种艺术献身的精神;再者是由于远离文化中心,边缘地域造成的天然劣势;学者和其他门类的作家介入太少,没有像首都和外省那样有大量优秀的其他作家参与;文化的凝重分量不够,缺少民族和地域色彩的语境感觉,有的作品小市民习气、小农意识太浓;理论的支撑不足;主题尚缺乏经典性和母题色彩,也缺乏复杂性。

五 ‖ 危言耸听的散文战争

A.反映在供需关系的失衡;出版的困窘;文学空间的无限和承受力的有限;B.文学的“通货膨胀”;急功近利的浮躁;不是艺术竞争而是争夺地盘,争夺读者,争夺图书市场;C.没有几天不出门的书斋了;没有理想主义者了,没有隐士了,没有野渡了,只有旅游家没有旅行家了,没有上帝了。跟文学中的其他所有门类一样,散文的发展需要有志士仁人。当我们回首唐宋,为那个时代散文星座交织的辉煌而喝彩的时候,便会痛感某种状态的不再——如果那样,我们的散文还能有什么?! D.整个散文界像一个巨大的卡拉 OK 厅一样,没有谁不喜欢唱,没有谁不能唱,没有谁不敢唱,甚至没有谁不去怀疑自己与歌星只有一步之遥,散文成了人们疏通、排遣个人情感的艺术天地,成了几乎所有人特别是作家们进行艺术客串、偶尔为之的文体。

六 ‖ “战略观念”与“宏观状态”

宏观——对大局要明确;风格:内容、形式、语言、观念;历史发展的阶段性;可能带来历史性阶段性变革和转折的作家和作品。

微观——自我积累、心态、修养、机遇、创作状态;有一定的必然性;历史使命、艺术竞争意识与成就;社会潮流下艺术的盲目性;怎样使个体的无意识、风格自守、内容自持变成集体的、集团的冲击和追求,成为一个时期某地域艺术的潮流;现在是繁荣但形不成冲击力,个人有影响,但没有历史地位,随意性太大;历史断层,观念断层;散文理论发展不大,缺乏超前意识和指导性观念;多元了,丰富了,发展了,但也疲软了。

什么是文学的通货膨胀?就是“观念爆炸”和另一方面的集体无意识;艺术贬值,作品量大,含金量少,商品化。

七 ‖ 世纪末散文的历史任务和散文家的使命

1.形式的变异和出新;散文的狭义概念和广义概念;大散文应当在形式上得到体现;上规模:写精神史、心史、思想史,形式从小到大,改变“轻骑兵”的感觉;2.散文大家的催生和代表作;3.散文长卷、散文组章、复合散文、复调散文;4.浪漫主义精神的复苏;我国的散文家过于习惯从现实中提取感受,缺乏从现实中提取自由飞翔的思想境界、自由的艺术境界和超乎艺术的逼真,这种精神状态适合于战乱、自然的苦难,但与和平建设与经济发展不适应,浪漫主义精神可能是我们这个时代散文界寻找历史定位最可能的突破点。

我对促进提高广西散文的几点想法

凌 渡

这次我们广西散文战略检讨会的意义在于面对新世纪的到来，总结近 20 年来广西散文的得失，吸取教训，发扬长处，为跨越新世纪，为我们广西散文的长足发展和繁荣做点舆论准备，真有辞旧迎新的意味。对今后促进和提高广西散文，我想谈下面几点意见：

（1）散文要关注社会，贴近生活，切入人生

散文是人生的缩影。在我们这个时代的大背景下，我们的散文应该勇敢地直面人生，走向世俗，贴近生活，表达我们这时代人（包括作家自己）的际遇和喜怒哀乐的情绪，真实地记录人生的种种历程与感悟。尤其我们正处于社会变革的转型期，为了适应市场经济，政治、文化、教育、科技、法律，都在变革；在商潮的冲击下，人们的伦理道德、价值观念、精神风貌等，都在发生变化，正面和负面并生共存。我们应该调整散文观，观照我们的社会现实与人生现实，既憧憬和追求美好，也批判丑恶。喜怒哀乐皆文章，但我们的散文似乎喜乐多而哀愁少，似乎散文这一文体只能散发香甜，而不能有哀怨有悲怒的情结，这是一个误解，与我们的人生现实很不相吻合。在这方面，小说以现实主义的精神，大胆切入人生，揭示各种人的艰难困苦生存状态和对理想的不倦追求。我们的散文为什么不能也多一些忧患意识，批判人生、矫正世风，表达我们这一时代的人（外部和心灵）在这一方面的真实世界？歌颂人间的真善美，鞭挞丑恶，历来是文学的伟大命题。

（2）对散文的宽容，是促进散文走向繁荣的一个重要因素

文无定法，灵活多变、丰富多彩的散文更是如此。散文本来就是一种主观感受型的文学体裁，自主意识十分强烈。每一位作者、作家的生活阅历、学识、思想修养、艺术追求、语言驾驭以及个性、气质都不同，因此写什么，如何写，审美意味怎样，应该鼓励他们八仙过海，各显神通。对散文的宽容态度，就是给散文一片广阔天空，任由它自由纵横驰骋。一贯反对散文的模式化，不仅不要落入别人的套路，也不要轻车熟路，落入自己的套路，这就要求表现手法艺术多样化，刻意求新。所以对散文的宽容，首先要冲破一种观念一种程式对散文的束缚，给散文完全进入一个自由、自然、自主的艺术追求境界。这意味着散文作者、作家心灵真正的自由与解脱，意味着对题材、对社会人生的思考、艺术追求的自由选择。这样才能让散文艺术充

满着创造的灵气和创造的活力，让它标新立异，无拘无束。只有如此，才能鼓励各种散文以百花争艳的态势在一个广阔的精神领域里拥有自己的地位，才能多方面多角度多色彩地抒写和表达各自的人生感受和思想历程。我们不是期待着各种散文精品的面世吗？那应该给散文多一点宽容，这不仅是散文作者、作家的意识，文学编辑们也应有所共识。

也许有人要问，对那些浅薄、庸俗、毫无美感的散文也宽容吗？对那些读起来百思不得其解的散文也要宽容吗？这得具体作品具体分析。但有一点，这关系到散文作者、作家的责任感问题，是他们要以什么样的审美情趣、什么样的散文给予社会、给予读者的问题。“诗品如人品”，我以为，自我感情色彩浓郁、发自主体真实内心世界的散文作品，同样最能体现一个散文作家的人格力量。我们散文作者、作家应以社会责任感为一种律度，提高自己散文的审美品位，以自己独到的感情方式，宣扬对人文精神的美好追求，传播生命的意义和生存理想，亲近伟大与崇高等等。总之，要看重自己散文的含金量，即精神容量品位的高低，来定位自己的散文价值尺度。

(3)加强散文艺术创造和艺术创新意识

我以为，广西散文界对散文艺术创造和艺术创新，探索氛围不浓，勇于实践的也不太多。文学的艺术想象，决定了散文美的艺术渗透力，不论张扬真善美，还是批判丑恶，叙写哀怨，都是以艺术美来打动读者的。臧克家说：“散文不散，精心锤炼。”冯牧说：“真实，是散文的生命；感情，是散文的灵魂；朴素（或简洁），是散文的风度；精美，是散文的品格。”不说散文精品，就是比较好的作品，但要写得“精美”，得到读者的欢迎，必须“精心锤炼”。这就是说要注重艺术创造。目前散文随笔化倾向在我们广西也是个问题。散文随笔化有好的方面也有失于偏颇的方面，从好的角度看，散文的随笔化使散文通俗化、大众化，使其容易走进寻常百姓家；但另一方面，形成了倾向，事实上又被网进了单一的观念和单一的程式，这是对艺术多样化的反动。同时也容易粗疏了对艺术表现进一步的思考，使散文流于一般化，大大影响了散文品位的提高。又例如，我们一些散文作者长期停留在新闻散文（纪实性的文艺通讯）的起点上，这种散文，多是注重新闻和纪实，而艺术性往往不足，如果长期守望，不能从中摆脱出来，发挥艺术想象力，创造性地去进行写作，我们的散文艺术质量也很难得到提高的。还有一种很少被人注意的艺术方法，即散文闲笔的运用。闲笔或散笔，都是散文艺术渲染的某些成分，它对散文主题并无关紧要，却给散文带来情趣和韵味，加强散文感情渗透力，使散文更具有感情色彩。可这一点，常常被我们忽略了，如果不忽略，却又为编辑所不容，删掉了，结果使散文变成了无毛的公鸡，呆板、概念，失去了美感。认真研究、探讨、反省，应该从更高更远的艺术视角观照我们的散文创作，造就和培养我们的散文作家，以期望他们创作出精湛的散文作品，不仅在广西，更应能立足于中国。

(4)要有坚韧不拔的执着精神

我们不少有才华的散文作者,缺乏执着的精神来献身于散文的使命。他们本来构思机智、感悟智慧、叙述语感都不错,很有后坐力。但稍有点成就,就因为种种原因,少写了,甚至不写了,十分可惜。

(5)要促进、提高我们广西的散文,文学评论家必须讲真话

文学评论家不讲真话,助长了一种不正常的创作现象,也可能葬送了一个作家的才华。本来作品并不怎么样,但一片赞美声。不敢讲真心话,不敢批评,如果作家本身又没有自知之明,一味沿着自己这样的道路走下去,不是害了这个作家了吗?我们广西散文界的作品客观现实存在好的不足的,都有目共睹。应该从善意出发,应该满腔热情又客观地进行评价,张扬优点,评判不足。这样才有助于散文创作的健康发展,才可能让我们所期待的散文精品脱颖而出。

散文的必然性

江建文

散文是出现得很早的一种文体。自有了文体,有了用文字构造语句的规则——这规则客观地存在而不是以自觉抽象的形式存在,就有了散文的雏形。如《周易·系辞传》中载:

"鼓鼓以雷霆,润之以风雨。日月运行,一寒一暑。乾道成男,坤道成女。"

文中内容与气象相关,又与人事相联系。它体现了古人对未知领域探究的热情,体现了一种天人合一的观念。

又如《周易·爻词六三》这样写:

"即鹿无虞,惟入于林中;君子几,不如舍,往吝。"《象》曰:"即鹿无虞,以从离也。君子舍之,往吝穷也。"这"象曰"是对爻词的解释,与爻词同为整个易经的构成部分。把这两部分结合起来理解,便不难明白这段爻词说的是狩猎的事:"在鹿身后悄悄跟进,不要惊动它,要捉活的。鹿进入了树林里,不要追赶了,否则可能会迷失归路。"在对狩猎过程的记叙中融入了猎人的经验。

古代散文就是由这样的"雏形",逐渐发展成熟的。而这些雏形,对于了解后来定型为文学的一种体裁的散文的文体特征,很有参考价值。

首先,它使我们认识到,散文的出现是古人的思维能力——主要是逻辑思维能力提高的

结果。

上例中第一则文字所体现的那种“究天人之际”的努力,就是非具备一定高度的逻辑思维能力无法进行的,也无法写出来的。从今天的水平看,文中所体现的逻辑思维能力尽管还显得稚拙,但也足以催生散文的雏形。但是最值得注意的,也是本文所要强调的散文的必要性之一。

那么,何以逻辑思维能力与散文的出现相联系?这两者之间的联系,实取决于人类的思维与人类的语言之间的联系。

在我国,古人就已经有“言为心声”“心以言表”之说,它们在一定层面上揭示了这种联系。但是,这种揭示还只停留在“语言指称对象”这样一个浅表层面上,对思维与语言之间的较深层面的联系还未能触及。到了 19 世纪,在西方的语言哲学中,才把对这一问题的认识往深处推进。

在 19 世纪初期,德国哲学家威廉·冯·洪堡提出了“语言就是世界观”这一著名命题。他说:“语言,因而也是思维,就从形成声音这一关键行动开始。因此,这一行动也显示了我们区别于动物界的人性。”把思维和语言统一起来看,并把它们作为衡量人类进步的重要标志,是很有见地的。到了 20 世纪,奥地利哲学家路德维希·维特根斯坦认为人的思想是通过语言来进行的,而语言表述事实的方式,是建立关于事实的“逻辑构象”。所谓“逻辑构象”,可以理解为主体对对象——事实的理性观照。语言表述事实并非表述纯客观意义上的事实,而是在表述主体对此事实的理解、对此事实的体认。维特根斯坦说:“我们为自己创造事实的构象。”为什么要创造这样的构象?动因可以是多方面的,但重要的是“为自己”,因为这指的是语言行为。简单的事实的构象也许一两个语词就能“创造”出来,而复杂的事实或场面就要求缀合语词成为句子,组合句子成为篇章。由此可见,当人类的逻辑思维能力达到一定程度,人类对现实生活的理性观照也达到与此能力相适应的程度时,在语言方面“散文”就应此能力和观照而产生。

马克思和恩格斯从唯物主义的角度,深入揭示了语言与思维之间的辩证关系。他们说:“语言是思维的直接现实。正像哲学家把思维变成一种独立的力量那样,他们也一定要把语言变成某种独立的特殊的王国。”在这段话里,重要的是“直接现实”。如果说维特根斯坦的“逻辑构象”并没有明确指出如何去表征此“逻辑”以及用什么去“构象”的话,那么,马、恩所说的“直接现实”就把思维能力与语言符号功能统一起来了,把思维和语言互为里和表、互相促进的关系说清楚了。现在,当我们意识到散文产生的这种历史必然性时,就可以补充地说,把语言“变成某种独立的特殊的王国”的除了哲学家,还有文学家。

在文学家族中,诗歌的资历比散文更老,诗歌的出现更早于散文。人类只要有了语言,就具备了产生诗歌的条件。诗歌创作对思维的要求无须达到认知的水平,只要能“感兴”就可以了。那么,“感兴”算不算思维?这个问题学术界尚有争议。笔者认为,“感兴”应该算是初级阶段的形象思维。换句话说,当人类只具备"感兴"的能力而不具备逻辑思维能力时,就可以进行诗歌创作。至于诗歌的传播,只与语言中的口语相联系,而不必等到语言的有形符号——文字的出现。任何一个民族的原始的歌谣都是口耳相传的,语言中的语音部分与音乐之间有内在的一致性,语言与音乐的结合,既是歌谣存在的审美形式,也是歌谣传播、交流的便捷手段。

诗歌以文字写作并借助文字发表、传播,那是以后的事,是诗歌的后天获得性,而不是诗歌本来就具有的本体属性。文字加盟于诗歌后,引起诗歌许多变化,渐渐失却可以歌唱的特征是最明显的变化之一。至于有些诗因此而渐渐丧失了诗意,远离了"感兴",成了"为文造情"(刘勰语)的"作品",这恐怕就不能由文字的加盟来负责了。

然而,文字之于散文却是必不可少的。散文不可能在语言尚处于无文字的纯口语阶段被创作出来,甚至不可能在虽有单个的表意符号,但没有内在逻辑支撑的条件下被创作出来。对文字符号系统的依赖,是散文区别于诗歌的最重要的特征之一。

与此相适应的是散文不可能在人类的思维能力尚不发达的时候被创作出来。当人类的思维尚处于形象思维的初级阶段——感兴阶段的时候,可以创作出诗歌,但无法写出散文(撇开当时文字符号系统肯定未被创造出来这一点不谈,仅就思维能力而言)。这是不是意味着散文创作不需要感兴只需要逻辑呢?不是。作为散文创作对思维能力的基本的要求,是既需要包括感兴在内的形象思维的能力,也需要逻辑思维的能力。而诗歌创作对思维能力的最基本的要求是感兴的能力。当然,这里指的是"最基本的"要求,即作为一种文体当它尚处于原初阶段时,对创作主体所提出的要求。随着文体的日渐成熟,对创作主体思维能力的要求也日益提高。今天的诗歌创作,形象思维和逻辑思维共同起作用,已是不言而喻的了。

一种文体对语言和思维能力的要求的这种原初性,成了该文体的艺术功能和审美取向的基因,这是长期以来被人们忽视了的文体美学的重要问题。即以散文为例。由于它要求创作主体必须具备一定的逻辑思维的能力,而又不排除感兴(形象思维);由于它对文字这一符号功能系统的依赖,它的艺术功能便定位在叙事与说理上,它的审美取向就是以语言叙事和说理所可能达到的形象性、生动性以及流畅、简练和清晰。

其次,叙事作为散文主要功能之一,正是散文能够以一种独立文体的身份跻身于文学家族中,甚至跻身于社会文化生活中的重要原因。

上引《周易》爻词的例子,是颇能说明散文之所以要以叙事为己任的原因的。时光不能倒流,人们的生活过程不能重复,所谓"假如一切能够重新开始"之类的话与其说是一种愿望,毋宁说是一声感叹而已。然而某些生活过程、过程中的事件和场景,对人类而言有重要意义,必须反复审视,不断琢磨它、体味它,并把它留给后代。它们作为生活过程,虽不能等同于形而上的经典,却也是典型——典型事件或典型情境。典型就是概括,虽然用的不是概念也不是范畴。

在文字被创造出来之前,要保存生活中的典型事件或典型情境的唯一方式就是记忆。为了保存记忆,人们充分利用了语言的音乐性。创世史诗是以富于音乐性的诗行写就的关于一个民族或部族的历史,英雄史诗则是对民族或部族创始者或做出重大贡献者的颂歌。利用音韵使之便于记忆是一切史诗重要的形式特征,是与先民们之所以要将如此重大的内容纳入史诗中去的目的相一致的。

诚然,古人也有“结绳以记事”的实践。结绳确也能记某些极简单的事,或极简单地记下某些事;但所结之绳结作为符号,其功能很有限。它无法将意思连贯起来,更无法描述,它是非逻辑的符号,无法进入思维过程。因此,只有文字的出现,才为人类对典型的生活事件和情境的记忆提供了新的、极大的可能性。当人们开始用这种逻辑符号来叙事的时候,散文也就诞生了。

散文的诞生不仅强化了人类叙事的能力,同时也强化了人类逻辑思维的能力;这两个强化是同步的。以散文来记叙,既是人类对自身生理功能——记忆的挑战,也是将记忆延伸。进入记叙的任何生活事件和情境,必定是经由人体感官从生活中感受到的事件、情境。它们进入记忆中之后,经由主体审美的和逻辑的功能整合,然后才记叙成文。这些被记叙下来的生活内容有三个作用:一是满足人们储存生活信息尤其是文化信息的需要,二是满足人们及时地交换信息的需要,三是满足人们审美的需要。与这三个作用相对应,散文内部也还有文体的分工。满足第一、二种需要即信息储存和交换需要的散文可以称之为应用型散文,如议论文、史传文、演论辞、书信、记录、报告、策令、说明、文告等等;满足第三种需要即审美需要的散文可以称之为艺术型散文,如随笔、小品文、杂文、寓言等等。

比较起来,应用型散文在文体意义上显得更有价值,因而也更重要。应用型散文是体现了散文的两大必然性——议论的必然性和叙事的必然性及其相应功能的散文,艺术型散文则不可能这样。正因为应用型散文兼具议论性和叙事性,所以它理所当然地具有审美性。在我国先秦时期文学中,像《左传》《国语》《战国策》中优秀的篇章,显然都不是为了满足审美的需要而写的,却具有很高的审美价值。诸子散文中如《孟子》《荀子》《韩非子》中的优秀篇章也是这样,它们的作者写的不是美文,结果却写出了美文。这些文章千百年来供后人鉴赏和模仿,成了古代散文的典范。《庄子》独具一格,其审美价值之高自不待言,但它更接近艺术型散文而不宜归入应用型散文之列,其影响也偏重在对后人艺术型散文的创作上。

在欧洲,古希腊和古罗马的文学也有类似的情况。古希腊文学分三个阶段,而以第二阶段即古典时期(公元前 6 世纪末到公元前 4 世纪初)最为辉煌。这一时期除悲剧、喜剧、文艺理论之外,散文也是一大硕果。留传至今的柏拉图和亚里士多德的理论文字固然写得很好,严谨、流畅,思想丰富而又深刻,但都是为了阐述他们的学术思想而写的,不是记叙生活和议论人生的,算不得“正宗”的散文。雅典时期杰出的散文家是希罗多德和修昔底德。

希罗多德与修昔底德不是本着艺术创造的目的来写散文的,他们是为了记叙历史才运用散文这个工具。然而写历史就是记叙生活和评议人生,与散文写作在内在本质上竟是如此地不谋而合。何况希罗多德所写的《希腊波斯战争史》和修昔底德写的《伯罗奔尼撒战争史》,记叙和评议的都是他们生活于其间的那个时代发生的事。换句话说,他们写的都是当代史。这就更有理由被认为是散文写作了。结果是既修了史,又创作了优秀的散文,与我国先秦及西汉史传文的写作颇为类似。

综上所论,似可对散文的必然性问题得出以下的认识:散文作为一种文学体裁,它的产生和长期存在肯定有其必然性,即有其不得不产生和存在的因由,正如诗歌、小说、戏剧的产生和存在有其必然性一样。散文的必然性是议论性和记叙性,是与此相适应的充分地议论和完整地纪实的功能。这些是诗歌、小说和戏剧所不具备的,也是它们所无法取代的。所以,要求散文主要是"抒情"的提法是值得商榷的,因为诗歌的诞生就是为了适应人类抒情的天性和满足其抒情的需要,散文不应越俎代庖。要求散文是"美文"的提法对"美"的理解比较空泛,只有当"美"指的是散文内容上达到议论的正确和记叙的真实的统一时,"美文"之说才可成立。要求散文是"大散文"的提法主要着眼于散文文体的内部构成,而没有着意适应散文的文体特征。本文认为散文应包括应用型散文和艺术型散文,其包括的范围不算太小。

诗歌、小说、戏剧在一定程度上和一定情况下也议论,也记叙,但那是与散文不同的议论和记叙。同样地,散文有时也抒情,也包含一定的情节或戏剧性矛盾,但那是与诗歌抒情、小说的情节或戏剧中的矛盾不同的抒情、情节和戏剧矛盾。它们的不同表面看似乎是写法上的不同,实质上是文体之间基本特征的差异对写法有不同要求的体现。因此,对散文的必然性的认识,实际上是对散文文体特征的自觉。而这种自觉,正是按艺术规律创作和评论时所必须具备的理性。

(原载《南方文坛》1997 年第 1 期)

1998 年

关于音乐评论

□ 王晓宁

音乐评论工作是音乐活动中一项极为重要的活动。在中华民族悠久的历史长河中，音乐评论活动的本质就是对批评对象进行价值判断。判断的标准是功利的和审美的两种标准。孔夫子评《韶》乐是“尽美矣，又尽善矣”。用的就是这两种标准。毛泽东同志提出的“政治标准”和“艺术标准”也是“功利”标准和“审美”标准这两种。

音乐评论工作与文学评论、美术评论有些不同，在于音乐艺术有其特殊性的一面，音乐美学这门学科的建立是由于欧洲18、19世纪的器乐曲(特别是交响乐)的迅猛发展才提出来的，音乐美学面临的问题是：是什么样的审美标准体现音乐本身，而不是音乐以外所固有的本质？如果我们说音乐艺术相对其他艺术有其审美上的特殊性，那么，音乐的特殊性是什么？有人说音乐有内容，有感情，有画面，有故事……又有人说，音乐只是音乐，没有内容，只有形式，如19世纪汉斯立克在《论音乐的美》中写到“鸣响地被运动着的形式是音乐唯一的和仅有的内容和对象”。也就是说，音乐的形式就是音乐的内容。

中国的音乐文化在“五四”前后面对西方文化与中国文化的撞击，做出了吸收外来文化的文化转型变革姿态，在这场新文化运动中，以萧友梅、王光祈、赵元任、刘天华等音乐家为代表，在音乐评论上，写下了许多重要文章，对音乐文化的重新审视以及音乐创作都提出了许多新的见解，并且还以自己大量的作品，对整个20世纪的中国音乐发展起着巨大的启蒙与奠基作用。

时值世纪之交，我们要清醒地认识到由于这一百多年来世界发展的不平衡格局，解决后现代、后殖民问题成为走向文化独立自主国家的重大问题。因此，音乐评论工作时值今日，也就愈加显示出重要性和急迫性，它将迫使我们冷静地思考、回顾、反省一系列问题，这将是中华各民族音乐文化谋求自身发展、走向世界文化多元互补的必然选择。

一 ‖ 严肃音乐与流行音乐的矛盾

美国《时代》周刊在1988年4月份的一期中登载了20世纪文化科学领域重大事件的文章,其中1956年"猫王"普雷斯利的歌曲《心碎旅社》首次荣登榜首;1980年,甲壳虫乐队的约翰·列侬遇害。两次重大事件都与流行音乐有关,这表明流行音乐在20世纪赢得了前所未有的发行数量和流行数量,对20世纪人类的影响是十分巨大的。我们说的"流行音乐"这个概念是指轻音乐、娱乐音乐的极端发展。严格意义上,是指60年代的由英国"披头士"甲壳虫乐队和"滚石"乐队掀起的"摇滚乐"浪潮影响的群众音乐。

"摇滚乐的音乐形态本身或表演形态本身所具有的破坏性功能和集体麻醉功能"[1]是与学生们造反的方式相适应的,这就是无政府主义和打倒一切。70年代出现的"朋克"借助着现代电气手段的"威力",轰得人们的五脏六腑都快成碎片,在"朋克"那里,摇滚乐是"毁灭和无聊"的双重载体,流行音乐成为青年们发泄的工具,它"传达官能体验"。当前,许多摇滚、朋克举办的音乐会上唱的许多歌都是颂扬毒品的,如"我飞不需要翅膀飞,宁愿要迷幻药"。所以,"性、毒品和摇滚乐"成为西方社会中令人头痛的问题。

而20世纪的严肃音乐则是步步退却,市场越来越小。我们现在指的严肃音乐,主要是18、19世纪欧洲音乐发展中奠定的交响音乐形式以及歌剧、舞剧音乐形式等。

严肃音乐这个概念,应该是来源于欧洲的音乐史,严肃音乐指的是"宗教音乐",与之相对应的是"世俗音乐"。国内学术界最近对"西方音乐"的学术界定是:"它特指以基督教文明为基质发展起来的'艺术音乐'。"[2]严肃音乐即欧洲专业作曲家创造出来的音乐艺术,它不包括各民族传统的民间音乐文化。它引发出西方音乐技术理论(和声学、复调、曲式学、配器和交响乐)。

20世纪流行音乐与严肃音乐在审美上是有巨大差别的。这是音乐审美标准所面临的一个严重问题,人类物质文明、科学技术的发展并不是与精神文明同步的,而且在某些方面,物质文明越进步,精神文明越倒退。这是音乐评论家们所面临的严峻事实。

二 ‖ 传统音乐与现代音乐的矛盾

"传统音乐"指的是17、18、19世纪欧洲作曲家创作的交响乐、室内乐、歌剧、舞剧音乐等形式,并且形成了传统音乐理论,如和声学、复调、曲式学、配器等。这段时期的音乐,对世界音乐文化的影响是巨大的。我们也经常将这段时期的作品称为经典,并将其作为我们音乐创作和音乐批评的一个艺术参照体系。

"五四"新文化运动时期,我国的作曲家萧友梅、赵元任、刘天华正是竭力主张向西方音乐文化学习、发展我们的民族音乐。吸收外来文化,特别是欧洲大小调音乐体系,提倡“科学”和“民主”,是新音乐运动的一项重要任务,也影响了我国的音乐创作,包括后来的著名作曲家冼星海、聂耳、贺绿汀、黄自等都在吸收欧洲音乐技术理论,为创作具有中华民族风格特点的作品方面做出了巨大的贡献。

但是,欧洲专业音乐创作队伍的创作却走向了另一个极端,就是彻底背叛了传统音乐的大小调体系,使之土崩瓦解,随之而来的是多姿多彩的各种现代音乐流派。其中最具代表性的是奥地利作曲家勋伯格,他用十二音技术创作的“新音乐”与传统音乐的最大区别就在于有调性和无调性的问题。回答这个问题非同小可,如果否定无调性,就等于否定了“新音乐”。问题在于听众对无调性的音乐接受能力如何?毕竟还是占少数人,当然有待于时间的考验。但是“新音乐”也就越来越失去听众,面临的情况也极为严峻。“现代音乐”失去大众,与流行音乐获得最大的发行量和数量的对比是音乐审美中的一个值得思考的问题。

我国 80 年代初期所进行的音乐新潮化的中西结合,不过是年轻一代作曲家对“现代音乐”创作的新的尝试。艺术创作贵在创新,由于音乐语言具有它特殊的形式,突破这些形式是相当艰难的,这一点,与其他门类的艺术创作有些不同之处。

三 ‖ 民族性和世界性

提出这个问题,主要是近年来国内理论界谈论得比较多的“后现代”“后殖民主义”问题。在这个“世纪之交”之时,“全球一体化”这个词语频频地响彻在人们耳边的今天,中华民族的文化又将面临一个转型时期,这个问题引起人们的热烈关注,当属必然之事了。

我认为,首先,对中西音乐文化的重新认识、重新审视、重新确立其审美标准,是消除殖民主义、后殖民主义在我国音乐文化上的误读的重要问题。

“民族性”,从某种意义上说,意味着一种别人没有而我独有的功能价值;“世界性”则意味着一个民族的独特个性在与别的民族性融合或者发生撞击后为别的民族所接受。中华民族文化(包括音乐文化),有着五千年的悠久文明,对于我们祖先在哲学和艺术上取得的伟大成就,我们绝不可以低估,自暴自弃。中国是一个“泱泱大国”,在文化上也应有“泱泱大国”的风度和气度。“后殖民”批判的本意就是打破“文化霸权”和“中心主义”,绝不会用一个“东方中心”去取代一个“欧洲中心”。只有认识到这点,才能做到文化意义上的真正平等对话,民族文化——作为多元文化的价值,这才有其本来意义上的价值,这样看待我们的民族文化才有新的意义。

“爱国主义并不意味着闭关自守,世界主义也不意味着主权丧失。”在音乐文化和评论中,我们可以理解为,对“民族性”和“世界性”的评论有两方面:一、对自己母语的音乐文化,要保持主体的多元化,也就是说,在最高水平上走自己的道路。二、对外来的文化要参照、评估,并且积极与之对话,对外来文化一定要做出充分地还原文化语境的理解和研究。

台湾女作家龙应台在一篇文章中写到,每年的 10 月前后,总有中国人在问:今年的诺贝尔文学奖会不会颁给中国作家?中国人欲得诺贝尔文学奖超乎寻常的急切当然也透露一个讯息:中国人特别需要西方的肯定来肯定自己。这一点,大概是很多人不愿意承认但不得不承认的。

试问:中国有许多弹肖邦作品弹得好的钢琴家,国外有什么钢琴家会寄望于借由中国的“钢琴家”来肯定他自己的价值?有哪位研究贝多芬的学者在乎中国哪个学者教授对他的评价?但是,有些中国作家、作曲家得到西方汉学家、西方作曲家的首肯、承认,马上就会身价百倍,把西方人当成评判人,这样的民族文化是什么样的民族文化呢?

20 世纪下半叶,西方文化出现的是一种文化批判的浪潮,我国的民族文化的发展更加需要各种各样的批判理论,这样才能推动民族文化。我们说的对话,只能是平等对话。不能平等就意味着不能对话。但愿我们的民族在新的世纪即将来临之际,“吃少许抑制药,也不要吃太多的兴奋剂”[3],为实现平等对话(中西文化),中华民族文化无疑将为世界新文化的重建做出应有的贡献。

[注释]

[1] 参见蒋一民《音乐美学》,180 页,东方出版社 1991 年版。

[2] 杨燕迪:《论西方音乐研究在我国的重建》,载《黄钟》1990 年第 1 期。

[3] 刘梦溪:《传统的误读》,1 页,河北教育出版社 1996 年版。

(原载《南方文坛》1998 年第 5 期)

1999 年

拓荒者的奉献

评江建文的《文艺美的拓展与超越》

□ 丘振声

一

文化从萌芽时候起，便与美学结下不解之缘。

在漫长的历史长河中，文艺与美学，各自既按着自己的属性发展，又相互交流，相互渗透，有时和谐相处，有时又互相排斥，呈现出极为复杂的关系。

长期以来，能够清晰地说明它们的关系的文章并不多见。有的著述，或停留在抽象的思辨中，或陷入名词术语的方阵里，往往以其昏昏，难以使人昭昭，使人读后留下无奈的遗憾。

江建文教授的《文艺美的拓展与超越》（广西教育出版社 1997 年 1 月出版）一书，以独特的视角，从文艺、美学的历史与实际出发，对文学与美学的本质以及它们的关系做了新的阐述。对于一些古老的命题，都作了新的解读，乃至破译，诸如欧洲原始社会的艺术与审美意识，中国史前时期遗存的艺术与审美活动，等等。还有欧洲的古典美学、近现代各种学派，如席勒的“游戏说”、康德的审美即“判断”论等等，使用新的语言、新的思路，显示他求真、求实，求新的追求。

如果说，文艺美学至今还是一个古老的荒原，还有大片荒漠等待着开垦的话，那么，江建文通过自己的拓荒，已经耕耘出丰硕的果实，为文艺美学的建设做出了自己的贡献。

二

艺术是美学的载体，美学是艺术的内核。

艺术与美学通过社会实践这个中间环节沟通起来，结合起来。离开了人的社会实践，无论是艺术,还是美学,都是不可理解的。因为这两者都是为人而存在的,离开了人,便失去了存在的价值。艺术的本质,美学的本质也就难以理解。可以说,艺术的本质,美学的本质,与人的本质是相联系着的。也可以说,人的本质,也就是艺术的本质和美学的本质。

江建文说,人来自自然界,是动物界的一员,始终保持与自然界的联系。也可以说,人类出现之后,一直受着自然界的制约,与自然的关系,充满着种种矛盾。

人类为了生存,需要从外在自然不断索取各种物质,这样就要不断克服外在自然的障碍。这是人类对外在自然的超越。人类为了使自己与动物区别开来,就要不断地克服自己动物本能的属性,提升自己的文明程度。这实际上是对自己"内在自然"的超越。

江建文指出,人类无论是对"外在自然"的超越,还是对"内在自然"的超越,目的只有一个,就是人在实践活动中展现自己的本质力量。"通过对艺术的创造或接受,可以使主体的本质力量对象化,而在思想上和情感上得到的超越无须像哲学途径的超越那样,要求主体具备丰富的文化知识和学理修养。"

艺术与审美起源于人类自身超越的需要的理论,比起传统的模仿说(艺术是人类模仿本能的体现),以及反映论(艺术是人类社会生活在头脑里反映的产物)等更精确,也更接近艺术与美学的本质。它在更高的层面上把握了艺术的本质。或者说,它启发人们从另外一个思路去思考艺术的本质和审美的本质,从而使艺术的本质更接近人的本质。这是江建文对艺术美学研究的一个新贡献。

本书另一个值得称道的是对涉及的命题所做的新解释与新评价。本来,求新求异是艺术与美学本身应有之义,也是科研工作者特有的品格。作者有意避开了多年来,在艺术界、美学界那些门派之争,着眼于一些难点或热点问题的思考,尤其对一些古老的命题,力求做出自己的独立思考。比如康德提出的艺术、审美非功利性的命题。过去总是认为,没有解决温饱问题的人们,不可能进入艺术创作与审美活动。作者认为,康德把审美活动只看作是关于愉快或不愉快的情感判断。而作为判断,则不仅与主体物质欲求没有关系,而且与主体的道德观念和政治利益都没有关系。这是因为康德只把美看作审美对象的形式,由于形式与审美主体的想象力和悟性的自由协调,遂产生了审美的愉悦。事实是,人是可以超越物欲的,尽管并非人人都能达到这个高度。除此之外,古今中外还有许多革命家、改革者以及各个方面的志士仁人,他们在生理的需要、安全的需要皆得不到任何保障的情况下,却为自由而斗争,为实现崇高的理想而斗争,甚至因此抛头颅、洒热血也在所不辞。这些说法,无疑纠正了康德的某些唯心论的偏颇,对某些使人困惑的现象,做出合理的解释,有助于人们摆脱理论的困境,启发人们对一些古老的命题做新的思考,其意义也是深远的。

一个个难点或热点的突破,就意味着整个学科新的发展、新的开拓。

三

最后还想指出一点,就是这部新著对艺术、美学研究方法的论述,也很有可取之处。

80 年代初，对于方法，也热闹过一阵子，但众说纷纭、莫衷一是。本书关于方法问题的看法，可以说是作者对前些年方法热的一个回答、一个态度。

方法，绝不是单纯的技巧或技术，它总是与一定的世界观或思潮联系在一起。离开一定的世界观、艺术观，许多问题便不容易说清楚。这是前几年方法热留给人们的一个教训。

本书对研究方法极为重视，它是整个学科不可分割的部分。虽然作者将它放在附录部分，但实际上它是全书的压卷之作，放在最后使全书更加厚重、扎实。

对研究方法的论述，作者采用了广角镜的扫描与显微镜观察相结合的方法。

首先，介绍几种传统的研究方法：哲学思辨的方法、经验实证方法和社会学的方法等。

而对于近当代影响较大的方法，则是有选择地介绍。

不仅对每一个方法产生与发展变化的来龙去脉有清晰的论述，而且对它们的特点及局限也有精当的评价。涉及面广，层次也多。诸如“系统论研究方法”“形式主义”“心理学方法”等等。

如对于心理学方法，作者做了这样的评述：“运用心理学研究方法研究美学，其中包括对艺术美的研究。无论文艺创作和文艺鉴赏，都是复杂的审美活动，涉及知觉、表象、想象、联想、情感、理解等一系列心理因素。以其中的‘知觉’为例，就包含‘知觉’这一心理的一整套规律：整体律、完形律、平衡律、简化律等。这些规律制约知觉过程，因此这些规律发生这样或那样的联系。现代心理美学研究已经取得很大成绩，如格式塔心理学派的代表人物鲁道夫·阿恩海姆就运用这些规律研究文艺创作中的灵感现象、艺术情感和艺术审美直觉等问题，得出艺术灵感现象、艺术情感和艺术直觉是‘一直接领悟一个场格式塔情境中发生的交互作用效应的知觉能力’的结论。这些都是符合客观实际的。”

作者在评述各种研究方法时，还兼顾各种方法的更新、嬗变以及它们的走向、发展趋势等，显示了作者广阔的艺术视野与丰富的历史知识。

说了半天，也许有人会问：这么多方法，到底哪种方法为好？作者写这部书采用了哪一种方法？

要回答这个问题，并不难。

上文已经说过，方法，总是受世界观、艺术观制约的。采取哪一种方法，却是相对的，世界观与方法相协调，便是行之有效的方法。

江建文此书的写法，却是独具一格的。对许多问题都力图从理论与实践的结合加以说明：既有宏观的根据，又有微观的剖释；既有理论的深度，又有知识的广度。新意迭出，无论从文艺学，还是从美学来看，都是一部拓荒性的力作，可以学习与借鉴之处很多。

（原载《南方文坛》1999 年第 4 期）

2000 年

世纪之交文化格局中的中国南方文学

作家与评论家的对话

□ 王杰　鬼子　东西等

人物:作家鬼子、东西等与广西师范大学中文系王杰、黄伟林等美学家、评论家,以及部分师生

地点:广西师大中文系

时间:1999 年 10 月 27 日

王杰(美学家,博士):这次我们将对"世纪之交文化格局中的中国南方文学"这个的话题进行讨论。十分高兴的是,我们有幸请到了广西目前最有成绩的青年作家东西和鬼子来与我们一道讨论,这种作家和评论家的直接对话,应该有利于我们捕捉"南方文学"真正的特质和美学风格。

文学身份的定位:地域、民族,抑或作家自身的选择?

覃德清(人类学博士):世纪之交广西小说创作的悄然崛起,与国内外文学氛围的变化以及文学格局的重组密切相关。当红极一时的作家不再执着地担当文学的特殊使者,而热衷于理论思辨,甚或转向"玩文学"、当幕僚、写广告的时候,文化的新质却在非主流文化的"小传统"中孕育、萌生、壮大。这不仅是"礼失而求诸野"固有律则的显现,而且是文化人类学中"潜热法则"揭示的人类文化常常表现为"野蛮"战胜"文明"的后来居上的演变规律使然。

东西(作家):广西文学这几年确实有很大的发展,出现了像鬼子、李冯、凡一平等一批优秀青年作家,但并没有壮大到超过南京、北京等作家群的势头。

徐赣丽(民俗学教师,硕士):据我所知,你和鬼子先生都是少数民族,而且生活在少数民族居住区,你们创作的成功是否与你们本民族的生活风俗、童年经验有关?

东西:我其实不是壮族,是汉族,但是壮族身份在几个地方出现过,我没有机会去更正。其实,我想挂一个少数民族,它能享受很多待遇。就我的小说而言,我的小说有点怪,这与我的阅读有关。比如说,魔幻现实主义作品读得多了,卡夫卡那种荒诞小说读得多了,会对自己产生一些影响。本民族对我有没有影响?小时候肯定是有影响,但是我生活在汉族地区,我觉得阅读对我的影响比较大。

鬼子(作家):关于我本人是少数民族是不是对我的小说有影响的问题,就我的创作而言,民族和地域应该说没有明显的联系。我是仫佬族,但仫佬族是因为战争从北方流亡过来的,它不是那种纯粹的山民族人。就我们民族生活习惯而言,到过罗城的人就知道,罗城的仫佬族人是常居平地的,没有一个人是住在山沟里边的。

王杰:我感到与"热带雨林"或"桂林山水"共生的南方文学也许是如水、如雾般的气态和流动性的,就我阅读你们的作品而言,可以看出很明显地受到了本民族、本地域独特的文化氛围、气质的影响。

东西:本民族的影响是潜意识的,也是绝对有的。比如说,马尔克斯、福克纳就是这样。福克纳主要崇拜他的祖父,从小就在他祖父的引导下,这对他日后创作影响很大。我本来生活在汉族地区,但汉族地区在大的少数民族地区,它其实也受到少数民族文化的影响,这是肯定的,那种无形中的影响肯定有。我在写作时,会突然想到。但是我觉得,如鬼子的《上午打瞌睡的女孩》,你说换作北方人写,也就是这么回事。

鬼子:说我早期的作品民族特色很浓,可能是因为当时还不懂得世界有多大吧。后来懂得世界是很大的,不应该站在一个地方。站在一个地方就相当于在牢里面。这个回答是比较准确的,所以就不站在这个地方,就溜出去了。

郑崇远(99 级研究生):地域文学的划分本身就不是一个科学的经得起推敲的概念。文学的最高境界应该是共同的人性、人类的终极关怀,而这样的追求跟地域的区别毫无联系。在创作的过程中,因地域的不同而产生的独特的社会文化氛围可能会对作家产生有意或无意的影响。但一个优秀的作家在作品中所关注的问题绝对应该是超越地域的人类共通的东西,同时也应该是个人的独特性的体现。置身于世纪之交的中国文学大背景下考察广西文学的创作特点,特别是新近在中国文坛开始产生影响的鬼子、东西、李冯等一批作家,他们的创作明显地超越了具体地域的限制,正如鬼子所说:"如果换在别的地方,《上午打瞌睡的女孩》也会这样写下去。"

南方文学的特质:超越民族的形而上?

鬼子:创作上追求超越地域的人类共同的东西,因不同的作家而异,我觉得我跟东西可能是不一样。我说,也只能说我自己,可能我本人也说不清楚,因为别人我不懂。昨天晚上有一位评论家也跟我谈这事,他说目前出现了几个长篇,诸如……问我对这种小说有什么说法。我说你是评论家,千万别说这是我说的,我可以给你提供参考。我说我喜欢哪类作家,我可以同时在这里告诉你。当你读这个小说,也许你可以联系到某一件事情,但绝不仅仅是那一件;如果只是那一件,只是社会上发生过的那一个故事,那这个小说也许是好小说,但这个作家肯定不是最优秀的作家,也不可能是个好作家,因为这类作家是靠偶然性的。一个好的作家,他可以把社会上发表过的故事纳入他的小说,但是他绝对不会是有意地到处去寻找这种东西。他主要靠——对我来说——形而上是最主要的。有些故事很感动人,但是我觉得它不是我追求的东西,我也不要。我是这样的,我不懂得别人是怎样,我估计很多作家都是这样。你如果真想当好作家,最好的路子就是循着一根"形而上"的东西,有自己形而上的东西,永远走下去,不断地丰富自己。

学生:您说作家要具备的"形而上的东西"是指什么?您怎样处理小说要写现实与形而上的永恒之间的矛盾?

鬼子:我在构思一个小说时,并不这么想,所以对我来说并不是矛盾。关于"形而上的东西"我不是从社会学去考虑的,而是首先思考的是艺术。在艺术中"形而上的东西"是永恒的,你描写这个人,不管是好人还是坏人,不管是大人还是小孩,他们都能在某一点上让读者找到共同点,这一点将证明是永远不会消失的。如果你找不到这一点,它就可能消失了。不知道你们去过昆明没有?当昆明湖上那种海鸥满天都是的时候,所有的人都在那里欢呼,我敢说那里边有很多是坏人,但在那一幅画面中,作家不是去证明这是好人那是坏人,这样做就简单化了,而且,我们所形容的这个氛围就没有达到使所有的人变得美好起来的效果。那么,为什么作家不去表现这一刻:当海鸥在昆明湖翩翩起舞的时候,所有的人心目中都变美,所有的人在欢呼,所有的人都忘记了自己是个什么人,忘记了自己是个犯人,忘记自己是个罪恶之人,忘记了自己是个领袖,忘记了自己是个平民、是个穷人,忘记了自己是个有钱的人,忘记了……都觉得那个特别美好。如果能找到那么一点,我觉得那就是永恒。什么叫永恒?什么叫过去的?过去的,譬如某一个气球上边挂着一幅标语,从空中飞过,也许觉得很醒目,是红色的,但是因为上边那个标语的某些文字,有些人有兴趣,有些人觉得没有兴趣,晃一眼就不看了,就过去了;有的人会跟踪着,看着它落在哪个地方,然后把它收藏起来,因为他对那个标语感兴趣,那么,这种可能过了就过了。所以,对我来说,我的创作不存在这个矛盾,因为我不存在后一种情况。

王杰：我们不应该用概念之网去捕捉它，而应该尝试用体验分析的办法去把握它。以东西和鬼子最近发表在《人民文学》上的两个小说为例。这两部小说都写了现实以及对现实的体验。对于南宁和桂林的市民来说，这两部小说呈现的地点和空间与我们生活的空间是相同的。对于《上午打瞌睡的女孩》，我的印象是关于“性”的小说以及与下岗有关的小说。对于《肚子的记忆》，印象是一部反讽当前吃喝风的小说。这当然是十分简单化了，但我想，这两点也许可以看作这两部小说与当代文化的联结点，“吃”与“性”都是欲望表达的大众化途径。作为理论研究者，我们有必要弄清楚作者描写了什么样的欲望表达方式，在此基础上我们还应进一步分析，作者为什么这样表达？

鬼子：任何一个询问者，他总想知道些什么。然而，我觉得有些东西不能说得特别深刻。若你说我有什么追求，我觉得就是我的形而上的东西。你在阅读中能理解到那种份上的，也许那就是我的形而上的东西。你只读一个作品可能读不到，若再读一次或再读一个，如果你受到了感动，如果你的心灵集中在某个地方颤抖，比如说读到某个地方，全身发冷；如果这几个作品你同样地存在某一种感受，那也许就是我最用力的地方，那就是我在那个地方埋有的东西。但是里边埋的什么？我可以说得泛一些，说一个大的方面，因为我不能把它解剖。因为任何一个思想——我虽然不是思想者，但是一个作家总是有他的思想者——他的思想是不能出卖的。出卖了，他的思想就完蛋了。

那就是说，我有一个很大的主题，这个主题就是关于苦难——人的生存的苦难。苦难不仅仅是没有钱用的人，很贫穷的人的事。我现在写的就是在有意地慢慢这样走下去。从目前看，中国作家有许多表现苦难的，如余华。当然，也有几个评论家，他们在总结中国解放五十年来的小说，就将苦难列为一个重要的主题，新时期重新写苦难的作者，就说余华和我。而另外有些人说到这一问题时，先说余华，然后说鬼子，再说到方方。苦难的表达方式有很多，余华的表达方式是一种，我的表达方式是另外一种。至于我的表达有什么特别性，要说它，是一个很大的话题，它要从最初是怎样形成的，为什么要选择这样一个文学角度去谈，因为我们任何一个形而上的东西是文学的，都不是社会学。我们应付社会学的力量是不够的，这也不需要我们去操那个心，我们只能从文学的角度去表现。社会的东西不断地被别人牵制，而文学里边的某些形而上的东西，是自然形成的。

王杰：《上午打瞌睡的女孩》先后描写了接踵而至的一系列苦难，在叙述上有两个情节是关节点：一个是父亲离家出走，一个是寒露自己被邻居和朋友强奸。对于一个十三岁的小女孩来说，这两个打击都是巨大的。母亲下岗之后，父亲成了寒露一家的唯一支柱。父亲离家出走后整个家垮了，母亲和寒露开始了盲目而艰辛地寻找父亲的历程。她们每天晚上去寻找和等待，如同守株待兔一般。寒露只有用自己的痛苦来安慰自己和母亲：我们一直在努力寻找。

对于寒露而言，强奸完全猝不及防，因为事情之不可能，寒露没有一点防范，孤苦无助又不设防，打击自然是无限地强烈，然后还有社会的误解和敌意；然而，寒露这个形象仍然保持着纯洁的善良。我真不知道寒露是靠什么力量支撑着，顽强地走她自己的路。也许是这样一种类似于本能的执着：把自己的父亲找回来。

鬼子：《上午打瞌睡的女孩》写的是人对厄运不能把握，但表现出承受厄运的力量。以前的文学作品中女人只是承受今天，而这一作品中的寒露懂得表现承受明天。它是关于对人的遭遇承受能力的思考。这是一种风格。下次，可能是表现出另一种风格。

南方文学的特质：巫气？

王杰：在我看来，东西《肚子的记忆》在努力把痛苦转化为可笑来超越现实的痛苦。饥饿本来是从动物到人类共同具有的生理现象，饥饿本来是一种自然化的欲望，但是当饥饿与人的记忆发生必然的和直接的联系时，本来很自然的现象也变得神秘了。邮递员王小肯突然具有无穷的食欲，胃口像疯了一样无法满足，他的主治医生用类似精神分析的方法寻找他曾经受到的“原始创伤”，以便做出解释。经过漫长的努力才从王小肯垂死的父亲那里得到一种解释：王小肯的母亲怀孕时极度饥饿，在饿死时生下了他。历史在这里转化为生理性的记忆。在这个显然虚构的荒诞世界里，感情、记忆、爱情都与特定的物质相联系，物质具有最直接的决定作用：辣椒是王小肯父亲好恶的决定材料，芝麻糖是王小肯初恋记忆的决定媒介，医生姚三才只有在了解到关于王小肯隐私的两个细节后，才把他的“爱”给予王小肯的妻子，王小肯在吃姚医生请的宴席时突然恢复了自己生日的记忆……这个世界的确让人毛骨悚然，它的不合理性是显而易见的，作家用了一系列真实的地名、街道名，以及现实中常见的许多现象，让我们分明感到这个虚构世界与我们日常生活世界的某种联系。

黄伟林：李敬泽在“广西三剑客”作品讨论会上谈到东西的小说创作时，有一个精彩的发现，他说东西的小说总是专注于对人的感觉器官的感觉，甚至从东西小说的标题就可以发现这一点，比如《耳光响亮》《目光愈拉愈长》《口哨远去》《戏看》《把嘴角挂在耳边》等等，至于小说中关于人的感觉器官的描写就更多，像《没有语言的生活》写盲人、聋人和哑人，《睡觉》写睡觉，《我们的感情》写感情，诸如此类，不一而足。这大概就是东西的写作特色吧。

东西：关于我作品的特点，王干曾有过这种说法：“广西作家的特点是有巫气”，我的作品也不例外。这属于一家之言，我们还没有承认它。其实，广西这片土地是一个神秘的土地，是多民族居住的地方。当拉丁美洲的文学冲击整个世界的时候，杨克他们当时提出了一个“百越境界”。他们要搞中国的魔幻现实主义。但是王干指的巫气，说李冯、鬼子和我的小说都有神秘氛围，有神秘的气氛在里边。李冯的那些小说也很怪，即使是写现代的生活，他跟人家写的也不一样，是有点神秘。你看的时候，不可能一直就看得很清楚。我觉得我的小说也有点怪，而且自己是越写越怪。写东西就像科学家发现东西，形式上，从原料到商品、广告等一并要探索。《肚子的记忆》是想写出新意,主要注意肉体的器官。它与一般的贴近现实的作品不同,写人的感情正在现实中蜕化,是自己对某些生命体验的快感。对我来说,形成有特色的东西肯定是无意识的,因为每个作家都有他的特点,同时还有一种共性的东西。譬如说,我可能与南京某个作家有共同之处,但是也有区别,要不然你就没有自己的位置。那么,这种区别是不是有意识地去培养的呢?或者是有意识地朝这一方向发展呢?就我个人而言,我觉得还是无意识的,如果有一点把握,就是“写作就是出人意料,与众不同”,就是对一个事情的看法、理解,这种看法可能与别人不一样。还有一点,我在小说里,包括形式上喜欢搞一些探索,别人原来这样创作过,我就不这样创作,撇开人家,可能在这种追求过程中形成自己的特征。

具体而言,一个作品的创新包含了内容与形式两方面。比如说,我写《肚子的记忆》,开始写的时候没有意识到,但是写了两万字以后,突然觉得这个小说要这样写,然后我回过头去重写。这种探索有时难免是生硬的,有时是牵强附会的,也就是说,我为了标新立异,可能有生硬的东西在里面,但是有的东西是妙趣无穷的。当然,它也可能是结合得很好的,这两种情况都有。

学生:东西先生,您说您的小说有点怪,写作特色是无意识形成的,这是不是与创作灵感有关?

东西:创作灵感,这涉及人的压抑问题。你瞧,卡夫卡是因为恋人对他的刺激而写了一个《流放地》,写那机器在人身上刺字的感觉,把人的感觉放大了。这是不是灵感?说不清楚。它来了,咔嗒一声就来了。但是一个作家他必须是敏感的,所谓有天赋,就在于有一个敏感的性格,有的还是神经质的,比如我。我的感觉是,你就像一个接受器,就像一个收音机,在任何一个地方,你能接收它的信号。但是,如果你的收音机本身的接收能力很差,或者说是二三十块钱的那种,没有几百块钱的收音机好,你就收不好它发射出来或放送出来的信号。一个敏感的作家,他张开所有的毛孔,调动所有的感官来感受自然、社会给他的刺激。他感受到了,他就活起来,这灵感一碰撞就产生了。我举一个例子,恰恰这两天我还在写一个小说,我是写自然跟人的一种关系。写一个杀人犯,公安局都追捕不了他,但自然都在跟他作对。譬如说,他把尸体藏在棚子里,刮了一场台风,尸体出来了;然后他又转移一个地方,然而,天气热又臭了,他又转移;转移一埋起来的时候,又塌方了,又出来了;最后,他把它藏在水里,但是水枯了,一个铁桶也浮出来了。所有的都是木然的,只有自然还是有灵性的。这一个单线条的小说。但是,昨天晚上,一夜没有睡,我就突然来了一个灵感,马上把它一改,就有了现在的情节:他杀了人,抢了二十万,然后他想把钱送给他的女朋友,女朋友已经跑了;本来他抢劫是为了跟她结婚的,不知道她到哪里去了。于是,想送给父母,父母知道这些钱是抢来的,他们不敢要,把他赶走;然后他又送给他老师,因为那尸体他一个人搬不动,老师去帮他搬,但是他搬的过程中说:“你这样做,我是要告你的。”然后他很诚惶诚恐,整个人类都在排斥他。这灵感前天还没有,昨天却不期而至了。所以,我对灵感的理解,主要是一个人对自然、社会的敏感,你有这敏感的性格,就会捕捉到灵感。

鬼子:一个作家的特点的形成应该说是两方面的结合体。打个比方说,日本的一个影星叫高仓健,他首先有一种冷,冷酷的形象,这是他爹妈给的,叫不自觉性,这是与生俱来的。然而,因为他拥有了这个形象,后面他不断地巩固自己这种冷漠、冷酷的面孔,那么他就形成了在整个国际影坛中所展现的那种冷的形象。这肯定与后天的努力密切相关,这也许是无意的,但这种无意展现出来的是有意义的,那么它就变得有意义了,任何东西都可能是这样。

南方文学的特质:后现代的一种语言寓言?后农业社会神话?

覃德清:东西先生、鬼子先生,以你们为代表的南方文学,显然是不能用寻根文学、新写实小说、新生代小说,或者其他的文学范畴来概括,特别是你们今年发表的小说当中,深涵着魔幻现实主义、存在主义以及国内外其他文学思潮的某些内核,又是这些内核的重新组合,经过化合创生而形成全新的体悟模式、表述模式与话语模式。从东西的《没有语言的生活》《肚子的记忆》、鬼子的《被雨淋湿的河》,以及最近发表的《上午打瞌睡的女孩》等作品看,你们对现实的艰难困苦有深切的体认;对现代社会的迷茫、困惑、缺憾进行了深刻的思考;对科技发达、表面繁荣之下的人类生存困境予以热切的关注,在你们的作品中表达了自己对当今人类生存境况的深深同情和独特体验,因而我觉得你们这类小说可称为"生存体验小说"。

黄伟林:好些年前,在河池师专(编者按:今河池学院。)为东西、凡一平举办的作品讨论会上,我曾对东西和凡一平的作品做了后现代的定位。记得当时曾有一位河池师专的教师提问:"什么是后现代?为什么说东西和凡一平的作品属于后现代?"我当时的回答是语焉不详的,因为我对东西和凡一平作品的理解也是感觉式的、印象式的。好多年过去了,当我又一次面对东西的作品时,我想,我的回答应该变得清晰和深刻一些了。

在我看来,现实主义和现代主义都是以共同性为基础的文学。现实主义出现在欧洲封建社会向资本主义社会转型的时代,出现在地球上的地理大发现的时代,以追求更先进、更发达、更具有整体性、更民主与科学的世界共同性为目标。现代主义出现在欧洲资本主义已经相当成熟的时代,资本主义生产方式所形成的共同性使人的个体性受到了极大的压抑,正是这种压抑才导致了异化观念的出现,于是对正常的人的呼唤变得日益强烈,不要异化的人,要求返璞归真的人,要求全面发展的人,也就是说,现代主义是以理想的人性为共同基础的。卡夫卡的《变形记》写人的变形、人的异化,其前提就是人本来是有一个正常的、理想的"形"的,只是在资本主义文化中变异了。后现代理论是建立在共同性消失的基础之上的,在这个时代,人类的多元文化不断得到发现,不同人种和文化的差异性也日趋显露,加之,世界大战充分暴露了人性中的"反人性因素",因而对现代性的共同性要求产生了怀疑,转而表现"差异关怀"或者"另类关怀",加缪的《局外人》和米兰·昆德拉的《生活在别处》就是这另类关怀的典型。

众所周知,后现代最重要的概念可能是解构,它是对共同性的解构,与此相关的概念还有碎片、平面、不完整等等。它们表明了世界的共同性和人的共同性的丧失,因而也意味着在后现代状况下交流的困难。如果我们承认文学的存在形式是语言,我们就会发现,由于世界共同性话语——人的共同性的丧失,导致了语言共同性的丧失。语言共同性的丧失直接为沟通交流设置了巨大的障碍,换言之,人们无法沟通交流是因为大家操着不同的语言。正是在这个前提下,我们可以认为后现代生活是一种失去了语言共同性的生活,简言之,是一种没有语言的生活。由此可见,东西的小说《没有语言的生活》是传达了作者的后现代体验的,非常准确形象地揭示了后现代生存状况。

前面我们谈到,东西的很多小说对"人的感觉器官"特别关注,他为什么这样呢?我认为,对人的感觉器官的关注实际上就是对后现代的关注。因为时代是通过人的感觉器官而感知到的,语言则是人的感官感知的结果。写人的感觉器官实际上就是写人的语言。当然,这里的语言不是现实主义的语言,不是现代主义的语言,是后现代的语言。什么是后现代的语言?后现代语言是一种失去了共同性的语言。东西无法用一种现成的语言去表达一个失去共同性的时代境况,而只能通过对人的感觉器官的关注。然而,东西所有这些关注人的感觉器官的作品,全都表达了一个结果,那就是人的沟通的困难,也就是人的感觉的差异性。人的感觉的差异性实际上就是对人的感觉的共同性的解构,人的共同性一旦解构,语言的共同性也就丧失了。于是,后现代生活就成了没有语言的生活。这就是东西的小说所揭示的最具有本质意味的东西。我们称之为"语言寓言"。

王杰:从形式上看,《没有语言的生活》是一篇寓言化色彩很重的作品,作品叙述了一个聋人、盲人和一个哑人怎样组成一个家庭并且共度苦难的故事。小说写一个农民的儿子,聋人王家宽的生活本来就十分艰难,在父亲王老炳被马蜂蜇瞎后,这种艰辛的生活更加沉重,因为彼此陷入没有语言生活的隔膜状态,于是父子俩需要寻找另一种新的沟通方式。家宽从集市上购买了收音机,通过收音机这个媒介而进入了另外一种生活。收音机是现代文化的标志,它机械地传播着没有生活的语言。在作品中,聋人家炳和哑女玉珍的结合也颇具寓言色彩。漂亮的哑女玉珍到家宽的村子推销毛笔,在电脑代笔、钢笔、圆珠笔普及的时代,毛笔象征着一种冻结了的古典文化的符号,必然是没有市场的。王家宽的善良使他得到了玉珍的爱,但两个残疾人组成的家庭面对的艰难可想而知。小说的动人之处就在于在异常沉重的境遇中写出了善良的温馨以及共度苦难的美。因而,这个作品是文化全球化时代的一个寓言,它不仅寓意了这一个时代的深刻危机——人与人之间的深度隔膜,而且表明了克服这种危机的可能性。家宽和蔡玉珍生下一个健康的后代,就给予了这种人世间不公平的命运以美好的结局。这是文学寓言的表达方式,它与中国南方的民族文化有关。在中国南方山区,原始思维仍然是人们日常思维的一个方面,《没有语言的生活》在表达方式上就受益于这种"野性思维"。

蒋济永(文艺学博士):我与各位有许多同感,我想,就东西和鬼子先生的作品而言,在叙述一个个后农业社会的“神话”。说你们的作品是后农业社会的“神话”,是因为它们与前农业时代的神话在题材内容上是不同的,而在表现主题和形式上有着许多相似。前农业时代的神话所表现的题材内容是鬼魔神仙、天堂仙界或地府阴曹,而你们的作品所表现的是一个农业(传统)社会如何面向现代化的生活、情感、道德、境遇。然而,在你们的作品中表达的主题与前农业时代的神话相似,表现命运、苦难、迷信,尤其在表现形式上,都是用一种荒诞、变形、陌生化的手段来表现,在一个理智的人看来,都有一种荒诞、怪异、违背常理的感觉。刚才黄伟林老师讲到,现实主义和现代主义文学都以共同性为基础,现实主义出现在农业社会向工业社会迈进的进程中,但那些写农业时代生活的作品,往往表现为怀乡、回归自然,如英国湖畔派诗人们所表现的;在中国则表现为寻根文学。你们的作品正如你们自己所说,民族地域色彩几乎不见,而在写法上借鉴了西方现代派作品的写法,如表现主义、存在主义、荒诞派作品等的写法。现代主义是在 19 世纪末至 20 世纪上半叶兴起的一种带有某些复归原始思维色彩的艺术思潮,它出现在资本主义成熟时期。就目前状况,中国作为一个发展中国家,现代化进程还处在初级阶段,也就是说,基本上还是一个农业国。封建农业时代的传统在民族解放战争和社会主义革命中基本上断裂了,在发达的都市正在推进现代化,在广大的边疆、少数民族地区,从人类学角度来看,往往是一些传统的、落后文化积淀的地方,他们面临的是传统农业生活与现代化商业生活的断裂,因而在你们的作品中表现了一种困境、迷茫、隔膜、看似荒诞的生活。表现隔膜使你们的作品与后现代的作品强调差异、弥散在精神上有某些相似,都表现了生活的种种断裂、隔膜,但基本写法上是现代派艺术的,因而我不同意将你们的作品看作后现代的东西,这也包括中国其他作家的作品还不可能表现出后现代的复杂特征。总之,你们的作品内容是农业社会后期——农业社会向现代化社会转型的生活,作品表现出来的精神气质则是与后现代艺术一致的,即表现两种或者多种生活的断裂、隔膜、别扭而又并存的境况,在创作方法上又借鉴了现代主义艺术中某些回归原始的表达形式,因此可以称为“后农业社会的神话”。这又与拉丁美洲的“魔幻现实主义”不一样,后者表现的是传统怎样在殖民主义者扭曲下迈向资本主义的境况。

王杰:作为研究者来说,我们的确应该深入探讨南方文学的形象逻辑和话语形式,从而在学理上分析这样一种独特的文学现象。只有从理论上完全把握了这一文学现象的形象逻辑和话语形式,我们对它们的阐发才具有意义并使之成为作品的一部分。

蒋济永记录整理。

(原载《南方文坛》2000 年第 2 期)

2001 年

现代油画家普遍走向艺途滑坡现象分析

□ 刘　新

引言：两代画家殊途同归的时代宿命

本文所讨论的主要对象是第一、第二和第三代油画家，大约以20世纪20年代、30年代和50年代来划分：从清末到20世纪20年代这段时间留学国外的为中国的第一代油画家；1930年以后出国学画或就读于国内美术学校的则算为第二代油画家；毕业于五六十年代的归为第三代油画家。另外，本文所指的"滑坡"概念有两方面的含义：一是指因内外因素造成艺术追求的改变而导致的技巧和趣味的衰退，二是指因精力、体力的不济而造成的退守状态。本文主要论述的是第一种含义。

平心而论，前两代油画家的大部分艺途都是在1949年以前中国社会的"艰难时世"和六七十年代的政治动乱中度过的，只有50年代至60年代初高歌猛进的时代氛围给第二代尤其是第三代油画家带来过短暂的英雄主义时期。然而，20世纪的这60年，恰好是中国油画引进与传播或实验的重要时期，不仅由原来的纯语言阶段渐入了"创作"的佳境，还成为社会进步的一种精神推动力；这三代油画家为此做出了巨大的贡献。在他们之中，产生了一些位居时代巅峰的或开创性的油画大家，也留下了许多在20世纪中国美术史上光辉灿烂的传世作品。但是又恰恰是这三代画家经历了中国20世纪的民族解放战争和多变的政治运动，他们的才情心智在这段特殊的经历中与许多非艺术的因素连在一起，他们一波三折地度过了自己的青春和壮年。前两代画家，尤其是早年留学国外的画家大多数都有漠视创作训练或不重视创作尤其是现实主义的创作这一先天不足的共同性，在回国后的艺术实践中又未能在一个宽松的艺术环境里坚持或修正自己的艺术理想，"一意孤行"地走自己的艺术道路，以至于在趣味、技巧等多方面不同程度地受到改造。于是，第一代油画家从40年代至60年代，基本处于一个重新调整自己却又难于适应的尴尬境地：跟不上需要"创作"并以"创作"论高下的新时代而开始处于边缘地位；自己原有的艺术理念难以坚持，新的艺术要求又达不到，因而除少数"躲进小楼成一统"的画家外,大部分画家都不同程度地背离了自己从前的艺术趣味和表现内容,画了一些自己不擅长且手法粗糙的作品,艺途的滑坡由此开始。待到改革开放的 80 年代,第一、第二代油画家大多作古,少数也进入耄耋之年,他们原有的那份才气和个性在时日不多的画旅中早已变得荒疏。

与前两代油画家比较起来,第三代油画家则从心理上更贴近这个新社会的文化体制,拥有更多更自觉的中国经验:热爱社会生活,拥抱社会生活,表现社会生活,并始终对社会人生投以一种较大的政治关怀,实践了革命现实主义与革命浪漫主义两结合的创作方法,为此,也牺牲了不少个人艺术情趣。然而,十年"文革"却使这个良好的开端中止了,原有的创作方法和技术未能得到进一步的发展,相反,僵硬退化为单一、概念的毫无艺术生气的模式。80 年代后尤其是 90 年代,这一代画家重回画坛的时候,整个社会生活又发生了对这一代画家非常不利的变化,包括正反两个方面。首先是体验生活这一过程的失落;其次是中西方美术在诸多方面的再次碰撞,造成艺术价值取向的混乱;再就是许多新旧问题正在整合之中。这样,使得他们原有的中国经验一时间没有了基础,因而闭门造车,创作的表面化和力不从心,艺术感觉和基础能力的衰退遂使得他们中的大部分画家过早地成为追忆逝水年华的一代。许多原本很优秀的画家或创作过优秀作品的画家在复出时都回不到自己原有的艺术高度,更谈不上超越。

三代油画家(主要是前两代)分别在现代中国的两个社会变革时期(50 年代的新中国建设与 80 年代的改革开放)殊途同归地走向了边缘。

这种现象在 20 世纪后半期表现得很普遍,而且在 20 世纪之后越来越清楚,让研究者有一个冷静退思的述评空间。这就给 20 世纪中国油画史的研究提出了一个通识和评价的问题,但是,已有的油画研究中,多少还存在为尊者讳或本着同情心批评的意愿,往往或多或少地回避或忽略在这三代画家中普遍存在的烙有时代伤痕的艺途滑坡现象。事实上,这种滑坡现象中所涉及的包括艺术家的心路历程和其中隐藏着的教训,以及我们更清醒更理性地认识到的中国油画在发展中的实际情形,尤其是将中国油画的个案研究与整个 20 世纪的中国社会文化参照起来,所得出的一些普遍性认识,均是把握百年油画史很重要的识度和依据。倘若没有了这种识度与依据(包括"滑坡"),那么,我们所把握的 20 世纪中国油画的情形将是不真实的。

中国问题:从写生到创作的艰难之路

1937 年以前的中国油画队伍,其主体是留学欧洲和日本等国的学生,他们在国外求学时,首先需要解决的问题是通过写生掌握西画的语言和技巧,其次是个人的艺术兴趣;至于创作为何物,则没有更多或更用心地去追究,尤其是主题性的人物创作更没有接触过。以至于大多数留学生在国外七八年竟没有进行过一幅像样的创作。回国后,这种情形总体上依然如故。换个角度看,这种情形在西方并不奇怪,因为他们终究是有深厚、丰富的创作积淀,写生只不过是其中的一个分支而已。所以这种对环绕于中国留学生周围的丰富、精彩的欧洲创作传统和对中国美术问题漠然淡之的态度,与同时期留学或进修于法国的其他边缘国家的画家(如墨西哥的里维拉[1])判若两样。

中国学子在法国的时候,正是西方现代美术运动如火如荼的时候,兴起了一场艺术形式、色彩的革命和倡行反传统的文化思潮,这种革命和思潮在很大程度上用文化消解了西方现实问题在美术中的存在意义,至少是遮蔽了这种意义。而中国学子们偏偏带着这种新的西方眼光回到了中国,并以此来打量自己面对的艺术前途。然而,这个时候中国的现实问题一大堆,亟需艺术家严峻面对。这种姿态,三四十年代的新兴木刻与漫画做到了;油画家们则由于缺乏创作尤其是现实主义创作的训练,又一味地囿于精英艺术的范围里而看不到象牙塔外的一切,于是,只能继续追随这些“他者”的问题,在自己营造的象牙塔里做着与社会人生问题毫无关系的纯视觉形式的艺术之梦。也就是说,他们在关注西画问题的同时,也将西化的“身份”带入中国和自己的艺术追求中。因而,他们眼中的视觉对象基本是从静物到风景再到肖像,而且寸步不离写生范围,绝少有与乡土中国或都市民生乃至史诗巨构发生关系的创作表现。他们更多的是追求作品的居室风采,而没有涉及“当下”与“创作”这一层面的问题,像 1927 年国立艺术院的艺术运动社时期、30 年代的“左联”美术家联盟和在中大艺术系时期的徐悲鸿创作的少数人生派的作品,均构不成 30 年代的油画主流,而且艺术水平离成熟尚有遥遥之距,远远逊于同时期的写生习作。[2]

应该说,现实主义创作或中国“五四”时期提出的为人生的创作,均是西方油画发展史上最基本的一种创作形态,也是西方人文主义思想衍生的结果,有复杂的创作过程和多种技术的要求。对此,第一、第二代油画家无论在国外,还是在国内,都是陌生的,没有像他们将写生技术拿到手学到家那样,将西方的创作传统带回来。因此才有了李毅士、徐悲鸿、唐一禾、吴作人、李瑞年等辈写生与创作水平反差如此之大的现实。当然,创作尤其是有人物有场面的创作,肯定比写生的难度要大得多。但是,我惊异于这种反差,并不是对前两代油画家在创作上所做出的粗浅努力视而不见,我只是惊异于这种努力为什么没有触及真正的创作根本,而是依赖古典题材来阐释现实,回避自己不熟悉的现实主义创作方法。

这种现象延续到抗日战争期间,才得以由战时环境的改变,扩宽了油画家们的艺术视野,方有改观。于是这时期的中国油画家们开始注意到静物、风景以外更广阔的社会天地,开始更自觉地画一些有思想内涵和民生状态的创作性作品,即便是画风景也比从前有了现实意味和生活情调,吕斯百与吴作人可为这方面的代表。这种转向在很大程度上确实提高了油画家们综合驾驭画面的创作能力,但严格说来,这时期的很多画家仍然摸不着触及现实的角度和熟悉生活的门径,仍旧是采用他们驾轻就熟的摆模特儿的方式变通性地画一些表面化的构图简单的国防美术,这方面可为例子的有几位。先说唐一禾。他虽然也有意画《七七号角》这样生动场面的人物创作,但从 1940 年上画布到 1944 年他落水遇难,此画最终没有完成,人物背景、环境均没有交代一二,这本身就很耐人寻味;即便是画完了,也可以想见,仅有 63 厘米长、33 厘米高的如此小画,能张扬出多大的抗日激情,能有多大的视觉震撼力。倒是借用希腊神话表现的《胜利与和平》能够兴味盎然地画完整个画面。其余的像《女游击队员》《穷人》和《村妇》都是表面化的摆模特儿的普罗美术。之所以表面化,不生动,当然是不熟悉这些人,因为画于同时期的几幅女学生像却很充分、动人即反证。再就是徐悲鸿,他 1939 年在新加坡期间,以名演员王莹为模特画过一幅题为"放下你的鞭子"的大画。这虽然是一张表现抗日与现实内容的作品,但只要与徐悲鸿的作画习尚联系起来,即可看出,实是与徐悲鸿乐于为名流画肖像一脉相承的画路,只是抗战形势要求他为王莹画像时选择了"放下你的鞭子"这一流传全国又是王莹主演的街头剧作为主题。然而整个画面都是概念的,无典型情节和人物关系,与晚一年司徒乔画的《放下你的鞭子》相比,无论哪方面都明显不如司氏的"创作"能力。这种不擅创作又勉力为之的情况,一直延续到建国前后。

造成前两代油画家在创作上建树不大的原因,我以为主要还是对现实主义创作方法的不熟悉,加之长期来没有相关实际生活素材的积累,行踪的迁徙不定,生活窘迫……但又因时代唤起内心良知而有创作的冲动,于是向古代人物和故事借题材来表现自己强烈的现实话语,实在是当时无奈却又便捷的选择。从徐悲鸿的《田横五百士》(1928—1930 年)、《徯我后》(1930—1933 年)、《九方皋》(中国画·1931 年)、《愚公移山》(中国画·1940 年),吴大羽的《岳飞班师图》(1935 年),到李毅士的《斜倚薰笼坐待明》(1933 年)、《长恨歌》(水墨·1940 年)、《僧多粥少》(水墨·1941 年),再到张安治的《后羿射日》(1937 年)和吴作人的《黄帝战蚩尤》(1941 年)以及唐一禾的《胜利与和平》(1942 年),就可看出在三四十年代为数不多的创作中竟有一半无法用现实生活来说话,虽然有的画面还很宏大,但构图、造型和环境均是夸张的舞台效果,没有了源于现实的那份情景交融的生命感。有生命实感的作品却又偏偏深入不下去,始终是半成品,如陈秋草的《锯木工》(1936 年)、余本的《待雇》(1941 年)和司徒乔的《套马图》(1944 年)等,其中的窘况值得深思。抗战时期以后的几年,留洋回来的油画家大多融不进中国的创作情境。十几年里,面对战时中国史诗般的现实,我们看到有木刻、漫画乃至文学、戏剧记录下的大量篇什,油画却近乎失语。组织过战地写生活动,有过边域之行又有扎实的人物造型能力的吴作人,也没有充分表现出他的"创作"才华,还是就其所长地画一些主题性风景,如《重庆大轰炸》《不可毁灭的生命》《藏女负水》(1944 年)等。这种套路一直随他进入 1949 年后的新中国。[3] 相较之下,司徒乔画于 1940 年的《放下你的鞭子》和 1949 年解放区画家莫朴画的《清算》具有一定的生活实感。可惜,这种有生活体验的创作在当时画坛上的影响微乎其微,语言技巧上也不过关。然而,这种主要由解放区吹来的创作之风,终究给留洋的画家们以新的触动了。对此,徐悲鸿看得很清楚,他在 1950 年 1 月写给远在英国的弟子费成武和张倩英的信中说："成武之画已大进步，但中国此时需要能构图作大画者，最好选觅题材，试作现实主义（即社会主义之写实主义），如战斗、生产之类当然最好，最高级之技巧能上去，而国中一般大多是土油画。因为纯艺术已失去，暇中可多阅读进步书籍，俾思想上有所准备，否则我们以为很合理的，但不习惯可能感到别扭。"[4]显然，这里徐悲鸿对三四十年代的中国精英油画有了新的认识，他预感到 50 年代的中国油画会有一个飞跃和挑战，那就是需要学会创作，而且是现实主义的创作，要发挥出最高级的技艺，还不能是土油画。在这之前，他曾看过两次解放区的美术作品展览，对解放区美术中散发出来的那股生活气息和生动的人物、构图心向往之，尤其对王式廓的套色木刻《改造二流子》赞不绝口，说"论题材这是最重要的主题，而且新颖；论构图，这幅画最完美；论人物，最成功；论技巧，最高明"[5]。在半个世纪后再来体味徐悲鸿的这个口头评语和那份激动，可以肯定地说，不完全是徐先生违心的应景之语，实在是徐先生在解放区美术中看到了最有生气的东西，恰好是中国油画所缺少的，因而才有他对费成武夫妇说的那番肺腑之言。当然他自己也身体力行，想在安定的环境里和昂扬的时代中，画一些有构图的大画，以表明自己的进步。但终因身体欠佳和活动太多，已经动手画了的几幅大画均没有完成。不过，平心而论，徐先生画的《欢迎解放军》（1950 年）、《毛泽东在人民中》（1950 年）和几幅为英模画的肖像，艺术水平大不如前，其心思也不在油画了。

油画在向前发展，它在新时期的主攻目标已非常明确，那就是创作。这样，一批由解放区来的画家和成长于 40 年代较有创作经验的国统区油画家迅速崛起，如董希文、罗工柳、冯法祀、王式廓、胡一川、莫朴；30 年代留学欧美日的一批精英们在这种巨变面前，变得难以适应，以创作论高下的时代标尺成了一道迈不过去的坎。其中一部分画家不甘落后，也作了一些创作的尝试，但均因为准备不足或超出自己的能力范围而失败。如吴作人的《解放南京号外》（1949 年）、《农民画家》（1958 年）、《李大钊与孙中山》（1959 年），艾中信的《保证不停电》《新中国的女司机》（1950 年），方干民的《国家考试》（1953 年）、《毛主席与斯大林会晤》（1954 年），孙宗慰的《首都十二景》（1953 年），倪贻德的《和平签名》《修好机车支援前线》，秦宣夫的《新中国的光辉远景》（1954 年）、《雨花台之春》（1958 年），吕斯百的《南京长江大桥》（1972 年）……一些德高望重的油画大家虽然尚能在 50 年代和 60 年代初我行我素，坚持自己的艺术理解，按自己的艺术趣味、个性画一些非主流的油画，但很快就被淹没在当时的强势文化的景象之中，其影响早已不如从前。如颜文梁、刘海粟、吕斯百、林风眠、吴大羽、关良等，是自觉也是被迫地进入了一个旨在保护自己最后一点纯粹的潜在绘画的状态。

脱胎换骨：艺术问题的政治情结及所付出的代价

如果说留洋的这一代画家因不适应 1949 年后以创作决定美术价值取向这一尺度而勉强为之造成水准下滑的话，那么，长期单一的油画语言和政治运动则造成了后两代油画家能力和趣味的衰退。50年代,党对文艺创作的要求,由在延安时期确定下来的"为工农兵服务"上升到"为政治服务",在这个大的思想体系下,全国的知识界进行了一场思想改造运动。在这个过程中,一些过去崇尚现代画风的画家为自己的过去而不安,总认为自己原来追求的形式主义美学趣味距当前的政治要求和现实生活太远,对人民革命没有什么贡献,于是主动改造,总希望在新的时代里能够重塑自我,为人民唱出新的赞歌。

在20世纪30年代的中国第一个现代艺术高潮中喊过"20世纪的中国艺坛也应当现出一种新兴的气象了。让我们起来! 用狂飙一样的激情,铁一般的理智,来创作我们色、线、形交错的世界吧!"[6]的倪贻德、庞薰琹在50年代初接管国立杭州艺专时,就主动承认批判自己在旧上海搞"新派画"(印象派以后西方的现代美术诸派)的错误,并希望在建设新的革命文艺的过程中改正。此外,庞薰琹还主动要求带学生下乡体验生活,对自己在新的现实生活中用铅笔束手束脚地画一些人物速写而感到自卑,尽管如此,还免不了被拉到"新派画"的队伍里批判。[7]倪贻德还检讨自己在旧中国热衷形式主义绘画的错误,指出搞"决澜社"是辛苦一场,观众冷落,几次下来,便渐渐感到怀疑和苦闷,[8]而新时代的作品则是"由于有了真实的感动而激发了高度的政治热情,因而产生了高度的创作要求"[9]。有了这种忏悔的认识,不久他也画起了这种有高度政治热情的现实主义作品,如《和平签名》《修好机车支援前线》《骨干会议》。庞薰琹则转道工艺美术,从此远离了油画,他自己说是从1949年到1972年前,只画过5幅小油画(事实上是6幅),其中除《罗真如像》是人物外,其余的都是花卉静物。应该说这不易画成的5幅小画都是在蒙受极大冤苦的20年里,凭着藏在心里的一点艺术信念画出来的。但冷静地看待此时庞先生仅存的一些油画创作状态和根底,则显然不在行家里手之列。就其油画的格调和塑造能力而言,也偏向装饰,保持了画面形式的意趣和唯美,但"底气"已明显不足,待到他80年代复出,重新拿起画笔的时候,画技已捉襟见肘了。时过境迁,我们现在很难把《袁静宜像》(1981年)与《罗真如像》(1962年)联系起来,也不忍去理解画过《抱小提琴的少年》(庞均像)、《女孩》(庞涛像)的庞薰琹后来却画了《读书》(庞绮像,1982年)和《自画像》(1983年)这样缺乏油画品味的作品,这里所表露出来的不仅是能力的衰退问题,还包含艺术趣味改变的问题。

似乎这一辈的画家在晚年总要用勾线平涂的手法去画一些具有民族风格的油画,以表现自己与过去迥然不同的艺术追求。事实上,这也是一种情结:忘记过去,就意味着新生;新生,就应该是中国的、非西方的东西。这是在很多老油画家的晚年谈话录里经常看到的思想。这究竟是贴切的选择,还是艺术的困惑呢? 其实,我并不认为油画民族化,甚至民族手法在油画语言里的运用有什么不对,我只是感到由50年代过来的一些画家,在理解这一问题时有两种心态的存在。因为1957年"反右"扩大化以后,随着许多文艺问题的政治化,这两代画家的心态也趋于复杂,变得审慎、小心起来。60年代颜文梁画的《人民大道》《天鹅湖》《虹口公园人造山》和70年代吕斯百画的《南京长江大桥》(据说与人合作),甚至吴作人的《三门峡》《镜泊湖》和《大港油画》以及常书鸿、许幸之、艾中信的一些作品等都有不同程度的内敛趋向，其中的拘谨心态显而易见。当然，1949 年后对创作的全面推进离不开当时普遍的政治热情，不然，就不会有马格西莫夫训练班（1955—1957 年）和油画研究班（1960—1962 年）里产生的那一批革命历史题材和具有现实生活情调的感人作品。但也恰恰是这种政治情结过强地胶结于艺术思维，使一些画家始终生活在政治想象的空间里，而忽略更本位的艺术问题。这样，习惯于主题性构思的一些画家一旦在新的时空里远离了这种环境，其艺术追求就失去了坐标。再加上有长长的"文革"十年的隔离，原有的那种热情和才能在一个人身上的表现均会有所改变。这就是许多毕业于 50 年代的油画家在毕业创作获得成功之后，再无后劲持续展现其艺术风采，甚至水平下滑到与从前判若两人的根本原因。因为表现在这些画家身上的技术原因（如造型、色彩等）并无多大的改变，改变的只是创作中的艺术理想和趣味。我们随便在中国油画家的创作履历里翻检一下，便可在戴泽、葛维墨、侯一民、朱乃正、梁玉龙、高虹、李天祥、蔡亮、王文彬、孙滋溪、王霞、温葆、高帝、哈孜·艾买提这样的后两代油画家身上看到这种结果。当然，这两代画家中，在晚年仍有新的高度作目标，并且有所攀升的也有一些，但终究是少数的特殊的一群，如靳尚谊、詹建俊、闻立鹏、韦启美、钟涵、赵友萍等。此外，老一辈的罗工柳也是这种不恰当改变自己的艺术趣味较典型的一个个案。他晚年为疾病所累而一直生活在简约、抒情、高昂的诗词的境界和画面里，着力去实现中国意气（包括线条、色块）在油画中的发挥。但依我看，这实在不是罗先生的个性了。他的一些风景画虽然不再有史诗般的宏伟，但其中的粗枝大叶的豪放性依旧不离他钟鼎般大器、刚直的个性。

综上所述的一个最初出发点，就是想在以往大家熟悉的油画研究中，找一种异样的角度去认识或理解中国百年油画中存在的一些问题和现象，也许这些问题和现象在我们的油画空间里司空见惯，但换了角度，我们视野中的中国油画也许会是另一种鲜为人知的光景。

［注释］

［1］迪亚戈·里维拉（1886—1957），"墨西哥现代壁画运动"发起人之一，曾留学法国。与里维拉同期在法国学习的中国画家有方君璧（1902—1925）、吴法鼎（1911—1919）、徐悲鸿（1919—1927）、张道藩（1919—1926）、蔡威廉（1914—1927）等十余人。

［2］林文铮在艺术运动社时期写过一篇短文，叫《油画之新园地》（载《亚波罗》1935 年第 14 期），文中慷慨激昂地指出"这块新园地不是如何新奇的东西，就是欧洲人所放弃，中国人所遗忘的历史画！……油画如能在这方面努力表现，谁还敢否认它的社会功效，谁还能阻碍它的繁荣？所以我说：油画在中国应脱离享乐性，向历史的领域迈进！在苦痛中的中国人唯有能提携他们的精神，加强他们的生命力的艺术，才能欢迎的！"在这篇文章的倡导下，艺术运动社的同仁创作了《孙中山演讲图》《凯旋图》（又名

《岳飞班师》,1935 年,吴大羽)、《总理授嘱图》(方干民)、《秋瑾绍兴就义图》(蔡威廉)、《国民军会议》《百年树人》(林风眠)、《孙总理伦敦蒙难》(李超士)。"左联"时期的油画家主要是许幸之,作品有《铺路者》(1934 年)、《逃荒者》(1934 年)。

[3] 吴作人的许多风景画有明显的时代风采和主题意味,他的许多创作都以风景为主,如《三门峡》(1956 年)、《镜泊湖》(1972 年)、《贡嘎雪峰》(1972 年)、《大海新貌》(1974 年)。

[4]《致费成武、张茜英·二》,见《徐悲鸿书信集》,河南教育出版社 1994 年版。

[5] 徐悲鸿 1949 年 7 月 2 日至 19 日出席在北平(今北京)召开的"中华全国文学艺术界联合会第一次代表大会"期间,在观看"全国美术作品展览"时看到王式廓的这幅画,此时的徐悲鸿与王式廓尚不相识。见艾中信《温故知新》,载《美术》1957 年第 5 期。

[6] 见庞薰琹《就是这样走过来的》,169 页,生活·读书·新知三联书店 1988 年版。

[7] 参见庞薰琹《就是这样走过来的》和《人民美术》创刊号(1950 年)。

[8] 见倪贻德《画坛今昔》,载《美术》1957 年第 8 期。

[9] 见倪贻德的《英雄的形象,战斗的气氛》,载《美术》1954 年第 5 期。

(原载《南方文坛》2001 年第 1 期)

谈发展中的广西电影

□毛　健

有这样一种说法，在国外的演艺圈里要么不谈中国电影，一旦谈起中国电影，肯定有人会毫不犹豫、快口快言地说道：你们中国广西的电影——好！然后竖起大拇指。

这不是一件容易的事情。地处边陲的广西无论是在文化上，还是经济上，都算不上是发达的地区；甚至被划入贫困地区。但广西就偏偏把电影这既高雅又拥有最多观众共识的艺术一再推到世界的面前，让人们在欣赏影片的过程当中逐步地认识了广西。其实，这也是一种升华，是中国电影从整体上的升华，由此决定了中国电影在世界电影中不可动摇的位置。认电影的质量，也就是认电影里所描写的人物、事件，或风格、样式，如《一个和八个》《黄土地》《大阅兵》《血战台儿庄》《共和国不会忘记》等片。当这些电影以独特的个性语言、强烈的画面造型、人物复杂的内心世界、流畅的叙事结构等多种因素直接向你的心灵冲去，并激扬起高高的浪花的时候，想忘怀也会十分困难。

应当说，在广西这块土地上拍电影是很有氛围、很有基础的。这里曾是第五代导演的摇篮。谈到中国第五代导演就会想起广西和他们千丝万缕的联系。当年的张艺谋、陈凯歌、张军钊、何群等人都是从这里起步，把自己的影片带到世界去亮相的。广西，曾在国人的心目中留下了美好的印象。这给许多从事电影工作的人一种鼓舞、一种信念、一种激励、一种鞭策……

不知不觉中，中国电影已经走过了95年的历程。进入21世纪使人们沉浸在一片欢欣鼓舞、兴高采烈中的时候，你是否发现，面对今天电影所展示的状况，人们或多或少都感到有一点难堪。一个世纪难道就是一个轮回的起伏？电影，尤其是中国电影的生存已经让人们感到越来越忧虑：观看国产片的人数降低，影院的票房下滑，各电影厂的影片年产量跌落；尤其是眼下，WTO已经来到了我们的窗前探头探脑，这预示着外来电影将要更多地涌进我们的市场，谈论中国电影乃至谈论广西电影，谈论广西电影的后继有人和广西电影的市场生存策略，恐怕是最为急迫也是最为关键的。

这里出现了一系列的问题,从某种意义上说又属于老调重弹:电影究竟是什么?电影究竟又不是什么?电影人应该怎样做人?电影人应该怎样拍片?电影应该怎样去适应市场?电影又该怎样去激活观众?……

话题多少显得有点沉重,已经不好再沾沾自喜。

躁动不安的危机感正从四面八方向我们袭来,警钟已于耳边敲响。

在此,我们是否该认真地梳理一下自身的短处和不足,总结一下我们影片和观众朋友的期待值的差距?要探索广西电影的发展之路,不能回避现实。

研究市场规律,拍出好片,重振广西雄风

仔细去打量今天的娱乐市场,我们不得不承认这样一种事实——市场变大了,变得不再是只有电影院才算娱乐场所。电视率先冲了进来,还有那些叫卡拉 OK 的玩意儿,紧接着是网络时代的到来,这些都是改变电影生存的基本条件,这一层层的压力对电影的影响已成为共识。外加上 VCD、DVD 家庭影院的进入,美国大片的不断冲击,更使得市场的挑剔成了广西电影的无奈。像《泰坦尼克号》《黑客帝国》《第五元素》《拯救大兵瑞恩》等片,动辄要花掉上亿美元,这实在是让中国影人望而生畏。其实,作为发展中的电影观念,努力去探求并使影片与潮流相吻合本无可非议,问题是不能丢掉眼下最为重要的任务,视而不见中国电影与观念形态的束缚。如果我们不去发现并解决这些电影最为根本的问题,如创作上某种落后于时代的保守观念,那么,即便有人双手奉上高科技或巨额拍片资金,仍旧不能解决问题。如此这般,还有没有解决国产电影的问题去套牢观众的可靠手段呢?回答是,拯救电影还是要靠电影人和电影本身。

中国是一个拥有十多亿人口的大国,是一个很大的电影市场,这就是外来电影对中国觊觎已久的根本原因。但中国人有自己的传统文化,有自己的欣赏习俗,那是与西方文化完全不同的两种观念,在很多时候二者即使相碰,也难以撞出火花来;广西的电影市场也不容忽视,她拥有 12 个不同的民族,但和国内其他 44 个民族有着一脉相承的血缘。在电影文化方面,是极为容易沟通、极为容易碰撞出火花的。因此,我们首先要去适应自己的观众,去拍摄属于自己的片子。

我们不必动不动就花上一两个亿的资金去拍片,那不是我们的风格。那种提倡大制作、大投入才能与好莱坞抗衡的做法,实际上还未必是自己小制作的对手。中国电影眼下要解决的是对待艺术本质的问题。贴近生活、贴近观众、贴近时代,才是本质!在一部电影里,艺术的表达终极仍然是人,人的情感、人性的力量、人和人的故事;把这些因素摆到了正确的位置,我们的电影就一定会吸引很多的观众。广西过去拍过许多的好片,现在还在拍。如《一个都不能少》《我的父亲母亲》等,但重要的是明天还要延续这样的拍片精神。

练好兵，把握好机遇，紧跟上时代的节奏

没有一流的精兵强将，就拍不出好电影，这是不容置疑的。因此，造就合格的人才，组建精良的摄制组，仍是必不可少的百年大计。广西本来就处于边疆，对于电影和电影人才的吸纳有一定的难度。尽管人们都承认广西是中国第五代导演的摇篮，但如今，这些骄子已纷纷杀向广西以外的市场，乃至国际市场。广西在多年的实践中，也培养了一批土生土长的创作队伍，但由于种种条件，拍片实践的机会极少，这就使得他们的手法逐渐地生疏，与现代电影和现代电影的新科技拉开了距离。市场经济的诱惑使得原本相对完整的创作队伍四处分流，各自为战，互不暇顾。原来很浓的学术空气和电影文化观念也趋于淡薄。改变电影状态的关键不仅在于外部条件，也在于内部的压力：自身心理准备不足，没有充分重视练就一支自身的创作队伍。没有一支好队伍，即使有了机遇，有了拍片的可能，也不一定能得心应手、酣畅尽致地发挥。拍打斗片也好，拍惊险片也好，拍搞笑片也好，那充其量是一种外在的努力。正如一位学者说过的："事实上，改变外形的努力是有可能一夜成功的，但如同气质精神才是支撑一个人的根本支柱，中国电影的内在问题不改进，外形也难免被歪曲。"

电影是以人为本的，银幕内外的人都属于构成事件的主体。拍出好影片需要的是银幕外的人，尽管好看的影片需要的是银幕内的人。广西电影目前的状况还算好，还有个"涌泉相报"的张艺谋在为广西拍片。但如果有一天，张艺谋有些别的事，要离开广西三到五载去别的地方拍片，广西就必须有李艺谋，或者是王艺谋顶上。广西电影要发展，要重振雄风，当然就应该有步骤、有长远规划地建立起一支自己的队伍。一定要参与实践，如让有想法、有思想火花的电影人去进行小制作的拍摄。2000年北影厂在培养新人方面做出了尝试，加大了力度，可以借鉴。在练兵中打好基础，开拓思维，拍好片子，才可能谈赚钱，才有机会将电影的市场扩展到世界的各个国家去。

拿出热忱，以心换心，拍好电影，迎接挑战

从广西电影发展的路程来看，一直是以"真心换真诚"来开路的。广西影人也深深地明白，如果不用真情实意去打动你的观众，观众就可以弃你不理，拂袖而去。这是观众的权利。电影人必须把自己的时代作为表现的对象，把时代的人物栩栩如生地展示在银幕上，才可能去接近观众的心灵，从而达到沟通。广西早年的影片《一个和八个》《黄土地》是可以作为印证的。这些第五代导演的开山之作，有着明显的探索意义，又十分诚恳地坦露出真实、质朴、可信的时代特征和可信的时代人物。就他们在拍片的过程中敢于剃光了脑袋、每天跳到水里去暴晒几个小时和敢于在没路的地方硬是踩出一条路来的劲头，到今天来说还是对得起观

众,是值得去提倡的。而观众看了这样的电影、这样的环境、这样的人物,才会说:这是真的,我们的身边就有这样的人。当一部电影能让观众这样心悦诚服的时候,我们便会发现身边有许多人都在期待着这样一种真诚的片子。反过来认识,电影如果不去关注人民,人民又如何去热爱电影呢?

诚然,真心向大众靠拢的电影文化,还应该与低级的庸俗性加以区别。我们所处的年代到处是歌舞升平。因此,我们无法不去向"娱乐"伸手问好。这是电影全方位、多视角、多层面的展示,是电影的功能。但我们对那些所谓娱乐片和准娱乐片的颓废萎靡、无聊可笑乐不起来。这已经属于娱乐以外的问题。在面对市场,脚踏实地地巩固和发展生存地盘时,广西电影理应重新带头,昂起精神高贵的头颅,创造出我们的生活,创造出我们的英雄,表达出我们强烈的内心体验。

去年,第九届中国金鸡奖、百花奖颁奖大会在广西举行,中国电影界的同行和世界电影界的同行不远万里,来到广西,举行了国产影片展和世界影片展,这标志着广西电影能在自己的土地上和中国的影人对话、和世界对话。广西电影有理由自豪,也有理由骄傲,但不能停下前进的步伐。

我们相信广西电影的辉煌会再次到来。

(原载《南方文坛》2001 年第 2 期)

大石山里崛起的作家群

试论桂西北作家群

□潘　琦

广西桂西北地区是一个典型的老、少、边、山、穷地区。地理条件差,自然环境恶劣,“七分石头三分土”“两天下雨就是涝,三天无雨就变旱”,是全国极贫困地区之一。群众形容贫困状况为“四不”:“吃饭不上桌,睡觉不上床,无钱不上街,小孩不上学。”就是在这样艰难、恶劣的环境中却出现了一个奇迹,那就是在大石山中崛起了一支文学艺术的桂军,形成了别具特色的“桂西北文化现象”。针对这个现象的研究,内容丰富,课题很多,涉及层次很深。我仅就桂西北作家群的形成、发展、特点谈谈自己的一些想法。

桂西北作家群形成的过程

任何事物的出现、形成都有一定的规律和过程。桂西北作家群作为一种文化观象,是逐步形成的。它的形成方式不是突发性的,而是渐进式的,也不是凭空出现的,而与历史发展、文化积累、社会进步息息相关。

萌发阶段。20世纪三四十年代,由于受中原文化的影响,桂西北地区开始涌现一些具有一定影响的现代文学作家。他们以革命文学为基础,创作了反映当时中国现实、反映人民斗争精神的文艺作品,在中国文坛有所影响。如周钢鸣、曾敏之等。到了五六十年代,随着社会主义经济建设和社会主义文化的长足发展,出现了一批在区内外有影响的桂西北籍或外来到广西支边的作家艺术家,作家群体初见端倪。代表作家有包玉堂、蓝鸿恩、韦志彪、肖丁三等,因人数不多,作品影响力有限,而且多以民间文学为主,没有形成一定的规模,也没有形成一个整体,基本属于“散装”状态。尽管如此,也为桂西北作家群的成长和崛起开了先河。

成长阶段。到了七八十年代,当时有一大批大学文科毕业生被分配到桂西北地区,本地的大学生也纷纷回家乡参加建设。这部分大学生,由于经过专门的、系统的、正规的教育,文学功底比较扎实,又经历了各种政治活动、生产活动、生活活动的锻炼和考验,以高度的政治热情,深入群众,深入基层,深入实际生活体验,创作了一大批文学作品。在这个风起云涌的年代,受火热生活现实的影响,我也走上了文学创作的道路。尽管以今天的眼光看,这一阶段桂西北作家的作品略显稚嫩,但作家人数之多,门类之全,势头之好,前所未有。代表作家有蓝怀昌、聂震宁、宋安群、李人凡、冯志奇、龙殿宝、韦照斌、覃承勤、任君等,正由于这些人的努力,初步形成了桂西北作家群的格局,并逐步得到社会的关注和认可。

崛起阶段。80 年代末到 90 年代,随着改革开放大潮的冲击和社会主义现代化建设的蓬勃发展,广西文化事业也随之兴旺繁荣。一大批文学青年积极投身改革开放和现代化建设,用充满真诚的笔去表现新生活,并在实际工作和生活中,磨炼自己,他们的作品陆续在区内外报刊上发表。与此同时,各级领导采取了一系列培养青年作家的重要措施,解决了作家成长的动力机制问题。在这种情况下,桂西北文学青年以整体的形式异军突起,以自己的力作,凭作品的实力获得多项全国、全区文学大奖,引起世人注目。代表作家有杨克、鬼子、东西、常剑钧、包晓泉、凡一平、银建军、黄土路等,他们以他们的作品证明,桂西北作家群已经崛起。

可以说,桂西北作家群,是随着时代的变革、社会的进步、文化的发展逐步形成起来的,代代传承,形成梯次,门类齐全,作品纷呈,体裁多样,已成气候。

桂西北作家群的基本特征

桂西北作家群以其鲜明的个性特征引起专家和广大读者的普遍关注。

第一,这个作家群的成员都来自基层。他们了解群众的生存状况,了解基层干部群众的喜、怒、哀、乐的情感,与群众比较容易沟通。他们成为作家之前,都是一些平常的人,生活平平常常,经历平平常常,工作平平常常。他们生活体验深,善于思考,勤于笔耕,因此写出的作品贴近人生,贴近实际,贴近生活,贴近情感,而且个性鲜明,有浓烈的地方、民族特色,深受读者的欢迎、专家的好评。可以说桂西北作家是"大石山作家""乡土作家""烟火味作家"。

第二,这个作家群里少数民族作家居多。即使是汉族作家也是长期在少数民族地区工作,他们对民族地区、民族同胞、民族文化、民族风情有深厚的感情和浓厚的兴趣。他们有极大的创作激情、丰富的创作灵感。不少作家的作品就植根于这片沃土,描述少数民族的命运,抒写基层民众生活情感。可以说,他们很多是从写民族题材、民间文学起步、起家的。

第三,这个作家群作品门类比较齐全,有诗歌、散文、小说、戏剧、民间文学、报告文学等不同体裁,形成了一定的气候,在文坛上产生了一定的影响。而且这个作家群很多成员是各个文艺门类的佼佼者和带头人,有不少是文学的多面手。因此,他们在广西乃至全国都有一定的影响力和感召力。

第四,这个作家群的作品,风格各异,特色纷呈,语言生动,文字流畅,人物形象鲜明,文学视角独特,显示出扎实的文学功底。有的作品把民族地区的风情、风俗、风土味融为一体,以清新鲜活的文学风格,受到读者喜爱。他们的作品以中短篇奠定了良好的基础,已具备向长篇冲刺的潜力和后劲。

第五,这个作家群富有团队精神,各个门类、各个层次的作者,都能团结一致,形成合力。有的同志既能单兵作战,又积极参与集体攻关,兵团作战。在这个群体中,没有互相排斥、互相拆台的事,都能为群体中每个成员取得的成绩欢欣鼓舞,都能为这个群体争光,都能维护这个群体的声誉。老、中、青三个梯次,互相促进,共同提高,体现出一种良好的团队精神,营造了一种团结协作的良好氛围。

桂西北作家群形成的原因

在一个特别贫困的大石山区,能出现文学创作异常繁荣、作家队伍茁壮成长的文化现象,有其内在的因素和外在的原因。归纳起来有以下几点:

党的正确领导,科学理论的指导,党的民族、文化政策,优越的社会主义制度,是作家崛起的根本保证。没有共产党就没有新中国,没有共产党,没有改革开放,也没有我们作家的今天,也就不能形成桂西北作家群。像我们这批人从普通农家子弟到上大学到参加工作,从一般干部到走上领导岗位,从一个普通的读书人到当上作家,哪一步不是党的教育、组织的培养、同志们帮助的结果?个人的努力固然重要,但没有优越的环境、良好的机遇、组织的关心,是很难成功的。

桂西北地区丰厚的文化底蕴和丰富多彩的民族民间肥沃的文化土壤是作家群崛起的重要源泉。通常讲"一方水土一方人,一方人生一方文化"。桂西北地区素称"歌海",民族民间文学艺术非常丰富,如山歌、戏剧、舞蹈、民间故事、民间传说等都是富矿区。这样的文化土壤,必然会培育出自己的作家、艺术家。另外,桂西北地区文化有很大的包容性,能吸纳各种文化的精华,是开放型的,因此,培养出的作家也是开放的、多民族的、多门类的。

历史的发展、时代的进步是桂西北作家群崛起的社会条件。桂西北地区虽然贫穷落后,但由于它是通往大西南的通道,历史上发生的重大事件在此地都有影响,特别是抗日战争时期,全国许多仁人志士、作家学者南下和向西南迁移时,或经过或滞留在桂西北地区,他们为这个地区带来了先进的文化、革命的思想,播下了文学艺术的种子。这片红土地又是邓小平创建的革命根据地,先进文化的发展有坚实的政治基础,新中国成立之后,社会主义建设的蓬勃发展以及改革开放和现代化建设事业的不断推进,为桂西北作家群的崛起提供了良好的社会条件。

良好的文学创作氛围,是作家群崛起的良好文化环境。桂西北地区的人能歌善舞,爱好文学,崇尚文学,尊重作家,特别是一些领导干部,本身就是文学艺术的爱好者,因此,比较重视文艺事业的发展,在人力、财力、物力上扶持和支持作家艺术家的创作活动。一些县办文学刊物坚持十几年没有中断。广泛开展的群众性文化活动奠定了文学群体产生的基础,各县都有一批文学青年和文艺骨干,我们的作家群便是从这一大批文学青年中脱颖而出的。此外,榜样的力量是无穷的,这个地区一批老作家、老艺术家或民间艺人起了很好的表率作用,在他们的带动下,形成了一个你追我赶、齐头并进、长江后浪推前浪的生动局面。

艰苦的环境,艰难的生活,是作家群崛起的精神动力。越是艰苦的地方,越是艰苦的生活,越能磨炼人的意志。越是生活在基层,越有创作的动力、创作的灵感、创作的欲望。越是困难,越是在逆境中,越能迸发出思想的火花,越能写出精品佳作。这是许多有成就的作家的生活总结。这也可说是"后发优势"。纵观桂西北作家群的成员,都是些过去不起眼的无名小卒,都是在基层摸爬滚打出来的,都有一种"越是艰难越向前""不到长城非好汉"的勇气,这就是大山的性格、山里人的品德。

对桂西北作家群的希望

对桂西北地区崛起的作家群,我们倍感光荣和自豪,但是,面对国内外快速发展的形势,以及机遇与挑战,我们深感任重道远,因此,我们必须保持清醒的头脑。

第一,树立坚定的理想信念,坚定正确的创作方向,把讲学习、讲政治、讲正气变成自觉的行动,而不是空泛的口号。文学艺术,要为人民服务,为社会主义服务,要反映社会现实生活,要歌颂真、善、美,鞭挞假、恶、丑,要以优秀作品鼓舞人,陶冶人的情操,培养人的良好思想道德,激发人昂扬向上,这就是我们作家讲的政治。我们要有很强的政治敏锐性、政治鉴别力,遇事多一点冷静,少一点狂热;多一点理智,少一点偏执;多一点思考,少一点盲从,做先进文化的忠实代表。

第二,培养良好的心理素质。心理素质是一个作家心理活动过程和个性方面表现出来的持久而稳定的心理特点。爱因斯坦说过:"智力上的成就,在很大程度上依赖于性格的伟大。"因此,每个作家都要注意心理素质的培养。有人总结出心理素质的"十个心",很值得借鉴。即清心,清清白白做人;真心,真心诚意待人;虚心,谦虚好学请教人;信心,对自己充满信心,对事业充满信心;公心,为事出公心,公道正派;良心,要有良知,心地善良;恒心,坚韧不拔,锲而不舍;专心,专心干事业,全心全意干工作;决心,克服困难,一往无前;忍心,忍让、宽容,善于调整自己。

第三,努力学习,刻苦钻研,勤奋笔耕,不断提高自己的素质,提高创作水平。现在我们正处在世界格局大变化、科学技术大发展、现代信息知识大爆炸的时代,新生事物、新鲜知识、新发事件不断出现,我们绝不能故步自封、得意忘形、骄傲自满。作为一个作家必须站在世界的前列，要高瞻远瞩，思想意识要不断超前，思想观念要不断更新，才能适应形势发展的要求。要做到这样，必须加强学习，不断更新自己的知识，扩大知识面；要博览群书，学习文学、政治、经济、法律、历史、现代信息技术等方面的知识，这样才能写出精品佳作。

第四，树立创新精神。创新是民族进步的灵魂，是国家兴旺发达的不竭动力。灵魂、动力就是指思想、意识、精神观念领域的内容，这是文化的核心。作为作家，要不断根据新情况，推进观念创新、理论创新、语言创新，不断解决新问题，形成新认识，开辟新境界。要特别注意探索新的历史时期、新的时代文学创作的新的文体、新的语言、新的表现手段。作家要富于想象，富于幻想，富于联想，要具有较强的独创性。当然，创新不是胡作非为，也不是胡思乱想，应该在继承优秀文化传统的基础上创新，要在将五千年文明与时代精神相结合上创新，这样的创新才有生命力。

第五，要十分珍惜这个群体，爱护这个群体，并立志为这个群体争荣誉，添光彩。要讲友情、亲情、乡情，互相帮助，互相促进，淡泊名利，甘为人梯。多一点宽容，少一点嫉妒；多一点理解，少一点误解；多一点沟通，少一点成见，努力开创一个作家辈出，并能充分发挥各位作家积极创造精品力作的生动局面，把桂西北作家群培养成文学桂军中的一支主力部队。

我想，这应该是桂西北作家群的理性自觉。

（原载《南方文坛》2001年第2期）

一道亮丽的文学风景线

读广西近年八部长篇报告文学

□ 王敏之

近年来,广西长篇报告文学连连出版问世。这些作品充分显示了社会蓬勃的正气,造就了强劲的鼓舞、奋发、向上的社会舆论和精神力量,从而形成了一道亮丽感人的文学风景线。

在这条文学风景线上,有前总书记江泽民与八桂各族人民的情谊;有顽强拼搏、为祖国建设而献身的共产党员黄是勇、王任光的风采;也有修建南昆铁路、桂柳高速公路、桂林两江国际机场的昂扬磅礴的雄伟气势以及广州与百色地区联手打扶贫攻坚战的壮举;还有勇于创业,为民造福的柳州江佩珍、南丹杨再勇的光辉业绩。

一

《百色大地宣言——江总书记与右江永常村》(韦一凡、岑隆业著)写的是江泽民总书记于1990年11月、1996年11月两次到广西深入百色少数民族山区永常村等地了解群众生产、生活,指导改变落后贫困面貌并尽快走向致富之路的实况。在江总书记的亲切关怀下,百色老区提前三年打响扶贫攻坚战,经过六年左右的时间,基本解决了贫困人口温饱问题,并逐步走上了创业致富之路。

这部报告文学的两位作者都是小说家,所以在构章叙事笔法上,突破了新闻性报道体例,而是类似国际上流行的"新新闻体"的写法,即用文学手法撰写新闻,或者称作非虚构的小说,写法虽类似小说,但所描写的却全是事实,这就为这部报告文学带来了不少新的特色。

一是在采访并拿到第一手材料后,选取既真实又具体、既细腻又感人的情节构思结章。作家开篇就以永常村农民韦克强按壮族风俗盼望来个贵人为刚生下的孙子"踩三朝"起笔,令人顿生文学兴趣;接着写总书记在苏其权家看到一家四口住着四壁透风的房、床上半张棉被半堆稻草、锅里煮着红薯叶汤和玉米糊、米缸里仅有不足 2 公斤玉米粒时，不由得眼含泪花痛在心，苏其权夫妇忍不住也在“过惯了”的嘶哑声后放声哭了起来；当作家的笔写到六年后江总书记又来到永常村时，苏其权一家变了，变得有志气了，走上了勤劳致富的道路，不仅让总书记放了心，也充分展现了中国反贫困的力量和效果。特别是作家在第五章把类似永常村的山区人民由贫困渐变为富裕的具体实践编辑为七八个故事，一一述写成文字，则进一步展示了落实江总书记指示、改善贫困环境、发展多种经营、大兴科技、提高人民素质等事实，无不感人。

二是自始至终围绕着人、事、物，展示百色山区由贫到富的变革。人、事、物是报告文学的三要素，而人和人的思想、行动则是主体。这部报告文学所写的人物众多，大致可分作两部分，一是江总书记及省(区)、地、县、乡、村党的六级领导层，他们按照党中央的部署，千方百计领导反贫困的工作；另一部分人则是扶贫的带头人和人民群众，这些人艰苦奋斗，立志改变贫困面貌。在人的方面，作家强调的是治贫先治愚，致富先立志，所以不惜篇幅地写出了在百色地区投资建设的南昆铁路、平果铝厂和天生桥水电站三大扶贫项目的事迹，显示了借“电”脱贫、借“铝”创业、借“路”致富的威力。至于物的方面，当然是指在百色这贫瘠土地上开发的产物，作者在第二章以六万余字的篇幅专门写出了大力开发杧果、稻稻菜(一年可种双季稻和一季菜)、竹笋、甘蔗、烟草、八角、香蕉等物产的大规模、基地化种植的实况实景。

三是感情色彩浓厚，写出了百色山区人民与党，与邓小平、江泽民以及对口帮扶单位之间的真情厚意。如 1992 年 6 月，邓小平作为当年百色起义领导者，在“希望工程”献爱心活动中，先后两次以一个老共产党员的名义，捐献 5000 元给百色平果县希望小学，而希望小学黄诚武等四名学生怀着无限感激之情，专程到北京中南海向邓爷爷作学习汇报；江总书记 1990 年 11 月给永常村苏其权一家送来关怀的温暖，苏其权经过三年勤劳努力终于摘掉贫穷帽子后，特意写信给江总书记感谢指教之恩；广州陈开枝在百色扶贫多年，始终动真情动真格扶真贫真扶贫的行动，使百色人民至今仍牢记着这同饮一江水、同根同源同脉的兄弟亲情；田阳县武装部副部长覃天作一直带病战斗在扶贫第一线，熬尽了心血，累垮了身体，不幸病故在扶贫岗位上，在这噩耗传开之时，当地群众无不声泪俱下，悲恸欲绝，也难以表达内心的军民鱼水之情……

四是揭示了社会发展方向，反映了时代精神和生活的本质，通篇不是通过说理而是通过抒情性议论表露出来。我们看到，在对人、对物、对事的叙述和描写中，无一不溶解着作家的感情和愿望，特别是在第七章也是最后一章《殷切的期望》中，可以说是诗情与哲理交相辉映，唱出了广西一片春意盎然的凯歌，用血汗写在百色大地上的宣言将永远载入人类文明的史册。

二

《脊梁》(何培嵩著)是广西首次推出的长篇报告文学佳作。作家以三个多月时间,沿着柳州建设专家黄是勇一生的足迹多方采访,并以丰富的素材和优美的文笔写就和刻画了黄是勇这个先进楷模的光辉形象,写出了一个建设者的成长过程和顽强拼搏、无私奉献的精神。全篇从黄是勇在北京西客站建设中,带领柳州建筑机械总厂一班人将跨度达 45 米、高 50 米、重 1800 吨的钢桁架提升到 45 米 17 层楼高的门柱上,而在施工中负伤写起,又以黄是勇因工伤而逝世后,人们在北京八宝山公墓举行悲痛的悼念仪式结尾,中间则以回忆叙事的笔调,真实地介绍了黄是勇生前在建设科学特别是在预应力领域刻苦研究、精于实验的事迹,时时处处严格要求自己、一丝不苟的工作作风以及在建设上海南浦大桥、杨浦大桥,上海电视塔、北京西客站等过程中的奉献精神。

这部报告文学之所以感人,让人永远怀念黄是勇同志,使黄是勇的品格、业绩成为激励人们奋进的动力,与作家真实地写出了黄是勇堪为“脊梁”“凤凰涅槃”“伟大”的品质是分不开的,同时也显示了作家的功力。作家曾告诉过我:“我是含着泪水写完这部著作的,写完之后好多天黄是勇的形象还活跃在脑际。”可见,以情注文,字字情,句句泪,感人肺腑,激人心灵,是这部报告文学的鲜明特色,不仅写出了黄是勇对党的事业、对人民负责的深情,对共事的同仁、战友的真情,对妻子、儿女的爱情,也写出了人们对黄是勇的敬重之意、怀念之情,而这些情,是真诚的、纯净的,毫不掺杂任何私利。作家在全书结尾处把“有的人活着,他已经死了;有的人死了,他还活着”的名句用在黄是勇身上,也准确地表达了英魂长存的深意。

还有,作家以论证、对比的手法来叙写黄是勇的奉献也是独到的。如黄是勇以他参与创制的千斤顶吊起堪称亚洲之最的上海明珠电视塔 120 米高的钢桅杆天线,论证了对北京西客站重 1800 吨钢架同样可以“地面安装,整体提升”的确凿数据;以“OVM”新型预应力锚具的研究成功,从而与世界先进水平接轨并走上同步,证明了中国建设产品已在世界预应力市场打入了八强的事实,都有力地表述了黄是勇业绩的价值和奉献分量。然而,这闻名世界的成功创造,黄是勇却把它归于集体。按规定,技术发明奖金,技术负责人所得不少于 50%,而他却只从 20 万元中拿出 20%,又拿出 5000 元捐给了灾区。可见,黄是勇一生所追求的是奉献,再奉献。正如广西区党委常委、宣传部长潘琦为这部报告文学所写的《序》所述:黄是勇“就像一个有力的千斤顶,托起参天大厦,就像一种无形的预应力,融进改革开放的大潮”,“他的业绩不朽,他的风范长存”。

《云山朗月》(蓝怀昌、冯艺著)也是一曲共产党员献身于人民事业的颂歌。它真实地记述了都安瑶族自治县大石山区骨龙村年轻的共产党员王任光(壮族)带领群众战天斗地改变山乡贫困落后面貌的英雄事迹,歌颂了为人民利益而献身的大公无私的崇高品德和精神。

王任光始终把自己的理想建立在改变骨龙村 34 个屯 53 个In场贫困落后面貌上,1995 年 10 月他当选为骨龙村村委会主任,就更加坚定要带领骨龙村人民走上脱贫致富之路。正如王任光向村民们保证的那样:“改变不了骨龙村的落后面貌,我就是死了也合不上眼。无论有多大困难,也要一条路走到底,我是横下心来要干下去,倾家荡产也要快干快上,不然对不起党的培养,对不起父老乡亲们的信任。”王任光是这样说的,在行动上也真是这样干的。从 1995 年 10 月任村主任到 1999 年 1 月牺牲在开山放炮工地上,短短的三年多时间里,他带领群众修通了五条公路,实现了屯屯通公路;建成了 329 个家庭水柜,架接了输电线路,基本上解决了全村行路难、饮水难、用电难的问题,实现了他亲手制定的《骨龙村路、水、电发展规划》,也使骨龙村人民脱贫致富的希望变成了现实。

王任光生前改变山区面貌的业绩值得歌颂,他为人民事业牺牲也令人悲痛和怀念,所有这些,作家都按事实的来龙去脉作了极为生动的立体性的记叙,而感人的还是对王任光公而忘私、先人后己的人生观的揭示。如果说,1993 年 8 月王任光宁愿放弃某石灰厂以月薪 2000 元聘他主管经济的机遇,也要在村里仅拿月补贴 40 元和乡亲一起挖贫根创富路;1994 年底,组织让他带领 60 个特贫户搬到距县城 3 公里的扶贫开发区落户,他仍然不忘骨龙村而自动搬了回来,显示了一个共产党员“先天下之忧而忧,后天下之乐而乐”人生真谛的话,那么,王任光为全村建了 329 个家庭水柜,有 400 多户、1900 多人解决了饮水问题,可他自己家水柜直至他牺牲时仍未建成;他起早贪黑带头修了公路,屯屯相通,唯独他家所在的弄月屯的路还未完工,则无疑展现了一个共产党员处处以他人他地为重的毫不利己的本色。

有的读者告诉我:读完《云山朗月》,一定还要再重读一遍第一章《除夕夜新坟哭酒》。我相信这是实话真情,因为作家在第一章里,真实而悲壮地叙写了 1999 年 2 月 15 日除夕之夜,骨龙村 53 个山弄的乡民打破传统习俗,每个人都沉浸在泪池之中,挑灯缓缓走向王任光烈士新坟烧香敬酒。当时,那人人眼含热泪的悲伤面孔,那撕碎人心的啼哭声,那虔诚的点香敬美酒共祭的场面,处处显现着人们对王任光这位石山英魂的怀念。

三

广西是大西南的重要出口,为了经济建设迅速发展,改善交通运输条件成为燃眉之急。为此,根据中央的部署,广西进行了南昆铁路、桂林两江国际机场和桂柳高速公路的建设,这三项建设工程,可以说是广西有史以来的巨大工程,也是令全国乃至全世界瞩目的大事。为了让人们深知这三大工程的通车、通航实况,作家黄继树、牛建农和韦建业联手写出了《在龙脊上起飞——桂林两江国际机场大写意》《西南大动脉——南昆铁路三重奏》《碧水苍山第一路——桂柳高速公路畅想曲》三部长篇报告文学。

桂林两江国际机场是国家重点建设项目之一,作家们从 1993 年 7 月机场奠基动工时起,便沿着各项建设环节的时序走进征地拆迁、修路道、修停机场、建候机大楼和机场至桂林市区公路等施工现场体验生活、搜集素材、感受现场气氛,让创作与机场建设同步行进。经过三年多时间,当 1996 年 10 月 1 日通航庆典举行之时,《在龙脊上起飞——桂林两江国际机场大写意》这部报告文学也作为一份厚礼出版问世,而成为中国文学创作上实为少有的记录。

由于这部报告文学和所写的建设工程同步进行,不仅在总体上反映了机场建设的风貌,讴歌了建设者寒暑三年的艰苦奋斗和无私奉献的精神,写出了其工程质量和速度都创造了国内机场建设奇迹的业绩,而且真实地按着建设时序逐一展现了各个建设场面,如桂林市和所属临桂县人民为解决 5400 亩土地以及村庄、学校的征用,拆迁中以大局为重的无私风格;以年近 60 岁的指挥长孙金皋、吉风鸣为首的建设指挥部廉政奉公、深入建设前沿的作风;以空八军工程建设总队为骨干的 37000 余人,以百分之百合格率的日夜拼命苦干的精神等等,这一幕幕一场场生动画卷,真让人心潮澎湃,百感交集。

《西南大动脉——南昆铁路三重奏》写的是在南昆铁路建设中,由铁路建设专家、工人们大干实干的身姿、一心为公的真心所谱写的声震九霄的战歌。

这条被誉为中国西南大动脉的南昆铁路,从海拔只有 80 米的南宁,逶迤西去,攀上海拔 2000 多米的云贵高原,全长 898 公里。就是在这 898 公里铁路建设上,筑路大军发扬大无畏精神,运用现代科学技术,硬是在崇山峻岭、河川纵横之中,战胜了膨胀岩、泥石流、滑坡、崩塌、煤层瓦斯、暗河岩溶、山中松软土层等险恶困难,架起了 415 座桥梁,挖通了 258 条隧道,创造了一个又一个"中国之最""亚洲之最""世界之最"的奇迹。为了报告这条铁路的建设,作家黄继树、牛建农曾几次历时几个月深入建设工地,沿着铁路建设专家、工人的足迹,体验他们的人生理想和一心为公的内心世界,亲视他们大干实干的身影,以便写出他们流动着的建设生活。最后,他们终于沿着铁路建设的律动,写出了大写实、大写意的文学报告。这部报告文学,不仅全景式地展现了南昆铁路建设的全过程,还特别对全路重点工程——打通隧道的惊心动魄的场面进行了细腻的叙写,如号称"亚洲第一险洞"和"死亡之门"的家竹箐隧道,通过 1000 多米厚的煤层,在煤层中放炮钻洞可不是儿戏,瓦斯爆炸、塌方、水喷都随时可能发生,造成势不可挡的灾难。可专家和工人们仍是每天唱着国歌鼓舞斗志,顶着不断塌方的煤石,踏着黑泥浆作业,硬是打通了长达 4990 米的隧道。

有人说,南昆铁路是西南大动脉,也是建设中的科技大动脉,因为它蕴含着极高的科技含量,这是事实。但是,修路专家奉献的心血更是可贵的。如年已花甲的总工程师汪识义拄着木棍跋涉于群山峻岭精心踏勘选线,为了让贫困地区的人民易于致富,他宁愿自己多爬几座山,也要让铁路线靠近煤山煤海、石林风景区和滇池西畔的磷矿区域。女总工程师谭曼怡虽多病,仍坚持与丈夫共同奋战在隧道作业上,隧道内不便撒尿,她天天啃干馒头,忍着渴一天不喝水,她说:"忍,也是为了拼搏,拼搏是人生价值的最高体现。"看看,这些专家的人生观多么崇高啊!

《碧水苍山第一路——桂柳高速公路畅想曲》又是广西建设史上的一曲战歌。这部报告文学不仅写出了艰苦建路的实况,它的最突出的特点是通过桂柳高速公路修建的历程,写出了敢于战胜一切困难的勇气和决心,写出了任何时候、任何事情都要廉政的必要和深意。前者,作家是以桂柳高速公路地处桂北山区,地形复杂,全长近 140 公里,就要穿越 5 座山,横跨 6 条河,因而全线挖了土方 2200 立方米,填方 1915 万立方米,建桥梁 37 座、涵洞和通道 663 处、隧道 1999 米、防护 86 万立方米等等艰难性来展示;而后者则是通过运用国际上的土木工程施工合同的“菲迪克条款”的严格实施,有力地防止了贿赂、回扣、请吃等腐败现象的发生,从而达到了施工造价不超过原定概算的目的来展现。应该说,这种在真实的物资生产建设中蕴含丰富的精神建设的写法,也恰是报告文学不可缺少的政论色彩。只有这种文学政论色彩,才能深化主题,揭示事实的本质,给人留下极为深刻的印象。

四

《同饮一江水》(岑隆业著)是一部反映广东特别是广州对口帮扶百色地区扶贫攻坚的报告,为写这部具有历史性战略意义的报告,作家经过半年多时间往返百色地区和广东多次调查采访,反复按着帮扶大事记的时序进行核实并精心创作。这部报告文学出版后,受到了中央扶贫领导部门的肯定和赞赏,但作家本人仍担心“没能写全写够”,唯恐“笔端赶不上”帮扶工作的发展。

事实上,这部报告文学以精彩的文笔,以长达 28 万余字的篇章,既追溯了广州与百色同饮一江水的历史上源远流长的兄弟情缘,剖析了广州成为广东省经济最发达的市、百色成为广西最为滞后贫穷的地区的原因,也展示了如今广东特别是广州帮扶百色消除贫困的责任感和无私的精神以及百色人民在帮扶下由贫变富的前进脚步和喜悦……所有这些都让人真实地领略到党中央实施先进地区帮助后进地区决策的英明,看到贫困地区解决了温饱之后正向富裕之路迈进的真情实景。

有人言:治贫先治愚,扶贫先扶志。扶贫决不能光“输血”,而要激发艰苦奋斗的精神,借助科学技术力量战胜贫困。作家正是从扶贫的大量事实中发现和揭示了这一道理。在第一、二章中,作家不惜笔墨历史而辩证地论说了贫与富的是非,贫困不是永远的贫,而是事在人为,只要勇于奋斗、拼搏,由贫变富是必然的规律。从 1996 年 10 月至 1999 年 3 月不到三年时间,广州无偿投入 9000 万元资金,在百色地区实施修路、异地安置、开发移民新区、兴建学校医院水电等系列工程,在人才、信息、市场等方面开创发展经济的新路,从而使百色地区人民走上了致富的道路,就是实证。

特别值得肯定的是,作家在生动而真实地描绘和表述扶贫攻坚战振奋人心的壮举过程中,运用自己善于写人物的笔法,以有根有据的事实刻画了典型人物形象,这是这部报告文学的突出特点。这些人物,有广州市副市长、全国十大扶贫状元陈开枝和市委领导黄华华、林树森以及先富起来的广州各行业无偿帮扶的严锐民、陈凯旋、黄振业、谢仲余、黄文仔等,作者写出了他们金子般的心、兄弟般的情、真诚无私的奉献;同时也刻画了百色地区立志改变贫困的带头人黄运志、农华卿、姚茂泽、蒋正辉等群体创业者们建设家乡的苦干精神。

五

《柳州女人江佩珍》(柯天国、海力洪著)和《杨再勇——生命大境界》(蓝怀昌、潘荣生著)都是写在改革开放年代生产企业飞速发展的崭新面貌,成功地塑造了大胆引进先进科技,走出一条创新之路,并在资金积累猛增的情况下,不忘国家、不忘人民的典型企业家形象。江佩珍、杨再勇所在的企业性质上虽有国营、私营之分,但在生产的目的上却是一致的,即富强国家,造福人民。应该说,这既是中国特色社会主义的本质特征,也完全符合发展经济的根本目的。如果把这两部报告文学评说为无愧于我们这个时代的佳作,也是恰如其分的。

江佩珍作为柳州市金嗓子喉宝制药厂厂长、共产党员,能够坚定地按着朱镕基总理当面指示的路去做,主动地到上海拜请生物学名教授王耀发参与科研,果断地以科技含量多少作为产品质量的标准,在科技创新路上打了一场硬仗,从而一举创年产值达 5 个亿,充分显示了她的创新气魄和决心。那么,从一个普通女工成长起来的女厂长怎么能有如此强劲的创新能量的呢?这就要靠作家在采访中去发现、去体验,把这个创年产值 5 个亿的内在因素找到并写出来。果然,作家从江佩珍的"人之本为情,以情感人,以理服人"的座右铭中找到了创新能量之源,这就是合理调解人与人之间收入分配关系,关心和提高职工的生活水平。比如,她为全厂职工家里安了电话,让每个职工都住上两房两厅的宿舍,为住院困难职工报几万元的医疗费,安排职工轮流外出旅游休假,等等。此外,她还资助在闹市区五一路建造两座人行桥,办了足球学校……这一件件事,都无不充满人与人之间的深情大理,蕴含无限的促进力。

杨再勇,是南丹县正鑫有色金属集团公司董事长、民营企业家。他的企业虽带有私营性质,可他的生命境界不仅不私,还又宽又大,宽大到凡是党提倡的他都照办,凡是党管的或来不及管、难管得到的他也都管。据这部报告文学所记述,他 1999 年度就上缴税金 570 万元,而成为"南丹县先进纳税大户"。此外他还自行投资 600 多万元建设了一所拥有 8700 平方米楼房的现代化幼儿园,解决了县城少儿学前教育的问题;自行投资建成孤儿福利院,收养了无人养的孤儿 52 个,为这些孤儿每年的吃穿用投入 18 万—20 万元;自行投资 200 万元建立了戒毒所,投资 1000 万元建成了正鑫中医研究所并成功研制出戒毒药,拯救吸毒者的身心和灵魂;自己资助 63 名贫困孩子上了大学,有的学生已毕业,参加了工作;自行投资为边远的少数民族山寨建起学校大楼,解决露天上课的难题;他还为都安县家乡捐资 30 万元,作为修路、架设高压线和办学的资金,仅上述各项,就已有 2000 多万元投入了社会公益事业。

那么,杨再勇这巨额资金是怎样来的?他为什么把这些资金投入社会公益事业?这正是报告文学所要揭示的谜团。我们看到,作家用了 25 章的篇幅,一事一事地叙写了内情,才坦示出杨再勇这个共产党员富了不忘国家,钱多了不忘人民的生命大境界,为人们准确地解开了两大谜团。

杨再勇的巨额资金是他智力发挥所获,辛勤劳动所得。那么,杨再勇又为什么要将自己劳动所得的资金投向社会公益事业呢?一两句话恐怕难说得清楚,可作家经过深思熟虑却只用五个字作了精辟的概括,即"生命大境界"。

杨再勇的"生命大境界",绝不是随便说出来的,而是作家运用解剖刀似的笔从杨再勇的业绩中从表面到内里、由事象到实质、从感性到理性、由行为到思想由浅入深地剖析出来的,它所包含的内容既丰富又高尚,如杨再勇的"为中华民族的万里长城添加一块砖"的人生理想,"永远按着党章要求自己"的人生准则,"做人要做一个实实在在的人,以诚实为本,做事要实实在在地做,一件一件地去办好"的人生态度,"心中牢记党的恩情,心中装着人民的情"的人生情感,"不该花的钱一分也不花,该用的钱需要多少拿多少"的奉献精神,等等。当然,还有杨再勇为自己立下的两条誓言,似也应包含在"生命大境界"之中,一条是"我的钱不会留给我的儿女们,他们会自己去奋斗,我只是为社会办好事",一条是"我生活上不追求享受,一不抽烟,二不喝酒,每日三餐能吃饱肚子就是我的幸福"。此时,我想读者再来看看这部报告文学封面上杨再勇照片,他那黝黑的脸庞、憨厚的姿态、朴实的衣着,你就会相信杨再勇确实是说真话、办实事的共产党员。

通过上述八部长篇报告文学的览胜,我想任何人都会有所思、有所感,感到当今改革开放大潮是造就英雄好汉的最佳环境,想到自己也要立志像黄是勇等人那样去拼搏、奋斗、奉献,也不会忘记感谢作家们所创作的报告文学的启示和教导。然而,我在这里更要告诉读者,广西的长篇报告文学创作还刚刚起步,从数量上来说,近五年这八部就比广西解放以来 50 多年所出版的长篇报告文学还多,而从质量上来说,则更是作家深入生活,捕捉现实题材,歌赞改革大潮中创业者业绩的大幅度的突破。特别是艺术上,由于这些作家多数是小说能手,因此所写的报告文学同样好读又耐读,让人爱不释手。

(原载《南方文坛》2001 年第 4 期)

论 20 世纪中国小说的三种形态

□ 黄伟林

中国现代小说原则上是从 100 年前梁启超对新小说的提倡开始的。现代小说与古代小说的根本区别在于现代小说超越了原来的娱乐品格,建构了小说的启蒙品格。一方面,梁启超看到了小说巨大的影响力,如南海先生所说:"仅识字之人,有不读经,无有不读小说者。"[1]另一方面,在梁启超眼里,"中土小说,虽列之于九流,然自《虞初》以来,佳制盖鲜,述英雄则规画《水浒》,道男女则步《红楼》,综其大较,不出诲盗诲淫两端。陈陈相因,涂涂递附,故大方之家,每不屑道焉"[2]。与此同时,梁启超对西方小说也很了解。他说:"在昔欧洲各国变革之始,其魁儒硕学,仁人志士,往往以其身之所经历,及胸中所怀、政治之议论一寄之于小说。于是彼中缀学之子,黉塾之暇,手之口之,下而兵丁、而市侩、而农氓、而工匠、而车夫马卒、而妇女、而童孺,靡不手之口之。往往每一书出,而全国之议论为之一变。彼美、英、德、法、奥、意、日本各国政界之日进,则政治小说,为功最高焉。英名士某君曰:'小说为国民之魂。'岂不然哉!"[3]

于是,梁启超认为:"欲新一国之民,不可不先新一国之小说,故欲新道德,必新小说;欲新宗教,必新小说;欲新风俗,必新小说;欲新学艺,必新小说;乃至欲新人心、欲新人格,必新小说。何以故?小说有不可思议之力支配人道故。"[4]正是基于对小说的如此理解,梁启超开始提倡新小说,并且身体力行创作新小说。由于梁启超的提倡,小说从过去不登大雅之堂的小道成为新国民、新道德、新宗教、新风俗、新人格的支配人力的大道。值得指出的还有,梁启超的小说观和小说创作都是政治小说,它不再是街谈巷议给人娱乐的体裁,也不是个人心情的传达,而与国家民族的命运相关,是中国现代化目标的重要阐释工具,梁启超也因此开了中国小说"宏大叙事"的先河。

梁启超对小说的变革既给中国小说带来了喜,也给中国小说带来了忧。喜的是中国小说的地位空前提高,成了主流意识形态的重要文体,小说家成了令人敬重的意识形态明星;忧的是小说与政治关系明朗,十分容易遭到政治的伤害。20 世纪中国小说的历史留下了大量令人感叹、令人唏嘘的事件。

我们看 20 世纪的中国小说历史，可以发现，20 世纪中国小说基本由三种形态构成。一是意识形态的宏大叙事，也大致可以理解为通常所说的现实主义小说。这是 20 世纪中国小说的主流形态，它的主导意向是现代化，目标是通过小说这一艺术形式进行现代化启蒙，使中国汇入世界格局，从一个古代国家转型为一个现代国家，所谓"走向世界"，用今天的话说就是与国际接轨，汇入全球化和一体化，这种类型的小说的共同主题就是展示中国的现代化进程。它的魅力在于提供了一个现代化承诺，给中国人一个迷人的未来。其弱点在于容易丧失自我，造成一种家园失落、无家可归的感觉。二是文化的民族叙事，它基本上属于现代主义小说。这是 20 世纪中国小说一个时隐时显的顽强的声音，它与意识形态的宏大叙事形成了如李泽厚所概括的"启蒙和救亡"的双重变奏。如果说前者的目标是现代，那么后者的目标就是中国。有时候这两个目标会和谐统一，这就是创造一个现代中国。当然，这种目标一致的蜜月期不会很长久，分歧总是存在的。这种类型小说的特点是为小说提供了一种根的感觉，给人一种回家的安慰，它赋予小说国家或者民族的文化背景。其弱点在于容易导致文化封闭，从而被排除在现代化的世界格局之外。三是语言的个人叙事，也就是我们通常理解的后现代小说。这一形态的小说主要来自后现代理论的影响。因为无论是现实主义还是现代主义，小说叙事都是以共同性为基础的，现实主义力图建构一个具有共同性的社会，现代主义力图建构一种具有共同性的人。但是到了后现代，这种共同性背景遇到了越来越强烈的挑战，这种挑战有时候可以直接理解为共同性的丧失。语言作为社会共同性和人的共同性的产物，到了后现代，自然遇到了解构。在这个上意义上，我们有理由把后现代小说看成是失语的小说，或者是寻找语言的小说。以上三种形态的小说，实际上反映了小说的三种倾向，即全球一体化、民族化和个人化。下面，我们不妨按照这个思路对 20 世纪中国小说作一些具体的分析。

意识形态的宏大叙事是 20 世纪的主流叙事，因为是主流，所以最容易为广大读者理解。如前所说，中国 20 世纪小说的这一叙事模式是由梁启超建构起来的。梁启超虽然是这一模式的奠基开创者，却不是这一模式的成功表达者。梁启超的不成功主要基于两个原因：一个是梁启超本人缺乏小说家的天赋，他的小说作品似乎只是准小说，其中政治启蒙的成分压抑了文学叙事的成分；二是在梁启超进行意识形态宏大叙事的时候，中国人对这种叙事模式还很陌生，理解接受的能力不强。二十多年后，到巴金、茅盾的长篇小说出现时，这一叙事模式才开始在中国成熟。20 世纪 40 年代到 50 年代，是这一叙事模式最辉煌的时期。丁玲的《太阳照在桑干河上》、周立波的《暴风骤雨》《山乡巨变》、柳青的《创业史》、杨沫的《青春之歌》、梁斌的《红旗谱》等作品都堪称这一叙事模式的世纪经典。它们所要实现的叙事目标基本上是一致的，要么是对非现代国家的解构，要么是对现代国家的建构。如果把这些小说按照其反映时间的先后顺序进行排列，几乎可以从中看到一个完整的中国向现代化方向运动的历史进程。这实际上体现了这种形态的小说最重要的特征，即时间性。可以说，意识形态的宏大叙事是一种时间的艺术,小说最核心的内容就是要传达过去时间和现在时间的意义差别,呈现时间从过去向现在及未来方向的运动轨迹。而这种意义差别实际上就是意识形态差别,过去通常意味着古代国家形态,现在和未来则往往意味着现代国家形态。所以,许多外国学者对中国这类小说的社会学兴趣大过文学兴趣,因为在他们看来,这类小说的社会历史价值大于其文学价值。直到新时期初期,伤痕小说、反思小说和改革小说一个又一个小说思潮,都是典型的意识形态宏大叙事。由于这种模式的内容常常与国家的前途、人民的命运直接相关,它自然更容易受到广大读者的关注。尤其是当国家的意识形态变革与公众的愿望相适应的时候,这一模式的作品会比较容易产生轰动效应。当然,对一个处在现代世界边缘位置的国家,这种对现代化的追求有时候会引起某种自我失落的感觉。比如,到了 20 世纪 80 年代中期,一批中国作家就意识到,这种模式的写作是一种没有文化根基的写作,写出的作品或者是对西方文学的认同,或者是对西方文学的模仿,总是摆脱不了跟在别人后面亦步亦趋的命运。一旦产生这种感觉,一个文化历史悠久的国家,其文化传统必然会东山再起、呼之欲出。

寻根小说就是在这种感觉背景下的产物。在寻根作家们看来,意识形态的宏大叙事无论是在文化方面还是在艺术方面都是西方背景,真正有价值的文学必须有自己文化艺术的根基。中国背景的缺席使宏大叙事的小说无法具有真正的价值,它们只是西方文学的贫血的仿作,文化根本的丧失使文学的花不鲜艳、叶不茂盛。

文学寻根理论为文学在意识形态外面打开了一个广阔的空间。这个空间就是文化。这个空间的开放使人们意识到文学写作不仅是一种意识形态的写作,也可以是一种文化的写作。

如果说意识形态的宏大叙事是以黑格尔的历史哲学这一传统学术为理论基础的叙事,那么,文化的民族叙事则是以原型心理学、文化人类学这些近代学术传统为理论基础的叙事。如果说 14、15 世纪是地理大发现的世纪,那么,20 世纪则是一个文化大发现的世纪。在古代社会,文化是贵族阶层的特权,平民不是没有文化,而是其文化常常处于被遮蔽的状态。随着资本主义时代的到来,市民文化逐渐成为主流文化。但我这里讲的文化发现,不是相对于封建主义时代的资本主义时代的文化发现,而是发生在 20 世纪的与文学艺术关系密切的文化发现。如欧洲画家对非洲原始绘画艺术的发现、现代摇滚乐对非洲黑人音乐的发现、当代美国对印第安文化的发现,诸如此类。中国作为一个多民族的历史悠久的国家,文化发现在 20 世纪也是层出不穷。我们发现了甲骨文,发现了殷商文化,发现了敦煌文化,发现了东巴文化,等等。毫无疑问,这些发现都是非常有意义的。不过,对寻根文学而言,它的文化发现并没有这么博大精深。因为寻根文学是在中国经历了一场"文化大革命"之后出现的文学,它建立在文化废墟之上。主流意识形态已经对传统文化进行了一场全面的历时长久的摧毁。传统文化的精华和糟粕都被作为"四旧"扫进了"历史的垃圾堆"。"文化大革命"结束以后,活跃在中国文坛的中青年作家与中国传统文化是很隔膜的,说得严重些,是没有文化的。这一点大家比较一下老舍和王朔的作品就一目了然。两人都是京味作家，都用北京方言写作，但老舍的作品充满文化底蕴，老舍是可以称为语言大师的；王朔的作品则被认为是“痞子文学”，去掉其中道德褒贬的意义，还说明了王朔作品文化底蕴的苍白，尽管王朔一提笔就是满纸京味语言，但不会有人称他为语言大师，只不过说他会调侃而已。新时期活跃于文坛的中国作家从伤痕小说一路写到改革小说，忽然意识到自己的文化出身很暧昧，弄不清自己究竟是哪里人，这时候一反思，寻根的意识就出现了。

这时候的寻根还只是停留在力图证明自己是中国人的层面，还不可能弄得太细致。怎么证明自己是中国人呢？最直接的办法是表明自己懂得中国文化。什么是中国文化？最简单的回答就是儒、释、道。到哪里去了解中国文化？最巧妙的回答是到民间。就如孔子生活的时代，王纲解纽、礼崩乐坏。本来礼和乐都是保存在庙堂的，为统治阶层所掌握，但由于王室衰弱，诸侯崛起，礼与乐都无法在王室或者庙堂获得，而是散落于民间；所以孔子复礼兴乐也经历了一个艰苦的过程，为了学习有关礼与乐的知识道理，往往要长途跋涉，不耻下问，历史上就留下了孔子问礼于老子的记载。寻根文学发起的时候，也出现了一个作家到民间去的热潮。到民间做什么？学习中国文化。因为作家意识到，在主流社会或正统学府是很难获得传统文化的。经过从五四运动到“文化大革命”这么多年的“文化大扫除”，传统文化在这些地方已经绝迹。于是，作家们寄希望于那些主流意识形态难以波及的地方，那些地方往往是交通闭塞、落后偏僻的所在，由于这种地方受主流意识形态的影响较小，就有可能留下传统文化的“活化石”。所以，寻根小说的代表作品总是以某个类似原始部落的地方为人物活动的场所，像王安忆笔下的小鲍庄、韩少功笔下的鸡头寨等都是如此。在这些与世隔绝的地方，还真能寻到传统文化的痕迹。比如，王安忆的《小鲍庄》就弥漫着儒家的仁义文化，阿城的《棋王》中的主人公王一生下的就是道家的棋，韩少功的《爸爸爸》力图传达楚文化的精神。这些作家有一个观念，他们认为当时中国的主流文化已经失去了活力，真正有价值的东西被放逐在民间。所以阿城在《棋王》中专门借主人公的口说“怕江湖的不怕朝廷的”，意思是正统社会中的东西已无价值，民间的东西值得重视，有点藏龙卧虎的意思。

寻根小说意识到小说写作应该以中国文化为根本，这种意识使中国新时期的小说建构了自己的文化本体，获得了某种文化上的独立，以至于有些海外学者认为中国当代小说是从寻根小说开始的，因为在此之前都是西方小说的模仿。当然，这种说法有点绝对。因为在韩少功等人打出寻根文学的旗帜之前，中国新时期文坛上确实已经存在一些具有中国文化本体意味的小说，如汪曾祺、冯骥才、贾平凹等人的作品。现在回过头来看，我们不能称汪曾祺的小说为寻根小说，因为在汪曾祺的小说中，中国文化的根一直存在。他的小说可以看作我们所说的第二种形态的小说，即文化的民族叙事。在 20 世纪中国小说历史上，像沈从文、赵树理、汪曾祺、阿城等人的小说就是典型的文化的民族叙事。其他如老舍、张承志、贾平凹等人的小说也大致可以归到这个范围。

前面我们说过意识形态的宏大叙事是关于时间的小说,那么,现在我们可以说文化的民族叙事是关于空间的小说。与意识形态的宏大叙事对时间进程的关注不同,文化的民族叙事更关注空间特色。简单地说,读文化的民族叙事这种形态的小说,我们可以清楚地知道这是中国人写的小说。在这些小说里,时间要么是停滞不前的,要么是暧昧不明的。时间的消失意味着历史的消失。历史的消失就为文化的永恒特征的出场提供了空间。张艺谋是一个很敏感的导演,他及时地感受到了这种信息。他拍的电影《红高粱》《菊豆》《大红灯笼高高挂》《秋菊打官司》等就是典型的根据空间小说改编的以空间为核心的电影,被理论界称为"中国情调"。[5]在这里,中国的历史被取消了,中国的空间形式被突出了。也就是说,中国的文化背景在这种小说叙事中被作为主体呈现着。除了这种文化上的中国背景,文化的民族叙事在审美意识上也认同中国传统审美原则,比如白描手法、简约风格、传神细节,在这里我举一个例子,就是"不着一字,尽得风流"的表现手法。

所谓"不着一字,尽得风流"的手法,也可以理解为含蓄的表现手法,通俗地说,当一个中国作家要描写某个对象,他的所有文字都会努力远离这个对象,我想把这个原则称为远离原则。比如说,张承志和汪曾祺都要描写少年男孩因青梅竹马的异性伙伴的身体而萌生性爱意识,他们的描写不约而同地远离了异性的身体。在张承志的《黑骏马》中,他是这样写的:

> 索米娅朝我跑来。可能因为天热的缘故吧,也可能是为了帮我调马,她脱去了臃肿的皮袍子,穿着一件奶奶穿旧的、显得很小很窄的旱獭皮薄袍。她气喘吁吁地跑来,阳光直射着她的脸。她抬起手臂擦着汗珠,紧缩的腰带立即勒出了她身体的曲线。刹那间,我的心动了一下:呵,我说不出心里的滋味儿,只觉得跑来的好像不是那个和我耳鬓厮磨地一块生活了六七年的沙娜了。沙娜——那个为我熟悉的小索米娅是多么小、多么胖乎乎,眼睛眯得是多么可笑呵,而差几步就要跑到我面前的,却分明是一个颀长、健壮、曲线分明、在阳光下向我射出异彩的姑娘。

在这里,张承志没有直接写女性的身体,而是通过写腰带勒出的曲线来写女性的身体,他坚持了"不着一字,尽得风流"的远离原则。我们再看汪曾祺的《受戒》是怎么写的:

> 捡荸荠,这是小英子最爱干的生活。秋天过去了,地净场光,荸荠的叶子枯了,——荸荠的笔直的小葱一样的圆叶子里是一格一格的,用手一捋,哔哔地响,小英子最爱捋着玩,——荸荠藏在烂泥里。赤了脚,在凉浸浸滑溜溜的泥里踩着,——哎,一个硬疙瘩。伸手下去,一个红紫红紫的荸荠。她自己爱干这生活,还拉了明子一起去。她老是用自己的光脚去踩明子的脚。
>
> 她挎着一篮子荸荠回去了,在柔软的田埂上留了一串脚印,明子看着她的脚印,傻

了，五个小小的趾头，脚掌平平的，脚跟细细的，脚弓部分缺了一块。明海身上有一种从来没有过的感觉，他觉得心里痒痒的。这一串美丽的脚印把小和尚的心搞乱了。

汪曾祺也写到了女性的身体，但这个身体已经离我们想象的身体很远了，他写的是这位女性的脚印。张承志因为女性的身体曲线写出了男孩的性意识，汪曾祺因为女性的脚印写出了男孩的性意识。显而易见，汪曾祺离得更远，汪曾祺的手段更高明，他似乎已经到了“羚羊挂角，无迹可求”的审美境界了。不少评论家在分析汪曾祺这段描写时，喜欢套用西方理论，认为汪曾祺这里写的是意识流，这显然是生搬硬套。实际上，汪曾祺这里的写作技巧思维是最具中国传统的。也就是说，汪曾祺《受戒》这篇小说，不仅在文化内涵上是中国根底，而且在审美意识上也是纯粹中国趣味的。

在中国当代文学的语境中，后现代写作是从马原的小说开始的。这个时间几乎与寻根思潮同步。马原最初具有后现代意味的作品是《拉萨河女神》，之后，他的一系列有影响的作品都是西藏题材。众所周知，西藏是中国的边缘，被认为是地球上离神最近的地方。马原的西藏题材创作常常与藏族生活有关，从而多少抹上了一些藏族文化背景。因此，马原的创作很容易被归为寻根小说。但是，几乎没有人对马原进行这样的归类。当时的中国批评家还是有慧眼的。当马原的小说产生影响时，吴亮发表了一篇很有影响的评论，他是从叙述的角度讨论马原的小说的。他总结出马原的写作实际上已经形成了一个叙述模式，他把这个模式概括为“马原的叙述圈套”。于是，在 20 世纪 80 年代中期的中国小说界，几乎同时出现了两种思潮，一种是寻根思潮，一种是后现代思潮。寻根思潮力图在小说写作中建立中国的文化本体和审美本体，在文学意识上，它显然是有中心的，但这个中心不再是意识形态中心，而是民族文化中心。马原开始的后现代思潮则丧失了这种意识形态和民族文化的中心本体，他试图建立的是叙述的中心。中国当代小说到了马原这里真正成了叙述的艺术。马原的小说关注的是叙述本身。所以，假若人们试图从马原的西藏题材小说去了解藏族文化，他会感到劳而无功，吃力不讨好。因为马原的小说叙述不是为了呈现西藏文化，而是为了呈现叙述本身的形式魅力。

这里所说的叙述指的是专属于小说的，可以体现小说思维的小说语言。在某种意义上可以说，意识形态的宏大叙事和民族的文化叙事这两种小说形态的叙述都不是为了叙述本身，而是为了进行意识形态阐释和民族文化阐释。也就是说，作家在写作这两种小说时，都面对着一个共同的客体，或者是意识形态，或者是民族文化，作家的任务是要用他的小说语言尽可能准确地将这个客体阐释出来。在这里，客体是共同的存在，只是因为主体的不同导致了阐释的不同。人们对这些不同的阐释的评价通常是以是否精确和是否具有深度为衡量指标。但是，到了后现代叙述，这个共同的客体也就是共同体不复存在了。作家的写作不再是为了对某个精神客体作出阐释，而只是叙述形式的呈现，是小说语言的展览。这时候的小说还是以写人为核心,但这时候的人与现实主义和现代主义所理解的人不同,既不是意识形态的代表,也不是民族文化的代表,也不是某种抽象的理想的人的代表(现代主义的一种类型是以理想的人为核心的),而只是他自己的代表,并且,这个代表自己的人也是一个无中心无深度无共同性的人,只是一个被语言主宰、由语言呈现的人。这时候,人们意识到,随着共同客体的失去,小说的中心也同时失去了。而小说中心一旦失去,小说的评价指标即精确度和深度也就失去了意义。正因此,后现代小说通常被认为是中心丧失、含混、没有深度的小说。作为语言的个人叙事,由于共同性的丧失,后现代小说在沟通上出现了巨大的困难,这个问题将有专门的文章进行论述。

[注释]

[1] 任公:《译印政治小说序》,载《二十世纪中国小说理论资料》(第一卷),21 页,北京大学出版社 1997 年版。

[2] 任公:《译印政治小说序》,21 页。

[3] 任公:《译印政治小说序》,22 页。

[4] 饮冰:《论小说与群治之关系》,载《二十世纪中国小说理论资料》(第一卷),32 页,北京大学出版社 1997 年版。

[5] 王一川:《修辞论美学》,276 页,东北师范大学出版社 1997 年版。

(原载《南方文坛》2001 年第 6 期)

大量翻译外国诗剧为中文新诗应当缓行论

□ 贺祥麟

一

我国自从有了新诗以来,就有一个常见的“奇怪”现象:凡是把外国诗剧甚至一般诗歌译为白话诗歌者,译出的诗句往往不能朗朗上口,实际上仍然是“分行的散文”,不像诗歌。但如果把外国诗歌译为我国旧体诗格式,便不会有上述缺点。最突出例子,莫如鲁迅在文章里引用过的白莽翻译的匈牙利诗人裴多菲的诗:

生命诚可贵,爱情价更高;
若为自由故,二者皆可抛!

这一首译诗,在我国已经是家喻户晓,无人不知,而且大家都会背诵。可是,另外许多外国诗歌,译成了白话诗,效果就大大降低,今以波德莱尔的一首著名诗歌 *Harmonie du Soir* 为例,中文译为《黄昏的和声》,内容是:

黄昏时刻,花儿压在枝头发颤,
每朵都在吐香,像香炉一样;
声音和香气在夜幕中回荡,
忧郁的圆舞曲和疲倦的晕眩!

每朵都在吐香,像香炉一样;
小提琴像一颗受伤的心啜泣;
忧郁的圆舞曲和疲倦的晕眩!

天空含愁又美丽,犹如一座大祭台。

小提琴像一颗受伤的心啜泣,
一颗柔心憎恨茫茫太虚与黑夜!
天空含愁又美丽,犹如一座大祭台,
太阳已沉入自己凝固的血液里。

一颗柔心憎恨茫茫太虚与黑夜!
搜集辉煌过去的所有遗迹!
太阳已沉入自己凝固的血液里……
你在我记忆中像一尊"圣体发光"。

(苏风哲译,《波德莱尔诗选》110 页)

上述翻译尽管按诗歌分行排列,而且也大体押韵,但是诗味仍然不足,读起来不顺当,不像诗歌,且很难背诵。对比之下,请看王了一(王力)用旧体诗翻译的题为"夜之和谐"的同一首诗,效果大不相同:

银瓶玫瑰吐芳馨,赤瓣摇摇倚弱茎。
良夜浓香传妙响,霓裳舞罢不胜情。
霓裳舞罢不胜情,肠断提琴泣诉声。
天色含愁仍自美,此心何必怨幽冥?
此心何必怨幽冥?陈迹如新照眼明。
赤日祇今凝碧血,犹从心镜见卿卿。

王了一的译文虽然着重意译,与原诗在字面上有出入,但忠于原诗的精神,不仅易读易懂,文字典雅,诗意葱茏,感情深刻,而且铿锵有声,容易背诵。如果明明原文是著名的诗歌,然而一旦用新诗译成中文,便无法铿锵有声,读不顺,记不住,安能算是优秀之译诗乎?

再如,弥尔顿的《失乐园》是英国诗歌中最伟大的史诗,尤其是诗的开头,顶天立地,气势磅礴,可以说是千古不朽的名句,可是译成中文白话诗后,却成了:

关于人类最初违反天神命令
偷尝禁树的果子,把死亡和其他
各种各色的灾祸带来人间,并失去

伊甸乐园,直等到一个更伟大的人来,
才为我们恢复乐土的事,请歌咏吧,
天庭的诗神缪斯呀!您当年曾在那
神秘的何烈山头,或西奈的峰巅,
点化过那个牧羊人,最初向您的选民
宣讲太初天和地怎样从混沌中生出;
那郇山似乎更加蒙您的喜悦,
下有西罗亚溪水在神殿近旁奔流;
因此我向那儿求您助我吟成这篇
大胆冒险的诗歌,追踪一段事迹——

上述译诗也出自一位名人。我决不怀疑这位可敬的译者和学者的中英文功底。但是,把《失乐园》开宗明义第一段翻译成这样——尽管忠于原文意思,却甚少"诗味",读起来吃力得很,实在令人遗憾。我认为这绝不是译者的水平不够,而是他不幸选择了新诗题材来翻译《失乐园》,如此便很难译出原诗的音乐性和韵味来。

又如拜伦长诗《唐璜》中的《哀希腊》一歌,以第一节为例。请看卞之琳的译文:

希腊群岛啊,希腊群岛!
从前有火热的萨福唱情歌,
从前长文治武功的花草,
涌出过狄洛斯,跳出过阿波罗!
夏天来镀金,还长久灿烂——
除了太阳,什么都落了山!

再看同样一节诗马君武的旧体诗翻译:

希腊岛,希腊岛,
诗人沙浮安在哉?爱国之诗传最早。
战争平和万千术,其术皆自希腊出。
德娄飞布两英雄,渊源皆是希腊族。
吁嗟乎!
漫说年年夏日长,万般销歇剩斜阳。

卞之琳是我国的大诗人,他的英语造诣也非常高,可是,为什么在易读、易背、朗朗上口方面,卞译本却远不如马译本呢?可见,问题并不出在这两位翻译家哪个人更高明些,而出在新诗与旧体诗、白话诗和文言诗的不同上。

二

一点儿不错,问题正出在“新诗”上。新诗,又名“白话诗”,产生于“五四”时候。五四运动是一个伟大的新文化运动,对我国近现代历史、社会和文化,产生了极其重大的推动作用,功不可没。五四运动提倡白话文和新诗,也建立了赫赫功勋。新诗能适应新的时代,甚至带来了新的思想观念,影响很大。有了新诗以后,几十年来它的内容之深刻丰富,题材之多样化,对社会问题接触之广泛和深入,对各种旧思想束缚的冲破,表现方法之新颖,所有这些方面都要比旧诗强得多,可以说是建立了丰功伟绩。可是,新诗有一个它自己始终没有解决的问题,说严重些,它有一个致命的缺陷,即它从来也没有一个自己的形式。也就是说新诗的问题,不在内容,而在形式。所谓新诗的形式,就是新诗的载体,新诗至今没有找到一个可以表现自己的载体。打个不一定恰当的比方:新诗的灵魂很美丽,也很健康,但是遗憾,它至今尚没有一个适当的肉体,即“魂不附体”。灵魂失去了肉体,它又如何发挥威力呢?

我国古诗,从《诗经》开始,经过四言诗、五言诗到七言诗,不论是唐诗、宋词还是元曲,都有各自的固定格式。中国旧诗的格律非常严,不能有丝毫马虎。外国诗歌也一样,均莫不有严格的格式。即以英文诗歌里最通常也比较自由的“素体诗”(blank verse,又译为无韵诗)来说,它即使不押韵,但每一行都严格规定为五音步抑扬格(iambic pentameter),即每一行诗均必须有五个音步,每一个音步都必须由一轻、一重的两个音节组成,不能有错。正是有了这严格的格律、严格的形式,才使得旧体诗和一般外国诗歌是“诗”,而不是散文,才使得它易记、易背,诗意葱茏,便于吟诵。但是我国的新诗呢?它从来也没有自己固定的格式,它可以由作者任意来写,不受任何限制。新诗太“自由”了,自由到甚至连普通散文也写不通的人,竟然也可以去写新诗。几十年来新诗没有任何固定的格式,人们爱怎么写,就怎么写。这便彻底取消了新诗理应具备的、全世界任何语文和任何国家的诗歌所共同具备的一大特点:诗的音乐性。诗如果没有音乐性,不但大大地减少了它的魅力,而且也无法吟诵,很难记忆背诵。我们许多人,都会背诵几十首、上百首古诗,可是有多少人能背诵几首新诗呢?一种诗流行了将近 80 年,却没有人可以背诵其中的几首,这难道还不是严重的问题?正因为如此,毛泽东才用开玩笑的口气说他从来不看新诗,除非给二百块大洋。虽然是开玩笑,但也是老人家发自内心的对新诗的评价。一言以蔽之,我认为新诗如果不认真解决自己的形式问题,便很难有长久旺盛的生命力。

新诗本身如此,用新诗翻译的外国诗歌的命运必然受到同样的影响。我从来主张外国诗歌(包括外国长篇诗剧)应该翻译成中文诗歌,可是严格说诗歌是不能翻译的,至少可以说它非常难译。尤其是印欧语系的诗歌,由于印欧语与汉语相差太远,两种诗歌互译的难度便更大。因此一些大部头的欧洲长篇诗作和诗剧,译成中文,许多都是在万不得已中改用散文翻译。例如《伊利亚特》《奥德赛》、朱生豪和梁实秋分别翻译的《莎士比亚戏剧集》、方重译的《坎特伯雷故事集》等无不为散文译本。至于有一些不顾艰难硬把原文长诗译成诗歌形式的,恕我直言,其结果并不十分理想,它们有的只是“分行的散文”,有的即使勉强押韵,效果也不太好。

然则是否可以把外国长篇诗歌或者诗剧用旧体诗翻译成中文?期期以为不可。这不仅因为旧体诗本身太难,需要很高的古典文学修养,更重要的是,恕我再次放肆直言,现在我国老一代古文造诣很深的作家大都业已作古,而今天的某些中青年作家和翻译家的中文修养又非常不理想,这些人如何能担当这一重任?目前我国的某些中青年知识分子,包括硕士生、博士生,甚至少数博士生导师,他们的古典文学修养都令人不敢放心,有的人就连白话文写作也尚未完全过关,这些人如何有本领用古诗来翻译外国诗歌?英国最早的荷马两大史诗的译者蒲柏(Alexander Pope,1688—1744),是英国奥古斯都时期的著名诗人、诗界泰斗,他翻译的荷马两大史诗被约翰逊博士(Samuel Johnson,1709—1784)推崇为“世界上前所未见的高贵译诗”,我国今天有这样的翻译家吗?

我愿再重复一次:我非常赞成把外国长篇诗剧译成中文诗歌体,这是翻译外国诗歌的最高理想。然而,在目前情况下,特别是目前我们“诗歌体翻译”绝大多数实际上只是分行的散文翻译,因此不宜大量翻译出版用新诗形式翻译的外国诗剧,而应该先(即使是暂时的也好)满足于现有的散文译本,然后再慢慢精雕细琢,慢慢地一页页、一句句钻研原文,考虑中文,一步一个脚印,一本本慢慢翻译,不要急于求成,贪多、求大、求全,一下出版许多部诗剧来。否则,为什么过去许多名家翻译的诗歌体莎剧,反而比不上朱生豪的散文本?这难道不值得我们深思吗?

我提出这个问题来,说话也许过分率直了些,甚至武断主观了一些,如有错误,请诸位高人方家不吝批评指正。

(原载《南方文坛》2001 年第 6 期)

关于建构壮族舞蹈语言体系的设想

□ 韩德明

提出建构壮族舞蹈语言体系这个设想,是基于下面几个原因:1.西部文化的开发与保护是一个极好的机会,可谓天时;2.几十年来积累了大量的壮族舞蹈研究资料,有文字的,有图像的,有文物的,是为地利;3.近年来壮族舞蹈的创作是建国以来最为突出的,且呈上升趋势,一个舞蹈创作群体正在逐渐形成,这是人和。天时、地利、人和皆已具备,壮族舞蹈语言体系的建构便是顺势而为的事了。笔者以为壮族舞蹈语言体系应当包括壮族舞蹈基本语汇、壮族舞蹈教材、壮族舞蹈作品这三个方面的内容。

建立壮族舞蹈基本语汇库

要建构壮族舞蹈语言体系,必须要建立一个壮族舞蹈基本语汇库,作为这个体系的基础。如何建立壮族舞蹈基本语汇库呢?本人认为可从几个方面着手进行:

分地域采风。采风是从点和面两个角度对壮族舞蹈进行普查与重点调查。文化是具有地域性特征的,同一种文化形态会因不同的地域而形成差异,舞蹈文化也不例外。因此要对壮族舞蹈进行采风收集,首先应当确定采风调查的重点,其次按地域文化的特征分块分段进行。广西壮族主要聚居在桂西、桂西南、桂西北,这一片地域有三条主要的河流——红水河、右江、左江,这三大流域形成了各自不同的舞蹈文化传统,相互之间既有联系又有区别,当是采风调查的主要地域。红水河流域聚居了三百多万壮族人,其流域较长,由桂西北而至桂中,而且辐射至桂东一带,是最大的一块壮族聚居区。其上游上溯南盘江,山高坡陡,有云贵高原的旱作物文化与高原民族习俗;下游至黔江,属华南低地丘陵地带,有稻作文化和稻作民族的习俗。因此这一地域的舞蹈文化便具有多元性的特征。右江北岸为北壮语区,与红水河流域同为北壮语支系,南岸为南壮语支系,南北之间的舞蹈文化也存在较多的差异。左江流域偏向广西的南部,左江由越南北部流经广西的凭祥、龙州、宁明、崇左、扶绥等县,有着较为独特的地域文化形态，舞蹈文化也与红水河流域、右江流域的舞蹈文化有较大的差异。这三大流域的舞蹈文化呈多元形态，舞蹈语汇是相当丰富的。从目前所掌握的资料看，西林、田林、乐业、凌云、巴马、凤山、东兰、大化等县尚未作较深入的田野采风，应作采风调查的重点。

舞种分类。建立壮族舞蹈语汇库的第二步就是将壮族舞蹈进行舞种分类。壮族民间舞蹈种类繁多，通常分为祭祀性舞蹈和非祭祀性舞蹈两大类。祭祀性舞蹈有师公舞、道公舞、僧公舞、女巫舞、蚂蚂舞、火猫舞、铜鼓舞等；非祭祀性舞蹈有采茶舞、扁担舞、花灯舞、花扇舞、春牛舞、击棍舞、板鞋舞、板凳舞、花凤舞、绣球舞、狮舞、壮戏台步等。但这种粗略的分法并不符合语汇库的要求，舞种分类应当依据舞蹈的功能特征、形态特征、分布流域、历史源流来确定其语言形态和舞种类别。这是关键的一步。

动律特征分析。分析舞蹈的动律特征是在舞种分类的基础上进行的。它是将不同地区的同一类舞蹈进行动律上的分析，然后提取有地域特色、有动律特征的动作作为此类舞蹈的基本语汇。这是一种纯技术层面的分析归纳，它可以量化，把某一舞蹈拆解为某几个动作的抽象的量的组合，析出连接动作与主要动作的关系。这种分析归纳法是确定壮族舞蹈基本语汇的主要方法。它所析出的舞蹈语汇带有该舞目、舞种的根本特征，因此称之为基本语汇。

建立音像档案。这也是一个技术操作层面，是在舞种分类、动律分析完成的基础上进行的。音像档案应以两套为宜，一套是以经过分类归纳的壮族舞蹈语汇素材，按某个舞蹈语汇所属的舞动、舞畴、舞目、舞种、分布地域等进行编排，突出该舞蹈语汇的动律特征和表意特征；一套是以舞种、舞目、分布地域等来分类编排，体现各舞种、舞目的完整性与地域特征。前一种是用分解式的方法使舞蹈语汇量化，使之具有单独的可操作性；后一种是原生态的，体现壮族民间舞蹈的本来面目与文化内涵。

建立起壮族舞蹈基本语汇库，便为壮族舞蹈语言体系的建构打下了一个坚实的基础，使之具有可持续发展的丰富条件。

编创壮族舞蹈教材

编创壮族舞蹈教材的目的是将壮族舞蹈语汇系统化、规范化、理论化，以利于壮族舞蹈的教学与传承。壮族舞蹈教材的内容有三：1.文字教材；2.动律教材；3.教学剧目。文字教材是将选取的舞蹈语汇从文字上阐明它的形态特征，如节奏、步伐、呼吸类型、动作流程、造型、支撑点、发力点以及这种动作形态所蕴含的表意功能等。文字教材非常重要，它是将提取出来的舞蹈语汇作理论上的阐述，把对动作造型、动作流程的直观感受上升为理性的表述。动律教材是把某个舞目或某个舞种的舞蹈语汇抽出，根据它们的形态特征与表意功能编排成组合，使之具有可舞性，具有这个舞目或这个舞种的审美特质。审美特质这一点很重要，教材编得成功与否往往在这里体现出来。动律教材与文字教材是互为补充的，文字教材是动律教材的理论阐述,动律教材是文字教材的立体呈现。没有文字的动律教材,由于缺乏理论上的分析与归纳,其科研价值与教学价值会降低,同时也会在系统化、规范化上大打折扣,往往不易留存。没有动律的文字教材根本就是空中楼阁,是一件令人无法想象的事情。教学剧目是教材的最高形式,它不仅是教学成果的体现,也是科研成果的体现。它是以作品的方式呈现的,因此具有作品的结构布局、语言类型等特征。如果说动律组合提供给人们的是对壮族舞蹈身韵的把握,那么教学剧目提供给人们的便是对壮族舞蹈文化的感知和体悟。因此教学剧目就不仅仅是可供表演的,而且必须是具有示范性的,既能突出壮族舞蹈的风格特征,又能充分展示其所蕴含的民族文化与民族情感,具有作品与教材的双重性。

壮族舞蹈教材在壮族舞蹈语言体系中是一个极为重要的环节。首先它从理论上阐明了壮族舞蹈语汇的动律特征;其次它以规范化的动律组合把某些舞种、舞目的舞蹈语汇呈现出来,使之系列化、系统化,而且还可在组合的编创中融入编创者的创造,丰富其语汇;再次它以课堂教学的方式传承,保证了传承行为的规范化和舞蹈语言传承的系统性。

在编创壮族舞蹈教材这个问题上,长期以来有一种观念一直占据上风,那就是寻求一种统一的、涵盖所有壮族舞蹈的基本动律特征。实践证明这种观念有失偏颇。事实上壮族舞蹈是多元的,它的动律特征也是多元的。同一舞种、同一舞目因地域的不同会有差异。以“师公舞”为例,同一舞种就有三种不同体系:河池师公舞、上林师公舞、钦州跳岭头(师公舞)。其动律特征也大相径庭。河池师公舞讲究一个舞蹈配一个鼓点,节奏重音时有变化形成重音位移现象,配合手部的山膀手、扣翻手、弹翻手、上下分手,步伐的骑马蹲桩步、蹲点步,胯部下压而不扭摆,便有重心后移的感觉,武术的动律极为突出,形成古朴凝重的风格。上林师公舞注重肩部的晃动、胯部的扭摆、膝部的颤动,虽然也以蹲点步、蹲桩步、吸腿勾弹为主要步伐,但因晃、摆、颤的动律贯串始终,在运动中冲靠摆移,讲究对称,极富“弹”的动律感,因而形成轻松活跃的风格。钦州跳岭头以踮脚碎步为基本步伐,以蛙形手为基本手态,以含胸顺拐跳踏转为特色动作,糅朴拙与活泼于一体。比较之下可以看出,三者各有自己的舞蹈语汇,不可强行统一。因此在动律教材的编创上,应当注重壮族舞蹈语汇的多样性与系统性,突出壮族舞蹈动律特征的多元化。

创作壮族舞蹈作品

无论是壮族舞蹈语汇库,还是壮族舞蹈教材,都是为创作壮族舞蹈作品提供条件的,因为只有壮族舞蹈作品才是壮族舞蹈语言的标志。从本质上说,壮族舞蹈作品的创作就是壮族舞蹈语言的运用。壮族舞蹈语言的建构,必定要通过创作大量的壮族舞蹈作品来丰富它的语言类型,创作出若干高品位的、极具民族审美趣味的作品来标志它的存在价值。精品是在大量的艰苦创作中产生的,没有量的积累便没有质的飞跃。只有作品立起来了,壮族舞蹈语言体系才能真正地建构起来。如何创作壮族舞蹈作品,不是本文所要探讨的问题。但有一个问题是需要在此讨论的，那就是壮族舞蹈为什么在民族舞蹈艺术之林中相对于蒙古族、傣族、朝鲜族、维吾尔族等民族舞蹈来说，显得要弱上许多，原因有很多，其中一个重要的原因，就是壮族舞蹈作品创作在量与质两方面多有不足。而创作不足的问题又大多集中在壮族舞蹈语汇这个焦点上。有一种流行的观点认为，壮族舞蹈动律特征不明显，在壮族舞蹈创作上较难突显壮民族的审美特色与舞蹈语言特色。这种观点有一定的片面性。首先，这动律特征不明显是指动作的可舞性不强呢，还是指动作的造型性不强？抑或是指动作本身的民族文化指向性不强、民族特色不浓？不管是哪一条，似乎都缺乏强有力的论据。其次，它似乎暗示着，寻找一个或几个代表壮族舞蹈的语汇很难。的确如此。因为如前所言，壮族居住地域较广，舞蹈文化的地域差异性较大，舞蹈语汇的差异也较大。它恰恰说明应注意不同地域的舞蹈文化的差异，在关注民族特色的同时，也要关注地域风格，唯其如此才能呈现壮族舞蹈作品的丰富性。再次，从舞蹈创作的角度看，语言素材的选取是多种多样的，不必拘泥于某一个动律特征明显的舞蹈语汇，只要能很好地表现作品内容，即便是一个普通的生活动作都可以成为该作品的主题动作，关键是它能否充分地表达民族的情感与审美情趣。笔者以为，解决这个问题，可以推动壮族舞蹈的创作，而壮族舞蹈创作的繁荣必能推出精品。有了一定数量的精品，壮族舞蹈一定能在民族舞蹈艺术之林大放异彩。

建构壮族舞蹈语言体系并非笔者的臆想，而是广西几代舞蹈工作者努力为之的目标，我们这一代人能否做成，还得依靠大家的努力。设想仅仅是设想，只有脚踏实地地去做，才有成为事实的可能。

[参考文献]

《中国民族民间舞蹈集成·广西卷》，商务印书馆 1992 年版。

《红水河文化研究》，广西人民出版社 2001 年版。

《钦州市民族志》，内部刊物，南宁市源流印刷厂印刷，2000 年版。

《舞蹈生态学导论》，文化艺术出版社 1991 年版。

《广西民族舞蹈史料汇编》，内部资料，1987 年版。

《广西当代艺术理论研究丛书·舞蹈卷》，广西民族出版社 1993 年版。

《壮族舞蹈研究》，广西民族出版社 1988 年版。

《壮族舞蹈》，内部刊物，1988 年第 10 期。

《民族舞蹈》，内部刊物，1982 年第 10 期。

（原载《南方文坛》2001 年第 6 期）

2002 年

“今日批评家”的今日批评

《南方文坛》“今日批评家”研讨会综述

□ 本刊编辑部

“今日批评家”是《南方文坛》的品牌栏目，它历时四年，以显著位置先后推介了南帆、陈晓明、郜元宝、王干、孟繁华、李洁非、张新颖、旷新年、李敬泽、洪治纲、谢有顺、王彬彬、张柠、吴义勤、程文超、吴俊、戴锦华、罗岗、施战军、杨扬、葛红兵、何向阳、汪政、晓华、黄伟林25位青年批评家。2001年11月25日，十数位曾在《南方文坛》“今日批评家”栏目中担任主角和部分即将入主该栏目的青年批评家汇聚广西北海，出席《南方文坛》的“今日批评家”研讨会，著名批评家谢冕、陈思和、夏中义、白烨、鲁枢元、贺绍俊等前辈学者也应邀出席了会议。会议称赞《南方文坛》在催生一代青年批评家的生长、成熟方面所作的突出贡献，并认为这次会议是继1985年《文艺报》组织召开的35位青年批评家座谈会之后的又一次青年批评家的盛会。在这次会议上，青年批评家们首次以群体的名义集体公开亮相，“今日批评家”与“昨日批评家”进行了充分的对话、交流，新一代批评家还在会上作了群体性的自我检讨和反思，并就文学批评的现状进行了热烈深入的讨论。

一 ‖ “今日批评家”回答了批评并没有缺席

近年来，“批评的缺席”“批评的失语”之说弥漫着整个文坛。作家们普遍认为批评不能指导创作，不能对创作进行有效的发言；而普通读者很少接触批评文章，批评也不能有效地对读者发言。似乎批评在整个创作和阅读环节中都并不在场，批评似乎只是批评家们的智力游戏和自言自语。但出席本次“今日批评家”研讨会的批评家们却并不这样认为，相反，他们认为批评是当前文坛上最为活跃也最受读者欢迎的文体之一，随着新一代批评家的成长、成熟，批评将在更为广泛的领域内发挥其重要的作用，而《南方文坛》的“今日批评家”栏目，也体现了当代文学批评演变的轨迹,有力地说明了批评并没有缺席。

张燕玲(《南方文坛》主编)介绍说:"'今日批评家'这个栏目应该说是在做的过程中不断完善、不断成熟的。我的初衷是在关注当下创作、推出作家的同时,必须推出我们的批评家。一代文学,有一代的作家,也有一代的批评家。第一个做的是南帆,南帆出道比较早,之后是陈晓明,后来逐渐觉得应该推介当下有全国意义的、相对年轻一些的批评家。我们不能说推出什么,而只能说是在催生他们的成长、成熟上做了一些关注和努力。所以当时的定位是这样的:批评杂志关注批评家本身,主要是当下的新锐的实力派青年批评家。'今日'不是一个年龄概念,而是当下的,现在进行时的。通过批评家对自己批评观的言说及其他批评家对他的再批评,不仅为今日批评家提供一个展示自己的机会,同时通过这种批评家之间的再批评,形成思想的碰撞,达到相互间文学观念、批评观念的交流和文化精神的对话,真正体现文学批评的精神。"

张柠(广东省作协创研室)认为在当前这个媒体的时代,批评是一种最活跃的文体。在网络BBS论坛里,最活跃的文体是诗歌和批评。批评是一种深受读者欢迎的文体。蒋述卓(暨南大学教授)指出,《南方文坛》的"今日批评家"栏目不仅仅是关注当下,还有种面向未来的意义,它向世人证明,文学批评在当下并没有"缺席",它不仅活跃腾涌,而且前途光明。他说,从"今日批评家"栏目所展现的内容上看,八九十年代的文学批评家各有自己的特色和个性,批评的话语方式已初步具备,这说明新一代批评家对中国文学批评的现代性建构作出了一定的贡献。白烨(中国社科院文学研究所研究员)认为,"今日批评家"栏目推出的这些批评家有朝气又有实力,他们已经成为当代文学批评领域的中坚力量。他们的出现与成长至少有两个显见的意义:第一,它表明随着文学创作的不断发展,文学批评也在积极进取,批评新人正在健康成长;第二,新一代批评家更能适应多元格局的文化时代,更能理解层出不穷的文化现象,在解读市场经济下的文化、多元文化下的文学方面,可能发挥更为有力的作用。谢冕(北京大学中文系教授)认为,"今日批评家"这个栏目体现了《南方文坛》杂志的一种爱心。他强调,这个爱心是非常重要的,现在作家层出不穷地出现,可批评家的出现是非常难的,需要我们爱护。陈思和(复旦大学中文系教授)再次指出,四年来的"今日批评家"呈现了中国文学评论队伍成长的过程,是20世纪90年代文学批评的清晰展现,它集结起一支如此有生气的批评力量。这不是一个一般栏目的问题。

曾经作为"今日批评家"栏目主人的几位青年批评家,在谈起这个栏目时则认为,它所做的一种当下描述,反映了90年代以来中国批评界的整体状况。程文超(中山大学中文系教授)说,"今日批评家"栏目从一个侧面反映了90年代以来中国批评界的整体状况,这个栏目中的批评家并不是同一代人,把他们放在一起本身也显现出不同年龄的批评家们的思考,体现了80年代至90年代文学批评演变的轨迹。谢有顺(《南方都市报》编辑)也认为,领衔这个栏目的批评家们在年龄上没有绝对的界限,这个栏目更多体现的是一群人所形成的精神的序列，一个在野的、民间的，而不是主流的批评家的精神序列，这个栏目的背后应该有这样的一个精神导向的问题。葛红兵（上海大学中文系教授）说，文学批评是寂寞的事业，“今日批评家”这个栏目把当代的批评家以集体群像的形象展现出来，对批评家是一种安慰。他认为，不被当下描述和认可的文体、作家、学者，在历史当中也很难被认可，而被当下遗忘的作家和批评家常常也会被历史遗忘，因为历史学者在研究这些问题时，所依靠的便是那个时代的当下描述，而《南方文坛》所做的正是这样一种当下描述。

蒋原伦、夏中义、陈思和、蒋述卓等几位教授还就如何加强“今日批评家”队伍建设提出了自己的意见和建议。蒋原伦（北京师范大学中文系教授）提议，“今日批评家”今后在选拔新秀的方式上可以做些改变，原来的选拔方式是他们已经有了一定成就，然后来推介一下；以后的方式可以是到网上找一找，不一定要已经成名的，但是可以找到很锐利的、很泼辣新鲜的一些新秀，可以从网上发现后继的队伍。他说，既然文化研究已经告诉我们不一定要把一个具体的作品作为文本，还可以把许多社会现象作为文本，那么我们就可以考虑从别的渠道来选拔栏目候选人。夏中义（华东师范大学中文系教授）提议《南方文坛》在“今日批评家”栏目的基础上再开设一个栏目，让“今日批评家”和“昨日批评家”一对一地互读、对话，这样80年代和90年代的批评就有了一个通道。他说，由于历史语境的不同，造就了两个不同时期的批评家，但如果有了这样一个通道，彼此就会发生一种碰撞，可以撞出许多思想火花。陈思和教授和蒋述卓教授都建议出版一套“今日批评家”丛书。他们认为，年轻一代批评家的批评观点跟80年代完全不一样，他们非常有自己的特色，出版这样一套丛书会起到更好的效应。

与会批评家还一致认为，《南方文坛》“今日批评家”栏目所推出的25位批评家本身，也有力地回答了批评并没有“缺席”。

二 ‖ 媒体时代如何面对媒体批评

在文坛盛吹“批评缺席”之风的同时，媒体批评却成了大众的热门话题。媒体批评是否会取代传统的学理批评，今天的批评家应该怎样对待媒体批评，成了与会批评家普遍关心的问题。针对这一问题，与会批评家形成了两种不同的看法：一种看法认为媒体批评是批评家的批评对象，批评家对它至少应该保持应有的警惕；另一种看法则认为媒体批评也是批评的一种，它的话语方式更符合大众的阅读需求。与会批评家就这一问题进行了严肃而认真的探讨。

洪治纲（浙江省作协创研室主任）认为现在的批评尺度多元化了，媒体批评也有自身的尺度，但批评家本身的尺度要求他应该自我警惕。葛红兵也指出批评这种文体越来越不被媒体关注，尤其是学院批评和学术批评，正在被媒体批评取代。他认为从这个角度上讲，《南方文坛》的“今日批评家”栏目是一个非常有关怀、有立场、有意义的栏目。张柠指出，批评就是要对当下发言,对传统意识形态和当代的大众文化媒体发言。他认为当代的大众文化媒体是批评的一个敌人,它消解了所有人的主体性。他举例说,卫慧和九丹现象,已经成了文学批评界一个热门话题,而批评家评论它的时候并不是关注她们作为写作主体的个人才能,她们已经完全变成整个媒体时代的一个符号被瓦解了。他说,好几年以前,听到"作者死了"这样一种说法,大家不明白,现在终于有点明白了;大家也听说"文本死了",文本完全变成一种符号消散了,大家也不明白,现在也有点明白了,因为这个时代已经来临了,真的是一个媒体铺天盖地的时代。他强调,在这媒体时代,批评不能把大量的阵地让给媒体记者,批评应该占领媒体,抢夺媒体记者、文学记者的一些话语权,但媒体批评对批评的问题、文风也提出了新的要求。

林舟(苏州大学中文系副教授)比较关注传媒与文学的关系问题。他认为,媒体有明确的、单一的、经济的目的,但同时它又开拓出一个模糊的文化空间,这个空间应该是批评家有所作为的地方,因为传媒的发达,人们的思想、人们对世界的理解更加丰富、开阔,批评家的任务应该是从这种模糊的空间里把有些东西突显出来,例如张柠所分析的文学现象,如果不能突显出这些东西,那这种批评还是无效的。谢有顺则指出,虽然很多人对媒体批评不理解,但媒体本身也是一种载体,也是试图向大众说明一部作品,有些比较严肃的文化、读书版面,还是试图向读者解释作品的基本的特点,从广阔的意义上讲它还是一种批评。媒体要求批评把话说得很漂亮,同样可以一语中的地阐明一部作品的特点,而不一定要有高深理论,今天的读者对这样的批评方式有一种期待,这值得批评家正视。贺绍俊(《文艺报》常务副总编)说,不久前北京歌德学院组织的一个活动,请了德国的几位搞批评的和中国的批评家对话。在对话中,德国批评家那种主体占领媒体的意识非常强,而中国反过来是媒体在利用学院派批评,中国的学者在进入媒体时主体已经没有了,被媒体利用了。但德国的批评家谈到,媒体批评是他们很重要的部分,当然他们秩序是非常严谨的。他说能在媒体上做批评的职位也就二三十个,确定了他们的声望、权威性。中德双方思维上的明显差异,值得今天的批评家们反思。

阎晶明(山西作协秘书长)也认为媒体批评其实也是批评的一种,新闻记者采访一个作家、炒作一个作家,那不是媒体批评,那是想把文学社会化、事件化,最终的目的是市场化。他说,对文学批评产生很大影响的是网络上的批评,包括对 70 年代作家的评论,而纯粹的批评家队伍却并没有起到多大影响,不管是正面的,还是负面的。除了意识形态之外,网络批评起到了很强烈的作用,网上的言论是非常有冲击力的。在批评家们还想四平八稳地去找优劣、找比例,想来发言的时候,网上早就有了冲击力很强的评论。他认为年轻的批评家应该去思考一个问题:在文坛上,在媒体中,批评家应该起到什么样的作用?即如何去影响文学,影响作家,影响读者,真正使批评的独立性、权威性和作用树立起来。

三 ‖ 今日批评必须从文本入手

20世纪90年代前期,批评界曾有一种不好的风气,就是大家都喜欢造很多新名词,然后在造的过程中进行讨论、论证,而不注重对作品、对文本的分析,这是一种严重的浮夸风气;到了90年代后期,这种风气才经新一代青年批评家的努力而得到根本的转变。会上,新老批评家们分别对以往批评的不良风气进行了检讨,并达成了这样一种共识:批评必须从文本入手。

蒋述卓在检讨20世纪80年代末期以来批评的缺失时说,80年代末,文学批评界曾一度迷失,找不到适当的表达方式,文学批评的标准也变得无所适从,但到90年代后期这种状况已得到根本改变,批评不再只是简单搬用西方的文学理论话语方式,而是将西方文论中的现代精神融入当下批评中,探索出了自己的一套独立的话语表达方式。谢冕非常重视创作的实际作用,因此他希望看到的理论文字也是为实际存在而需要的文字,而不是一些空无之言。他说,那些针对文学实际对象的精彩发言使我们得到安慰,那些不知所言的文字往往让我们感觉到烦恼。这是他对文艺理论批评的一种期待。他认为《南方文坛》为理论批评提供了比较好的文本。陈思和比较推崇具体阅读作品的文章,他认为,关注一些具体问题,才有可能把一些理论问题想得更深入,但问题必须从生活当中提炼出来,只有从自己生活当中提出问题、思考问题、解决问题,才可能成为中国批评家的一种职能。而《南方文坛》所发文章中宏大无当的话题很少,基本上是切切实实地抓住作家作品,或是具体的文学现象。

程文超指出,20世纪90年代和80年代确实不同,80年代是思想型的、激情型的、启蒙型的,而90年代呈现出的一种方式则是更加关注文本。他认为,90年代是一个世俗化的时代,这个时代的批评家有一个精神承当的任务,而精神承当的方式则首先是要进入文本,进行文本解读,它不是以思想家的面孔出现,也不是以哲学家的面孔出现,一个批评家必须进入文本去进行精神承当。但文本的概念也在变化,文本的范围在扩大,一条街道、一套时装都可能成为新的文本,都是需要批评家去解读的,对这样一些文本解读,同样是批评家需要去做的事情。但无论怎样,都不能是空对空地用一些大话、空话来抒写自己的一些精神思考,或者精神主张。张柠也认为,在这个媒体时代,批评家不应该像原来那样完全钻进某一个作家的某一个文本中去解读它,传统的那种解读文本的思路是对一种英雄主义写作方式的默许,认为只有某一种文本才值得研究,只有某一种文本才是需要细细去读的对象,而这个意义上的文本已经死了,作者和作品都成了媒体时代的一种符号。他认为在今天,各种形式的文本都是平等的,任何一个文本都可以解读,关键在于批评家的思路和写作立场在哪里。

王光东则认为很多文章与对文本的有效解读还存在很大距离。人们以往依据的理论或某种固定的看法已无法对当下的作品作出有效的解读,批评家应该对以往的理论(不管是西方理论还是已成定型的理论)进行思考,转变自己的理论立场,站在“中国经验”的基础上,寻找解读“中国文本”的途径。他说,这种寻找“解读文本”的努力并不是在文本解读中淡化自己的精神立场,而是把自己的精神立场贯穿于文本解读的过程中,因为文学批评是离不开文本的。林舟也认为批评需要进入文本,但在进入文本时究竟秉持什么样的尺度,则是一个难题;而有些作品还可能很难真正进入。批评本身应该是无所不包的,但进入批评时个人的选择、内在的限制又是无处不在的。他在解读一些文本并试图作出评价时经常感到这样的一种矛盾。夏中义教授也通过比较杨扬、王晓明、吴亮等批评家的批评,指出只有进入文本去解读,才能读出作品的“纸背文章”,才能写出凝重的、有分量的批评文字。

此外,不少批评家还认为,文本不仅局限于文字本身,还应该包含对公众产生影响的文化现象、社会事件,如“9·11”事件等,都是批评家应该关注的文本。

四 ‖ “今日批评家”自身的问题与希望

“今日批评家”是一个年轻的群体,与前辈批评家相比,他们有许多新锐的气象和丰沛的可能性,当然也存在着各种各样的不足;他们所处的这个时代与过去的时代相比,也出现了不少新的问题。在这次会上,新一代批评家对自身存在的各种问题都进行了认真的反思,同时也就时代的变化和今天批评的对策等问题展开了广泛而深入的探讨。多数与会批评家都认为,20 世纪 90 年代以来的文学批评和 80 年代的批评有着本质的不同,两代批评家的姿态、立场乃至话语方式都不一样,他们之间的差异是因时代的变化而产生的,在这种变化中去寻找新的对策,才是“今日批评家”的希望所在。

盛子潮(浙江省作协文学院院长)认为,今天的文学批评与 80 年代的文学批评完全是两种形态的东西,批评家的任务也不完全一样。80 年代的批评面对的文学对象话语形态基本上是一个主流话语形态,然而到了 90 年代后半期,文本的话语形态又分裂了,有主流形态的,有精英形态的,有民间立场的,也有大众文化的话语形态的东西。但新一代青年批评家比较擅长的,还是针对精英话语形态和民间立场话语形态的文本作分析,而对主流意识形态话语和大众文化话语形态下的文本缺乏一种批评的力度。程文超认为,“今日批评家”要有精神承当,因为从 1942 年以来,批评家没有自我的声音,只有“我们”的声音,阶级的、革命的声音。到了 80 年代,批评家又开始启蒙,是精英态度的、俯视大众的、精神导师式的。但到了 90 年代,人们碰到的是一个世俗化的时代,精神价值都已经多元了,批评家只能是一个个体思考者。要进行精神承当,就只能与这个社会进行对话,与读者对话,而且首先与自己对话。阎晶明说,自己目睹了从 80 年代到现在整个中国文学批评队伍的分化和重新整合,感觉 80 年代的批评与 90 年代的批评有很大不同。90 年代以后,批评的作用锐减,媒体对批评的利用,以匿名和化名的方式出现的网络批评,它们的冲击力和影响力对职业批评家的地位构成了威胁,而批评家们并没有做好相应的准备,批评对读者甚至对作家的影响受到普遍质疑。今天的批评家应当在形成批评个性的同时达成共识,让文学批评真正具有学术尊严,具有自己的独立性和创造性,只有这样,批评才能在文坛上和读者中产生更大的影响,发挥自己独特的作用。

洪治纲认为,自己这一代人与上一辈批评家相比,存在着几个重要的距离:第一个就是知识储备的距离。同样一个问题,自己也发现了,但没办法进入更深的地方,因为历史知识储备不够,不是在中国传统文化方面存在距离,就是吸收一些西方的东西时,对它的中国经验化束手无策。第二个距离是,80年代有共同的东西,批评家能够相对集中于某一个目标,但90年代整个创作是非常多元化的,要想进入每一个作家的内在精神,是有很大难度的。第三个距离是,现在的批评尺度也是一个很多元的东西,自己的批评尺度往往只对与自己成长历程十分相像的作家作品有效。谢有顺对自我的反思和对批评的反思同样深刻。他说自己搞批评、写文章比较迟,没有经历过那么多批评的变迁。相对来讲,某种历史性的东西对自己影响少一些,自己并没有把80年代那些优秀的批评都读了才开始个人的思考。针对陈腐的学报式批评,谢有顺认为那种批评的话语方式普遍落到了一种非常腐朽的话语圈套里面。他认为批评家的批评趣味是非常重要的,如果忽视了这一点,批评家虽然可以对某一个作家、某一部作品津津乐道,但是对一个更广阔的文本就会没法说话。一个批评家如果精神趣味上出了问题,他的分析就非常可疑了。

葛红兵认为,文学以及批评应该给人以爱、以依偎,而不是让一部分人去恨另一部分人,但在这个方面,以往我们的文学和批评做得不够。我们有民族的文学、阶级的文学、国家的文学,但是很少有人类的文学、世界的文学。所以,60年代以后出生的批评家,可能面临着一个价值坐标调整的问题,在当下全球化的语境下,批评不仅仅应该建立在有限的作品和文本的分析上,可能还要建立在一个更加超越的出发点上,具有更加超越的精神。汪政(江苏省文联创作研究中心副主任)赞同葛红兵的分析,他认为,我们在很长时间里强调个性多了些,强调差异多了些,而关于一些基本的、共同的东西少了一点;在对精神进行讨论时,强调求同的方面少了一点,强调差异的、对立的多了一点,包括所谓人文精神、道德理想主义的讨论。这些在某种意义上都是关于文化认同的问题。现在文化认同基础已经越来越广泛,我们在多元文化中应该强调认同而不是强调差异,在异中求同,应该强调文化认同的广泛意义和价值。黄伟林(广西师范大学中文系教授)也认为价值立场问题、批评标准问题确实是今天批评家必须去认真思考的问题。

(原载《南方文坛》2002年第1期)

论二十一世纪杂技资源市场的组建

□罗　征

杂技艺术以其独特的艺术魅力走过了充满自豪与鲜花的20世纪。新中国成立以来的半个世纪里,一大批优秀杂技人才和优秀杂技节目脱颖而出,杂技艺术成为百花园中艳丽的奇葩。由于杂技事业的人才倍增,众多的杂技节目在国际大赛中频频获奖并在国内各重大晚会中屡屡受宠,杂技艺术以其高超的技艺、新颖的编排和创新的表现形式不断地打动和震撼着越来越多的观众,杂技艺术的地位得到了前所未有的提高。

然而成绩与光荣只能代表过去。步入21世纪,杂技艺术同样面临着众多的困难与挑战,诸如杂技资源的不足与浪费问题,杂技产业如何走进生活普及大众问题,杂技演出市场的有序管理问题,以及用高科技成果武装杂技艺术等问题,都有待我们共同面对并解决。在此笔者仅对杂技资源利用问题提出以下几点拙见,以期能抛砖引玉。

杂技剧团的深化改革需要杂技资源市场

当前杂技剧团普遍存在杂技资源的不足与浪费问题,具体表现在剧团的资源与演出两方面的不足与浪费。杂技表演艺术有其特殊规律,在杂技节目新、难、美、奇、险的特殊要求下,杂技人才的演出寿命一般比较短,必须不断地吐故纳新。但是简单"吐故",又势必造成杂技人才学艺五六年,演出十来年,仅三十多岁就失业的现象,不利于杂技事业的健康发展。演出市场问题就更突出,一些剧团由于找不到演出机会而使众多资源闲置,一些剧团又出现因人才不足或价格不合而将很多合同放弃的现象,导致剧团之间忙闲不一和演员之间苦乐不均的问题非常普遍。既使大量资源浪费,又使剧团得不到应有的发展。随着市场经济的不断发展与完善,精神生活消费和知识型产品的消费越来越多,并将超过传统的物质产品的消费而成为消费的主导。在如此巨大的商机诱惑下,必有大批商家和企业转行投身于精神生活消费和知识型产品的开发中。在如此巨大的挑战与机遇面前,剧团现有的实力就显现出无力和单薄。据不完全统计,目前我国市以上正规杂技团体 88 家,而每年出国创汇的总和还远远不及加拿大太阳马戏团一年的收入;另外,我国杂技在国际杂技市场的占有率不及 10%,国内市场的占有率不到 20%。随着演出利润与市场需求的不断扩大,试想只要有一个有实力的国际大财团,收编一批优秀杂技人才进行再包装,并以该财团强大的宣传攻势、良好的品牌形象、科学的经营理念来开发占领杂技市场,我们现有剧团的实力,包括目前国内的大亨级团体都将不堪一击,因为:1.我们没有适应市场经济的现代企业制度,难以调动剧团积极性并易造成人才流失(尽管剧团现在很多还是事业单位,但实际早已参与市场竞争,就应按企业化运营);2.各立门户,独来独往,难以形成规模;3.传统生产模式,很难降低成本,大幅提高生产力。这样冲击导致的后果是:1.市场被垄断;2.弱势团体在竞争中被淘汰;3.基础较好的剧团沦为对方占领市场的廉价劳动工具。所以只有不断优化扩张剧团实力,才能抵御住这场无情的竞争风暴。这就需要打破现有的剧团体制,建立新型高效的文艺自由人制度,集约开发杂技资源。实行这一举措的重要基础和技术手段就是建立杂技资源的网络化市场,以实现杂技生产的全国化和杂技经济的一体化。

杂技的发展需要杂技资源市场

杂技界没有真正的市场。市场结构按市场对象划分可分为生活资料市场和生产要素市场,这两类市场中有一类不完善,社会再生产过程就会受到阻碍(摘自《新知识词典》第 324 页)。而杂技的市场却长期只有演出这一个品种,也就是资料市场,根本没有生产要素市场,使所有剧团的节目生产至今仍停留在自给自足的原始状态,大量的剩余资源无市场进行流通与利用,这既是严重的浪费,又不利于杂技事业的有效发展。例如《杂技论坛》中有几篇文章描述一些经营得好的剧团常常因演出排期满而婉言谢绝多少多少演出邀请,这虽是这些剧团经营得好的表现,但从经济学的角度看却是一种资源的浪费;又如广西杂技团前几年因没有适合的演员,到了几个省转了几次也找不到合适的人才(坏的不想要,好的别单位不给),最后只好花了近十万元从体操和技巧队"买"来了几个"人才",并开始办校招生自行培养人才,就在"买"来的几个"人才"还未练出节目之时,杂技班学员毕业了,一时间人才过剩,无处分配,只好先后辞退了近十名毕业学员,而这几名学员又先后被广州战士杂技团、广州杂技团、广西博白杂技团录用,并发挥了较大的作用,但广西杂技团花了五年心血培养出的演员就这样一弃了之,实在可惜。

长期以来,我们对杂技市场的认识有一个误区,即杂技市场就是杂技演出市场,这一曲解使杂技市场长期停滞在一个单一的发育不良的状态下运行。所谓市场就应该是资源丰富,品种齐全,以满足顾客的不同需求的一种商贸流通方式。市场是人们在自给自足的生活过程中用过剩物品来交换自己短缺的物品并不断扩大而逐步形成的。没有市场之前,剩余物品不但没有价值,甚至是一种负担,市场的出现使人们对剩余物品有了新的认知,并产生了利润与竞争。人们认识到只有丰厚的利润才能换取更多自己短缺的物品,因而不断提高技术,开发改良产品使产品的利润不断提高,使市场的品种不断丰富,也使人们原有的众多自给自足的产品无论从产品之精良或成本核算来看都变得越来越没有意义。

商品市场的发展历程对杂技资源市场的形成与发展有着重要的启迪——市场的出现与发展,使人们从全面的自给自足变为部分自给自足;随着市场发展,人们发展为几乎是只从事一项自己最有条件发展和能给自己带来最大利润的劳动,用最有效的劳动来换取货币,通过市场来满足自己的需求;如今随着科技的发展,经济全球化与一体化的逐步实现,分工合作使越来越多的企业发展到仅通过从事某一商品的某一要素的开发与生产即可获得最佳利润。用这一发展模式来对杂技资源市场的发展进行推断:杂技资源市场的出现,使各剧团从全面的自给自足变为部分自给自足(因为一些生产要素缺乏或质量不高,需要从市场引入);由于市场竞争使产品的质量不断提高,剧团自给自足的晚会越来越缺乏竞争力,迫使晚会生产中越来越多生产要素需要依赖市场来完成;随着观众欣赏水平的提高,节目生产难度的加大,剧团如再进行全面发展必导致资金技术分散,人才精力分散,无法生产出适应市场需求的晚会,这又迫使剧团不得不集中资金技术来开发生产自身最具市场竞争力的项目,使节目生产和演出营销的分工合作越发细化,逐步发展出全国市场互依互靠的一体化经济。所以说杂技资源市场对杂技艺术的发展起着非常重大的推动作用。

杂技剧团的竞争与合作需要杂技资源市场

市场竞争的日趋激烈和杂技节目生产难度的不断加大,需要多个剧团的资源与技术的合作。由于观众欣赏力的迅速提高,对杂技的技术、表演、内涵、形式、舞美等综合艺术的要求也越来越高,节目生产和创新的难度越来越大。剧团的自给自足不论从生产周期和生产成本上计算都越来越不能适应现代社会的要求,杂技的发展从技术、道具材料供应、节目、创新、设计、编导到销售等各个环节、各个方面都需要多个剧团的资源和技术合作,这就使得各剧团在发展上相互依赖,剧团要想形成良性的可持续发展,就必须根据自身特点对剧团现有结构进行优化并强化自身的突出优势,避免小而全的低效结构,避免自给自足的封闭式的缓慢发展。为了更好地发挥各类人才和资源的作用,要尽快形成一个集演员、节目、节目道具、舞美设备、编导、教练、演出营销人、剧团、演出公司、演出商、演出合同转让等资源要素的杂技资源市场,逐渐形成全国杂技剧团节目生产和演出经营的合作化与一体化。

杂技资源市场不等同于几个团或几个省杂技力量组成的集团化团体,集团化经营只是市场的运营手段之一,但集团化必须是市场利益驱动下的集团化,而不是仅为了规模而人为组合的大集团,那样只会加重剧团负担,加深矛盾,导致内部配置不经济,甚至会出现“三个和尚没水喝”的悲剧。所以我呼唤的不是简单的合纵,而是杂技资源市场,是以市场机制为基础自动实现以资源配置为主要方式的市场,杂技资源市场不仅可以使节目演出营销进入市场,并且可以使各种技术人才(演员、教练、编导、舞美制作等人才),以及节目道具、舞美、灯光、音响设备、信息、资本等各种生产要素商品化,使市场利润最大化,并分布到各个要素之中,使剧团能从自身的利益出发,根据市场的要求,决定资源的支配,实现资源进入市场,接受市场调节的目的。所以说,只有建立杂技资源市场,才能使剧团间不同的优势真正从资源优势转化为资本优势,这既体现了资源价值,又达到了资源的优化配置,并在竞争中不断促进杂技事业的提高与发展。

网络技术的发展是杂技资源市场形成的重要手段

无论是杂技资源市场的形成还是发展,都需要以方便快捷的交流为前提,而互联网的出现与普及,为这一切提供了可能。互联网的优势,就在于让千百万人共享一套资源,这就为全国杂技生产和杂技经济一体化提供了方便快捷的“交往工具”,并在分工合作中促使各剧团由分散型的一团经济走向统一型的跨团经济,从而使各剧团不再为要培养自己五脏俱全的“小麻雀”而伤神费脑,转而可以潜心开发自己的特有优势。可以试想:以中国杂技家协会为督导机构,以互联网为信息中心,以定期杂技人才、信息展销会为载体的杂技资源市场将会把杂技艺术带入一个更广阔的发展空间,资源与资本在市场中自由流动,剧团间既是竞争对手又是合作伙伴。资源的充分利用精减了剧团机构及冗员,这将大大减轻剧团负担并降低成本,从而大幅度提高聘用人才的工资待遇而推动杂技事业发展。杂技资源市场还将会使人才成为真正有价值的文艺自由人,演员不再为怀才不遇、大材小用而烦恼,剧团也不必为苦无良将而担忧,剧团与人才将形成双向互动的选择与被选择关系,这将进一步刺激剧团与人才双方不断完善和创造自身优势来吸引对方的选择。

经济增长方式的转变是杂技资源市场的最大作用

杂技资源市场的利益驱动和市场自动调节作用是促使杂技艺术从粗放型经济生产方式向集约型经济生产方式转变的最有效手段。我国正规杂技剧团近百家,也就是有近百套行政、舞美、演员、演出营销等设施和人员,而每套设施与人员的服务范围都仅限于一个剧团,这就大大降低了资源的使用价值与价值,形成典型的粗放型经济增长方式。这种方式运用的时间越长,越表现出它的局限性和落后性,即表现为“三高三低”——高投入、高消耗、高成本,低产出、低质量、低效益。而杂技资源市场的出现,可以使这种粗放型经济增长方式逐步向集约型经济增长方式转变:首先由于市场的流通,优化了资源配置,使生产出的节目技术性更高,包装后的节目艺术性更强,经营的演出经济效益更大。其次,可以使剧团的定位更准确,各剧团不再片面追求小而全,而是集中精力开发自身优势,定位于市场运行中的一个资源要素来发展,这样既可精减不必要的机构和人员,以节约劳动耗费,提高效益,又可避免所有剧团都盲目跻身演出市场,造成降质经营、降价经营,甚至亏本经营的恶性竞争,那样不但降低了经济效益,也破坏了演出市场。正如世界上最好的电脑是任何一家公司都不能独立生产的,而是由各个优秀的部件生产厂家的精品组装而成,这样的分工合作带来的社会效益与经济效益是小而全的盲目竞争所无法比拟的。再次,杂技资源市场的出现,增强了剧团活力,实行了优胜劣汰。杂技资源市场使价格、供求、竞争三要素相互联系、相互作用,调节经济运行,极大地调动了广大剧团的生产积极性,鼓励剧团不断开拓创新,使那些善经营、会管理、技术先进的剧团在竞争中获胜,取得较好的经济效益,反之那些不善经营、管理松散的剧团必然在竞争中被淘汰,通过这种优胜劣汰的竞争机制,不断增强剧团活力,推动杂技艺术的发展。

经济模式的自动升级是杂技资源市场的最重要意义

杂技资源市场的不断发展可以使杂技从全面自给自足的经济模式自动向部分自给自足的经济模式升级,进而向产销市场化经济模式升级,最终升级到分工合作、产销合作的市场经济一体化的经济模式。这一经济模式的形成可以起到资源一体化、资本一体化、资源与资本有效结合的作用。它首先使得杂技节目生产全国化,在创作、编导、音乐、舞美、演员等各个生产领域中分工合作;其次是促使有资本实力的剧团对有资源而无资本的剧团进行跨团投资,加速各剧团间资本流动,营造双赢局面;再次是在经营战略上从全国乃至全球演出市场的需求出发,将之作为统一的整体来筹划生产和销售,逐步形成杂技资源和经营网络化的全国大市场,为杂技剧团的结构优化和营造特色找到捷径。

杂技艺术的发展再也不能在自给自足的原始状态中徘徊,只有充分认识杂技资源市场的重要性,共同来关心、组建、培养和爱护,使其健康发展,杂技艺术才能走出这缓慢的经济增长低谷,实现跨越式发展。这是社会的需要,是杂技事业的需要,也是每一个杂技消费者的需要!

(原载《南方文坛》2002年第2期)

不倦的歌者

试论傅磬的歌曲创作

□ 麦展穗

广西被誉为“歌海”，是传说中歌仙刘三姐的故乡。今天，在歌的海洋里，在壮乡这块多情的红土地上，仍活跃着许多歌的传人，他们在歌海中扬帆不倦，傅磬就是其中一位。

傅磬是新时期成长起来的一代广西青年作曲家。十几年来，傅磬已经创作发表了几百首歌曲，出版了歌曲集《木棉花红的季节》，个人 CD 作品专辑《三月三，九月九》，曾两度荣获全国精神文明建设“五个一工程”奖、中国文联主办的全国首届“金钟奖”以及由国家广电总局主办的政府奖，等等，成果斐然。

一个成功的作曲家，其作品必然有其独特的艺术个性，旋律构成有其独特的语言。傅磬的作品正是这样，他的那些数量众多、题材丰富的歌曲中，都留下了他在艺术道路上不断追求、不倦探索的足迹。

探求作品的民族特色

纵观傅磬的歌曲创作，其最为鲜明的特点，就是对地方民族特色的探求。

傅磬从小在海边长大，对京族地区的民间音调十分熟悉。京族民歌风格鲜明，旋律优美，结构完整，拉腔类似独弦琴弹奏出来的一种颤音，像海浪一样起伏，而且，它的包容性也比较广。也许，这与京族这个长期居住在海边的迁徙民族的一些生活特性有关，使它能有机地吸取其他民族民歌的音调，互为渗透。无疑，傅磬已从中获取了有益的启示。

傅磬最初在全国“广播新歌”评选中获奖的歌曲《渔村夜曲》《京家女》《木棉花红的季节》以及 2001 年获全国“广播新歌”政府奖的《太阳与星星》，其音调均取自京族民歌素材，都具有很浓的京族风格，如《渔村夜曲》（张玉柱词）：

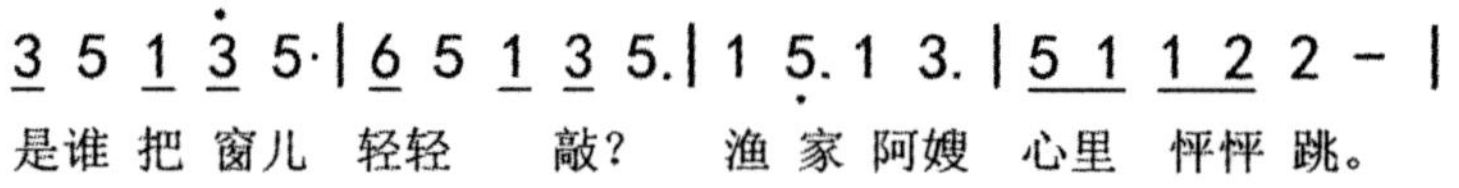

又如《木棉花红的季节》(麦展穗词)：

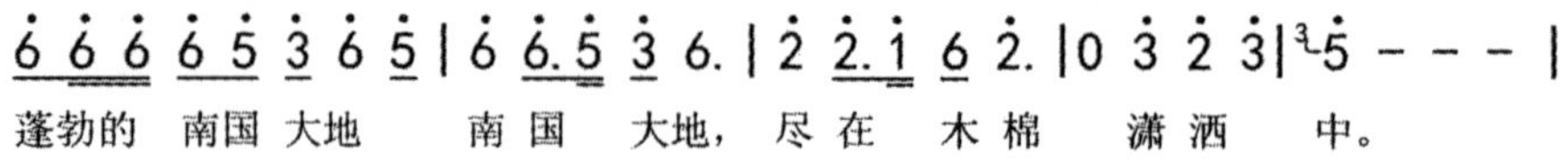

再如《太阳与星星》(潘琦词)：

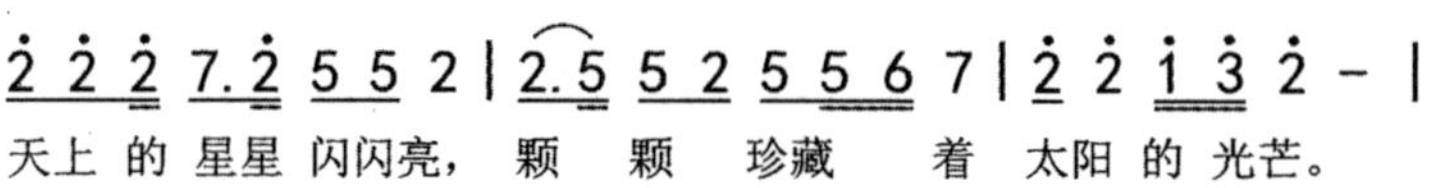

如果我们将《太阳与星星》的记谱移低四度，就是：

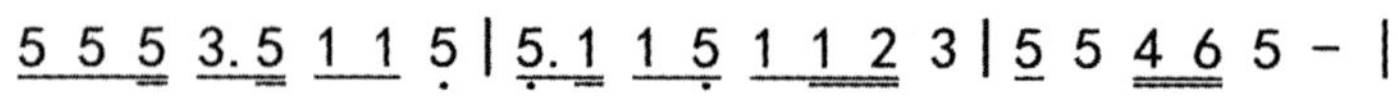

不难看出，以上几首歌曲的旋律特点都是一样的，主属音三度、四度的音程跳进，后十六分音符、切分音符以及后符点音符的交替进行，使得旋律欢快而富有弹性，就像独弦琴弹奏出来的音符一样，充满大海般的波动起伏，令人愉悦。

当然，傅磬在保留这些特点的同时，根据不同的作品内容加以变化发展，或移调，或改变调式，或展开，或压缩，等等。

傅磬擅长写作民族风格的歌曲，在他的大部分作品里，都可以看到民族音调素材的有机运用。获得全国"广播新歌"金奖并同时获得政府奖的《捶苗布》(麦展穗词)这首歌曲，旋律具有典型的苗族风格：

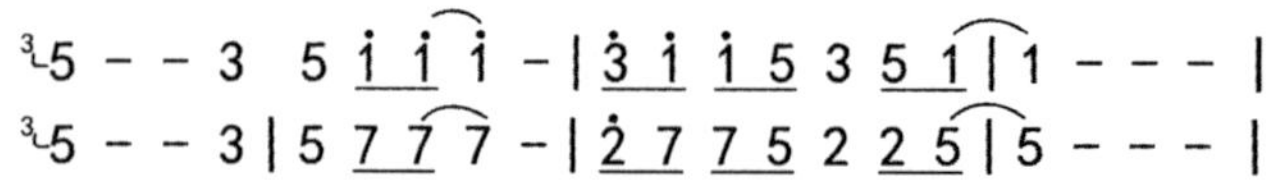

这旋律就像潺潺流水，由远而近，给人一种清新之感。在这个弧线型的上声部旋律飘动的同时，另一个固定音型的旋律在下面伴着，形成了一个鲜明活泼的乐段，勾勒出一幅迷人的画面。这乐段，从景的描写切入，把听众带进了一个很有民族特色的意境之中，既简单，又富于特色。为了更好地体现民族风格，傅磬没有用某首民歌作为基础来发展，而是运用苗族音调的神韵来渗透其中。比如变化音同主音上大小三度的对比并置，是苗族民歌中的一大特色。傅磬在这首歌里，就力图使变化音在需要色彩渲染的地方，自然地流露出来，给人一种神秘、飘逸的感觉。

探求民族性与时代性的结合

广西是少数民族地区，各民族民间音乐很有特色，如何用现代的审美意识来继承和发展我们的民族民间音乐,形成现代与传统的交融,是摆在当今每位作曲家面前的一个课题。傅磬在他的一篇谈及创作的文章中,曾深有体会地说:“广西少数民族音乐非常有特色,抓住了这个特色,抓住了切合点,就找到了成功的钥匙。”傅磬以他那孜孜不倦的追求和实践,证实了他在音乐创作上的不断成功。

如果说,1989 年傅磬创作并获当年广西首届民族通俗歌曲大奖赛一等奖的《一架古老的水车》,力图把广西的民族民间音调与强烈的现代流行音乐节奏糅合在一起,努力探索通俗歌曲民族化与时代感结合,还带有一些模仿当时流行全国的“西北风”的痕迹的话,那么,他后来创作的《捶苗布》《高山大海紧握手》《老王》《三月三,九月九》《太阳与星星》等一批作品,已逐渐形成了自己独有的音乐语言,在探求民族性与时代性结合这条创作道路上,迈出了坚实的脚步。

在《捶苗布》这首歌曲中,在节奏的运用上,傅磬除了采用固定音型来描绘“捶苗布”的形象外,也采用了具有很强的民族舞蹈性的节奏来贯穿全曲,如歌中的“弯弯流”“绕山雾”“溪边忙”“捶苗布”“蓝祥云”“翩跹舞”等地方。这种节奏型,在苗族芦笙踩堂中经常出现,现代摇滚乐也经常运用,傅磬将这种节奏型在歌曲中反复展现,使得整首歌曲既有民族特色,又有时代感。

当然,傅磬歌曲创作所追求的民族特色与时代性,并不是纸上涂鸦、闭门之作,而是来源于生活和他的理性思考。傅磬看到黄淑子的《苗山雨》这首歌词时,马上回想起大学四年级时,他和几位同学到少数民族地区采风时的情景。那是他第一次到桂西北的少数民族地区采风,那里的山,那里的水,那里的风土人情,深深吸引了他,给他一种全新的感受。而这首《苗山雨》的歌词,恰好是描写第一人称“我”到苗山的感受,与他第一次体验生活时的情景很吻合,因而他一气呵成,写成了这首歌曲。这首歌后来被中央电视台“东西南北中”栏目拍成 MTV。

傅磬创作的《老王》(张仁胜词)荣获“五个一工程”奖。正如他在另一篇文章中谈到的:回想起当初的创作冲动,应该说这是生活的馈赠,是生活给了他灵感,是生活给了他素材。

《老王》的歌词,讲述的是新时代扶贫干部如何倾真情、掏真心,为改变穷山寨的面貌而“从此山里山外跑,热情热血热心肠”这样一个故事,表达了人民群众和党的干部情换情、心连心的深厚感情,歌词非常纯朴、生动,描绘出一个富于同情心、很实干的干部形象。谱曲时,傅磬把它定位在通俗化、随意性很强的风格上,一改往常那种歌唱英雄的激昂情绪,用口语化的旋律,娓娓道来。毕竟“老王”身在少数民族地区,因此,傅磬在这首歌曲中,虽然用的是通俗歌曲的创作手法,却力求具有浓郁的民族风格。广西的生活离不开歌,对此,傅磬深有体会。一次,傅磬和几位同行到柳州地区的一个山寨采风,当乡亲们知道他们要到寨里来做客时,就在村头的路旁摆开一个歌阵,要他们对上歌才让他们进寨;离开寨子时,乡亲们又唱起送别歌。这激发了傅磬的灵感:乡亲们感谢帮助他们奔小康的“老王”,最好的表达方式就是唱山歌。傅磬用了那句人们非常熟悉的山歌调“唱山歌咧,这边唱来那边和”作为这首歌的外部结构。同时,为了使这句古老的山歌有一种新鲜感,在唱法上一改以往那种甜美、纯朴的风格,用通俗和音伴唱的手法来表现,给人一种熟悉的陌生感。而这和音伴唱,在歌曲的主体部分插空补白,像一根银线,把这种情绪串起来,让人有一种整体感;在风格上,又与歌曲的主体部分统一起来,达到一种神韵上的和谐。

探求创新的民族风格

艺术创作贵在创新,只有独创,才能使人有新鲜之感,才能有个性,使传统艺术和传统素材得到发展和提高。

傅磬在那首《老王》中,用的就是“刘三姐”的素材,而且用得很大胆,出人意料:在引子中,几乎是完整地端出来。当然,傅磬并不是简单地在引子中使用《刘三姐》的旋律,而是将其作为全曲的音乐素材,以及全曲结构布局的重要组成部分。换句话说,曲调的结构甚至因此而成。如果没有《刘三姐》的这一段旋律,或许,这首歌曲就不会有这么长的一段引子以及中间的插部。歌曲的艺术魅力将大大减色,歌曲艺术特色的形成与出新亦在其中。

相信傅磬的这一创作体验,也是他对关于民族艺术风格的深刻理解。关键还是一个“新”字,“新的思维,新的姿态”。也就是说,民族风格不是一成不变的,我们可以去发展,可以去创新,在一定的条件、一定的背景下,只要符合大众的审美情趣,只要大众喜欢,甚至可以创造出新的民族风格。傅磬的另一首荣获“五个一工程”奖的歌曲《三月三,九月九》(潘琦词),旋律用的是南方少数民族的音调,却又很难说清是什么民族的民歌。但有一点是肯定的,那就是作者抓住了壮族音调的三度与其转位六度、四度的音程跳进,还有就是八分音符与后十六分音符交错的节奏特征,同时,在衬词的运用上,还吸收了南方少数民族民歌的特点:

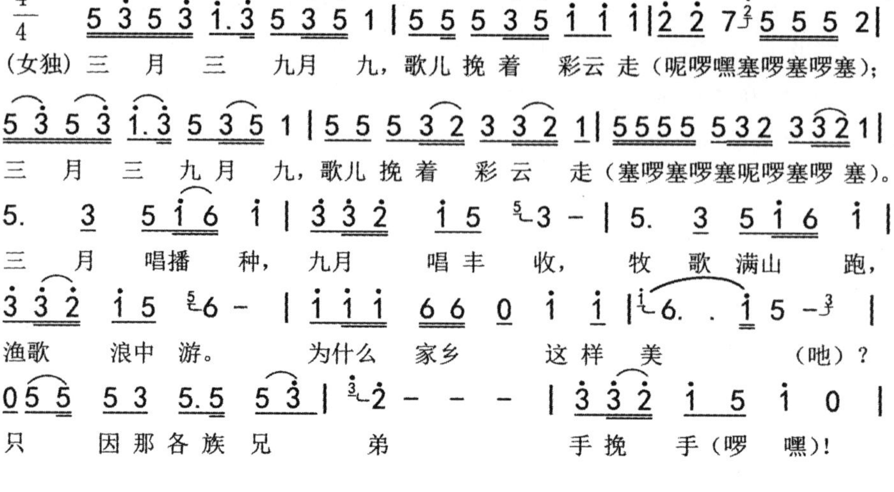

傅磬以自己的创作实践,印证了民族风格的广义性与包容性,以及民族民间音调相互渗透的可行性。

的确,傅磬这些年来所探求的民族艺术风格的创新,是一种更高层次的艺术境界,那就是用现代的审美意识继承和发展民族民间音乐,形成现代与传统的交融,寻求适合新的一代听众审美情趣的音乐语言,给人以全新的感受。

(原载《南方文坛》2002 年第 4 期)

2003 年

回归自然　回归精神家园
红土地孕育“漓江画派”

“漓江画派”理论研讨会纪要

□谢　麟

2003年6月20日至23日，由广西壮族自治区党委宣传部、广西文联主办，广西美术家协会承办的“漓江画派”理论研讨会在广西桂林召开。会议就“漓江画派”形成的必然性、打造“漓江画派”的现实意义和历史意义、“漓江画派”的审美特征、“漓江画派”的结构及特点、“漓江画派”的人文背景及地域特征、打造“漓江画派”的具体措施等议题进行了深入的研讨，并达成了以“漓江画派”为旗帜，全面推动广西美术创作发展的共识。自治区党委副书记潘琦，区党委常委、宣传部长沈北海，中国美协分党组书记、常务副主席刘大为，自治区党委宣传部副部长陈梧生，广西文联主席蓝怀昌，广西美术家协会名誉主席、著名画家阳太阳先生，广西文联副主席傅磬，全国政协常委、广西美术家协会名誉主席、广西艺术学院院长黄格胜，广西美术家协会主席刘绍昆和有关部门的领导，桂林市委、市政府领导以及广西美术界代表，美术杂志社编辑、记者彭薇，《美术观察》栏目主持徐沛君出席了研讨会开幕式，区党委宣传部副部长陈梧生主持会议开幕式，自治区党委副书记潘琦在开幕式上作了重要讲话。

研讨会的学术讨论由广西美术家协会主席刘绍昆、广西美术家协会秘书长谢麟分别主持。

一 ‖ 时代呼唤“漓江画派”

“漓江画派”的提出，是历史发展的必然和时代的需要，是广西美术事业发展新的里程碑，这是研讨会的共识。

潘琦(广西壮族自治区党委副书记):关于“漓江画派”的提出,我们是经过深思熟虑的。两年前,我们就开始酝酿把它作为广西文化艺术发展战略继文学、戏剧、音乐、舞蹈之后的第五个战役来考虑。可以说“漓江画派”是升腾时代的产物,是发展先进文化的硕果,是广西美术界广大美术工作者和理论工作者集体智慧的结晶。“三个代表”重要思想是“漓江画派”形成的重要理论基础,打造“漓江画派”是实践“三个代表”重要思想的生动体现。

沈北海(自治区党委宣传部部长):今天,广西美术界的代表和北京有关方面的领导、艺术家聚会山水甲天下的桂林,对广西文艺发展第五个战役——打造“漓江画派”艺术品牌进行理论的研讨。这是一个非常重要的会议,是广西文化界的一件大事,是学习和实践“三个代表”重要思想的具体体现,也是广西实施文化精品战略,进一步扩大文化领域的对外开放,树立广西新形象的重大举措。以“漓江画派”为代表的广西美术事业,将得到进一步促进和发展,为发展广西先进文化,为中国美术事业的发展做出应有贡献。

蓝怀昌(广西文联主席):今天,是广西文艺界值得纪念的日子,由区党委宣传部领导的广西文艺发展第五战役——广西美术界打造“漓江画派”的具有宣言意义的“漓江画派理论研讨会”召开了。这是广西美术界在新世纪发展的新的里程碑,有着十分重要而深远的意义。“漓江画派”的打造,是广西文艺界贯彻党的十六大精神和实践“三个代表”重要思想、建设先进文化的重大举措。“漓江画派”的打造,完善和提高广西美术创作的整体水平,开发利用广西人文资源,树立广西新形象,将为广西文艺事业的发展做出贡献。

刘大为(中国美术家协会分党组书记、常务副主席):广西美术事业近年来得到了很大的发展,美术创作也取得了较大的成绩,在全国产生了一定的影响。这次自治区领导、宣传部支持和领导的广西文艺发展第五战役——打造“漓江画派”,把广西美术事业纳入全区文化发展战略,更将极大地推动广西美术事业的发展。所以,这是一个十分有意义的学术活动,它之所以有意义,我认为主要表现在两个方面:首先是广西是一个有优美的自然环境、有丰富多彩的人文环境、有悠久深厚的文化历史的地区,特别是改革开放以来,广西展现出新的发展面貌,从过去西南相对落后的一个地区,发展为现在呈现出现代化的面貌,变化惊人,令世人瞩目。“漓江画派”的提出和打造,对广西的精神文明建设和经济文化的全面发展,起到非常重要的作用。另一个意义,我深切地感受到“漓江画派”的开创也为中国美术事业的发展起到积极的作用。中国的优秀文化,是历史上丰富多彩的各民族优秀文化共同形成和创造的。中国美术史上的岭南画派、长安画派、金陵画派、海派等,都是灿烂的中国艺术传统的重要组成部分,而且都有辉煌的成就。“漓江画派”的提出、打造到最后的形成,也将为中国文化艺术事业增添新的非常光彩的一页。这是中国美术史上的一件盛事,也是我们中国美术百花园中的一朵非常秀丽的奇葩。“漓江画派”的提出,具有划时代的意义。

我相信,在各级领导的关心支持下,在各位艺术家的共同努力下,“漓江画派”将开创一个辉煌的前景。在这里我谨代表中国美术家协会和全国的画家祝“漓江画派”走向辉煌!

阳太阳(广西美术家协会名誉主席):早在20世纪60年代初,我就提出了“漓江画派”的口号,希望广西能形成自己的艺术风格和画派。经过几代人的努力,今天,广西美术界在区党委的领导下,正式树起了“漓江画派”的旗帜,我十分感动和高兴!这是广西美术界的一件大事、好事。我相信“漓江画派”在大家的努力下一定能够形成和发展,为中国美术事业做出应有的贡献。

刘绍昆(广西美术家协会主席):区党委这次把打造“漓江画派”作为广西文化艺术发展战略第五战役来打,意义重大。这是广西美术事业在新世纪得到更大发展的机遇和里程碑。现在提出“漓江画派”的口号和树立这面旗帜,是历史的必然和时代的需要。“漓江画派”是一个涵盖产生于广西自然、人文背景的美术的区域概念,是广西大美术的概念。它的包容性与历史上其他画派局限于水墨材质的形态有着很大的区别。因此,准确地说,“漓江画派”就是广西美术现象的一个标志性的学术概念。围绕着它,艺术家们的创作天地非常广阔,并以强调多元性及艺术个性呈现出广西美术的创作面貌。所以“漓江画派”前景是非常诱人的。回顾广西美术过去的状况,成绩虽然不少,但没有理论上的自觉并明确我们的优势。通过这次研讨,特别是树立起“漓江画派”这面旗帜,今后,广西美术创作在发扬多民族优秀文化传统、多元的开放性和文化背景、鲜明的地域特点和强烈的时代精神及艺术个性的共识下,将得到全面的、整体的提高和发展。

黄格胜(广西美术家协会名誉主席、广西艺术学院院长):区党委宣传部把打造“漓江画派”作为广西文化艺术发展战略的重要部分,区党委副书记潘琦同志亲自主持策划,并多次专题撰文叙述打造“漓江画派”的重要性和具体措施,这是十分难得且罕见的。有各级领导的重视和支持,“漓江画派”一定能成为广西美术的品牌,在全国产生影响。

二 ‖ “漓江画派”的精神内涵及审美特征

任何画派都有产生于特定文化背景的精神及审美特征,这是画派风格的内核。“漓江画派”的精神内涵及审美特征是什么,由此而产生的艺术形式和风格以什么形态呈现,是研讨会重要的议题。代表们从不同的角度陈述了自己的认识。

刘新(美术评论家):如果因此把漓江山水作为广西风光形象的正面的话,那么,围绕着它,广西还有很多风光独特的侧面,这些侧面与具有代表性的桂林山水共同构成了广西丰富的山水资源和人文、自然互惠益彰的山水文化。阳太阳先生在20世纪60年代就提出了建设“漓江画派”的概念与设想;涂克先生则在70年代从另一个角度提出了“亚热带画派”的概念和理论。“漓江画派”应张扬这种广西特有的山水文化,这是合乎时宜的方向性的策略;同时应该理解其本身所具有的包容性和现代性甚至前卫性的指标,因为它虽然源于本土的山水资源,但它的理念、形态却是开放的、现代的。它与其他地域相区别的那些差异性,我们要保持,这是地域个性所在,但是要凸显出一种出人意料的态势,这是一个本土的现代化的转变问题。

谢麟(广西美术家协会秘书长):怎样打造"漓江画派"?我们必须明确"漓江画派"的宗旨,我想应是对当下破坏自然、精神生态的批判,提倡回归自然、回归精神家园的艺术主张。这是它的文化指向。在这个前提下,确立"漓江画派"的审美特征十分重要。其一,我们必须明确"漓江画派"的地域界定不仅是指桂林,而是整个广西,这是它的地域特征;其二,它的文化特征也不是单指山水人文精神,而是广西多民族多元化形成的传统民族精神的反映;其三,它的艺术特征带有强烈的亚热带及多元的民族审美特点。"漓江画派"的审美特征是由鲜明的地域特点、多元的民族文化背景以及边缘的艺术形态构成的。不同的地域特征产生不同的标志性的审美特征,一方水土一方艺术,由自然环境产生的审美观、艺术观直接影响着艺术家的创作。在地域审美特征上,"漓江画派"是以柔美为审美取向的。广西是一个少数民族地区,没有丰厚的历史文化底蕴,但有丰富多彩的民族文化,远离主流文化中心的边缘性使广西美术创作长期处在相对封闭的自然的生态中,这不足恰恰使广西画家更接近自然心灵的跳动,在创作本体的精神驱动下宣泄,画家在一种自然而平和的精神状态中创作,因而更符合艺术创作的规律。没有传统的包袱、多民族多元的文化背景、自然的艺术生态使"漓江画派"的文化审美特征是多元性和凸显个性的,是以多元的民族传统精神表现的,因这种文化特征的影响,"漓江画派"的艺术特征也是在包容性、多样化中体现出来的。因此"漓江画派"的审美特征是多元性、多样性表现的以"柔美"为主要特点的审美品格。

徐沛君(《美术观察》栏目主持):我认为,"漓江画派"不是局限在一个区域性的东西,它应有明确的文化取向,比如江南画派,以表现小桥流水、粉墙黑瓦为主题,不同的画家有不同的审美价值体现和精神内涵,像李可染、吴冠中、陈逸飞笔下的江南就有很大的审美差异。因此,我们可以从某些艺术个案寻找到依据,从而判断"漓江画派"精神内涵和文化取向,这样我们可能就明确一些。再一点,广西的边缘性问题。其实我认为文化没有中心和优劣之说,因为文化的可比性是很难确定的,文化可以交流、融会,其区域性、差异性是正常的。如果什么文化都融合了、接轨了,成为一种中心和大一统的东西,那是不可思议的,是消灭文化的现象。"漓江画派"的地域、文化差异性正是它的审美特征,我们要坚持。

雷务武(广西美术家协会副主席):广西的画家是以自恋的心态进行创作的,这种个体意识较强的状态是否能形成群势的文化现象,是我们要研究的问题,因为一个文化现象应有与别的文化现象相异的东西。我们要使这种状况以文化的现象出现,有种说法,解释这是本土化的当代性。我们广西本土化的当代性是什么?是以什么文化性和什么精神体现出来的?"漓江画派"的文化性的问题也就在此,一定要弄清当代本地性的形态,弄清我们的特点在哪里。

余永健(广西美术家协会副主席):我们要注意文化自觉的问题,如果"漓江画派"没能在文化层面上提升起来,那么我们就还停留在原有的水平。文化自觉很重要。

彭薇(美术杂志社编辑):广西美术界是一个特别团结、实力特强的群体。广西还有这么好的自然、人文环境,我觉得形成“漓江画派”有很好的条件。我想到一个题目——地方与画家,我们现在一讲到地方画家这个词,都觉得有些贬义,这是我们长期的文化管理行政化造成的。中外许多大师都是地方画家。地方画家一点贬义都没有,地方画家有很大的优势,因为他们有“根”在地方上。这个“根”有两个含义,一是人文情感的根、地方特色的根、地方题材的根。在所谓全球化、一体化的今天,在文化艺术上我觉得我们还是要走自己的路,一定要在自己生长的土地上寻找自己的激情与美感。鲁迅先生那句话说得挺好的,就是“只有民族的才是世界的”,广西今天选择的地域风格的道路正验证了这句话。

帅民风(艺术学博士):广西近现代美术发展一贯重视从“写生创作”之法来改良和发展广西美术。这也是广西近现代美术发展的特色之一。同样也是“漓江画派”的基本特征。

三 ‖ “漓江画派”的艺术特征

广西多样性的自然环境和多元化的文化背景使“漓江画派”的艺术特征也是以多元性来呈现的。这种艺术特征的多元性不但表现在创作题材的多样性、艺术面貌的差异性上,还体现在创作主体精神层面的差异上。也就是说,“漓江画派”不是以一种风格、同样的题材、共同的艺术观念来统一的,而是产生于广西特定的地域、人文环境的美术现象的总称,是以一种产生于这些条件的文化指向的美术现象的归纳。

谢森(广西艺术学院教授):广西的许多画家也和全国的许多画家一样,在不同历史时期的不同艺术思潮所带来的困惑和迷失中,浪费了许多时间和才华。我想,经历这许多之后,我们应该回归到真实,回归到艺术的本源。广西地处南方边陲,远离全国文化中心,不利于交流和参与。然而,减少各种喧闹的干扰正是艺术家平静心态的需要。因为真正有价值的艺术创造与一切急功近利行为是无缘的。因此,广西的画家不能辜负了自己的生命,不能辜负了这好山好水好风光。广西有如此得天独厚的优越条件,为什么不能产生一个风格鲜明的画派呢?我认为,“漓江画派”应以表现山水风景为主体,涵盖其他题材。

唐玉玲(广西美术家协会副主席):在广西美术创作队伍中,女画家是一支富有朝气的力量。广西女画家非常热爱生活,作品一贯坚持反映生活,表现真、善、美,自觉摒弃假、恶、丑,努力将自己对世间美好事物的感受用画笔真诚地表现出来。“漓江画派”的审美特征之一是提倡写生,主张创作从生活中来,坚持现实主义艺术理念,反对闭门造车,反对假、大、空,追求鲜活的艺术生命力和艺术感染力。这一点,正是广西女画家长期以来所追求的。

梁耀(广西艺术学院副教授):“人文”这个词,包含着人、历史、地域等诸多内涵,其中地域因素在“漓江画派”中占有重要的地位,地域因素应当为讨论“漓江画派”的核心材料之一。

蔡道东(广西美术家协会副主席):“漓江画派”派中有系、系中有类,我们广西水彩画可能是归到系和类里的。广西北部湾的风光,是广西地域特征的另一个重要因素,从山地文化到海洋文化,从自然到人文都有很大的差异。以北海水彩群体为主的广西水彩画,从艺术形式到审美取向,都反映了这种不同,这是"漓江画派"多元的艺术特征之一。

戴延兴(广西美术家协会副主席):我们打造"漓江画派",更重要的是在文化上的一种塑造,找一种更大的文化价值。桂林的历史文化源远流长,深厚的文化积淀也可以成为"漓江画派"形成的因素之一。

黄月新(广西艺术学院副教授):广西的雕塑创作队伍在近年来创作了一批在全国有影响的作品,相对而言,广西的雕塑在广西美术创作中是处在较前卫的状态的,现代性较强。广西的雕塑家比较注意对当下一些问题的思考,在表现形式上也运用了现代的语言。这也是广西美术现象多元结构的体现。"漓江画派"应该有现代艺术的有机成分。

四 ‖ 打造"漓江画派"我们要做什么

历史上的画派,大多是自然形成或后人评说的,先提出口号进而打造出来一个画派,确为鲜见。广西美术界树立"漓江画派"这面旗帜,通过党委和各方面的努力形成一个文化现象和品牌,这是中国美术界具有时代特征的现象。但怎样打造"漓江画派"?我们该做什么?代表们发表了各自的看法。

苏旅(广西美术家协会副主席、评论家):一个纯艺术的绘画流派得到党和政府如此高度的重视和亲切关怀,在我国文化事业上绝无仅有,这将对广西美术界形成强大的推动力;二是广西近年来涌现出一批出类拔萃的艺术家;三是广西美术创作大环境是有史以来最好的。这三个条件,为"漓江画派"的打造打下了良好的基础。但如何整合广西的美术力量和美术资源,以自己鲜明的民族地域特色和艺术风格独立于美术之林;同时如何通过有效的运作方式,推动"漓江画派"的形成和发展,我想应从以下几方面着手:一、建立"漓江美术发展论坛"。构建一个理论平台,以理论促进、带动广西美术创作的发展。二、建立一支重量级的画家队伍,重点扶植代表性画家,以此形成和加强集群优势。三、建立鼓励创新的保障机制。如签约制、项目资助制,设立广西美术的最高权威奖"石涛艺术奖",办好窗口刊物等。四、建立长期的美术展览规划。每年策划专题展,如以油画风景为专题的"风景广西",以国画为专题的"山水广西",以版画为专题的"黑白广西"等。五、培养自己的策展人。六、建立展示基地和培训基地。七、加强和国内外美术界、理论界、新闻界的合作。

雷玻(广西美术家协会副主席):广西美协作为实施打造"漓江画派"具体措施的机构,初步拟订了三年的计划,主要从展示、学术研讨等方面开展。近年来,广西美协做了大量的工作,办了几件大事,在全国产生了影响。前年,我们配合区党委打造广西"民歌、山水"品牌的战略,提出了打造广西美术品牌的构想,得到了区党委宣传部,特别是潘琦副书记的大力支持,他亲自确定把打造“漓江画派”作为广西文学艺术发展战略的第五战役。我们准备以专题性的学术展览为主要的展示活动。现在筹办第三届广西油画展就是为了参加第三届中国油画展,这是广西第一次以整体面貌向全国展示油画创作的状况,也是我们打造“漓江画派”的第一个重大举措。

郑君里(广西艺术学院教授):在打造“漓江画派”的过程中,“群体意识”尤为重要。在当今社会,以个体和单干为行为的艺术创作,很难在时代的洪流中推波逐浪,特别是在地处边远的广西。只有形成诸多实力雄厚的美术家“强强联合”的“漓江画派”群体,才能使广西美术界在全国占有一席之地。同时,要在展示、宣传、理论上加强力度。

黄菁(广西艺术学院教授):作为画家,不是因为有了今天的打造“漓江画派”的举措才好好画画,这只不过是我们创作的一个动力。打造“漓江画派”,必须有骨干创作队伍及有影响的作品来支撑。我们只需把自己的创作搞好,潜下心来,多出作品,有了这个基础,在其他方面加强努力,逐步形成气候。打造“漓江画派”是一个长远的行为。

陈毅刚(油画家):应特别注意的是“漓江画派”的宗旨,不仅应符合广西艺术的特点,还应有所针对,精神指向最好在全国独树一帜,在内涵上,应避免太过宽泛。

代表赵松柏、曾邕生、刘南一、阳山、阳光、杨诚、肖畅恒等也在会议上表述了自己的观点。

研讨会讨论热烈,大家对“漓江画派”有了一个共识,并明确了今后广西美术创作的方向。

最后,广西美术家协会主席刘绍昆做了总结发言:“漓江画派”理论研讨会经过两天的讨论,取得了很大的成果。特别是自治区党委副书记潘琦,区党委常委、区党委宣传部部长沈北海,广西文联主席蓝怀昌,广西文联副主席傅磬等领导以及桂林市委领导的出席,表明了各级领导对打造“漓江画派”的高度重视。可以这样说,广西美术界有了一个千载难逢的、历史性的机遇,这是广西美术事业在新世纪发展的里程碑,我们一定好好把握这个机遇,推动广西美术事业新的发展。近年来,广西美术加强了理论建设,连续召开了几次理论会,大家对广西美术的发展进行了深层面的思考与研讨,形成了今天理论上的自觉和创作上的自觉,还认识到今后在文化上自觉的重要性。这次会议经过几个月的筹备,终于召开并取得了很多新的认识和共识,为打造“漓江画派”打下了坚实的理论基础。通过这次会议,我们对“漓江画派”的认识更清晰了,归纳起来有如下几点:一、“漓江画派”的定位,潘琦副书记在重要讲话中已有明确的阐述。从学术意义上认识,“漓江画派”是产生于广西地域、文化背景的美术现象的概称,多元的艺术形态和形式是有别于其他画派的特征。二、“漓江画派”的宗旨,也就是文化指向,是对当下破坏自然和精神生态的反叛,提倡“回归自然、回归精神家园”的艺术观念。三、“漓江画派”的审美特征是以多样性、多元性表现的、以“柔美”“鲜活”为主要特点的审美品格。四、“漓江画派”的艺术特征是多画种并举,多元艺术形态表现的以表达对自然、精神形态本体的认识,凸现人与自然的亲和,创作主体的精神从游离形态回归到对人类、对自然的真实体验上。这几个方面十分重要,它是“漓江画派”的特征。另外,加强创作自觉、理论自觉和文化自觉很重要,特别是文化自觉,它是“漓江画派”形成和发展的重要因素。在创作上,广西的画家还要坚持一种“本分”的创作心态,这是我们的优势。在具体的打造措施中,建立理论平台,狠抓创作队伍,特别是骨干队伍的建设,多出精品,策划学术性展示,扩大对外宣传,充分利用各级领导和社会各界的支持等都很重要。各位代表、各级领导的关心支持,广西美术界的空前团结,广大画家的努力,使我们有理由相信:“漓江画派”一定能在不久的将来逐步形成和发展;“漓江画派”一定能以独特的艺术品格立足于全国美术之林,为中国美术事业的发展做出应有的贡献。

(原载《南方文坛》2003 年第 6 期)

风景，对广西美术的当下与未来有多重要

略谈“漓江画派”的生成与前途

□刘　新

要回答这个问题，就得重温一下广西美术过去的一些版图和路线，并对当下全国美术版图中广西美术的实际位置作一下客观的定位。而回答清楚了这个问题，广西美术的未来目标就更清楚一些，进而可以架构起一个明确的前瞻性计划。

广西地处亚热带气候区域，阳光、雨水充足，绿意葱茏，植被丰富；地貌绮丽多样，面向海洋，背靠纵深的山地，河网四通八达。其中桂林山水甲天下之秀，成为广西山水约定俗成的一个形象代表，漓江也因此名扬中外，成为广西形象的国际招牌。如果因此把漓江山水当作广西风光形象的正面的话，那么，围绕着它，广西还有很多风光独特的侧面，这些侧面与具有代表性的桂林山水共同构成了广西丰富的山水资源和人文、自然互惠益彰的山水文化。阳太阳先生在20世纪60年代就提出了建立“漓江画派”的概念与设想，自己在艺术实践上也身体力行，其笔下的水墨桂林、水彩桂林几十年来名扬中外。涂克先生则在70年代从另一个角度提出了“亚热带画派”的概念和理论，自己在风景油画中，尤其是色彩表现上，一直沿着这个理论的方向孜孜不倦地探索，留下了一大批精彩佳作。

生活在这片绮丽风光中的南国画家或慕名踏访的画人行旅，大多是自然山水的自觉抒情者，从古至今都是这样。如果说，中国古代奉山水画为主流，人物画相对被边缘化、矮小化的话，那么，在现当代社会，人物画倚意识形态的重威而成为主流的时候，在广西，强势的山水、风景资源影响着画家们艺术走向的格局则从未因此而改变过。虽然人物画的队伍在壮大发展，自20世纪50年代以来，出现了曾日文、孙见光、刘宇一、林令、黄旭、刘绍昆、谢森等一批在业务上很专业、很有成就的人物画家，但最终还是没有形成能与山水、风景艺术平分秋色的阵势。山水、风景艺术因此长期在广西为画坛主流，所构筑的基础相当丰厚，其对内对外的影响至今仍是最大。石涛以降，我们可以在帅础坚、阳太阳、黄独峰、涂克、黄格胜、张复兴、张冬

峰、黄菁,以及叶侣梅、杨启鸿、刘益之、卢汉华、和铁龙、覃忠华、李绍忠、高峻、肖舜之、白晓军、蔡道东等画家的艺术履历中看到这个强大的山水、风景艺术的传统脉向,而且这个传统现在一直没有被削弱,相反,在发展、进步,还凝聚了更新锐的艺术力量。在人物画创作上已有成就的刘绍昆、谢森、雷务武、梁耀、赵松柏,现在也移往山水、风景领域,并自觉地以此为课题,在近期的艺术实践中,逐渐成为画风迥异的有个性的风景"歌手"。

事实上,自 20 世纪 80 年代以来,广西美术一直是在保守与开放的对立态势甚至冲突中发展的。最保守的形态就是依附着通俗现实主义和泛社会学的少数民族风情画成为一种地域时尚和集体意识,创作者和组织者都唯此独尊,非此即彼。由此,广西美术自给自足、画地为牢的小农经济的模式、意识延绵多年。"八五"新潮期间,开放的现代势力对之猛烈冲击,其中,最前卫的意识就是要求打破本土题材的圈地围栏,以开放的心胸去表现艺术家对世界的真实认识,也就是说把艺术家及其行为放在人类的高度来确认,从而消解掉地域造成的文化差异。这种理念便直接促生了 1986 年的"开始画展""以太画展"及"全区油画创作研讨会",在座的阳太阳、刘绍昆、谢森、黄菁、肖畅恒等都是这个过程的亲历者。现在,时过境迁,近二十年的奋斗过程,已给我们提供了一个很大的反省空间,从这个过程的许多努力中,我们会深究出其中的何种结果,颇值得考量。我个人觉得是可以看清楚几点事实:一是广西美术没有赶上中国前卫艺术的末班车,短暂的"开始画展""以太画展"及零散的前卫艺术的实践现象,只是被中国前卫艺术的微风轻吹了一下头发,远远没有形成"疾风知劲草"的亲历态势。所以,广西美术至今仍然划不进中国前卫艺术的生态版图。倘若现在要融进去,存在着素质、经验、人际及社会宽容等方面的距离,因此,要跨出这一步已不是短线策略所考虑的行为。二是这十几年来,中国美术创作的人文层面和技术指标已经发生翻天覆地的变化,尤其是接续传统的写实体系所呈现出的新古典、新写实、新生代、新文人画等技术精湛的艺术现象,直接促进了中国写实艺术和表现艺术水平的大幅度提高,而且形成了东北、京津、江苏、山东、湖北、广东、四川这么一个连带性的强势生态。在体制内或体制外的各种大展里,他们所呈现出的整体艺术形象是那么强烈、有力。对应过来看,广西的实际情况是,国画山水黄格胜、张复兴脱颖而出,跻身全国行列;油画则是以整体的求进姿态和健康的精神面貌引人关注,尤其是油画学会的关注,其中张冬峰在油画风景领域率先出列为大家;其余的画种、题材均处于全国边缘。其原因就是在人文层面和技术层面与全国的一流水平存在距离,而能与之缩短距离的,现在看来只有风景、山水具备优势与可能。我们客观存在的自然资源与山水、风景的艺术传统,以及山水、风景中率先成功的个案,都给我们的突破策略带来了某种根本性的启发。当然,这种"缩短距离说"是指整体的广西美术创作生态而言的,没有因此而虚无掉像刘绍昆这样的人物画高手,更不包括广西独特的以解构理念而成为特色的雕塑、书法现象。三是广西美术长期处于一个不在主流中心文化区域的边缘地区,近 20 年来,其文化认同力相对低弱,或者说先天不足。因此想靠实力跻身全国的前途不大,上述讲到的画山水的黄格胜、张复兴和画风景的张冬峰、画人物的刘绍昆及雕塑的石向东、何镇海,其力量和形象都有过于零散的问题。这几年广西画家以不变应万变或以变为进的种种努力并没有造就一批风格独特的"状元"也是证明,处于同等地位的北大荒版画、长安画派、湖南工笔画、福建漆画、云南重彩画、贵州艺术现象的成功个案则是有力的反证。所以广西美术的未来发展也应讲究策略。于是选择风景,并使之形成一种现象,便是合乎时宜的一个方向性选择。因为这个地区出现优秀的山水、风景艺术集群或现象,无论从哪方面看过来,都会比在这个地区出现颠覆传统,甚至颠覆前卫的艺术要正常,要合乎逻辑。倘若这种由山水文化所引发的广西美术现象具有了全国性,那么,我以为它就达到了"漓江画派"的最终目的。

有了上述的几点反思,"漓江画派"的生成便成了顺理成章的逻辑结果。然而,对这个由来已久的概念,也应该理解到它本身所具有的包容性和现代性,甚至前卫性的指标。

我们得承认,它虽然源于本土的山水资源,但它的理念、形态却是开放的、现代的。它与其他地域相区别的那些差异性,我们要保持,这是地域的个性所在。但是要凸显出一种出人意料的态势,这是一个本土的现代化的转变问题。没有这个转变,"漓江画派"的本身将不具有文化张力,从而沦为一个一般性的风光摄影展的导览功能。在以往出现过的地域画派或现象中,就有不少这方面的问题,这是应该引以为鉴的。这样说是不是跟前面的提法有矛盾?其实不是。我个人认为目前广西的社会文化基础和艺术家的观念,尚不具备在整体上做一些更为国际化、更具当下性的问题性展览,求真求美的理念在八桂大地还是相当普遍的。问题是这种理念或愿望离平庸仅一步的距离,稍稍后退一步,就入了一般的境地。在这种境况下,才有必要强调山水、风景本身的文化张力和出人意料的艺术家的个性才智。"漓江画派"要涌动着活力,少不了这些东西,广西美术,甚至文化的开放形象要借此获得主流文化的认同,更少不了这些东西。

谈到这一步,不得不谈至"漓江画派"的外延问题。"漓江画派"实际是广西风光画派的一个统一称谓或概念,已不仅仅是桂林、漓江的专利和范围。广西美术需要被外部了解,也需要了解外部,于是通过山水、风景这个渠道,呈现出我们的问题、思考、情感和面貌。但广西美术多种题材的创作选择不会因此而消失,只是说山水、风景目前具备了策展的有利条件,并作为主渠道与外部沟通互动。而且把山水、风景艺术当作一个此时此地的问题来看待,其社会公共性在与外界沟通中才会真正生效。因此,这里的山水、风景问题已远远地突围出过去认为的赏心悦目的圈地,而具有很强的当代性。就像2002年上海双年展的主题"都市营造"在发达资本主义国家早已不是问题,而在中国的上海却是前卫问题一样。另外,"漓江画派"概念中的广西山水、风景艺术完全可以引起一些艺术态度上的连锁效应(如苏旅先生所提出的"水墨广西""黑白广西""开放的广西""画布上的桂林"等系列思路),以期引导大家来共同讨论一些有关山水、风景艺术所应对的现代问题。通过不同主题的展览与不同问题的研讨,在未来数年里逐渐把"漓江画派"做成一个具有社会公共性和现代理念的展览体制。然而这一切思考,还仅仅是初步的纸上作业,对它的真正实施和由此得来的信心,还应取决于画家们拿出的优秀作品和强大的经济支持。

(原载《南方文坛》2003 年第 6 期)

2004 年

关于当下的广西舞蹈创作

金涛访谈录

□ 韩德明

韩德明:金涛老师,您从事舞蹈艺术几十年,对表演、编导、教学、评论研究均有涉及,作为一个艺术家与学者,您对广西舞蹈创作态势有何评价与看法?

金涛:世纪之交,广西舞坛确实出现了不少优秀作品,从大型舞蹈诗《咕哩美》到音乐剧《白莲》,从壮族舞剧《妈勒访天边》到大型歌舞《漓江诗情》,以及单项舞蹈《担》《姑娘不穿鞋》等,荣获了国家"文华新剧目奖""文华大奖""荷花奖"、全国少数民族第二次会演金奖和"孔雀杯"单项舞蹈金奖。而在第五届全国舞蹈比赛、第二届"荷花杯"单项舞蹈大赛两个不同层面的赛事中,广西均没有作品参赛,这似乎是一种徘徊或回落,也许酝酿着一次大的动作。但纵观整个广西舞蹈的创作态势,还是良好积极、蓬勃发展、着实喜人的。创作队伍健康成长,正在走向成熟;舞蹈作品贴近生活,颇具特色,质量品位明显提高;创作势头空前繁荣发展,可以说是一路成就,一路辉煌。

艺术的创新和完美,是没有止境的。坦诚地说,以上几部成功大作,虽然取得了巨大成就,但要想跃20世纪经典、传世之作的平台,还须艰苦攀登。所以我希望他们不要搁置下来,放开眼界,面向未来,居安思危,再创辉煌。

韩德明:金老师,您能否从编导的角度,就几个作品具体分析其成功与不足之处?

金涛:舞蹈诗《咕哩美》是依据北海渔民出海打鱼时,所用的灯、网、帆三个捕捞工具为构思焦点,拓宽其生活空间,展开诗意的想象,集中提炼创编而成的一部大型舞蹈作品。前两篇灯与网,生活气息浓厚,情节生动,人物鲜明,备感亲切,有着较强的艺术感染力,真实、细腻地表现了渔家闯海捕鱼、月夜织网、恋爱嫁娶的地域风情景象,具有海洋文化的基本特点。但第三篇扬帆奋进,立意不高,节奏松散,场景不够宏大,气势也不磅礴,有待改进。

音乐剧《白莲》音乐优美动听,舞蹈漂亮雅致,秀美耐看,如"梳头舞""银饰舞""对歌"等几段舞，在舞台上长演不衰。但剧本故事不太完整，剧情发展的层次不够清楚，稍显粗糙。

壮族舞剧《妈勒访天边》是根据同名壮族民间传说改编而成。剧本主题思想含义深刻，剧情发展脉络清晰，起伏跌宕，情节设置基本合理，人物思想、性格的刻画是鲜亮的。勒和母亲、勒和藤妹的几段双人舞，编得自然流畅，新颖别致，尤其是以审美复合的表现理念，把现代舞的语言和民族舞的语言并用，有些语言组合又做了一些不同程度的嫁接与融合，丰富了语言的表现力，塑造母亲、勒、藤妹的形象，激荡着人们的情怀，撞击着人们的心灵，深情地歌颂了壮族人民艰苦奋斗、英勇不屈、追求光明幸福的胆识和气概。从舞蹈的角度看，在前两幕和第四幕中有不少令人触目的迷人亮点。比如：母亲在漫漫的山路上艰难跋涉，苍老地倒下去了，勒悲痛欲绝，跪在妈面前，激烈地颤抖与抽搐……催人泪下；藤妹和勒依偎在一条板凳上，那一段热情、狡黠的嬉戏，发展成亲密爱恋的抒情双人舞，非常优美；而在茂密的丛林中、溪水旁，沐浴着山泉，缠绵浪漫的舞蹈对话，更是令人陶醉。看来，艺术作品没有激情是产生不了亮点的。但该剧在剧情发展的走向上、勒和藤妹的关系处理上，有些问题是值得商榷的。一、我有点疑惑不解的是，编导在第三幕后半部，让勒随着藤妹走到了一个阳光灿烂、人流如海、歌舞如潮的歌场圩上，这里的人们，个个脸上绽放着花一样的笑容，一派光明、幸福、安康的景象，这不正是勒千辛万苦寻访的天边太阳和光明吗？那勒在第四幕后半部和第五幕中，还要去寻访什么新地方呢？尽管第三幕后半场展示了各民族质朴华茂、劲健豪放的民间歌舞，却掩盖不了上面提到的毛病，无法自圆其说，依然游离了剧情发展的基本线索，直接削弱了勒毅然离开藤妹，继续赶路寻访天边太阳的意义与价值。二、勒和藤妹的人物关系，在第五幕中纠缠不清，没有发展，一直未能看到两人同心协力、不畏艰险，寻访光明和幸福的细节和行为，形象显得有些单薄了。至于尾声，让无数群众迎着金色的太阳走去，太实了些，此时使我想起了《山海经·海外北经》记载的古代神话“夸父追日”。夸父终其一生去追赶太阳，到头来也未追上，因为太阳是永远追不上的，这里只是表现人类在历史发展的过程中，一种自强不息、追求光明的精神。同样，《妈勒访天边》中的母亲、勒、藤妹想去邀请太阳，也是邀请不到的，所以我认为尾声不妨以写意的手法，营造一个辽阔、神秘的梦幻氛围，使其真而不实，虚而不空，让勒和藤妹在幻觉中走向太阳，去接近太阳……留给观众一些想象的空间，可能会有更深远的意味和艺术性吧！

大型歌舞《漓江诗情》，是一部以漓江山水文化圈为背景，以诗的意象构思而成的优美秀丽的歌舞作品。寓意新，形式美，以漓江风光流韵为主线，荟萃并展示了广西各民族多姿多彩的风情歌舞，如诗如画，亦梦亦真，挺有艺术性的。特别值得一提的是桂林西街那一场，给我留下了深刻的印象。中外游客，聚会西街，彼此间热情亲密，情真意切，同欢共舞，形象有力地赞扬了桂林旅游文化的独特品位与价值，很有新意。在歌舞的构想上，正是由于荟萃了广西各民族的优秀歌舞，并做了某些调整与修改，也就暴露了创作上的一些弊端：其一，忽视了民族原生态歌舞的质朴性与地域性的情趣；其二，原创精神较差，影响了作品艺术个性的张扬。

韩德明:金老师,您一直比较关注广西舞蹈创作,广西舞蹈创作在前进中的主要矛盾是什么?

金涛:事物的特质是要一分为二的。任何艺术品种在发展中总会出现一些需要严肃对待、积极解决的问题。舞蹈也不例外。从战略性的宏观层面分析,广西舞蹈创作的首要矛盾,仍然是人才问题。近两三年来,广西获金奖的四部大型舞蹈作品的主创编导,有三部是从北京等地请来的专家,本区编导只是创编段舞,协助配合,这一现状,充分说明广西舞蹈事业发展的主要矛盾是高级明睿的、能独立主创的领军人物特别匮乏。大家都明白,人文素质高、科学思维强、创作激情盛、综合技能精的专家,是引导艺术发展繁荣的基础与保证。我们应该高度重视这一问题,进一步完善引进高级人才和培养本土高级人才的机制,外地引进和本地培养同步进行,我相信一定会改变现状,推动民族舞蹈事业更加繁荣昌盛。

其次,现有的专业编导队伍,发展不平衡,水平有差异,中年编导相对比较成熟,业绩斐然。少数的青年编导虽然也取得了一定成绩,但生活根底不厚,人文素质较低,对舞蹈本体特征的认识还待提高。这些前进中的不利因素,极大地制约着舞蹈创作的水平与质量。

舞蹈是人体动态艺术,长于抒情,所以又是一门情感艺术。因此塑造动人以情、引人入胜的舞蹈意象,非常关键。唐朝诗人白居易曾说过:"感人心者,莫先于情。"可呈现在广西舞台上的不少作品,与以上观点大相径庭,较为突出的问题是:一、本土文化意识不强,原创精神较弱,有着脱离生活、冷淡传统的倾向。由于平时应用知识和创作素材积累较少,在创作上还出现过一些变相模仿的不健康之风。二、在综合艺术素质上,处于弱势。具体来说,作品在立意上,空泛多于意象;形象思维上,平实多于想象;艺术风格上,共性多于个性;表现手法上,再现多于表现。因此,我觉得应该站在文化的高度,以忧患的意识,对广西近年的创作现状与走向进行一些必要的反思。只要勇于检讨自己创作上的盲点,光明就始于足下;只要敢于剖析自己的弱点,前景就会大有希望。

韩德明:广西是一个多民族聚居的地区,民族舞蹈文化历史悠久,丰富深厚,您认为应该怎样进一步弘扬民族舞蹈文化传统呢?

金涛:弘扬民族舞蹈文化传统,是舞蹈学术界经常研讨的一个热门话题,它对繁荣民族舞蹈创作,具有重要的现实意义。应当随着社会的变革、时代的发展,常谈常新,越谈越明。广西民族民间舞蹈文化传统,是中华民族文化传统的一个组成部分。民族民间舞蹈的优秀传统里,蕴藏着各族人民的智慧理念、思想情感、道德兴趣、美好的希冀,以及风格迥异的大量瑰丽多彩的民间舞蹈节目。历史上传承下来的这些民间舞蹈文化传统和精神财富,是历史的积淀,是舞蹈的精华,依然闪耀着金子般的光彩,具有深厚的历史性、民族性、文化性、延续性、继承性,是中华民族宝贵的文化遗产,是建设社会主义先进舞蹈文化的坚实基础。

民族民间舞蹈文化传统,是一个历史范畴。传统意味着过去,要让过去的传统舞蹈文化,为今天的社会主义建设服务,必须结合时代精神和人民的需求,在推陈出新中继承其精华,以舞蹈精华弘扬民族神韵。一句话,与时俱进,变革创新。创新是不断思进的概念,是一个革命性的概念,是弘扬舞蹈传统的灵魂,是弘扬传统最基本的思维方式;它反对食古不化,因循守旧,也反对虚无主义,以洋代中。方法上,我主张以文化人类学的观念,在下乡采风的基础上,作些深入细致的田野调查,先钻进去,再走出来。钻进去,是为了了解、熟悉、掌握传统文化的历史沿革,依存的人文背景,以及民间舞蹈节目的内容形式、风格特点、动律语汇、意象和情调表达的方式等;走出来,是为了客观地全方位地研究审视传统舞蹈文化。从实际出发,思辨鉴别继承哪些宝贵的人文资源,发展激扬哪些民族舞蹈文化精粹。所以,我衷心地希望在第一线的舞蹈编导家们,热爱民族本土文化,潜下心来,认真踏实地学习传统,持之以恒地研究传统,以作品为载体,不懈地在创作实践中筛选运用其精华,在舞台作品的演绎中感悟其价值。这会大大提高你们的人文素养,拓宽你们的文化视野,使你们的创作水平产生不可估量的飞跃。

韩德明:现在南宁剧场正在上演《八桂大歌》,您对该作品的形式构建和艺术品格有何评论?

金涛:《八桂大歌》是经过精心打造的、优美动人的成功力作。众所周知,广西是名闻中华大地的"歌海",策划与编导高瞻远瞩,抓住了广西山歌、民歌极为丰富多彩、内涵深邃的这一主要人文资源,进行创意构思,大手笔,大写意,大制作,大气派,创造性地、艺术地以绮丽的音画形式,真挚地赞美了八桂儿女劳动与爱情生活的情操,展现了人文精神与风采,令人耳目一新,沁人心脾。艺术的雕塑上,独具匠心,以音为主体,以画为衬托,定位准确,手法简明。音与画,布局有序,相得益彰,抑扬有致,推波助澜,层层递进,一幅幅新奇斑斓的画卷,散发着浪漫的气息,在"歌海"中流动飘逸,千姿百态,姹紫嫣红,充满神奇的魅力。恢宏的场景中洋溢着热烈的情愫,抒情的氛围里透着人性的光辉。舞美、灯光设计,很有创造性,以高科技设计了一个两层旋转舞台,既能升降,又可内外旋转与离合,在不同的规定情景中,根据季节的变化,装点了农家的水车、稻谷堆、吊脚楼、秋千等,强化了音画的田园风光和情趣。这部大型音画佳作,既具有鲜活的原创性、艺术性、文化性,又具有较高的美学价值。从而使我体会到艺术作品的文化内涵和文化品格,是精品的标志。

《八桂大歌》取得了令人瞩目的成就,但为了更上一层楼,也有些问题需要商讨。该作品的声乐部分,是建构音画形式的主导与生命线,这条生命线对描绘表述民族地域风韵与色调,歌唱民族的思想情感与美好追求,宣扬民族精神,起到至关重要的作用。从剧场直观欣赏的角度来看,声乐曲调以广西本土许多山歌、民歌为基本创作素材,进行加工创造和艺术升华,旋律是流畅亮丽的,情感是热烈激昂的,取得了相当不错的艺术效果。但遗憾的是,我听不到几首像黑衣壮民歌那样清纯、甜美、高亢、激越的乡音,共性音调显得多而泛化,众多的民族歌曲中,广西民族地域特色不够强,民族风格韵律不够浓,音乐个性逊色了。顾名思义,《八桂大歌》是广西的八桂大歌,但八桂大地那真情淳朴的山歌、民歌,在这部音画作品里,却处于弱势地位,让人心情不大舒畅。这样创作的趋同现象,长此以往,广西大型音乐创作会出现什么样的境遇和前景,令人有些担心啊!

瑕不掩瑜,《八桂大歌》仍是一部绚丽绮美、高水平、高质量的优秀新作,必将受到八桂儿女的热烈欢迎和厚爱。

2003 年 7 月 9 日夜　初稿

(原载《南方文坛》2004 年第 1 期)

艰难的突围

论广西长篇小说的现状、存在的问题和发展途径

□ 黄伟林

随着世纪之交文坛新桂军的崛起，以东西、鬼子、李冯"广西三剑客"为前锋，以凡一平、沈东子、黄佩华、常弼宇、杨映川、纪尘为前卫的广西中短篇小说创作已经在中国文坛赢得了广泛的声誉。在这样的形势下，2003年，广西文坛开始了"从中短篇创作向长篇小说创作转移"的战略调整。与此同时，广西诸多媒体也开始对广西长篇小说的创作投入关注，颇有"山雨欲来风满楼"之势，一种"先声夺人"的为"决战"而造势的局面正在形成。

"决战"之前，"盘点"一下我们的"库存"，对照一下全国的形势，清理一下发展的思路，对广西长篇小说创作的良性发展显然是有好处的。事实上，敏感的批评家已经有所动作。比如，近两届茅盾文学奖初评评委张燕玲就在《广西呼唤优秀的长篇小说》(见2003年12月5日的《桂林晚报》)这篇文章中对广西长篇小说的现状和与全国文坛的差距作了较为客观也颇有见地的评论。只是此文受文体的限制，未能充分展开。在此，笔者拟根据数年来对广西长篇小说的阅读将此话题向纵深处延伸，希望能对广西文坛正在风起云涌的长篇小说创作有所助益。

文学是人学。不同的人学观、对人性不同层面的关注使现代文学分成现实主义、现代主义和后现代主义三种主要的文学形态。其中，现实主义侧重于对人的社会性的表现，现代主义侧重于对人的理想性的追求，后现代主义则是从文化多样性的理念出发，关注人性的另类构成及对历史的另类阐释。新时期以来中国文坛的长篇小说格局主要由现实主义、现代主义和后现代主义三种形态构成。广西长篇小说也不例外。可以说，现实主义仍然是近年来广西长篇小说的主流形态。像张宗栻的《红土》《绿岸》、黄佩华的《生生长流》、龚桂华的《世情》《尊严》、伍稻洋的《市委书记的两规日子》《绝对不说受不了》、周昱麟的《世家》《土皮》、贺晓晴的《花瓣糖果流浪年》、陈爱萍的《活下去》、黄德昌的《石城轶事》都可以归入现实主义文学

形态。张宗栻的《绿岸》是我国第一部以旅游业为题材的长篇小说,作品将主人公江尉的人生命运放在中国旅游业发展起步的这样一个背景下加以表现,旅游商战的波诡云谲和艺术家的浪漫任性造就了小说情节的跌宕起伏,使小说具有较强的可读性。周昱麟的《世家》描写一个知识世家的百年沧桑,以此透视中国知识分子所遭遇的世纪挫折。《土皮》以知识者的视角观察中国"三农"的境遇,隐含着作者深刻的忧患意识和批判精神。龚桂华的《世情》写建国以来桂北地区一个村庄三个家族错综复杂的斗争,变阶级斗争思维为家族斗争思维。除了引进惊险小说的情节构思之外,作品的最大特色在于作者几乎完全脱离了绝大多数作家的文人思维,而以较为原生的民间思维抒写中国当代农村生活史。读这部作品使人想到《吕梁英雄传》《林海雪原》这个如今人们久违了的当代文学传统。现实主义审美思维的一个原则是真实、深度地反映社会现实。在这一点上,作者有颇为自觉的追求。而在人物形象塑造上,秦世林这个人物确实很有特色。黄佩华的《生生长流》写了红水河一个农氏家族四代人的百年沧桑。小说共八章,每章写一个家族人物,基本可作为一个独立的中篇小说。在每个单元中,作者将叙述的着眼点放在每个人物的生活轶事上,尽量从小处着手,具有中国古代笔记小说的风韵;而由诸位人物、诸种轶事组织而成的整体结构,则含有书写历史的宏大叙事目的。这是作者用心颇巨的长篇处女作。散点透视组成宏大叙事,凡人小事见出历史大势。小说写得克制、冷静,显示了作者现实主义叙事的功力。

现实主义文学形态因为数百年的文学实践,业已十分成熟。由于人的社会存在是最受重视的存在层面,因而,现实主义文学容易受到大众读者的关注,作为一个开放的思维体系,现实主义的审美意识形态长盛不衰。然而,正因为现实主义已经是一种相当成熟的文学形态,因此,在此范畴中寻求突破实非易事。成功的现实主义作品既需要有相当成熟的现实主义叙事能力,又需要有一种超脱于时代的思想穿透力。以近年来产生了一定影响的《国画》《沧浪之水》等作品论,它们均因为缺少新的思想资源,思想境界仍停留于传统批判现实主义的层面而不被批评界真正看好。检索这些年那些得到批评界较高评价的作品,可以发现,成功的现实主义小说往往不囿于传统的思维模式和叙述手段,比如,陈忠实的《白鹿原》的主旨是对中国 20 世纪前 50 年的革命历史进行反思,但它的构思创意和叙事模式显然得到寻根文学的启发。正是这种启发使它脱离了传统现实主义的窠臼,从而建构了一种新的历史深度。余华的《活着》往往被认为是作者从先锋立场退却的标志,但只要不意气用事,人们不得不承认先锋小说的营养已经渗透到《活着》的整个叙述结构和叙述语言中。相对而言,广西近年的现实主义长篇小说创作对新的思想资源和叙事经验借鉴不够,从而难以从群雄纷争的现实主义小说中脱颖而出。这一点,我们不妨以赢得了较多注意的贺晓晴的《花瓣糖果流浪年》为例作一说明。

首先,我以为《花瓣糖果流浪年》确实是广西文坛一部不可多得的现实主义小说。有论者认为小说塑造了一个中国式的女于连。[1]其实，与其说主人公是于连，不如说是嘉莉妹妹。不过，这虽然摸到了这部长篇小说的本体，但没有触到要害。《花瓣糖果流浪年》最有特色的地方恐怕还是这个千方百计寻找一份安定生活的年轻女人韩月晴对男人的体验。也就是说，时刻睁大着眼睛的韩月晴不仅时刻在寻找“经济机会”，而且时刻在透视着男人。更确切地说，韩月晴有时刻洞察男人的第三只眼。正如她自己所说的：“我闭上的眼睛也是有视力的。”

在阅读《花瓣糖果流浪年》的时候，我们可以时刻感觉到韩月晴犀利的目光中的道德视角。比如，宁的道德弱点是缺乏羞耻心，路楠的道德弱点是缺乏责任感。而最受道德鞭挞的是龙正，在韩月晴眼里，他贪婪狡猾，在金钱、权力、性三个方面都表现出巨大的贪欲。客观地说，他给了韩月晴拉广告的机会、卖珍珠的机会，甚至还给了韩月晴实现文学梦的机会，但韩月晴似乎从开头到结束都用一种鄙视、厌恶的目光对待他。这里有先天的原因，在小说中，龙正的相貌比较难看。但更重要的是后天的因素，即龙正的行为举止在韩月晴心目中从来都是造作的、虚伪的。韩月晴这双道德眼睛早已洞穿了龙正的道德阴暗面，以至于在韩月晴心目中，龙正几乎是一个邪恶的化身。

我认为，这可能正是《花瓣糖果流浪年》的一个致命的弱点，即作者那种拘囿于自我的道德化立场。因为，道德本身是一个公共规范，从自我出发建构的道德感往往是不堪一击的。也许，站在韩月晴的角度，她可以看出龙正种种的“道德是非”。但如果站在龙正的角度，是否也可以看出韩月晴的许多是非呢？这很容易进入一种俗话说的“公说公有理，婆说婆有理”的纠缠不清的境地。局限于这种境界，我们不可能想象小说有多大的艺术超越性。这里，我并非认为小说不应该建构道德化立场，只是认为道德立场必须占据人类的高度。如果达不到这样的境界，小说就容易混同于通俗作品。通俗作品执着的就是世俗道德立场。当然，还有一种可能，就是超越道德立场，不从道德的角度思考问题，而从多视角理解存在的合理性；如果能建立这样的视角，可能就不会过多地纠缠于对龙正的道德思考、道德判断，而写出当下社会深刻的本质的矛盾，写出主人公虽然精明却难以摆脱困境的人性根源。

李冯的《孔子》、沈东子的《早晨八点钟的遭遇》、张宗栻的《蓝月亮》《飘逝》、阿明的《我到德国做新娘》可以理解为现代主义小说。现代主义试图超越人的社会存在，探测人的生命存在。现实主义的最高目标是建立一个公正公平的社会秩序。然而，相对完善的社会秩序即使建立，也并不意味着所有人类问题被一网打尽。与现实主义将社会批判放在首位不同，现代主义更倾向于人的自我反思。李冯曾以戏仿小说闻名。戏仿小说本是对传统小说的解构，应归于后现代主义思维形态。然而，李冯写《孔子》的初衷也许是解构孔子这一中国文化中的神圣形象，但在写作过程中，他却在解构神圣的时候发现了孔子作为一个本色本真的人的形象。于是，作为神、圣的孔子一去不复返，作为人的孔子则站立起来了。李冯也因此在阐释孔子这一形象的同时，阐释了他对于人的理解。与李冯的戏仿小说不同，沈东子的小说从来都隐含着对外在环境的压力的反抗。只是这种压力往往不是具体的社会问题，而是一种具有普遍性进而成为观念秩序的意识形态。当然,这种意识形态不是政治意识形态,因为政治意识形态总是会落实到社会结构中。沈东子小说所要反抗的意识形态可以理解为人生意识形态,是一种关于人的生活准则、关于人的生命价值的观念意识。这使沈东子的小说长期笼罩着一种紧张的情绪。然而,在《早晨八点钟的遭遇》这部可以称为成长小说的长篇作品中,作者却一反常态,卸下了紧张的盔甲,代之以平常心的叙事姿态。可以看出,这是作者自我超越的努力,也是作者初试长篇力求适应长篇文体所做的风格调整。小说叙述了主人公方小文从童年到成年的成长经历。我想,每一个 60 年代出生的中国人都可以从中看到自己的影子。小说写了"文革",写了阿尔巴尼亚电影,写了林彪事件,写了尼克松访华,写了江青的垮台,写了新时期市场经济的最初形态。如此看来,小说似乎更接近现实主义叙事,作品似乎再现了中国"文革"后期到新时期那十多年的历史进程。然而,实际却并非如此。与其说小说写了这些历史事件,不如说小说力图展示的是这些大的历史事件,更包括许多小的日常生活事件在主人公心灵中留下的烙印,写出了塑造那个时代的人的历史文化根由。差不多十年前,中国文坛流行过一阵王朔热,王朔笔下的人物给读者留下了很深的印象。然而,这些人物从哪里来?是什么样的生活和文化塑造了这样的人物?我们读王朔的作品得不到答案。如今,在沈东子的《早晨八点钟的遭遇》中我们似乎可以有所理解。一年之计在于春,一日之计在于晨。"早晨八点钟的遭遇"对人一生的影响当然是至关重要的。还值得一提的是,小说采用的是少年视角,作者在叙述视角的把握上是很到位的。小说中的一切事物均来自主人公方小文的眼光所及,一切判断均根据方小文的少年价值观,没有丝毫逾越,整个小说保持了叙述上的完整性和一致性。这和一些广西小说家在叙述视角上的不严谨相比是颇显作者的叙述功力的。当然,小说也有不足之处。整个小说借方小文的视角叙述,这一点做得很干净。但作者可能忽略了方小文也处于成长的状态中,而整个小说中童年思维成为主导,前半部显然很贴切,后半部就有点不合适。因为,这时候的方小文已经是青年人,他的思维应该进入成年状态,有更多理性和反思的成分。与此同时,后半部分对人物的个体叙述较多,时代的氛围不明显。其实,80 年代初期的时代氛围对主人公的成长也应该有深刻影响。而在这个问题上,作者的叙述显得不那么从容。

通俗地概括,阿明的《我到德国做新娘》讲述的是一个女人与三个男人的故事。女主人公阿明是一个漂亮而气质出众的女孩儿,攻读硕士时被同学取了一个名字"赛西施"。她性格倔强,任性纵情,泼辣率真。她受过几乎最好的教育,有非常好的学习天赋,尤其是语言天赋,讲得几口几乎和母语一样流利的外语,从硕士读到博士一路顺风。她在攻读硕士期间与硕士生范蠡相恋,两人是校园中的神仙情侣,之后又双双考上博士,成为比翼双飞的博士夫妻。后来范蠡移情别恋,阿明与德国留学生艾伦相恋,其间又与一位离异的编辑齐放同居。小说讲述的是阿明从 23 岁到 29 岁攻读硕士到结婚出国这六年间的故事。按常理,阿明是一个令人羡慕的女孩,但事实上,在她的心目中,她认为自己"从 23 岁到 29 岁,爱情、事业、学业,所有人生最重大的命题都在这里交织一团,而且简直就是一团糟”。

读阿明的这部小说使我想起了徐坤的《春天的 22 个夜晚》。《春天的 22 个夜晚》中的毛榛和《我到德国做新娘》中的阿明都是高学历的中国年轻女性。她们在物质生活上几乎可以说无忧无虑,在观念上也有了相当程度的解放,对她们来说,社会尊重的需求和感官上的快乐都是比较容易获得的。然而,这群在文化层次、物质经济以及身体享受方面都达到了较高的自由度的人,还是遭遇了生活的困境。显然,这种困境的根源已经无法在社会体制中寻找,只能在人性的深层构成中探求。

随着中国社会的飞速发展,中国关于人的认识日趋多元化。过去,人们一般认为人是社会关系的总和,90 年代以后,当中国人基本解决了温饱问题之后,人的多种可能性逐渐浮出海面。东西的《耳光响亮》、杨映川的《婚前的荣灯》、凡一平的《跪下》《变性人手记》、光盘的《摸摸我下巴》《请你枪毙我》《王痞子的欲望》都可以理解为后现代主义小说。东西的《耳光响亮》是近年来影响最大的广西长篇小说。以我的看法,《耳光响亮》表面看是写新时期 20 年的历史进程,这种题材选择是典型的现实主义的选择,关注社会历史进程,关注时代精神变迁。似乎是非常主流的意识形态,非常具有历史共同性,应该属于现实主义文学。但真正阅读这部作品,你会感到它和主流、和共同性风马牛不相及,完全是一种与共同性无关的写作。我读这部长篇小说,一方面不得不承认其中叙述的历史事件都是真实的,甚至语言都有非常鲜明的时代痕迹,主体叙事也确实是再现了中国新时期 20 年的历史;但另一方面也不得不承认,它的叙述已经与从伤痕文学到改革文学这样的现实主义叙事方式完全不一样了。它是以戏谑的、狂欢的语言叙述解构了一般人心目中的新时期历史。它已经成功地逃出了现实主义的话语框架。从它的叙述中,我们虽然可以读到共同的历史,却找不到共同的感觉。似乎共同历史只是一种表面,真实的意图则在真实历史的背后。我认为,这实质上是建立了一种与宏大叙事不同的叙述视角,尽管时代的背景是相同的,但它关注的其实是与主流社会截然不同的另类感觉。这种感觉的存在,实际上意味着一个与主流社群不同的社群的存在。这实际上仍然是一种差异的揭示。也就是说,在《耳光响亮》这部作品中,东西建构了两种逻辑,表面上是一种历史叙事的逻辑,深层中却是一种语言叙事的逻辑。这就涉及东西小说的一个很大的特点:它不是历史叙事,而是语言寓言。与大多数作家执着于社会历史进程的关注不同,东西并不打算阐释历史,做所谓历史的书记官、社会的观察员,他更关注的是历史中的人,特别是人的心灵存在方式。在《耳光响亮》中,我们可以看到,同样是这样的一群人,同样的躯壳、同样的狂热、同样的荒唐,然而,同样的形式置换了不同样的灵魂,一个政治崇拜、领袖崇拜的时代终于被经济崇拜、金钱崇拜的时代取代,人的这种外在的不变和内在的变是如此触目惊心,正是在这个意义上,我们可以说东西写出了新时期以来 20 年中国人的心灵史。

在某种意义上,我们可以说东西解构的是历史,同时,正如张燕玲所说,光盘的《王痞子的欲望》解构的是人。鬼子曾用一句话来概括这个长篇小说的故事:“有个叫王痞子的男人,他一生的终极理想就是为了生一个女孩给恩人做妾。”王痞子的这个理想对于他的恩人来说是一厢情愿,对于读者来说则是觉得不可思议。然而,后现代主义的人学观恰恰是要呈现人的另类构成,早在 80 年代中期,人们就已经在莫言、余华、苏童的先锋小说中读到了类似的另类人物。在这点上,光盘还是触到了后现代的真谛的。可以看出,光盘受到了东西叙述语言的影响,他有意削弱日常理性的规范,特别重视语言自身的逻辑和想象力。因为他的富于想象的语言的带动,王痞子这个另类人物尽管面目暧昧,却颇为奇特。

如果说神话是原始文明的主导文学体裁,诗歌是农业文明的主导文学体裁,那么,小说则是工业文明的主导文学体裁;如果说小说王国里中短篇小说往往需要寄生、依附在期刊这样的媒体身上,那么,长篇小说则能够以独立的姿态进入读者的视野。

对一个现代人而言,长篇小说是他们文学记忆的核心成分。通俗者,张恨水、金庸、琼瑶、大仲马、村上春树、《哈利·波特》;高雅者,陀思妥耶夫斯基、海明威、马尔克斯、《追忆似水年华》《尤利西斯》;雅俗共赏者,中国四大名著、巴尔扎克、托尔斯泰、奥斯汀、马克·吐温、劳伦斯。所有这些名字,无不指向一个共同点:长篇小说。记忆往往以一种无意识的方式左右人们的选择,比如,细心的读者发现,已经有 100 多年历史的诺贝尔文学奖,绝大多数奖给了主要成就为长篇小说的作家。

1993 年“陕军东征”启动的中国长篇小说创作热迄今有增无减,原因在于三种意识形态都高度重视长篇小说这一文体形式。主流意识形态方面,1996 年就将长篇小说列为需要重点扶持的文学创作“三大件”之一(另两件是儿童文学和影视文学);精英意识形态方面,长篇小说是一个作家显示自身文学实力、表现自己综合才能的最重要文体;大众意识形态方面,长篇小说是图书市场最具有畅销潜质的文学文体形式。

长篇小说为什么有如此大的感召力?这必须从长篇小说的文体特质上寻找原因。首先,长篇小说是文学娱乐品质的最集中体现,现代以来最有吸引力的故事,几乎都为长篇小说所承载,这是长篇能够吸引大众读者眼球的根本质素;其次,长篇小说的规模和容量决定了它能够而且必须承载广阔厚重的社会人生内容,最有可能成为一个时代的记录,满足人们阅览时代风云、体验沧桑人生、感受人性奥妙的心理需要;第三,长篇小说的长度、深度、感染力和形式美感构成了对一个作家的艺术表现力、生活感知力、生命感受力的强度挑战,成为一个作家奠定自己文学地位的最重要的砝码。

长篇小说的性质决定了一个成功的长篇小说需要作者具有生活、思想、艺术多方面的准备。在我看来,当前广西文坛发起长篇小说的“强攻”,就外在条件而言已经相当充分。因为中国新时期的社会形态已经趋于稳定,稳定的社会形态才可能造成深度历史的水落石出。也就是说,今天人们已经有可能相对超脱地重新审视历史、直面现实和前瞻未来。这为现实主义文学寻找突破提供了很好的条件。与此同时,经过近 30 年的改革开放,中国的人文环境获得了很大程度的解放,人性的诸种可能性也获得了表现空间。这为现代主义、后现代主义的人性探索提供了大量素材。在这样的形势下，一批新锐的广西小说家也开始了他们的长篇小说创作，如鬼子的第一个长篇小说写作在顺利地进行，东西的第二部长篇小说开了头，常弼宇的长篇小说处女作已经接近完成，甚至连评论家杨长勋也加入了长篇小说的写作。应该说，今天广西的长篇小说创作阵容强大，卧虎藏龙，志在必得。那么，在这篇为广西长篇小说呐喊助威的文章的结尾，我还愿意补充几句：

真正有价值的文学总希望自己有一种超越时空的力量，一种包容了时尚而又有抵抗时尚的力量。我想，这种力量恐怕不仅仅来自现实的时间。我觉得一个优秀的作家应该建立一种博大精深的哲学意识和历史意识，这种意识的来源有许多渠道。但有些渠道是显而易见的。比如《圣经》就给予西方人哲学意识，《史记》就给予中国人历史感。哲学意识和历史感将使一个人建构起宽阔的精神深度。有了这种精神深度，我们才具有对那些变幻莫测的时尚进行量度的能力。我们才不仅有此岸的意识，也有彼岸的情怀。

在一定程度上，我意识到部分广西小说家的作品丰富的是知识经验，少的是心灵对知识经验的咀嚼、反思，换言之，少了哲学。如果这些作者只是一个生活的享乐者，我会觉得他一往无前无可厚非，因为他有太多的快乐需要享受，有太多的经验需要传达，有太多的风景需要走马观花，甚至不妨像方方所写的《奔跑的火光》。然而，如果他想做一个小说家，特别是想做一个优秀的小说家，我想提醒他，他应该时时回回头。回头，一个回头的姿势会给予他的作品更开阔的心灵空间。欧洲的阿尔卑斯山上刻有一句话："慢慢走，欣赏呵！"这句话我想送给我们的小说家。因为，文学毕竟是农业社会的产物，它需要心灵的酿造、时间的发酵。我又突发奇想，如果说将文学解释为语言哲学，我想告诉我的这些骁勇善战的朋友，不要只有语言，没有哲学。

（原载《南方文坛》2004 年第 2 期）

批评怎样对文学负责

怀念《无边的挑战》

□ 杨胜刚　黄　毓

在中国当代文学批评界,很少有人像陈晓明一样,能始终让自己的批评保持一股新锐之气。新时期成长起来的许多批评家已被雨打风吹去,知识结构和既有经验的局限让他们无法应对纷纭变幻的文坛风景,与谈论对象之间存在的巨大隔膜往往使他们的批评捉襟见肘,没有光泽。陈晓明是屈指可数的能及时到场对走马灯般变换的文学新进做出准确有效的反应的批评家,他是批评界永远的"先锋派",以自己勤奋、新潮而深刻的评论写作扫荡着业已陈腐的批评话语和批评方式。2002 年,他因新作《表意的焦虑》荣获华语文学传媒大奖,并不令人惊奇。一个在十多年前已拿出《无边的挑战》(广西师范大学出版社 2004 年 1 月重版时作者充实了若干章节)这样一部一新学界耳目、才华横溢之作品的作者,我们理应对他今天或将来的作为有更多期待。

现今在批评界激扬文字的后起之秀很少没读过《无边的挑战》(以下简称《挑战》)。相对于《表意的焦虑》,《挑战》更让人怀念。在我看来,《挑战》和王晓明的《潜流与旋涡》、王一川的《中国现代卡里斯马典型》是可以让一个初学者一窥文学批评的魅力的。《潜流与旋涡》式的批评是极劳心劳力的一种,因为它要批评者交付的是整个心灵,需要批评者将自己打开,去与被批评者感同身受,捕捉后者隐秘的精神悸动。这种批评的写作过程就是一个精神体验过程,一个批评者极力将自己附着于对象作者的过程,它像他们二人之间的一次长距离的精神赛跑,最后很可能让一个批评者脱力。《中国现代卡里斯马典型》式的批评则显示出科学般的冷静和解剖式的力量。这种批评有一个坚实的理论基点,一个高效的方法,这二者在批评者的驱遣下,就像一把寒光闪闪的手术刀,直奔文本,然后手起刀落,干净利落地解决文本问题。《挑战》则兼有这二者的特点。陈晓明的这本书是让感觉在理性的分辨中自由伸展,既显示出对文本精微的体验，又充分发挥了自己良好的理论素养，展示了透彻的理性思辨突入问题的锐利。当然，由于《挑战》充分敞开了审美经验，所以对理论的运用并不“硬”，而是感性十足、韵味横生，显露出一种“文学”的批评风格。

大多数先锋文本都是拒绝进入和交流的，它们被先锋作家写得歧义丛生，扑朔迷离，布满语言的陷阱。它们远离现有文学经验的有意陌生化，不免让人望而生畏或读后如坠云雾中。能无阻碍地将先锋小说读下去本身就是有相当难度的，更不用说还要将这些小说读到心里去，高屋建瓴地对他们的艺术得失和深层意蕴进行透视。这将给批评家的智力和艺术颖悟带来极大的挑战。陈晓明无疑是挑战的胜出者。在对中国先锋小说进行艺术探测的活动中，陈晓明调动起自己全部的艺术感觉和耐受力，他的艺术触觉像一架具有高分辨率的探测仪，能捕捉到哪怕是最轻微的艺术脉动，然后将它们记录下来，为其绘制高精度先锋文学地形图留下可循的踪迹。《挑战》充满了陈晓明对先锋小说丰盈、饱满的感受细节，这些细节在书中像缤纷的花雨，无边地飘下。他对先锋小说叙事形态的破解，正是从这些敏锐的艺术感觉入手。在马原的小说里，他发现了不及物叙述的自我表演，在苏童的小说中读出了自在自为的故事运动，在余华、格非的小说里体悟到了感觉与幻觉对“真实”的覆盖，在孙甘露的小说里觉察到诗性语言的自由碰撞……特别是他对先锋小说叙事“临界状态”的杰出发现更是他超凡的艺术感觉力的完美体现。可以说他所有的这些发现都有赖于他非凡的艺术感受和体验能力。由于《挑战》为陈晓明灵气四溢的体验细节所充实和滋润，以及他令寻常的词语灿然生辉的表态魔力，他就用自己触手成春的笔触把对先锋小说的分析变成了描述。他是在运用理性研究，然而也是在感受，因此他就能把先锋小说解读得如此摇曳多姿，楚楚有致，整个的分析和运思过程似乎被转化为一次优雅、意味深长的“复述”。追随着他的“描述”，我们可以感觉到陈晓明的艺术直觉有如一艘质地优良、线条流畅的潜艇，剖开水体，轻快地向前划行，直达海洋的深处。在这种诗意盎然的读解局部，理论似乎停止了，只有灵感和直觉在那里伸展、跃动，每当它们捕捉到幽灵似的猎物，就发出畅快的尖叫。可见，《挑战》中陈晓明没有因为要把问题阐述清楚而单刀直入，抑制自己的阅读经验；相反，他在理性的分辨中完全放开了阅读先锋文本的经验和艺术自觉，因此，他对先锋小说的杰出解释才会有那么丰沛的感受性，《挑战》自身作为一个文学研究文本才会有那么浓郁的文学色彩，文学研究在《挑战》里才变成了一次意兴飞扬的文学探险，获得了一种文学品质。

陈晓明广阔的理论视野和深厚的理论修养是当今批评界所公认的。《挑战》明显应用了后现代主义理论。但他并没有将后现代主义理论的一般原理直接套到先锋小说里去，简单地把先锋小说和后现代主义的一般原理做一一对应的阐释。陈晓明对后现代主义理论的使用可能是以一种实用主义的方式和在尊重先锋小说的文学事实的基础上，策略性地使用。也就是说《挑战》“租用”后现代主义理论的某些范畴和概念，但它对后现代主义话语的“租用”是为了给凸显用旧有的理论难以解释的先锋小说的内在品质提供方便,后现代主义理论给他提供了一个对先锋小说发言的依据,他从那里得到了某种重要的支持和确认,使他的发言更有分量。或者陈晓明仅是把后现代主义理论作为一种遥远的理论背景,他从后现代主义理论那里获得了某种启示,这种灵机乍现的启示,使他找到了进入先锋小说的一条路径。《挑战》对先锋小说的解读始终都没有离开过中国 20 世纪 80 年代后期特殊的文化语境、精神气象,始终植根于先锋文学的事实,它一开始就直接进入对先锋文学产生的文化语境和先锋作家的集体无意识的清理。在陈晓明看来,中国 80 年代后期是一个文化大溃败的岁月,意识形态权威失落,统一的价值规范解体,文化失范,先锋作家是这一精神灾变的直接承受者。他们与中国传统的断裂注定了他们精神上无父的漂浮,毫无着落。他们凭着敏锐的直觉嗅到当代文化危机和时代精神病态,他们的小说正是对当代文化危机和自我精神困厄率先做出的反应。陈晓明还考察了先锋小说从叙事模式、语言经验、叙事变奏、叙事策略到抒情风格各方面掀起的叙事革命,充分肯定了先锋小说在叙事上达到的难度和深度以及他们新的艺术经验对中国当代小说、系列命题和小说本身定义的改写。但陈晓明并不做硬性的简单的形式分析,他在细致的艺术描述中也渗透了对先锋作家内在精神风景的分析,这样先锋作家在小说形式上的实验是如何受制于他们与世界结成的精神关系并自然得以显现。另外陈晓明也没有无原则地为先锋派的艺术实验叫好,他洞见到他们对终极性价值的拒绝,现实与历史的匮乏使他们后现代式的不顾一切的艺术实验不可能走得更远,他们过分强烈的话语欲望,过分追求表达的快感和游戏、炫技的心态已预示着自身的艺术危机。与此同时,陈晓明对先锋小说的表现主题和内容(如性、苦难、孤独感、神秘感、逃亡、历史等)进行深入观照,揭示他们对新的精神经验的传达。在展示一块块先锋派所开拓的表现领地时,他也不忘指出在先锋作家没有确信的支持的情况下,这一块块他们自己开辟的领地同时也成为他们胡作非为的狂欢场所,他们在那里以后现代式的嘲弄和戏谑化解庄严。然而他们有意制造的这些错位,荒诞、游戏、无所适从的情境在消费社会急剧膨胀的现实中,早已失去了挑战性和对抗性,并最终被其吞没。这样陈晓明就对先锋小说的艺术实验、主题及其迅速溃败的命运在后现代主义理论视域下进行了全面的审视。陈晓明虽然最后把先锋小说归结为"后现代"性的,但他基本上坚持了"批评是现实的意识"[1],充分考察了中国当时特殊的文化语境和先锋文学的事实状态,后现代主义理论给他的主要是启示和一个言说的依据,他没有将后现代理论拿来硬套,而是将其化整为零,在坚持实事求是的原则上,让其为抵达先锋作品和先锋作家的内在精神服务,这里对先锋文学的批评是根据先锋文学呈现的事实而发出的,解读是与解读对象相适应的。他在"操练"后现代话语,但更是在为先锋文学把脉,在诊断当代文化溃败年代的精神病症和文学的困境。由于《挑战》既立足于现实的文化事实和先锋文学的事实,又能从后现代主义理论那里获得必要的支持和确认,这使该书对先锋小说的阐释显得格外结实有力。而且全书的整个思路又极其缜密,如抽丝剥茧般一层层地推进,再加上前文所说的陈晓明在论述中敞开了个人对先锋小说的审美体验,融入了自己对作品细致入微的“体贴”,所以《挑战》对先锋小说的阐发就能深刻传神,诗性丰盈,自成一个圆满自足的言说世界。在那里先锋小说不再是让人望而生畏的怪胎,因为陈晓明已为我们在让人迷失的先锋文本里清理出一条清晰而可靠的路,沿着这条路我们看到的是新奇别致的文学风景,观览到的是动人心魄的心灵图画,这时我们早已忘记了先锋小说最初给我们的迷惘,也忘记了先锋小说给我们的原初感觉,我们已难分辨《挑战》所说出的是先锋小说的本来面目,还是陈晓明以自己的狡黠和智慧在自己的理解图式中对先锋小说的想象,唯一可以确认的就是解读先锋文本的《挑战》比先锋小说本身给了我们更强烈的阅读快感,它调动起更多的是阅读美好的文学批评的兴趣。从这点来说,《挑战》对先锋小说作品的批评是大于“作品”本身的,这有力地证明,文学批评也可以是一种创造性的“文学”写作,它可以写得富于激情和文采,散发着迷人的魅力。从《挑战》我们也可以看出陈晓明没有用理论和方法代替饱满的阅读经验,他对直接的文学经验和审美体验的重视使他的批评表现出要最大限度地与批评对象相适应的努力。由于他对文学的言说始终顽强地立足于文学文本、立足于文学的内在品质,所以他通过对文学文本的解读“把文学带回语言和心灵的身旁”[2],表现出“文学的”文学批评风采。

《挑战》中的大部分都曾以单篇的形式在20世纪80年代末到90年代初发表过。在那个时候,批评界有一股“游戏”倾向抬头。还是在1985年,黄子平便召唤批评家:“‘来吧,来和作者一起游戏’,游戏的心态是一种可贵的心态……于是你添加柴草,燃成篝火,并围绕着火拍手舞蹈。”[3]1986年,李陀又说:“相当多的文学批评和某些哲学的数学的思索一样,实际上成了一种心智高度紧张的智力游戏……”“许多才智出众的人都试图在这工作中探究自己的智力开发的极限。”[4]而吴亮干脆在他那篇著名的《马原的叙述圈套》中与马原玩起了智力竞赛的游戏,在他看来:“阐释马原肯定是一场极为有趣的博弈,它对我充满了诱惑。”[5]陈晓明抵制住了要与先锋小说家比拼智力的游戏冲动,虽然他在先锋小说中解读了许多非常的“语言游戏”,破译了隐藏在一个个先锋文本中的叙述秘密,找到了走入和走出先锋小说叙事迷宫的隐秘路径。在陈晓明的阐释里,先锋作家们的那些游戏、那些修辞快感一点也不令人兴高采烈,在一股“颓败”的精神气象的笼罩下,它们都带有一种难以言传的悲怆。陈晓明毫不留情地揭示出那些游戏和快感背后隐藏不住的空洞、虚无和一种内在的伤痛,对内在性丧失、缺乏生活的历史起源、不真实的游戏的解读,给他带来更多的是悲哀,因此,他没有像许多人那样热烈地欢呼“后现代”的到来,他清醒地看到,后现代主义给我们提供的不是最后的栖身地,在一个自行解构的文化溃败年代,已找不到自我救赎或拯救文学的最后领地。身处这样的命运中,有什么理由游戏、狂欢?陈晓明在此显示出一个职业批评家深广的文化情怀和难得的职业良知。尼采曾经感叹:“没有一个时代,人们对艺术谈论得如此之多,而尊重得如此之少。”在中国实际上很难用尊重艺术去要求批评家,那显得不适宜。现在已少有批评家能像陈晓明在《挑战》中所做的那样,那么多、那么精细、那么深入地阅读别人的作品,他对作家、对艺术、对自己职业的尊重,一个职业批评家所应该有的职业道德,也在他聚精会神的文本阅读中自然地表现出来。

应该说陈晓明的批评风格是比较含而不露的,他的批评建立在完备的西方现代文论和思想的积累上,所以他不像80年代的许多批评家一样往往潜在地以时代代言人、现实参与者的身份做激情洋溢的发言或训示,把批评变成他们社会激情和个人意气的跑马场。他的现实情绪很少外露。但从他不避解读那些令人目眩的先锋文本的心智劳顿和繁难,我们还是可以感觉得到他对先锋派投入了极大的热情。他这股言说先锋派的激情从何而来呢?在我看来,《挑战》对先锋小说酣畅淋漓的解读本身正是陈晓明对当时现实的情绪反应的最好说明,这其中有与先锋派惺惺相惜的成分,但是更复杂。陈晓明认为先锋作家是80年代中后期文化大溃败的直接承受者与受害者,他又何尝不是呢!在80年代经济实利主义消解了“卡里斯马”中心之后,国家政治意识形态对人们的压力稍稍松动之后,人们迫切地需要从僵固板结的社会秩序和一体化的文化氛围中挪动一下身躯,呼吸一下轻松的空气,但压制还是随处可见,那“场面上”的话语仍在貌似庄严的场合大行其道,给新生力量的生存发展带来巨大压力。陈晓明领受到了那种压在他们那一代人身上的文化压力。同时,作为一个以西方现代思想和理论为其知识结构基础的先锋批评家也必然有作为一种体制的知识权威对其施加压力,他的被冷遇和孤立在80年代是必然的。他在《挑战》中承认自己曾“一度饱尝单枪匹马的孤寂”[6],承受着具体学术活动中话语霸权的现实压力。所以他说:“……那时我们被各种虚假的‘理想’压得喘不过气,时刻期待轻松自如的游戏,甚至在王朔那里看到文化的前景……努力等待这个伟大的神话破产。”[7]在沉重的压抑下,他对压迫着他的传统秩序忍无可忍,极端厌憎,迫切希望它解体,以获得精神的轻松自如。所以他那么兴奋不已地投入对先锋小说的批评中,并不是出于要迫不及待地操作刚刚学来的后现代话语的欲望,而是从先锋小说对抗性的写作中感受到了一股同仇敌忾的相通气质,先锋小说那全面反叛既定的语言程序、文化权威话语的姿态吸引了他。他因而丝毫不避讳把自己的意愿强加给先锋派的嫌疑,把先锋派解读为对一切实施消解的中国的“后现代”,而他自己也似乎在渲染先锋派嘲弄一切,肆意拆解观念禁忌的言论过程中完成了一次想象性的、快意的“渎神”活动,这充分显露了陈晓明急切希望消除虚假理想的笼罩、瓦解权力话语的压迫和日常生活的板结结构的深层意愿,他对现实权力、权威的反感、轻蔑也曲折地传达了出来。但是即便是在肯定先锋小说消解行为对时代精神压迫的减压作用时,陈晓明也对解构一切的极端态度保持着警惕,他对无所顾忌的解构对文化建设和精神重构的危害有着清醒的意识。他说:“解构主义给我们提供了一种武器,而不是最后的栖身地。”[8]因此处于这个精神无处着落的文化溃败年代,他又在情感上存有对在文化上有所追求的80年代的“深长的怀恋”,一个有良知、有文化情怀的知识分子内心深处的反抗、犹疑和感伤一下子就暴露无遗。理解了这一点,理解了陈晓明对解构一切的深切忧虑,我们就不会轻率地把他说成是后现代主义的信徒。他虽然租用了后现代主义的理论,但在需要明确判断、亮出立场的时候,他坚定不移的学术良知就起了最终的决定作用。

近些年来,中国文学研究发生了重大变化,一大批文学研究者转向了学术史、思想史的研究。有些人在这方面走得更远,在一种可贵的责任心的驱使下,他们的研究转向更为公共性的领域,直接对公共性的事务、问题或基本价值问题发言,充当起公共知识分子的社会角色。公共关怀意识和公共理性在知识界的增长和成熟当然是非常可喜的事情。而有些文学研究者热衷于搬运西方各种文化研究理论,把精神分析和后精神分析,把结构主义、解构主义、知识考古学、文化人类学、后殖民主义、女权主义等理论一一拿来操练,中国的文学研究界已当仁不让地成为当今世界最大和最热闹的西方文化理论的表演场。在这样一些研究中,文学文本已成为纯粹的研究材料和佐证,没有人再关心文学的自身品质、意味、修辞,大家不再把文学文本当成文学来读,它们只是一个丰富的材料库,大家各取所需地从中夺取合乎其研究目的的资料。人们似乎已对文学麻木了,丢失了感应,它似乎已激发不起人们情感的波澜,拨动不了人们的心弦,引发不起人们对它的韵致、艺术匠心的悠长品味。一句话,人们在研究文学时已遗忘了鲜活的阅读经验和审美体验,已遗忘了文学研究还需要被文学感动并把这种感动带到研究中去,人们在研究文学时杀死了文学。这样研究文学的一个直接后果就像我的一个在大学讲授和研究文学的朋友所说,每天都在那里弄文学,然而,文学却离他越来越远。当他站在讲台上滔滔不绝地讲授文学时,他就感觉到一种与文学很深的隔膜存在于那里,他触不着文学,他最终给学生的只是一些似是而非的观念和思想,而关于文学本身他什么都没有说。学院的文学研究已到了这种远离文学内在品质的地步,这是文学的悲哀,更是文学研究的悲哀。在这样一种放逐文学的文学研究气氛中,《挑战》那种执着于文学文本,执着于审美体验,执着于直接的阅读经验传达的“文学”的文学批评实在让人怀念。陈晓明曾说过:“我只对最高的正义负责,正如我只对根本的是非较真一样。”[9]在这里我愿意把这个“最高的正义”理解为文学,我也把《挑战》看作他对文学这“最高的正义”负责而创造的一个典范性“文学”的文学批评文本。在这样一个文学研究不断地向文学开刀,快要将文学杀死的年代,我们需要对文学负责的文学批评。

[注释]

[1] 别林斯基:《关于批评的话》,见《别林斯基论文学》,259页,新文艺出版社1958年版。

[2]《首届华语文学传媒大奖颁奖词》,载《南方都市报》2003年4月18日。
[3] 黄子平:《沉思的老树精灵》,浙江文艺出版社1986年版。
[4] 李陀:《星期日评论》,序,四川文艺出版社1987年版。
[5] 吴亮:《马原的叙述圈套》,载《当代作家评论》1987年第3期。
[6][7][8] 陈晓明:《无边的挑战》,自序,313页,时代文艺出版社1993年版。
[9] 陈晓明:《表意的焦虑》,序,中国翻译出版社2002年版。

(原载《南方文坛》2004年第3期)

削一回自己的把

对广西歌曲创作的思考

□ 张名河

现代都市人没有故乡。

我和我周围许多词曲作者朋友，都只是一个现代山里人，总眷恋着、厮守着自己熟悉的耕耘过的田园。人，应该放眼看世界，也应该放眼看自己。

前不久，我应外省一家电视台的邀请，担任他们那里举行的电视歌手大赛的评委。在测试歌手综合素质时，一道十分亲切又出乎意料的问题出现了：中国有一个叫“歌海”的地方是哪里？歌手反应极快地回答：广西。一时间，我感觉到无数目光投向了我，自然很兴奋，很愉悦。评委们来自四面八方，平时难得一聚。赛事结束后，大家又围坐在一起神侃。无意中，话题转向了南宁民歌节。朋友们问我：广西为什么有“歌海”之称？我脱口而出：因为到处有刘三姐。一位资深乐评人接过我的话说，刘三姐是一个象征性的人物，也是一个艺术典型。当今要说广西是“歌海”，应有在全国打得响的广西自己的歌唱家、词作家和代表作品。广西有才旦卓玛、德德玛吗？广西有王洛宾吗？广西有《在那遥远的地方》吗？我明白他还要说什么，便当即打住了他的话。我说，你说的这些广西都有。我历数了广西历代有影响的歌唱家和词曲作家，以及许许多多有影响的作品。我本来还想说，你不了解广西。但我把话咽了回来，因为说出口会正中他的下怀，他会说，是呀，广西没有像才旦、王洛宾、《在那遥远的地方》这样的人和作品让我们大家了解呀。朋友是善意的，他的话还在继续，接下来似乎在说他的建议。我一副谦虚、真诚的样子，但怎么也听不进去。我被他的刺激弄得一整夜失眠，开始想起心事：广西真的没有在全国打得响的歌唱家、词作家和作品吗？为什么？广西歌曲创作现状与全国乐坛的差距究竟如何？

一 ‖ 缺乏批评或批评的持续

多年来,广西歌曲创作一直为“歌海”人所感慨。它的不少成果,确实能给我们带来不少的喜悦与欣慰。从20世纪五六十年代的《青山里流出红水河》到70年代的《壮族人民歌唱毛主席》《壮家少年在红旗下成长》,再到后来的《赶圩归来啊哩哩》《晨雾中牛铃在响》《红水河太阳河》《北部湾情歌》,直到近年来创作的《老王》《乡村社戏》《三月三,九月九》《瑶山青》《山歌牵出月亮来》《美丽神奇的地方》《挑着好日子山过山》等,构成了广西歌曲创作的景观。毫无疑问,这些是我们回望与前瞻广西歌曲创作的出发点。

经常地“盘点”一下自己的家当,对照别人找出自己的差距,理清思路,共谋发展,这是广西音乐事业和歌曲创作取得更大繁荣和发展的希望所在。坦诚地说,广西歌曲创作严重缺乏理论研究、艺术评论和教育。此前,批评家李启瑞及词作家梁绍武就曾撰文深刻透视广西音乐创作上的利弊得失。广西缺乏的是这种有见地的批评,特别在取得一定成绩,需要把这种成绩当作一个新的起点重新起步的时候,尤其是在见到这种真知灼见的批评之后,更缺乏一种批评的呼应与持续。

绍武君(见《南方文坛》2001年第6期)透视歌海,把广西民族音乐创作存在的亟待解决的问题归纳为四个字:“短、浅、浮、散”。短,乃创作上的短视、短期行为、短期目标;浅,乃创作上的浅尝辄止,作品浅薄平庸,眼光浅而不清,学识浅而自足;浮,乃华而不实,眼高手低,缺乏活力和动力;散,乃队伍松散,不够团结,矛盾隔阂重重,缺失人格魅力和宽容心态,缺乏沟通与交流。不知是这些批评点悟了广西的乐坛,还是广西的乐坛受益于这些批评,近年来,广西乐坛开始出现可喜的转机,创作局面有很大突破。

一是创作空气和社会宽容度得到极大的好转。词曲作者互相对视的目光变得越来越温柔,不再听到相互抱怨,或词拖累了曲,或曲跟不上词。词曲天然相亲的晶体,在词曲作者笔下,暗自努力,有了亲密的结合,带来了可喜的局面。互为称道、互为鼓励的声音多了起来。二是逐渐地有一种团体的组合和团队拼搏的精神,这种精神和作为日趋自觉并走向成熟。三是田园四周的篱笆变得越来越矮,篱笆上盘桓的花藤,有的探出头去,看见了外面的世界和墙外的春光。尤其是一些墙外的开拓者被欣喜地迎了进来,并邀请他们破土耕耘。在这块田园里,果真长出了一些属于这块土地的花果。四是词曲作家队伍逐步扩大,创作十分活跃。特别是一批中青年词曲作家,成就斐然者众多。他们带着自己的作品,逐渐为中国乐坛所注目,并开始为广大群众所熟悉。一批较优秀的作品,不断在全国各类评奖活动中获奖,其中有的作品已在群众中传唱。

看不到这些转机和突破,是一种盲视;看不到转机和突破所带来的新的困惑,是一种近视。笔者在撰写这篇文章时,全国第11届青年歌手电视大奖赛正如火如荼地举行。可是,北京传来消息，广西非职业组团队在复赛中已全军覆没。人们在决赛中看不到广西歌手的身影，这无疑又一次搅动了“歌海”人五味俱全的心绪。因此，可以说新的困惑需要新的突破，新的突破需要持续的批评作动力，需要有挑剔的目光和富有建设性的理性诤言。广西乐坛，应该随时听到来自不同方面的批评的声音，在批评声中求真，在批评声中求实，开创我们更加辉煌的未来。

二 ‖ 缺乏包装或包装的锐势

山里人最大的困惑就是农产品得不到深加工或精加工，只能原本原样地低价出售。任你勤勤恳恳挥汗如雨地劳作，富裕总是一再捉弄渴求脱贫的命运。八桂这块肥沃的音乐土壤，生长出的音乐作品同样是缺乏深加工与精包装的“农作物”。当今音乐生活，怎么能够脱离音乐市场去孤立地谈创作呢？那是一种最封闭、最陈旧的企盼。广西歌曲创作要真正在人前站起来，必须进军和拥有市场，必须拥有它的创作、演唱、录音、制作、出版、发行、演出各个环节的链条式的全新机制。否则，只能是劳作依然；收效依然。

当下，歌曲传播的机制及其特点如下。

——电视传媒。歌曲传播最主要的媒体是电视。从 90 年代开始，各级电视台几乎都相继开设了音乐电视的专栏性节目。包括两年一度的“青年歌手大奖赛”、一年一度的“MTV 大奖赛”、大量的音乐专题节目、有关的各类音乐电视活动及电视文艺晚会，对歌曲的传播起着极大的影响和推动作用。

——广播传媒。各大小电台几乎全部设有“流行音乐排行榜”栏目。电台间联合或与其他媒体联合的排行榜在近年来相继开办，预示着未来排行榜联合发展的趋势。

——影视传媒。电影电视剧以及电视专题节目、专题片的音乐和主题歌、插曲，导致一个特定的创作和演唱群体的出现，也成为歌曲的一个传播载体。

——平面传媒。包括报纸、杂志、书籍，对歌曲的传播都起了积极的作用。特别是一些专业性或通俗性的音乐期刊，依然为群众音乐生活所需。

——网络传媒。互联网上 MP3 技术的出现，使得互联网成为较大的歌曲传播中心之一。可以预计，网络将成为未来歌曲的主要传播载体。

对于当下歌曲传播的机制及其特点，广西音乐人似乎还没有将其完全纳入自己的创作思维和运作中去。我们不是没有这些传播机制，而是不善于运用市场这个魔棒，把各个传播机制的作用有效地发挥在歌曲的传播中。还无力在各类创作组织工作中改变现有的状况。歌曲的制作更是处于一种落后的水平，没有或不善于使用现代化的录音设备。到目前为止，我们基本上沿袭着传统模式下的创作组织方式，不存在完整的创作、制作、出版、发行和传播体系及较完整的产业格局。不能说广西的歌曲完全没有包装，那也是不符合实际的。它只是没有真正从市场出发,没有无孔不入,没有做到精益求精,没有做到打造品牌,没有形成锐势。广西的音乐市场要同全国乃至世界接轨,需要有非常精明的有远见的懂得经营音乐的商人,需要有非常强大的形成气候的经营音乐的队伍和产业。从包装歌手、包装作品入手,然后再包装整个“歌海”。

三 ‖ 缺乏大师或大师的风范

广西人杰地灵,有着极其丰厚的民族文化资源和歌的元素。广西在歌曲创作上,需要和期待着大师级的领军人物。作为一个多民族聚居的地方,有一种民族自信心理和自强心理,这给我们的艺术创作提供了强大的生命力和创造力。只有真正理解这种民族精神与民族心理,并融入它的血脉,才能更自觉更有效地驾驭和挖掘这种潜在的创作优势。抱定这样一种认识,我们在创作中始终追寻和期待着这样一种榜样。

广西的老一辈词曲作家,他们高度的社会责任感和政治责任感,他们的聪慧才智、辛勤劳作精神和优秀作品,极大地影响着后来者的思想、情感和创作。这是永远也用不完的一种无形资产和精神力量。中青年词曲作家迎来了更好的时代和机遇。从近年创作趋势可以看到,一个具有强大实力和潜力的广西词曲作家群已经渐渐浮出水面。我们的追寻和期待将在他们中间实现。但毋庸置疑,大师需要自己用自己的作品塑造,需要用自己大巧若拙、大音希声的作品塑造,需要一种风范(文化素养与人格魅力)来塑造,需要时间来塑造,需要的不是人为的打造,而是时间长河中的风吹浪打的天然造就。在这条时间的长河里,也许我们有的自身只是一朵浪花,但是我们坚信在这条河道的同行者中,将会有人磨砺成闪亮的钻石。

在歌词创作上,我常常想起乔羽的那句话:“歌词最容易写,歌词最不容易写好。歌词最容易写是由于它简短;歌词最不容易写好也是由于它简短。”现在懂得上半句话的人多,懂得下半句话的人少。我的创作前半生几乎只懂得他的前半句话,我的创作后半生能不能觉悟他的后半句话呢?这是大师给我的思考。

广西近年来音乐盛事不断,繁荣创作的举措频出,这给我们的歌坛带来了强大的动力。一个新的创作高峰将要来临。伴随这个高峰的来临,我们的词曲作家应该创造更多的互相交流切磋的机会,追求一种大目标、大感觉、大力度。更加积极地从精神、文化、感情上,投身于火热的现实生活,与时代同呼吸共命运,使我们的创作更加贴近实际、贴近生活、贴近群众。不为一些蝇头小利而奔忙,不为一时的浮华而障眼,学习大师的风范,多一些思考,多一些感受,拿出真正无愧于人民、无愧于时代的优秀作品。

主编燕玲托人捎来相关资料,要我写一篇绿色批评文章,用自己的刀削自己的把。她认准能削,一位评论家周密的语言和一位友人甜蜜的鼓励,使我无法不接过这把准备削自己把的刀。我挥舞了半天,又一次明白了老辈人的格言是不会轻易被打破的,自己的刀削不了自己的把。

(原载《南方文坛》2004年第4期)

历尽艰辛　创造辉煌

祝《南方文坛》创刊百期

□潘　琦

在中国的数字中，“百”是个很大的整数，也是非常吉利的数字。在中国成语中，“百”字开头的成语很多很多，如“百凤朝阳”“百花齐放”“百家争鸣”“一家女，百家求”等，就是说，凡逢一百，在人生或人的发展过程中，都是非常难得的，人生百岁才真正称为古稀。今天我们在这里纪念《南方文坛》创刊百期，是个大事、喜事，也是非常吉利的事。我作为《南方文坛》的忠实读者、作者、关注者或者说管理者，对此表示最真诚的祝贺。

事非经过不知难。《南方文坛》发展到今天，的确经过了非常艰难困苦的历程，作为一个见证者、亲历者和支持者，我为她骄傲，我为她自豪，我为她祝福。1995 年我从南宁地区调到区党委宣传部当部长，在当时的告别会上，我说：从今以后，“天不下雨天不刮风天上有太阳”我不管了，只管“妹妹怎么想哥哥怎么想”。到任后，遇到的第一个难题是张燕玲找到我，为《南方文坛》诉苦。《南方文坛》向何处去？当时区文联的同志思考这个问题，有的说停办算了，有的说维持现状找米下锅……众说纷纭。现在回忆起来，可以用五句话来概括《南方文坛》后来走过的路程：

——步履艰难，保住阵地。当初受市场经济的影响，很多期刊纷纷下马，纷纷转向。上山不知下山难。区文联当时非常穷，仅有两辆小破车，连汽油都买不起，《南方文坛》作为文联主办的刊物，光靠文联给钱是办不下去的。可是把这本刊物搞掉了，就预示着广西整个文艺评论的最后一块阵地没有了。当时，我主张成立广西文艺理论家协会，以协会为依托，有了协会的支持，刊物就有了它的队伍、有了依靠，就这样保住了《南方文坛》的性命。

——寻找出路，渡过难关。当时期刊的生死存亡很大程度上取决于经费，《南方文坛》的出路，也是经费问题。那时区党委宣传部钱不多，我还是从有限的经费中每年拨 60 万给区文联，其中 5 万给《南方文坛》，在这犹如救命稻草般的 5 万元的支持下，他们坚持下来了，维持着渡过了难关,并开始在国内文坛崛起。后来又找到广西师大出版社联办。那天,张燕玲把这个意向告诉我,我说,好啊,攀了个富亲戚,点着灯笼也找不到的啊!俗话说:“穷在闹市无人问,富在深山有远亲。”现在是“穷在闹市有远亲”,桂林离南宁有点距离,这个亲还是可以攀的。这些年来,广西师大出版社为《南方文坛》做了很多有益的工作,使她顺利渡过难关。

——重新定位,面貌改观。《南方文坛》作为社科类期刊,其办刊宗旨如何,定位在哪里?通过一番考虑,我提出了《南方文坛》应办成综合性文艺评论的刊物,要站在时代和世界文艺理论的前沿,把理论性、学术性、时代性、世界性有机地结合起来。要立足南方,面向全国,走向世界。不能只待在邕江边,一定要越过长江,跨过黄河。说实在的,当时说这话,心里还是打鼓:广西人个子矮,能冲得出去吗?广西兵可以打仗,但用现代武器来打,也不一定打得。广西人有文化,有文人,但在全国打得响的极少。张燕玲作为主编参加了很多全国性文学活动,结识了一批支持和关心《南方文坛》的朋友,他们对杂志的宗旨、定位很赞成,她决心更大了。刊物重新定了位,立志站在中国文艺评论的前沿,不再跟着别人跑,要以新的语言、新的样式、新的版式,以崭新的面貌展现在中国文坛上。特别是杂志形态的改变,用国际流行开本,《南方文坛》在国内是比较早的。有了自己的定位,明确了方向,找到了立足点,实现了飞跃。

——打造品牌,挤进“评坛”。功夫不负有心人,经过一段时间的努力,《南方文坛》开始有点名气。当时区文联的领导及张燕玲和编辑部的同志们都雄心勃勃,决心把刊物打造成一个品牌,并进入全国的名刊行列。当时有这想法难能可贵。事在人为,业靠人兴。经过几年的打造,《南方文坛》果真是向名刊靠拢,她成了中国中文核心期刊,且挤进了前十名。这在过去的广西是不可想象的。前年在全国的文代会、作代会期间,在中国作协的工作报告中,就有一大段提到了《南方文坛》,给广西文坛艺苑很大的振奋。

——越过长江,全国驰名。《南方文坛》真正产生了全国性的影响,在评论界有口皆碑。我们在北京经常听到人们谈论《南方文坛》,特别是文艺理论、评论界,视之为权威和精品,作家、艺术家视之为朋友和亲人,这是了不起的。广西在全国有影响的一是民歌节,二是“三剑客”等作家,三是戏剧,四就是《南方文坛》,《南方文坛》为广西争了光。《南方文坛》的发展可以说是历尽艰辛。

《南方文坛》成功的秘诀是什么?我想概括为“五个一”:有一个好的上级。区文联的同志及领导班子对《南方文坛》的发展,注入了心血,有个副主席专门分管。领导很开明,放手让杂志社的同志干,从不横加干涉,张燕玲说了:要什么得什么,要怎么办得怎么办,要去哪里得去哪里,“三要三得”。在这种宽松的环境下,办刊就能放得开、搞得活、抓得实、办得好。有一个富有创造力的编辑班子,特别是主编和社长,思路非常新,很超前,富于前沿性,整个编辑部都富于创造力。他们敢于创新,敢于突破,敢于超越。有一批好朋友帮助,包括广西师大出版社。说老实话,师大出版社可以不与你联办,为什么要花这个钱呢?这里头还有个感情问题,友情第一,事业第二。还有社会上的很多朋友,包括全国的很多评论家,都给了很大的帮助。有一支良好的作者队伍。《南方文坛》周围的确凝聚、集合了一批招之能来、来之能写、写之能好的作者队伍,包括师大的师资队伍、广西及全国的很多作者。有一定的经费保障,这是很重要的条件,巧妇难为无米之炊。没有经费保障,一天也难以维持下去。现在《南方文坛》的社长和主编不需要为经费伤脑筋了。有这些有利的因素,《南方文坛》成功了。

最后,是我的殷切期望。我把文艺评论比作增高灵、催壮剂、强心丹。这些年《南方文坛》在这方面发挥了很大很好的作用,非常到位,推出了许多好的作品、好的作家,也发表了一批高质量的文艺评论文章。但形势发展非常快,要求也高,《南方文坛》过去做了很多工作,但还有很多工作要做;推出了很多作家作品,但还有很多作家作品需要推出;已经争取了很多荣誉,但还有很多荣誉需要去争取;已经交了很多朋友,但还有很多新朋友需要去交往、去结识。过去 100 期,作为一个阶段已成为过去,不要过度陶醉在过去。希望《南方文坛》在今后的工作中,要牢记办刊宗旨,实践"三个代表"重要思想,始终代表先进文化发展方向,坚持"二为"方向,宗旨不能丢,水平不能降,质量不能低,效益不能差。要贯彻"双百"方针,实现"两个效益",把《南方文坛》办成一个"双效"丰收的全国名刊、强刊。要坚持"三个结合":坚持文艺评论与文艺理论创新相结合,推介全国作家、艺术家与推介广西本土作家、艺术家相结合,文艺表扬与文艺批评相结合,不要光讲好的,要提倡敢说话,说真话,净化整个文坛的风气。要推出一批有权威性、时代性、高水平的文艺评论作品,推出一批区内外有影响的作家、艺术家,推出一批优秀的文学艺术作品,特别是文艺新人,推出一批在区内外有影响的评论家,建立自己的评论家队伍。通过刊物,树立评论家的威信,刊物就有了持续发展的生命力。

在庆贺《南方文坛》创刊百期之后,《南方文坛》将是一个崭新的开始,展示崭新的面貌,出现崭新的气象。改革无止境,创新无止境,发展无止境。希望《南方文坛》在文联党组的关怀和领导下,继续开创新世纪的新局面,未来的百期将会创造更大的辉煌。祝《南方文坛》百期生日快乐!祝《南方文坛》好好学习,天天向上!

(原载《南方文坛》2004 年第 4 期)

从花山到榕湖

1996—2004 年广西文学巡礼

□ 黄伟林

1996 年对于广西文坛是一个值得纪念的年份。这一年,东西迄今最有影响的中篇小说《没有语言的生活》在《收获》搁了一年后终于发表。鬼子以《农村弟弟》《走进意外》《谁开的门》三部中篇小说揭开了他重返文坛的序幕,并自称:1996 年起开始真正意义上的小说创作,真正理解什么是真正的小说,小说的本质是什么。李冯也是在这一年从广西大学辞去教职,开始了他自由作家的写作生涯,同时,在《花城》杂志上发表了他的第一部长篇小说《孔子》。似乎有意要与后来被命名为“广西三剑客”的这三位小说家的崛起相呼应,同样是在这一年,已经创办了十年的《南方文坛》开始了它令人耳目一新的改版,一批中国最优秀的批评家开始向这个地处南中国、后来被称为“中国文坛的批评重镇”的文艺评论刊物集结。

1996 年前后的中国文坛正处于一个更新换代的时期。80 年代成名的三代作家即右派作家群、知青作家群和先锋作家群的中原逐鹿已经尘埃落定,他们中的经典作家名单已经排定,经典作品已经完成。这时候,文坛新的兴奋点是这样两种作家:一种是现实主义的,他们有的被中国社会进入市场经济格局后的新现实所吸引,其中的代表人物有“河北三驾马车”和湖北的刘醒龙,他们形成一股“新的现实主义冲击波”;有的将对中国政坛的关注下降为对中国官场的关注,创作了一批为市民所关注的“反腐小说”和“官场小说”,走的是批判现实主义的路子,后来他们为文坛提供了《国画》《桃李》《沧浪之水》等作品。另一种作家则被陈晓明命名为晚生代,这是一个庞大的创作群体,如今看来,它是先锋派作家群的延续,换言之,它继续保持了文学的先锋意识,与先锋派的文学品质有着千丝万缕的联系,但同时它试图恢复与中国本土的联系,以期建立更具个人色彩的叙事策略。

晚生代有一个不断更换人选、不断增加人数的名单。最初,其代表人物是何顿、邱华栋、毕飞宇、韩东、朱文、述平、鲁羊、刁斗以及林白、陈染、徐坤、海男、张欣、张梅等人。客观地说,晚生代的创作风格和成就远不如对他们的命名那么清晰明确,晚生代作为一个概念的影响远远大过其作品的影响。1996年前后,有关晚生代,如今还能让我们记起的,可能是图书市场上出现了一批以他们为主体的丛书,如晚生代丛书、新生代小说系列、新生代丛书、新状态小说文库;以及文学期刊上出现了一批以他们为主力的文学栏目,如"60年代出生作家联展""跨世纪星群""联网四重奏"。不过,历史并不像我们今天看到的这样稳健凝固、一目了然,对于1996年前后的晚生代作家群而言,他们的状态或许更接近战场上的"出生入死"。倘若我们还保留着那个时候的文学体温,我们或许会发现,1996年前后,何顿、陈染最有影响的作品已经发表,林白转向了长篇写作,韩东、朱文正在酝酿着与中国现当代文学史的"断裂",张欣的通俗品格正在加强,而有些晚生代作家的创作已经出现颓势,淡出文坛,他们在名声渐大之时也显示了价值观和审美性的"六神无主",市场、世俗、文坛、影视、文学史各种因素都在向他们提供诱惑,他们在成长壮大之时也显得三心二意,进意彷徨。

多年以后,人们会发现,恰恰是在1996年,中国文坛的边缘,一支被人们称为新桂军的劲旅,这些当时仅仅在晚生代作家群中被偶尔提及,更多则是在中国文坛名不见经传的青年作家,心意已决,目标既定,一往无前,以其独有的朝气与锐气,开始向中国文坛的前沿地带开拓。

他们从广西宁明花山出发。花山堪称壮族先民的圣地,以壮族先民制作的崖壁画著称于世。花山崖壁画宽220米,高45米,人物图像1800多个。绘画年代在东汉以前,距今已有2000年以上的历史了。迄今人们仍无法确定壮族先民制作花山崖壁画的真正用意。学者专家公认:左江花山崖壁画就其分布之广,作画地点之陡峭,画面之雄伟壮观,作画条件之艰险,都是国内外所罕见的,在世界美术史上享有崇高的地位。

1985年前后,在中国文坛,一股文化寻根的冲动澎湃之时,广西一批年轻的诗人和小说家曾走向花山,进行他们文化本根的朝圣,试图创造一种能与湘楚文化、齐鲁文化相媲美的"百越境界"。后来他们中出了诗人杨克、小说家林白和剧作家及策划人梅帅元。1995年,一位新上任的"部长作家",因有感于广西文坛半个世纪前曾有过的辉煌和七八十年代的"很不景气",陷入"广西文坛问题的症结何在?广西作家能冲向全国吗?广西文坛能重振雄风吗?"的思考中。"勤于思"是作家的天性,"笃于行"是部长的职责,于是,1996年7月5—7日,一个后来被称为"花山会议"的广西青年文艺工作者座谈会在宁明花山召开,形成了发展广西文艺事业的战略构想和措施,揭开了文坛新桂军"文学北伐"的序幕。数年后,这位被称为"部长作家"、如今的广西壮族自治区党委副书记潘琦先生专门写了一篇散文以缅怀这段难忘的情谊:

初夏的南国,莺飞草长,都说这样的日子是郊游的最好时节,我把二十多位文学青年请到花山壮族山寨召开了文学创作座谈会。青年们的笑容如初夏的阳光一样灿烂,如清朗的月亮一样明净。我们坐在寨前的草坪上,探讨文学艺术的发展规律,商量振兴广西文坛的措施,勾画八桂文学发展的蓝图,憧憬八桂文苑繁荣的前景。大家心情轻松愉快,畅所欲言,用心去思考,真诚交流,仿佛是在和秀丽的花山对话,与散漫的浮云携手,随滔滔的左江水奔流。

1997年4月,广西百名青年作者创作会在南宁召开,人们可以将这次会议看作文坛新桂军"文学北伐"的誓师大会。5月,广西首批青年作家招聘签约仪式在桂林榕湖举行,东西、鬼子、李冯、凡一平、黄佩华、沈东子、海力洪、陈爱萍八位小说家成为首批签约作家。12月,《南方文坛》召开东西、鬼子、李冯"广西三剑客"作品讨论会。"广西三剑客"这一命名横空出世及其被中国文坛广泛认同,使广西文坛终于改变了新时期中国三代作家同台竞技,广西作家在经典作家名单中缺席的状况,中国新时期第四代作家即晚生代的代表性作家中终于出现了广西作家的名字,"广西三剑客"成为世纪之交中国文坛最有影响力的文学品牌之一。"三剑客"之外,凡一平、黄佩华、沈东子、海力洪、常弼宇、杨映川、谢凌洁、盘文波、纪尘、李约热等小说家层出不穷,亮点不断,捷报频传,为广西文坛造就了一个人才济济、英雄辈出的年代。

1998年,广西,在长达20年的漫长等待之后,东西首先突出重围,其中篇小说《没有语言的生活》荣获首届"鲁迅文学奖",四年之后,由这篇小说改编的电影《天上的恋人》于2002年10月获日本第十五届东京国际电影节最佳艺术贡献奖。事实上,从1996年开始,东西的小说创作已经引起中国文坛持续的关注,1997年,他在《花城》上发表了长篇小说《耳光响亮》,这部作品后来曾入围第五届茅盾文学奖25部终评作品,最近,还被改编成电影和20集电视连续剧。据不完全统计,从1996年到2004年,东西已有《没有语言的生活》《猜到尽头》《姐的一九七七》《目光愈拉愈长》《痛苦比赛》《不要问我》《戏看》《我为什么没有小蜜》《你不知道她有多美》等多部中短篇小说被《小说选刊》《小说月报》《中华文学选刊》三种权威选刊转载。其中,《不要问我》在中国小说家研究会评选的"2001中国小说排行榜"上中篇排行第五,《猜到尽头》名列"2002中国小说排行榜"第八名,并由张元监制拍摄成电影,20集电视连续剧正在筹拍中。

1996年的鬼子迅速进入了角色。那种既迂回闪烁又直截了当的鬼子风格得到了中国文坛广泛的认同。1996年到2004年,鬼子的作品数量并不多,但几乎每一篇都产生了深刻的影响。其中,《农村弟弟》《被雨淋湿的河》《遭遇深夜》《罪犯》《上午打瞌睡的女孩》《瓦城上空的麦田》相继由《小说选刊》《中华文学选刊》《中篇小说选刊》转载。《被雨淋湿的河》入选首届中国纯文学当代作品排行榜中篇小说第三名,2002年再次为广西带回殊荣,荣获第二届"鲁迅文学奖"。《瓦城上空的麦田》入选当代中国文学最新作品排行榜2002年下半年度第一名、中国小说学会小说排行榜中篇第四名。由《上午打瞌睡的女孩》《瓦城上空的麦田》《被雨淋湿的河》组成的"瓦城三部曲"分别获得了小说界权威的《小说选刊》优秀小说奖、《人民文学》优秀小说奖，并由著名导演张艺谋、陈凯歌等购买了电影拍摄版权。

李冯是晚生代中一位非常年轻新锐的小说家，1997 年成为广西首届签约小说家之后，很快便成为《大家》《钟山》《作家》和《山花》举办的“联网四重奏”的首位获奖者。其作品中短篇小说《一周半》《七短章》《唐朝》《纪念》以及长篇小说《孔子》《碎爸爸》被认为是晚生代小说智性写作的典型代表。近年来，作为张艺谋两部武侠大片《英雄》和《十面埋伏》的编剧，他已经成为大众媒体最关注的晚生代小说家。

凡一平，这位最有影视缘的广西壮族小说家，1997 年成为广西首批签约小说家之后，几乎每年都发表一个引起影视界关注的作品。1998 年，中篇小说《卧底》在《清明》发表，很快被北京青年电影制片厂购买了版权。1999 年其长篇小说《跪下》的电视拍摄版权被中国长城艺术文化中心正式购买。2000 年，其在《十月》上发表的中篇小说《寻枪记》被北京电影制片厂购买了版权。2001 年，其中篇小说《理发师》在《青年文学》发表后由《中篇小说选刊》转载。2002 年，由姜文主演的电影《寻枪》公映，同年，《理发师》的电影拍摄版权由逸飞集团购买。2003 年，中篇小说《怀孕》在《花城》发表，并被认为是该年度最具阅读价值的中篇小说；同年，中篇小说《投降》在《青年文学》发表，并先后由《小说月报》《作品与争鸣》转载。2004 年，《理发师》的电视剧版权由中视影视公司购买。

沈东子，这位两栖于汉语写作和英语翻译的小说家，在某种程度上，堪称世纪之交生活在中国大陆以小说表达全球文化体验以及个体人文体验最重要的作家之一。由于其题材风格的特殊性，其小说的价值尚未引起广泛的关注。尽管如此，1996 年以后，沈东子的小说也逐渐产生影响：1997 年，他在《花城》发表了《郎》；1998 年，他在《上海文学》发表了《太平洋商厦》，在《小说界》发表了《空心人》，同年，《结巴英语》在《上海文学》发表并被《中华文学选刊》转载；1999 年，其短篇小说《我与佐藤木木鸟的十年友谊》被列入 1999 年中国最佳短篇小说排行榜；进入 21 世纪，沈东子的小说频频出现在《花城》《收获》《钟山》《上海文学》等中国最重要的文学期刊中。

值得特别指出的是，文坛新桂军的崛起不是一花独放，而是群星璀璨。除了上述五位小说家，海力洪、映川、谢凌洁、纪尘、韦俊海的中短篇，黄佩华、盘文波、龚桂华、周昱麟、伍道扬的长篇，张燕玲、冯艺、彭超、何述强的散文，刘春、非亚的诗歌均产生了一定的影响。

散文方面，张燕玲以批评家的身份介入散文创作，为广西长期凝固的散文模式带来了新质。1997 年《朝云，朝云》开始引起中国散文界注意，并入选《散文选刊》等多个选本；2001 年，其《地狱之门》在《大家》发表后被《散文选刊》转载；2002 年，《耶鲁独秀》在《羊城晚报》和《散文》(海外版)发表后被《散文选刊》转载，并入选《2002 年度最具阅读价值散文随笔》《21 世纪 2002 年度散文选》等；2003 年，《此岸，彼岸》在《人民文学》发表后被《散文》(海外版)、《中华文学选刊》《散文选刊》转载，入选《2003 年最具阅读价值散文随笔》以及人民文学出版社、花城出版社、山东画报出版社的年度优秀散文选本，被评为“2003 年度下半年中国当代文学排行榜”散文第二名。青年学者黄晓娟认为:“张燕玲在《耶鲁独秀》中问史探幽,却没有流于一般的梳理历史的写作套路。她以心灵叙事,从女性的角度审视历史,巧妙地糅以社会学、哲学、历史学、文化学等相关知识,直逼现代知识女性的精神内部,形成了对历史的个人性解读与体悟。”“《此岸彼岸》是新世纪散文中不可多得的具有艺术原创力的优秀之作。”“不同凡响的构思、别具匠心的叙事态度以及个性化的语言风格,勇敢地超越了当代散文凝固不变的审美模式,体现出了一种全新的艺术精神,为新世纪散文创作勾画出了新的高度,成为当代散文创作的一大突破。”同样以散文表现自己人文情怀的,还有廖德全、何述强等,廖德全的散文写得不多,但多发在《随笔》《散文》等名刊,他纵横历史现实、质疑社会百相,厚实、锐利,富于才情。同样富有批判精神的何述强散文则温润精致些。而长期专注于散文创作的冯艺也在新的世纪实现了他的自我超越,自 80 年代、90 年代到新世纪,其散文作品从软抒情的《朱红色深思》,经过《似水流痕》的自我反思,终于抵达《桂海苍茫》融文化积淀与个人体验于一体的圆融境界。

诗歌方面,刘春有大量诗歌作品在《诗刊》《人民文学》《青年文学》《星星》《北京文学》《诗选刊》等刊物发表。其诗作入选《中国诗选》《中国年度最佳诗歌》《中国新诗年鉴》《中国诗歌精选》《21 世纪文学大系》等数十种权威选本,曾获首届“华文青年诗人奖”、第二届“榕树下”网络文学奖“最佳诗歌奖”和“最佳人气奖”等多个文学奖。2002 年 5 月刘春参加第 18 届“青春诗会”,是继 1987 年杨克以后 15 年来广西首位参加青春诗会的诗人。

与此同时,新桂军的小说创作阵容,也从晚生代向 70 年代后出生的作家群延伸,杨映川、纪尘、贺晓晴、谢凌洁、蒋锦璐等一批 70 年代出生的女性小说家,以其不俗的文学品质和创作实绩,显示了新桂军“江山代有才人出”的可持续发展局面。像第三届签约小说家杨映川,自 2000 年以来,已有《爱情侏罗纪》《做只鸟吧》《只爱陌生人》《我困了,我醒了》等中短篇小说在《上海文学》《花城》《钟山》《人民文学》等重要文学期刊发表,《我困了,我醒了》还被《小说选刊》转载。其长篇小说《婚前的荣灯》在《小说月报》(原创版)发表后,以“女的江湖”为题,2004 年由花城出版社出版。为此,她荣获第六届广西“独秀文学奖”。

在叙述文坛新桂军攻城略地、问鼎中原的战绩时,就像夏中义说的,“中国文学之树,将不会忘记南方的这片叶子”——这片叶子就是为文坛新桂军这束鲜花作了有力衬托的《南方文坛》,人们当然不会忘记它。六年前,王干在“广西三剑客”作品讨论会上就指出:“从广西的文学发展来看,不仅有八位富有生命力的青年作家,而且崛起了一种好的文学刊物——《南方文坛》。一个好的刊物对一个地区的创作关系非常大,其影响力可以改良文学的环境,有磁场,就有人气。这样,假以时日,广西文学的发展将会在全国占据重要地位。”[1]这些年来,《南方文坛》集结了一批中国最优秀的批评家,刊登了大量充满真知灼见、具有深远影响的批评文章。许多文章被《新华文摘》、中国人民大学复印报刊资料等权威文摘机构转载,其转载率始终名列中国语言文字、文学艺术类期刊的前十名。并于 2004 年跻身所有刊物都渴望进入的全国中文核心期刊。显然,时间证明了王干的预言。经过八年的奋斗,正如陈晓明所说,“广西的作家是中国文坛公认的第一梯队的强手,《南方文坛》也被公认为中国当代理论界和批评界最重要的刊物”。如今,人们可以毫不惭愧地说:“广西三剑客”和《南方文坛》已经成为中国当下文坛众所周知的两大品牌。

也许,我们还需要关注评论界对文坛新桂军的评价。从某种意义上说,没有评论家的“去粗取精,去伪存真”,再热闹的文学现象也可能成为昙花一现,过眼烟云,难以得到理论的支持和文学史的定位。

从整体上对文坛新桂军做出敏锐反应的仍然是那位善于将理论思辨力和文学感受力融为一体的批评家陈晓明,还在1998年春天,他就在文章中指出:“广西召开鬼子、东西、李冯的作品讨论会,俨然是在推出一个文学冲锋队。事实上,这个冲锋队正在冲上九十年代文学的阶段性高地,他们的写作给萎靡困顿的文坛造成有力的冲击。特别是鬼子、东西、李冯这三位,称之为“广西三剑客”并非夸大其词,他们的写作显示了当代小说久违的那种直面现实的勇气,一种毫不留情的揭示生活痛楚的笔力,给人以强烈的震撼。”[2]在这篇文章中,他对“广西三剑客”的写作进行了一个颇具理论意味的命名:直接现实主义。他结论道:“他们有勇气面对那些生存的坚硬事实,他们各自表现的‘直接性’无疑有力量穿过这个时代各种庞大的浮华场景。”两年后,陈晓明在又一篇题为“又见广西三剑客”的文章中延伸了他的观点,他指出:“他们(指广西三剑客,作者注)的存在恰如其分地在当代中国最薄弱的那些环节起到支撑的作用。鬼子多少有些暴力化的写作倾向,给软弱的文学写作注入一种强硬的力量;东西的诡秘使当代小说叙述的呆板裂开一道缝隙;而李冯的灵巧也使笨重的文学获得暂时的轻松。”最后,陈晓明说:“我知道广西汇聚了一批极有才情的作家,如海力洪、凡一平……他们都很有实力,跃跃欲试,虎视眈眈。桂军势不可挡,迟早要拿下中国文坛的半壁江山。”[3]

更多优秀的批评家则将他们的目光锁定那些他们最有阐释空间的作家。马相武、邵健、徐肖楠、洪治纲、陈晓明、李敬泽对于东西的解读,李敬泽、汪政、晓华、王干、丁帆、陈思和、陈晓明、程文超、冯敏对于鬼子的解读,徐肖楠、陈晓明、李敬泽对于李冯的解读,马相武、贺绍俊对于常弼宇的解读,洪治纲、葛红兵对于海力洪的解读,丁帆、阎晶明对于沈东子的解读,洪治纲、石一宁对于凡一平的解读,张颐武、马相武对于黄佩华的解读,陈晓明、洪治纲、葛红兵对于杨映川的解读,葛红兵对于贺晓晴的解读,仅仅从这些不完全统计的名单里,我们就可以发现,中国最优秀的批评家已经将目光大面积地投注于文坛新桂军。高山流水,知音难觅。文坛新桂军拥有了一批中国文坛最优秀、最善于指点江山、激扬文字的知音。

温习一下批评家对文坛新桂军的评论,也许能一扫多年来困扰广西文坛的妄自菲薄的阴霾。值得说明的是,所有这些评论都不是坐井观天的王婆卖瓜,而来自身份超脱的真知灼见。它标示或预言着文坛新桂军已经达到和可能达到的文学高度。

马相武认为:“要论南方文学,不能忽略东西。如果排除东西,晚生代便明显缺失了一些现实主义的力度、深度和厚度。”[4]洪治纲认为:“东西对历史记忆的苦难回访,不是试图去重构自身在成长过程中的某些难忘过程,而是想透过对这种回忆,从中咀嚼属于我们整整一代人的心灵际遇。它体现出的是一种生存的焦虑,是作家对我们生活处境的深刻洞察,是对非人道生活的尖刻反讽和对诗性生活的另一种关怀。”[5]在对 2003 年的短篇小说进行巡礼时,洪治纲说:“东西的《秘密地带》则借助一种桃花源式的理想形态,将现实生活中早已匮乏的纯洁、明净、舒缓、真诚……人性品质重新激活,以一种极致化的梦态情境为我们日渐枯萎的生活提供了某种诗性的支撑。它不仅隐喻了人类某些难以释怀的恒久情感,而且也折射了现实生存的无助、无奈与无望,在轻盈与浪漫之中又充满了某种理想的冲动。”[6]陈晓明认为东西的《不要问我》是“近年来最出色的小说之一”[7],认为“东西尖锐提示了隐藏在当代社会中的各种危机”[8]。

陈思和在读鬼子《被雨淋湿的河》时,“被作家对现实生活中各种矛盾的大胆揭露和批判精神所感动”,“认定了这是近年来青年作家里很少见的具有现实震撼力的作品”,在谈到鬼子另一篇小说《学生作文》时,陈思和指出这个作品“是对现实的巨大穿透,生活的本相由此充分地展示出来”。并认为“鬼子的小说有一种难得的愤怒”,《学生作文》成功地“将这种愤怒上升为小说美学境界”。[9]丁帆在分析《瓦城上空的麦田》时,认为“作品写出了乡土社会迁徙者与都市文化发生碰撞时灵魂世界的至深悲剧”,并强调,以这个作品为考察视角,“能够看到中国乡土小说在进入新世纪后一个新的支撑点和新的走向”。[10]程文超在讨论鬼子的《瓦城三部曲》时认为:“鬼子平平淡淡地叙述着他们的故事,却在思考着我们时代最深刻的问题。他的思想正在走向我们时代思想的最前列,体现着我们时代的思想力度。”[11]

在谈及李冯时,陈晓明这样说过:“几年前,我曾说过朱文可能是 90 年代最好的小说家,读了李冯的小说,我可能要在某种程度上修改我的意见。”他认为从李冯的小说中,“可以最真切体会到当代‘新人类’的生存方式和生活态度”,并表示,“能够把日常性写得如此透彻,也可见李冯笔力非同一般”。[12]两年后,陈晓明在《又见广西三剑客》中具体分析李冯的短篇小说《一周半》时说:“李冯写出了一部分‘藏匿于高校的异类’不安分的生活幻想,一种在商业主义时代的小资产阶级生活幼稚病。”他甚至认为“李冯的小说在趣味和风格方面有点类似汪曾祺……他们都可以在平淡之处,显示出生活的隽永和不可磨灭的痕迹”。[13]

2004 年 5 月,继首届签约仪式之后,广西第六届作家签约仪式、《南方文坛》创刊百期座谈会再次在桂林榕湖举行。从花山到榕湖,文坛新桂军用了八年时间,在中国当下文坛创造了辉煌战绩。如今,他们一往无前,志存高远,蓄势待发,意欲在长篇领域显示新桂军的实力。八年前,花山会议仿佛远征的调兵遣将;八年后,榕湖会议犹如决战的运筹帷幄。榕湖,开凿于唐代,是唐代桂林南面的护城河。中原文化认为水的贯通与政通人和、文脉畅通有关,所以,宋代通过开凿桂湖将桂林的江湖连成一体。桂林从此文运兴盛,产生了多个状元。榕湖,是古代桂林文事最为兴盛的地方。宋代大诗人黄庭坚系舟处,清代诗人李秉礼、书法家李宗瀚、大词人王鹏运、桂剧改革者唐景崧以及民国将领白崇禧的故居,共和国大诗人郭沫若题写的古南门都坐落在榕湖周边,榕湖书院则是桂林古代四大书院之一。显然,如果说宁明花山代表了壮族文化在中华多元文化格局中差异性的存在,它有力地丰富了中国的多元文化传统;那么,桂林榕湖则代表了广西文化向古代先进文化即中原文化学习并励精图治的存在,它标志着广西文化曾经抵达的中国传统文化的高度。从花山到榕湖,这有意无意的巧合是如此意味深长。当文坛新桂军又一次从桂林榕湖整装出发,它渴望的显然已经不仅仅是在晚生代作家的名单中留下记录,而是在中国当代文学史上创造属于它的大器晚成的辉煌。

[注释]

[1]《东西、李冯、鬼子作品讨论会纪要》,载《南方文坛》1998 年第 2 期。

[2] 陈晓明:《直接现实主义:广西三剑客的崛起》,载《南方文坛》1998 年第 2 期。

[3] 陈晓明:《又见广西三剑客》,载《南方文坛》2000 年第 2 期。

[4] 马相武:《造势当下的南国三剑客》,载《南方文坛》1998 年第 1 期。

[5] 洪治纲:《苦难记忆对现实的回访》,载《当代作家评论》1998 年第 4 期。

[6] 洪治纲:《智性的叙事与内敛的表达》,载《南方文坛》2004 年第 1 期。

[7] 陈晓明:《表意的焦虑》,419 页,中央编译出版社 2002 年版。

[8] 陈晓明:《仿真的年代》,177 页,山西教育出版社 1999 年版。

[9] 陈思和:《不可一世论文学》,258—259 页,人民文学出版社 2003 年版。

[10] 丁帆:《论近期小说中乡土与都市的精神蜕变》,载《文学评论》2003 年第 3 期。

[11] 程文超:《鬼子的"鬼"》,载《当代作家评论》2004 年第 1 期。

[12] 陈晓明:《后现代的间隙》,228—230 页,云南人民出版社 2001 年版。

[13] 陈晓明:《又见广西三剑客》,载《南方文坛》2000 年第 2 期。

(原载《南方文坛》2004 年第 4 期)

艺术作品的内容与形式辨微

□ 黄海澄

王宏建先生主编的《艺术概论》被列为"高等艺术教育'九五'部级教材",自 2000 年 1 月由文化艺术出版社出版,至 2002 年 10 月仅两年多的时间,便已八次印刷,达八万册,现在不知已经印到多少万册了。许多高等艺术院校以该书为教材,其影响之大,可想而知。出于对这部教材的爱护,并希望使用这部教材的广大艺术院校的学生和社会上的读者能得到比较确切的知识,防止谬种流传,在此谨就该书第五章"艺术作品论"中关于艺术作品的内容和形式的某些论点提出不同意见。

一

该书在讲到电影的形式时引用了中国文联出版公司 1983 年出版的《电影美学》中的一段话:"电影形象内容是特定结构中的内容,离开这个结构就不能存在,所以电影结构又是内容的组成部分。结构是已具雏形的内容和尚无细节的形式,是内容与形式之间的过渡地带。"(第 391 页)

这里的主要问题是把电影的内容与形式混淆在一起了,形式成了"内容的组成部分",或"形式即它的内容"。这虽然都是《艺术概论》的作者引用他人的观点,但是以肯定的口吻引用的,并且给以尽情发挥,很明确地代表了作者自己的观点。

在我们辨析这些论点能不能成立以前,关于内容与形式的问题先要确立几条基本共识:

第一,内容和形式是一对哲学范畴。所谓"哲学范畴"意味着什么呢?意味着它有最广大的普遍性,它能涵盖宇宙间一切事物,就是说宇宙间一切事物无不具有内容和形式这两个方面,都是内容和形式的统一体。

第二,事物的内容和形式这两个方面永远处于统一体中,在现实中无法把内容与形式机械地分离开来,没有脱离内容的形式,也没有脱离形式的内容。我们只能在思维中抽象出事物的内容和形式,并分别加以认识,然后,再把它们还原为一个整体。内容与形式不可分离不等于内容就是形式、形式就是内容,它们是不可以等同或混同的。

第三,内容和形式的划分有绝对性的一面,还有相对性的一面。任何事物都具有内容和形式这样两个方面,没有任何事物只有内容而无形式或只有形式而无内容,这是绝对的,毫无例外的;在同一个共时参照系内,何者为内容,何者为形式,也是绝对的,不可移易的。但是,内容和形式的划分又是相对的、灵活的、可变的,这是指在历时的发展中,内容和形式可以互相转化;内容和形式也因参照系的不同而互相转化,就是说在某一参照系内是内容者,换一个参照系就可能是形式,同理,在某一参照系内是形式者,换一个参照系就可能成了内容。内容和形式都是分层次的。

这些基本观点如果不错的话,那么让我们看看王编的《艺术概论》关于电影的内容和形式的论述是否正确。电影的结构显然是电影的形式方面,它怎么又成了"内容的组成部分"呢?在同一个参照系内,内容和形式的划分是绝对的、不容混淆的。形式竟然成了"内容的组成部分",这不是把内容和形式的划分搞混了吗?其混淆的理由竟然是"电影形象内容是特定结构中的内容,离开这个结构就不能存在,所以电影结构又是内容的组成部分"。这是理由吗?根本不是理由。任何事物的内容都是特定结构形式中的内容,离开特定结构都不能存在,不独电影如此,难道我们可以据此妄断一切事物的结构形式都是"内容的组成部分"吗?倘若如此,形式也成了内容,那还有什么内容和形式的划分呀!这就违背了世间万物都具有内容与形式这样两个方面的基本哲学原理。

我们的先人早在春秋战国时代就高度发展了逻辑思维。像公孙龙的白马、坚石之辩,思维极其精微。白马之白,在现实中是不可以从白马身上机械分开来的,石头的坚硬的性质,在现实中也不能让它离开石头而单独存在,但是在我们的思维中却可以将白马之白和坚石之坚同马和石区分开来,分别加以认识。这种区分不是毫无意义的,因为在白马之外还有其他颜色的马,在坚硬的石之外还有并不坚硬的石,如风化石之类。公孙龙、孔穿、惠施等人析坚白、别同异之学在当时能"横行天下",影响甚大,乃因为他们思维精密,在逻辑学上有贡献。只可惜他们闪光的思想被一些不善逻辑思维、习惯于眉毛胡子一把抓的人贬斥为"诡辩""有言而无理",活活给扼杀了,其学因而中断。至南朝范缜《神灭论》出,将人的肉体和精神之间的关系比作刀刃和刀刃的锋利之间的关系,人的肉体和精神同处于一个统一体之中,无法分离,正如刀刃和它的锋利不可分离一样,但是我们却不能说精神就是肉体,肉体就是精神,刀刃就是锋利,锋利就是刀刃。范缜虽然意在阐发其"身死神灭"的无神论思想,不是写逻辑学论文,但其逻辑思维之精密却不能不令人叹服!

到了人们的逻辑思维更为发达的今天,还有人因电影的结构形式与其内容无法分离而竟然把结构也当作了"内容的组成部分",这不等于一反公孙龙析白马、离坚石的科学思维方法而混白马、一坚石吗?这不等于一反范缜的精密思维,将肉体及其精神、刀刃及其锋利混为一谈了吗？这样，是否有愧于我们的先人？

下文说："结构是已具雏形的内容和尚无细节的形式，是内容与形式之间的过渡地带。"又说："结构是电影思维所由体现的骨架。"按照这些话的文义似乎是在说：结构是电影作者所草拟的一个大纲——内容已具雏形而尚无细节，是一个空架子或曰"骨架"。一旦有了细节，也就是说有了充足的内容，结构就不复存在了，就成了"内容的组成部分"。结构只存在于这个空架子（即所谓"骨架"）尚未被细节填满之前这一"过渡地带"。

从这里足可看出作者思维的机械性，他不能在思维中把统一物分解为两个方面加以认识。本来，一部完成了的电影是内容与形式的统一体，在现实中无法将其内容与形式分解开来，但在思维中却是可以分别加以认识的。而我们的这位作者又没有这种分析的思维习惯和抽象能力，便认定只有那个"空架子"才是结构，一旦填满了内容，就全都是内容了，连原来那个他视为结构的"空架子"，也消融在内容之中，成为"内容的组成部分"了。这种思维方式离事物的结构本性和人们应有的精密逻辑思维何啻十万八千里！

在电影的创作中，是内容和形式的同时运动和同时完善，它们之间哪里有什么"过渡地带"？

二

在讲到音乐的内容与形式时，王编的《艺术概论》说："组成音乐作品的物质材料是抽象的、不具语义性的音响，这就形成了音乐作品内容与形式的独特关系。与'形式隐伏在内容中'的具象艺术不同，音乐是一种'内容隐伏在形式中'的艺术，从某种意义上讲，音乐的形式即它的内容，形式因素在音乐作品中占有特殊重要的地位。"（第 391 页。单引号内是该书引用叶纯之、蒋一民所著《音乐美学导论》中的话。）

在这段话中有以下两点值得推敲：

第一，说音乐"与'形式隐伏在内容中'的具象艺术不同，音乐是一种'内容隐伏在形式中'的艺术"是欠斟酌的。小说、戏剧、电影、绘画、雕塑、建筑等所谓"具象艺术"，并非像这里所说的"形式隐伏在内容中"。无论在哲学上还是在艺术理论领域，几乎都公认关于内容和形式的这样一种界说：内容是事物内在诸要素的总和，形式是事物内容诸要素的结构和表现方式。我们总是从接触事物的外部形式来领会、把握它的内容。无论哪一艺术门类，其最外层的形式就是艺术语言，你能越过语言形式直奔内容吗？而王编的《艺术概论》却一反这一常识，说什么具象艺术的"形式隐伏在内容中"，要首先接触它赤裸裸的内容，然后才能披开内容而发现它隐伏在内容中的形式。这不是完全把内容和形式的关系颠倒了吗？隐藏了形式，内容将何以呈现自己？

其思路可能是这样的：我们看小说、戏剧、电影、绘画、雕塑等艺术作品，呈现在我们眼前的是它所创造、描绘的人物、场景、情节等因素,这属于题材范围,而题材相对于语言、结构来说是艺术作品的内容,因此说它们的“形式隐伏在内容中”。这乍看起来似乎有道理,而实际上是悖理的。

首先,人物、场景、情节等,绝对无法撇开艺术的外层形式——艺术语言而呈现自己。

其次,我们在前面阐述过关于内容和形式的第二条基本原理:内容和形式都是分层次的,内容和形式的划分是相对的,在此一层次上为内容者,换一个层次,或者说换一个参照系,就可能是形式了。反之亦然。在古代的艺术理论中,形式的概念比较狭窄,它多半指形体结构上的比例、和谐、对称、均衡等表面因素。至黑格尔则有所发展,他说:“艺术的内容就是理念。”(《美学》第一卷,第 83 页)他的说法虽然是唯心主义的,但表明他看出了艺术还有更深一层次的内容。内容有层次性,随之而来的是形式也有层次性。相对于艺术作品的语言、结构形式而言,题材——艺术作品中的人物、情节、场景等因素是内容。如果降一个层次,也就是转换一个参照系来看,艺术作品中的人物、情节、场景的一切可感的外部特征,就都成了形式,而其内容便是黑格尔所说的“理念”。把他的客观唯心主义的“理念”转换成我们可以理解的语言就是:艺术形象的客观意义以及它所表现的艺术家的思想、理想和情感。这才是艺术作品的深层内容。王编的《艺术概论》和叶纯之、蒋一民所著《音乐美学导论》之所以错误地说在“具象艺术”(文学艺术和造型艺术)里“形式隐伏在内容中”,是因为他们忘记了内容和形式都是分层次的,内容和形式的划分是相对的、灵活的,可变的,不是僵死不变的。他们把人物、情节、场景看成了艺术作品的永恒内容。他们不知道降一个层次来看,作为题材的人物、情节、场景本身又是内容和形式的统一体。我们在欣赏叙事艺术和造型艺术时所看到的人物、情节、场景的一切可感的外部特征,都是它们的形式方面,而不是内容。内容则是它们所体现的艺术作品更深一层次的客观意义和思想、情感内涵。

再次,王编的《艺术概论》接着说:“从某种意义上来讲,音乐的形式即它的内容,形式因素在音乐作品中占有特殊重要的地位。”(第 391 页)讲到形式就说形式重要,甚至把形式的重要性强调到不适当的地步,以至于吞并了内容:形式不仅是形式,还兼为内容。我们知道,在内容与形式的关系上,艺术家所追求的最高目标是内容与形式的完美统一,而不是畸轻畸重于内容或形式的某一个方面。怎么能把形式的重要性强调到压倒甚至吞并内容的地步呢?之所以出现这种偏差,还是由于作者对内容和形式的基本概念以及二者的关系不甚了了。音乐以有组织的音响运动诉诸我们的听觉,这音响、节奏及其结构,是它的形式。这形式便蕴涵着内容——艺术家的情感、人格等精神内涵,而不是这形式本身就是内容。前面我们讲到关于内容和形式的基本观点的时候,第一条便是内容与形式不可分离,共处在一个统一体中。不可分离不等于可以将二者混为一谈。

出于对内容和形式的关系的同一种误解,该书把旋律说成“既是形式又是内容”(第 392 页)。旋律作为一连串乐音的有组织的进行,包含着调式、节奏和音高布局,就是曲调,它本身是内容和形式的统一体。其形式是具有一定调式的有组织的音响、节奏,其内容便是它所表现的情绪、情感或其他精神状态、精神趋向。把它理解为内容与形式的统一体可以,把它的内容和形式混为一谈,说它的内容就是形式,形式就是内容,是万万不可的。

王编的《艺术概论》在讲到电影时已把电影的结构形式当作电影的"内容的组成部分",有愧于我们的先人析白马、离坚石、辨形神、别利刃的精密逻辑思维,在讲到音乐时又犯了同样的毛病,令人惋惜!

三

该书不把这种错误观点坚持到底誓不罢休,其接着说:"从接受美学的角度来看美术、电影、音乐等作品,它们的形式自身就是内容。因为这些作品的内容不仅是由题材、主题等因素所构成的,形式本身就具有一定意味,就是说,这些作品的形式不但体现了内容,同时它们也决定了自身的内容。因为从艺术自身规律的意义上来看,艺术形式所具有的某种意味并非由内容而是由形式自身的特征所决定的。"(第402页)这里有个奇怪的划分法:题材和主题是整个作品的内容,而形式的意味则是形式本身的内容,就后一种内容,即形式的意味而言,"形式自身就是内容"。

不要忘记,内容和形式是无法分离的,当我们说"形式"的时候,是指内容的形式,即内容具有形式;当我们说"内容"的时候,是指形式的内容,即形式具有内容。无论是题材、主题还是"意味",都是作品的内容,都是无法与形式机械分离开来的,都是通过形式表现出来的,这是通过形式展示内容的普遍规律和正常现象,并没有什么特殊,并不需要特别扯上"接受美学",无论从什么美学的角度看,都不会有什么例外。怎么"从接受美学的角度来看美术、电影、音乐等作品"的形式一下子又是内容了呢?

现代主义艺术理论家克莱夫·贝尔在其所著《艺术》一书中,提出"有意味的形式"之说。这是因为许多现代主义艺术家,不像传统的现实主义艺术家那样在自己的作品中描摹现实事物,而是更注重自己主观感受的表现。像抽象派艺术家康定斯基、蒙德里安等人,玩点、线、面、色等形式因素于股掌之间,创造出许多并不模仿任何实物的光怪陆离的由各色各式几何图形构成的艺术作品,堪称"有意味的形式"。然而这些"有意味的形式",并不是没有内容的,它的内容便是它蕴涵的"意味"。这里无不表现着艺术家的情感和意趣。这些情感和意趣虽然难以用抽象的概念语言表达,但却不能因此就说它不是这些作品的内容。其实,即使是传统的现实主义作品的主题也是难以用抽象的概念语言表达的。有人问列夫·托尔斯泰他的某部长篇小说的主题思想是什么,他回答说要告诉你这部作品的主题思想,不可能用几句话说清楚,除非把这整部作品从头至尾向你念一遍。现代主义艺术的出现和克莱夫·贝尔"有意味的形式"的理论,并没有改变艺术作品的内容与形式的关系。把"有意味的形式"中的“形式”和“意味”混为一谈,将形式视为内容本身,又一次显示了这本《艺术概论》的作者对内容和形式的概念内涵及其相互关系尚欠精确的了解和细微的辨析。

四

戏剧要凝练集中,在极其有限的舞台时空中将其内容展示给观众而不显得散漫拖沓,其结构和节奏的紧凑是十分重要的。布莱希特认为结构是“戏剧的灵魂”,“是举足轻重的部分”,甚有道理。但是,王编的《艺术概论》在讲戏剧的形式问题时,把结构的重要性强调到“第一位”的程度,也未免过分了,而且此中包含着对古书的误解。

该书写道:“我国清代著名戏剧理论家李渔,在戏剧表现这一层次上提出‘结构第一’的理论。”(第394页)

翻开李渔的名著《闲情偶寄》,在“词曲部”我们看到他是这样安排目次的:“结构第一,词采第二,音律第三,宾白第四,科诨第五,格局第六。”王编的《艺术概论》从这里竟得出李渔提出了“‘结构第一’的理论”。请翻开《诸子集成》,我们便会看到《论语》的目次为:“学而第一,为政第二,八佾第三,里仁第四,公冶长第五……”《荀子》的目次为:“劝学篇第一,修身篇第二,不苟篇第三,荣辱篇第四……”这里的“第一、第二……”类似于后世书籍的“第一章、第二章……”,是我国古籍的排序体例,能由此得出孔子创立了“‘学而第一’的理论”、荀子提出了“‘劝学第一’的学说”吗?王编的《艺术概论》显然是把我国古籍这种传统的排序体例当成“第一重要、第二重要……”的排列顺序了。这是对古书排序体例的莫大误解。李渔的意思无非是说写剧本必须从大处、从全局着眼,先把全局规划好了写起来才顺手,不至于前后矛盾等等,所以他在他的戏剧理论著作中,把“结构”排在第一章,这也是写剧本的自然顺序,哪里是提出什么“‘结构第一’的理论”!

结构对于戏剧来讲固然重要,但是,无论何种艺术,最重要的莫过于内容与形式的统一。结构作为形式因素不能抛开内容而独居重要性的榜首。事实上,李渔在讲“结构”时,处处都没有抛开内容。在《闲情偶寄·词曲部》第一章“结构”中,又有七个子目:第一,是“戒讽刺”,讲的是写戏曲不要挟私愤而讽刺某一个人,而要使褒贬具有普遍的社会意义;第二,是“立主脑”,主脑指“作者立言之本意”,要围绕一人一事展开剧情;第三,为“脱窠臼”,讲的是所写情事不蹈袭前人,力求创新,“非奇不传”;第四,是“密针线”,讲情节发展要环环相扣,埋伏照应务戒疏漏;第五,“减头绪”,阐发“头绪繁多,传奇之大病也”的思想;第六,“戒荒唐”,言写戏要以耳目所及之事,说人情物理,不于闻见之外,求荒唐怪异;第七,“审虚实”,是说戏曲乃寓言,寄劝惩之意,不必尽有其事,可以大胆虚构,要虚构便虚到底,不用一个实有人物。若采用历史故事,便要尽用历史人物,实则实到底,切忌历史人物和虚构人物间杂混用。以上七事,至少有半数涉及内容,都是在“结构”这个大题目之下论列的,李渔所理解的“结构”,是内容的结构,而不是一具空架子。这正与我们前面所说“形式乃内容之形式,内容乃形式之内容”(而非形式就是内容,内容就是形式)相合。他时时都从内容与形式的统一上讲结构,追求的是内容与形式的高度统一。

五

该书说:“艺术语言是艺术形象的感性外观,属于艺术知觉的结构层次。”(第 396 页)艺术语言作为“艺术形象的感性外观”,是客观的艺术作品的外部形式,而“艺术知觉”则是艺术观赏者的主观的心理结构层次,前者在作品之中,后者在人们的心里,二者如何相“属”呢?说艺术语言在艺术接受过程中诉诸人们的艺术知觉是可以的,而说“艺术语言”作为“艺术形象的感性外观”“属于艺术知觉”则不可以。类似这种逻辑上不严密的话还有不少。作为一部“部级教材”,广大艺术专业学子初涉艺术理论的教科书,是不是应该搞得更精确和严密一些?

还是这一章,竟在同一页的四行文字中出现四个错误:把明代文艺理论家朱承爵的名字错成了“朱存爵”;把他的《存余堂诗话》中的“作诗之妙,全在意境融彻”,错成了“急境融彻”;把清代诗人和文艺理论家叶燮的名字错成了“叶夔”;把“五四”时期的人物林纾所说的“唯能立意,方能创建”错成了“唯能立意,六能创建”。(王编《艺术概论》,第 406 页,13—16 行)我不知道是书稿错误还是排版错误。我看到的是第八次印刷的本子。不管是哪种错误,已经印了八次了还不加以改正,对青年学子的责任心何在?《诗经·小雅》的名句“如临深渊,如履薄冰”,历来是担负重任的人的座右铭。担任“部级”教科书的编写工作,可谓责任重大,实在应该有“临渊履薄”的心态,否则,难免贻误青年。

(原载《南方文坛》2004 年第 5 期)

2005年

简述广西近现代美术发展

兼述“漓江画派”生成及其发展阶段的特色

□ 帅民风

如何加快广西美术事业发展，也就是怎样着力打造“漓江画派”艺术品牌的问题。打造“漓江画派”是发展我区文化的第五个战役，这是我们长期思考的问题。这次研讨会的目的就是总结广西美术发展的历史，分析现状，交流经验教训，从而使广西的绘画艺术理论化、规范化、系统化。[1]本着上述目的，从回顾广西近现代美术发展历程之角度来探讨“漓江画派”的生成与发展，笔者以为这不失为一个既科学也合理的方法。

对历史加以研究性的梳理，对过去的发展过程加以理论性的总结，可以直言不讳地说，这是打造“漓江画派”不可缺少的理论性的基础研究。为此，笔者近期就广西近现代美术发展历程作了通观性的研究，并尝试对其进行分期划段，以及归纳不同时期、不同发展阶段的特点。本文将近期分析研究的结果，以条目注解之方式作简略综述。

一 ‖ 广西近现代美术发展的两个时期和五个阶段

广西的桂林是一个具有历史文化积淀的风景名胜地，其秀丽的山水风情备受画家的青睐。历史上的画家且不去论述，仅就近现代而言，黎雄才、胡佩衡、徐悲鸿、张安治、陈树人、何香凝、关山月、丰子恺、尹瘦石、刘建安、端木蕻良、李可染、白雪石等著名画家都到过桂林，或从事美术教育，或写生游阅。这些著名画家的不同绘画艺术视角、不同的造型表现手法恰到好处地表现了桂林山水的美，同时也在不同程度上滋养和影响了广西近现代美术或者说“漓江画派”的生成与发展。而广西美术界自身的努力更是其得以发展的根本原因。笔者依据美术理论界之近代美术、现代美术的概念[2]和广西的粤西地理位置及其政治、经济、科学技术、文化艺术等各方面与美术发展的关联性所呈现出的具体状况，在通观广西近现代美术发展过程的基础上划分出了广西近现代美术发展两个大的时期,即近代美术时期与现代美术时期;还根据其发展中的沿革演变又细分出了五个不同的发展阶段,以及使其发展的两个外来因素与三个内在因素。具体简述如下。

(一)两个时期和五个阶段

1. 1949年以前的近代美术发展时期——西画的导入和中国画的改良

A.西画教育法的导入与中国画改良之伊始(1921—1938)。

B.中国画的"写生创作"实践与版画运动的展开(1938—1949)。

2. 1949年以后的现代美术发展时期——"写生创作"的承续和绘画语言的多样化

A.国画、版画的复兴与油画、水彩画的异军突起(1949—1966)。

B"文革"期间的连环画、宣传画(年画)的普及(1966—1976)。

C.超越画种的现代绘画艺术语言的多样化发展(1976—2000)。

(二)两个外来因素与三个内在因素

在广西近现代美术发展历程中,笔者发现其发展活跃之时则是其接受外来造型文化活跃之时。换句话说,在广西近现代美术发展的历程中,明显地可以看出(造型文化)影响其发展过程的外来美术痕迹。具体为:

1.两个外来因素

A.省外美术之流入(海上及岭南地区)。

B.国外美术之影响(以日本为主体)——可分为两个时期:

其一,20世纪20年代至30年代间,来自海上区域的西洋绘画艺术及留日归国画家带回的日本美术造型文化。如20世纪20年代就读于上海美术学校的广西近代美术教育先驱帅础坚及30年代先后留学日本回广西从事绘画艺术事业的画家阳太阳、黄独峰、李骆公、范文龙、钟惠若,而何之培、范新琼则是留学法国的画家代表。

其二,以20世纪80年代国内出现的"85美术新潮"[3]为契机,促进了广西美术界全面接受西方现代美术概念和绘画艺术的表现形式及其手法。

上述两个因素不仅是广西近现代美术发展的重要外来因素,也是"漓江画派"得以生成和发展的重要外来因素。如若再将这两个外来因素加以细述的话,则"漓江画派"形成的几个重要外来因素包括:"海上画派"地区美术的传入;"岭南画派"的西移;国内其他地区艺术流派的汇入;国外艺术的吸收。

2.三个内在因素——广西美术界的努力

A.国画、版画的复兴与油画、水彩画的异军突起(1949—1966)。

家庭美术力量的支撑——如相传八代不衰的李毅元世家就是最具代表性的绘画世家；此外还有在广西近现代美术发展中新兴的帅础坚绘画世家、阳太阳绘画世家、马万里绘画世家、雷时康家族、朱培均家庭等。

B.来自美协、画院的专职画家及美术院校任职的美术教师的贡献。

如涂克、龙庭霸、朱乃文、叶侣梅、刘锡永、帅立德以及"文革"后中兴的中青年画家梁荣中、曾宪高、帅立功、黄格胜、郑军里、雷德祖、刘绍昆、谢麟、李绍忠、雷务武、张复兴、张冬峰、刘绍荟、戴延兴、白晓军、肖舜之、蒋晓东、黄文宪、帅民风、梁耀、周跃潮等。

C.出版界的导向和绘画艺术理论的探讨。

20 世纪三四十年代汇集在桂林文化城的美术家们展开的抗战美术活动和美术普及物的出版发行结果，带动了广西近代美术及其教育的展开与普及；此外，20 世纪 60 年代因中国画画家刘益之发表在《广西日报》上的一篇《雅与俗——庆祝广西壮族自治区成立五周年美展点评之一》短文而引发的关于"雅"与"俗"的理论讨论，积极地促进了广西在绘画创作上的"雅"与"俗"的审美价值观的论证；在"85 新潮"的影响下，广西美术出版社出版了一大批具有学术价值的介绍国内外绘画流派和新艺术观点的画册和理论书籍，无形地促进了广西现代美术的发展。

二 ‖ 回顾"漓江画派"的生成与发展

任何一个画派在其形成的过程中，都会自然地反映出与其自身发展相适应的时代烙印。同样，一个时代的社会物质条件和文化艺术、社会风尚、政治经济水平乃至哲学观念等等所构成的文化意识状态也必然会反映到同时代所形成的画派中。毋庸置疑，"漓江画派"在其生成与发展的过程中自然会深刻地留下时代的烙印。另外，"艺术流派，一般来说，是由一批风格相近的艺术家所形成的。他们或者是思想情感、创作主张有共同点，或者是气质上接近，或者是取材环境一致，或者是由于表现方法技巧方面类似，形成了相似的风格，形成了统一的流派"。[4] 从这一角度来说，"漓江画派"是一群在思想情感、创作主张上追求写实主义画风的画家，以"写生创作"作为其画派的方法和技法的根源，在取材环境上则重点放眼于粤西地区的风土人情。

在地理位置上，岭南之概念应包括两广，即广东和广西。在中国近代美术的发展中，"岭南画派"的出现，使得国内许多研究美术史的学者轻视或者忽略广西近代美术的存在及其价值，加上"岭南画派"中的一些画家和广西籍的一些画家均或多或少地有着切割不断的互动渊源，如 20 世纪 30 年代"岭南画派"的关山月参与了以广西画家为主体成立的桂林榕门美术学校的教育；又如广州刚解放，阳太阳就作为美术文化要员参与广州美术学院的重建工作；而后"岭南画派"弟子黄独峰从印尼回国到广西从事美术教育工作等等，都或多或少地形成一种

“岭南画派”的“岭南”地区性,或许鉴于此吧,长期以来人们都把广西的画家纳入“岭南画派”之中而忽视其自身的存在,造成这种现象是可以理解的。现今,广西的美术界在自治区政府的积极扶植下提出打造“漓江画派”,无非就是从事物发展的主客观性和美术学的学术性之角度去认识广西近现代美术发展历史过程中所形成的自我特色,强调依旧使用过去的“岭南画派”的概念来论述广西近现代的一些画家(美术教育家)是不合适的,也是不科学的。

“一个艺术流派的形成,一般应具备三个要素:一是有共同的主张、观点,或者称艺术见解、宗旨、思想、观念形诸文字,便是纲领;二是有大范围内相似的风格特征,包括选材、布局的审美意向与表现手法等等;三是有一个具延续性,并往往有承传关系的艺术家群体。”[5]笔者以为,如潘琦所言,在广西近现代美术发展历程中,上述第二、三点要素一目了然。比如以“漓江画派”的主要传人黄格胜、帅立功、白晓军、阳光、李绍中、肖舜之、张冬峰、张复兴等为主,均继承了早期画家之衣钵,即“立足写生、中西融通”的艺术理念,坚持以桂林漓水之秀色为其主要绘画题材而进行山水、风景画的艺术创作。换句话说,“写生创作”之法是他们的绘画作品表现广西地方特色的主要创作手法。不同时期不同阶段的广西籍画家在大的审美原则上是趋于一致的,他们的艺术主张与追求和近代的广西美术前贤是一脉相承的。他们对旧中国画进行改造与革新,使中国画朝着中西融通的方向发展。在追求中国画的现代、民族化、大众化问题上,他们提倡以写生来摆脱前人对自己的束缚,也以写生来冲破旧中国画坛的蹈袭仿古之恶习。他们努力地展开美术实践之同时,也重视对新生中国画之创新人才的培养。为此,美术普及教育开展较好而一定程度上忽视了美术创作的提高。

然而,潘琦所言的第一点要素在广西近现代美术发展过程中却并不十分明显。“漓江画派”并不像“岭南画派”那样,以明显的群体形式出现,同时对中国近现代美术之发展具有卓越而不可磨灭的贡献。这不仅因为“漓江画派”的出现较之“岭南画派”晚,在中国画坛上的影响力远不及“岭南画派”大,也因为“漓江画派”早期的生成过程中,理论探讨上较少,后来也未跟进。笔者以为,这是广西近现代美术发展过程中“漓江画派”的最终形成要较“岭南画派”之生成晚的原因所在。笔者通过对广西近现代美术的发展历程进行通观性研究,发现“漓江画派”的生成及发展是以山水(风景)为龙头,人物画模式为其次,它的题材表现沿革及其审美有以下几点特征:

1.以粤西地区的山水人物为创作题材——体现区域风情文化

笔者以为,广西的近现代美术在表现粤西地区的山水绘画题材上可分为二期:

A.前期——近代美术在山水绘画题材上,以三山(象鼻山、伏波山、叠彩山)、两洞(芦笛岩、七星岩)、一江(漓江)为主体。简而言之,山水——以桂林至阳朔一带岩溶风貌区域为主,(1920—1960);以帅础坚、阳太阳、黄独峰、马万里等老一辈画家为先导,刘益之、帅立德、梁荣中等为后继。

B.后期——广西的现代美术则走出了广西近代美术在表现粤西地区的山水绘画题材上

的局限，将绘画题材扩展至岩溶地貌以外地区，如南宁、柳州、资源等。即含岩溶地貌及其以外区域（1970 年至现在）；以涂克、黄格胜、帅立功、白晓军、阳光、李绍中、肖舜之、张冬峰、张复兴等为主体。

“从美术界来看，一个画派的形成有许多共同的文化背景和社会条件，由于地域、国度，以及政治、经济、民族传统、民族风尚的不同，也形成了风格迥异的美术流派。流派的产生，促进了艺术风格的成熟，并为美术的历史带来多彩的局面。”[6] 可以说广西近代美术之发展，主要是在国内近代美术的改革运动之展开下生成的。它以桂林山水（岩溶地貌）为其绘画表现题材，以中国山水画的改良为其发展主流。它从一开始就不存在全盘否定传统中国画的认识，也不认同明清时期的中国绘画就已完全衰败，而唯有西画才是出路的观点。同时，不认为传统中国画的画法最优秀而固守。中肯地说，广西近现代美术始终重视以“写生创作”之法来改良和发展。笔者以为这也是广西近现代美术发展特色之一，同样也是“漓江画派”生成时所具有的基本特色。

2.以现实主义的写实手法为画风——追求“阴柔”的审美价值

广西的美术事业经过上百年的发展，特别是在近几十年来广西画家的共同努力下逐步形成了自己的风格，即“阴柔美”是广西近现代美术之审美特征。这已是广西美术界同仁的一种共识。笔者以为，在“阴柔美”之审美特征的形成历程中，近代美术是以柔中带“阴”为其审美主流[7]，而现代美术则以柔中带“阳”为其审美之主流。广西近现代美术的审美发展过程中，形成了两个时期六个特点。

其一，早期特点。

A.中西画理之融通，即写实（西洋）与写意（传统）的兼用。

20 世纪三四十年代的广西籍画家，几乎都不例外地学习过西洋绘画表现技法及其理论，均能兼通中国画和西洋画，或者说是中西美术兼能。最早将西画传入广西的帅础坚是这样的画家自不必说，稍后的阳太阳、朱培钧、黄独峰、龙廷霸等画家也是如此。

B.美术教育与美术实践兼行，推广西洋的绘画写实表现手法。

也就是说 20 世纪三四十年代的广西籍画家，几乎都是教育与创作同步进行。除上面所说的三位画家外，张家瑶、沈樾、钟若惠、杨秋人等等，也都是画家兼美术教育家的代表人物，他们的共同努力，为新中国成立后最终形成以“写生创作”为前提的表现粤西地域的山水人物特色的必不可少的教育实践与创作经验，也为今日打造具有“阴柔美”画风及审美情结的“漓江画派”，奠定了普及的环境基础。

C.绘画作品明显地带有漓江之区域特性，即岩溶地貌山水之风土情怀。

这一时期表现桂林山水之佳者，大凡都在不同程度上借鉴或吸取了西洋绘画的透视法和水彩画的一些技法。这是以从徐悲鸿、帅础坚到阳太阳等为代表的 20 世纪 30 年代至 60 年代桂林山水画的一个显著特点。具体来说，以画面部分或局部的泼墨、泼彩为主视点，略加一些线条来表现山峰、岩石之质理。这可以说是为今日打造“漓江画派”的“阴柔美”的审美取向劈开了发展的途径。

其二,后期特点。

A“写生创作”与“意造创作”兼容,注重“意造创作”的自然性,即对景写生的真实视觉效果。

后期的画家大都接受过正规的学院式基础造型训练,具有扎实的造型能力,受到西方现代美术的影响而具有现代美术的思维,但是他们除了注重“写生创作”外,更侧重于外出速写,收集绘画创作素材。也就是说,这一时期的画家表现桂林山水,大都在不同的程度上运用了“收尽奇峰打草稿”的中国传统的创作方法,注重“外师造化,中得心源”的画理,写画家心胸之景致而放弃具体景点的描写,在一定程度上放弃了完全依赖实地的对景“写生创作”的手法而糅进了画家个人的“臆造”成分,这是后期画家在绘画作品内容的表现上与前期画家之区别。

B.继承前期“阴柔美”画风的基础上,向“阴中带阳”方向发展。

后期的画家不同于前期美术教育与美术实践相兼的画家,他们中既有二者相兼者,也有专职画家。不少画家均出过国,除目睹国外优秀的绘画作品,还与当地艺术家进行绘画艺术技巧及其绘画理论探讨。而且拥有前辈所没有的“改革开放”的尊重个性特色、个人绘画风格的自由创作环境。他们虽然可以多渠道多方位地去探讨自己的绘画语言,又可以多形式多手法地去表现画家自身的造型语言,然而他们却没有放弃以现实主义的表现手法来再现粤西地区的山水和人物,在审美上继承了前期画家追求的“阴柔美”画风及情结,又使“阴柔美”具有了“阴中带阳”的美,丰富和完善了“漓江画派”的审美价值体系。

C.内容的拓展和画种风格的相近,为打造新型画派创造了必然性和可行性。

后期的桂林山水绘画作品明显带有漓江区域以外的一些特性,即岩溶地貌山水之风土和其他地域风景。由于山水题材上的拓展,就自然而然地出现或有意识地追求有别于前期山水画家的表现方法——更注重笔墨色彩和点线面的组合运用,并以线条为主,表现山峰石岩之野趣和亚热带风情。

三 ‖ 打造“漓江画派”的现实意义与学术理论价值

任何一个画派的生成与发展直至成熟,不管是“自觉”的还是“非自觉”的,都必须具有独特的造型语言和审美价值体系(或者说是画派理念)。因此,界定一个“画派”的确立与否,首先看其自身生成和发展过程中是否形成独特的造型语言和审美价值体系(或者说是画派理念)。笔者以为这与打造画派之理是相通的、一致的。因此,对“漓江画派”的界定可以说是打造“漓江画派”不可缺少的一个重要内容和环节。简而言之,如何打造“漓江画派”,如何界定“漓江画派”这一概念的外延与内涵是必须解决的关键性问题。笔者期待通过对广西近现代美术发展历程作通观性研究，为日后国内其他地区打造像“漓江画派”这种非传统型的新型画派作一次有意义的实质性探讨，为同行们日后去打造非传统概念意义上的画派提供借鉴。

笔者以为，迄今为止，国内美术理论界所认可的“画派”更多的是指由某一画种或运动所形成的画派，如“岭南画派”、新木刻运动、“云南画派”等，很少有论及跨越画种的画派；而现今广西美术界打造的“漓江画派”，无论是从概念上，还是从绘画范围上都有别于以往国内所说的“画派”。这是因为现今的“漓江画派”并不仅仅是单一的“中国画”这个画种，它还包括了油画、水彩画、水粉画、版画、雕塑等画种，所以对“漓江画派”的界定就不可能按以往对中国画的“画派”作界定时所使用的传统概念来进行。源于此理论，笔者以为必须以一种与时俱进的求实态度，科学而合理的创新思维来对“漓江画派”的绘画艺术理念进行综合性分析和理论科学性的界定——从“共同的主张、观点，或者称艺术见解、宗旨、思想、观念纲领”[8]等方面对“漓江画派”进行界定，这是毋庸讳言的理论依据，也是最为基础的原则。

打造“漓江画派”，作为 21 世纪初中国画坛的新鲜事，笔者以为其不仅值得庆贺，更具有现实意义和学术价值，从事理论研究的工作者都应以积极的科学的求实态度去对待，去加以研究，找出其审美价值和学术价值。打造“漓江画派”具有如下现实意义与学术价值：

其一，打造“漓江画派”开创了一种史无前例的非传统性的跨越绘画种类（中国画、版画、油画、水彩画等）的新型画派观，也为新世纪画派的生成与发展提供了一种具有中国特色的模式——政府部门与民间团体携手发展具有地方特色的画派。这种模式当开国内之先河。“漓江画派促进会”属于民间文化团体，它由政府有关领导、画家、理论家、作家、诗人、音乐家、记者、电视人和社会各界艺术爱好者等有影响力和有能力者组成，既具有有较广泛的代表性，也具有较强的理论性。其最终目的是为打造“漓江画派”做好宣传和服务性工作，使画派能更有效更长期地更稳定走向成熟。[9]

其二，打造“漓江画派”是对“85 新潮”后国内一些地方出现一味地追求西方艺术思潮所形成的走“国际化”和向“国际潮流”看齐的创作思维进行反思。然而“漓江画派”的这种反思与历史上许多“新画派”不同，即这些“新画派”大都以反对传统绘画理论或表现技法的束缚为前提进行突破创新，而“漓江画派”则是在继承老一辈画家所创立的主张、观点或者艺术见解、宗旨、思想、观念之衣钵的基础上发展而来的。

其三，打造“漓江画派”开创了一种有组织有步骤地推动绘画创作和学术理论研究并进的画派打造发展方向，此举也为国内罕见而引起同行的关注。在政府行为的刻意打造、维护、扶持下，“漓江画派促进会”的积极参与、经营下以及“漓江画派”发展基金的保证下，不仅现有的画派的画家们能够安心创作，也构筑了培养画派的后续画家的发展基础。

虽然画派的形成与地理区域相关甚密，但画派并不应该是地理区域的代名词，也不应该是区域画家的一种统合词。如果将“漓江画派”作为广西整个美术界之代称，其自然包含中国画、油画、版画、雕塑等造型艺术的不同分野，那么“漓江画派”就应按上述的各个分野去梳理成为不同分野(或者说画种)体系,这是不言而喻的。但是这种包罗万象的分野是否合情合理,的确有待于从艺术学的学术角度去作进一步的商榷和深层次的探讨。当然,笔者并不是有意识地去排除地理位置对画派生成所起的作用以及地区画家群体所做的努力。

总而言之,虽然国内美术界的一些美术理论权威、美术评论家对广西美术界打造“漓江画派”的举措褒贬不一,但有一点是可以肯定的,打造“漓江画派”的现实意义在于探索一种在21世纪能够适应中国美术发展的可行“模式”。“我们希望全国有更多的地方画派涌现出来,像在20个世纪中国画领域有京派、长安画派、新金陵画派、岭南画派一样,使我们的美术创造走出单一化、模式化的困境,以满足人民大众多样化的需求”[10]。笔者以为,这正是打造“漓江画派”的最具现实意义和最具有学术理论价值之所在。

[注释]

[1][4][5][6][8] 潘琦:《“时代呼唤漓江画派”——在广西美术界打造“漓江画派”研讨会上的讲话》,载《美术界》2003 年第 12 期。

[2] 本文中的“近代美术”一词中的“近代”,并不仅仅指“近代社会”中的“近代”词意,而且指运用了西方绘画艺术表现手法——文艺复兴以后的绘画写实主义手法及对景对物写生(如石膏写生、风景写生)来从事绘画及其教育活动的“近代”含义。“现代美术”这一词也如是。

[3]“85 美术新潮”是全面接受西方现代美术概念的一种造型文化运动。也可以说是中国美术发展历程中第二次大规模地接受外国造型文化的一个转折起点。

[7] 空蒙而又湿润的自然景色是使得“漓江画派”初期画作既有传统中国画之底蕴又具西洋水彩画之貌美特色的客观原因。如空蒙的雨,缥缈的云,轻散的烟,梦幻的色,水中山,山中水,山中云,云中山等。

[9] 参见黄格胜《打造“漓江画派”的必然性和可行性》,《广西日报》2004 年 6 月 18 日,综合副刊《花山》。

[10] 引自邵大箴《提倡艺术的地方特色——从创立“漓江画派”说起》,《广西日报》2004 年 6 月 18 日,综合副刊《花山》。

附:20 世纪三四十年代广西美术及其教育发展的相关画家主要来源图

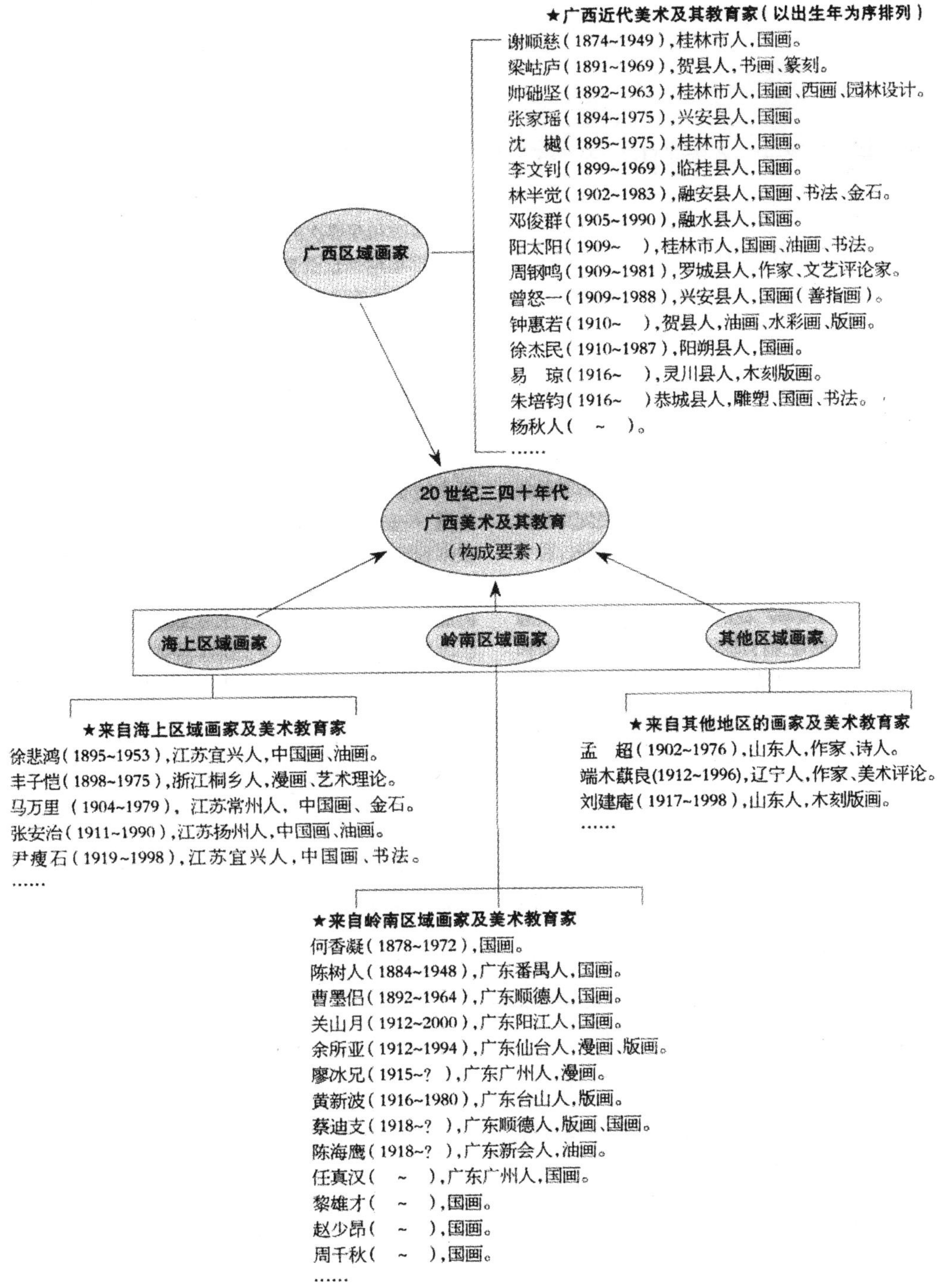

（原载《南方文坛》2005 年第 1 期）

生长文学之树的一方红土

论河池学院对文坛桂军崛起的贡献

□ 温存超

一

若干年前，当湘军、陕军、晋军、鲁军相继亮出旗帜，支支劲旅有所作为，颗颗文星凌空闪烁之时，面对似乎波澜不惊、仍处于被人遗忘角落的广西文坛，我们曾忧心忡忡，望洋兴叹。从1997年起，广西作家纷纷在全国各种重要的文学刊物上亮相，又在各种有分量的文学奖项中榜上有名。文坛桂军已形成一支壮观的劲旅，后来居上，以极为强劲的冲击力问鼎中原。桂军在全国文坛异军突起，已经是不争之事实，其崛起的过程与成因正成为文学界一个相当热门的话题。著名文学评论家陈晓明因此在《直接现实主义：广西三剑客的崛起》一文中断言："广西汇集了一批极有才华的作家，迟早要夺下中国文坛的半壁江山！"我们有理由预期，21世纪的中国当代文学史将会以一定篇幅的文字记写桂军在当代中国文坛的优良表现。

文坛桂军的新崛起，实际上并非一时之力一日之功，而是蓄势已久，它得益于1995年文学寻根时"百越境界"的提出，得益于"广西文坛88新反思"，更来自中共广西壮族自治区党委宣传部"213工程"文艺战略的提出与实施，来自作家签约的重大举措，来自广西作家怀雄心卧薪尝胆的努力，还得益于《南方文坛》等刊物的呐喊和理论支撑，得益于各方面推波助澜，以形成巨大的合力。

对于文坛桂军的新崛起，青年文艺评论家、广西师范大学黄伟林教授作了深入的研究，黄伟林先生在其《在边缘体验全球化的新桂军》和《跨世纪的文坛桂军》等文章中，对文坛新桂军崛起的前后过程及成因，作了详细而有见地的论述。

而笔者认为，尚有一点值得我们注意，即在文坛桂军的队伍中，有很大一部分人毕业于广西区内的高等院校，科班出身的年轻作家们底气较足，具备高层次的文学素养。正如国家体育健将选自基层一样，他们在这些院校中得到了良好的前期培养与训练。广西区内的几所高等院校为文坛桂军的新崛起，做出了不可忽略的努力与贡献。

原来名不见经传的河池师专（2003 年 4 月经教育部批准已升格为河池学院）即为广西区内培养作家的几所院校之一，文坛桂军中的两名骁将东西和凡一平即出自河池学院。迄今为止，在广西签约作家的行列中，河池学院毕业生已有东西、凡一平、黄土路、王卓等四人。

二

东西和凡一平为河池学院学子在文坛桂军中的代表人物。

被誉为"广西三剑客"之一的东西，原名田代琳，1966 年 3 月生于广西天峨县八腊乡，1985 年毕业于河池师专中文系，先后当过教师、新闻干事、秘书、记者、编辑，后任职于《广西日报》副刊编辑部，1996 年被广东省青年文学院客聘为首届专业作家，1997 年为广西文学院签约专业作家。其主要作品有中篇小说集《没有语言的生活》，中短篇小说集《抒情时代》《目光愈拉愈长》《痛苦比赛》《好像要出事了》，长篇小说《耳光响亮》，十八集电视剧本《永远有多远》，自传和小说合集《时代的孤儿》等，其小说作品纷纷被《小说月报》《小说选刊》转载。其中，中篇小说《没有语言的生活》获 1996 年度《小说选刊》奖，获首届鲁迅文学奖。东西在广西文坛被人冷落的情况下，荣获首届鲁迅文学大奖，打破广西文坛 18 年来与全国文学大奖无缘的沉寂局面，给广西文坛注入了强心针和兴奋剂。作为先锋人物，东西最先吹响了桂军进军中国文坛的嘹亮号角，其意义非同寻常。

《没有语言的生活》为东西的代表作品。这部中篇小说描写桂西北贫困山区一个特殊组合的农民家庭的生活，表现了盲人王老炳、聋人王家宽、哑人蔡玉珍三位一体的生存现实，惊心动魄的物质贫困与触目惊心的精神匮乏相互交织，主人公以一种默默而顽强的方式艰难地与命运抗争，残疾人组合的家庭生下了体格健康的后代，完成对没有语言生活的超越，小说以极强的震撼力提醒人们直面那些被遗忘的现实。根据《没有语言的生活》改编的电影《天上的恋人》，由著名导演蒋钦民执导，由著名演员刘烨、董洁、陶虹主演，该片在 2003 年第十五届东京国际电影节上大放异彩，作为唯一一部入围的华语影片，《天上的恋人》有幸成为该电影节首映片子，放映场所座无虚席，放映结束时掌声雷动。影片深受日本观众的赞赏，被誉为"最美丽的爱情故事"，并荣获"最佳艺术贡献奖"，受到评委的高度评价："本片具有很好的感情世界和人文主义情怀"，其影像如"一幅中国画画卷"唯美高贵。

《耳光响亮》是东西的第一部长篇小说，作品从较为广阔的层面上再现 1976 年往后二十年中国的社会状况和人们生活变化的情景，展示中国当代社会二十年由失序混乱，再到急遽裂变，到全方位转型的历史演进轨迹，通过一个家庭的变故，反映一个时代的变迁与人们观念的变异，作品所揭示的现象与问题实际上已超越了二十年具体时间，具有普遍的历史意义。而根据这部长篇小说改编的二十集电视连续剧《耳光响亮》和同期套拍的电影《姐姐词典》，则通过影视语言和画面,以特殊的背景描述人世沧桑,缅怀人性深厚的亲情和责任感,将一记响亮的耳光抽打在人们的灵魂深处,赢得一片赞誉之声,引起强烈的反响。

此外,根据东西中篇小说《美丽金边的衣裳》和《猜到尽头》改编的剧本又"一菜多吃",影视两拍。以小说家而进入影视界,东西的名字为更多人所熟知,其作品之魅力为更多人所领略。著名文艺评论家马相武在《造势下的南国三剑客》一文中高度评价东西的创作,认为:"要论南方文学,不能忽视东西,如果排除东西,晚生代便明显缺失了一些现实主义的力度、深度和厚度。"东西无疑为文坛桂军中最重要的人物之一。

凡一平,壮族,1964年7月生于广西都安县箐盛乡,1983年毕业于河池师专中文系,1989年至1991年由广西作协推荐入上海复旦大学作家班学习,先后当过中学教师、县文化局创作员、县文化馆副馆长,现为《三月三》杂志社副总编,广西政协委员,广西文学院首期专业作家。凡一平在河池师专就读时,即在《诗刊》上发表诗作《一个小学教师之死》,此后创作不断。其主要作品有长篇小说《跪下》《变性人手记》,中短篇小说集《浑身是戏》《女人漂亮男人聪明》《理发师》,还出版了《寻枪·跪下》《广西当代作家丛书·凡一平卷》,影视剧本《理发师》《无悔的忠诚》《十月流星雨》《鲁镇往事》等。凡一平先后获广西第二届少数民族文学创作优秀作品奖、广西第三届文艺创作"铜鼓奖"、第五届广西青年文学"独秀奖"、第二届壮族文学奖等奖项,成为文坛桂军中颇具实力的重要干将。

凡一平的小说曾被《上海文学》作为新市民小说的代表作。其长篇小说《跪下》,向我们展示了一幅五光十色的当代社会生活的风云画卷,作品以轻松诙谐的语言和灵动的叙述节奏描写凡人琐事和男女情爱,揭示极度膨胀的物欲、情欲、色欲和权欲的危害,在权位和财富这一魔鬼面前,各式各样的人物纷纷屈膝下跪。这部写实主义的作品,具有十分深刻的现实批判意义。

其中篇小说《理发师》则描写一个理发师从1941年至1953年间的遭遇,陆平从杀死日本鬼子的英雄,到国民党的将军,到共和国狱中的罪犯,再到普通的理发师,人间沧桑,身世沉浮,小说表达了作家对命运的偶然与必然、荒诞与无常的思考,这也是对现实的另一种观照,因而具有现代哲学的意味。

从总体上看,凡一平的小说多描写年轻人在都市的经历。表现年轻人不择手段地征服都市的生活方式,揭示都市中潜伏与暗流的各种人性欲望,刻画在血红、墨黑、明黄的洪波中追逐的赤裸的灵肉。著名文学评论家洪治纲在《〈我们丛书〉——生存的理想和声音》一文中指出:"凡一平的《浑身是戏》着重于对现代文明的质疑,将叙事的目标定位于现代都市的角角落落,以不同角色的人物和故事共同指证同一个母题,即对现实生活秩序的怀疑和批判。在叙事上作者不注重喧哗腾跃的现实表象,而更强调人物之间的冲突和协调,所以他作品里的对话总是显得特别丰富。"这一评论虽然针对一个小说集子,而用于凡一平小说的整体评论,亦十分恰当。

当今文坛"触电"几乎已成为一个小说家为文坛所认可、为大众所接受的标志与途径。凡一平的小说极受影视界欢迎，长篇小说《跪下》被导演夏纲看中，并买下电影版权，又被中国长城文化艺术中心改编拍成二十集电视剧。中篇小说《卧底》也被导演章明看好，并买下版权。《寻枪》则被著名导演陆川搬上银幕，有媒体认为，这是中国电影界第一部将艺术性和商业性融合得很好的作品。《寻枪》的上映，使凡一平在一时之间声名鹊起。由凡一平自己改编的《理发师》和他为姜文、姜武兄弟量身订制的《投降》，尚未拍成，就已瞄准戛纳电影节，被炒得沸沸扬扬。此外，还与章明合作一部描写纯情的《爱情海》。凡一平为文坛桂军炸开进入中国影视圈之缺口立下了汗马功劳，成为影视界炙手可热的人物。

黄土路，原名黄焕光，1970 年 8 月生于广西巴马，1992 年毕业于河池师专数学系，2001 年毕业于广西师范大学中文系文艺学研究生班，曾任中学教师，《沿海画报》编辑、驻京记者、编辑部主任，《广西画报》记者，《广西政法报》副刊编辑等，现为《红豆》杂志副主编，为广西第二届签约作家。黄土路于 1989 年在校就读时开始文学创作，至今已在《作家》《花城》《青年文学》《天涯》《红豆》《人民文学》《广西文学》《诗选刊》《星星诗刊》《诗歌月刊》《新大陆诗刊》等发表小说、散文、诗歌 200 余篇（首），近年来所发表的短篇小说《为什么他们都很快乐》《梦游症》《来呀，刘卉》《垃圾桶》，诗歌《热气球》《郊区男孩》《睡眠》《半夜南宁》和散文《后现代车夫》《时间里的东西》《翻出来晒晒》等均受好评。其任副主编之《红豆》面目一新，成为广西文坛乃至中国文坛的新锐文学刊物。黄土路是一个勤勉而有灵气的青年作家，已越来越引起人们的关注，迟早会找到自己升腾的空间。

王卓，壮族，曾用笔名汪淖、老 A，1972 年生于广西巴马，1993 年毕业于河池师专中文系，当过中学教师、县宣传部办公室主任，现为巴马县文联主席，为广西第四届签约作家。王卓自 1993 年起，在《青年作家》《四川文学》《三月三》《广西文学》《人民文学》等区内外刊物发表散文、小说近四十万字，其中有短篇小说《丑婆》《王屠户》《火麻粥》《隔河有岸》《作家李白和他的朋友们》《我们越来越幸福》，中篇小说《女人美丽》《彩色碎片》等。最近，王卓又完成了长篇小说《尘埃坚硬》，由湖南文艺出版社出版，长篇小说《情人拐杖》也已结稿。王卓现在又为某影视公司创作一个电影小说《祖先的传说》，其创作正呈上升势头。

除此四者，1990 年毕业于河池师专中文系留校工作的何述强专攻散文，其《何述强散文五题》于 2004 年 4 月获第二届《广西文学》“金嗓子”广西青年文学奖。2003 年毕业于河池师专中文系的谭壮满在校就读期间即出版长篇小说《惑乱爱情》。活跃于广西文化界的河池学院学子还有冯文东、颜晓丹、杨合……一批年轻的记者、编辑、作者，他们也在不断努力、不断进取。目前在校学习的一些学生也不断地在各级刊物上发表作品。

河池学院出文化人才，这一事实已被有识之士称之为“河池学院文化现象”，并加以关注和探究。

三

“河池学院文化现象”的出现并非偶然。茂盛的植被生长，需要有良好的气候环境，河池学院正是一方温暖润湿的土地,这方文气氤氲的红土,有利于文学之树的生长。

许多人都有感于"河池学院文化现象",有感于河池学院的文学氛围,有感于河池学院文科教学和科研的丰硕成果。有好几个评论家和作家都曾说过,当他们踏进河池学院校园的时候,就感觉到浓郁的文学气息。

河池学院文学气息浓郁,首先因为这所普通高校建校初期即有一群酷爱文学而且很有才华的教师,如刘启真、韦启良、李果河、银建军、韦秋桐……继后,有韦器闳、闻程、犹家仲、钟纪新、谭为宜、陈代云……他们在讲坛上讲授文学,同时著书立说,并在报刊上发表文学作品。教师对于文学的执着追求精神和腹有诗书气自华的风采对学生影响至深,他们撒下的文学种子一茬茬生根发芽,故而从河池学院移植出去的好苗,一旦得到更好的生长环境,即能伸枝展叶,迎风而长。东西、凡一平、黄土路、王卓莫不如是。东西在《时代的孤儿》中就提到:当时"我的理想是除了做一名合格的教师之外,还要成为一名合格的作家。这种梦想诞生于我在河池师专读书的时候"。他谈到他所尊敬的老师对他的影响,"心里发誓做人就要做这样的人"。他们在河池学院打下了良好的基础,培养对文学创作的爱好,在校时即开始发表文学作品,走出校门后其志愈坚,几经磨砺,先后跻身广西文坛,汇于广西文学之流,受到关注,并得益于广西文坛崛起的大气候,脱颖而出。河池学院优良的文学创作传统,正由一种教师影响学生、师兄带动师弟妹的方式,流动着一股汩汩而下的文学血脉。

河池学院文科教学特色鲜明,学科建设和科研课题相互结合。文艺理论、现当代文学和写作等课程的教学都与文学创作引导相联系,注重实践教学的环节。科研课题立项,也瞄准对广西文学创作的研究。文学教师关注当代文学发展的动态,研究文学创作的规律,尤其注重对广西当代文学创作的研究,评论广西作家作品,形成了河池学院文学评论方阵,《河池师专学报》从90年代初就开辟《广西作家研究》专栏,对广西文学创作的理论探讨与建设做出了一定的努力与贡献。早在80年代末东西、凡一平初涉文坛之时,河池师专教师即向人们推荐和评价这两位有前途的文坛新人。1993年12月,在东西、凡一平崭露头角之时,河池师专就积极主办"凡一平、东西(田代琳)文学作品讨论会"(广西作协、河池日报社、《三月三》杂志社等单位协办),邀请了《当代》杂志社、《文艺报》及区内外40多名作家、评论家、编辑和记者参加讨论,并在《河池师专学报》组织专栏,刊发讨论会纪要和相关评论文章,形成较大的影响。当时的区文联副主席蓝怀昌先生就代表广西作协对河池师专培养两位作家表示祝贺,指出:"举办这次研讨会是河池师专领导的远见。"当时的文联秘书长、评论家李超鸿则指出,作家要靠社会各方面培养,学校是极其重要的一环。河池师专在凡一平、东西的成长过程中起着重要的作用。2000年12月,河池师专又与广西文艺理论家协会和广西作协在河池师专联合举办了"桂西北作家群研讨会",邀请区内外专家学者、评论家和编辑对桂西北作家群创作进行剖析和讨论。研讨会指出:"'桂西北作家群'的创作成就,与有关部门的热情扶持激励,与几代作家团结互助,以及与河池师专等有关院校重视文学教育和文学人才的培养是分不开的。"河池学院在特色学科建设、科研课题和教学实践方面的工作,客观上为文坛桂军的新崛起起到了推波助澜的作用。

大力扶持学生社团积极开展校园活动,是河池学院办学的一大亮点。河池学院自师专成立以来,即十分重视校园文化建设,校园内学生社团如雨后春笋,文化活动丰富多彩。先后有新垦、新笛、新苗、荒、南楼、丹霞、空谷、南楼丹霞、堆云等文学社团,这些由教师担任顾问和指导的社团活动频繁,邀请作家、编辑和记者等讲学,组织座谈讨论,创办各种文学刊物,自 1978 年师专建校以来,似乎从未间断。由学生操作的《河池师专报》《空谷》《校园之声》《荒》《南楼丹霞》《堆云文学》等文学刊物为学生创作提供园地,发表学生习作和教师评论,尤以何述强等教师指导的《南楼丹霞》办得出色,影响达区内外高校及社会。作为校园精神文明建设,作为实践教学之环节,作为培养人才的举措,河池学院的社团活动在区内高校中已相当闻名,成为河池学院办学的一大特色。东西、凡一平等都曾得益于文学社团的活动。他们在成名之后曾一再提到自己对母校的感情。东西说:“我的写作从这里开始。”凡一平则不止一次地说到“好母校是一座靠山!”

黄伟林教授将文坛桂军新崛起的文化背景归纳为三种:最具本土意义的红水河文化、受中原文化影响至深的桂林山水文化和新中国成立后南下支边人员带来的移民文化,并指出文化背景的多元共生与兼容并包,造就了广西作家的差异性,故其包容量大、五彩斑斓。这种分析极有道理。从地理位置上看,河池学院偏于一隅,似乎远离精英文化中心,然而,桂西北山川神奇绮丽,民族风情斑斓多姿,历史文化积淀厚重,位于西南通衢千年古郡宜州城的河池学院因而又得天独厚。远者,脉溯龙溪,得粤西文气;近者承周钢鸣、曾敏之等足迹,后继有人;河池文化积淀厚重与生存环境残酷相反相成,故有奇特的人文体验。东西、凡一平等河池学院学子来自红水河畔大山深处,由于山区与城市教育条件的巨大差异等原因,他们在高考时未能考出高分,未能跨入重点高校的门槛,而进入河池师专的他们,具有大山赋予的不甘落后的精神、岩石般坚韧的意志和表现自己生活体验的强烈欲望,故而自强不息,在河池学院萌生文学理想,广泛吸收文学营养,以红水河文化背景崛起于文坛,与其他作家相比,其红水河“奇特的人文体验”优势自然得到发挥与显示。

由师专升格的河池学院已正式挂牌,正规划未来的发展宏图,其目标是要建成一所高教学质量的综合性地方高校。作为突出的办学特色,重视文学教育和培养文学人才的传统在新的办学理念与实践中,将会得到继承与发扬,河池学院还将为广西文坛输送文学人才,做出新的努力与贡献。

(原载《南方文坛》2005 年第 2 期)

第六届广西戏剧展舞台美术实践的思考

□史 晖

作为广西最重要的戏剧活动之一,第六届广西戏剧展圆满闭幕,除了奉献给广大观众一批优秀剧目之外,还为戏剧艺术评论留下丰富的实践和广阔的思考空间。笔者试从舞台美术角度对这次剧展的一些艺术实践做出分析与思考。

从舞台美术创造戏剧环境的层面看,本届剧展的舞美设计不仅仅体现在营造与剧情相适应的历史、现实环境,更表现出对当代舞台设计理念的吸纳与创造,我们可以从多个优秀剧目中体会新的设计观念和审美指导下产生的新的视觉空间。

桂林桂剧艺术团演出的新编历史故事剧《大儒还乡》,表现年逾古稀的东阁大学士陈宏谋即将回乡养老,他获乾隆帝准许,回到曾经任职的陕西看看,不料爆出因他而起,经皇帝嘉定,却坑农害农的假政绩,陈宏谋毅然罪己,力求澄冤纠错,无奈引发了天、地、君、亲、师的剧烈碰撞。剧中大量使用了中国传统山水画面作为布景,由于山水画的视点不是固定的而是分散变动的,画面由分散变动的视点所获得的视觉形象构成,这样的视觉形式放在舞台上,一是其充满传统文化底蕴的绘画方式与剧本的历史氛围相呼应,二是可展现多角度的背景环境,视觉层次丰富,三是在灯光道具的调度配合下可表现空间的变幻,有利于复杂的剧情矛盾的展开。例如陈宏谋探访桑园一幕,布景中绘画的园林与桑木道具构成特殊的虚实关系,绘画提供了桑林的全景,是一种“意向性”的空间,与道具及灯光明暗相配合,又为舞台行动的展开、演员的表演提供了支点,给观众留下了层次饱满的视觉印象。

舞美设计不但能表现物理空间,更能表达丰富复杂的心理空间。桂剧《瓦氏夫人》中瓦氏夫人在出征前,让士兵狂欢三日,找心上人,“留下后代根”,这一幕表现男女青年双双对对,缠绵难舍,演出一场月夜之舞,透射向演员的灯光设计为从金色转为白色,在舞蹈高潮处转为紫色,暗示了狂欢与悲痛交织,相知相识与相离别的同时发生带来的矛盾,生命最放肆与成熟时马上面临死亡的复杂体验,特别是紫红色的光,正是这种特殊情感的最好的体现。

从舞台美术帮助戏剧人物性格塑造的层面看,参展剧目中阐释性造型的设计和使用比较丰富。以广西京剧团演出的现代京剧《霸王别姬》为例，该剧塑造了在戏剧艺术道路上苦苦守候、执着追求的京剧演员形象。剧团中的师弟“霸王”，虽然离开舞台，下海经商，但心中从未把京剧放下，其办公室的造型运用巨大的高悬条幅，书写着“力拔山兮气盖世，时不利兮骓不逝”的经典唱词，办公桌旁放着当年表演时用的刀剑，这些造型，是“霸王”对舞台艺术魂牵梦萦的心态的表露，也是其张扬个性的准确阐释。如果说，“霸王”对京剧的执着是直接、外露的，那么另一个角色“水神爷”对艺术的执着则显得隐晦、深沉。“水神爷”的塑造比较特殊，演员在服装、道具的配合下表现他简单的言行，一句“水开了，谁要喝水”，一个行动——拒绝任何人自带茶水进剧团，一个谜一样的情绪雕塑点——一直呆坐在舞台前的一把竹椅上，默默无言；直到剧团的“师父”讲述“水神爷”的故事，观众心中的这个人物形象才逐渐饱满、完整并深化，此时再品味“水神爷”朴素的造型、沧桑的面容，还有那一把古董似的水壶，人物有了情感的质与量的统一，得到的将会是相当有震撼力的审美喜悦。可以说，水神爷的塑造是通过把握舞美设计和戏剧演出整体的特殊关系来完成的。

舞台美术实践不仅体现在布景灯光服装等诸因素的组合运用，还在于整体上独特审美风格的构筑。这次参展的剧目种类丰富，有桂剧、彩调剧、壮剧，还有京剧、粤剧、话剧、舞剧和木偶剧，因此在整体风格上也各有千秋。桂剧《瓦氏夫人》展现的是瓦氏夫人应明朝廷征调，率领壮族俍兵转战江浙，抗击倭寇，骁勇善战的历史画卷，表现壮族为保卫华夏一统，抗击外敌，昂然面对生死，面对顽敌与朝廷贪官威迫，顾全大局，不屈不挠，勇于牺牲，甘于奉献的民族精神。该剧的舞美风格写意性、象征性突出，多选择表现民族文化特征的象征、隐喻及暗示性的形象，例如第一幕大背景是半圆形大月影，影中有南方地域鲜明特色的榕树；随着剧情的展开，时空的变换，景物随之改变：瓦氏出征前月影中是火红的木棉，渲染昂扬的斗志，暗伏斗争的激烈，红是血色，既是牺牲者之血，又是报国者血脉中流淌延续之血，整体看也是一种精神象征；江南抗倭时月影中是江南美景，掩映在桃花中的村庄；江边盼粮一幕月影中为江边萧瑟之衰草，暗示气候变化，士兵无粮处境的艰难；瓦氏夫人与莫古将军营帐内分别一幕月影中为苍松，以松柏之质比喻人物高洁。总之，大量的造型图案是民族精神的凝聚与概括，也是人物精神的依托，与人物的具体的矛盾斗争相呼应，为主人公的个性美、品质美、智慧美做出了烘托和归指。同是历史题材的作品，桂剧《柳宗元》则在表达历史厚重深度的同时力求诗化的风格，与戏剧主人公诗人的气质相吻合。剧中大量使用轻薄透亮的软幕布景，前半部分色彩明丽、清新、淡雅，后半部分逐渐过渡为表现淡泊、清幽、寂寥的冷色调，将主人公的人生经历、情感转变统一在诗一般的情绪基调之中。

当然，在探索舞台艺术表现空间的过程中，不免留下遗憾之处，比如《瓦氏夫人》剧中瓦氏设计歼敌一幕主要以铜鼓为道具，在灯光配合下，以“鼓阵”的舞蹈形式出现，由于已有的布景占了相当大的空间，要表现战阵就略显局促。

本次剧展取得了艺术上的多面成果,而更值得我们进一步期待的是,随着社会主义建设的发展,文艺创作观念的开放与交流,舞台技术力量的进步,我区的舞美能寻求属于自己的舞台语汇,以更优秀的艺术实践,奉献给广大观众。

(原载《南方文坛》2005 年第 3 期)

“天门关作家群”研讨会纪要

□ 本刊编辑部

时间:2005 年 8 月 9 日

地点:广西玉林市

连友农(玉林市委副书记):今天是一个喜庆的日子,由中共玉林市委宣传部、广西作家协会、《南方文坛》杂志社、玉林市文联共同主办的“天门关作家群”研讨会在这里隆重召开。《人民文学》《花城》《钟山》《青年文学》等著名文学刊物的名编们,全国著名的作家、批评家不辞辛劳,应邀出席,自治区文联、区作协的领导和文学界的权威亲临指导。一千多年来,在玉林这块沃土上涌现了一批著名的文人学士、科技精英和历史名人:现代著名语言学家王力,中国“两弹一星”功臣、中国科学院院士党鸿辛,俄罗斯科学院外籍院士、国际欧亚科学院院士、世界生产力科学院院士、中国工程院院士李京文,与邓小平一道领导右江起义、创建右江革命根据地的红军著名将领,红七军、红八军总指挥李明瑞将军。所辖容县是民国时期将领全国第二多的县,民国爱国将领、新桂系首领黄绍竑、黄旭初都是容县人。现在东南亚的侨领也以玉林人居多。全国知名作家林白就是从北流市走出去的玉林女儿。但是,与全国、全区先进城市相比,我市的文化建设还相对落后。因此希望我们玉林的作家、作者,把握机遇,虚心向名家、名流们请教学习,不断提高自己的创作水平,迸发出更大的创作热情,创作出更多引起全国反响的优秀作品。

黄德昌(广西文联副主席、作家):今天非常高兴来到玉林参加“天门关作家群”研讨会,在这里我代表广西文联党组、文联主席团,向会议的召开表示热烈的祝贺,同时向来自北京、广东、江苏等地的作家、批评家表示欢迎并致以衷心的感谢!玉林市委宣传部请来这么多著名的作家、批评家,开展这个活动,在全区起到一个示范性的榜样作用,我觉得这非常可贵。

我希望玉林市的作家通过这次会议,向名家们学习,请他们从全国文学现状、文学走向、文学创作的角度对我们进行一些辅导,指点,答疑解难,对我们玉林市的作家下一步的创作,下一步的文学活动的开展,是非常有意义的,所以说这是一个新的起点。我们可以从这里出发,把我们玉林的文学事业、文学创作推向一个新的高度。

黄佩华(广西作协副主席、作家):参加这个会议我特别注意到"天门关作家群"这个概念的提出,这个提法是继"桂西北作家群"之后,广西第二个提出的作家群概念。而天门关这个地方我们通过林白的小说比较熟悉了。既然提出作家群,恐怕就要在座的玉林作家们的加倍努力了,在今天的那么多名家的教导、指点之下,我相信我们玉林的文学创作水平会有所提高,我也有理由去期待、去预见玉林的文学创作会依托我们强大的经济后盾,依托我们的人气,依托我们积蓄多年的文学创作力量,使"天门关作家群"走向全国。我因工作关系,要赶回南宁,就说这些以示祝贺。

冯艺(广西作协主席、作家):我谨代表会议主办单位对烈日炎炎下在百忙中应邀前来玉林出席本次研讨会的中国文坛大家、名编李敬泽、邱华栋、贾梦玮、林宋瑜,以及回家乡的著名作家林白表示衷心的感谢。

"天门关作家群"是指玉林市作家群。谈到玉林文学的发展,我们不能忘记那些为玉林文学做过贡献的老作家,他们的创作开创了玉林的当代文学。我国语言学大师王力先生在汉语上做出重大贡献之余,为我们留下了许多富于文化意味的散文;他的儿子秦似一生写作杂文,笔锋犀利,形象鲜明,形式多样,语言清新朴实,是中国当代有重要影响的杂文家;备受著名诗人韦其麟推崇的诗人海雁善于构思,注重推敲,他的诗歌饱满富于生活的激情;李竑是"扎根于人民生活之中的作家",有论者说他的小说是"带着桂东南泥土芬芳的一束鲜花";20 世纪中期被称为广西三大农民作家之一的钟扬莆,他的小说真切反映了农民和土地的关系,生动刻画了一代又一代农民的心理和热爱土地的人生。这样的老一辈作家还有陈安湖、李玉荣、覃富鑫、杨军、杨裕坚等,他们用自己的笔创作了属于那个年代鼓舞人民的文学作品。从这一阶段文学创作来看,尽管刚刚起步,但取得的成就却是突出的、显著的。尽管较多的作品注重政治性的思想、行为和情感,而忽略了对人性人道的审美的关注,但众多的作品鲜明地展现了明朗乐观的革命理想主义和革命英雄主义,充盈着昂扬向上的社会主义时代精神。当我们回顾"天门关作家群"之形成的时候,我们必须把这些老作家的先导奠基作用,记入玉林当代文学的史册。

"文革"之后,是玉林文学全面复苏、发展繁荣的时期,文学作品无论是在数量还是艺术质量上,都达到较高的水平。这个时期的代表性作家有林白、潘大林、何培嵩、李芳新、黄祖松、韦永键、麦春芳、张向明、李洪波、梁智华、范浩鸣、李忠健、陆辛、宁绍旗、李一军、周汉强、李松、吴翠琼、何每、康圣清、何浩深、梁水华、覃家米、陈健、何赛光、陈琦等等。他们的创作有这样几个突出的特点:一是中老年作家经过反思,文学思维有了突破性的跃动,带来了各类作品的猛增、中篇小说的突破、作品集连续不断出版的收获;二是形成了纯文学与通俗文学多样化竞争的格局,而反映现实生活,描绘民众的觉醒与民众生活的变革是共同的主流;三是现实主义仍是文学创作的主流,尽管作家的创作具有各自的个性,但都能多侧面、多角度地认识和表现时代生活,较好地起到文学的社会作用和审美作用;四是青年作家步入文坛,并逐步成为玉林文学发展的骨干力量。自 1985 年开始,五六十年代出生的青年作家开始显露一定的文学力度,他们在文学创作上取得了长足的进步。这批作家有:林白、潘大林、李芳新、麦春芳、何每、康圣清、吴翠琼、李忠健、宁绍旗等。他们大多具有大学文化程度,文化素质较高,思想活跃,敏感新锐,视野开阔,因而他们的作品不论反映现实或观照历史,都有着时代的特征和独特的追求。如林白的早期诗作,主要描写年轻人的心灵世界,浮现 20 世纪 80 年代中国青年那种蓬勃的朝气和理想化色彩。1980 年以后,林白开始创作小说并迅速在中国文坛崛起,她的长篇小说《一个人的战争》,成为中国女性文学的经典作品,她的新著《妇女闲聊录》摘取了 2004 年度"华语文学传媒大奖"的年度小说奖。林白已经成为中国文坛最富个性最具创造的作家之一,她是玉林的骄傲。我们广西作家也因林白而骄傲。潘大林的小说被认为具有浓烈的地域特色,浓郁的生活气息和对生活的思考,使得他的小说的现实性带着浓重的历史和文化意味;李芳新的小说写出生活的复杂情景,对荒唐时代历史进行了反思,意味深长;何培嵩的报告文学、何每和李参天的传奇小说、康圣清的纪实文学、麦春芳的诗等,这些作品不仅丰富和充实了玉林作家群文学发展的容量,也使玉林文坛增添了新的色彩。

20 世纪 90 年代以来,玉林作家群出现了以朱山坡(龙琨)、虫儿(吉广海)、韦延才、李参天、黄中武、潘静新、谢夷珊、陈予启、肖燕、潘雄杰、梁晓阳、黄晓红、肖妙婷、宾业海、罗汉、李新文、黄春艳、陈前总、方为、谢小敏、石建锋、唐海干、陈音等为主要代表的青年作家。其中朱山坡由写诗转向写小说并开始在名刊亮相,虫儿的诗歌在全国诗坛开始有些名气,韦延才的小说描写人物情感深入细腻,陈予启的小说有自己的文学体验,潘静新的散文叙述朴素动人。我认为,这个时期的玉林作家尤其以诗歌的创作在广西成就最大,他们的民刊《漆》在全国民刊中颇具影响。同时,玉林的文学评论对文学的发展也起到良好的推动作用,覃富鑫、何浩深、王志明、徐秋明、赖翅萍、陈汉云等等都为"天门关作家群"的生成做出过自己的努力。毫无疑问,"天门关作家群"是文坛桂军一个重要的组成部分。

李敬泽(《人民文学》副主编、批评家):我昨天晚上到了玉林,又到广场看了一下王力先生的雕像。王力先生那一代人,他们的人格,他们的学业,他们所做的事情,他们的理念,都是我们现代人最优秀、最卓越的一代。在那个时代,我们的这些前辈大师,在中华民族到了最危险的时刻,甚至所有人都上街喊口号的时候,这些中华民族的精英们,才知道越是在这样的时候,一个农民越是要好好种地,一个铁匠越是要好好地打铁,一个文学家越是要好好地研究文学,一个士兵越是要去奋勇杀敌。在这个意义上,我觉得我们这些后来者,往往没有像他们那样,以那种充实的力量,去真正的应对他们那个时代,没有像他们那样,应对我们这个时代。

我们只是在面对与王力先生当年面对的不同的时代。就是说,我们怎么和我们的时代,在我们的时代中,在个人活动之中,建立一种恰当的关系,包括在这种关系中建立对个人生命、对我们所从事的事业比如对文学的这种信念,我觉得这是我们从事文学工作的一个基本出发点。我想,不管时代如何,我们始终认为文学对我们自身的生命,对人类的精神生活都有不可剥夺的重要价值。那么我们需要做的就是一件事,就是耐心地坚定地去写、去做这件事,如此而已。

到了玉林之后,忽然长了一个知识,就是天门关实际上是鬼门关。但是我觉得鬼门关其实是一个很好的地方。我们把鬼门关理解为一种生命的极限。一个人,他要面临最终界限的时候,在这样的情况下,再来看自己的生活,再来看自己的事业,眼光会变得更为真切。而我们玉林能够守着鬼门关来写作的作家,我觉得在某种程度上抓住了我们现在中国文学的某些根本要害。我们有一个叙事的焦虑,怕我们在讲故事的时候,那些听众会一个个地走掉。其实我们面临的是一个精神的叙述如何成立的问题。就是说,我们的主人公在精神上到底发生了什么,在精神上究竟是如何从哪个起点开始,走向哪一个过程,最后又走向哪一个结果,这样一个精神的过程,其实是我们想说的内在生命的扩展。

我最近看到广西的作家东西先生的《后悔录》,我觉得东西非常敏锐,他抓住了我们这个时代以及我们中国人生活中的一些非常根本的问题和要害,同时他也面对了真正的困难。东西的《后悔录》这种作品,我觉得是有意义的,它是去探索,在这样一个茫无方向的荒原上,我们怎样去坚持这种精神叙事,我们怎么去坚持我们的精神,去进行一个有力表达。我经常反反复复在不同的场合批评我们的作家没有信念。我们作家应该有信念。这个信念是你面对世界、面对人性、面对我们这个时代如此生存复杂的环境,你做出的一个艰苦的判断。伟大的作家或者说真正有力量的作家,他不仅仅有信念,他也应该有力量对这种我们现有的普遍精神状况做出强有力的反应,并去寻找那么一点点光明,或者寻找、求证你的那一点点所信。

玉林实在是太远了,玉林历史上有两个女人,走得都是很远的,一个就是传说中的杨贵妃,另外一个就是林白。我说这点没什么别的意思,从文学上来说,对我们写作来说,甚至对我们小说家观察世界表达世界来说,我们都需要一种偏僻的眼光和偏僻的表达。在偏远的地方写作,在人性偏远的、遥远的角度,偏远的路径出发,去接近那种庞大的、浩瀚的人性和生活。在这个意义上说,我想,我们的玉林的作家群,始终是有着这样一种更好的机会的,你们是在这偏远的地方望着大处,向着更远的终点,向着长安,或者大梁,或北京前进。我觉得这始终是你们的优势。

邱华栋(《青年文学》主编、作家):玉林的文学气氛特别浓,是一种 80 年代的气氛。比如这个《漆》诗社,他们有时候搞活动能拉到一百多人,他们所订的《诗刊》有一百多份,订我们《青年文学》也有十几份。我觉得这种环境是非常难得的。我来之前,收到了张燕玲主编给我寄来的玉林作家的一批作品,我便初步作了一些意想,对我来讲也是一种学习。我看作品经常用两种眼光来打量，一种是作家的眼光，用作家的眼光看另一个作家，从一个目标看另外一个目标；另一种眼光是编辑的眼光，编辑的眼光是平衡的，是从一个刊物的角度出发来看一个作品，会看刊物有什么要求，以及最近从什么方向来做。所以这种眼光不一样，这种感觉在我身上都会有。作为一个作家，我觉得有三点非常重要，第一点是作为一个作家，你必须有写作的资源，这个很重要。你有哪些资源，比如玉林的作家你老待在这，你有什么东西可写的？你一定要写下去，在你身边有很多路径。那么在咱们玉林这个资源有多厚，要做一个综合的判断，有多厚，能写多久，要深挖下去。然后建立一个纸上的巨大叙述事件。如果这个路走得通的话，要首先看看把握有多深。你有什么样的资源，往往决定了你是什么样的作家。第二点我想说，一个小说家首先要确定一种形式感和语感。每一个作家都有他的某种语调，某种语感，读这个东西便知道，他的语感是什么样的状态。其次你看完会发现，他有一个形式感。语感和形式感是确定一部作品是否具有个性的要求。这个需要长期的训练，可能还需要别的因素，需要音乐，需要诗歌，用语言的敏感确定你的目标。当然一个长的作品、一个中篇长篇，你还得有结构方面的意识。在这方面，我的师姐，那些奋斗在七八十年代的师姐和林白做得非常好，林白的每一部长篇小说都非常有形式感，她的每种结构都在变化，这个是非常绝的写作。第三点，就是怎么确定一种生长的意识。一个作家，你要长期的写下去。你要不断地决定你的写作资源，要发现它，不断地对当下这种生活有一个确定，有一个态度。我觉得一个好的作家要有一种生长的意识。

贾梦玮（《钟山》副主编、作家）：临来之前，张燕玲主编交代我，让我主要看一下玉林作者的散文作品，但是这段时间我还是读得比较少，大概读了李忠健、李一军、黄春艳、谢小敏、潘静新、梁晓阳这几位作者的作品。我就不从具体的作品去谈，只能大体上说说，想到哪说到哪。与其他文体相比，比如跟小说、戏剧相比，散文这二十几年，几乎没有多少捞头在里面，小说、诗歌、戏剧可能是一浪一浪的，但是散文几乎是比较平静，但是就不能说散文就没有出路。散文在各种文体当中可能创作主体是最为广阔的，我们说散文最重要的创作主体，也就是处理好人的问题。所以散文作者要对现实进行思考，有一种敬业精神，对现实，对表象，对细节进行关注，还要有强大的创新能力和艺术勇气。还有就是你写出来的作品，是好是坏，如何能让读者把你这篇东西读完，我觉得是非常重要的。男人对女人来说，女人对男人来说，我对你的爱，大可用语言表达，但放在纸面上又该如何表达？所以怎么样让读者接受你，这可能也是一个作家一生当中想方设法去探寻的。许多作家都是如此，特别是中青年一代，受过比较好的教育；但是对于散文家来说，这可能是远远不够的。

林宋瑜（《花城》编辑、批评家）：今天我们的名编们都说了一些文学上的宏观问题，那我就具体说一些微观的问题。就像从玉林走出来的林白，实际她早已突破了地域。我觉得，林白的创造力是很令人惊奇的。她的《一个人的战争》一开始是引起各种各样的争议，然后引起新闻界、文化界的关注。这是一部非常有代表性、标志性的中国女性写作作品，她的作品开启了女性的心灵,带动了后来的女性写作,所以林白被评为中国的女性写作、个人化写作的代言人之一。但事实上,到目前,林白还有其他变化,她的整长句开始了转折,她的深度和宽度也开始打开。她在《花城》发的长篇《万物花开》最早关注中国在现代文明冲击之后人存在的内在精神困境。林白的语言,对作品的敏感,可能就是从文学语言开始的。林白是从玉林走出的,她已经突破这个地域。她的创作同时也为玉林的文学创作带来影响。我们这次推出朱山坡的小说,我觉得朱山坡的小说,包括我现在看的,一个是《我的叔叔于力》,还有一个是《两个棺材匠》,证明了他所处的地域特点为他提供了非常好的资源:粤桂边城,也就是两广交界处,他的整个创作的题材价值,就是在展现中国现代化进程中农村的生态,这个生态是原生态的。这个写作资源我觉得是朱山坡的优势,也可能会成为他的写作题材的一个体现。他的作品里的人物世界几乎是没什么美感的,甚至是病态的世界,但是他的人物把握得比较微妙。我同时看了玉林其他一些作家的作品,我还看了李芳新的一本小说散文集的介绍——《最后的媚眼》。我看了以后觉得李芳新的写作也很有特色。我就看了刚才几个作家不同的作品,看到了他们不同的出发点和不同的写作风格,这也许只是玉林文化的一部分吧。

东西(广西作协副主席,作家):我首先要表示对玉林作家的钦佩、尊重,我在从事写作的时候,就知道了林白、潘大林、李芳新的名字,我想这个地方是令我向往的。他们对文学的这种真诚,其实超过了很多人。玉林人对文学的真诚我认为在广西绝对是值得称道的。每个人说起广西的创作格局都会想到桂西北,因为那边出了很多很多作家,他们形成了一个群体。对玉林的这种结构我也觉得很合理,代表作家就是林白。我想以我失败的一些教训跟大家交流一下。我觉得写作是要发自内心的,这是我多年来自己的一个强烈的感受。今天李敬泽讲得很好,他说写作一定要有精神境界。我想,这是敬泽经过多年的阅读,思考出来的这样一个境界。如果我们在初学写作的时候,还没有达到这种境界,硬要写出这种境界,就很假,所以我想写作要发自内心。在写作的过程中,作家也是经常在搞各种各样的把戏。你不要小看这个写作的把戏。我们可以这么看,作家实际是想骗人,关键是把读者骗了而且他相信。这是一个作家的构思,但实际上体现了写作的这种素质。你怎么可以相信?我们写作其实就是要人家相信,假的就是真的。如果我们用今天的道德标准去评判,就是骗人。他会说是假的?不会。我觉得他会说是真的。所以我想我的写作是发自内心的,这种内心哪怕是假的或是真的,这是我的一个感受。我前段时间写了一个创作谈,我说我写作是想写我内心的秘密,我觉得每一个人内心都是一个深广的海洋,他有很多秘密。最好的作家会挖掘到心里最底层,这个是他的绝密,是他的隐私。所以我想,我最近的写作,我可能不会归类在某个地域上,但是我可能放在人心上,就是我肯定会关注人的心理。所以我前段时间写了一个《后悔录》,但是刚才我讲了我写《后悔录》却不是忏悔,它绝对不是忏悔,因为这个人物还没有达到忏悔的境界,就是,我还没有达到李敬泽的思想的时候,我不会写到他这个思想上的小说。那么,我这个主人公还没有达到忏悔的境界的时候,就肯定是在后悔这个程度。所以我觉得这个写作就是每个作家都有的动力。我很佩服这样一句话：一个作家，不是说你能写什么，而是你要懂得你不写什么。每一个点上你都要去抒情的时候，你的文章火力就会受到影响，你这个小说、这个作品肯定就会打折扣。

还说一点，就是今天来的这几位都是中国最好的编辑，你们绝对不要质疑他们对陌生作品的不重视，我可以用我的例子来跟大家交流。我用东西这个名字发的第一篇小说，是林宋瑜编辑发的，当时我在《河池日报》，我们不认识。李敬泽在发我的小说的时候我也不认识，那时候我还在河池报社，所以我想他今天讲的这番话绝对是真诚的，一个陌生作家的作品，如果让他们睁大了眼睛，他们一定会很兴奋。所以我们在不要责怪时代的时候也不要责怪编辑。后来我写《后悔录》，这个主人公，他所有的后悔就是他没有怪社会，也没有怪别人，甚至没有怪朋友，没有怪欺骗他的女人。那么我想我们的写作是不是也发扬这样的精神，这样我们可能才会奋发，才能写出更好的作品。

林白(作家)：我以一个北流作家的身份，讲一点感想。先讲玉林，我小时候，我们北流人都觉得玉林是个大地方，因为玉林有火车，我们北流没有，凡是对远方有梦想的少年，都会把到玉林看火车，看成一个很重要的事情。轮船、火车都是通往远方的工具，都是往中心去的。当然不是要逼他到中心去，到什么地方去，他肯定就是在偏僻的地方，肯定是向往远方，肯定是要往更远更大的地方去。这个是毫无疑问的，这是对远方的一种梦想。任何少年可能都会有。我们当时就根本没有现在这种交流、这种激励，这种机会是没有的，精神极度贫乏。我在1977 年开始写诗，但是也没有办法跟更多的人有更多的交流。现在来开这个会，是一个很幸运的事情，虽然文学有点自我，永远都是靠自己写作，但是这种事情还是非常不一样的，一个人在黑暗中摸来摸去就算了，黑暗中有一点亮光，可能就走出去了。走出去，然后他这个精神世界都会不一样，对人的生命质量，对生命的要求都会不一样，这是我的一个感想。我上一次回北流是 1998 年，有七年没回来过了。我 1978 年考上武汉大学以后离开北流，后来到南宁，在南宁工作，那时候每年还回来一次。到北京以后就是三四年，四五年，五六年，六七年，每次都隔得很长时间才回来。这次回来我觉得跟以前大不一样，以前，回来没什么搞文学的人，就觉得文学确是很衰退的，但是我个人对文学的信念，始终支撑着我。我认为一个民族、一个国家、一个地区、一个城市，没有文学，我觉得是没有什么意思的。的确，一个人对世界呼唤一种东西是非常好的，在精神上有一种东西，是非常重要的。但是北流一直没这种气氛。直到这几年，吉广海(现在笔名叫吉小吉、虫儿)、朱山坡他们办《漆》这个杂志，从诗歌这块开始，北流就有一帮文学青年和青年作家、青年诗人开始活跃起来，甚至连华南青年诗人的笔会都在北流开，甚至觉得北流处在一个很活跃的阶段，觉得很振奋。然后一看朱山坡这么一帮年轻人，七八个十几个的，都在搞文学，而且起点非常高。我当年的处女作是 1983 年，在《广西文学》发表的，而且排在很后面；朱山坡的中篇小说处女作发表在《花城》，而且不是一般的发表，而是一个隆重推出。我们觉得朱山坡起点非常高，潜力非常大，希望也非常大，所以我很兴奋,我一来就跟敬泽、冯艺、张燕玲、邱华栋、贾梦玮他们使劲地推荐他。我想现在北流的文学是最活跃的一个阶段,是最有希望的、最可以看到希望的一个阶段。希望我们大家每个人都能够身在远处,心向大处,从一个偏僻的地方,最后能够走到一个浩瀚的世界里边去。

潘大林(广西作协副主席、作家):我首先要感谢玉林的父老乡亲一直都把我当作玉林作家群中的一员。我记得二十年前,我在玉林时也组织了一次类似的活动,当时也请了北京、上海的一帮编辑、作家来玉林,当时的交通情况很困难,那时的路很难走,我就去北京接他们来,然后坐火车回来,走了好几天,然后也到桂平那边荔枝树下吃荔枝,大概也是这个季节。那时候在大礼堂里面也坐了好几百人,老师们的讲学很多人都在听。虽然二十年过去了,许多东西都在变,城市在变,人在变,玉林这个城市也变得越来越好看了,但是留在我们心里的文学梦还是没有变。这也需要有自信,一种坚守,一种持之以恒的努力。现在有一帮年轻人都在做这个事情,比如北流的《漆》,很多人在努力地写作。当然这种坚持和努力不一定成功,但是我想有很多人在那里坚持的话,多年以后,我想总会有那么几个人脱颖而出,成为大家,真正成为我们"天门关作家群"的代表人物。我们今天打出"天门关作家群"这个旗子,它仅仅是个篮子,这个篮子可以用来装水果,但是更重要的是要有水果,这个水果就是我们怎么去做,写出更多更好的作品。在这里我也与大家一起努力。

赖翅萍(玉林师院中文系副教授、文学博士生):我在李芳新出版的小说散文集《最后的媚眼》(广西人民出版社 2004 年 5 月版)中,读出的是作者对庸常众生的生存状态的关注。就人物类型而言,李芳新青睐的是那些无法自主沉浮的芸芸众生,按摩女郎、民营企业的老板、个体户、公务员等,尽管也有对政府官员的描写,但这些政府官员也仍然属于缺乏自主意识的庸常众生。李芳新或是泼墨大写他们在世俗洪流中的沉沦,或是工笔细描他们在人流旋涡中的挣扎与自救,尽管人物命运被铺写得异彩纷呈,但就其潜在的深层结构看,"烦难"与"沉沦"却是这些庸常众生最基本的生存状态。李芳新长期生活在广西玉林市,她正是依托自己多年在边陲小城生活的深厚体验,将自己的个人情愫、人格理想与艺术才情倾注在对庸常众生生存状态的关注上,提炼出"烦难""沉沦""拯救"的诗意表达,在勘探存在真相的时代美学大潮中发出了自己真诚又别样的声音。

张燕玲(《南方文坛》主编、广西文艺理论家协会副主席、批评家):我想起三个关键词,一是"文学的故乡"。文学是为人类建造精神家园的,如果我们迷失了自己的故乡,那么也会失去了最原始的、最炽热的也是最珍贵的文学创作冲动。其实文学故乡是每一个作家精神之河的发祥地,对它从不自觉到自觉地感悟,关系到一个作家的艺术生命力的长短高低。我们大家看到林白的作品,都能感受到故乡的情绪及其力量,这种力量犹如大地对安泰的力量,安泰离开了大地,就无法生存。当然这个故乡不仅仅是生养她的故乡,更重要的还在于心灵的故乡。

二是《漆》。我一直在关注《漆》的成长。他们是 1999 年创刊的。广西在全国有影响的三大民刊是《扬子鳄》《自行车》和《漆》，我经常收到全国各地的民刊，我认为《漆》在这其中，是不逊色的。《漆》“五君子”的诗歌从早期青春华美吟唱到如今口语化写作，我以为有一点是值得警觉的，即超现实的画面与写实的现实印记如何融会，我们要关注现实，这个现实是诗的现实，是相对于我们存在的诗意空间，否则会流于“口水诗”。

三是“文人写作”。玉林有着自己独特的人文底蕴，语言大师王力先生业余创作的散文随笔，还有他的儿子、著名杂文家秦似，以及诗人海雁等人的创作为“天门关作家群”留下了“文人写作”的文脉，这份书卷气在潘大林等人身上有较好地体现，他们不断地写也不断地读。我记得很多年前潘大林住院，我们去医院看他，当时他在读《顾准文集》，我当时特别地感动，这种阅读和学习对我们是非常重要的。阅读可以培养你对现实的感知能力，认识能力，然后才是表现能力。今天许多年轻文友说难发表作品，只要你写出好作品，就一定能受到关注。比如《漆》一直活跃在民间，但谁也不可忽视它的存在。《南方文坛》也一直在这方面努力，尽力推介我们广西的作家、批评家，我们还将继续做下去。明天我们参观勾漏洞，我不知道葛洪是怎么炼丹的，但我知道《西游记》里太上老君炼丹靠的是“煎”和“熬”。相信玉林的朋友们，借着这块宝地的灵气，以艺术真功夫，然后加上我们时日的“煎”和“熬”，肯定能练就我们自己的“文学真丹”，从而成就“天门关作家群”。

（原载《南方文坛》2005 年第 6 期）

2006 年

差异:《马桥词典》的诗学和政治学

□ 张柱林

语言、翻译和叙述者

韩少功(《马桥词典》的叙述者)等几个知青是从官道上来到马桥的。他们是官方派来的,相对于马桥的语言来说,他们说的是“官话”,他们是外来者。马桥没有门牌号,没有旗杆,没有城市里用来表明归属的符号标志,是一块陌生的土地。他们的村头有两棵大枫树,这就是马桥的符号,这符号后来也消失了。要打破隔阂,进入马桥,首先要进入他们的语言,这种状态决定了必须了解他们的词汇。

马桥人说的是一种方言,语音和词汇都和叙述者所使用的普通话有很大不同,但他们没有另外一套文字,没有自己的语法。当作者要编这样一本方言词典的时候,他只能以普通话作为工具。问题在于,普通话能充分翻译马桥的语言吗?

即使对于受过高等教育的知识分子,普通话也不是他们的母语。在中国南方,对那些没有学习过普通话的人,普通话一点都不普通,他们基本上听不懂。普通话是人为创造的产物,它从北方方言中产生。实际上复杂的南方方言与口头的或书面的普通话差别都极大。对马桥人来说,普通话是书本的、僵死的、陌生的语言。作者实际上是要把一种语言翻译成另外一种语言,即把马桥人日常使用的、不规范的、活生生的语言翻译成“标准”的在日常生活中没有多少人使用的书面语言。在这种翻译中,感性的、带有语境下的丰富含义的、有血有肉的语言就变成了冷冰冰的不带个人色彩的规范的书面语言。用作者自己的话说,就是文化性的语言变成纯粹的工具性的语言。

语言在《马桥词典》中虽然重要,但更重要的显然是语言背后的文化。与其说马桥的方言是一种自然形态的语言学意义上的方言,不如说是一种社会方言。“社会方言是一些可以通过互相对立的符号变化(这是它们的表达方面),和它们同时产生的社会内涵(这是它们的内容方面)来加以识别的亚语言,它们构成了隐蔽在社会话语里的社会分类。”[1]这里的关键是,马桥人有自己的语音,有自己的词汇,但他们没有自己的文化语法,所以他们不能表述自己,而只能被别人表述,《马桥词典》就是这种表述。马桥语言的困境是,如果没有《马桥词典》,他们的语言不能进入普通话,不被表述,就从历史中缺席了,对于普通话的世界来说,他们也就没有存在过。因为,"我们不知道的东西,不能说它是存在的,至少我们没有充足的理由断定它存在"[2]。作者与其说是一位语言学家,不如说是一位人类学家或社会学家,他以一个观察者的身份来描述马桥的生活。对一种文化的描述,有两种主要的途径,一种是族内人的观察,他们生活在一种文化内部,其世界观和感知方式是"自然的",传承着内部的知识体系;另一种描述者则是外来的人类学家,他们用一种不同的观念来认知、分析、阐释异己的文化。一个文化内部的描述者虽然熟悉本民族或本文化的各种情况,但他们常常没有自己的文化语法,即使有,也常常被认为带有主观性,尤其是当他不是进行自己的实践活动而是思考这种实践时,比如面对观察者的提问时(《马桥词典》里的叙述者就描述过自己拿着小本子去访问当地人),他解释自己的实践活动必然会依据或迎合观察者所偏爱的理论,或者他借助遗漏、沉默或省略某些他认为是不证自明的事实使其描述与他的原初体验产生程度不一的偏离。甚至在不是故意的情况下,由于他对文化内部的许多事实习以为常,所以常常只提供特殊情况或轶闻趣事。外部的观察者的描述虽然自命为客观的、"科学的",但观察者不是机器,他也是文化的产物,是带着自己的文化认知来工作的,即使他精通当地的语言,也不意味着他已经完全理解了当地的"文化语法",能深刻地理解其文化底蕴,其"科学"性也是值得怀疑的。

《马桥词典》的叙述者却具有某种特殊性。在知青时代,他与马桥人一起劳动,有时参与当地的社会活动;后来,他又有意识地去采访一些当事人和见证人,把有关词条的内容记录下来。这样,他就是一个边缘人(与小说用的"边际人"是同一个词,这里的借用是为了论述的方便,意义有一定区别),他对马桥的认识不是从书本上得来的,也不是单靠别人的讲述得来的,他不只非常熟悉当地的生活,而是亲身参与实践,几乎就是其中的一员;同时,他又不是真正意义上的本地人,而是来客串的,所以对当地文化的观察又确实具有一定的客观性。这样,他获得了一定程度的认知特权,拉近了观察者和被观察对象的距离,同时又不否认这种距离,不然我们就只能认定叙述者具有双重自我,或者是个两面派。他的特殊身份,使他产生了一种更为敏锐的距离意识和一种真正的接近,从而有可能超越两者的文化差异。[3]

差异的诗学

为什么要描写一种方言?为什么要写农民的生活?让我们复活一下20世纪90年代中叶《马桥词典》产生时的社会语境和文学语境:国家已经摆脱"姓社姓资"的争论,一门心思求发展,社会主义市场经济已经成为主导整个社会的力量,与此相应,在文化领域内,80年代的带启蒙色彩的宏大叙事基本分裂,知识分子的分化已相当明显,但各种论争的影响力与80年代的话语力量已不能相提并论。就小说创作来说,基本上已经从精英意识上的创作转变成参与市场的“叙事产业”,许多先锋作家都转型生产面向大众或影视业的故事。《马桥词典》的出现,无论从形式和内容看,都是一个异数。这本小说故事性不强,既没有什么强烈的刺激,也没有紧张的悬念,更没有缠绵悱恻的爱情,这注定与市场无缘。这样写,带着强烈的先锋性,使用一种暧昧的和非交流的语言,在一个强调商品交流的市场社会里不合时宜。由于作品重视多义、歧义和能指的任意解释,像“栀子花,茉莉花”词条那样,说“进入马桥的人,都得习惯听这一类模棱两可的话:暧昧、模糊、飘滑、游移、是这又是那”,所以当然削弱语言的概念和参照功能,自己把自己置身在市场规律支配的文化交流体系之外,成为对市场霸权社会无益的东西。对文化变迁有着敏锐观察力的作者肯定在写作这本小说前就清楚地认识到了这一点,但他仍义无反顾地写出了这样一种小说,他投入的力比多是什么?或者说他要获得什么的欲望满足?后来的事实说明,作者确实像古代隐士或农民的理想一样,去实践一种半耕半读的生活,可在马桥里,并没有谁接近这种生活方式,因而在《马桥词典》中并不存在这种值得渴求的目标。那么,在马桥的世界里,是什么让作者动心,从而使马桥的生活成为他叙事欲望的客体?进一步说,《马桥词典》的动力是什么?

只能是差异。是对差异的渴求诞生了不同凡响的《马桥词典》,作者将这种差异的社会方言用作反对某种强势话语霸权,如绝对性、普遍性、现代性、全球化、一体化等斗争中的赌注。就在马桥的不远处,诗人屈原“恐修名之不立”,写下了万古惊艳的《离骚》。韩少功恐惧的,也和这位古代的隐士一样,不是自己的作品没人问津,而是自己的作品和别人没有差异,即使被人阅读了,也可能没有人发现这部作品与其他作品的区别,没有读者注意到它的独特性和不可取代的价值。太多的作家写下了太多的作品,这些作品只是将一些现成的项目按照惯例重新编排,没有在语言中留下自己的印记。所谓马桥的语言,实际上就是作者自己的语言。作者认识到,人类是生命有限的生物,任何人都不可能超越生命的大限。一位真正的诗人,当他面对不可抗拒的死亡的时候,他可以坦然,因为他以自己的语言描述过自己,从而也创造了自己。所以一个作家最害怕的是自己的作品只是复制品或仿制品,那就无法成为一位真正的诗人。而“无法成为一个诗人,就等于无法成为一个人,就是接受别人对自己的描述,执行一个已先设计好的程式,或顶多只是根据前人写就的诗作,写出优雅的变体而已。因此,要追根究底使自己成为自己的原因,其唯一的方式是用新的语言诉说一个关于自己的原因的故事”[4]。对差异和独特性的强调,是作者的追求,也是这部作品的成就。理解了这一点,我们才能理解作者为什么在见到有评论说自己的作品“模仿”别的作品的时候会如此愤怒。

时　间

近代以来,在西方人用坚船利炮打开中国的大门以后,一种几乎彻底改变中国人的历史叙事的观念也涌入中国,那就是"进化史观",这种思想将历史视为一个直线式或螺旋式的发展过程,并认为所有的社会形态都必将向着同一个方向迈进,这个美好的未来向人们招手示意,于是"落后"的中国人就奋起直追,也不管这些来自异域的模式是否可行,总之要向"先进"者学习,要实现跨越式发展。我们飞奔在通向未来的金光大道上,对过去,只能是彻底决裂,从"五四"时力倡,一直到今天绵延不绝的废除汉字的主张就是明证。在这种历史叙事中,大同世界再也不是回归原来历代文人所向往的尧舜时代的太平盛世,而是存在于经过"科学"论证的辉煌未来。

小说叙事不可能独立存在于真空中,它必然是社会意识形态的组成部分。与进化史观相一致,勃兴于西方 19 世纪的现实主义小说的时间观也常常是直线式或螺旋式的,正是因为这种一致,现实主义才被一定时代的意识形态确立为文学的正宗。在中国现当代小说史中,从茅盾的《子夜》到柳青的《创业史》,都是这种小说的变种。在"枫鬼"这个条条下,《马桥词典》的作者曾提到了这种小说:"那种小说里,主导性人物,主导性情节,主导性情绪,一手遮天地独霸了作者和读者的视野,让人们无法旁顾",正因为对这种小说的深深怀疑,作者才迫不及待地撕破叙述者的面纱,直接跳出来自己现身说法:"小说的主线霸权(人物的、情节的、情绪的)有什么合法性呢?"于是,不仅故事的发生、发展、高潮、结局的线性发展模式被打破,而且作者根本就不设置这样一个可能的时间模式,而是将所有故事全部置于词条的控制下,每个词条之间可能有联系,也可能没有直接的联系,换句话说,空间性的修辞完全压倒了时间性的修辞。

这是对传统的现实主义小说的文类霸权的挑战。这里动摇的首先是直线发展的时间观,这种时间观决定了小说叙事向某处固定方向的发展。《马桥词典》如果说有时间观的话,那么这种时间观接近中国传统的循环时间观,也接近马桥人的时间观。在用自己的语言诉说自己的原因的时候,这个原因不在全书的开始,而是全书的结束,首和尾咬在一起。全书的最后一个词条是"官道",这是叙述者来到马桥的开始,也就是《马桥词典》的缘起。这样,全书不就具有了一种回溯性质了吗?关于知青时代的生活,也许并没有太多的美好回忆,但作者和主流的"知青话语"仍然形成了很大的差别。

任何形式都负载着意识形态的功能,《马桥词典》的文体特点也巧妙地与其反映的时间观相符。《马桥词典》写的是农民的生活,而"不同文化里的时间意识,一定与特定的生活经验相关"。"我在农村务农的时候,发现农民最不注重星期,也可能忘了日子和年份,但对季节是念念不忘,农事活动严格依照季节进行,二十四个节气是他们最重要和最真实的时间。由于季节是循环的,中国人也就比较容易接受时间循环的观念。"[5]"散发"一条,就能充分表达马桥人特有的循环时间观与小说本身的文体特点的对应。在马桥人看来,死亡并不意味着消失,而是散发,可能就像水分子一样,遇热蒸发成水蒸气,上升到天空,变成五彩斑斓的云彩,然后遇冷凝结,变成雨水洒落到人间,洒落到大地上,洒落到江河湖海中,开始新一轮的循环。

生命也一样,人死了,变为肥土沃泥,滋养草木,被马牛羊吃掉,人又吃这些动物,完成新的循环。所以死亡并不是终结,只不过是变换了一种存在的方式。

这种死亡观也可以看成小说写作本身的一种隐喻。“小说是一种死亡,它把生命变成一种命运,把记忆变成一种有用的行为,把延续变成一种有向度的和有意义的时间。但是这种转变过程只有在社会的注视下才能完成。”[6]在作家的肉身消逝以后,他的精神仍然通过他的语言、他的词汇给其他人以营养,他的生命也就延续到了其他人身上,从而获得了永生。

与《马桥词典》的循环时间观对应,小说的结构形式是一种网状结构,它没有一条情节发展的主线,就像马桥村头的两棵大枫树,它的主干是马桥的语言,一个个词条就是繁茂的枝叶向四面发散开,荫盖着马桥这片土地。有些词条之间存在有机的联系,如“散发”之后跟着“流逝”“马疤子”“一九四八年”等词条,都和时间有关,像同一条树枝上的几片叶子。在这几片叶子中,马桥人异质化的时间观显现了出来。

如果说近代钟表的发明使精确测量时间成为可能,那也绝不意味着钟表上指示的时间是所谓自然的、真实的、科学的时间,在这里,所谓科学也是人的发明。“钟——一种从形而上学角度看十分令人迷惑的仪器——对时间经验作了一个特殊的抽象。即时间是纯粹的连续,它被一系列与自身无关的观念事实所象征,但却按唯一的连续关系,排在一个无限‘稠密’的序列中。按照这种方式想象,时间是一维的连续统一体,时间的某一片断可以取自任何一个无外延的‘瞬间’到其后续的任何一个‘瞬间’。每一个实际事件,恰恰可以在序列的某一部分找到以便完全把握它。”[7]这和个人生活中感知的时间极不相同,是对时间经验的高度抽象,牺牲了个人时间经验中许多丰富的、感性的、细腻的感受。马桥人的时间感是复杂的,它总是和某些具体的事件、个人的感受等鲜活的东西联系在一起。它是一种经过,用作者的说法,叫“心智时间”,而“对于人更有意义的是心智时间”。

传统小说那种依附在连续时间上的统一的故事情节,在《马桥词典》里也不存在了。许多读者和评论家仍然相信故事是小说的本质,小说存在的原因和它的目标就是要讲好故事,它要求作品曲折生动,作品越是充满悬念、越是一波三折,就越能扣人心弦,越能使读者和批评家获得阅读的快感。但所有这些,都不能损害小说前进的方向,这些障碍只是为了增加趣味,而不是制造阅读的困难,更不能影响故事发展的通畅明达。在《马桥词典》中,充满的却是无法形成一个连续的故事的跌宕,这里有意外的情境,有突发事件,有偶然的节外生枝,但它们自身就是自己的目的,而不为更大的故事情节服务。它们常常是生活的碎片,有些故事甚至互相争论,并且常常自相矛盾。

一本没有时间连续性和统一的故事的小说,在当代小说创作的历史上绝对是空谷足音。它对这种统一的时间和故事的拒绝有着重大的意识形态意义,它实际上拒绝的是那种极力把某种既定的意义强加到社会生活上的历史叙事,或者是那种自以为是自然的、真正的现实的体现的天真叙事。这是一种老实的态度,小说是虚构的产物,是小说家的语言的产物。这当然不是作者自己的天才发明,它的知识谱系我们可以追溯至乔伊斯、普鲁斯特、福克纳、加缪、罗伯-格里耶、纳博科夫、米兰·昆德拉甚至鲁迅那里。

人 物

同样的,中心人物或主要描述对象即客体也从这本小说里消失了,这是这本小说显得不像一本小说的主要原因。如果说讲好故事只是一个好小说的基本条件的话,塑造成功的人物形象却是一个更高的要求。讲好了故事,并不能保证小说在一个主流文学的座次表中占据好的位置,比如阿加莎·克里斯蒂和毛姆,都极善讲故事,可在有些文学史著作上提都不提。中国新文学的奠基人鲁迅,批评家也给他的作品排了座次,塑造了鲜明的人物形象的作品,地位就很高,如《阿 Q 正传》《孔乙己》《狂人日记》《祝福》等等,而那些基本上没有故事也不以人物见长的作品,就很少提到了。其实这是将现实主义的原则强加到鲁迅头上,属于典型的"过度诠释"。《马桥词典》在小说的"主要人物"表里,列了多达二十七人的名字,但小说并不围绕其中一个人或几个人来写。

作者质疑主线霸权是有理由的。有关小说中的中心人物的理论在中国的顶峰是所谓的"三突出"创作原则。这当然是西方 19 世纪现实主义小说发展的一种极端形态,即否认任何边缘人物存在的价值,实际上已经走到了它的反面,即在这种极度的历史叙事和英雄传奇里,只有观念而没有真正意义上的"个人"。排除这种特殊情况,这些小说仍然显示了一个重要的特点,就是叙述者全知全能,高高在上,对他所确定的现实非常自信。《马桥词典》的叙述者也是人物之一,他常常是转述故事,并且像我前面分析的,他对自己的讲述也不过于自信。昆德拉在《小说的艺术》中曾经批评过那些不经过批判思考就接受流行的或大家熟悉的观念的人,他认为在艺术世界里没有人拥有真理,但每一个人都有权利被别人正确地理解。

韩少功对人物的理解与昆德拉的思想接近。虽然他的小说不围绕主线人物来写,但他仍然创造了许多个性鲜明的人物,一些特异的个人,如马鸣、志煌、兆青等,他们是众多人物中的一个,不是权威,也不是明星。《马桥词典》对差异的强调不只是停留在描述马桥的社会方言(social dialect)上,还深入到了马桥人的个人方言(idiolect)上。[8]这些个人方言,进入马桥的公共语汇以后,虽然具有了公示性质,能够为其他人所理解,但仍然带有个人的色彩,其所反映的个人观点可能很难为其他人认可,但大家既然接受了这些个人词汇,其实也就默认了它们存在的权利。

理性、科学

启蒙运动以来,对人类的描述中使用得最多的恐怕就是理性这个词,在资本主义现代性的框架中,它将人的本性定义为一种合乎理性的经济人(homo economics)。人被定义为一种经济的存在物,它的一切行动都以追求利益的最大化为指针。当然这是理性的人,也有些不按牌理出牌的人,就被列为不正常的人,落后于时代的人、异端、他者,被斥之为非理性。马桥当然也有一些符合这样的理性观念的经济人,但韩少功却为我们勾画出了更多的不符合这种经济人假设的人物。

在全书的第二个词条“罗江”中,就有一段形象的描写提示了这种差异:知青们想坐船不付钱,在岸上跑起来,老船公就摇着船在河里追。知青们跑得快,老船公不紧不慢地追,一里,三里,四里……直到追上为止。这里不是为了描写知青的耍赖,而是要揭示老船公的做人原则:“他一点也没有我们聪明,根本不打算算账,不会觉得他丢下船,丢下河边一大群待渡的客人,有什么可惜。”理性的聪明人当然会嘲笑这种不知算计的人。

马桥不是只有一个船公这样的人,而是很多。本义他爸马梓元,跟着别人到平江县城抢浮财,居然担了上百块瓦回来,别人笑他,他说他家“不缺盐米,也不缺衣,就是砌猪栏时少了几十皮瓦”,所以一点也不觉得自己吃了什么亏。多么可爱的人!和贪婪的资本主义的理性原则正好背道而驰。知青们偷了盐早的农药,让他背黑锅,但他却以德报怨,免费帮知青们挑柴或其他重物。这个“他者”和知青们的善于权衡算计形成了强烈的对比。

在理性主义的光辉下,人的生活透明化了,没有知识达不到的领域,什么都能加以分析和解释。比如说“打车子”是铁香的个人方言,代表了铁香和其他马桥人的差异。一个长得如花似玉的女人、书记的婆娘,差不多就是书记了,却跟着一个烂杆子三耳朵私奔了。马桥人特别是女人接受不了这一点。“三耳朵也太不体面了,太没个说头了,连一条颈根都没怎么洗干净过。虽说对乡亲还算义道,但要人品没人品,要家财没家财,也没读个像样的书,是个连爹娘都要拿扁担赶出门的人。笑人呵,铁香怎么可以跟上他?”马桥人将之归结为“根”,即命。这当然是不科学的,于是掌握着现代科学理论的叙述者就为之找了三条实实在在的理由。可这三条理由只是猜测,无法向铁香求证。这里是巨大的语言空白,是理性无法深入的领域。如果一切都井然有序,什么都能够计算清楚,生命中再也没有奇迹和无法理解的奥秘,活着还有什么意义?当叙述者和知青们把一支从城里带来的枪丢进罗江,却再也找不到的时候,自然的神秘就呈现了出来。诺贝尔物理学奖得主温伯格曾经说过:“宇宙越显得可理解,也就越显得毫无意义。”不是这样吗?

作者当然并不完全赞成马桥人的生活方式,甚至有时带着批判的态度来看待马桥人的观念。在“科学”这个条目下,就描述了两种观念的冲突。马桥人上山打柴,把湿柴担回来晒干再烧,知青们发现湿柴太重,就在山上晒干了再担回来。可是罗伯却不愿这样干,说这样会使人变懒。科学产生的根源很复杂,当然想偷懒也是一个因素,偷懒的堂皇说法就是解放生产力,或者提高效率。至于科学的结果也许就比其起源更复杂,但有一点是不可否认的,它已经带来并将带来更多道德上或伦理上的困境,关于“克隆人”的争议就是一个例子。马桥人砸汽车,也是这样一个事实的隐喻化的表达。

地方,或差异的政治学

马桥是作者韩少功虚构出来的一个地方。他们讲的语言,是一种方言,和普通话不同;这个地方是乡村的,与城市不同,马桥人上街会“晕街”;他们看不惯新东西,不喜欢科学这个名词和其所代表的一切,如果要他们选择自己的精神导师,那非老子莫属;我们可以说,他们的语言代表的是一种地方性的知识[9]。那么,在今天这个“全球化”甚嚣尘上的时代,一种地方性知识是否还有存在的可能?

一个半世纪以前,马克思和恩格斯在《共产党宣言》中对世界范围内的资本主义的描绘到今天不仅没有过时,反而真的正在变为现实。[10]伴随着经济一体化的过程,必然是政治和文化的同质化过程,这一点难道还有什么疑义吗?使用着政治、军事、文化和符号的有形无形的暴力或软暴力,粗暴地强迫人们接受统一的世界市场,将资本的力量发挥到了极致。在中国社会有多少人进入了这一过程:许多大学里不开设中国文化或中国语言、文学课程,但都特别强调英语学习,而实际上这些学生大部分毕业后基本上一句英语都用不上;许多城里的小孩子以上麦当劳吃东西为乐,而不知道这种快餐基本上没什么营养;许多地方以为城市化就是解决发展速度问题的灵丹妙药,强力推行城市化而不顾在这个城市化过程中许多农村劳动力无处安置……世界性的或一体化的市场威胁着所有的地方性民族传统,也威胁着民族—国家的特定组织形式,强势的西方文化正在摧毁着世界其他文化的形态。可以说,全球化的目标是统一、普遍、同质、一体。在西方文明的传播过程中,确实带来了“进步”,但其代价却是摧毁了文化的多样性,在意识形态领域的普遍化更是带来了灾难性的后果。

马桥村头的两棵大枫树,连日本人绘制的地图上都标明了,是马桥的标志性符号。多年前的山火烧不死它,日本人的飞机炸不断它。人们觉得它非常神奇,不敢砍它,甚至不敢画它。可是,公社却下令砍了,“据说是给新建的公社礼堂打排椅,也是为了破除枫鬼的迷信”。可见,这两棵大枫树在新的利益格局和意识形态中已经没有生存的位置,肯定会消失。大树砍了以后怎么样?当时当地开始流行一种瘙痒症,人们浑身乱抓,吃郎中的药不见效,县里来的医疗队也说不出个所以然,很觉得奇怪。马桥人就说这是枫鬼闹的,目的是报复砍伐它的凶手。你可以斥之为无稽之谈,当然也可以像公社干部那样宣称为一种新的迷信。再看几个词条,事情就不是那么简单了。比如说荆街原是人口较多的富庶之地,但由于一桩错案枪杀了五十多个人,就闹起了“官鬼”,房子莫名其妙地起火,孩子生下来多是呆子,挖了一口鱼塘,却养不活鱼。人们全都搬走,地却成了好地,很肥,种庄稼收成好,出产一种特别甜美的“荆界瓜”。人为的因素使环境发生了变化,改变了自然的性状,所以出现了许多怪事。很显然,在马桥人看来,人不能妄动,而这种妄动中有很多外来因素。如“军头蚊”,本来当地没有,是省军打进来的时候带来的,非常毒辣。而马桥的大滂冲水田性冷,以前不大生虫子的。后来有了柴油机,机子一闹,岭上的茅草花就都变成虫子了。在这些虚虚实实的说法中,核心只有一个,就是外来的事物改变了马桥的生态。

知青时代及之前的时代,马桥的改变常常带有政治权力强制的态势,但在市场经济时代马桥的变化正在加剧。在以“懒”这个词条为核心的几个词条里,作者精心讲了一个魁元的故事。在魁元的个人方言里,“懒”的词义发生了蜕变,罗伯曾经极力攻击过的懒现在成了年轻人特别是年轻男人的权利和荣耀。原先住在“神仙府”的马鸣最痛恨的人从官员本义变成了新的权贵——商人盐午。毫无疑问,随着社会的剧变,马桥的语言将发生巨大的改变。有些马桥人变得越来越像现代性框架中的经济人。但也有人仍然在坚守。这几乎确实是“全球性”的:有人说,在后现代主义的语境下,地方正在勃兴;可也有人说,在全球化的语境中,地方正在消失。

既然意识到这一点,作者仍然写下了这本记载特殊的马桥语言词汇的《马桥词典》,难道是要为一个逝去的时代招魂吗?显然不是。对差异的描述必然从语言学走向诗学,然后走向政治学。“歧异是语言不稳定状态和非正常状态,在这种状态下,某种必定能措诸言辞的东西却无法言说……因而,关键的问题是在文学、哲学乃至政治当中找出一些方言土语,以便为歧异的存在提供证据。”[11]在对马桥语言的翻译中,作者将差异带进普通话中,即保证了与普遍的观点不同的甚至相反的观点进入普通话所建构的社会话语中,这种主流话语也就会由于允许方言词汇进入它的词汇体系而不得不发生改变。这样,当马桥的语言消失以后,它的词汇将仍然留在那个更大的“统一”体普通话中。

[注释]

[1] 格雷玛斯、库尔泰:《符号学:推理的语言理论词典》,转引自彼埃尔·齐马《社会学批评概论》,吴岳添译,158 页,广西师范大学出版社 1993 年版。

[2] 韩少功:《马桥词典》,101 页,人民文学出版社 2004 年版。以下引用此书,一般不再注明页码。

[3] 布迪厄:《实践感》,蒋梓骅译,23 页,译林出版社 2003 年版。

[4] 罗蒂:《偶然、反讽与团结》,徐文瑞译,43 页,商务印书馆 2003 年版。

[5] 韩少功:《语言:工具性与文化性的双翼》,见《韩少功自选集》,436、437 页,海南出版社 2004 年版。

[6] 罗兰·巴特:《写作的零度》,转引自黄子平《革命·历史·小说》,131 页,牛津大学出版社 1996 年版。

[7] 苏珊·朗格:《情感与形式》,刘大基等译,129—130 页,中国社会科学出版社 1986 年版。

[8] 有关社会方言和个人方言的问题,可以参看《拉波夫语言学自选集》(北京语言文化大学出版社 2001 年版)。这里的讨论只是借用这两个语言学的名词。

[9] 参见吉尔兹《地方性知识》,王海龙、张家宣译,中央编译出版社 2000 年版。

[10]《马克思恩格斯选集》第一卷,253—255 页,人民出版社 1972 年版。

[11] 利奥塔:《歧异》,转引自凯尔纳-贝斯特《后现代理论》,张志斌译,218 页,中央编译出版社 1999 年版。

(原载《南方文坛》2006 年第 2 期)

风生水起

广西环北部湾作家群作品札记

□ 张燕玲

广西北部湾地区的北海市、钦州市、防城港三角地带的平原和滨海地区，在世纪之交以来，前所未有地集合了一群在文学心海里虔诚探索的弄潮儿，他们是邱灼明、顾文、廖德全、沈祖连、韦照斌、贺晓晴、凌洁、阮直、林宝、伍稻洋、庞华坚、杨斌凯、徐锡维等数十人，他们以自己的作品从中国最南端的边域远海不断问鼎《人民文学》《小说选刊》《诗刊》《作家》《北京文学》《上海文学》《中华文学选刊》《中篇小说选刊》《大家》《随笔》《散文》《散文选刊》《杂文报》等国内名刊以及全国性和广西的文学奖项。他们以自己不俗的文学存在，承接和发展了他们的前辈李英敏、徐汝钊、黄河清、何家英、何津等人开创的当代北部湾文学传统；并自觉以出生于北部湾、成名并活跃于中国文坛的“乡党”陈建功、白原、杜渐坤、卢祖品、杨光治、陈志红等名家为文学范式，主动与他们保持着常态的文学学习与交融；从而，创造出一个个充满“海味”的文学世界和富于现代精神的北部湾，以回报生养他们成长的这片土地，彰显着他们对这块土地血脉相连的深情和文学自觉，正是这种活力创造了现代北部湾的文化节拍。我想，这便是今天北部湾的精神脊梁。

地域性文学群体的出现往往为这一地区带来时代的文明高度和文化影响力，尤其经济欠发达地区更令人瞩目。如陕西的商洛作家群、宁夏的“三棵树”、云南的昭通作家群、广西的桂西北作家群，还有湖南的湘西、河南的南阳等等，这些地域不仅是作家们各自的起点，更是他们的“文学故乡”。尽管广西北部湾作家群的创作实绩不同于桂西北作家群，但他们常态的团队精神和对地域文化的敏感，在广西乃至中国文坛都显得弥足珍贵。尽管这个群体许多人是来自全国各地的新移民，但北部湾海洋文化的包容性，使落地生根的他们对地域文化特别敏感；他们明白，关注和创造地域文化实际就是关注和创造自己的生存发展，建设自己的“文学故乡”，文人骚客们注重自己的精神诉求和文学理想，坚持纯粹，充满活力。尤其北海文坛出现了一个多元并存的文学格局:一是业余作家、专业作家、自由撰稿人等,汇成创作个体的多元化;二是创作风格的多样化为北海文学带来了多元化的景观,老、中、青三代作家(其中不少北海新移民)构成了传统与现代写作并存的复杂多元的情景,这也是北海文坛罕见的文化景观。他们有不定期的文学沙龙、年度市作家大会、读书会、名家笔会、国内名编指导的改稿会,有出版作品(包括本书的创意),还有历时四届的"咕哩美"北海文学奖、市青年作家签约制等活动,集合和催化了这个群体的形成,更温暖了他们的文心。这是来自他们自身的内在缘由,也是广西各地绝无仅有的一种文学自觉。这个文学版图显示了他们以团队精神对北部湾地域文化和文学群体创造的理性自觉。这个文学群体的生成还受惠于海洋文明的外因。一方面是大海的赋予。他们领受着历史的滋养和大自然的恩泽,北部湾自秦汉以来就一直在开放和开拓的海洋文明波涛的拍击中,身心泡养在这方海域的文学逐浪者们,自然会在动静有度的北部湾海水间,风生水起,结出这仪态万方的文学果实。另一方面是八面临风的造就。文学弄潮儿们乘着时代之风,带着各自的历史记忆和各自的母体文化,在变动不居、人气空前鼎盛的滨海地区,体验人生风云,感怀时事,点亮心宇,必然生长出一波又一波的文学产品,可谓风生水起。这是一种状态,一种正在生长的文学状态。

当代北部湾文学最初的成果和声誉,是李英敏多方面的文学创作,20世纪50年代他的电影文学剧本《南岛风云》(上海电影制片厂摄制)和《椰林曲》(与陈残云合作,上海电影制片厂摄制)获文化部优秀影片奖,还有小说集《椰风蕉雨》等为他赢得了全国性的文学影响。此外,他还出版了一批小说、散文、报告文学、革命回忆录和创作谈等。作为广西的革命前辈,他与白原同样写战争年代生活的革命历史题材,同样描述城镇进步青年学生在投奔革命的征途中,对人生道路的思考。但两人的视角、艺术体裁和风格却各显风流。李英敏的创作更多地着上时代痕迹,他以写实手法、散文化的笔调叙述故事和塑造人物,他更注重笔下人物与社会环境的关系,他的政治视角多于文学视角,因而他的作品在真实反映时代风云之余少了些文学韵味,过于写实而少了些文学张力。从他的小说代表作《夜走红泥岭》可见一斑。白原也有几副文笔,而最有文学力量的我以为是他的诗歌。他与李英敏同时抒写追求革命的进步青年学生的成长之路,却满纸热力和沉郁。这份热力是莘莘学子神往新新理想的坚持和义无反顾;那份沉郁则是他们奔赴延安途中,对日本铁蹄下灾难中国所见所闻的悲愤交加。此外,他的情感小诗也写得相当动人,颇为灵性。

而代表北部湾小说最高成就的当数陈建功。把陈建功拉入这个群体实在勉强,但少年离开北海的陈建功却实实在在是这个群体最大的扶持者和帮助者之一,他时常不忘同道的乡党们,在北海市作协主席邱灼明等人的邀请下,他一次次回家乡为他们开组稿会、读稿会,还为他们从市领导那里争取到不少的支持等等,他们满心的感激便化成坚决举他为旗的这种执意了。陈建功的创作是中国当代小说格局中京味小说的代表之一,有着海洋文化背景的陈建功到了北京后,由于时代的劫难,经历了十余载最底层的矿工生活。他说,丑小鸭变成了白天鹅,但他将永远怀着一颗平常心对待自己的同类,因为他曾经是个丑小鸭。如此宅心仁厚,使他长久拥有一双平民的视角,透过文化背景的距离审视时代与生活,心系民瘼,关切底层,在深刻的审美之下创作出《鬈毛》《辘轳把胡同9号》《前科》《皇城根》等系列平民化的京味儿小说,它们冷静平和却隐着轻轻的叹息和机警的讽喻,鲜活灵动里埋着感同身受的宽容和悲悯,平静大气。

在北部湾本土的小说家中,徐汝钊的创作有着他同代作家们少见的机智,他的创作还涉及剧本和传记文学,但以中短篇小说最具慧心。他的小说有着与陈建功相似的平民意识,笔墨蘸满了生活的汁液,尤善写人物和细节,精当细致,鲜活生动。本书没有选入他获首届广西文艺创作铜鼓奖的短篇《这个阿乙,这个阿乙》,而选入他后期创作的《永远的河流》。我似乎对这幅有着悠远意绪,一抹苍凉,见思想见人物见灵魂见韵味的北部湾浮世绘更为动心,结尾一喟三叹的简短勾勒出的人事情感的沧桑,余音袅袅,令人伤感不已。而同样有着浓郁地域风情的小说创作,还有较徐汝钊晚些的石山浩、龚知敏、容本镇等人。1985年作为中国寻根文学余波的广西"百越境界"的提出,是广西新时期文学最重要的一次美学觉醒和文学自觉,石山浩的"野性系列"是其中的创作实践之一。石山浩的创作尽管有对"百越境界"简单化图解的现象,但他紧贴大地的写作姿态,桂林方言的原生态叙事,使他的作品借着野地山风吹来一股泥土芳香的同时,也留下了"寻根文学"的余音。同样抒写北部湾现实生活和历史题材,并有一定影响力的,还有龚知敏的《边地女人系列》和容本镇的《古海角血祭》。

世纪之交新一代北部湾小说家们的创作引起广西文坛关注。他们是凌洁、贺晓晴、伍稻洋、杨斌凯、冷月等,他们以自己的创作实绩和潜力成为广西签约作家,使北海成为广西各地拥有签约作家最多的城市,其中凌洁、贺晓晴是21世纪文学桂军中正在崛起的广西女作家群的代表之一。自由撰稿人贺晓晴相当勤勉和富于才情,她在短短几年,就以一个长篇、数个中短篇为北海文学和文学桂军注入新活力,也提供了宝贵的艺术思考,即我们的现实主义创作中如何借鉴新的思想资源和叙事经验借鉴的问题。贺晓晴的小说最有文学质地的当数短篇《心病》,她把是否借钱给朋友这么一个患得患失的细节推到极致,贯穿着对现代人精神症候的质疑和自省。之后,她的小说少了这份精神追问,而是大多以写实主义的手法,近距离地描述一个个女性的成长之路。女主人公不满足于日常的家居生活,出门并睁大眼睛寻找"经济机会",在离家圆"梦"的同时,体验男人透视男人批判男人,而且颇为锐利。然而,《当你把梦做完》之后,世俗化生活取向的女主人公(女打工族)却早已失却家园(物质的和精神的),冬子在不断对大伟进行道德评判时,噩梦还在继续。贺晓晴以一群转型期社会的世俗女性形象和变幻诡异、出人意料的现代故事,为中国女性文学提供了一份可圈可点的文学经验。同时她近距离的叙述,显露了她的文本缺失了现代文明背景下的主体精神姿态和价值理念,也警醒我们,此类单一视角的女性文学创作还有待完善之处。这种文学得失在她的长篇代表作《花瓣糖果流浪年》中最为显著。评论家葛红兵认为她塑造的韩日晴是"一个中国式的女于连”(见《大家》2001 年第 3 期);评论家黄伟林在肯定她为广西文坛提供了“一部不可多得的现实主义小说”的同时,指出她的创作“拘囿于自我的道德立场”(见《南方文坛》2004 年第 2 期),认为站在韩日晴的角度她可以看出龙正的“道德是非”,而反之同理,这样的境界很“容易混同于通俗作品”。相对于贺晓晴单一的叙述角度,同样审视男性的凌洁,她的多视角叙述就多了份对各种存在合理性的理解,从而写出了当下社会深刻的本质的矛盾,并穿透这种矛盾对人性进行拷问。《怀念父亲》开篇,凌洁为我们树立了一个温情的富有英雄主义的男性形象——父亲,而随着故事的层层推进,父亲形象也层层坍塌,“怀念”也被人性的自私与残忍层层撕碎,亲情变为冷酷,人心变成荒芜,人生也就变得尖锐。可贵的是凌洁的叙述节制、含而不怒,处处给予“父亲”尽可能的理解,同时我们又处处可以触摸到作者犀利的追问,凌洁创作的内核是富于激情的。在审父(其实是审视男性)的同时,凌洁唱起了另一曲母爱之歌。《幸福嫁衣》塑造了一位深藏苦难却为儿女营造幸福的慈母形象,这与《怀念父亲》那位掠夺式的父亲形象构成了人性的两面:上善与卑下。凌洁是个追求极致的作家,尽管这个目标对她有些遥远,但她一直喜欢把人类的歌哭悲欢推向极端,甚至常常把她心仪的温情也推向另一极端——残酷。她带着疼痛的感觉写作,往往在温情的标题下讲述着一个个残酷的故事,温情的氛围里潜流着种种人生的伤痛,尽管这份伤痛常常隐而不发。比如写母爱的博大,她为小说留下许多空白,母亲的身心伤痛不着一字,却无限放大母亲为女儿准备嫁衣的一针一线,温情下残酷的真相步步逼近时,疼痛不期而至。《怀念父亲》亦如此。凌洁知道叙述如何用力,她的理想主义的覆灭,是主人公的一次次摧毁,她少了贺晓晴式的自我的道德评判,而是让故事穿透情感,在含泪的叙述下,有一种疼痛感,而且痛而不伤。这两篇富有艺术张力的小说一面世,就被《小说选刊》转载了。可惜追求完美主义的凌洁写得太省俭了,她的产量比贺晓晴小多了,写不满意就常常搁在抽屉里。我们期待她俩互相学习,成长成熟。伍稻洋的创作产出却比她们都丰富,他以自己数个中短篇和《市委书记双规的日子》《绝对不说受不了》两部畅销国内的社会问题长篇小说,不仅两度成为广西签约作家,而且建构了自己的富有现实主义文学精神和北部湾“海味”的文学世界,成为文学桂军的一支力量。伍稻洋长于发挥自己的描摹能力来极尽现实的物质形态,以写实的笔调把时代、生活赋予他的丰盛经验,尤其是社会转型期的官场一一展现出来,并形象地告诉读者现实背后的本质,有一定的文学深度和力度,这是广西文坛不可多得的文学收获。在 2004 年春伍稻洋独获北海第四届“咕哩美”文学奖时,我曾以四季比喻他的创作,说他只进入他文学季节的六月,他的文学稻谷金黄成洋的收获季节还未到来,因为“六月禾未秀”,因为他还面临如何抵达自己小说世界的精神深度,如何使自己小说人物飞扬起来的问题。因为小说展现现实生活,需要精神照亮,需要在叙述的故事表层之下有穷追不舍的思想潜伏,从而使自己的小说从小层面进入大格局,从事相的表面进入人物的灵魂。这实际是个关于我们的思想资源和叙事经验的问题,也是凌洁、贺晓晴、杨斌凯、徐锡维、冷月、刘德光等新一代北部湾小说家程度不同地面临的共同问题。

北部湾小说创作还有一位不可忽视的作家,那就是早年写短篇小说的沈祖连,他自从 20 世纪 80 年代初改写微型小说之后,20 年矢志不渝着力描述现实生活小人物的辛酸,“见微知著”,有着杂文式的犀利和对现实的质疑精神。《小说选刊》曾刊载过“沈祖连小小说专辑”,使他跻身国内小小说名家之列,他也是广西最具代表性的小小说作家。此外,还有一位颇具潜质而一直以自由姿态创作的作家徐锡维,他近期的小说呈现出一种复杂的精神碎片,揭示着一代人成长的精神状态。他发表了多部影视文学剧本,与卢凌的创作一道为北部湾影视文学增添了一份可贵的努力。

如果说北部湾作家的小说创作为北部湾文学奠定了厚实的现实主义的文学力量,那么,他们的散文、诗歌贡献的是不可或缺的现实主义与理想主义交融的富于神性的深刻而灵动的精神品质和力量。

北部湾的散文创作力道强劲,阵势慑人,翘楚于广西各地,是广西散文创作不容忽视的文学力量,顾文、廖德全、林宝、阮直、庞华坚等等都颇具影响,他们的作品扫遍了《散文》《随笔》《中华散文》《散文・海外版》《散文选刊》《杂文报》等散文名刊,并频频为著名报刊及年度散文、杂文选本选载。最具代表性的当数北部湾资深作家顾文,说其资深,在于 20 世纪 70 年代就开始写作的他,在同时代同道们大多息笔的今天,却愈发精到多产。他纯粹的散文作品常常访问名刊,还不断摘取国内散文奖,而不太“纯正”的散文作品又不断问道于人生,集结为好几部“心灵鸡汤”类的励志书籍。可见顾文是一个得道的慧心人,他可以以纯净的文学创作养心,却同时可以以文学旁枝的绿意养性,这是一种人生高境。顾文早年写了不少寓言、散文诗,近年还有小说,而最具文学品质的数他近些年的散文,它们成为新世纪北海文学的主体部分。他以颇有意趣和质感的语言,建构了一个朴素而充满智性的散文世界,从中我们可以触摸到他的心性他的精神。因为,顾文在静观曲笔世事之中,笔调中和机智,洞见迭出,并且他的洞见都带着自己的体温。近期他的《宁静的馈赠》等人生低吟,虽未哀鸣,却满纸绝望凄婉,那笔笔对草木的悲悯,分明是对人类、生存和宿命的无奈、疼痛的悲悯,透彻悲凉,那是些直抵人心灵的文字。廖德全虽是近几年才闯入文坛,但是他智勇双修、文字锋利的系列历史文化散文却为广西散文创作注入了一种新的活力。他以自己身处地方权力中心的非常经历练就的锐利目光,穿透现实与历史的时空,在深邃的洞察和复杂的忧思中传达出自己力透纸背的人文情怀。他天风海雨似的文化体悟使他的散文集雄辩、低吟、忧思与质疑于一炉,富于才情,颇具现代品格。他凭借自己洞察的目光而写作,这份追问历史和现实的浩然和透彻,对于一个官员而言,需要智慧,更需要勇气,这是廖德全目光下的文脉和话语气场,只可意会不可学之,因为一个人的目光,是难以复制的。北部湾散文创作群体还涌现不少女作者的文字,但她们的作品无论文笔还是品质都远落于坚守散文园地 20 年的林宝。林宝的散文大多是心性之作,20 余年游弋于文坛之外,为自己的精神家园从不辍笔,而且文笔愈益开阔弥坚,在以往的个人世界的切切真情中,多了许多智性和思想火光。她是北部湾真正的海的女儿,她的创作大多从海出发,阐述自己对世事世态的体悟乃至质疑。《大海·女人·我》的思辨、《永远的蔚蓝》对海洋生态的呼唤、《门轻轻地敲》的诉说,颇有品性,结句的那抹寂寥和痛楚令人心动。

在广西文坛独具品格和影响力的还有北部湾的杂文创作,其中阮直独树一帜。阮直的杂文写作已“日臻炉火纯青,到处作秀,花开全国”(廖德全语),他的笔力老辣,充满平民意识和文人风骨,穿透社会和精神的围城,关注弱势群体的生存艰难与精神存在,针砭时弊,见思想见性情,有锋芒也有志趣,颇具力度和深度。有影响的杂文作家还有杨光治和彭景宏。

此外,客居广州的杜渐坤、杨光治、陈志红的散文也为北部湾文学增添了丰厚的情思。杜渐坤的随笔与他主编的《随笔》在中国知识界广为影响。作为性情中人,他至真至思至情的文笔,直面人生,直面自己,独特的思想风骨里蕴涵着悠远而浓郁的人文韵致。诗评家杨光治则是以激扬文字对历史和现实一一追问,锋芒中透着冷静。陈志红这组对“知青”生活的反思,颇具精神浓度,她以一颗滴血的心灵质疑时代的内在迷乱,更质疑自我,是的,“青春永远无悔,但自己不能无悔”,民族个体的反思是为了民族走向人性的文明和进步。学者陈志红在此呈现的是一个清丽而浓酽的陈志红,我更喜欢散文家的陈志红。

北部湾的诗美,主要来自黄河清、卢祖品、何津、邱灼明、韦照斌、庞华坚、赵红雁、姚泽桐、庞兴强、韩鹏初、龙俊、段扬和蔡小玲等。广西文坛的前辈黄河清、何津都是率性而歌的诗人。黄河清的诗歌真切、素朴、清新、自然,善写细节,《月夜笛声》便是代表,诗人只写一对苗族青年男女别致的示爱细节,两人不着一面,却情意绵绵,是一幅流动着天籁般洁净的民族风情画。我曾在《成长中的北海文学》中,对黄河清有的诗歌缺失现代意识的现象有过妄论,但此次读他的这批诗歌,惊喜地发现他后期的作品颇具人文关怀和现代品格。他的《另一种感觉》对社会转型期弱势群体,尤其是下岗工人的关切,直抵人心,那一个个透着悲凉和悲悯的细节,贯穿着诗人对人生和人性的拷问,挺立着诗人风骨,颇有力量,颇具诗性和思想。黄河清新近诗歌的这种可贵的质地,我们从旅居北京的“乡党”卢祖品的诗歌中有更深刻的体验。一样地直面人类的现实和历史存在,一样地直面人类的精神困境,卢祖品却对世界和人性多了一分温情的理解和艺术的承担,并素描在他的诗歌创作中,这种理解和承担力透世界风云、人世纷扰,直抵澄明,一个只有星星而不是救星的境地,熠熠生辉的颗颗星星便是有着星空般心灵的“雅顿”们,无论他游走在世界任何角落,“星星与灯火一同闪烁”,颇具批判意识和象征意义。他的诗歌意象简洁而意蕴丰富,节奏明快却余韵绵绵,尤其注重结句戛然而止的写意,那往往是诗人对心灵细节的深切敏感和痛苦体认的神来之笔,有着灿亮的语言和思想,令人顿生敬意。何津也长于捕捉生活的瞬间印象,他的诗歌大多植根于北部湾海域,写眼中景之美,更写心感之美和心动之情,激情饱满而浓烈。邱灼明曾经也是一位应和海潮律动吟唱心音的海的儿子,而今的邱诗人却多了些行吟诗人的放达和玄思,在路上的点点星光和步步履痕给了他无边的遐思和思辨,于是他留下了一组组富有情感的隽永哲理诗。而诗龄较长的韦照斌,他的创作大多沉静、辽远,常常在敏感于世事物象中又有几分淡定。年轻的庞华坚是新世纪广西散文诗的代表作家,他在国内名刊发表了近百篇散文诗,蔚然成一体,他以自己纯粹的诗性的笔调为北部湾文学乃至整个文学桂军坚守了一块难能可贵的散文诗园地。此外,还有谈庆麟、余毅忠、陈丽虹的童话寓言和科普作品,尽管他们的作品在当代儿童文学中还显得有些轻浅和简单化,但是他们的努力还是为北部湾文学和广西文学提供了另一种文学经验。

是的,北部湾作家群正处在生长着的风生水起状态,尽管他们创作的艺术品质和艺术功力都还待提高,但现在已经是他们空前收获的阶段,也是我们汇聚这一区域文学成果的契机。借此机会,不仅能总结他们多种新鲜的文学经验,为广西的文学注入新的活力,而且也能呼唤他们本土出现文学桂军领军人物式的文学大家,呼唤他们真正的文学高峰的到来。我们期待着。

(原载《南方文坛》2006 年第 3 期)

非长卷何以骋其情

《漓江百里图》创作札记

□ 黄格胜

创作的动因与准备

我是在桂北山区长大的,对美妙神奇的桂林山水,有着特殊的感情。我从小就有一种要歌颂它、表现它的强烈愿望。也许正是这个原因,我幼年就操起了画笔。但是应该承认,在此以前我是不敢设想用这种对于我来说是鸿篇巨制的长卷形式来表达自己对桂林山水的情感和认识的。1982年,中国旅游出版社委托我用中国画形式绘制一幅能包容漓江沿岸主要风景点的手卷式桂林山水旅游图。我在查阅文字和绘画资料时惊异地发现:自古而今,竟没有一幅较全面、完整地表现桂林山水的长卷全景图!所有的都是零散的单幅。这是为什么呢?是画家的疏漏,是桂林全貌不易表现,还是历史的青睐故意遗赠给我们这一代人一个机会和殊荣?我为我的这一发现激动了。我认定这是一个千载难逢的机会,我一定要逮住,哪怕为之付出毕生的精力和巨大的代价!这时,那自小就有的愿望也更加明确具体了。一些设想在我心中烈火般地燃烧着:画!画一幅漓江全景图,要大,要长,要全,要站在古人、前人、今人已有的高度上去画!这念头一经产生,就如影随形,再也摆脱不开了。强烈的创作欲望使我兴奋、激动、焦灼不安。只是当时我尚就读于国画研究生班,受时间、认识、修养及艺术功力的限制,无法立即着手创作,但我从此就有意识地开始了准备工作。

桂林山水名重天下,文人墨客和丹青妙手为之吟咏挥毫,更使其身价百倍。美学家李泽厚说:“给它(自然)以意识即情感,想象上的‘人化’,并不能创造自然美,但却能使人们对自然美的欣赏形成一种富有更确定更具体的社会内容和意义的审美态度,有增加和引导人们欣赏的态度和方向。”我如能创作出一幅反映桂林山水全貌并具有一定水平的作品,一来可以引导人们从艺术美学角度去感受、领会自然美的补充,对漓江的审美理想得到更充分的满足;二来可以扩大对我国秀丽山河中的佼佼者——漓江山水的宣传,加深人们对祖国山河及文化艺术的了解和热爱。作为八桂画人,我应有这种使命感和责任感。且古人曾说:“养气若能塞天地,吐出自是成虹霓。”我读了多年的书,学了多年的画,也走了不少的地方,能否化十年寒窗之学养,笔耕墨耘之底蕴,聚三山五岳之精华于漓江呢?通过这次创作,不也可以锻炼自己的胆魄,检验自己的学识吗?更重要的是在绘画观念上,找到自己的人生意义和生命价值。

绘制长卷的准备工作全面铺开之前,首先是在心理上做好迎接一切困难的准备,另外在时间上打算速战速决,三五年内拿出来,但也准备打持久战,当然这不是愿望。宋代画家范宽卜居太行山数十载、终悟画山之道的故事对我触动很大。要想成就一番事业,是应该付出毕生精力和投入全部身心的。为了对漓江有一个较为全面透彻的了解和准确精到的认识,几年来,我对桂林山水的山形地貌、气候温差、风土人情、神话传说进行了深入的研究和细致的观察,积聚起厚厚的一本又一本的速写和数以千计的写生稿;我也大量地阅读有关桂林山水的文史资料和照片画品。平时读书看报、作画闲聊都与桂林山水连成一气,并把生活中的所见、所闻、所思、所想甚至梦中有关桂林山水的一切都详细地记下来,就像我的一方“梦萦漓水三百里”的印章所说,真正是朝思暮想,魂牵梦萦,达到漓江即我,我即漓江的“天地人合一”的“全方位观照”境界。这时,整个桂林山水熔铸于心、历历在目,也就挥笔能画了。

艺术构思与表现形式

桂林山水美,美在哪里?美在自然。“清水出芙蓉,天然去雕饰”,这就是它有别于苏杭、黄山的主要特点。桂林山水是以“秀”甲天下的,“江作青罗带,山如碧玉簪”是反映了真实的千古绝唱。桂林奇峰罗列,层次无穷,且因形、色、光的不同而各呈雄、奇、险、秀之姿;漓江因山变势,时而险滩急流,时而波平浪静。一江碧水两岸青山,组成漓江风光交响曲的主旋律。更辅以翠竹古榕、田园村落、亭台楼阁、舟桥渔钓等的伴奏,再加上滩头涛声、江中橹声、渔人歌声、牧童笛声,以及早晚阴晴的光色变化,使桂林山水形成了具有形、色、光、声的高度和谐统一的立体音画。特别是在烟雨空蒙、山色有无,久雨初晴或是晨光熹微之时,它那神秘含蓄的美,发挥得更加淋漓尽致。

除了对有名景点认真观察,对那些不在主要风景线或不具体“像什么”因而常常被人忽略的景物,我也十分注意。最让我感兴趣的是兴坪至阳朔县城一带的土山和夹石地段,它平淡天真,淳朴典雅,一派田园牧歌式风光,真可谓平中见奇,尽得“夕阳芳草寻常物,解用都为绝妙词”之趣。它特别适于用传统的南宗画派披麻皴来表现。

通过整体的观察分析,我觉得仅以山青、水秀、洞奇、石美来评价桂林山水,是孤立而片面的。这就像评价一个唇红齿白、眉清目秀的人,她所具备的这些只是美的条件和成为美的可能,却不一定已经是美,如果安放的位置不合适,就会变成丑。桂林山水正是各自然景物之间,优美和谐而又富于变化的环境组合群体。

整体观察带来了整体的认识,这时候就该考虑用什么样的形式来表现了。

古往今来,桂林山水的本质变化不大,但作为上层建筑一部分的中国画艺术,从产生到现在,经历了无数次的演变、繁荣、分支、衰落和发展。到现在,由于对外开放和改革,各种外来思潮和艺术流派的冲击,影响着现代人的审美情趣。时代在发展,观念要更新,“中国画向何处去”的论题,迫使每个画家去思考。

我这幅桂林山水全景图采用什么表现形式呢?传统的还是现代的?抽象的还是具象的?写实的还是写意的?甚至还不得不考虑基调是求“雅”还是偏“俗”的问题。如果用传统的写实手法,当然可以获得形似,但这样是否会显得僵硬呆板,是否与现代人的审美意趣合拍呢?如果用抽象、写意的手法来表现,这样一幅大容量而且具体描绘对象又是为人熟知的风景画,是否会失之空泛,流于简单呢?最后我决定不拘泥于某一种表现方法,而是根据具体对象和画面的需要灵活运用,以传统技法和写实精神为主,结合大写意、大泼墨以及水彩、版画等现代表现手法,使之达到远看有气势,近看有笔墨,气韵生动,能较完整地反映漓江风光特点和精神气质的雅俗共赏的艺术效果。

宋代画家郭熙在《林泉高致》中说:“山水有可行者,有可望者,有可游者,有可居者。”我力图在我的画中做到“可行、可望、可游、可居”。并使人们漫步画前能得到泛舟漓江、身临其境的美的真切感受。由此,我确定了以平远法为透视线,以中近景为主的构图原则,这也是适合桂林山水“秀”的大原则的,因为它不是黄山、华山那种大起大落的山水。

事非经过不知难。动笔画起来,才知道困难如此之多。画长卷有如行远路,不积跬步,何以至千里?话虽如此,但具体问题并不易解决。如画中的江水、山峰,它们就像乐曲中的主旋律一样反复出现,如何处理好,使山山各异,水水不同?而且这些山水景点并不全在江边,更不一定在江的某一面,那些散布的景点要不要?那些绿水居中,山列两岸的情况如何处理?这都给我带来了极大的麻烦,逼着我为选择最佳观赏角度和最佳光色效果以获取最佳构图形式而绞尽脑汁。

漓江山水,以秀取胜,如果这个“秀”的分寸把握不好,就会变成媚、俗、薄、弱,如同盆景。两岸竹林多而美,但画得太多又会喧宾夺主,只见竹林不见山水。桂林的榕树颇具特色,如果在画上乱栽,就会显得杂乱无章,啰唆重复。另外,岩洞如七星、芦笛天下有名,是否需要表现,如何表现?春夏秋冬,早晚阴暗,如何表现,如何变化?景与景之间如何连接,如何过渡?等等,一堆乱麻带来多少个不眠之夜。为了解决上述问题,我主要采取了如下措施:

1.集中表现　桂林的园林很美,我把它们放到七星公园重点体现;蜿蜒两岸的吊竹,我把它们安排在“杨堤”附近,与瀑布形成黑白、动静、远近的对比,为下面出现的满江竹排做个铺垫,其他地方出现的就虚化成远、小、淡的;为了造成一个蓊蓊郁郁、幽静清凉的榕荫世界,我把一大堆榕树拉成近景,用淋漓酣畅的笔墨来塑造,甚至还把红水河等地的榕树也搬到画面上以增加分量；郭熙说："水以山为面，以亭榭为眉目。"亭台楼阁在桂林山水星罗棋布，总不能到处都是"眉目"吧，我便把它们放在碧莲峰下，用近乎界画的工细来重点表现；圩镇村落沿途都有，我就集中刻画大圩古镇，而有名如杨堤、兴坪等镇，则以竹林掩之或以烟云遮去；七星岩、芦笛岩、冠岩、莲花洞，各呈异彩，我就收罗其所有特点于七星岩中着力表现，其他岩洞就只画外景或一笔带过；江中倒影是组成漓江美的一个重要因素，如每山必有影，就会繁杂堵塞，因此，有一段我专画倒影，只见影不见山，尽情地表现"分明看见青山顶，船在青山顶上行"的倒影美，其余的就只在山脚近水处或船帮接水处淡扫几笔，能让人感到"波平如镜"就行了；古诗有"万点桂山尖"之说，"点"有大点小点、疏点密点、长点圆点之分，"尖"也是各个有别，形态不同，"点""尖"是其共性，只有仔细观察，深入了解才能找出并掌握它们的个性特征，才能生动地再现出它们的具体形象，避免千山一面，万水同颜。还有桂林属喀斯特地貌，其山石结构用传统的小斧劈皴法就能表现，但由于它的易溶性，在长久的风雨剥蚀和地壳变动影响下，结构却变得十分丰富，即使搬出中国山水画中的所有皴法也无法概其全。我便在画阳朔县城到大榕树这一段用上山石皴法中较主要的长、短披麻皴，大、小斧劈皴，折带、卷云、解索、鬼脸、弹窝等皴法，还自创了一些连自己也无法定名的稀奇古怪皴来适应画面和对象的需要，来了个集皴法之大全。并有意识地把这一段江面缩小推远，减弱墨色变化，以强调石头的"骨气"。

2.对比手法　我首先考虑的是水和山的动静对比这条主线。在自然中，山是静的，水是动的，但漓江除少数地段外，流动感不大，照实写来，山静水静就显得呆滞了；如果山处理成动的，水也是处理成动的，山动水动就使整幅画紊乱动荡，失去平衡。反复思考后，我把水处理成静，反而通过云气和动势使山活动起来，形成一条有韵律有节奏的运动线，就像神话中的天帝赶着的羊群一样，有的跑，有的跳，有的吃草，有的睡觉。通过这强烈的反律对比，使本来没有生命的石头像注入了血液和感情而活了起来。

由于受王维水墨为上的观点影响，中国画忽略了色彩的运用，因而也给我们留下了一个探索的天地。在长卷中，我吸收了西洋画在色彩表现上的长处，每一段设计一个主色调，在主色调的统率下，注意色彩的丰富变化和对比。比如在画晚霞和月亮这一段，采用强烈的色彩冷暖对比，增加了作品的感染力。

在"兴坪"过后，已是长卷的中段。我从心理学的角度分析：由于桂林山水起伏不大，观众看到这段画时可能会感到疲倦了，我根据这一带没有名景的特点，制造了一大段黑得伸手不见五指的面面，只有几点隐约可见的渔火；紧接着又出现一段不着点墨的大空白——雾失楼台！这里，黑得使人窒息，白得让人难受，观众心情无不为之一震，增加了新鲜感，产生了继续往下看的愿望。我料到观众会意见纷纷，褒贬不一，褒者认为颇有新意，敢黑古人之不敢黑，空前人之未曾空，在一幅长卷中是有必要和合情理的；贬者认为这未免太离谱了，再黑的夜也得见点山，再大的雾总可以加上点帆吧！似此如何了得！其实，白居易在《琵琶行》中对乐曲声的描绘就既有“大弦嘈嘈如急雨,小弦切切如私语,嘈嘈切切错杂弹,大珠小珠落玉盘”的抑扬顿挫,也有“此时无声胜有声”“四弦一声如裂帛”的大起大落。长卷如长歌,画中的平铺直叙与大空大黑,不正与此暗合吗?德国美学家莱辛也说过:艺术形象“最能产生效果的只能是可以让想象自由活动的那一顷刻,我们越看下去,就一定在里面想出更多的东西”。而我这种大空大黑的处理,也正是想给观众留一点想象的余地,让他们的思维在这一空间里活跃,让他们在作为观众的同时也成为创作者。

其他,如线与面的对比,枯与湿的对比(大泼墨与勾皴),横与直的对比(河渚浅滩与挺立的奇峰),繁与简的对比,写与工的对比(泼墨的山林与具体工整的屋宇)……这些使画面产生了强烈、轻松、活跃、明快、凝重的效果。

3.广泛吸收,努力创新　为什么不同时代对漓江会有不同的看法和画法呢?这就是审美情趣的变化和审美观念的更新。在创作中,我遇到了不少古人或自己都未画过的东西,如岩洞内的景色。我是采取解剖的画法来画的,在光色处理上吸取西画的长处,把与主题无关的部分留白,这样既画出了岩洞的质感,体现了岩洞的深邃神秘以及人为的灯光效果,又不失中国画的传统笔墨情趣。

中国画一贯强调“意”,所以古人画夜景也采用与画日景几乎相同的画法。但在我的长卷中,由于需要一块完整的重墨来稳住画面,使夜景氛围渲染得更充分,我一变平时十分考究的笔墨变化,采用类乎版画的强烈黑白对比手法以求气势,泼墨还嫌不黑,复以喷枪喷墨来加重分量,让它与紧接的一段大空白形成极为强烈的对比。

风雨雷电古人少画,偶尔见到,亦觉得分量不足。为了在画中表现一段雨景,我以胶掺墨,用大片泼法,然后趁未干时又泼水泼墨,水、胶、墨互相渗化,“水墨淋漓幛犹湿”的效果出现了。这虽非我的发明,但使用方法与效果却与人不同。

阳朔碧莲峰因得其地利,所以成为阳朔风景代表。盛名之下,其实难副,不过是一个呆板的等腰三角形而已。如何化这并不美的名景为美呢?我采取的第一个措施就是“削”,削掉碧莲峰的上半截,破掉它那呆板的外形。然后就“搬”,把散列在山前山后的景,全部搬到前景来。第三是重点刻画临江亭、襟江阁、榕阴古渡和山腰风景道以及闻名遐迩的石刻大字“带”等景物。经过这样处理的碧莲峰,却似乎特点更明显,也更美了。

在美术作品中,“虚”是非常重要和难处理的。中国画以空白来虚,素有“知白守黑”“计白当黑”之说,我在长卷里大量地使用了虚的手法,管它是云是雾是水,或者什么都不是,或仅仅是为了构图的不可缺少的需要而已。有人说长卷画得很活,大概就是因为虚空处理得比较好的缘故吧。

几个相关问题

1.篇幅问题　画的既然是漓江百里图，自然就得以长卷的形式来表现。长度如何确定？我以为应根据题材的大小和内容的多少来决定。长，不是作者追求的目的。画家不是运动员，以打破纪录为宗旨。你画一百八十米，大家也能画，国外不是有几公里长的画吗？艺术品的关键在于是否有充实的思想内容和审美价值，是否有较高的表现技巧和充沛的感情。否则，小题材画大画，势必空洞薄弱，大题材画小画，又会缩手缩脚，施展不开。所以，我在构思此画时，并未把长度定死，只是想把自己多年的观察（包括自我和自然的）—构思—修养—技巧集于一画之中，全面地反映桂林山水的山形水貌，精神气质。动笔以后，越画想法越多，感情如决堤之水，一发而不可收。当时我在斗室中作画，无法把画拼起来，直到全图画完后拼挂起来计量长度，连自己也大吃一惊——一百八十米！

还有人认为画好小品就够了，没有必要画长卷。好的小品同样有艺术价值，而长卷反而会因观者不能一眼看完而影响它的完整性和减弱它的艺术感染力。我以为事情并非如此。至于“好”的小品有艺术价值，前提如此明了，无须多说。但绝不能说画好小品就够了！以文学作品为例，是否光有短篇小说就够了呢？是否就没有必要写长篇小说了呢？以音乐作品为例，是否只要小曲小唱就够了，没有必要有大型交响乐呢？答案自明。另外，是否长卷因不能一眼看完就破坏了它的完整性，减弱了它的艺术感染力呢？是否因此就没必要画长卷呢？想想：浩浩长城，雄关万里，谁一眼看完了？洋洋《红楼梦》，卷帙浩繁，谁一眼看完了？就是桂林山水，又有谁能一眼从桂林看到阳朔？而这些，不正因其长、因其大才有如此巨大的感染力吗？谁敢说只有把它们肢裂成段才能保其完整性呢？因此，我认为画小品或长卷是没有规定的。如画一物一景，小品足矣；如画百里之图，非长卷何以尽展其美？非长卷何以尽泄其情？

2.情景问题　有的同志主张艺术品应以写情为主而不以写景为主，原因是认为后一种方法是旧的艺术概念。

要谈这个问题，首先得弄清什么是情，什么是景。我以为，情为虚，景为实，景是客观存在的审美客体，情是审美主体经过客体审美之后所表达成寄托的一种心理结构，没有景，情从何来？“皮之不存，毛将焉附？”所以既不可离景谈情，也不能无情观景。梅、竹、松本身没有情，人们却把它们作为道德品质象征和理想情趣寄托，成为画家久画不衰的对象。我在长卷中也是通过对桂林山水具体景象的描绘，来表达对祖国大好河山的热爱之情的。再抽象的绘画，它的线条、色块、符号乃至空白，都是传达作者感情的“景”。王夫之说得好，“情景名为二，而实不可离”，“景以情合，情以景生”。（《姜斋诗话》）王国维也说：“一切景语，皆情语也。”（《人间词话》）他们都正确地阐述了情与景的辩证关系。

3.是否需要反映漓江的季节变化　漓江地处亚热带地区，四季温差变化不大，对景物的影响并不显著，全年皆绿，只有到了深秋时节才有几丛红叶黄草点缀。即使寒冬腊月，山上山下仍是葱茏一片,与春天风光相差不远,偶尔一场小雪,却都来不及拍照留影就融化了。更难有“山舞银蛇,原驰蜡象”的气派。如果勉强通过艺术夸张手法来强化,似乎会破坏“宜人独桂林”的情致,变得不伦不类。宛如把一个温柔的少女放到严酷的天气中去,于心不忍,所以,我取消了原来分全图为春、夏、秋、冬四段,各以一种色调来画的打算,而代之以晨昏旦暮,阴晴风雨的变化,使人读画时有一日游或数日游的感觉。

4.山水画的时代感　今天,我们正处在伟大的变革时代,时代的精神必然会反映到今天的绘画观念上来。时代的气息实际上还是审美观念问题。观念旧,表现手法必然旧,即令画上飞船火箭,也不会让人感到新。反之,观念新了,手法也随之变化,即使画李白、杜甫也会使人感到新。这就说明,绘画观念的更新是至为重要的。如果我们恪守传统的绘画观念,势必对创作实践产生束缚和阻碍,作品必然缺乏时代精神。但如何让山水画富有时代气息呢?我认为首先就得明了作品的效用。作品要起到引导人们在领略艺术美所反映的自然美的过程中,获得美的享受,从而更加热爱自然、热爱祖国、热爱生活、发奋工作。为此,作者所描绘的对象就不应只是萧瑟凄凉的景影和消极隐逸的寄托了。这就要作者认真考虑社会的需要、观众的审美需要,提供给观众以新的、美的独特的和积极的作品。

有人以为在作品中画上现代化的工业建筑、车船,就能反映时代的气息了,其实这是肤浅片面的理解。固然,现代的事物可以让人感觉到时代的进程,但这仅仅是时代的某些标记而已。你能在画面上出现与群峰称雄比高的“摩天大楼”和入云的烟囱吗?这些与自然风景完全异趣的几何图形,只能使桂林山水的和谐美遭到破坏。为此,是不是又绝对不可以表现现代的建筑呢?我认为这里面就有个选择问题。比如长卷中我画上了桂林电视台,这不仅能标明时代,又能增加气势,也没有破坏画面的和谐。另外,我还将新式的园林建筑、江中游艇、自行车、沿江水电站、水坝等搬上画面,安排在适当的位置,点缀着那亘古不变的青山绿水,使全图显得更为丰富和活跃,又不与时代脱节。

5.不足与尚待完善之处　总的来说,此画在表现漓江“秀”的特点上做得还不够。阳刚之气太盛,阴柔之美气势太不足。比如山的动势大;那种很有“万点桂山尖”的特点的点、尖、小山不够多;山的色彩也缺少点“青绿味”。看来,这与我的性格、环境、经历有关,因我以前多画名山大水,即使尺幅小作也力求气魄雄浑;又由于我久居南方,望“绿”生畏,因而省掉了很多该用的绿色。另外一点是“朦胧美”表现得不充分,桂林是体态轻盈的妙龄女郎,只有朦胧才能表现出她的神秘娇羞和温柔性情,太刚、太露则流于粗俗。还有一点就是在突出桂林那种“突兀一峰,拔地而起”的特点时有些过头,致使中间一段稍显松散零碎。

(原载《南方文坛》2006年第3期)

“桂林文化城”时期的胡风

□ 黄绍清

中国现代文学史上杰出的文艺理论家胡风于抗日战争时期旅居桂林约一年时间。为期虽然很短，但他做了大量的抗战文化宣传工作，给“桂林文化城”留下了光辉的史页。他日以继夜，组织成立南天出版社，编辑出版《七月诗丛》和长、短篇小说集等文学作品集。他笔耕不辍，奋笔疾书，创作诗歌，撰写诗歌评论、小说评论和戏剧评论等。特别是他撰写和发表的一大批阐释民族革命战争文艺思想的长、短篇文艺论文，为“桂林文化城”做出了独特的贡献，是“桂林文化城”一笔非常宝贵的财富。

他站在社会历史发展的前沿，高瞻远瞩，审时度势，从过去到现在，从历史到现实，从国内到国际，纵横捭阖，多方面、多层次、多角度地论述了民族革命战争的文艺理论主张。

新文艺要深刻地和现实结合

他在《民族战争与新文艺传统》的长文中深刻地阐述了这种理论观点。他所说的“新文艺”是指五四运动中的“启蒙运动”或“文艺复兴”。五四运动的发生，深受“十月革命”的影响，“使半封建半殖民地的中国在这以前接受未来的科学思想和民主思想里面加上了新的意义，成了能够说明现实（表现自己的愿望）也能够变革现实（实现自己的愿望）的武器”。“这不仅仅是思想上的武器，而是物质的社会力量”，这种“武器”和“力量”，“融合了个性解放的要求和民族解放的要求”[1]，使中国人民追求个性解放，寻求民族的意志得到了升华。

他认为，鲁迅是实践新文艺思想并取得成功的光辉榜样。鲁迅的伟大贡献，首先是他“破天荒地打破中国文艺封建意识的传统，用革命的人文主义唤醒了沉睡的现实的灵魂”，使人民的“觉醒了的自由的意志”，成为鲜明的文艺形象。鲁迅让劳动人民登上文学的舞台。鲁迅发现了人民觉醒了的、自由的意志，“发现了被压在这黑暗的社会现实的下层里面的、劳动的生灵”，“汇合了劳动人民的愿望”；这种“革命的人文主义和他的文学的形象，就这样开辟了中国新文艺传统”。[2]后来,历史的进展,出现了“新的情势”,文学上出现了向封建主义和资本主义的灵魂“怯懦的妥协”,“象征主义、唯美主义、格律主义、恶魔主义、色情主义等,都用着‘新奇的’面貌次第出现”[3],致使新文艺的传统几乎窒息。而鲁迅“坚持阵地的苦斗”,向“一切丑恶”的东西,进行“钢刀析骨式的白兵战斗”[4],批判文艺理论和文学创作逃避现实的丑恶行径;鲁迅向那些“乖巧而怯懦的灵魂”,进行“赤膊上阵式地挺身肉搏”,“和那些向反动势力妥协了的作家们的灰色的市民形象相抗”[5],尖锐指出逃避现实的实质是“向残酷的丑恶的现实投降”[6]。直到 1928 年“革命文学运动”的发生,文艺战线上的“领导精神由旧的现实主义过渡到新的现实主义”,新文艺传统发生一个“跳跃”,有了很大的“进展”。在日寇占领东北和摧残上海以后,这种“跳跃”和“进展”就是“在它所要反映的生活斗争里面找着了民族力量发生了变动的、新的动力,在对于生活的认识上获得了新的看法”[7]。文艺的表现方法找到了新的方向。这就是要关心、描写、反映劳动者和他们的同盟军,就是要运用新的现实主义的手法,深刻地反映急剧变化的社会现实生活,就是要求“文艺的战斗的意志”要“深刻地和生活现实相结合”,“创作意志和现实生活的结合”,“向着抢救民族的危机”[8]这个宏伟目标进行“热情而广泛”的宣传发动工作,把“能够挽救民族危机的各种力量汇合成震撼大地的狂流”[9]。

总之,在面临民族抗战的严峻的情势下,胡风认为“十年间的苦斗,文艺斗争不得不是在直接意义上的社会斗争”[10],“社会斗争的文艺”所取得的“现实主义的思想力量”[11]要求它让作家走进现实斗争的深处,从现实斗争深处从事文艺活动,深刻地反映如火如荼的现实生活和硝烟弥漫的社会斗争。

直面民族革命战争生活环境,反映民族革命战争的现实

1937 年 7 月,全面的民族抗日战争爆发以后,神州大地处处是抗战的怒吼,大好河山燃烧着抗战的烽火,这就为作家们创造了一个生活环境,也调动了一切的民族力量,使作家们的笔锋朝着一个一致的方向,以现实主义革命文艺的视角,从各自的立场和理解上,运用自己所熟悉的文艺形象进行创作,反映了战争的内容,表现了迎接战争的欲望。他肯定地指出,在战争震撼大地的情势下,即使是“否定人生斗争甚至地上生活底佛教文学”,“被封建意识的美学的格律的严格统制着底旧诗词”,“被封建意识的美学要求所完全统制着底旧剧”以及散文、章回小说、口头诗谣、大鼓词等等,都各自在“一定的限度上反映战争底内容”[12]。甚至“各种反现实主义倾向的作家,也能从战争底现实生活里面吸取了他们的创作主题”[13]。这就说明,“战争底强大的动员力量使各种落后文艺成分也参加了战斗”[14];战争生活激发了作家们太多的悲哀,太多的兴奋,太多的欢喜,于是,反映抗战生活的作品不断涌现出来,特别是诗歌和报告文学,出现了蓬勃的景象,还有戏剧及其他大众化的文艺出品。但不管哪种形式的文

艺作品,也不管哪一个作家的创作,都只有运用现实主义的革命传统的新文艺的表现方法,才能够正确地反映战争的现实。他特别指出,诗歌创作,“表现了战争所燃起的、人民大众的澎湃的或沉炼的热情,吐出了这时代的呼吸”[15]。还有报告文学,“不但它所反映的生活形象在创作内容上引进了广袤的现实世界,使文艺主题和时代内容走向了进一步的接近,而且,它们通过个别事件底特征的内容来反映时代性格的艺术方法,也争得了作为争的文艺载体(genre)底存在”[16]。

胡风认为,要发挥民族革命战争的文艺的作用,必须“采用一般人民(主要兵士,工人和农民)所能够接受的文艺形式”,这就是“直接地用形象和观众相见的演剧(活报剧、街头剧、独幕剧、哑剧等)和用简单的语言来表现简单的内容的通俗文艺(故事性的短小说,短报告,歌曲等)”[17]。这种直接反映现实的文艺作品广泛出现在人民大众面前,就能促使文艺大众化,使文艺和大众的要求紧密结合在一起。大众化的文艺形式和内容,“反映了现实生活底性格的真实”,能更深刻地回答人民大众盼望亟待解决的“政治课题”。这样,战争生活就致使大众化的文艺“从萌芽的状态发展到了丛生的状态”[18]。胡风在赞赏文艺大众化的良好景象的同时,明确指出与之俱来的弱点,那就是公式主义倾向的滥觞和表现手法的单调而呆板。这些弱点表现为:1.“作家底战斗的意志”不能和生活相融合,他的声音“不是发自温暖的胸脯”;2.有闻必录地记录生活,在他的作品里好像什么都看到了,甚至一草一石也不丢掉.“结果都常常是一片模糊”,没有“把握住事件底本质的意义”。究其原因,一是凭主观臆想进行创作,离开了现实生活的内容,犯了“没有能够体现客观”实际的主观主义;二是“奴从地对待现实”,让“生活形象吞没了思想内容”,“离开了主观的客观”[19],犯了客观主义的毛病;三是政治要求的过于迫切,作家对生活认识不深刻,“弄成了廉价的表现”,显出了创作的“未成熟性”,致使作品缺乏“深刻的思想力或批判力”[20],未能反映出丰富多彩的生活内容。

所以,胡风主张,必须在创作实践中,努力使主观与客观相结合,才能适应战争发展过程和文艺发展过程的需要,创作出“雄大的构成性的作品”[21]。特别是当战争转入艰苦的阶段的时候,文艺创作要向前进展,作家的战斗意志必须深入到生活现实里面去,进入“肉搏的执着的状态”,“通过强的思想力去深刻分析”“战争发展的内容所要求的正确的政治课题”,使抽象概念的政治课题变成“认识现实生活性格的引导”[22],才能创作出反映生活现实的,为人民大众所欢迎的短小活泼的文艺作品和内容丰富、寓意深远的长篇小说、长篇报告、多幕剧、大的抒情诗与叙事诗等。这种景象,已经不断地出现在民族革命战争广阔的文艺阵地上,这是“作家底创造的意志走到了更深刻地更雄大地和生活现实的结合”[23]所取得的成果。很显然,胡风所强调和提倡的是作家必须深入生活,必须与抗战的现实紧密结合,才能正确反映民族革命战争的严峻现实。

讴歌民族革命战争的进步的性格

胡风认为,现实主义的文艺是“为战争服务”的文艺。因此,首先它应该遵循战争发展的方向,为“为祖国献命”的劳动人民,为“奔向了浴着日本法西斯蒂漫天炮火的前线”的劳苦大众(以及站在他们里面的优秀的知识分子)而“真诚的歌颂”。歌颂民族革命战争的正义性;歌颂在前线冲锋陷阵的兵士——劳动者高度的爱国主义的英雄主义精神。英勇的兵士——穿着军装的工人和农民,英勇的军官——穿着军装的知识分子,为中国人民的自由解放这个宏伟目标,艰苦而持久地斗争;他们迎着敌人屠杀的炮火前进,“用着神圣的生命的光辉照耀着”,“走向未来的道路”,迎接胜利的来临。他们用英雄主义的气概创造出了庄严的世界。许多作品所表现出的这个主题,使英雄主义的精神在广大的抗日军民和人民大众中广泛传播,从而变成了强大的“为抗战服务”的精神力量和物质力量,是极为可歌可泣的。

与此同时,应该严厉批判那些腐朽的僵尸,“顽固的封建主和帝国主义的奴仆”的汉奸文学和奴仆文学,因为,他们视神圣的民族革命战争为洪水猛兽,担忧中国人民争取自由解放的正义战争会随时随地“冲溃他们的以人民的血肉为祭品的神座”,他们妄想继续统治人民,动摇战争,妨碍战争,以致出卖战争。他的行径对神圣的民族革命战争起销蚀作用。胡风还认为,文艺创作应多方面关照广大人民的生存状态和思想情绪,对于觉醒了的人民变成坚强的战士,从现实主义的文艺思想要求出发,应该在创作中得到较多的也较有力的反映。从儿童到青年,从劳动妇女到知识分子,从工人到农民,都应该表现其在为自由解放斗争的过程中,怎样“把苦刑似的劳动观念变为社会斗争的乐天观念的心理的改造过程”[24],从而显示“人民底觉醒了的、成长了的力量”,这是文艺创作所必然要加强表现的“政治能力”的创作主题的新特点。进而深刻地说明“我们的抗日民族战争虽然是为了民族解放,但决不是为了希特勒式民族主义”[25],深刻地阐释胡风民族革命战争文艺思想的独特内涵和个性风貌。

其次,要反映民族革命“战争的进步的性格”的主题,还应高度发扬伟大的国际主义精神。因为,“这个民族解放底进步性,不仅表现在人民底自由解放的内部改进的新民主主义上面,同时也表现在国际主义上面”。“中华民族底自由解放底真正胜利,是和全世界人民的反侵略反法西斯的自由解放像手足一样地互相联系着的。”胡风赞赏在西班牙人民和帝国主义者及其猎狗们英勇进行血战的时候,中国作家们向他们献出了真诚的歌颂;法兰西在反动的统治者招致惨败的时候,我们的作家也和巴黎以及全法兰西人民一同悲愤;印度人民为争取解除掉百年来的沉重枷锁,迎接扑灭法西斯侵略者的战争而遭到无情压迫的时候,我们的作家感同身受,“悲愤地歌唱了同仇敌忾的大愿”。特别是被剥削、被欺骗、被迫上战场的日本劳苦人民觉醒以后,把枪头掉过去对准那些“凶残的喝血兽似的武士”,倒戈反战的行动,令人赞赏。至于当时的苏联,给中国人民予很多的援助,是“在人类解放的历史上”和我们并肩作战的兄弟;我们的作家赞颂“苏联底光明的生活”,赞颂苏联“来华志愿军底英勇的战斗”。这些民族解放的进步内容,强烈的国际主义精神,在我们的创作上得到了广泛的反映,成为讴歌民族革命战争这个伟大主题的有机组成部分。

总之,胡风认为,战争的社会内容和发展方向,为民族革命战争的文艺创作提供了很有利的生活基础。而要把握生活现实的思想力量和现实主义的艺术力量,只有肯定了现实主义的文艺思想、现实主义和革命传统以后才能谈得上。现实主义艺术力量从何而来?从生活现实中来。所以,要求作家们一定要深入生活现实,让现实斗争启发社会的本能,带来新的美学力量。

现实生活是产生文学的土壤

他是从中华民族进行抗战斗争的严酷现实来论述这个观点的。胡风认为,抗日战争的发生,“搅翻了全民族的生活的秩序”[26]。这个历史事件对我国抗战以来创作的发展,起了决定作用。因为战争一来,整个社会被搅翻了,全民族被投进了民族革命战争的极大激情之中,敏感的作家们从狭小的生活圈里解放了出来,“他们的战斗的意志就遇着了广大的,蠢动的现实生活”;随着对战争的深入理解,激起了巨大的创作热情,于是创作出了各种高格调的文艺作品,特别是诗歌创作,“忧伤的低诉绝了迹”,“也减去了那种可望而不可即的焦躁的意味,而是从生活激动发出的火热的声音”[27]。胡风高度赞颂“这是诗底疾风迅雷的时期”,和战争时期人民的精神状态是完全相应的。报告文学也非常旺盛。戏剧“直接用形象和观众相见”,“负起了对一般大众的启萌[蒙]教育的任务”[28]。后来,随着抗战形势的发展,作家们的情绪逐渐由兴奋变成了沉练,他们的思路融进了生活实感里面。“于是大的抒情诗,叙事诗发达起来了”,“构成性的艺术的小说渐渐加多”,文学剧本“较强地反映人生的力量”。由于战争变成了人们持续的日常生活,作家们就能把“他底战斗精神潜入到任何的生活对象”,使创作底思想内容和艺术能力得到丰富和加强,使现实主义的文艺思想得到了多方面的发展。作家们从生活斗争中得来的“新的感受方法和新的感受能力,使创作的各方面得到了蜕变,为美学带来了一些新的收获”[29]。所有这些蜕变和收获,应该说都是战争的发展和生活现实对文艺创作产生的积极影响的结果。

与此同时,胡风也针对文艺战线上的不良倾向进行分析,对消极的情绪进行批评。他指出,有些作家随波逐流,随遇而安,热情衰落,心境冷淡,精神被动,“失去向生活突击的战斗热情”,其创作就难以获得“思想力底强度或艺术力底强度”。他认为,这就是泛滥于当时创作上的“客观主义”的不良倾向。这是一方面。另一方面由于战斗热情的衰落,一些作家只是“依据一种理念去造出内容或主题”[30],这样,“客观主义就化装成了一种主观主义”——这种主观主义“只是滑在概念上面而没有进入生活”,依据这种概念去进行创作,编造出来的“作品”就必然是“一种非驴非马的东西”[31]。这也是当时创作上出现的另一种明显的不良倾向。但胡风仍然认为上述两种倾向“还是主观上大致倾向着现实的”。他感到更糟糕的是“一种混乱的境遇”的出现:“有的挂着利剑,有的敲着木鱼,有的穿着法定式样的制服,有的披着艳丽纹彩的头巾,有的摊开了古老的字画,有的搬弄着海外奇谈,有的把唾液当作药水出卖,有的把肉麻当作有趣赠……”[32]但五花八门,不一而足。他深为文坛的这种混乱景象所忧虑,所以,后来他把这段时间撰写的论文编辑成集出版时,书名就命为《在混乱里面》。他在集子的《序》中针对“混乱的境遇”激昂陈词:“时代底风浪,战斗底苦恼,历史底重负,人民底悲喜,未必不能够更深广地更真实地侵入文艺世界里面么?文艺传统底宝贵的素质,战斗的作家的带着苦痛的经验的努力,未必不能够争取健康的前进么?战斗的东西被市侩的东西所淹没,人民底要求被敌方底影响所淹没,我把那叫作‘混乱’。”[33]他认为,要战斗,应该有真诚的追求,应该有勇敢的气魄,应该在“混乱里面更凸出地现出鲜血淋漓的斗争”[34]。他深信,“只要不脱离现实的生活基础,只要在生活在战斗里面日新月异地培养自己底热情或精神力量,为民族为人民服务的现实主义的创作方向一定能够得到胜利的”[35]。因为这是历史发展的趋势“规定”了的文学创作的客观规律。

针砭“抽骨留皮”文学理论的荒谬,张扬文艺的现实主义立场

为了发展和繁荣民族革命战争的文艺事业,胡风对当时流毒文坛的“抽骨留皮”的文学理论进行了严厉的针砭,深刻揭露出执论者的荒谬所在。

胡风把“抽骨留皮”的文学理论归纳为三种表现形态。

一是“文学归文学”论。执论者认为,“文学家及其作品应以文学本身的尺度去估量,不许夹杂别的主观成见。否则,必然把文学置于适应政治工具的囚笼中。这个大罪恶绞杀了文学家的天才”。还认为,文学作品是文学家“用他自己的学识,深刻地或不断深入地观察社会诸现象之某一横断面,再以文学的天才,表现这一观察于其作品中”。胡风指出,这些理论,乍看起来,“好像是非常地尊重文学,爱护文学”;但仔细一看,就会发现里面藏着一个小戏法:用“别的主观成见”带出“政治工具”,从而加上“政治工具”就等于政治的“大罪恶”,以混淆视听。其目的和实质是为脱离生活现实,逃避生活现实的“非写实主义的文艺作辩护”。胡风认为,“文学作品与实现人生的关联尽管有经过曲折的路径的,但绝不能不产生自现实的人生,而现实的人生却正是政治,只有政治家才与政治相关,这只能是把政治与做官同视的人才会创造出来的理论”[36]。而且认为,这“理论”里面所玩的“技巧”和“技巧”里面所得出的理论是自相矛盾,“是并不相容的”[37]。胡风指出,这种理论家居然这样“一笔抹杀地”谈现实主义,如果信口开河,那就是无知;如果知而不言,那就是说谎;居其一或兼居其二,他只为戴上他自己命名的“文艺骗子”的荣冠。他们要使文学脱离生活基础,脱离历史要求;“使文学超

越于体现着民族命运的政治洪流之上”,把文学从人生土壤上连根拔起,在民族解放斗争的大事业当中取消这一武器,那是亿万抗战军民所不允许的。

二是所谓文学的“天才”和“技巧”论。胡风首先批判文学“天才”的谬论。执论者认为,“只要一部作品,可泄露作者之文学的天才,不管它的内容是怎样,我们总不能吝惜赞美一样”。胡风阐明自己的观点:我们并不是机械的唯物论者,不会也不曾否定天才底存在。胡风尖锐指出,“以文学的天才”论者,“是一种不知道发源于什么也不知道依附于什么的,虚无飘[缥]渺的东西了”。胡风特别指出,“不管它的内容是怎样”,其实质是“不要管什么民族和人民”的生死存亡,这样的“文学天才”,能“不能吝惜赞美”一番吗?其次,胡风批判执论者的纯“技巧”论。执论者胡说,不管什么内容的作品,都应该“考察映现它的人物和技巧是否适合文学的条件”,“我们尽可以在内容上轻视,却不妨碍在技巧上赞美它”。胡风指出,执论者的意思很明显,这类作品,“尽管采取无聊的有毒的内容罢,只要在技巧上玩一点花样”就应该对它“赞赏”。这也是民族革命战争文艺所不允许的。最后,胡风指出:执论者把“天才”和“技巧”当作两块“变戏法的手巾”,“理论家企图偷天换日地从人民的手里把文学偷走”,这种伎俩和行径,“适当的说法应当抽骨留皮,生命被杀害了,但却留给你一个空壳。可惜的是,这空壳同时也要开始腐烂的”[38]。执论者企图取消民族革命战争的强大力量,随心所欲地玩弄这些“小小的戏法”,明显人一眼就看穿了的。因为“新文学在中国大地上生了二十多年的根,它底力量已经成为民族底也就是人民大众底精神财产”[39],绝对不能动摇它的稳固地位。

三是所谓“冷静”的法宝。这种谬论胡说对于“今日的德意志和日本不惜涂炭千万生灵,置全民族命脉于险境”的残酷现实,文艺家应采取“冷静超脱”的态度,胡风讽刺说:这种谬论“比抽骨留皮的文学论有意思得多”。这样,人们就发现,“对着罗马城漫天大火弹琴的尼罗皇帝应该是一个天字第一号伟大的诗人”[40]。这样一来,诗人和艺术家就成了没有一点人性的存在;人间的“妍丑悲欢”,不过是可以“同供玩赏”的刍狗而已。按照“冷静超脱”或“冷静旁观”者的逻辑推论,诗人和艺术家不但不必参加为民族解放、人类幸福的战斗,不必为理想而生活、而献身,而且也不应该感同身受地经验万人的也就是时代底烦恼、痛苦、愤怒、希望和喜欢;而“冷静超脱”地“玩赏”着众生的死灭和世界的沉沦。这样的“冷静超脱”态度,能成怎样的诗人和艺术家?能产生怎样的诗和艺术作品?我们现在是生活在“相砍之世”[41],背上是黑暗污浊的历史,周遭是血肉的人间,诗人或艺术家不走进尘世的敌友关系,不在敌友关系里面经验爱爱仇仇的精神状态,能创作怎样的诗歌和艺术作品呢?胡风指出,“说穿了,这依然是抽骨留皮底文学论底变种”[42]。胡风鲜明地表白自己的态度,旗帜鲜明地反对背离生活现实的“冷静”哲学,反对把文学艺术送进神庙的“冷静”美学;在民族生死存亡的危难时刻,我们要堂皇地拿出战斗的现实的立场。他还用鲁迅的战斗名言来大力张扬自己的思想主张:“能杀才能生,能憎才能爱,能生能爱,才能文。”民族革命战争的文艺,就是要歌颂为民族为人民受苦受难的战斗热情和献身精神。

[注释]

[1]—[23]《民族战争与新文艺传统》,载《人世间》第 1 卷第 1 期,1942 年 10 月 15 日;《胡风评论集》(中),人民文学出版社 1984 年版。

[24]—[32]《关于创作发展的二三感想》,载《创作月刊》第 2 卷第 1 期,1942 年 12 月 15 日。

[33][34]《在混乱里面·序》,作家书屋 1946 年版。

[35]《关于创作发展的二三感想》,载《创作月刊》第 2 卷第 1 期,1942 年 12 月 15 日。

[36]—[42]《关于抽骨留皮的文学论》,载《文艺杂志》第 2 卷第 1 期,1943 年 1 月 25 日。

(原载《南方文坛》2006 年第 6 期)